AURORA BOREAL

NORA ROBERTS

Romances

A Pousada do Fim do Rio
O Testamento
Traições Legítimas
Três Destinos
Lua de Sangue
Doce Vingança
Segredos
O Amuleto
Santuário
A Villa
Tesouro Secreto
Pecados Sagrados
Virtude Indecente
Bellíssima
Mentiras Genuínas
Riquezas Ocultas
Escândalos Privados
Ilusões Honestas
A Testemunha
A Casa da Praia
A Mentira
O Colecionador
A Obsessão
Ao Pôr do Sol
O Abrigo
Uma Sombra do Passado
O Lado Oculto
Refúgio
Legado
Um sinal dos céus

Saga da Gratidão

Arrebatado pelo Mar
Movido pela Maré
Protegido pelo Porto
Resgatado pelo Amor

Trilogia do Sonho

Um Sonho de Amor
Um Sonho de Vida
Um Sonho de Esperança

Trilogia do Coração

Diamantes do Sol
Lágrimas da Lua
Coração do Mar

Trilogia da Magia

Dançando no Ar
Entre o Céu e a Terra
Enfrentando o Fogo

Trilogia da Fraternidade

Laços de Fogo
Laços de Gelo
Laços de Pecado

Trilogia do Círculo

A Cruz de Morrigan
O Baile dos Deuses
O Vale do Silêncio

Trilogia das Flores

Dália Azul
Rosa Negra
Lírio Vermelho

NORA ROBERTS

AURORA BOREAL

Tradução
Carolina Horta

1ª edição

BERTRAND BRASIL
Rio de Janeiro | 2022

CIP-BRASIL. CATALOGAÇÃO NA PUBLICAÇÃO
SINDICATO NACIONAL DOS EDITORES DE LIVROS, RJ

R549s   Roberts, Nora, 1950-
          Aurora boreal / Nora Roberts ; tradução Carolina Horta. - 1. ed. - Rio de
         Janeiro : Bertrand Brasil, 2022.

          Tradução de: Northern lights.
          ISBN 978-65-5838-134-1

          1. Ficção americana. I. Horta, Carolina. II. Título.

22-79677   CDD: 813
                        CDU: 82-3(73)

Gabriela Faray Ferreira Lopes - Bibliotecária - CRB-7/6643

Copyright © Nora Roberts, 2004

Título original: Northern Lights

Texto revisado segundo o novo Acordo Ortográfico da Língua Portuguesa.

Todos os direitos reservados.
Não é permitida a reprodução total ou parcial desta obra, por quaisquer meios,
sem a prévia autorização por escrito da Editora.

Direitos exclusivos de publicação em língua portuguesa somente para o Brasil
adquiridos pela:
EDITORA BERTRAND BRASIL LTDA.
Rua Argentina, 171 — 3º andar — São Cristóvão
20921-380 — Rio de Janeiro — RJ
Tel.: (21) 2585-2000,
que se reserva a propriedade literária desta tradução.

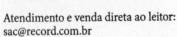

Seja um leitor preferencial.
Cadastre-se no site www.record.com.br
e receba informações sobre nossos
lançamentos e nossas promoções.

Atendimento e venda direta ao leitor:
sac@record.com.br

Ao meu precioso Logan, filho do meu filho.
A vida será seu baú de tesouros,
cheio com o reluzir das risadas,
o esplendor das aventuras,
o cintilar das descobertas,
o brilho da mágica.
E, através de cada uma dessas joias,
reluzirá, perseverante, o amor.

TREVAS

É o fim, minha senhora; o dia resplandecente se foi
E adentramos as trevas.
WILLIAM SHAKESPEARE

Ó, trevas, trevas, trevas no apogeu do dia,
Insanável escuridão, eclipse total
Sem que haja a esperança da aurora!
JOHN MILTON

Prólogo

⌘ ⌘ ⌘

Diário • *12 de fevereiro de 1988*

Cheguei a Sun Glacier por volta do meio-dia. Os solavancos do avião acabaram de vez com minha ressaca e amenizaram a sufocante realidade do mundo lá embaixo. O céu está limpo, como um cristal azul. Parece um daqueles cartões-postais, com o parélio ao redor do brilho frio e branco do sol, usados para atrair turistas. Vou considerar isso um sinal de que essa escalada era mesmo para acontecer. O vento está a cerca de dezoito quilômetros por hora; a temperatura é de agradáveis dez graus abaixo de zero. A geleira é tão grande quanto a bunda da Kate Prostituta — e tão gelada quanto aquele coração.

Ainda assim, Kate nos ofereceu uma bela despedida ontem à noite, até deu, digamos, um desconto por estarmos em grupo.

Nem sei que diabos estamos fazendo aqui; só sei que todo mundo tem que estar em algum lugar fazendo alguma coisa. Escalar o pico No Name no inverno é tão bom quanto fazer qualquer outra coisa, só que melhor que a maioria delas.

De vez em quando, um homem precisa de uma semana de aventuras — aventuras que não incluam bebidas baratas nem mulheres fáceis. Afinal, como apreciaríamos bebidas e mulheres se não déssemos um tempo de vez em quando?

E sair com alguns lunáticos mudou não só a minha sorte, mas também o meu humor. Quase nada me aborrece mais do que trabalhar por um salário no fim do mês, como se eu fosse apenas mais uma engrenagem do sistema. Mas as mulheres... elas realmente conseguem me tirar do sério.

Essa minha sorte inesperada deve deixar minhas garotas contentes. Então, decidi tirar uns dias só para mim com uns amigos.

Enfrentar as intempéries, arriscar a vida e alguns membros na companhia de outros homens tão bobos quanto eu é algo necessário para me lembrar de que estou vivo. Fazer isso sem ser por dinheiro ou obrigação, ou porque uma mulher está te enchendo o saco, mas apenas por pura imbecilidade, alimenta a vontade de viver.

Lá embaixo está ficando agitado demais. Estradas indo aonde antes não iam; pessoas vivendo onde antes não viviam. Quando vim para cá da primeira vez, não havia tanta gente e os malditos federais não regulavam tudo.

Licença para escalar? Para fazer trilhas numa montanha? Dane-se tudo isso, e danem-se também os babacas dos federais com todas essas regras e papeladas. As montanhas já estavam aqui muito antes de algum burocrata do governo descobrir uma forma de lucrar às custas delas. E aqui continuarão muito depois de irem com essa burocracia toda para o inferno.

E estou aqui agora, nestas terras que não pertencem a ninguém. Solo sagrado não tem dono.

Se fosse possível viver nas montanhas, armaria minha barraca e jamais sairia. Porém, sagrada ou não, ela é mortal, mais que uma esposa chata — e menos misericordiosa.

Então, vou aproveitar a semana com homens com quem tenho afinidade, escalando um pico que não tem nome e que se ergue sobre a cidade, o rio e os lagos; que contorna as terras que zombam das tentativas fracassadas dos federais de domá-las e preservá-las.

O Alasca não pertence a ninguém, além de si próprio; não importa quantas estradas, placas ou regras sejam criadas em seu território. Esta terra é a última das mulheres selvagens e Deus a ama assim, do jeito que é. Eu a amo.

Erguemos a base de nosso acampamento, e o sol já se pôs por trás dos grandes picos, derramando as trevas do inverno por todo o lugar. Aconchegados em nossa barraca, comemos bem, fumamos um baseado e conversamos sobre o dia seguinte.

Amanhã, nós escalamos.

Capítulo um

⌘ ⌘ ⌘

O CAMINHO ATÉ LUNATILÂNDIA • *28 de dezembro de 2004*

Encurralado na lata velha sacolejante que se passava por avião, seguindo, aos solavancos, em direção à cidade de Lunatilândia com pouca luz por entre fendas e desfiladeiros de montanhas cobertas de neve por causa do inverno, Ignatious Burke teve uma epifania.

Ele não estava tão preparado para morrer quanto achava.

Era uma merda perceber que seu destino estava nas mãos de um desconhecido, que usava um agasalho pesado amarelo-ovo e um chapéu de couro surrado por cima de uma touca roxa que escondia grande parte do rosto.

O desconhecido lhe parecera competente o bastante em Ancoragem ao dar um *high-five* animado em Nate antes de apontar para a lata velha com hélices.

Então, ele disse para ser chamado de Bocó. Foi quando o desconforto começou.

Quem poderia ser tão burro a ponto de embarcar em uma lata velha voadora pilotada por um cara chamado Bocó?

Mas a única forma segura de chegar a Lunatilândia naquela época do ano era de avião — pelo menos, assim dissera a prefeita Hopp quando ele a informou sobre seus planos.

O avião mergulhou bruscamente para a direita e, enquanto seu estômago embrulhava, Nate se perguntava qual seria a definição da prefeita para "forma segura".

Ele achava que não se importava com o que quer que poderia acontecer. Viver ou morrer, que diferença faria, no fim das contas? Quando embarcou no enorme jato no aeroporto de Baltimore-Washington, já tinha se conformado que, de qualquer forma, estava indo em direção ao fim de sua vida.

O psiquiatra do departamento o alertou sobre o perigo de tomar decisões importantes enquanto sofria de depressão, mas ele se candidatara para a vaga de delegado em Lunatilândia justamente porque o nome da cidade lhe pareceu adequado.

E aceitou o cargo com um dar de ombros como se dissesse "quem liga pra essa merda".

Mesmo agora, tonto, enjoado e sentindo os tremores da epifania, Nate percebeu que não era exatamente a morte que o preocupava, e sim como morreria. Não queria que tudo terminasse com ele se estraçalhando em uma montanha no meio dessa maldita escuridão.

Se, ao menos, tivesse permanecido em Baltimore, se tivesse tratado o psiquiatra e o capitão de maneira mais amigável, não teria sido rebaixado. As coisas não estariam assim tão ruins.

Mas não; ele jogou seu distintivo no lixo. Não apenas prejudicou quaisquer chances que ainda lhe restavam, mas destruiu quaisquer futuras possibilidades. Agora, terminaria como uma mancha de sangue em algum lugar do Alasca.

— A coisa vai ficar um pouco feia aqui — disse Bocó com um sotaque texano arrastado.

Nate engoliu um pouco de bile.

— E estava tudo tão tranquilo até agora.

Bocó abriu um sorriso e piscou:

— Isso não é nada. Você tinha que ver como é enfrentar um vento de proa.

— Eu dispenso. Quanto tempo ainda falta?

— Não muito.

O avião deu um solavanco e chacoalhou. Nate desistiu e fechou os olhos. E rezou para não aumentar a humilhação daquela morte vomitando nos sapatos.

Nunca mais entraria em um avião de novo. Se saísse dali vivo, cruzaria a fronteira do Alasca de carro. Ou andando. Ou rastejando. Mas jamais voaria outra vez.

O avião deu uma espécie de solavanco brusco que fez com que Nate arregalasse os olhos. Assim, ele viu pelo para-brisa o triunfar do sol, uma luz deslumbrante que penetrava a escuridão e dava ao céu um tom perolado, de maneira que o mundo abaixo parecia ser feito de longas faixas brancas e azuis, com repentinas elevações, superfícies reluzentes de lagos congelados e quilômetros e mais quilômetros de árvores salpicadas pela neve.

Na direita, o céu parecia borrado por uma massa que os habitantes locais chamavam de Denali, ou, simplesmente, de Montanha. Mesmo sua pesquisa meia-boca revelara que apenas os Forasteiros se referiam a ela como McKinley.

Enquanto seguiam ao longo da turbulência, seu único pensamento coerente foi que não deveria haver algo tão grande assim no mundo real. Enquanto o sol parecia refletir dedos divinos no céu carregado, as sombras começaram a descer e a se espalhar, o azul sobre o branco, e a gélida encosta reluziu.

Algo pareceu mudar dentro dele. Por um instante, esqueceu o enjoo, o ronco constante do motor e até o ar frio que se acomodou como uma névoa dentro do avião.

— É um monstrão, né?

— Sim. — Nate soltou a respiração. — Um monstrão.

A aeronave se movia suavemente para o oeste, mas ele não perdeu a montanha de vista. Agora, conseguia ver que o que achara que era uma estrada coberta de gelo era, na verdade, um sinuoso rio congelado. E, próximo à margem, o ser humano se espalhava com suas casas e construções e seus carros e caminhões.

A visão lembrava a ele um globo de neve antes de ser sacudido, tudo calmo e branco, à espera.

Algo chiou sob o chão.

— O que foi isso?

— O trem de pouso. Chegamos a Lunatilândia.

O avião rugiu enquanto perdia altitude e Nate se agarrou ao assento, preparando-se para o pouso.

— Como assim? Vamos aterrissar? Onde? Onde?

— No rio. Tá bem congelado nessa época do ano. Não se preocupa.
— Mas...
— Vamos usar os esquis.
— Esquis? — De repente, Nate se lembrou do quanto odiava esportes de inverno. — Não faria mais sentido usarmos um *skate*?

Bocó soltou uma risada enquanto o avião se aproximava da superfície de gelo.

— Não seria do caralho? *Skates* para avião... Loucura.

Em sintonia com as entranhas de Nate, a aeronave chacoalhou, sacudiu e derrapou. Então, deslizou suavemente até parar. Bocó desligou os motores e, no súbito silêncio, Nate conseguia ouvir os batimentos do próprio coração.

— Você não ganha o suficiente para isso — disse ele, finalmente. — Não é possível que você ganhe o suficiente para isso.

— Nem pensar! — Bocó deu um tapa no braço de Nate. — Não faço isso pelo dinheiro. Seja bem-vindo a Lunatilândia, delegado.

— É assim que se fala.

Ele decidiu não beijar o chão. Não só porque seria ridículo, mas porque ainda congelaria a boca. Em vez disso, botou as pernas fracas no frio indescritível, do lado de fora do avião, e torceu para conseguir se manter de pé até chegar em algum lugar quente, estável e são.

O maior problema dele agora era atravessar o gelo sem quebrar uma perna ou o pescoço.

— Não se preocupe com a bagagem, delegado — avisou Bocó. — Vou carregar pra você.

— Obrigado.

Equilibrando-se, Nate observou alguém parado na neve. Estava usando um agasalho pesado marrom com capuz e pelos pretos nas barras. E fumava em tragadas rápidas e impacientes. Usando a silhueta como guia, Nate caminhou naquela direção, procurando manter o máximo de dignidade enquanto seguia pela superfície incerta.

— Ignatious Burke.

A voz, rouca e feminina, alcançou seus ouvidos com uma nuvem de vapor. Ele escorregou, mas logo se firmou novamente, e, com o coração pulando, chegou à margem coberta de neve.

— Anastasia Hopp. — Ela estendeu a mão enluvada, de alguma maneira agarrou a dele e a sacudiu com presunção. — Ainda está um pouco pálido. Bocó, ficou tirando sarro com o novo delegado durante o voo?

— Não, senhora. Mas o tempo tava meio ruim.

— Como sempre. Bonitão você, mesmo passando mal. Aqui, tome um gole.

Ela tirou um cantil prateado do bolso e o entregou a ele.

— Eu...

— Vá em frente; você ainda não está em serviço. Um pouco de conhaque faz bem.

Concluindo que aquilo não poderia piorar as coisas, ele abriu o cantil e tomou um belo gole, sentindo o impacto do álcool bem no meio do estômago.

— Obrigado.

— Vamos acomodá-lo na Hospedaria e dar um tempo para recuperar o fôlego. — Ela seguiu a trilha tortuosa na frente. — Mais tarde, quando estiver descansado, vamos dar uma volta pela cidade. É uma viagem e tanto de Baltimore.

— É mesmo.

O lugar lhe pareceu o cenário de um filme — as árvores verdes e brancas, o rio, a neve, as construções de madeira, a fumaça saindo pelas chaminés. Era como um devaneio, um borrão, que fez com que percebesse que estava tão exausto quanto enjoado. Não tinha conseguido dormir em nenhum dos voos e calculou que estava acordado havia quase vinte e quatro horas.

— Um dia bom, de céu límpido. As montanhas estão um espetáculo. É o tipo de paisagem que atrai turistas.

Era tudo tão perfeito como em um cartão-postal, quase falso. Parecia que ele havia entrado no filme — ou no sonho de alguém.

— Bom ver que você se preparou bem. — Ela o avaliou enquanto falava. — Muita gente dos estados lá de baixo aparece por aqui com sobretudos chiques e botas de grife, e não aguenta o frio.

Ele havia comprado as roupas que estava vestindo, desde a roupa de baixo térmica até a maior parte do que trouxera na bagagem, na loja online da Eddie Bauer depois de receber um e-mail da prefeita Hopp com sugestões.

— Você foi bem específica quanto ao que eu precisaria.

Ela assentiu com a cabeça.

— E bem específica também quanto ao que precisamos aqui. Não me decepcione, Ignatious.

— Nate. Não pretendo decepcioná-la, prefeita Hopp.

— Só Hopp. É assim que me chamam. — Ela subiu os degraus de uma varanda de madeira comprida. — Esta é a Hospedaria: hotel, bar, lanchonete, clube. Você tem um quarto aqui como parte do seu salário. Se quiser ficar em outro lugar, a decisão é sua. A proprietária é a Charlene Hidel. Ela serve uma comida boa e mantém o lugar em ordem. Vai tomar conta de você. E também vai tentar transar com você.

— Perdão?

— Você é um homem atraente; e esse é o ponto fraco da Charlene. Ela é velha demais para você, mas vai achar que não. Se quiser achar que não é velha demais, você é quem sabe.

Então ela sorriu, e ele percebeu que, sob o capuz, o rosto dela era avermelhado e tinha um formato de maçã. Seus olhos eram alegres e cor de avelã, e os lábios, finos e curvados nos cantos.

— Temos mais homens que mulheres, como grande parte do Alasca, mas isso não significa que as moças daqui não vão vir xeretar. Você é carne nova no pedaço, e muitas vão querer tirar uma casquinha. Faça o que quiser no seu tempo livre, Ignatious, só não fique por aí transando quando estiver em serviço.

— Vou anotar isso.

Ela soltou uma risada que parecia uma buzina: dois gritos rápidos. Para dar ênfase, deu um tapinha no braço de Nate.

— É bom mesmo.

Ela escancarou a porta e o guiou para dentro, para o calor abençoado.

O cheiro da lenha queimando, do café, do refogado e de um perfume feminino atrevido dominaram suas narinas.

Era um enorme salão informalmente segmentado entre uma lanchonete, com mesas de dois e quatro lugares e cinco reservados com poltronas, e um bar, com banquetas alinhadas, de um estofado vermelho já gasto no meio por conta de anos de bundas se acomodando nelas.

Havia uma grande entrada à direita e, ali, era possível ver uma mesa de sinuca e o que parecia ser um pebolim, além das chamativas luzes de um *jukebox*.

À esquerda, outra entrada exibia o que parecia ser um saguão. Ele viu parte de um balcão e cubículos cheios de chaves, alguns envelopes ou blocos de anotações.

A lenha queimava rapidamente na lareira, e as janelas frontais eram projetadas para ostentar a vista espetacular para a montanha.

Havia uma garçonete grávida de muitos meses, com os cabelos pretos brilhosos presos em uma longa trança. Aquele rosto era tão hipnotizante, tão sereno e belo, que ele teve que piscar os olhos. Para ele, ela parecia a versão indígena do Alasca da Madonna, com doces olhos escuros e pele dourada.

Ela servia o café para dois homens em um reservado. Um menino, de uns quatro anos, estava sentado a uma mesa com um livro de colorir. Um homem com um paletó de *tweed* estava sentado no bar, fumando e lendo um exemplar velho de *Ulisses*.

Em uma mesa mais afastada, um homem de barba castanha na altura do peito, usando uma camisa xadrez de flanela desbotada, parecia ter uma conversa calorosa consigo mesmo.

Os olhares se voltaram na direção de Nate e da prefeita e vários cumprimentos foram direcionados a Hopp, que tirava o capuz e revelava a sedosa cabeleira grisalha. Logo todos encararam Nate, com expressões que iam de curiosidade e especulação à hostilidade nada disfarçada do barbudo.

— Este é Ignatious Burke, o nosso novo delegado — anunciou Hopp enquanto abria o zíper do casaco. — Dex Trilby e Hans Finkle estão ali no reservado, e lá está Bing Karlovski, com aquela carranca estampada no pouco que se pode ver do rosto dele. Rose Itu está atendendo as mesas. Como está o bebê hoje, Rose?

— Agitado. Seja bem-vindo, delegado Burke.

— Obrigado.

— Este é o Professor. — Hopp cutucou o ombro do homem que vestia o paletó de *tweed* enquanto atravessavam o bar. — Aconteceu algo diferente nesse livro desde a última vez que você leu?

— Sempre acontece. — Ele abaixou os óculos de leitura com armação de metal para dar uma boa olhada em Nate. — Longa viagem.

— Foi mesmo — concordou Nate.

— Não chegou ao fim ainda. — Ajeitando os óculos, o Professor voltou a atenção para o livro.

— E essa gracinha é o Jesse, filho da Rose.

O menino manteve a cabeça abaixada sobre o livro de colorir, mas ergueu o olhar. Seus grandes olhos escuros espiaram por trás da franja de cabelos pretos. Então, ele puxou o casaco de Hopp pela manga para que ela se abaixasse para ouvi-lo.

— Não se preocupe. Vamos dar uma bronca nele.

A porta de dentro do bar se abriu, e um homem negro e robusto, vestindo um enorme avental branco, apareceu.

— Mike Grandão! — anunciou Hopp. — Este é o cozinheiro. Era da Marinha, até que uma das moças daqui chamou a atenção dele quando estava em Kodiak.

— Caí na rede feito um peixinho — disse Mike Grandão com um sorriso largo. — Bem-vindo a Lunatilândia.

— Obrigado.

— Queremos um prato bem saboroso e quente aqui para o nosso novo delegado.

— A sopa de peixe tá boa hoje — informou Mike Grandão. — Vai te fazer bem. A não ser que prefira carne vermelha, delegado.

Nate levou alguns segundos para entender que ele era o "delegado"; segundos que foram suficientes para ver que todos os olhares do lugar estavam voltados para si.

— Pode ser a sopa. Parece boa.

— Vamos trazer uma para você, então. — Ele retornou à cozinha e Nate pôde ouvir sua voz de barítono cantarolando "Baby, It's Cold Outside".

Cenografia, cartão-postal, ele pensou. Ou uma peça. De qualquer forma, sentia-se um acessório cenográfico empoeirado.

Hopp levantou o dedo para Nate não a seguir enquanto ela ia até o saguão. Ele a observou apressar-se para o outro lado do balcão e pegar uma chave de um dos cubículos.

Assim que o fez, a porta atrás do balcão se abriu. Foi aí que aquele mulherão surgiu.

Ela era loura — o que Nate achava que combinava em mulherões como ela — e seus cabelos dourados desciam em ondas até lhe tocarem os incríveis seios, exibidos pelo decote da malha azul e aconchegante que vestia. Demorou um momento até que erguesse os olhos para o rosto dela, pois a malha estava por dentro de um jeans tão apertado que deve ter esmagado alguns órgãos.

Não que ele achasse isso ruim.

Aquele rosto abrigava olhos muito azuis, que demonstravam uma inocência bem contrastante com os lábios vermelhos carnudos. Ela exagerava na maquiagem e o fez se lembrar de uma boneca Barbie.

Uma Barbie que parte o coração dos homens.

Apesar das roupas apertadas, tudo o que podia balançar balançava conforme a mulher contornava o balcão com seus saltos-agulha pretos e rebolava em direção à lanchonete. E se posicionava de um jeito descontraído sobre o bar.

— Olá, bonitão.

Aquela voz soava como um ronronar rouco — era provável que fosse treinada — projetada para drenar todo o sangue da cabeça do homem e fazer o QI dele se igualar ao de um nabo.

— Charlene, comporte-se. — Hopp chacoalhou as chaves. — O rapaz está cansado e não se sente muito bem. Não tem energia para lidar com você agora. Delegado Burke, Charlene Hidel. Ela é a dona deste lugar. A prefeitura está cobrindo os gastos da hospedagem aqui como parte do seu salário, então não se sinta obrigado a oferecer nada em troca.

— Hopp, você é tão *malvada*. — Charlene sorriu como um gatinho ofendido. — Eu posso acompanhá-lo até o quarto, delegado Burke, e acomodá-lo. Depois, levaremos algo quente para você comer.

— Eu vou acompanhá-lo. — Hopp fechou o punho intencionalmente em torno das chaves, deixando a grande etiqueta preta com o número do quarto à vista. — Bocó vai levar a bagagem dele lá para cima. Mas não seria má ideia que Rose levasse para o quarto a sopa que Mike está preparando para ele. Vamos, Ignatious. Você pode socializar quando não estiver quase desmaiando.

Ele poderia ter rebatido, mas não viu motivos para isso. Seguiu a prefeita tão obediente como um cãozinho que segue seu dono, passando por uma porta e subindo as escadas.

Ouviu uma voz resmungar *"cheechako"* em certo tom de repulsa. Supôs ser uma ofensa, mas não se importou.

— Charlene não faz mal a ninguém — disse Hopp —, mas gosta de provocar até o último fio de cabelo de um homem se tiver a chance.

— Não se preocupe comigo, *mãe*.

Ela soltou novamente aquela risada de buzina e colocou a chave na fechadura do quarto 203.

— Um homem a abandonou uns quinze anos atrás com uma filha para criar, sozinha. Até que ela fez um trabalho decente com Meg, apesar de andarem sempre às turras uma com a outra. Muitos homens já passaram pela vida dela desde então e estão ficando cada vez mais novos. Eu te disse que ela era velha demais para você. — Hopp olhou para trás. — Mas a verdade é que, do jeito que as coisas andam, você é que é velho demais para ela. Trinta e dois anos, certo?

— Trinta e dois anos quando saí de Baltimore. Quanto tempo será que faz?

Hopp sacudiu a cabeça e abriu a porta.

— Charlene é mais de dez anos mais velha que você. Tem uma filha quase da sua idade. Talvez seja bom se lembrar disso.

— Achava que as mulheres ficavam animadas quando uma de vocês pega um homem mais novo.

— Dá para ver o quanto você não entende de mulheres. Ficamos com raiva, isso sim, porque não o pegamos primeiro. Bom, é aqui.

Ele entrou no quarto todo de madeira com uma cama de ferro, uma cômoda e um espelho de um lado, e uma pequena mesa redonda, duas cadeiras e uma escrivaninha do outro.

Era limpo, simples e tão interessante quanto um saco de arroz branco.

— Tem uma pequena cozinha aqui. — Hopp entrou e puxou uma cortina azul, que revelava um frigobar, um fogão de duas bocas e uma pia do tamanho da mão em concha de Nate. — A não ser que adore cozinhar, recomendo que coma lá embaixo. A comida daqui é boa. Não é um hotel cinco estrelas e há quartos melhores aqui, mas o orçamento está apertado. — Atravessou o quarto e abriu uma porta. — Banheiro. E esse tem encanamento interno.

—— OBA. — Ele espiou dentro do cômodo.

A pia era um pouco maior que a da cozinha. Não havia banheira, mas o chuveiro daria para o gasto.

— Trouxe a sua bagagem, delegado. — Bocó adentrou com duas malas e uma bolsa de lona, como se estivessem vazias, e as deixou sobre a cama, afundando o colchão com o peso. — Se precisar de mim, estarei lá embaixo comendo alguma coisa. Vou passar a noite aqui e voltar para Talkeetna com o avião amanhã de manhã.

Ele encostou o dedo na testa em cumprimento e saiu com passadas pesadas.

— Merda. Espere! — Nate começou a procurar nos bolsos.

— Deixa que eu cuido da gorjeta — disse Hopp. — Até que comece a bater o ponto, você é um convidado da prefeitura de Lunatilândia.

— Agradeço.

— Espero vê-lo trabalhar por isso, então veremos.

— Serviço de quarto! — cantarolou Charlene enquanto entrava no quarto com uma bandeja. Seus quadris iam de um lado para o outro como um metrônomo conforme ela se encaminhava até a mesa. — Trouxe uma bela sopa de peixe para você, delegado, e um sanduíche enorme. O café está quente.

— Que cheiro bom. Obrigado, srta. Hidel.

— Ah, que isso! Pode me chamar de Charlene. — Ela piscou os olhos azul-bebê repetidas vezes, e Nate teve certeza de que ela praticava. — Somos uma grande família feliz aqui.

— Se isso fosse verdade, não precisaríamos de um delegado.

— Não o assuste assim, Hopp. O quarto lhe agrada, Ignatious?

— Nate. Sim, obrigado. É ótimo.

— Encha essa barriga e repouse — aconselhou Hopp. — Quando estiver descansado, ligue para mim. Vou te mostrar a cidade. Seu primeiro compromisso oficial será uma reunião na prefeitura amanhã à tarde, quando será apresentado a todos os interessados. Antes, você vai conhecer a delegacia e os dois subdelegados, e Peach também. E vamos lhe entregar sua estrela.

— Estrela?

— Jesse quis garantir que você recebesse uma estrela. Vamos, Charlene. Vamos deixar o homem em paz.

— Ligue para a recepção caso precise de alguma coisinha. — Charlene abriu um sorriso convidativo. — *Qualquer* coisinha.

Atrás de Charlene, Hopp revirou os olhos. Para encerrar o assunto, ela colocou a mão no braço de Charlene e a puxou para a porta. Deu para escutar o barulho do salto alto no taco, um gritinho delicado e o bater da porta atrás delas.

Do outro lado, Nate conseguiu ouvir o insulto na voz sussurrada de Charlene:

— Qual é o seu *problema*, Hopp? Estava apenas tentando ser amigável.

— Existe uma diferença entre ser amigável como dona do hotel e ser amigável como dona do bordel. Um dia, você vai perceber a diferença.

Ele aguardou até ter certeza de que as duas tinham se afastado e foi trancar a porta. Em seguida, tirou o agasalho, deixando-o cair no chão, e a touca, que deixou de lado; desenrolou o cachecol, também o jogando no chão; abriu o zíper do colete térmico e o acrescentou à pilha de roupas.

Apenas de camisa, calça, roupa de baixo térmica e botas, ele seguiu até a mesa, pegou a sopa e uma colher, e foi na direção das janelas escuras.

Eram três e meia da tarde — de acordo com o relógio na mesa de cabeceira —, e estava tão escuro que poderia ser meia-noite. Os postes de luz iluminavam a rua, reparou enquanto pegava um pouco de sopa com a colher, e era possível distinguir os contornos das construções ao redor. Havia decorações de Natal com luzes coloridas, papais-noéis nos telhados e renas de papelão.

No entanto, não se viam pessoas, vida, movimento.

Ele comeu mecanicamente, cansado demais, esfomeado demais, para sequer sentir qualquer sabor.

Não havia nada ali fora além de um cenário de filme, ele pensou. As casas poderiam ser apenas fachadas falsas, e as pessoas que conheceu no hotel, apenas personagens daquela ilusão.

Talvez tudo fosse apenas uma alucinação bem elaborada, sintoma da depressão, do luto, da raiva — qualquer que fosse a combinação desagradável que o havia catapultado para o vazio.

Ele acordaria em sua própria casa, em Baltimore, e tentaria acumular energia para enfrentar mais um dia.

Pegou o sanduíche e também o comeu enquanto observava a vista para o mundo vazio, preto e branco, com suas estranhas luzes festivas.

Talvez ele saísse e fosse até aquele mundo deserto. Viraria mais um personagem na ilusão esquisita. Depois, desapareceria aos poucos, como o último carretel de um filme antigo. E tudo chegaria ao fim.

Enquanto estava ali, de pé, parado, uma parte sua pensando que tudo poderia se acabar, e a outra desejando que tudo se acabasse, uma silhueta se pôs em cena. Suas vestes eram de um vermelho vivo, ousado, que parecia se destacar e salpicar movimento à cena desbotada.

Eram movimentos confiantes e decididos. Uma vida com uma missão, movimentos com um propósito. Passos largos, competentes e rápidos, marcados no branco que marcava a sombra daquelas pegadas na neve.

Estive aqui. Estou vivo e estive aqui.

Ele não sabia se era homem ou mulher, ou até uma criança, mas havia algo naquela rajada de cor, naquela confiança no modo de andar, que chamou sua atenção.

Como se sentisse que estava sendo observada, a silhueta parou e olhou para cima.

Nate teve a impressão de que o preto e branco retornaram. Rosto branco, cabelo preto. Ainda assim, tudo parecia um borrão a distância no escuro.

Houve um longo instante de quietude, de silêncio. Em seguida, a silhueta retomou a caminhada em direção à Hospedaria e sumiu de vista.

Após um minuto de reflexão, ele tirou as malas da cama e as largou no chão, intocadas. Tirou as roupas, ignorando o frio do quarto contra sua pele exposta, e se arrastou para baixo da montanha de cobertas como um urso se arrasta para dentro de sua caverna no inverno.

E ali ficou: um homem de trinta e dois anos, com uma massa volumosa e desordenada de cabelos castanhos que se ondulavam em torno de um rosto longo e magro, abatido pela exaustão, com olhos acinzentados, nublados pelo desespero. Sob a barba por fazer de um dia estava a pele pálida com pinceladas de fatiga. Apesar de a comida ter aliviado as reclamações de seu estômago, ele continuava letárgico, como se estivesse sob o efeito de uma gripe forte.

Preferia que a Barbie — Charlene — tivesse trazido uma bebida alcoólica em vez de um café. Não que bebesse muito — o que imaginava que o tinha salvado de cair no alcoolismo, junto com todo o resto —, ainda assim, umas boas doses o ajudariam a desligar o cérebro e dormir.

Ele podia ouvir o vento agora. Não havia som algum antes, mas ele uivava contra as janelas. Ouviu também o rangido da madeira do quarto e a sua própria respiração.

Três sons solitários, que ficavam ainda mais solitários quando juntos.

Ignore-os, disse a si mesmo. Ignore todos.

Dormiria umas poucas horas, pensou. Então, tomaria um banho para se livrar da imundície da viagem e se entupiria de café.

Só depois, decidiria que diabos faria.

Apagou a luz, e o quarto mergulhou na escuridão. Em poucos segundos, ele também.

Capítulo dois

⌘ ⌘ ⌘

A ESCURIDÃO O envolvia, o sugava como areia movediça, quando o sonho o arrancou do sono. Sua respiração estava ofegante ao voltar à realidade, lutando por ar. Sua pele estava úmida de suor enquanto afastava violentamente as cobertas.

O cheiro do ambiente não lhe era familiar — cedro, café amanhecido, um sutil toque de limão. Foi quando lembrou que não estava em seu apartamento em Baltimore.

Ele enlouquecera e fora para o Alasca.

Os números luminosos do relógio ao lado da cama marcavam cinco e quarenta e oito.

Então ele conseguira dormir um pouco, antes de o sonho trazê-lo de volta para a realidade.

Também estava sempre escuro no sonho. Noite de trevas, uma chuva pálida e suja. Cheiro de pólvora e sangue.

Meu Deus, Nate, meu Deus. Fui atingido.

A chuva fria corria pelo seu rosto, o sangue morno escorria pelos seus dedos. Sangue dele, e sangue de Jack.

Ele não fora capaz de estancar o sangramento, assim como não fora capaz de fazer a chuva parar de cair. Ambos estavam além de sua capacidade e, ali, naquele beco em Baltimore, levaram consigo tudo o que lhe restava.

Era para ter sido eu, pensou. Não Jack. Ele deveria estar em casa com a esposa e os filhos. Eu é que deveria ter morrido em um beco imundo, naquela chuva imunda.

Mas sobrevivera, com um tiro na perna e uma bala que o atravessara na lateral, logo acima da cintura, que foram suficientes para derrubá-lo e atrasá-lo, fazendo com que Jack fosse na frente.

Segundos, pequenos erros, e um homem bom fora morto.

Ele teria de viver com aquilo. Pensara em tirar a própria vida, mas seria egoísmo e não honraria a memória de seu parceiro, seu amigo. Viver com aquilo era mais difícil que morrer.

Viver era mais punitivo.

Ele se levantou e foi até o banheiro. Sentiu-se pateticamente grato pelo fio de água quente que saía do chuveiro. Demoraria um bom tempo até que o jato fino o livrasse do que pareciam ser camadas e mais camadas de sujeira e suor, mas não tinha problema. O tempo não importava.

Ele se vestiria, desceria as escadas, tomaria um café. Talvez ligasse para a prefeita Hopp e fosse conhecer a delegacia. Tentaria soar mais coerente e apagar aquela primeira impressão que passou de um idiota sonolento.

Assim que saiu do banho e terminou de fazer a barba, sentiu-se mais como si mesmo. Escolheu roupas limpas e se vestiu, com várias camadas.

Ao pegar a parafernália da rua, olhou para o espelho e disse:

— Delegado Ignatious Burke, Lunatilândia, Alasca. — Balançando a cabeça, quase sorriu. — Bom, delegado, vamos lá pegar a sua estrela.

Ele foi para o andar de baixo, surpreso com o silêncio. Pelo que lera, lugares como a Hospedaria eram pontos de encontro da população local. As noites de inverno eram longas, escuras e solitárias, e ele esperara ouvir algum barulho no bar, talvez o bater de bolas de bilhar ou uma música *country* antiga tocando no *jukebox*.

Mas, quando pôs os pés na lanchonete, a bela Rose estava servindo café, assim como no dia anterior. Era possível que os fregueses fossem os mesmos dois homens, Nate não tinha certeza. O filho dela estava sentado à mesa, colorindo seu livro com zelo.

Nate olhou o relógio de pulso já com o horário local: sete e dez.

Rose se virou para ele e sorriu:

— Olá, delegado.

— Está calmo esta noite.

— Já é de manhã. — O rosto da garçonete se iluminou com um sorriso ainda mais largo.

— Como assim?

— São sete da manhã. Aposto que o senhor faria bom proveito de um café da manhã.

— Eu...

— Leva um tempo para se acostumar. — Ela acenou na direção das janelas escuras. — Vai clarear um pouco em algumas horas. Por que não se senta? Vou trazer um café para acordá-lo.

Ele dormira o dia inteiro e não sabia se ficava envergonhado ou satisfeito. Não conseguia se lembrar da última vez que tivera mais de cinco ou seis horas de um sono irregular.

Tirou o casaco pesado e o colocou sobre o banco de um reservado e decidiu se empenhar no relacionamento com a comunidade. Aproximando-se de Jesse, colocou a mão no encosto de uma cadeira.

— Este lugar está vazio?

O menino deu uma olhada lenta por baixo da franja e balançou a cabeça. Com a língua entre os dentes, continuou colorindo enquanto Nate se sentava.

— Maneira essa vaca roxa — comentou Nate, observando o trabalho atual do garoto.

— Não existe vaca roxa; só se você pintar elas assim.

— Estou sabendo. Você estuda arte no ensino médio?

Os olhos de Jesse se arregalaram.

— Ainda não vou pra escola porque só tenho quatro anos.

— Sério? Quatro? Achei que tivesse uns dezesseis. — Nate se recostou e piscou para Rose enquanto ela lhe servia café em uma pesada caneca branca.

— Fiz aniversário e teve bolo e um milhão de balões. Né, mãe?

— É isso aí, Jesse — respondeu Rose e colocou um cardápio próximo ao cotovelo de Nate.

— E vou ter irmãozinho daqui a pouco. Também tenho dois cachorros e...

— Jesse, deixe o delegado Burke dar uma olhada no cardápio.

— Na verdade, eu ia pedir mesmo para ele me recomendar alguma coisa. O que devo comer no café da manhã, Jesse?

— Panqueca!

— Vou querer panqueca, então. — Ele devolveu o cardápio para Rose. — Por enquanto, é só!

— Qualquer coisa, me chame — disse ela, mas estava com as bochechas coradas de satisfação.

— Seus cachorros são de que raça? — perguntou Nate.

A partir dali o delegado foi entretido pelas aventuras dos cães de Jesse enquanto tomava o café da manhã.

Era bem melhor começar o dia com um prato de panquecas e um garotinho fofo do que com um pesadelo recorrente. Seu humor melhorou e, quando estava prestes a ligar para Hopp, ela apareceu na porta.

— Fiquei sabendo que já estava acordado — disse ela, colocando o capuz para trás. Flocos de neve caíram de seu casaco. — Parece melhor que ontem.

— Desculpe ter caído no sono ontem.

— Não tem problema. Teve uma boa noite de sono e tomou o café da manhã em boa companhia — acrescentou, sorrindo para Jesse. — Está pronto para um passeio?

— Com certeza.

Ele se levantou para vestir o casaco.

— Mais magro do que eu esperava.

Ele encarou Hopp. Sabia que estava franzino. Quando um homem de quase um metro e oitenta que pesava setenta e três quilos e perdia quase cinco, o resultado tinha que ser franzino.

— Isso mudará em breve se eu continuar comendo panquecas.

— Bastante cabelo...

Ele colocou a touca.

— Fica crescendo na minha cabeça.

— Gosto de homens com bastante cabelo. — A prefeita abriu a porta. — Cabelo ruivo também.

— É castanho — corrigiu ele, automaticamente, enfiando a touca ainda mais na cabeça.

— Muito bem. Vá se sentar um pouco, Rose — ela gritou sobre o ombro, então saiu para o vento e a neve.

O frio o atingiu como um trem desenfreado.

— Jesus! Até os olhos congelam.

Ele entrou no Ford Explorer que ela havia estacionado no meio-fio.

— Seu sangue ainda é fino.

— Mesmo que fosse grosso, continuaria com um frio do caralho. Desculpa.

— Não tenho problemas com linguajar franco. Claro que está frio pra caralho; é dezembro! — A prefeita soltou sua risada explosiva e ligou o carro. — Vamos começar o percurso de carro. Não há motivo para irmos tropeçando no escuro.

— Quantas pessoas morrem aqui por exposição e hipotermia por ano?

— Nas montanhas, mais de um. Mas, geralmente, são turistas ou loucos. Um homem chamado Teek se embebedou tanto uma noite, vai fazer três anos em janeiro, que congelou até a morte em um anexo do lado de fora da própria casa, lendo uma *Playboy*. Mas ele era um imbecil. Quem mora aqui sabe se cuidar, e os *cheechakos* que sobrevivem ao inverno acabam aprendendo... ou vão embora.

— *Cheechakos*?

— Recém-chegados. A natureza deve ser levada a sério, mas se aprende a viver com ela. E, se for esperto, vai tirar proveito dela; sair para andar de esqui ou *snowshoe*, patinar no rio congelado, pescar no gelo. — Ela deu de ombros. — Tome cuidado e aproveite, porque ela não vai a lugar algum.

Ela dirigiu com competência e estabilidade pelas ruas cheias de neve.

— Ali fica a clínica. Temos um médico e uma enfermeira.

Nate analisou a construção térrea pequena.

— E se eles não puderem lidar com alguma coisa?

— Vá de avião para Ancoragem. Uma moça que mora fora da cidade pilota esses voos pequenos: Meg Galloway.

— Uma mulher?

— Você é machista, Ignatious?

— Não. — Talvez. — Só estou perguntando.

— Meg é a filha de Charlene. Uma pilota e tanto! Meio maluca, mas competente no que faz, na minha opinião. Era ela quem ia trazê-lo de Ancoragem, mas você chegou um dia depois do que esperávamos, e ela tinha outro voo marcado, então chamamos Bocó, de Talkeetna. É provável que Meg esteja na reunião da prefeitura mais tarde.

Nossa, isso vai ser divertido, Nate pensou.

— A Loja da Esquina tem tudo o que você precisa; senão, eles conseguem para você. É o prédio mais velho de Lunatilândia. Foi construído por caçadores no começo do século XIX, e Harry e Deb estão sempre fazendo melhorias, desde que o compraram, em 1983.

O lugar era duas vezes maior que a clínica e tinha dois andares. Pelas janelas, já era possível ver as luzes brilhando.

— O correio funciona no banco por enquanto, mas vamos construir um no próximo verão. E aquele lugarzinho ali do lado é o Restaurante Italiano; ótima pizza. Não entregam fora da cidade.

— Pizzaria.

— Um nova-iorquino descendente de italianos veio para cá três anos atrás, para caçar. Apaixonou-se e nunca foi embora. Johnny Trivani. Batizou a pizzaria de Trivani's no começo, mas todos chamavam de "restaurante italiano", então acabou ficando. Ele pretende abrir uma padaria também. E diz que vai encomendar uma daquelas noivas russas pela internet... talvez faça isso mesmo.

— Vão ter blinis feitos na hora?

— Tomara que sim. A redação do jornal da cidade fica ali naquele galpão — disse ela, apontando. — Os donos estão fora da cidade; saíram com os filhos de férias para San Diego logo após o Natal. KLUN, a rádio local, faz as transmissões daquele prédio ali. Mitch Dauber faz quase tudo sozinho. É um filho da mãe bem divertido na maior parte do tempo.

— Vou escutar.

Ela deu a volta e retornou à direção de onde vieram.

— A menos de um quilômetro a oeste fica a escola. Vai do jardim de infância ao ensino médio. Há setenta e oito estudantes lá. Também tem aulas para adultos, além de aulas de ginástica, artes, coisas do tipo. Do degelo ao congelamento, os alunos ficam até a noite. Em outras épocas, só de dia.

— Do degelo ao congelamento?

— Quando o rio começa a descongelar, quer dizer que a primavera está chegando. Quando congela, é melhor preparar as ceroulas.

— Saquei.

— Há quinhentas e seis almas dentro do que chamamos de limites da cidade e mais cerca de cento e dez, aproximadamente, que vivem fora da cidade, mas que ainda estão dentro do nosso distrito. Seu distrito agora.

Para Nate, aquilo ainda parecia um cenário montado, longe da realidade. E ainda mais longe de pertencer a ele.

— O corpo de bombeiros só de voluntários funciona ali. E aqui está a prefeitura. — Ela desacelerou e parou na frente de uma grande construção de madeira. — Meu marido ajudou a construir este prédio há treze anos. Ele foi o primeiro prefeito de Lunatilândia e ficou no cargo até morrer... Vai fazer quatro anos em fevereiro.

— Ele morreu de quê?

— Infarto. Estava jogando hóquei no lago congelado. Marcou um gol, caiu de joelhos e morreu. Típico dele.

Nate aguardou um instante e perguntou:

— Quem ganhou?

Hopp soltou uma risada alta.

— Ele empatou o jogo com aquele gol. Nunca terminaram a partida. — Ela seguiu com o carro adiante. — Chegamos ao seu destino.

Nate espiou através da escuridão e da neve que caía. Viu um prédio em um bom estado, emoldurado por madeira, obviamente mais novo que seus companheiros. Era estilo bangalô, com uma pequena varanda fechada e uma janela de cada lado da porta, ambas com venezianas verde-escuras.

Um caminho fora aberto ao longo da neve, por pá ou por pés, da rua até a porta, e um modesto acesso à garagem — limpo recentemente, ao que parecia — já se encontrava encoberto sob alguns centímetros de neve fresca. Uma caminhonete azul estava estacionada ali, e outro caminho estreito serpenteava até a porta.

A luz refletia em ambas as janelas e uma fumaça acinzentada saía de uma chaminé preta no telhado.

— Estamos em horário de expediente?

— Você, sim. Eles sabem que você chega hoje. — Ela estacionou atrás da caminhonete. — Preparado para conhecer sua equipe?

— Mais preparado, impossível.

Ele saltou do carro e percebeu que o frio lhe era tão sufocante quanto antes. Respirando através dos dentes cerrados, seguiu Hopp pelo caminho estreito que ia até a porta.

— Chamamos isto aqui de entrada ártica. — Ela adentrou a varanda fechada, protegida do vento e do frio. — Ajuda a diminuir a perda de calor no prédio principal. É um bom lugar para pendurar o seu casaco.

A prefeita tirou o casaco e o pendurou em um cabideiro. Nate a imitou e, em seguida, tirou as luvas, guardando-as em um dos bolsos do casaco.

Depois, despiu-se da touca e do cachecol. Então, imaginou se algum dia acharia normal se agasalhar como um explorador do polo norte toda vez que tivesse que passar por uma porta.

Hopp empurrou a outra porta e os dois entraram no ambiente envolto pelo cheiro de lenha queimando e café.

As paredes tinham um tom de bege industrial; o piso era de linóleo manchado. Havia um pequeno fogão a lenha no canto direito, aos fundos. Sobre ele, uma grande chaleira de ferro fundido soltava fumaça pelo bico.

Duas mesas de metal se tocavam nas laterais no lado direito da sala, e havia uma fileira de cadeiras de plástico e uma mesinha de centro com revistas do outro lado. Ao longo da parede dos fundos, um balcão se estendia, com um rádio transmissor, um computador e uma pequena árvore de Natal de cerâmica — um verde impossível na natureza.

Ele reparou nas portas de cada lado do balcão e no quadro de avisos com bilhetes e anotações fixos.

E nas três pessoas que fingiam não encará-lo.

Supôs que os dois homens eram os subdelegados. Um deles parecia quase não ter idade para votar, e o outro parecia ter idade suficiente para ter votado em Kennedy. Ambos vestiam calças pesadas de lã, botas grossas e camisas de flanela com distintivos afixados.

O mais jovem era nativo do Alasca, com cabelos pretos escorridos quase na altura dos ombros, profundos olhos amendoados, tão escuros quanto a noite, e uma expressão quase dolorosa de juventude e inocência em seu rosto anguloso.

O mais velho tinha o rosto avermelhado pelo frio, cabelos com corte militar, papada e cerrava os olhos de um azul esmaecido, emoldurados por profundas rugas. Sua figura robusta contrastava com a delicadeza de seu parceiro. Nate achou provável que fosse um militar aposentado.

A mulher era redonda como uma fruta, tinha bochechas rechonchudas e avermelhadas e um peito generoso, escondido sob uma malha rosa bordada com flocos de neve brancos. Seus cabelos grisalhos estavam presos num coque no alto da cabeça. Havia um lápis saindo dele, e ela segurava um prato de pães doces.

— Ora, a gangue está toda aqui. Delegado Ignatious Burke, esta é a sua equipe. Subdelegado Otto Gruber.

O subdelegado de cabelo com corte militar se aproximou e estendeu uma das mãos.

— Delegado.

— Subdelegado Gruber.

— Subdelegado Peter Notti.

— Delegado Burke.

Algo naquele sorriso hesitante lhe lembrou algo.

— Subdelegado, você é parente de Rose?

— Sim, senhor. Ela é minha irmã.

— Por último, mas não menos importante, sua despachante, secretária e portadora de pãezinhos de canela, Marietta Peach.

— Que bom que está aqui, delegado Burke. — Sua voz era tão sulista quanto julepo de menta bebericado em uma varanda. — Espero que esteja se sentindo melhor.

— Estou bem, obrigado, srta. Peach.

— Vou mostrar ao delegado o resto da delegacia e, depois, vou deixá-los se conhecendo. Ignatious, por que não damos uma olhada nos... seus quartos de hóspedes?

Ela o levou até a porta à direita. Havia duas celas, ambas com beliches. As paredes pareciam recém-pintadas, e o piso, limpo recentemente. Dava para sentir o cheiro de Lysol.

Não havia ocupantes.

— Este lugar costuma ser usado com frequência? — questionou Nate.

— Bêbados e arruaceiros, principalmente. A pessoa tem que estar muito embriagada e fazer muita bagunça para garantir uma noite na cadeia em Lunatilândia. Você verá algumas agressões, vandalismo ocasional, mas essas coisas costumam ser causadas por moleques entediados. Vou pedir que a equipe lhe entregue o relatório detalhado dos crimes cometidos aqui. Não temos advogados, então, se alguém quiser muito um, terá que ligar para Ancoragem ou para Fairbanks, a não ser que conheça algum em outro lugar. O que temos é um juiz aposentado, mas é mais provável que ele esteja pescando no gelo do que lidando com questões legais.

— Certo.

— Nossa, você fala demais, hein?

— Nunca aprendi a calar a boca.

Com um risinho, ela sacudiu a cabeça.

— Vamos dar uma olhada na sua sala.

Eles atravessaram a sala principal, onde todos fingiam trabalhar. No lado oposto do balcão, onde ficava a srta. Peach, próximo à porta, ficava o armário com as armas. Ele contou seis espingardas, cinco rifles, oito revólveres e quatro facas que pareciam ser capazes de causar um grande estrago.

Ele enfiou as mãos nos bolsos e fez um bico.

— Como assim, não temos uma espada?

— É melhor se prevenir.

— Sim, para a invasão iminente.

Ela apenas sorriu e passou pela porta próxima ao armário.

— Esta é a sua sala.

A saleta tinha pouco mais de dez metros quadrados e uma janela atrás de uma mesa cinza de metal. Sobre a mesa, havia um computador, um telefone e uma luminária flexível. Dois armários de arquivos ficavam grudados na parede lateral, com um pequeno balcão ao lado deles. Em cima, estavam uma cafeteira — já cheia —, duas canecas marrons de cerâmica e uma cesta com sachês de leite e açúcar. Havia um quadro de cortiça — vazio —, duas cadeiras dobráveis para visitantes e ganchos para pendurar casacos.

As luzes, refletindo no vidro escuro da janela, faziam com que tudo parecesse ainda mais impessoal e estranho.

— Peach já arrumou sua mesa, mas, se precisar de mais alguma coisa, o armário com materiais de escritório fica no fim do corredor. A mesa do John fica na frente dele.

— Certo.

— Alguma dúvida?

— Muitas, na verdade.

— E por que não pergunta nada?

— Tudo bem. Vou fazer uma pergunta, já que o resto está relacionado a ela: por que me contratou?

— Boa pergunta. Se importa? — perguntou, apontando para a cafeteira.

— À vontade.

Ela serviu as canecas para os dois, entregou a dele e se sentou em uma das cadeiras dobráveis.

— Precisávamos de um delegado.

— Talvez.

— O distrito é pequeno e remoto e, no geral, conseguimos nos virar bem sozinhos, mas isso não significa que não precisamos de estrutura, Ignatious. Que não precisamos de limite entre o certo e o errado e de alguém para estabelecê-lo. Meu marido trabalhou nisso por muitos anos, antes de fazer seu último gol no hóquei.

— E, agora, quem faz isso é você.

— Exatamente. Agora, sou eu. Além disso, ter a nossa própria força policial significa que podemos nos cuidar... manter os federais e o estado fora daqui. Cidades como a nossa acabam sendo ignoradas por serem o que são e estarem onde estão. Só que, agora, há uma força policial aqui, um corpo de bombeiros. Temos uma boa escola, um bom hotel, um jornal semanal, uma estação de rádio. Quando o clima piora e dificulta a nossa vida, sabemos ser autossuficientes. Mas precisamos de ordem, e este prédio e as pessoas dentro dele são o símbolo dessa ordem.

— Você contratou um símbolo.

— Por um lado, foi isso mesmo o que fiz. — Seus olhos cor de avelã encaravam os dele. — As pessoas se sentem mais seguras com símbolos. Por outro lado, espero que faça o seu trabalho, e grande parte dele, além de manter a ordem, é o relacionamento com a comunidade. Foi por isso que tirei um tempo para lhe mostrar alguns dos comércios da cidade, passar os nomes dos proprietários. E tem mais: Bing tem uma oficina, conserta qualquer motor que você leve para ele e trabalha com maquinário pesado, como limpa-neve, escavadeira. A Lunática Linhas Aéreas lida com transporte de cargas e passageiros, e também traz suprimentos à cidade.

— Lunática Linhas Aéreas.

— Meg é a dona, para sua informação — disse Hopp com um sorriso discreto. — Estamos perto do interior aqui e crescemos a partir de um assentamento de *baby boomers*, *hippies* e durões, até virarmos uma cidade propriamente dita. Você vai conhecer as pessoas daqui, as relações entre elas, seus rancores, as conexões. Então, vai saber como lidar com tudo isso.

— O que me faz voltar àquele ponto inicial: por que me contratou, em vez de alguém que já conhece tudo por aqui?

— Acredito que alguém que já estivesse por dentro de tudo pudesse começar o trabalho com interesses próprios. Rancores, conexões pessoais. Uma pessoa de fora vem zerada. Você é jovem, o que contou a seu favor. Não tem esposa nem filhos, que talvez não aguentassem a vida aqui e o pressionassem a voltar para os estados lá de baixo. Você tem mais de dez anos de experiência na polícia e as qualificações que eu desejava. E não tentou negociar o salário.

— Entendo, mas e o meu lado? Não tenho ideia do que estou fazendo.

— Hum... — Ela terminou o café. — Você me parece um rapaz inteligente, vai descobrir. Agora — disse, levantando-se da cadeira —, vou deixá-lo começar. A reunião na prefeitura é às duas da tarde. Seria bom você preparar algo para dizer.

— Ai, céus...

— Mais uma coisa. — Ela enfiou a mão no bolso e pegou uma caixa pequena. — Vai precisar disso. — Ao abri-la, tirou a estrela prateada e prendeu-lhe na camisa. — Vejo você às duas, delegado.

Ele se manteve de pé, no meio da sala, contemplando o café, enquanto ouvia as vozes abafadas do lado de fora. Ele não sabia o que estava fazendo — essa era a grande verdade —, então o melhor que poderia fazer era escolher por onde começar e partir dali.

Hopp estava certa. Ele não tinha esposa, não tinha filhos. Não tinha ninguém nem nada que o fizesse querer voltar para os estados lá de baixo — para o mundo. Se fosse para ficar ali, que desse seu melhor. Se estragasse tudo, essa estranha oportunidade no fim do universo, não haveria mais lugar algum para ir. Nada mais a ser feito.

Enquanto levava seu café até a sala comum, seu estômago se contorceu da mesma forma como quando estava no avião.

— Ah, se eu ao menos pudesse ter alguns minutos...

Ele não sabia como deveria ficar, então percebeu que, certamente, não era de pé. Colocou o café sobre o balcão e foi pegar duas das cadeiras de plástico. Após carregá-las até as mesas, pegou o café e se forçou a sorrir para Peach.

— Srta. Peach? Poderia vir se sentar aqui? — E, apesar de sentir as panquecas remexendo-se no estômago, aumentou o sorriso. — Bem podia trazer esses pãezinhos de canela com você. Esse cheiro é mesmo uma tentação.

Claramente satisfeita, ela trouxe o prato e uma pequena pilha de guardanapos.

— Podem se servir, meninos.

— Imagino que isso seja tão constrangedor para mim quanto para vocês — começou Nate, colocando um pãozinho em um guardanapo. — Vocês não me conhecem, não sabem o tipo de policial que sou, o tipo de homem que sou. Não sou daqui e não sei nada sobre essa parte do mundo. E espera-se que vocês acatem minhas ordens... Vocês vão acatar minhas ordens — corrigiu ele e deu uma mordida no doce. — Isso é um pecado, srta. Peach.

— Graças à banha de porco!

— Aposto que sim. — Ele podia ver todas as suas artérias se entupindo. — É difícil acatar ordens de alguém que não conhecemos, em quem não confiamos. Vocês não têm motivos para confiar em mim. Ainda. Vou cometer erros. Não me importo que vocês os mostrem para mim, desde que seja em particular. Também vou depender de vocês, de todos vocês, para me deixarem a par das coisas, me contarem o que devo saber, pessoas que devo conhecer. Agora, quero saber se algum de vocês tem problemas comigo. Vamos desabafar, lidar com isso de uma vez.

Otto tomou um gole barulhento do café.

— Só vou saber se tenho algum problema com você quando ver quem você realmente é.

— Justo. Se algo incomodar você, fale comigo. Talvez eu entenda o seu ponto de vista, talvez o mande para o inferno. Mas, pelo menos, saberemos como nos sentimos um em relação ao outro.

— Delegado Burke?

Nate olhou para Peter.

— Pode me chamar de Nate. Espero muito que não imitem a prefeita Hopp e me chamem de Ignatious o tempo todo.

— Bom, acho que talvez eu ou Otto pudéssemos acompanhá-lo nas ocorrências e no patrulhamento até que se acostume com as coisas por aqui.

— Boa ideia. A srta. Peach e eu começaremos a trabalhar no cronograma dos turnos, analisando semana por semana.

— Já pode me chamar de Peach. Eu só gostaria de dizer que espero que este lugar continue limpo e que as tarefas, incluindo a limpeza do banheiro, Otto, sejam adicionadas ao cronograma. Esfregões e baldes e vassouras não são ferramentas exclusivamente femininas.

— Eu me candidatei à vaga de subdelegado, não de faxineiro.

Ela manteve o rosto amável e maternal. E, como qualquer mãe que se preze, poderia fazer um buraco no aço apenas com a firmeza do olhar.

— E eu estou sendo paga para trabalhar como despachante e secretária, não para lavar privadas. Mas temos que fazer o que precisa ser feito.

— Por que não revezamos essas tarefas por enquanto? — interrompeu Nate quando percebeu o poder de fogo em ambos os rostos. — Vou falar com a prefeita Hopp sobre o orçamento. Talvez seja possível encaixarmos alguém para fazer uma boa faxina uma vez por semana. Quem fica com as chaves do armário de armas?

— Estão trancadas na minha gaveta — respondeu Peach.

— Gostaria de ficar com elas. E gostaria de saber para quais armas vocês, subdelegados, são qualificados.

— Se é uma arma, consigo atirar — rebateu Otto.

— Pode até ser verdade, mas estamos usando distintivos. — Ele afastou a cadeira um pouco para trás para ver a arma que Otto levava no coldre. — Quer manter o .38 como revólver de serviço?

— É meu e combina comigo.

— Tudo bem. Vou pegar a pistola SIG 9 mm do armário. Peter, você fica confortável com a 9 mm que está com você?

— Sim, senhor.

— Peach, você sabe usar uma arma?

— Também tenho uma pistola Colt .45 do meu pai trancada na minha gaveta. Ele me ensinou a atirar quando eu tinha cinco anos. E consigo manusear qualquer coisa naquele armário, igual ao GI Joe aqui.

— Servi no corpo do exército — retrucou Otto, um pouco acalorado. — Sou da Marinha.

— Certo — pigarreou Nate. — Quantos moradores vocês diriam que têm armas?

Os três o encararam até que, finalmente, os lábios de Otto se contorceram num sorriso:

— Diria que todos.

— Ótimo. Há uma lista dos moradores com porte velado?

— Posso consegui-la para você — ofereceu-se Peach.

— Obrigado. E existe uma cópia das leis municipais?

— Vou trazer para você.

— Mais uma coisa — disse Nate enquanto Peach se levantava. — Se houver uma ocasião em que tenhamos que prender alguém, quem define as fianças, os termos, o pagamento de multas e coisas do tipo?

Houve um longo silêncio, até que Peter se pronunciou:

— Acho que é o senhor, delegado.

Nate suspirou.

— Isso vai ser tão divertido...

Voltou, então, para sua sala com a papelada que Peach lhe entregou. Não demorou muito para que lesse tudo, mas, ao menos, era algo para fixar no quadro de cortiça.

Ele estava enfileirando as folhas e fixando-as ao quadro quando Peach entrou.

— Essas chaves são para você, Nate. Aqui estão as do armário de armas e aqui, as da delegacia, frente e fundos, das celas e do seu carro. Está tudo etiquetado.

— Meu carro? E qual é?

— Um Grand Cherokee. Está estacionado na rua. — Ela colocou as chaves na mão dele. — Hopp pediu que um de nós mostrasse a você como funciona o núcleo de aquecimento do motor.

Ele lera a respeito daquilo. São aquecedores projetados para manter o motor aquecido quando o carro está desligado em um ambiente de temperatura negativa.

— Já trataremos disso.

— O sol está nascendo.

— O quê? — Ele se virou e olhou pela janela.

Então, levantou-se, os braços junto às laterais do corpo, as chaves balançando na mão, enquanto o sol surgia, alaranjado e rosado, no céu. As montanhas ganharam vida, gigantescas e brancas, com feixes dourados descendo pelas encostas.

Elas preenchiam sua vista da janela. E o deixaram sem palavras.

— Nada como testemunhar o seu primeiro nascer do sol no inverno do Alasca.

— Imagino que não. — Fascinado, ele se aproximou da janela.

Era possível ver o rio onde aterrissara — um comprido deque, que ele não notara antes, e o brilho do gelo sob a luz do sol. Havia montanhas cobertas de neve, várias casas, fileiras de árvores e — reparou ele — pessoas. Havia pessoas com casacos tão pesados que pareciam pontos coloridos deslizando pelo gelo.

Havia fumaça no céu e... Nossa, aquilo que passou voando era uma águia? Enquanto observava, um grupo de crianças corria em direção ao rio congelado, carregando tacos de hóquei e patins de gelo nos ombros.

E as montanhas se erguiam sobre tudo, como deusas.

Observando-as, esqueceu-se do frio, do vento, do isolamento e da própria quietude de sua tristeza.

Observando-as, sentiu-se vivo.

Capítulo três

⌘ ⌘ ⌘

Talvez estivesse frio demais, talvez as pessoas estivessem se comportando da melhor forma possível, ou talvez o espírito de Natal estivesse impregnado naquela semana anterior ao Ano-Novo. O fato é que era quase meio-dia quando a delegacia recebeu a primeira ligação.

— Nate? — Peach entrou em sua sala carregando duas agulhas de tricô e um novelo de lã roxa. — Charlene ligou da Hospedaria. Parece que uns garotos estão criando um rebuliço por causa de uma partida de sinuca. Está um empurra-empurra por lá.

— Tudo bem. — Ele se levantou e tirou uma moeda do bolso. — Decidam-se — disse para Otto e Peter.

— Cara — escolheu Otto, abaixando a revista *Field & Stream* que lia, enquanto Nate jogava a moeda para o alto.

Ele a pegou e bateu nas costas da outra mão.

— Coroa. Certo, Peter, você vem comigo. Uma pequena discussão na Hospedaria. — Ele pegou um radiotransmissor e o prendeu ao cinto.

Saindo para a varanda, começou a se agasalhar.

— Se ainda houver tumulto quando chegarmos lá — disse a Peter —, quero que identifique logo para mim quem são os envolvidos, me dê uma ideia geral, se é algo que vai ficar feio ou se vamos poder resolver com algumas palavras severas.

Ele abriu a porta e foi atingido pelo sopro de ar frio.

— Aquele é o meu? — perguntou, acenando na direção do jipe preto estacionado no meio-fio.

— Sim, senhor.

— E aquele fio ligado ao poste deve estar conectado ao aquecedor do motor.

— Vai precisar dele se o carro ficar parado por um tempo. Há um cobertor térmico no banco detrás para cobrir o motor e mantê-lo aquecido por até vinte e quatro horas. Mas, às vezes, as pessoas se esquecem de tirar, causando superaquecimento. Também há cabos de bateria no carro — continuou enquanto desconectava o fio. — Sinalizadores de emergência, *kit* de primeiros-socorros e...

— Depois a gente vê isso — interrompeu Nate, se perguntando se dirigir por uma rua chamada Rua Lunática tornaria necessário o uso dos sinalizadores e do *kit* de primeiros socorros. — Vamos ver se consigo fazer a gente chegar à Hospedaria sãos e salvos.

Ele se sentou no banco do motorista e colocou a chave na ignição.

— Assentos aquecidos — reparou. — Deus realmente existe.

A cidade parecia diferente à luz do dia, sem dúvida. De alguma forma, ficava ainda menor, pensou Nate enquanto manobrava pela neve compactada. O branco do meio-fio estava escurecido devido ao escapamento dos carros; as vitrines das lojas não brilhavam, por assim dizer; e a maior parte das decorações de Natal estava em péssimo estado sob a luz do sol.

A vista, certamente, não era digna de um cartão-postal — a não ser que se olhasse para além das montanhas —, na verdade era bastante monótona. Rústica era um termo melhor, decidiu. Era um assentamento entalhado no gelo, na neve e na rocha, aconchegado perto de um rio tortuoso, flanqueado por florestas onde ele podia facilmente imaginar lobos vagando.

Ele ponderou se na floresta também havia ursos, mas decidiu que não valia a pena se preocupar com isso até a primavera. A não ser que toda aquela história de hibernação fosse baboseira.

Demorou menos de dois minutos para chegar da delegacia ao hotel. Ele viu, no máximo, dez pessoas na rua e passou por uma caminhonete grande, um SUV ultrapassado e, pelo que contou, três *snowmobiles* estacionados e um conjunto de esquis apoiado contra a parede do Restaurante Italiano.

Parece que as pessoas não exatamente hibernavam em Lunatilândia, fosse lá o que os ursos faziam.

Ele se aproximou da porta principal da Hospedaria e entrou na frente de Peter.

Ainda havia tumulto. Era fácil perceber pelos gritos de incentivo — *acaba com esse gordo, Mackie!* — e o barulho de empurrões e grunhidos. Nate notou uma pequena multidão reunida ao estilo de Lunatilândia, que consistia em cinco homens usando camisas de flanela — um deles, na verdade, era uma mulher, quando ele prestou mais atenção.

Rodeados pelo grupo, dois homens com cabelos castanhos despenteados rolavam no chão, tentando socar um ao outro. A única arma à vista era um taco de sinuca quebrado.

— São os irmãos Mackie — informou Peter.

— Irmãos?

— Sim, gêmeos. Eles caem na porrada desde que estavam no útero da mãe. Dificilmente se metem com outras pessoas.

— Certo.

Nate abriu caminho entre os espectadores. Os gritos foram diminuindo até que viraram murmúrios conforme ele se aproximava e tirava um Mackie de cima do outro.

— Vamos lá, parem com isso. Você, fique no chão — ordenou, mas Mackie número dois já estava se levantando e recuando. Ele tinha acertado um belo gancho no maxilar do irmão.

— *Rio Vermelho*, seus imbecis! — gritou ele, fazendo a dança da vitória com os punhos para o alto, enquanto o irmão caía nos braços de Nate.

— Peter, pelo amor de Deus! — disse Nate quando percebeu que o subdelegado estava imóvel.

— Desculpe, delegado. Jim, já chega.

Porém, para a alegria da plateia, Jim Mackie continuou a dançar com sua camiseta dos Wolverines.

Nate viu que havia dinheiro passando de mão em mão, mas decidiu ignorar.

— Fique com ele. — Nate passou o homem inconsciente para Peter e se aproximou do campeão autoproclamado. — O subdelegado lhe deu uma ordem.

— Ah, é? — Ele sorriu, revelando o sangue em seus dentes e um brilho nada agradável nos olhos castanhos. — E daí? Não tenho que obedecer a esse merdinha.

— Tem, sim. Vou te mostrar o porquê. — Nate virou o homem de costas e o empurrou contra a parede, colocando suas mãos para trás e as algemando em menos de dez segundos.

— Ei! — Foi tudo o que o grande campeão foi capaz de dizer.

— Crie problemas e vai ficar em uma cela por resistir à prisão, dentre outras coisas. Peter, leve o outro à delegacia assim que ele acordar.

Sem lealdade aparente, os espectadores passaram para o lado de Nate, assoviando e gritando em comemoração enquanto ele arrastava Jim Mackie até a porta.

Nate parou ao ver Charlene sair pela porta da cozinha.

— Pretende prestar queixa? — perguntou a ela.

A mulher ficou com o olhar fixo por um tempo e, finalmente, piscou.

— Eu... bom, não sei. Ninguém nunca me fez essa pergunta antes. Que tipo de queixa?

— Eles quebraram umas coisas.

— Ah, bom, eles sempre pagam depois. Mas espantaram alguns turistas que iam almoçar aqui.

— Foi Bill quem começou!

— Por favor, Jim, vocês dois começaram. É sempre assim. Já falei que não quero que venham aqui brigar e causar tumulto, porque isso espanta a freguesia. Não quero prestar queixa; só quero que parem com essa bobagem. E que paguem pelo prejuízo.

— Entendido. Vamos resolver isso, Jim.

— Não sei por que tenho que...

Nate deu um fim à questão empurrando-o para o frio, do lado de fora.

— Ei, pelo amor de Deus! Preciso me agasalhar!

— O subdelegado Notti vai levar as suas coisas. Entre no carro ou fique aqui, em pé, congelando. A escolha é sua. — Ele abriu a porta e empurrou Jim para dentro.

Assim que Nate entrou no carro, Jim tinha recuperado um pouco de sua dignidade, apesar da boca sangrando e do olho roxo.

— Não acho que esse seja o jeito de tratar as pessoas. Não está certo.

— Não acho certo nocautear o seu irmão quando alguém está segurando os braços dele.

Jim teve a decência de se mostrar frustrado e abaixou a cabeça.

— Fui levado pelo calor do momento. E o filho da mãe *me emputeceu*! Você é o forasteiro que veio ser delegado aqui, né?

— Você tem o raciocínio rápido, Jim.

Jim ficou emburrado no curto caminho até a delegacia. Logo estava sendo arrastado por Nate porta adentro.

— O forasteiro aqui — disse, assim que viu Otto e Peach — não sabe como as coisas funcionam em Lunatilândia.

— E por que você não explica para ele? — indagou Otto com o que pareceu ser um brilho de satisfação nos olhos.

— Preciso do *kit* de primeiros socorros. Vá para a minha sala, Jim.

Nate o guiou, puxou uma cadeira para ele e, após tirar um dos lados da algema de seu pulso, o prendeu ao braço da cadeira.

— Ah, por favor! Se eu quisesse fugir, levaria esta cadeirinha minúscula comigo.

— Tenho certeza que sim. Daí eu acrescentaria furto de propriedade pública à sua ficha.

Jim ficou ainda mais carrancudo. Ele era um homem magrelo de uns trinta anos, com cabelos castanhos desgrenhados e um rosto fino com bochechas chupadas. Os olhos também eram castanhos, e o esquerdo ficava cada vez mais inchado devido a um dos socos que levara do irmão. O lábio estava cortado e sangue continuava a escorrer.

— Não gosto de você — decidiu ele.

— Isso não é contra a lei. Perturbação do sossego, danos contra o patrimônio e agressão... ah, isso é.

— Aqui, quando um homem quer sair no braço com o babaca do irmão, é problema dele.

— Não mais. Aqui, agora, um homem deve respeitar o patrimônio público e privado. E deve respeitar os agentes da lei designados oficialmente.

— Peter? Aquele merdinha.

— Agora, ele é o subdelegado Merdinha.

Jim deu um suspiro que espalhou sangue junto com ar.

— Pelo amor de Deus, eu conheço o Peter desde que ele nasceu.

— Quando ele estiver usando um distintivo e ordenar que pare o que estiver fazendo, você para; não importa se o conhece desde a fertilização *in vitro*.

De alguma forma, Jim transpareceu estar interessado e perplexo ao mesmo tempo.

— Não sei que diabos isso significa.

— Eu sei disso. — Ele olhou para Peach, que entrava na sala.

— Trouxe o *kit* de primeiros-socorros e uma bolsa de gelo. — Ela jogou a bolsa para Jim e pôs o *kit* sobre a mesa, na frente de Nate. Em seguida, colocou as mãos na cintura. — Jim Mackie, você não aprende, não é?

— Foi Bill quem começou. — Ruborizando, ele colocou a bolsa de gelo no lábio sangrento.

— É o que você diz. Onde está Bill?

— Peter vai trazê-lo — respondeu Nate. — Assim que ele acordar.

Peach fungou.

— Sua mãe vai deixar o seu outro olho roxo quando tiver que pagar a sua fiança. — Com essa previsão, retirou-se, fechando a porta com força atrás de si.

— *Caramba!* Não vai me jogar na cadeia por socar meu próprio irmão, vai?

— Eu poderia. Talvez eu pegue leve, considerando que hoje é o meu primeiro dia de trabalho. — Nate se recostou na cadeira. — Qual foi o motivo da briga?

— Tudo bem, escuta aqui. — Preparando-se para sua própria defesa, Jim bateu as mãos nos joelhos. — Aquele imbecil disse que *No Tempo das Diligências* é o melhor filme de faroeste que existe, quando todo mundo sabe que é *Rio Vermelho*!

Nate não disse nada por um bom tempo.

— É isso?

— *Pelo amor de Deus*, né?

— Só para esclarecer: você e seu irmão se espancaram porque discordaram sobre os méritos de *No Tempo das Diligências* e de *Rio Vermelho* na cinematografia de John Wayne?

— Na o quê?

— Vocês estavam brigando por causa dos filmes do John Wayne.

Jim se ajeitou no assento.

— Parece que sim. Vamos resolver tudo com a Charlene. Posso ir agora?

— Vocês vão resolver tudo com Charlene e pagar uma multa de cem dólares *cada* pela perturbação do sossego alheio.

— Ah, não! Você não pode...

— Posso sim. — Nate se inclinou para a frente, e Jim teve um relance dos olhos acinzentados, frios e pacientes, que o fizeram se encolher na cadeira. — Jim, escute o que vou lhe dizer: não quero você nem Bill brigando na Hospedaria; nem em qualquer outro lugar, na verdade. Mas, por enquanto, vamos focar na Hospedaria. Tem uma criança que passa quase o dia todo lá.

— Cacete, a Rose sempre leva o Jesse para a cozinha quando acontece algum tumulto por lá. Bill e eu nunca machucaríamos aquele garoto. Só que somos, sabe, um pouco esquentados.

— Então, terão que esfriar quando estiverem na rua.

— Cem dólares?

— Deem o dinheiro a Peach em, no máximo, vinte e quatro horas. Do contrário, dobrarei a multa por cada dia de atraso. Se não quiser pagar, poderá passar os próximos três dias em nossas ótimas acomodações aqui.

— Vamos pagar sim — resmungou, endureceu e suspirou. — Mas, pelo amor de Deus, *No Tempo das Diligências*?

— Pessoalmente, prefiro *Onde Começa o Inferno*.

Jim abriu a boca, mas logo a fechou novamente. Obviamente, parou para pensar nas consequências.

— É um filme e tanto — disse após um instante —, mas não é *Rio Vermelho*.

Se receber denúncias de perturbação do sossego era comum, Nate considerou que talvez sua ida para Lunatilândia tivesse sido uma boa decisão. Brigas entre irmãos provavelmente seriam o ápice de seus dias ultimamente.

Ele não estava à procura de desafios.

Os irmãos Mackie não eram um desafio. Sua conversa com Bill seguiu a linha da conversa que teve com Jim — embora Bill tivesse argumentado, de maneira calorosa e consideravelmente bem articulada, em favor de *No Tempo das Diligências*. Ele não parecera tão irritado em relação ao soco que recebera quanto em relação à humilhação que seu filme favorito sofrera.

Peter colocou a cabeça para dentro da sala.

— Delegado? Charlene falou que você deveria almoçar lá hoje, por conta da casa.

— Agradeço o convite, mas tenho que me preparar para a reunião. — E ele notara o brilho nos olhos de Charlene enquanto arrastava Jim Mackie para fora. — Gostaria que você continuasse com isso, Peter: vá até lá, faça uma lista dos danos e dos custos devidos a Charlene. Depois mande a lista para os irmãos Mackie para que eles paguem em até quarenta e oito horas.

— Entendido. Você lidou muito bem com a situação, delegado.

— Não havia muito com o que lidar. Vou escrever o relatório. Depois, quero que você dê uma olhada e acrescente o que achar necessário.

Ele olhou ao redor quando ouviu um ruído alto vindo da janela.

— Terremoto? Vulcão? Guerra nuclear?

— Castor — esclareceu Peter.

— Não importa se estamos no Alasca, não tem como um castor ser tão grande aqui a ponto de fazer esse barulho.

Com uma risada compreensiva, Peter apontou para a janela.

— É o avião de Meg Galloway. Chama-se Castor. Ela está trazendo suprimentos.

Girando na cadeira em direção à janela, Nate conseguiu avistar o avião vermelho, tão pequeno que parecia de brinquedo. Lembrando que havia voado em um quase do mesmo tamanho, sentiu uma fisgada no estômago e se virou novamente.

Grato pela distração, atendeu o interfone assim que este zumbiu.

— Pois não, Peach?

— Umas crianças estavam jogando bolas de neve nas janelas da escola e acabaram quebrando uma. Fugiram.

— Sabemos quem são?

— Sim, todas as três.

Ele parou para pensar um instante e considerou a ordem das coisas.

— Veja se Otto pode lidar com isso.

Ele olhou novamente para Pete.

— Alguma dúvida?

— Não. Não, senhor — sorriu o rapaz. — É que é bom ter algo para fazer, só isso.

— Sim, é bom estar na ativa.

Nate se manteve ocupado trabalhando até a hora da reunião. Basicamente, eram tarefas de arrumação e limpeza, mas elas o ajudaram a sentir que fazia parte daquele lugar.

Aquele seria o seu lugar pelo tempo que ficasse ali.

Fora contratado por um ano, mas havia um período de experiência de sessenta dias em que tanto ele como a prefeitura poderiam desistir do acordo.

Saber que poderia ir embora amanhã se quisesse o tranquilizava. Ou semana que vem. Se ainda *continuasse* ali ao fim de dois meses, deveria ter certeza de que cumpriria o contrato.

Nate decidiu ir andando até a prefeitura. Pareceu-lhe preguiçoso demais ir de carro a um lugar tão próximo.

O céu estava limpo, muito azul, e as montanhas formavam uma massa branca como se fosse entalhada com uma faca fina e afiada. O frio era desumano, ainda assim, ele viu crianças saindo correndo da Loja da Esquina com doces nas mãos, como crianças normais fazem em qualquer outro lugar — cheias de vontade e empolgação.

Assim que pisaram na calçada, apareceram mãos na porta de vidro virando a placa de "aberto" para "fechado".

Havia mais carros e caminhonetes estacionados na rua agora, além de outros que abriam caminho vagarosamente por entre a neve acumulada no asfalto.

Parecia que a reunião na prefeitura ficaria lotada.

Ele sentiu o estômago se embrulhar — exatamente como acontecia na época do curso de oratória na faculdade. Aquela eletiva fora um erro terrível. Vivendo e aprendendo.

Ele até gostava de uma dose razoável de conversa. Dê-lhe um suspeito para interrogar, uma testemunha para colher o depoimento; não seria um problema — ou, pelo menos, não costumava ser. Mas pedir para que ficasse de pé na frente de uma plateia e dizer frases coerentes? Já dava para sentir o suor de nervoso descendo-lhe pelas costas.

É só aguentar um pouco, ordenou a si mesmo. Aguente a próxima hora e jamais terá que passar por isso de novo. Provavelmente.

Ele adentrou o calor e o murmurinho de vozes. Várias pessoas se reuniam em um saguão onde estava o maior peixe que Nate já vira na vida. Ficou tão perplexo que não prestou atenção em mais nada, imaginando se o peixe era algum tipo de pequena baleia mutante. Como sequer foi possível pescar aquela criatura e, ainda por cima, pendurá-la na parede?

Acabou se distraindo com aquilo e não se preocupou tanto com o grande número de pessoas que o encarava nem com a multidão que já se encontrava no auditório, sentada em cadeiras dobráveis posicionadas de frente para um palco e um púlpito.

— Salmão-rei — informou Hopp às suas costas.

Ele continuou encarando o enorme peixe prateado, que exibia suas gengivas negras em um sorriso zombeteiro.

— *Aquilo* é um salmão? Já comi salmão. Já comi salmão em restaurantes, e eles são desse tamanho. — Estendeu as mãos mostrando a medida.

— Então, não foi o salmão-rei do Alasca que você comeu. Mas, para ser sincera, aquele filho da mãe ali é monstruoso. Foi o meu marido quem pescou. Pesava mais de quarenta quilos. Não chegou a bater o recorde do estado, mas já é um prêmio e tanto.

— O que ele usou para pescá-lo? Uma empilhadeira?

Ela deixou escapulir aquela risada de buzina, dando um tapinha no ombro dele.

— Você pesca?

— Não.

— Nadinha?

— Nada contra, mas nunca tentei. — Ele se virou e ergueu as sobrancelhas. Ela havia se arrumado com um elegante terninho quadriculado branco e preto. Estava com brincos de pérolas, e seus lábios estavam habilmente pintados de vermelho. — Você está... incrível, prefeita.

— Incrível é uma sequoia de duzentos anos.

— Bom, eu ia dizer que está gostosa, mas achei inadequado.

Ela abriu um largo sorriso.

— Você é um rapaz inteligente, Ignatious.

— Não sou, não muito.

— Se eu posso ser gostosa, você pode ser inteligente. É tudo questão de como nos apresentamos. Agora, por que não começamos o *show* apresentando você aos membros do conselho municipal? Em seguida, faremos nossos discursinhos. — Ela colocou o braço sobre o dele como se o guiasse através dos convidados em um coquetel. — Fiquei sabendo que já lidou com os irmãos Mackie.

— Foi só um desentendimento sobre filmes de faroeste.

— Particularmente, gosto dos filmes do Clint Eastwood, os mais antigos. Ed Woolcott, venha conhecer o nosso novo delegado.

Nate foi apresentado a Woolcott, um homem de mais de cinquenta anos de idade com aparência de durão, que o cumprimentou com um aperto de mão ao estilo político. Seus cabelos, volumosos e grisalhos, eram penteados para trás e revelavam um rosto enrugado. Uma cicatriz minúscula e esbranquiçada cortava sua sobrancelha esquerda.

— Administro o banco — contou a Nate, o que explicava o terno azul-marinho e a gravata listrada. — Espero que abra uma conta conosco em breve.

— Terei que cuidar disso.

— Não estamos aqui para fazer negócios, Ed. Vou continuar a exibir Ignatious por aí.

Ele conheceu Deb e Harry Miner, donos da Loja da Esquina; Alan B. Royce, o juiz aposentado; Walter Notti, pai de Peter, *musher* e criador de cães de trenó — todos faziam parte do conselho.

— Ken Darby, nosso médico, vai se juntar a nós mais tarde.

— Não tem problema. Vai demorar um pouco para eu saber quem é quem.

Foi quando Bess Mackie, uma vareta com um tufo de cabelo pintado de hena, se postou à frente dele, cruzou os braços sobre os seios quase inexistentes e fungou:

— Você pegou pesado com os meus meninos hoje?

— Sim, senhora. Pode-se dizer que sim.

Ela puxou o ar com força novamente por suas narinas pequenas e assentiu com a cabeça duas vezes.

— Ótimo. Na próxima vez, dê uma bela bronca neles, me poupe do trabalho.

Até que as boas-vindas foram consideravelmente afetuosas, Nate pensou, enquanto a mulher marchava à procura de um assento.

Hopp o guiou até o palco, onde havia cadeiras enfileiradas para ela, Nate e Woolcott, o vice-prefeito.

— Deb vai iniciar com alguns assuntos da cidade, comunicados e afins — explicou Hopp. — Em seguida, Ed vai falar alguma coisa e vai me chamar. Vou falar um pouco e apresentar você. Depois de dizer o que tiver para dizer, encerraremos a reunião. Pode ser que você tenha de responder uma ou outra pergunta.

Nate sentiu um aperto no estômago.

— Tudo bem.

Ela o levou até uma cadeira, sentou-se em outra e acenou com a cabeça para Deb Miner.

Deb, uma mulher robusta cujo belo rosto era emoldurado por finos fios louros, subiu no palco e se posicionou atrás do púlpito.

O microfone chiava e zunia enquanto ela o ajustava, e era possível ouvi-la pigarreando por todo o auditório.

— Boa tarde a todos. Antes de tratarmos do assunto principal, tenho alguns comunicados a fazer. A celebração da Véspera de Ano-Novo na Hospedaria começará às nove horas. Vamos ter música ao vivo com a banda As Renas. Eles vão passar o chapéu para recolherem suas contribuições, então não sejam mãos de vaca. A escola oferecerá um jantar com espaguete na sexta-feira da semana que vem, e os lucros vão para os fundos da equipe de hóquei para a compra de uniformes. Temos uma boa chance de ganhar o campeonato regional, então vamos vestir o nosso time com uniformes do qual nos orgulhamos! O evento começará às cinco. O jantar inclui a entrada, uma salada, um pão e um refrigerante. Adultos pagam seis dólares. Crianças de seis a doze anos, quatro dólares. Menores de seis anos não pagam nada.

Ela seguiu falando sobre os detalhes de uma noite de filmes que ocorreria na prefeitura. Nate não prestou muita atenção, tentando não ficar ansioso demais com sua vez de falar no microfone.

Foi quando a viu entrar.

O casaco vermelho e algo naquele jeito de andar revelaram que aquela era a mesma mulher que ele observara pela janela na noite anterior. O capuz estava para trás, e ela usava uma touca preta.

Cabelos pretos e lisos, em abundância.

O rosto da mulher parecia muito pálido em contraste com aquelas cores vivas; as maçãs de seu rosto se destacavam naquela moldura escura. Mesmo de longe, ele podia ver que seus olhos eram azuis. Um azul muito frio e claro.

Ela carregava uma mochila de lona no ombro e vestia uma calça larga masculina com botas pretas gastas.

Aqueles olhos azuis gélidos encontraram os dele diretamente e sustentaram seu olhar enquanto ela se aproximava pelo corredor central, formado pelas cadeiras dobráveis. Então, encontrou um assento ao lado de um homem esguio que parecia ser nativo e se sentou.

Eles não se falaram; porém, algo disse a Nate que eram íntimos — não fisicamente, mas próximos. Ela tirou o casaco enquanto Deb passava da noite de filmes aos comunicados sobre o próximo jogo de hóquei.

Sob o casaco, ela usava uma malha verde-oliva. Sob a malha, se Nate tinha uma boa percepção, exibia um corpinho atlético e forte.

Ele tentava decidir se era bonita. Não era para ser... Aquelas sobrancelhas eram muito retas; o nariz, um pouco torto; o lábio superior, grosso demais.

Embora listasse essas falhas mentalmente, algo se remexeu em sua barriga. "Interessante" foi tudo o que conseguiu pensar. Ele se afastara das mulheres nos últimos meses, o que, levando em conta seu estado de espírito, não chegou a ser difícil. Mas essa mulher de aparência fria fez seu sangue correr nas veias de novo.

Ela abriu a mochila e tirou dela um saco marrom. E, para a inesperada diversão de Nate, enfiou a mão lá dentro, saindo com ela cheia de pipocas. Mastigava de maneira indiscreta, oferecendo um pouco para o homem sentado ao seu lado, enquanto Deb terminava de passar os avisos.

Na vez de Ed falar ao microfone, enquanto comentava sobre o conselho municipal e seus avanços, a recém-chegada retirou uma garrafa térmica prateada da mochila e se serviu de café.

Quem diabos era ela? Filha do cara nativo? Até poderia ser, pela idade, mas não havia semelhança alguma entre eles.

Ela não corava nem se agitava quando ele a encarava, mas comia a pipoca e bebericava o café enquanto lhe devolvia o olhar.

Aplausos eclodiram quando Hopp foi chamada ao púlpito. Com esforço, Nate se obrigou a focar no que acontecia no palco.

— Não vou perder tempo com politicagem agora. Decidimos incluir nossos cidadãos porque queremos cuidar de nós mesmos seguindo a tradição de nosso grande estado. Votamos pela construção da delegacia para formarmos um departamento policial. Tivemos vários debates, muitas opiniões controversas vindas de todos os lados, mas também houve muito bom senso. O resultado foi que decidimos trazer alguém de fora, alguém com experiência e sem conexão com Lunatilândia, para que fosse capaz de ser justo e inteligente e de fazer cumprir a lei igualmente para todos, sem preconceitos. Isso foi comprovado hoje, quando ele algemou Jim Mackie por brigar com o irmão na Hospedaria.

Algumas risadas discretas pairaram no ar, e os irmãos Mackie, com os rostos cheios de hematomas, sorriram.

— Ele também nos multou — gritou Jim.

— Duzentos dólares para os cofres da cidade. Do jeito que vocês dois andam, vão acabar pagando pelo novo caminhão de bombeiros que queremos comprar. Ignatious Burke veio de Baltimore, Maryland, onde serviu para o Departamento de Polícia de Baltimore por onze anos, oito deles como detetive. Temos sorte de ter alguém com as qualificações do delegado Burke tomando conta de nós, lunáticos. Uma salva de palmas para o nosso novo delegado.

"Merda", Nate pensou ao escutar os aplausos, forçando-se a levantar. Ele foi em direção ao púlpito, com a mente tão vazia quanto um quadro de giz recém-apagado. Da plateia, alguém gritou:

— *Cheechako!*

Ouviam-se murmúrios, cochichos e algumas vozes que se sobressaíam às outras, prontas para iniciar uma discussão. A pontada de irritação que ele sentiu espantou o nervosismo.

— Isso mesmo, sou um *cheechako*, um forasteiro, vindo dos estados lá de baixo. — Os murmúrios se silenciaram enquanto ele analisava a plateia.

— A maior parte do que sei sobre o Alasca é graças a um guia de viagens, à internet e aos filmes. Não sei muito sobre este lugar, a não ser que é frio pra cacete, os irmãos Mackie gostam de sair no soco e a vista daqui é capaz de fazer o coração de um homem parar de bater. Mas sei como ser policial, e é por isso que estou aqui.

Sabia, ele pensou. *Sabia* como ser policial. E as palmas de suas mãos ficaram úmidas.

Ele estava a ponto de gaguejar — dava para sentir — quando seu olhar encontrou os olhos azuis e frios da mulher de vermelho. Os lábios dela se curvaram, só um pouco, e ela manteve o olhar no dele enquanto levava a tampa da garrafa à boca para tomar um gole de café.

Ele, então, ouviu-se enquanto falava. Talvez estivesse falando apenas com ela:

— É o meu dever proteger e servir a esta cidade, e é o que vou fazer. Pode ser que fiquem ressentidos comigo por não ser daqui e estar dizendo a vocês o que devem ou não fazer, mas vamos ter que nos acostumar com a ideia. Darei o meu melhor. Vocês é que vão decidir se o meu melhor é bom o bastante. É isso.

Os aplausos começaram com palmas discretas, que logo se espalharam. Nate percebeu que seu olhar estava novamente preso ao da mulher de olhos azuis. Seu estômago embrulhou, desembrulhou e embrulhou mais uma vez quando aquela boca com o lábio superior carnudo esboçou um sorrisinho de canto.

Escutou Hopp encerrar a reunião. Várias pessoas se aproximaram para falar com ele, e Nate perdeu a mulher de vista em meio à multidão. Quando a encontrou de novo, foi apenas para ver o casaco vermelho sair pelas portas nos fundos.

— Quem era aquela? — perguntou, inclinando-se para trás até tocar o braço de Hopp. — A mulher que chegou atrasada, de casaco vermelho, cabelo preto, olhos azuis.

— Era Meg. Meg Galloway, filha da Charlene.

$\mathcal{E}$LA QUERIA dar uma boa olhada nele, vê-lo melhor do que no dia anterior, quando o viu parado na janela como o herói taciturno e rancoroso de um romance gótico.

Até que era bonito, decidiu, mas, de perto, pareceu-lhe mais triste do que amargurado.

Que pena. Ela preferia o tipo amargurado.

Ele se virara bem, ela tinha que admitir. Lidou bem com o insulto — Bing, aquele babaca —, disse o que tinha a dizer e, após uma pequena pausa, seguiu em frente.

Já que tinha que ter força policial bisbilhotando em Lunatilândia, até que eles escolheram bem. Ela não se importava, desde que ele não se metesse em seus assuntos.

Aproveitando sua visita à cidade, decidiu resolver algumas pendências e fazer umas compras.

Ela viu a placa na porta da Loja da Esquina avisando que o local estava fechado e suspirou profundamente. Pegou um molho de chaves que carregava na mochila e separou a chave com a etiqueta LE; em seguida, entrou na loja.

Apanhou duas caixas de papelão e começou a escolher alguns produtos: cereais, massas, ovos, enlatados, papel higiênico, farinha, açúcar. Deixou a primeira caixa no balcão e foi encher a segunda.

Enquanto arrastava um saco de mais de vinte quilos de ração para cães, a porta abriu e Nate entrou.

— A loja está fechada — bufou Meg ao deixar o saco no chão, perto do balcão.

— Eu vi.

— Se viu, o que está fazendo aqui?

— Engraçado. Era o que eu ia te perguntar.

— Preciso de algumas coisas. — Ela entrou atrás do balcão e pegou dois pacotes de munição para pôr na caixa.

— Foi o que imaginei, mas, geralmente, quando as pessoas pegam coisas de que precisam em uma loja fechada, isso se chama roubo.

— Estou sabendo. — Ela pegou um grande livro de registros de baixo do balcão e folheou as páginas. — Aposto que prendem as pessoas por isso nos estados lá de baixo.

— Prendem, com frequência.

— Pretende aplicar essa regra aqui em Lunatilândia?

— Pretendo, com frequência.

Ela soltou uma risada rápida — uma leve semelhança à buzina de Hopp —, pegou uma caneta e começou a escrever no livro.

— Então, espere eu terminar aqui para poder me prender. Terá feito três prisões só hoje. Deve ser um recorde.

Ele se apoiou sobre o balcão e percebeu que ela listava, organizadamente, todos os itens das suas duas caixas.

— É perda de tempo.

— Sim, mas temos tempo de sobra por aqui. Droga, esqueci o sabão. Se importa? O sabão líquido Murphy's, logo ali.

— Claro. — Ele foi até as prateleiras, procurou na prateleira e pegou um frasco. — Vi você ontem à noite pela janela.

Ela anotou o novo produto no livro.

— Também vi você.

— Você pilota aviões pequenos.

— Faço muitas coisas. — Ela olhou para ele. — Essa é só uma delas.

— O que mais você faz?

— Um policial da cidade grande como você deveria ser capaz de descobrir isso depressa.

— Já descobri algumas coisas. Você cozinha, tem um cachorro. Talvez uns dois cachorros grandes. Gosta de ter seu próprio espaço. É honesta; ao menos, quando lhe convém. Gosta de café forte e de bastante manteiga na pipoca.

— Só arranhou a superfície. — Ela batucou com a caneta no livro. — Quer ir mais fundo, delegado Burke?

Direta, ele pensou. Ele não mencionara que ela era direta. Então seria direto:

— Vou pensar a respeito.

Ela sorriu, do mesmo jeito que sorrira no auditório, com o canto direito da boca manifestando-se antes do esquerdo.

— Charlene já deu em cima de você?

— Perdão?

— Queria saber se você recebeu as boas-vindas especiais da Charlene ontem à noite.

Ele não tinha certeza do que o irritava mais: a pergunta ou o olhar frio com que ela o encarava enquanto a fazia.

— Não.

— Ela não faz o seu tipo?

— Nem tanto. E não estou muito confortável com o jeito como fala da sua mãe.

— Você é sensível, é? Não se preocupe. Todo mundo sabe que a Charlene gosta de esquentar os lençóis com qualquer bonitão que dê as caras por aqui. A questão é que costumo não me envolver com as sobras dela. Mas, do jeito que as coisas andam, talvez eu lhe dê uma chance. — Ela fechou o livro, colocando-o de volta no lugar. — Poderia me ajudar a colocar isso na caminhonete?

— Claro, mas achei que você tivesse vindo de avião.

— E vim, só que troquei de meio de transporte com um amigo.

— Certo. — Ele colocou o saco de ração em um dos ombros.

Havia uma caminhonete vermelha robusta estacionada do lado de fora com uma lona encerada, equipamentos para acampar, *snowshoes* e alguns galões de gasolina já na carroceria. Na cabine, em um suporte de armas, estavam uma espingarda e um rifle.

— Você caça? — perguntou a ela.

— Depende da temporada. — Ela fechou a porta da carroceria e sorriu para ele. — Que raios está fazendo aqui, delegado Burke?

— Nate. Conto para você assim que descobrir.

— Combinado. Talvez nos vejamos na Véspera de Ano-Novo. Veremos como nos saímos socializando.

Ela entrou na caminhonete e girou a chave na ignição. Uma música velha do Aerosmith explodiu no rádio quando o carro saiu rumo à rua. Ela seguiu na direção oeste, onde o sol já descia por trás dos picos, pintando-os com um tom quente de dourado enquanto a luz se suavizava com o crepúsculo.

Eram três e quinze da tarde.

Capítulo quatro

⌘ ⌘ ⌘

DIÁRIO • *14 de fevereiro de 1988*

Frio para caralho. Nem tocamos no assunto, para não enlouquecer, mas vou escrever aqui para poder me lembrar disso um dia — talvez em julho, no verão, quando estiver tomando uma cerveja, coberto de repelente, estapeando pernilongos do tamanho de uma gaivota, longe da brancura desta vagabunda.

Saberei que estive aqui, que consegui. E a cerveja vai ficar ainda mais saborosa.

Mas, neste momento, estamos em fevereiro, e julho ainda está muito distante. A maldita é quem manda aqui.

O vento cria a sensação térmica de trinta ou quarenta graus negativos — alguns graus a mais ou a menos não fazem diferença nesse frio. O frio chegou a quebrar uma das lanternas e o zíper do meu casaco.

Com a noite durando dezesseis horas, montamos e desmontamos o acampamento no escuro. Até mijar se torna uma provação em meio à exaustão e ao sofrimento. Ainda assim, nossos ânimos se mantêm, na medida do possível.

Este tipo de experiência não tem preço. Quando o frio mais parece cacos de vidro dilacerando sua garganta, você sabe que está vivo de uma forma que só é possível em uma montanha. Quando você arrisca um momento a céu aberto e vê a aurora boreal, tão luminosa, tão elétrica, dando a impressão de que poderia alcançar aquele brilho verde e colocá-lo dentro de si para recarregar suas energias, você não deseja estar vivo em nenhum outro lugar que não seja aqui.

Estamos progredindo lentamente, mas não vamos desistir do nosso objetivo: chegar ao topo. Destroços de uma avalanche nos atrasaram. Imagino quantas pessoas já devem ter acampado lá, no lugar que, hoje, está soterrado sob a neve e quanto tempo vai levar para que a montanha se mova ou se acomode, soterrando a caverna de neve que lutamos para escavar nela.

Tivemos uma pequena discussão acalorada sobre como contornar os tais destroços. Tomei as rédeas. Parece que demoramos duas vidas atravessando e desviando daquilo tudo, mas não tinha como ir mais depressa, não importa o que pensem. A área, perigosa, é conhecida como "passagem de neve movediça", porque a geleira se move sob nossos pés. Não dá para ver nem sentir, mas ela desliza e se move sob você. E pode puxá-lo para baixo, já que existem fendas sob aquele mundo branco só esperando o momento de se tornar seu túmulo.

Continuamos subindo rumo ao Cume Solitário — *piolets* batendo, cílios congelando. Após abrirmos caminho ao longo da Chaminé do Diabo, almoçamos sobre um imaculado carpete de neve.

O sol era uma esfera de gelo dourado.

Arrisquei tirar algumas fotos, mas fiquei com medo de o frio estragar a câmera.

Não houve graciosidade na escalada após o almoço, mas bastante paixão. Talvez fosse por causa da velocidade com que comemos a sobremesa, mas agredimos e xingamos a montanha — e a nós mesmos. Enterramos os passos na neve pelo que pareceram horas, enquanto a esfera dourada começou a descer, espalhando um tom violento de laranja, que incendiava o branco da neve, até que se pôs e nos deixou rodeados por uma escuridão mortal.

Usamos nossas lanternas de cabeça para iluminar o suficiente enquanto prendíamos a base da barraca ao gelo. Estamos aqui, acampados, ouvindo o vento tempestuoso surfar pela noite, aliviando o cansaço com uma erva de primeira e com o sucesso do dia.

Começamos a nos chamar por codinomes de *Star Wars* — somos Han, Luke e Darth agora. Eu sou Luke. Estamos nos distraindo e fingindo que estamos em Hoth, o planeta gelado, em uma missão para destruir uma fortaleza do Império. É óbvio que isso significa que Darth está contra nós, o que só aumenta a diversão.

Ei, cada um com sua loucura.

Fizemos um bom progresso hoje, mas estamos ficando apreensivos. Foi bom cravar meu *piolet* nas entranhas do pico No Name, escalando montanha acima. Houve muita gritaria, muitos insultos — encorajadores, no começo; um pouco malcriados depois, quando pedaços de gelo começaram a se desprender e cair. Darth foi atingido algumas vezes no rosto e passou uma hora me xingando.

Por um instante, achei que ele perderia o controle e arrancaria sangue de mim como arranquei dele. Até agora, consigo senti-lo remoendo o que aconteceu, perfurando minha nuca com um olhar raivoso, enquanto o ronco de Han começa a competir com o vento.

Ele vai superar. Somos uma equipe e temos as vidas uns dos outros nas mãos. Então, ele vai superar quando retomarmos a escalada.

Talvez devêssemos ir mais devagar, mas os comprimidos ajudam a dar uma acelerada e a espantar o frio e a fadiga.

Não há nada igual no mundo: o brilho ofuscante da neve, o som dos *piolets* batendo e rangendo contra o gelo, o *crampon* arranhando a rocha, a maravilha da queda livre com a corda, o gelo incendiando-se com o pôr do sol.

Mesmo agora, escrevendo isso no aconchego da barraca, com meu estômago embrulhado graças ao ensopado liofilizado que comemos no jantar, com meu corpo dolorido pelo excesso de esforço, com medo de congelar e na presença da morte, que rói os meus pensamentos como uma ratazana, não escolheria estar em nenhum outro lugar.

Às sete da noite, Nate percebeu que tivera um longo dia. Levou consigo um radiofone — caso alguém ligasse para a delegacia fora do horário de funcionamento, a ligação seria transferida para seu rádio.

Preferiria comer no quarto, sozinho, no silêncio, para que sua mente pudesse se livrar de todos os detalhes impregnados a ela naquele dia. E, simplesmente, porque gostava de ficar sozinho.

Porém, não chegaria a lugar nenhum nesta cidade se isolando, então, sentou-se em um reservado vazio na Hospedaria.

Era possível ouvir as bolas de sinuca colidindo e os lamentos da música *country* no *jukebox*, no outro salão. Havia vários homens empoleirados nas banquetas do bar, bebendo cerveja enquanto assistiam a um jogo de hóquei na televisão. A parte da lanchonete estava com mais da metade cheia, e uma garçonete, que ele ainda não conhecia, servia as mesas.

O homem que Hopp apresentara como "o Professor" seguia por entre as mesas para alcançar o reservado onde Nate estava. Ele trazia *Ulisses* em um dos bolsos de seu velho paletó de *tweed* e uma caneca de cerveja na mão.

— Posso me juntar a você?

— Claro.

— John Malmont. Se quiser bebida, é melhor ir até o bar. Se quiser comida, Cissy já vai vir atendê-lo.

— Quero comer, mas não estou com pressa. Está bem cheio aqui hoje. Isso é comum?

— Só há dois lugares aqui que servem uma boa comida quente, se você não quiser cozinhar. E este é o único que serve destilados.

— Agora faz sentido.

— Lunáticos são consideravelmente sociáveis... entre si, pelo menos. Nos feriados, as mesas ficam lotadas. O linguado é uma boa pedida para o jantar de hoje.

— É? — Nate pegou o cardápio. — Mora aqui há muito tempo?

— Dezesseis anos. Sou de Pittsburgh — disse, antecipando a próxima pergunta. — Dava aula na Universidade Carnegie Mellon.

— Aula de quê?

— Literatura Inglesa para mentes jovens e ambiciosas. Muitas delas se deliciavam com a posição presunçosa de dissecar e criticar homens brancos já mortos há muito tempo, cujas obras estudaram.

— E o que faz atualmente?

— No momento, ensino literatura e redação a adolescentes entediados... Muitos prefeririam passar esse tempo se pegando a explorar as maravilhas do mundo da escrita.

— Olá, Professor.

— Cissy. Delegado Burke, esta é Cecilia Fisher.

— É um prazer, Cissy.

Ela era magra feito um varapau. Seus cabelos, de vários tons de vermelho, eram curtos e espetados, e usava um *piercing* de argola prateado na sobrancelha esquerda.

Ela ofereceu a Nate um sorriso radiante.

— O prazer é meu. Qual é o seu pedido?

— Vou querer o linguado. Soube que é bom.

— É muito! — Cissy começou a fazer anotações em seu bloquinho. — Como vai querer?

— Grelhado?

— Certo. Acompanha uma salada da casa com um molho da sua escolha. O molho da casa é especial, é o próprio Mike Grandão quem faz.

— Pode ser.

— Também pode escolher entre batata assada, purê de batatas, fritas ou arroz selvagem.

— Vou de arroz.

— Alguma bebida?

— Um café, por favor.

— Já trago o seu pedido.

— Ela é uma boa moça — comentou John enquanto limpava os óculos com um lenço de bolso branco. — Chegou à cidade uns dois anos atrás, junto com um grupo de alpinistas. O rapaz com quem estava a espancou e a largou aqui só com a mochila. Ela não tinha dinheiro para voltar para casa, disse que sequer tinha a intenção de voltar. Então, Charlene deu um quarto e um emprego a ela. — Ele bebericou a cerveja. — O rapaz voltou para buscá-la uma semana depois. Charlene o enxotou.

— Charlene?

— Ela guarda uma espingarda de cano duplo na cozinha. O rapaz decidiu deixar a cidade sem Cissy depois de dar uma olhada naqueles canos. — John virou a cabeça e a diversão em seus olhos se tornou desejo, só por um curto instante.

Nate viu o que atraía seu olhar atravessando o salão graciosamente com um bule nas mãos.

— Ora, veja só! Os homens mais bonitos de Lunatilândia na mesma mesa. — Charlene serviu o café de Nate e se sentou confortavelmente ao lado dele. — E sobre o que vocês dois estão conversando?

— Sobre uma bela mulher, é claro. — John levantou a caneca de cerveja.

— Bom apetite, delegado.

— Então... — Charlene se inclinou sobre Nate para que seu seio lhe acariciasse o braço. — Quem seria a tal mulher?

— John estava me contando como Cissy veio trabalhar para você.

— Ah. — Ela passou a língua pelo lábio inferior, recém-umedecido. — Está de olho na minha garçonete, Nate?

— Estou só torcendo para que ela traga logo o meu jantar. — Ele não podia se afastar sem parecer ou se sentir um idiota. Não conseguia se mexer sem esbarrar em alguma parte do corpo dela. — Os irmãos Mackie já ressarciram você pelos danos?

— Eles passaram aqui há uma hora, já estamos quites. Quero agradecer por cuidar de mim, Nate. Me sinto segura sabendo que posso ligar para você a qualquer hora.

— Ter uma espingarda de cano duplo na cozinha deveria te fazer se sentir segura o bastante.

— Bom... — Ela sorriu, baixando a cabeça. — Aquilo ali é só para assustar. — Ela se aproximou ainda mais, tanto que o perfume atrevido que usava pareceu emergir de seu decote. — É difícil ser uma mulher sozinha em um lugar assim. As noites longas de inverno... elas são frias, e solitárias. Gosto de saber que tenho um homem como você sob o mesmo teto que eu. Quem sabe não poderíamos fazer companhia um ao outro mais tarde?

— Charlene, isso... isso é um convite e tanto. — A mão dela subiu pela coxa dele. Ele a pegou e a colocou sobre a mesa, mesmo que estivesse ficando excitado. — Vamos dar um minutinho aqui.

— Espero que demore mais que um minutinho.

— Haha... — Se ela continuasse a se esfregar nele daquele jeito, lembrando-o de todo aquele tempo em que se mantinha celibatário, talvez sequer aguentasse os sessenta segundos. — Charlene, gosto de você, e você é linda, mas não acho que seria uma boa ideia fazermos... companhia um ao outro. Ainda estou me adaptando às coisas...

— Eu também. — Ela enrolou uma mecha do cabelo dele no dedo. — Caso não consiga dormir esta noite, pode ligar para mim. Vou mostrar para você o que quero dizer com "estabelecimento de serviço completo".

Ela manteve aqueles olhos azul-claros fixos nele enquanto requebrava para sair do reservado — passando a outra mão sugestivamente por sua coxa. Nate esperou até que ela atravessasse o salão com aquele rebolado para que pudesse respirar, rouco.

ELE NÃO dormiu bem. Mãe e filha o deixaram agitado e excitado. E a escuridão total parecia não ter fim. Trevas primitivas que incitavam um homem a se enfurnar no calor de uma caverna — com o calor de uma mulher.

Ele manteve uma luz acesa até tarde — leu as leis municipais sob ela, refletiu sob ela e acabou dormindo sob ela até o alarme soar de manhã.

O dia começou como o anterior: café da manhã com o pequeno Jesse.

Ele queria rotina. Mais do que rotina, desejava um ritual em que não tivesse que pensar, um ritual que se enraizasse nele de forma que não tivesse que enxergar além. Era capaz de dançar conforme a música dali, de lidar com pequenos desentendimentos, de enfrentar calmamente o dia com os mesmos rostos familiares, as mesmas vozes, as mesmas tarefas, repetindo-se em um ciclo sem fim.

Era capaz de ser mais uma engrenagem no sistema. E, talvez, o frio absurdo evitasse que entrasse em decomposição; assim, ninguém saberia que já estava morto.

Ele gostava de ficar em sua sala por horas a fio, incumbindo a Otto, Peter e ele mesmo as poucas ligações que recebiam na delegacia. Quando saía para atender uma chamada, levava um dos subdelegados junto, para que lhe passassem detalhes e ele pudesse definir seu tipo de abordagem.

Estava aprendendo a lidar com sua equipe. Peter tinha vinte e três anos, tinha crescido na região e parecia conhecer todo mundo. Também parecia ser querido por todos que o conheciam.

Otto — segundo-sargento aposentado do Corpo de Fuzileiros Navais dos Estados Unidos — fora morar no Alasca atraído pela caça e pela pesca. Dezoito anos antes, após seu primeiro divórcio, decidira fazer dali seu lar.

Ele tinha três filhos, já adultos, e quatro netos, que moravam nos estados lá de baixo.

Casou-se novamente — com uma loura, que tinha o busto maior que o QI, de acordo com Peach — e passou por um novo divórcio em menos de dois anos.

Tanto ele quanto Bing se consideravam qualificados para o cargo que Nate agora ocupava. Enquanto Bing ficara irritado com a decisão do conselho municipal de trazer um forasteiro, Otto, talvez mais acostumado a receber ordens, aceitara o cargo de subdelegado.

E Peach, a maior fonte de informações do delegado, vivia havia mais de trinta anos no Alasca, desde que fugira para se casar com um rapaz de Macon e fora morar com ele em Sitka. O coitado morreu menos de seis meses depois, perdido no mar em um barco de pesca.

Ela se casou de novo e o marido número dois — um homem atraente, muito bruto e robusto a levou para o meio do nada, onde sobreviviam daquilo que plantavam e faziam pequenas incursões à recém-fundada cidade de Lunatilândia.

Quando ele também morreu — atravessando a cheia do lago e congelando até a morte antes que pudesse chegar à cabana onde moravam —, ela fez as malas e partiu para Lunatilândia.

Outro casamento — esse fora um erro — e acabou mandando o bêbado traíra de volta para a Dakota do Norte, lugar de onde ele era.

Ela levaria um quarto marido em consideração, caso o candidato certo aparecesse.

Peach contou a Nate algumas fofocas sobre os moradores da região. Ed Woolcott adoraria ser prefeito, mas teria que esperar até que Hopp abandonasse o cargo. Sua esposa, Arlene, era esnobe, mas, como vinha de berço de ouro, já era de esperar.

Assim como Peter, Bing — filho de pai russo e mãe norueguesa — vivera aqui sua vida toda. A mãe fugira com um pianista em 1974, quando Bing tinha cerca de treze anos. O pai, um homem que podia virar uma caneca de vodca de uma só vez, voltara para a Rússia uns doze anos depois, levando a irmã mais nova de Bing, Nadia.

Houve rumores de que ela estava grávida e de que o pai era casado.

O marido de Rose, David, trabalhava como guia — um guia e tanto! — e fazia uns bicos quando tinha tempo.

Harry e Deb tinham dois filhos — o menino lhes dava um pouco de trabalho —, e era Deb quem ditava as regras.

E havia mais fofocas. Peach sempre tinha mais fofocas. Nate percebeu que, em uma semana, talvez duas, saberia tudo o que precisava saber sobre Lunatilândia e seus habitantes. Então, o trabalho seria mais uma rotina transformando-se em um ritual confortável.

Mas, sempre que ficava de pé e olhava pela janela, observando o sol nascer por trás das montanhas, dando a elas um esplendor dourado, sentia aquela fagulha agitar-se dentro de si. A pequena chama que lhe revelava que ainda havia vida nele.

Com medo de a faísca causar um incêndio, virava-se e encarava a parede branca.

No terceiro dia, Nate teve que lidar com um acidente de carro envolvendo uma caminhonete, um SUV e um alce. O animal foi o menos afetado, ficando a cerca de quarenta e cinco metros do emaranhado de metal, como se assistisse ao espetáculo.

Como era a primeira vez que Nate via um alce pessoalmente — maior e mais feio do que imaginava —, estava mais interessado na criatura do que nos dois homens que discutiam entre si, jogando a culpa um no outro.

Eram oito e vinte da manhã, e estava um breu no caminho que os moradores chamavam de Estrada do Lago.

Lá estavam o vice-prefeito e um guia de montanhismo chamado Hawley a ponto de saírem no soco, um Ford Explorer caído em uma vala com os eixos afundados na neve e o capô amassado feito uma sanfona, e uma caminhonete Chevy tombada de lado, como se estivesse tirando uma soneca.

Os dois homens tinham sangue no rosto e revolta nos olhos.

— Acalmem-se. — Nate apontou a lanterna na direção dos olhos de cada homem propositalmente. Ambos, reparou, precisariam levar pontos. — Mandei se acalmarem! Já vamos resolver isso. Otto, alguém tem um guincho?

— Bing. É ele quem lida com essas coisas.

— Então, ligue para ele. Mande-o vir rebocar esses veículos até a cidade. Quero que estejam fora da avenida o mais rápido possível, podem causar outro acidente. Agora... — Ele se virou novamente para os homens e perguntou: — Qual de vocês pode me contar o que aconteceu, de maneira calma e coerente?

Ambos começaram a vociferar ao mesmo tempo, mas, como Nate sentiu o bafo de uísque de Hawley, levantou a mão e apontou para Ed Woolcott.

— Você começa.

— Eu estava indo para o trabalho, de maneira segura e responsável...

— Que mentira! — comentou Hawley.

— Você vai ter a sua vez de falar. Sr. Woolcott?

— Vi os faróis vindo na minha direção, rápido demais para estar em uma velocidade prudente.

Quando Hawley abriu a boca, Nate apontou o dedo para ele.

— Então, o alce apareceu do nada. Pisei no freio e desviei para evitar a colisão e só me lembro disso, dessa *sucata* voando para cima de mim! Tentei ir para fora da avenida, mas ele... ele *mirou* em mim. Só sei que ele me jogou para fora do caminho, bateu no meu carro. Eu estou com aquele carro há apenas seis meses! Ele estava dirigindo em alta velocidade *e* está bêbado.

Com um curto aceno de cabeça, Ed cruzou os braços e parecia furioso.

— Tudo bem.

— Bing está a caminho — anunciou Otto.

— Ótimo. Sr. Woolcott, por que não se aproxima para Otto pegar o seu depoimento? — Nate sacudiu a cabeça e foi até a caminhonete. E ficou ali, trocando olhares funestos com o alce. — Você bebeu?

Hawley tinha quase um metro e oitenta de altura e exibia uma barba castanho claro. O sangue, que escorrera do corte em seu rosto, congelara.

— Bom, sim, tomei algumas doses.

— Não são nem nove da manhã.

— Que merda. Eu estava pescando no gelo. Não presto atenção na droga da hora. Estou com uns peixes muito bons no *cooler*, dentro da minha caminhonete. Estava indo para casa para armazená-los, comer alguma coisa e dormir. Aí, o banqueiro vê a porra de um alce na estrada e entra em desespero. Ele perde o controle, rodopia, e o alce continua ali. Se quer saber a minha opinião, esses animais não têm cérebro. Daí eu é que tenho que desviar. Derrapei um pouco, e Woolcott veio girando para cima de mim. Batemos e aqui estamos nós.

Nate trabalhara no Departamento de Trânsito havia muito tempo, e jamais tivera que reconstruir um acidente no escuro, na neve, em temperaturas negativas. Mas, quando iluminou a estrada com sua lanterna e analisou as pistas, a versão de Hawley fazia mais sentido.

— A verdade é que você bebeu. Vamos ter que fazer o teste do bafômetro. Tem seguro?

— Sim, mas...

— Isso será resolvido — interrompeu Nate. — Vamos sair do frio.

Com Hawley e Ed em silêncio no banco de trás, Nate dirigiu de volta à cidade. Estacionou em frente à clínica, deixou-os sob a responsabilidade de Otto enquanto recebiam os primeiros socorros e retornou à delegacia para pegar um bafômetro.

De lá, consultou os registros de trânsito dos dois. Pensando em como solucionar o problema, pegou o bafômetro e voltou à clínica.

Havia poucas pessoas na sala de espera — uma jovem com um bebê adormecido no colo e um idoso de macacão marrom mastigando um cachimbo.

Uma mulher estava sentada em uma cadeira atrás de um balcão baixo. Lia um romance cuja capa exibia um casal seminu em um abraço tórrido. Mas, assim que ele entrou, a mulher ergueu o olhar.

— Delegado Burke?

— Sim.

— Sou Joanna. O doutor disse que você poderia entrar assim que chegasse, se quiser. Ele está na sala um examinando Hawley. Nita está na sala de exame dois dando pontos em Ed.

— E Otto?

— Está no escritório, falando com Bing sobre o guincho.

— Vou ver o Hawley. Onde fica a sala um?

— Eu o acompanho. — Ela pôs um marcador de papel-alumínio na página que lia e se levantou para levá-lo até a porta à sua direita. — Bem aqui. — Gesticulou e deu uma batidinha de leve. — Doutor? O delegado Burke chegou.

— Pode entrar.

Era um consultório comum — maca, pia, cadeira com rodinhas. O médico, que usava uma camisa de flanela aberta por cima de uma blusa térmica, desviou o olhar do corte próximo ao olho de Hawley para Nate.

Ele era jovem, pouco mais de trinta anos, arrumado e esbelto, com uma barba de tom louro escuro combinando com cabelos cacheados fartos. Os olhos verdes eram emoldurados por pequenos óculos redondos com armação de metal.

— Ken Darby — apresentou-se. — Eu daria um aperto de mão, mas estou ocupado.

— Prazer. Como está o paciente?

— Alguns cortes e hematomas. Você teve sorte, Hawley, seu desgraçado.

— Quero ver você dizer isso quando vir a minha caminhonete... Droga! Aquele bosta do Ed dirige feito uma velha de oitenta anos que perdeu os óculos.

— Preciso que assopre aqui.

Hawley olhou para o bafômetro, incerto.

— Não estou bêbado.

— Então isso não será um problema, será?

Hawley resmungou, mas obedeceu enquanto Ken aplicava um ponto falso sobre o corte.

— Veja bem, Hawley, você está bem no limite. Terei que julgar se o acuso ou não de dirigir sob a influência de álcool.

— Ah, mas que merda!

— Porém, como está no limite e não apresenta sinais de embriaguez, vou emitir uma advertência. Na próxima vez que for pescar no gelo e tomar umas doses, não dirija.

— Nem tenho mais um maldito carro pra dirigir.

— Como não posso enviar um mandado para o alce, a sua seguradora vai ter que brigar com a de Ed. Há algumas multas por excesso de velocidade na sua carteira, Hawley.

— São os radares. Aqueles desgraçados de Ancoragem.

— Talvez. Quando comprar outro carro, mantenha a velocidade dentro do limite e arranje alguém para dirigir por você quando beber. Vamos ter uma boa convivência. Vai precisar de uma carona para casa?

Hawley coçou o pescoço enquanto Ken tratava um arranhão em sua testa.

— Acho que sim. Preciso dar uma olhada na minha caminhonete, falar com Bing.

— Vá à delegacia quando terminar aqui. Nós o levaremos para casa.

— Tudo bem, eu acho.

Ed NÃO ficou tão satisfeito com a decisão. Ele se sentou na maca — havia marcas de queimaduras causadas pelo *air bag* no rosto, e o lábio estava inchado por causa da mordida que levou durante o impacto.

— Ele estava *bêbado*.

— Ele estava dentro do limite de álcool permitido. O fato é que o culpado é o alce, mas não posso multar animais silvestres. No fim das contas, foi azar: dois veículos indo de encontro a um alce em um trecho da estrada. Vocês ainda têm vantagem sobre o alce, assim espero: o seguro. Nenhum dos dois teve ferimentos graves. Foi isso, tiveram sorte.

— Não vejo como ter o meu carro novo atirado em uma vala e o meu rosto esmagado pelo *air bag* pode ser sorte, delegado Burke.

— Acho que é uma questão de ponto de vista.

Ed deslizou para sair da maca e levantou o queixo.

— É assim que pretende lidar com o cumprimento da lei em Lunatilândia?

— Basicamente.

— Tenho a impressão de que estamos lhe pagando para fazer um pouco além de aquecer seu assento na delegacia.

— Tive que aquecer o assento do carro para ir até o local da batida.

— Não gosto da sua atitude. Pode ter certeza de que vou discutir o incidente e o seu comportamento com a prefeita.

— Tudo bem. Precisa de uma carona até a sua casa ou o banco?

— Posso ir sozinho.

— Tudo bem, então.

Nate encontrou Otto do lado de fora do consultório. O único sinal que o subdelegado deu de que ouvira a conversa foi um arquear de sobrancelhas. Mas, quando saíram da clínica, pigarreou:

— Parece que não fez um amigo lá.

— E achei que estava sendo tão amigável. — Nate deu de ombros. — Não dá para esperar bom humor de um homem que acabou de bater o carro e que está tendo o rosto costurado.

— É, acho que não. Ed é meio petulante e gosta de ameaçar os outros com a influência que possui. Tem mais dinheiro que qualquer um no distrito e sempre acha um jeito de lembrar as pessoas disso.

— Bom saber.

— Hawley é tranquilo. É um bom homem, mora no meio do mato e é bom em alpinismo. Animado o suficiente para agradar os turistas que querem escalar, e costuma ser discreto. Ele bebe, mas não a ponto de ficar bêbado. Se quer saber a minha opinião, acho que lidou com tudo de maneira justa.

— Isso é importante para mim. Obrigado. Pode registrar a ocorrência, Otto? Acho que vou dar uma olhada no reboque.

Dar uma olhada no local do acidente era uma desculpa, mas ninguém além dele precisava saber disso.

Ele viu Bing trabalhando com um homenzinho atarracado para tirar o SUV da vala. Era obrigação de Nate parar, sair do carro e perguntar se precisavam de ajuda.

— Sabemos o que estamos fazendo — respondeu Bing, jogando um monte de neve com a pá aos pés de Nate.

— Então, vou deixar que continuem.

— Babaca — resmungou Bing enquanto Nate voltava para o carro.

Nate se virou e considerou brevemente:

— Babaca fica um degrau acima ou abaixo de *cheechako*?

O homenzinho soltou uma risada, afundando a lâmina da pá na neve e apoiando-se sobre o cabo enquanto Bing analisava Nate.

— É a mesma merda.

— Só quis confirmar.

Nate entrou no carro, e Bing ficou sorrindo com desdém pelas suas costas.

Ele continuou dirigindo, afastando-se da cidade, contornando a curva acentuada do lago.

Meg morava naquela direção, ele checara, e, como dava para ver o avião dela pousado sobre a superfície congelada, teve certeza de que estava no lugar certo.

Ele entrou no que parecia ser uma estrada aberta entre as árvores e, aos trancos, dirigiu até chegar a uma casa.

Não sabia o que esperar, mas não era aquilo. O isolamento não o surpreendeu, nem as paisagens de tirar o fôlego, que se estendiam por todas as direções. Aquilo fazia parte do pacote.

Mas a casa era bonita — um tipo de cabana sofisticada, ele acreditava. Madeira e vidro, varandas cobertas, venezianas de um vermelho vivo emoldurando as janelas.

Um pequeno caminho havia sido escavado ao longo da neve, indo da entrada da garagem à varanda da frente. Era possível ver outros caminhos pisoteados, indo da casa a construções anexas. Uma delas, entre a cabana e os limites da floresta, elevava-se sobre estacas.

Na varanda, havia uma pilha organizada de lenha cortada.

O sol, agora, nascia em toda a sua glória, banhando a cena com a luz da misteriosa aurora. A fumaça saía de três chaminés de pedra e subia aos céus.

Fascinado, ele desligou o motor.

E ouviu a música.

Ela preenchia o mundo. Uma voz feminina, doce e forte, enlaçada ao som de instrumentos de cordas e gaitas, crescia junto ao nascer do sol, por cima daquela interminável alvura.

A melodia pairava sobre ele quando saltou da caminhonete, parecendo vir do ar ou da terra ou do céu.

Foi quando ele a viu: o vermelho gritante do casaco caminhando pela brancura da neve, afastando-se do lago congelado, com dois cães a seu lado.

Ele não chamou por ela — não tinha certeza se conseguiria. Era como se uma fotografia se pusesse a sua frente, e sua mente disparasse o botão. A mulher de cabelos escuros, de vermelho, perambulando pelo branco intocado com dois lindos cães a seu lado, e a glória matutina das montanhas ao fundo.

Os cães o viram, ou farejaram, primeiro. Os latidos cortaram o ar e rasgaram a música, e os dois avançaram em direção a ele como duas balas de cor cinza embaçadas.

Ele pensou em pular para dentro da caminhonete, mas imaginou que aquilo consolidaria seu status de babaca *cheechako*.

Seus casacos talvez fossem tão grossos que o protegessem de uma possível mordida canina, caso chegasse a esse ponto.

Ficou imóvel. "Bons garotos", "bonzinhos", repetia mentalmente como um mantra.

Ele se preparou para o pulo, torcendo para que não mirassem em sua garganta. Os dois cães, que espalhavam neve pelo ar enquanto corriam, pararam a menos de meio metro dele; corpos tremendo, dentes à mostra. Alerta total.

Os olhos dos dois pareciam cristais azuis de gelo, como os da dona.

O vapor da respiração de Nate formou uma nuvem no ar.

— Deus do céu... — sussurrou ele. — Vocês são muito bonitos.

— Rock! Bull! — gritou Meg. — Amigo.

Os cães relaxaram imediatamente e se aproximaram para cheirá-lo.

— Será que eles vão arrancar a minha mão se eu tocá-los? — perguntou ele.

— Agora, não.

Confiando nela, acariciou as cabeças dos cães com uma mão enluvada. Como ambos pareceram gostar, ele agachou e fez um bom cafuné nos dois.

— Você tem colhões, Burke.

— Eu estava rezando para que não mastigassem essa parte do meu corpo. São cães de trenó?

— Não. — As bochechas dela estavam rosadas devido ao frio quando se aproximou dele. — Não sou *musher*, mas sei que são de uma boa linhagem da raça. Eles têm uma vida fácil aqui comigo.

— Eles têm os seus olhos.

— Talvez eu tenha sido um *husky* na vida passada. O que faz aqui?

— Eu só... Que música era aquela?

— Loreena McKennit. Gostou?

— É incrível. É como se fosse... Deus.

Ela riu.

— Você é o primeiro homem que conheço a admitir que Deus é mulher. Está passeando por aí no feriado?

— Feriado? — questionou ele, ficando de pé.

— Véspera de Ano-Novo.

— Ah, não. Houve um pequeno incidente com carros na Estrada do Lago. Estou procurando uma testemunha crucial. Pode ser que o tenha visto: grandão, quatro patas, chapéu engraçado — disse, fazendo anteninhas com os dedos.

Engraçadinho, ela pensou, por que seus olhos parecem tão tristes mesmo quando sorri?

— Vi mesmo uns caras assim nas redondezas.

— Nesse caso, devo entrar e colher o seu depoimento.

— Até que eu gostaria de dar o meu depoimento, mas vai ter que ser depois. Tenho que voar. Estava apenas trazendo os meus cachorros de volta. Já ia desligar a música.

— Aonde vai?

— Vou levar alguns suprimentos a uma vila remota. Tenho que me apressar se quiser voltar antes da festa. — Ela inclinou a cabeça. — Quer dar uma volta comigo?

Nate encarou o avião e pensou: "Naquilo?! Nem que eu tivesse a chance de dar uma fungada no seu pescoço."

— Estou em serviço. Quem sabe outro dia?

— Beleza. Rock, Bull! Casa! Já volto — disse a Nate.

Os cães correram, e Nate notou que um dos anexos era um canil bem elaborado, decorado com totens pintados em um primitivo estilo folclórico.

Vida boa mesmo, ele pensou.

Meg entrou na cabana e desapareceu. No instante seguinte, a música parou.

Ela saiu novamente, com uma mochila nos ombros.

— Até mais, delegado. Vamos marcar o meu depoimento para um dia desses.

— Não vejo a hora. Tenha um bom voo.

Ela jogou os cabelos para trás e foi andando até a aeronave.

Ele permaneceu ali, observando-a.

Ela jogou a mochila dentro do avião e embarcou.

Ele ouviu os motores ligando, o rugido deles invadindo a quietude. A hélice girou, e o avião começou a deslizar pelo gelo, circulando, circulando, inclinando-se para o céu, até, finalmente, decolar.

Era possível ver o vermelho do casaco e o preto dos cabelos pela janela da cabine. Em seguida, ela se tornou apenas um borrão.

Nate jogou a cabeça para trás conforme o avião circulava, agora ganhando altitude, e viu uma das asas se inclinar, o que ele supôs ser uma saudação.

Então, ela deixou a neve para trás, perfurando o azul do céu.

Capítulo cinco

⌘ ⌘ ⌘

Nate já conseguia ouvir o início das festividades. A música — um pouco caipira — invadia o andar de cima, adentrando seu quarto até pelas frestas do piso. O murmurinho das vozes parecia pressionar as paredes e o assoalho. Risadas pipocavam, junto com um ruído abafado que lhe pareceu pés dançando.

Ele se sentou, sozinho, no escuro.

A depressão o atingira em cheio, sem aviso, sem rodeios. Um minuto atrás, estava sentado à escrivaninha, lendo arquivos; agora, o peso das trevas o sufocava.

Isso já acontecera antes, sem uma sensação de desconforto, sem a tristeza rasteira. Só aquela onda de escuridão que o inundava. Só aquela brusca transição entre luz e trevas.

Não havia desesperança. O mero conceito de esperança tinha que se fazer presente antes que sua ausência pudesse ser sentida. Não era mágoa, nem desespero, nem raiva — ele poderia suportar e enfrentar tudo isso.

Era um vazio. Um vazio desmedido, escuro e sufocante, que o sugava.

Ele conseguia ser produtivo assim — aprendera a fazer isso. Do contrário, as pessoas não o deixariam em paz e, com toda a preocupação e o cuidado delas, ele apenas chegaria mais perto do fundo do poço.

Ele conseguia andar, falar, existir. Mas não conseguia viver. Era assim que se sentia quando estava nas sedosas garras da depressão. Sentia-se como a morte, em carne e osso.

Da mesma forma como se sentira no hospital após o ocorrido com Jack, com a dor borbulhando sob os analgésicos e a consciência do que acontecera manchando o caminho para o esquecimento.

Mas ele conseguia ser produtivo.

Ele encerrou o dia, fechou a delegacia. Dirigiu de volta para a Hospedaria, subiu até o quarto. Falou com pessoas — não se lembrava sobre o quê ou com quem, mas sabia que sua boca tinha se mexido, que dela saíram palavras.

Foi até o quarto, trancou a porta. E foi envolvido pelas trevas do inverno.

Que diabos estava fazendo ali, naquele lugar? Naquele lugar frio, escuro e vazio? Será que ele era tão óbvio, tão patético, que escolhera aquela cidade, eternamente presa no inverno, porque refletia exatamente como se sentia por dentro?

O que queria provar indo para lá, prendendo um distintivo à roupa e fingindo que se importava em ter um emprego? Estava era se escondendo, isso sim. Escondendo-se do que era, do que fora, do que perdera. Mas não era possível se esconder daquilo que se carrega consigo todos os minutos de todos os dias, daquilo que está apenas esperando para aparecer e rir da sua cara.

Ele tomava remédios, é óbvio. E os trouxera com ele. Remédios para depressão e ansiedade. Remédios que o ajudavam a dormir um sono tão profundo que nem mesmo os pesadelos podiam atormentá-lo.

Remédios que havia decidido parar de tomar porque o faziam sentir menos como ele mesmo do que a depressão ou a ansiedade ou a insônia.

Não dava para voltar, não dava para seguir em frente. Então, por que, simplesmente, não afundar de vez aqui? Mergulhar cada vez mais fundo, até que não pudesse, nem quisesse, escapar do vazio. Ele sabia — parte dele sabia — que era confortável ficar ali, na escuridão e no vazio, imerso em sua própria tristeza.

Diabos! Ele bem que poderia se estabelecer ali, como um daqueles malucos que moram dentro de uma caixa de papelão de geladeira vazia debaixo da ponte. Viver em uma caixa era simples; ninguém esperava nada de você.

Pensou no antigo ditado sobre a árvore que cai na floresta, e o aplicou a si mesmo. Se perdesse o juízo em Lunatilândia, será que sequer tivera juízo para perder?

Ele odiava aquela parte de si que pensava nisso, aquela parte que queria morar ali.

Se ele não descesse, alguém subiria. E seria pior. Amaldiçoou o esforço que tinha que fazer só para se pôr de pé. Aquela empolgação sutil, aquela rápida fagulha de vida que sentira, fora apenas zombaria? Fora a forma que o destino encontrara de lhe mostrar como era a sensação de estar vivo antes de empurrá-lo de volta para o abismo?

Bem, ainda havia muita raiva para motivá-lo desta vez; só desta vez. Ele sobreviveria à noite — a última do ano. E, se não lhe restasse nada no dia seguinte, com certeza, pior não ficaria.

Só que, hoje, ele estava em serviço. Fechou a mão sobre o distintivo, ainda preso à camisa, sabendo que era patético se motivar com um metal barato. Mas até isso serviria, e ele seguiria mantendo as aparências.

Acendeu a luz; seus olhos doeram. Obrigou-se a se afastar do interruptor antes que cedesse à tentação de apagá-la outra vez — de se acomodar nas trevas outra vez.

Ele entrou no chuveiro e deixou a água fria cair. Em seguida, molhou o rosto para se enganar, fingindo que a água lavava a fadiga sorrateira que acompanhava a depressão.

Observou-se no espelho por um bom tempo, buscando os sinais. Viu apenas um cara comum — nada com que se preocupar. Os olhos um pouco cansados, talvez, as bochechas um pouco magras, mas nada grave.

Se todos enxergassem o mesmo, já bastaria.

O barulho o atingiu em cheio quando abriu a porta. Assim como quando acendera a luz, teve que se forçar a seguir em frente em vez de voltar para dentro de sua caverna.

Ele dera folga para Otto e Peter beberem, comerem e serem felizes. Ambos tinham amigos e família, pessoas com quem deixar o ano para trás. Como Nate passara meses tentando se livrar do passado, não viu motivos para que algo fosse diferente hoje.

Desceu as escadas com o estômago embrulhado.

A música era mais animada e melhor do que ele esperava. E o lugar estava lotado. As mesas haviam sido reorganizadas para abrir uma pista de dança, e os fregueses usufruíam do espaço. Os trajes dos convidados eram tão festivos quanto as bandeirinhas e os balões que enfeitavam o teto.

Viu alguns coroas usando o que Peach descrevera como "*blazer* do Alasca". Eram paletós brutos para trabalho que foram lavados para a ocasião.

Alguns eram acompanhados por gravatas estilo caubói e, estranhamente, por chapéus de festa de papel.

Muitas das mulheres deixavam o ambiente mais elegante com seus vestidos e saias brilhantes, cabelos em penteados para trás, sapatos de salto alto. Ele avistou Hopp, que usava um refinado vestido de festa roxo e dançava — o que era aquela dança? Nate não fazia ideia — com um Harry Miner todo arrumado. Rose estava sentada em um banco de encosto alto nos fundos do bar com um homem que ele supôs ser seu marido, David, ao lado dela, acariciando delicadamente suas costas.

Ele reparou que ela ria de algo que a recepcionista da clínica contava. E viu o jeito como seu olhar encontrava o do marido, viu o calor do amor pulsando entre os dois. E se sentiu frio, sozinho.

Mulher alguma jamais olhara para ele daquele jeito. Mesmo quando fora casado, a mulher que achava ser sua jamais lhe olhara com amor tão declarado e irrestrito.

Desviou o olhar.

Analisou a aglomeração como um policial — avaliando, detalhando, classificando. Era esse tipo de coisa que o mantinha afastado, ele sabia. Era esse tipo de coisa que não conseguia evitar.

Viu Ed e a supostamente esnobe Arlene. Mitch, da rádio KLUN, com seus cabelos louros com mechas presos em um rabo de cavalo, estava com um dos braços sobre os ombros de uma moça não tão bonita quanto ele. Ken usava um colar de flores havaiano e discutia, empolgado, com o Professor, que vestia o mesmo paletó de *tweed* de sempre.

Camaradagem, pensou Nate. Um tanto bêbados àquela altura, ainda assim, camaradagem. E ele era o forasteiro.

Sentiu uma insinuação do perfume de Charlene, mas ela foi rápida demais para que ele pudesse se preparar ou fugir. A mulher, cheia de curvas, já estava agarrada a ele, quente, os lábios com *gloss* deslizando suavemente sobre os dele com um discreto toque de língua. Ela acariciou e apalpou sua bunda, mordendo seu lábio inferior com delicadeza.

Então, Charlene se afastou um pouco, sorrindo-lhe um sorriso preguiçoso.

— Feliz Ano Novo, Nate. Isso foi só para garantir, caso eu não consiga colocar as mãos em você à meia-noite.

Ele não foi capaz de dizer uma só palavra e temeu que estivesse corando. Perguntou-se se aquela atitude, óbvia e inadequada, adicionara constrangimento às suas trevas.

— Onde estava se escondendo? — Ela se pendurou em seu pescoço. — A festa está rolando há mais de uma hora, e você ainda nem dançou comigo.

— Eu tinha... coisas para fazer.

— Trabalho, trabalho, trabalho. Por que não vem se divertir comigo?

— Preciso falar com a prefeita. — "Por favor, Deus, ajude-me."

— Ah, mas este não é o momento para tratar de política. É uma *festa*. Vem, dança comigo. Depois, vamos tomar champanhe.

— Eu realmente preciso resolver isso. — Ele pôs as mãos na cintura dela, na esperança de afastá-la a uma distância aceitável, e procurou por Hopp, sua salvadora, no salão. Seu olhar travou no de Meg.

Ela abriu aquele sorrisinho lento e levantou a taça, como se fizesse um brinde a ele.

Então, os casais na pista de dança rodopiaram à sua frente e ela sumiu.

— Vamos deixar isso para depois. Eu... — interrompeu-se ao avistar um rosto familiar, agarrando-se à oportunidade como se sua vida dependesse dela. — Otto! A Charlene quer dançar.

Antes que um dos dois pudesse falar, Nate já batia em retirada. Sequer arriscou respirar antes de chegar ao outro lado do salão.

— Engraçado, você não parece se assustar com facilidade.

Meg parou ao lado dele, agora segurando duas taças.

— As aparências enganam, então. Ela me assusta, e muito.

— Não vou dizer que Charlene é inofensiva, porque, certamente, não é. Mesmo assim, se não quer que ela enfie a língua na sua garganta, vai ter que dizer pra ela. Em alto e bom som, e usando palavras simples. Aqui, trouxe uma bebida pra você.

— Estou em serviço.

Ela bufou.

— Não acho que uma taça de champanhe barato vá mudar muita coisa. Caramba, Burke. Praticamente todo mundo que vive em Lunatilândia está aqui.

— Tem razão.

Ele pegou a taça, mas não bebeu. O que fez foi prestar atenção nela. Ela estava com um vestido — supôs que "vestido" devia ser o termo técnico para a camada de vermelho vivo que mais parecia pintada em seu corpo —, exibindo aquele corpo atlético que ele imaginara de formas que, possivelmente, eram ilegais sob várias jurisdições. Os cabelos estavam soltos; uma cascata preta sobre ombros muitos brancos. Os sapatos de salto muito alto, da mesma cor do vestido, ostentavam pernas esbeltas e musculosas.

E ela cheirava a sombras frias e ocultas.

— Você está linda.

— Tomo um bom banho quando a ocasião pede. Já você, parece cansado. — E magoado, pensou ela. Foi a impressão que teve assim que o viu descer as escadas. Como se fosse um homem que soubesse que havia uma enorme ferida aberta em algum lugar de seu corpo, mas não tivesse energia para procurá-la.

— Ainda não regulei o meu sono. — Ele tomou um gole do champanhe, que mais parecia água com sabor.

— Você veio à festa pra descontrair e se divertir ou pra ficar por aí com essa cara emburrada e formal?

— Basicamente, a segunda opção.

Meg balançou a cabeça.

— Dê uma chance à primeira opção e veja como se sai. — Ela se aproximou e soltou o distintivo da camisa dele.

— Ei!

— Se precisar de um escudo, pode pegar de volta — disse ela enquanto guardava o distintivo no bolso dele. — Mas, agora, vamos dançar!

— Não sei dançar como estão dançando aqui.

— Não tem problema. É só me imitar.

Ela realmente o conduziu ao longo da dança, e isso o fez rir. Era estranho, mas ele se sentiu um pouco mais leve.

— A banda é da cidade?

— Todos que estão aqui são da cidade. Mindy toca piano e dá aula no ensino fundamental. Pargo é o guitarrista, trabalha no banco. No violino, Chuck, que é patrulheiro em Denali. Policial federal, na verdade, mas é tão querido que fingimos que ele tem um emprego de verdade. E Mike Grandão, o cozinheiro daqui, é o baterista. Está memorizando isso tudo?

— Perdão?

— Dá pra perceber que você está arquivando esses nomes e rostos na sua memória.

— É sempre bom lembrar.

— Às vezes, é bom esquecer. — Ela desviou o olhar para a direita. — Estão me chamando. Max e Carrie Hawbaker... Eles trabalham no nosso jornal semanal, O Lunático. Passaram a maior parte da semana fora da cidade. Querem entrevistar o novo delegado de polícia.

— Pensei que isso fosse uma festa.

— Eles vão correr atrás de você assim que a música parar.

— Não se você escapulir comigo e fizermos a nossa festa em outro lugar.

Ela se ajeitou e o encarou, direto nos olhos.

— Pode ser que eu me interesse, se você estiver falando sério.

— E por que não estaria falando sério?

— Essa é a questão. Vou te perguntar isso um dia.

Ela não lhe deu muita escolha quando se virou e acenou, arrastando-o até a borda da pista de dança improvisada. Apresentações feitas, ela desapareceu e o deixou ali, encurralado.

— É um prazer conhecê-lo — cumprimentou Max, apertando-lhe a mão com entusiasmo. — Carrie e eu acabamos de voltar à cidade, então não tivemos a chance de lhe dar as boas-vindas antes. Gostaria que nos cedesse um pouco do seu tempo para dar uma entrevista para *O Lunático*.

— Vamos ter que arranjar isso.

— Podemos ir até o saguão agora e...

— Agora não, Max — interrompeu Carrie, com um sorriso. — Nada de trabalho hoje à noite. Mas, antes de voltarmos à festa, eu gostaria de te perguntar, delegado Burke, se haveria algum problema se escrevêssemos um caderno policial para o jornal. Acho que manteria a comunidade informada sobre o que você faz, como os casos são resolvidos aqui. Agora que temos um departamento de polícia oficial, queríamos que *O Lunático* documentasse essas coisas.

— Peach pode lhe passar essas informações.

Meg abriu caminho até o bar, pegou outra taça de champanhe e se sentou em uma banqueta para observar a dança enquanto bebia.

Charlene deslizou sobre a banqueta ao lado dela.

— Eu vi primeiro.

Meg continuou observando os dançarinos.

— Isso se trata de quem ele vê, não é?

— Você só está atrás dele porque eu o quero.

— Charlene, se tem pau, você quer. — Meg bebeu o champanhe em um só gole. — E não estou exatamente atrás dele — disse, sorrindo, enquanto encarava a taça. — Vá em frente, faça os seus joguinhos. Não faz diferença pra mim.

— O primeiro homem *interessante* que aparece aqui em meses... — Sentindo-se falante agora, Charlene se inclinou na direção de Meg. — Sabia que ele toma o café da manhã com o pequeno Jesse todos os dias? Não é uma graça? E você devia ter visto como lidou com os Mackie. Além disso, ele é *misterioso*. — Suspirou. — Não resisto a um homem misterioso.

— Você não resiste a um homem que ainda consiga manter uma ereção.

A boca de Charlene se contorceu de nojo.

— Por que você é tão grossa?

— Você veio me informar que pretende transar com o novo delegado. Não importam os floreios, Charlene, isso é grosseria. A diferença é que vou direto ao ponto.

— Você é igualzinha ao seu pai.

— Você sempre fala isso — murmurou Meg enquanto Charlene se afastava, cheia de cerimônia.

Hopp se sentou na banqueta que Charlene ocupara.

— Vocês duas são capazes de brigar por causa da chuva que caiu na última tempestade.

— Filosófico demais pra nós. O que está bebendo?

— Eu ia pegar outra taça desse champanhe abominável.

— Deixa comigo.

Meg deu a volta no bar, serviu uma taça e completou a sua.

— Ela quer devorar Burke.

Hopp olhou para Nate, que conseguira escapar dos Hawbaker só para acabar nas garras de Joe e Lara Wise.

— Isso é problema deles.

— Problema deles — concordou Meg, brindando com a prefeita.

— O fato de ele parecer mais interessado em devorar você não vai melhorar o seu relacionamento com a sua mãe.

— Não. — Meg deu um gole, pensativa. — Mas vai deixar as coisas mais animadas por um tempo. — Ela viu Hopp revirar os olhos e riu. — Não consigo evitar! Gosto de uma agitação.

— Ele daria um trabalho e tanto. — Hopp se virou na banqueta quando viu Nate ser arrastado para a pista de dança por Charlene de novo. — Esse jeito caladão, blá-blá-blá... Nem sempre é fácil se relacionar com alguém tão fechado.

— Acho que ele é o homem mais triste que já conheci. Mais triste até que aquele andarilho que passou por aqui uns anos atrás. Como se chamava? McKinnon. Estourou os próprios miolos lá no covil do Hawley.

— Que loucura foi aquilo, não? Talvez Ignatious seja triste o bastante para enfiar o cano de uma .45 mm na boca, mas não teria coragem de puxar o gatilho. Também o acho muito educado.

— E está contando com o seu achismo?

— Sim, estou. Ai, droga... Vou fazer a minha última boa ação do ano e salvá-lo de Charlene.

Homens tristes e educados não eram nem um pouco o seu tipo, Meg disse a si mesma. Ela gostava dos irresponsáveis, dos inconsequentes. Homens que ela não esperava que ficassem até a manhã seguinte. Ela podia tomar uns drinques com esses homens, esquentar uns lençóis — se tivesse vontade — e seguir em frente.

Nada de turbulências nem feridas.

Um homem como Ignatious Burke? Um caso com ele, certamente, seria turbulento e deixaria marcas. Ainda assim, talvez valesse a pena.

De qualquer forma, gostava de conversar com ele, o que não se podia subestimar. Ela era inteiramente capaz de ficar dias, até semanas, sem falar com outro ser humano. Então, apreciava uma boa conversa. E gostava de observar a tristeza que assombrava aqueles olhos ir e vir. Ela a vira desaparecer algumas vezes — quando ele estava em frente à casa dela, ouvindo Loreena McKennit naquela manhã, e por alguns instantes, enquanto dançavam.

Sentada ali, agora, com a música e o calor humano ao seu redor, percebeu que queria ver aquela tristeza sumir mais uma vez. E que tinha uma boa ideia de como fazer isso acontecer.

Foi para trás do bar e pegou uma garrafa aberta e duas taças. Segurando-as na lateral do corpo, saiu do salão.

Hopp cutucou Charlene no ombro abruptamente.

— Com licença, Charlene, preciso de um momento oficial com o delegado Burke.

Charlene apenas pressionou ainda mais o corpo contra o de Nate. Para ele, parecia que ela iria atravessá-lo e sair pelas suas costas.

— A prefeitura está fechada, Hopp.

— A prefeitura nunca fecha. Por favor, deixe o rapaz respirar.

— Tudo bem... Espero que você venha terminar essa dança comigo, bonitão.

— Vamos para um canto qualquer, Ignatious. — Hopp abriu caminho, gesticulando e costurando pelo aglomerado de pessoas. Acomodou-se em uma mesa que fora colocada na área de sinuca. — Quer uma bebida?

— Não, prefiro a porta dos fundos.

— Você pode até fugir, mas não pode se esconder em uma cidade deste tamanho. Vai ter que lidar com ela mais cedo ou mais tarde.

— Escolho "mais tarde". — Ele queria ir para o quarto, voltar para a escuridão. Sua cabeça latejava, seu estômago se contorcia com o estresse e o esforço de simplesmente existir.

— Não o tirei de lá só para livrá-lo de Charlene. Você emputeceu o meu vice-prefeito.

— Eu sei. Lidei com a situação da maneira que me pareceu mais prudente e dentro da lei.

— Não estou questionando a maneira como faz seu trabalho, Ignatious. — Ela desconsiderou a ideia com um gesto da mão, da mesma forma como abrira caminho por entre a multidão. — Estou apenas passando os fatos. Ed é prepotente, vaidoso e um porre na maior parte do tempo. Mas ainda é um bom homem e trabalha duro por esta cidade.

— O que não dá a ele o direito de dirigir feito um louco.

A prefeita abriu um sorriso largo.

— Ele sempre foi um péssimo motorista. Só que também é poderoso, rico e rancoroso. Não vai esquecer que você se meteu no caminho dele. Pode parecer insignificante comparado ao que você está acostumado, mas, aqui em Lunatilândia, isso é sério.

— Não devo ter sido o primeiro a enfrentá-lo.

— Não foi, mesmo. Ed e eu batemos de frente o tempo todo, mas, do ponto de vista dele, estamos no mesmo nível. Eu talvez até tenha uma vantagem. Você é um forasteiro, e ele quer que você puxe o saco dele. Por outro lado, se tivesse puxado o saco, eu ficaria muito decepcionada. Você está entre a cruz e a espada.

— Já passei por isso. Aliás, "puxar o saco" significa literalmente puxar o saco?

Ela o encarou por um tempo e soltou uma risada estridente.

— Essa foi uma forma educada e discreta de pedir para eu tomar conta da minha vida. Mas, antes, deixe-me falar mais uma coisa: ficar entre Charlene e Meg significa que tanto a cruz quanto a espada estarão muito quentes e grudentas e serão cruéis como o diabo!

— Então, o melhor a fazer é não ficar entre elas.

— Bom raciocínio. — As sobrancelhas dela se arquearam quando o celular dele tocou.

— As chamadas da delegacia são transferidas para o meu número pessoal — explicou enquanto tirava o aparelho do bolso — Burke.

— Pega um casaco — disse Meg. — Me encontre lá fora em cinco minutos. Quero te mostrar uma coisa.

— Certo, tudo bem. — Ele colocou o celular de volta no bolso enquanto Hopp o observava. — Não é nada. Acho que vou dar uma saidinha.

— Uhum... Use aquela porta ali, vá pela cozinha.

— Obrigado. E feliz Ano Novo.

— Igualmente. — Hopp balançou a cabeça enquanto ele se afastava. — Isso vai dar problema.

$\mathcal{E}$LE LEVOU mais de cinco minutos para ir até o quarto, agasalhar-se e sair de fininho, para então dar a volta e parar na frente da Hospedaria. No meio do caminho, percebeu que não se sentira tentado a trancar a porta do quarto e se refugiar na escuridão novamente.

Talvez estivesse progredindo. Ou talvez o desejo fosse mais forte do que a depressão.

Ela o aguardava, sentada em uma das cadeiras dobráveis que colocara no meio da rua.

A garrafa de champanhe estava enterrada na neve. Com um cobertor grosso sobre as pernas, bebericava o champanhe de sua taça.

— Não é bom você ficar sentada aqui fora com esse vestido, mesmo que esteja com um casaco e um cobertor...

— Troquei de roupa. Sempre trago roupas extras na mochila.

— Que pena. Estava torcendo para vê-la de novo com aquele vestido.

— Quem sabe em outro momento? Senta aí.

— Tudo bem. Mas por que estamos do lado de fora às... dez para a meia-noite?

— Não sou muito fã de aglomerações. E você?

— Também não.

— Até pode ser divertido por um tempo em ocasiões especiais, mas acho desgastante depois de algumas horas. Além disso — passou uma taça para ele —, aqui é melhor.

Ele achou impressionante o fato de o champanhe não estar congelado.

— Já eu acho que seria melhor se estivéssemos lá dentro, onde não há o risco de congelarmos.

— Não está tão frio assim, nem está ventando. Está em torno de zero grau. E não dá para ver nada disso lá de dentro.

— O quê?

— Olhe para cima, forasteiro.

Ele olhou para onde ela apontava e perdeu o fôlego.

— Meu Deus!

— Pois é, sempre considerei isso divino. Um fenômeno natural causado pela latitude, por manchas solares, e assim por diante. Explicações científicas não tiram a beleza nem a mágica do momento.

As luzes verdes no céu tremeluziam com um brilho dourado e toques de vermelho. Os longos rastros misteriosos pareciam pulsar e respirar, banhando as trevas com vida.

— A aurora boreal fica mais visível no inverno, mas costuma estar frio demais para apreciá-la. Imaginei que hoje seria um bom dia para abrir uma exceção.

— Já tinha ouvido falar, vi fotos... Não é como nas fotos.

— Nada nunca é. Fora da cidade, dá para ver melhor. Melhor ainda se estiver acampando nas geleiras. Quando eu tinha uns sete anos, fiz uma trilha com o meu pai pelas montanhas, e acampamos só para ver a aurora boreal lá do alto. Ficamos deitados por horas, quase congelando, só observando o céu.

O tom de verde sobrenatural continuava a se mover, brilhar, expandir, reluzir. Era como uma chuva de joias coloridas.

— O que houve com ele?

— Pode-se dizer que, um dia, foi fazer uma caminhada e não parou mais. Você tem família?

— Mais ou menos.

— Bom, não vamos arruinar o momento contando as histórias tristes. Vamos aproveitar o espetáculo.

Sentados, no meio da rua, os dois ficaram em silêncio. As cadeiras se equilibravam na neve alta enquanto o céu se incendiava.

As chamas pareceram acender algo dentro dele, expulsando a dor de cabeça do estresse e colocando-o em tamanho estado de fascinação que foi capaz de respirar outra vez.

Ela olhou na direção da Hospedaria conforme o barulho aumentava. A gritaria da contagem regressiva começara.

— Parece que estamos a sós, Burke.

— Um fim de ano melhor do que eu esperava. Quer que eu finja que estou beijando você por causa da tradição?

— Dane-se a tradição.

Ela agarrou os cabelos dele com as mãos enluvadas e o puxou para perto.

Os lábios dela estavam frios, e era uma sensação estranha e poderosa em senti-los aquecendo-se contra os dele. A surpresa sufocante daquele beijo fez seu corpo letárgico estremecer, revirou seu estômago, esquentou seu sangue.

Ele ouviu o estrondo — abafado, baixo e distante — quando deu meia-noite. Sinos soaram, buzinas berraram, vozes comemoraram. E, apesar do barulho, escutou seu próprio coração, tão pulsante quanto um desejo.

Ele soltou a taça e afastou o cobertor para ficar mais perto dela. Um gemido de frustração subiu-lhe pela garganta, devido à barreira formada pelas grossas camadas de roupa. Ele queria aquele corpo atlético, cheio de curvas, aquelas formas, o sabor, o cheiro dela.

Foi quando ouviu tiros e se afastou.

— São só as pessoas comemorando. — A respiração dela formou nuvens de vapor enquanto tentava puxá-lo de volta para si. Aquele homem *sabia* beijar, e ela queria agarrar-se à sensação inebriante daqueles lábios, daquela língua, daqueles dentes que a arrebatavam.

Quem precisava da champanhe barata?

— Pode ser, mas... tenho que verificar.

Ela soltou uma meia risada e pegou as taças do chão.

— É claro que tem.

— Meg...

— Vai lá, delegado. — Ela deu um tapinha amigável no joelho dele e sorriu para aqueles olhos acinzentados fascinantes e tão conturbados. — É a sua obrigação.

— Não vou demorar.

Ela sabia que não. Era comum que fossem dados alguns tiros para o alto em feriados, casamentos, nascimentos — até em funerais, dependendo dos sentimentos em relação ao morto.

Mas não lhe pareceu sensato esperar. Assim, deixou as cadeiras, a garrafa e as taças na varanda da frente e levou o cobertor de volta para a caminhonete, jogando-o dentro da cabine.

Em seguida, foi para casa sob a dança das luzes verdes no céu. E soube que Hopp estava certa: Nate Burke daria um trabalho e tanto.

Capítulo seis

⌘ ⌘ ⌘

O LUNÁTICO

*Caderno policial
Segunda-feira, 3 de janeiro*

8h03 Denúncia sobre o desaparecimento de *snowshoes* que se encontravam na varanda de Hans Finkle. O subdelegado Peter Notti atendeu à ocorrência. Em depoimento, Finkle afirma que "aquele [palavras de baixo calão extremamente criativas omitidas] do Trilby está fazendo as gracinhas de sempre", o que não pôde ser confirmado. Os *snowshoes* foram localizados mais tarde na caminhonete de Finkle.

9h22 Acidente de carro na Avenida do Rancor. O delegado de polícia Burke e o subdelegado Otto Gruber atenderam à ocorrência. As partes envolvidas são Brett Trooper e Virginia Mann. Ninguém ficou ferido além de Trooper, que machucou o dedo do pé ao chutar repetidas vezes o próprio para-choque retorcido. Ninguém prestou queixa.

11h56 Denúncia de briga entre Dexter Trilby e Hans Finkle na Hospedaria. A discussão, que incluiu outras diversas palavras de baixo calão extremamente criativas, estaria relacionada ao desaparecimento dos *snowshoes* mais cedo. O delegado Burke atendeu à ocorrência e, após uma conversa, foi sugerido que o impasse fosse decidido em um jogo de damas. Até o momento da publicação deste exemplar, a competição estava doze a zero para Trilby. Ninguém prestou queixa.

13h45 Denúncia de música alta e veículos em alta velocidade em Caribu. O delegado Burke e o subdelegado Notti atenderam à ocorrência. James e William Mackie foram encontrados dirigindo *snowmobiles* em alta velocidade, enquanto a música "Born to Be Wild" tocava em volume máximo. Após uma breve — e divertida, de acordo com testemunhas — perseguição policial, houve uma discussão acalorada com os oficiais, que confiscaram o CD com a música do momento do flagrante, levando James Mackie a afirmar que "Lunatilândia não é mais divertida, porra". Os irmãos Mackie foram multados por excesso de velocidade.

15h12 Denúncia de gritos nas redondezas do Bosque do Rancor, a 3,4 quilômetros do correio. O delegado Burke e o subdelegado Gruber atenderam à ocorrência. Eram apenas garotos brincando de guerra, armados com espingardas de rolha e uma embalagem de *ketchup*. O delegado Burke declarou trégua imediata e escoltou os soldados — vivos, mortos e feridos — até suas respectivas casas.

16h58 Denúncia de perturbação do sossego em Alce. O delegado Burke e o subdelegado Notti atenderam à ocorrência. Uma discussão entre um casal de adolescentes, ambos de dezesseis anos, envolvendo um suposto flerte com um terceiro adolescente, também de dezesseis anos, foi resolvida. Ninguém prestou queixa.

17h18 Adolescente de dezesseis anos multado por direção perigosa e uso excessivo de buzina em Alce.

19h12 Atendendo a diversas denúncias, o delegado Burke removeu Michael Sullivan da sarjeta entre Lunatilândia e Alce, onde o mesmo cantava em alto e nada bom som — de acordo com relatos — uma versão de "Whiskey in the Jar". Sullivan passou a noite na cadeia para sua própria segurança. Ninguém prestou queixa.

$\mathcal{N}$ATE LEU o caderno do dia e o restante de sua segunda semana n'*O Lunático*. Imaginou que haveria reclamações quando a primeira edição do caderno policial fosse lançada, mas não teve nada. Aparentemente, ninguém se importava em ter seu nome divulgado — mesmo que junto de suas indiscrições.

Guardou o jornal na gaveta da mesa, ao lado da primeira edição. Já haviam se passado duas semanas, pensou.

E ele ainda estava ali.

$\mathcal{S}$ARRIE PARKER se apoiou no balcão da Loja da Esquina. Tinha deixado as botas de isolamento térmico e o casaco na porta e pegara um pacote de chicletes Black Jack no expositor.

Ela estava lá para fofocar, não fazer compras, e o chiclete era a desculpa mais barata que havia por perto. Acariciou Cecil, o cão da raça *king charles spaniel* de Deb, na cabeça. Ele estava relaxado em sua cestinha acolchoada sobre o balcão, como ficava todos os dias.

— Não se vê muito o delegado Burke na Hospedaria.

Deb continuou arrumando maços de cigarro nas prateleiras enquanto mascava tabaco. A loja era como um repositório de notícias da cidade. Se Deb não tinha conhecimento de alguma coisa, é porque ainda não tinha acontecido.

— Também não vem muito aqui. É muito discreto.

— Ele toma o café da manhã todos os dias com o filho da Rose e costuma jantar lá também. Não é de comer muito, se quer saber.

Sarrie abriu o pacote de chicletes, já que o tinha nas mãos.

— Arrumo o quarto dele todos os dias, mas nem tem muito o que arrumar. O homem não tem nada além das roupas e do aparelho de barbear. Não tem fotos, nem livros.

Como era a principal camareira da Hospedaria, Sarrie se considerava especialista em comportamento humano.

— Talvez ainda estejam despachando as coisas dele.

— Acha que não perguntei? — Ela sacudiu o chiclete antes de colocá-lo na boca. — Fiz questão de perguntar. Disse a ele: "Delegado Burke, o resto da sua bagagem está vindo dos estados lá de baixo?". Ele disse: "Já trouxe tudo comigo." Também não faz nenhuma ligação. Pelo menos, não do telefone do quarto. Nem recebe. Acho que a única coisa que faz lá é dormir. — Mesmo estando sozinhas na loja, Sarrie baixou a voz e se inclinou: — Apesar das investidas de Charlene para cima dele, ele dorme sozinho — disse com um rápido aceno de cabeça. — Quando se troca a roupa de cama de um homem, dá para saber o que ele faz à noite.

— Eles podem fazer no chuveiro ou no chão. — Debbie se deliciou ao ver o rosto bochechudo de Sarrie registrar o choque. — Não existe lei que obrigue as pessoas a transarem na cama.

Como boa fofoqueira profissional, Sarrie se recuperou logo.

— Se Charlene estivesse se dando bem, não estaria atrás dele feito um cão de caça atrás de um coelho, né?

Deb pausou para acariciar Cecil atrás das orelhas e teve de concordar:

— É, acho difícil.

— O homem vem pra cá praticamente com as roupas do corpo, se esconde por horas dentro do quarto, convive com uma mulher que o deseja *e* quase não fala, a não ser quando encurralado... Bom, se quer saber o que acho, tem algo de errado com ele.

— Ele não é o primeiro do tipo a aparecer por aqui.

— Pode ser que não, mas é o primeiro do tipo que temos como delegado. — Ela ainda estava irritada por Nate ter multado o filho dela na semana anterior, como se vinte e cinco dólares dessem em árvore — Ele tá escondendo alguma coisa.

— Pelo amor de Deus, Sarrie. Por acaso sabe de alguém aqui que não esteja?

— Não me importo com os segredos dos outros, a não ser que tenham poder pra me botar e botar os meus na cadeia.

Já sem paciência, Deb bateu com as chaves na máquina registradora.

— A não ser que tenha a intenção de sair daqui sem pagar pelo chiclete, não vai cometer nenhum crime. Então, não me preocuparia com isso.

O homem em questão ainda estava sentado à mesa no trabalho. Só que, agora, estava encurralado. Durante duas semanas, conseguira fugir, desviar ou correr de Max Hawbaker — não queria ser entrevistado. Pelo que sabia, a imprensa era igual em qualquer lugar, não importava se era um jornal semanal de uma cidade pequena ou o *The Baltimore Sun*.

Os cidadãos de Lunatilândia poderiam não se importar com seus nomes expostos no jornal por qualquer motivo que fosse, mas ele ainda conseguia sentir o gosto amargo que a experiência com repórteres deixara em sua boca após o tiroteio.

E teve certeza de que teria que sentir mais daquele gosto assim que Hopp entrou em sua sala com Max ao seu lado.

— Max precisa de uma entrevista. A cidade deve saber algo sobre o homem que faz cumprir as nossas leis e mantém a ordem aqui. Quando *O Lunático* for para a gráfica, quero a sua história impressa nele. Então... faça acontecer.

Ela saiu da sala, fechando rapidamente a porta.

Max sorriu, resoluto.

— Esbarrei com a prefeita quando estava vindo para cá para saber se você tinha alguns minutinhos para conversar comigo.

— Uhum... — Como tinha pensado em passar o tempo jogando paciência no computador ou aceitar a oferta de Peter para mais uma aula de *snowshoe*, Nate não poderia alegar que estava ocupado.

A impressão que tinha era de que Max era um *nerd* ansioso, do tipo que passara a maior parte do ensino médio levando cuecão. Seu rosto era redondo e simpático, e seus cabelos castanhos já apresentavam sinais de calvície. Com quase um metro e oitenta, parecia estar uns cinco quilos acima do peso — em sua maior parte, concentrados na barriga.

— Café?

— Pode ser.

Nate se levantou e serviu duas xícaras.

— Quer açúcar? Leite?

— Dois sachês de leite e dois de açúcar. Aliás, o que achou da nossa nova seção, o caderno policial?

— É tudo muito novo para mim... Os fatos estão corretos, bem detalhados.

— Carrie quis muito incluir esse caderno. Vou gravar a entrevista, se não se importar. Vou fazer algumas anotações, mas gosto de ter a gravação.

— Tudo bem. — Ele adoçou o café de Max e o levou à mesa. — O que quer saber?

Acomodando-se, Max pegou um pequeno gravador de sua ecobag. Sentou-se à mesa, olhou a hora e ligou o aparelho. Em seguida, tirou um bloco e um lápis do bolso.

— Acho que os nossos leitores gostariam de saber um pouco sobre o homem por trás do distintivo.

— Parece nome de filme... Desculpe — acrescentou, quando Max franziu a testa. — Não há muito o que saber.

— Vamos começar pelo básico. Importa-se em dizer a sua idade?

— Trinta e dois.

— E era detetive no Departamento de Polícia de Baltimore?

— Exato.

— Casado?

— Divorciado.

— Acontece nas melhores famílias. Filhos?

— Não.

— Você nasceu em Baltimore?

Nasci e vivi a vida inteira lá, exceto as últimas duas semanas.

— Então, como um detetive de Baltimore se torna delegado de polícia em Lunatilândia, Alasca?

— Fui contratado.

A expressão de Max se manteve amigável, e seu tom, casual.

— Teve que se candidatar para ser contratado.

— Eu queria uma mudança.

Um recomeço. Uma última chance.

— Alguns considerariam essa mudança um tanto drástica.

— Quando se deseja algo novo, por que não fazer uma grande mudança? Gostei do cargo, do lugar. Agora, tenho a oportunidade de fazer o trabalho que sei fazer, mas em um lugar diferente, com um ritmo diferente.

— Acabamos de falar sobre o caderno policial. Não deve ser nada parecido com o que você está acostumado a lidar. Não tem medo de ficar entediado, vindo do ritmo e da ação de uma cidade grande para uma comunidade de menos de setecentos habitantes?

Cuidado, Nate pensou. Minutos atrás, ele estava sentado ali, entediado, não é? Ou deprimido? Era difícil diferenciar os dois. Havia momentos em que não tinha certeza se sequer havia diferença, já que ambos o faziam se sentir extremamente inútil.

— Os habitantes de Baltimore veem a própria cidade como uma grande cidade pequena. Mas a verdade é que, na maior parte do tempo, fazemos o nosso trabalho com certa dose de anonimato. Não há diferença de um policial para outro. Um caso é só mais um caso.

E é impossível encerrar todos, pensou. Não importa quanto tempo você dedique, não dá para encerrar todos os casos e acaba sendo assombrado pelos casos em abertos e em andamento.

— Quando alguém liga para cá — continuou —, sabe que eu ou um dos dois subdelegados vai até a pessoa conversar e resolver a situação. E vou saber, trabalhando aqui mais um tempo, quem precisa de ajuda assim que recebermos uma chamada. Não será apenas um nome no arquivo, será uma pessoa que conheço. Acredito que isso vá acrescentar mais um nível de satisfação ao trabalho que faço.

Nate foi tomado de surpresa ao perceber que falara a mais pura verdade, sem estar totalmente ciente de que sempre estivera lá.

— Você caça?

— Não.

— Pesca?

— Por enquanto, não.

Max apertou os lábios.

— Hóquei? Esqui? Alpinismo?

— Não. Peter está me ensinando a praticar *snowshoe*. Diz que vai ser útil.

— Ele está certo. E passatempos, atividades que você faz no seu tempo livre, interesses?

Seu emprego não lhe deixava muito tempo livre. Ou — corrigiu — ele permitira que o emprego consumisse todo o seu tempo. Não foi por causa disso que Rachel foi procurar outra pessoa?

— Mantenho as minhas opções em aberto aqui. Vamos começar com o *snowshoe* e ver no que vai dar. E você, como veio parar aqui?

— Eu?

— Eu gostaria de saber um pouco sobre o cara que está me fazendo perguntas.

— Parece justo — disse Max após um instante. — Estudei na Berkeley na década de 1960. Sexo, drogas e *rock 'n' roll*... Conheci uma mulher, como era de esperar, e fomos para o norte. Passamos um tempo em Seattle, e conheci um cara que gostava de alpinismo. Fiquei fascinado. Continuamos nos mudando cada vez mais para o norte, a mulher e eu. Éramos rebeldes, vegetarianos e intelectuais.

Ele sorriu. Um homem de meia-idade, acima do peso, calvo, que parecia estar admirado por quem já fora um dia e por quem era agora.

— Ela ia pintar quadros. Eu, escrever livros que expunham o lado ruim do ser humano, enquanto viveríamos de subsistência. Casamos, e foi tudo pelos ares. Ela voltou para Seattle, e acabei vindo parar aqui.

— Escrevendo para um jornal em vez de livros.

— Ah, ainda trabalho nos livros. — Ele não sorriu mais, apenas pareceu distante e um pouco perturbado. — De vez em quando, dou uma olhada neles. São uma porcaria, mas continuo trabalhando neles. Ainda não como carne e sou natureba, do tipo ambientalista, o que irrita muita gente. Conheci Carrie uns quinze anos atrás, e nos casamos. — O sorriso reapareceu. — Esse casamento parece estar dando certo.

— Filhos?

— Uma menina e um menino, de doze e dez anos. Agora, vamos voltar a você. Trabalhou no Departamento de Polícia de Baltimore por onze anos. Quando conversei com o tenente Foster...

— Você conversou com o meu superior?

— Seu antigo superior... Estava reunindo algumas informações. Ele o descreveu como meticuloso e obstinado, o tipo de policial que soluciona casos e trabalha bem sob pressão. Não que a gente se importasse em ter um delegado com essas qualidades, mas você me parece qualificado demais para este cargo.

— Isso é problema meu — rebateu Nate, categórico. — A entrevista acabou.

— Só mais umas perguntinhas. Você ficou de licença médica por dois meses após o incidente em abril passado, quando o seu parceiro, Jack Behan, e um suspeito foram mortos e você foi ferido. Voltou para o serviço e ficou apenas quatro meses antes de pedir demissão. Suponho que o incidente tenha pesado bastante na sua decisão de aceitar este cargo. Procede?

— Eu já disse os meus motivos para aceitar o cargo. A morte do meu parceiro não tem nada a ver com ninguém em Lunatilândia.

O rosto de Max ficou inexpressivo, e Nate percebeu o quanto subestimara aquele homem. Um repórter era um repórter, lembrou a si mesmo, independentemente do meio. E aquele ali farejara uma história.

— Mas tem a ver com você, delegado. Com as suas experiências e motivações, o seu passado profissional.

— Passado é a palavra-chave aqui.

— *O Lunático* pode ser amador, mas, como editor, ainda tenho que fazer o meu trabalho e apresentar uma história verdadeira e completa. Sei que o incidente foi investigado e que concluíram que você teve justificativa legal para atirar. Mesmo assim, matou um homem naquele dia, o que deve ser um fardo pesado.

— Acha que alguém escolhe usar um distintivo e uma arma por diversão, Hawbaker? Acha que é apenas para se exibir? Todo policial sabe, quando pega a arma, que talvez chegue o dia em que será preciso usá-la. Sim, é um fardo pesado. — A raiva lhe percorreu o corpo, e sua voz ficou gélida como aquele vento de janeiro que chacoalhava a janela. — *É* para ser um fardo pesado, a arma e o que você pode vir a fazer com ela. Se me arrependo de ter usado a minha? Não. Só me arrependo de não ter sido mais rápido. Se tivesse sido, um homem bom ainda estaria vivo. Uma mulher não teria se tornado viúva, e duas crianças ainda teriam o pai.

Max se recostou na cadeira e umedeceu os lábios várias vezes. Porém manteve-se firme.

— Você se culpa?

— Fui o único a sair daquele beco vivo. — A raiva passou, deixando seus olhos opacos e cansados. — Quem mais teria a culpa? Desligue o gravador. Terminamos aqui.

Max se inclinou para a frente e desligou o aparelho.

— Desculpe ter tocado num assunto tão delicado. Não temos muito público aqui, mas todos têm o direito de saber.

— É o que vocês vivem dizendo. Preciso voltar ao trabalho.

Max guardou o gravador e se levantou.

— Ah, eu... preciso de uma foto para pôr junto da história. — O olhar silencioso de Nate fez Max pigarrear. — Carrie pode vir mais tarde... Ela é a fotógrafa. Obrigado pelo seu tempo. E... boa sorte com o *snowshoe*.

Sozinho, Nate permaneceu sentado, imóvel. Esperou pela raiva, mas ela não voltou. Ele teria recebido de bom grado aquele calor cego e selvagem da fúria. Mas continuou frio.

Sabia o que aconteceria se continuasse parado. Levantou-se, seus movimentos lentos e controlados. Saiu da sala e pegou um radiotransmissor.

— Tenho que dar uma saída — disse a Peach. — Se acontecer alguma coisa, entre em contato pelo rádio ou pelo celular.

— O tempo está piorando — informou ela. — Parece que vai ficar feio. Não vá muito longe para conseguir estar de volta na hora do jantar.

— Vou voltar. — Ele saiu para a varanda fechada e se agasalhou. Manteve a mente vazia enquanto seguia para o carro e dava a partida. Estacionou na frente da casa de Hopp, foi até a porta da frente e bateu.

Ela atendeu, usando um par de óculos de leitura preso em uma corrente que caía sobre uma blusa grossa de veludo cotelê.

— Ignatious! Entre.

— Não, obrigado. Nunca mais me encurrale daquele jeito de novo.

Os dedos dela subiam e desciam pela corrente dos óculos enquanto analisava o rosto dele.

— Entre, vamos conversar.

— Isso é tudo o que tenho a dizer. É tudo o que vou dizer.

Ele se virou e a deixou parada na soleira.

Dirigiu para fora da cidade e encostou o carro onde já não havia mais casas. Viu algumas pessoas patinando no lago e supôs que logo iriam embora, pois o sol estava começando a se pôr. Mais ao longe, na superfície gelada, havia uma casa de pesca em ruínas.

Não viu o avião de Meg. Não a via desde a noite em que contemplaram a aurora boreal juntos.

Ele deveria voltar, fazer o que era pago para fazer, mesmo que não fosse muita coisa. Em vez disso, continuou a dirigir, afastando-se cada vez mais.

Chegando à casa de Meg, encontrou os cães em alerta, guardando o lugar. Saltou do carro e esperou para ver qual seria o comportamento deles para com visitantes inesperados.

Os dois inclinaram as cabeças, quase ao mesmo tempo, e saltaram para a frente com um tom amigável nos latidos. Após alguns pulos e rodeios, um deles correu até o canil e subiu as escadas, sumindo lá dentro. Logo voltou com um osso enorme na boca.

— Esse osso é de quê? De mastodonte?

Estava todo retorcido, mastigado e babado, mas Nate o pegou, deduzindo a brincadeira, e o arremessou como um dardo.

Os cães dispararam, esbarrando e golpeando um ao outro como jogadores de futebol americano competindo pelo passe. Mergulharam na neve e voltaram cobertos de flocos de gelo, ambos com o osso entre os dentes. Após um rápido e animado cabo de guerra, retornaram saltitando, como se estivessem amarrados um ao outro.

— Trabalho em equipe, hein? — Ele pegou o osso e o atirou para longe novamente parar reassistir à brincadeira.

Na quarta vez, os cães correram para longe, em direção ao lago. Segundos depois, ele ouviu o que os atraíra. Conforme o ronco do motor parecia se aproximar, Nate foi seguindo os rastros que os animais deixaram na neve.

Ele viu o clarão vermelho e o débil lampejo do sol, que já se punha, refletidos na superfície congelada. Teve a impressão de que ela vinha baixo demais, rápido demais, e temeu que, na melhor das hipóteses, os esquis da aeronave colidissem com o topo das árvores e, na pior, que o nariz se estatelasse no gelo.

O barulho engoliu tudo ao redor. Com os nervos à flor da pele, ele a observou circular, posicionar e deslizar o avião pelo gelo. Em seguida, o silêncio foi tão pleno que lhe pareceu ser possível ouvir o ar que ela deslocara soprando novamente.

Ao seu lado, os cães estremeciam e se aglomeravam, saltando da neve para o gelo. Eles se esparramaram e latiram em ansiosa alegria quando a porta abriu. Meg desembarcou — dava até para ouvir o barulho de suas botas no gelo. Ela agachou, permitindo-se ser lambida enquanto acariciava com animação o pelo dos animais. De pé, pegou uma mochila de dentro do avião. Só então olhou para Nate.

— Mais algum acidente de carro? — perguntou.

— Não que eu saiba.

Com os cães dançando à sua volta, ela atravessou o curto trecho de gelo e subiu o pequeno monte de neve.

— Está aqui há muito tempo?

— Uns minutos.

— O seu sangue ainda é fino demais para lidar com este frio. Vamos entrar.

— Onde esteve?

— Ah, por aí. Fui buscar um grupo uns dias atrás. Estão tirando fotos de renas. Levei-os de volta para Ancoragem hoje, bem a tempo — acrescentou, olhando para o céu. — Há uma tempestade se aproximando. O ar estava ficando interessante.

— Nunca sente medo lá em cima?

— Não, mas já fiquei bem entretida algumas vezes. — Na entrada, Meg tirou o casaco.

— Já sofreu algum acidente?

— Digamos que já tive que fazer um pouso forçado. — Ela arrancou as botas e tirou uma toalha de uma caixa, agachando-se para limpar as patas dos cães. — Pode entrar. Vou demorar um pouco, e está apertado com todos nós aqui.

Ele entrou, fechando a porta interna, como fora ensinado, para manter a casa aquecida.

As janelas se agarravam aos últimos feixes da luz do sol daquele dia curto, então a sala era uma combinação de claridade e sombra. Ele sentiu o cheiro de flores — não rosas, algo mais rústico e terroso — misturado ao odor dos cachorros e da lenha na lareira. Uma combinação estranha, mas atraente.

Esperara simplicidade e percebeu, mesmo com a pouca iluminação, que estivera muito errado.

Na sala de estar espaçosa, as paredes eram de um amarelo pálido — para imitar o sol, imaginou, e afastar a escuridão. A lareira era feita de pedra polida com tons dourados, de forma que a lenha emoldurada por ela parecia reluzir ao queimar em fogo baixo. Suportes para velas nas cores amarelo-ovo e azul-escuro enfeitavam a cornija. O longo sofá combinava com os tons de azul e estava enfeitado com muitas almofadas, que as mulheres insistiam em espalhar por todo lugar. Uma manta espessa de cores fortes, que se mesclavam uma à outra, estava estendida sobre o encosto.

Havia também luminárias pintadas à mão, mesas cintilantes, um tapete estampado e duas grandes poltronas.

Aquarelas, pinturas a óleo, tons pastel... Todas as paisagens do Alasca decoravam as paredes.

À esquerda, havia uma escada, e Nate se viu sorrindo para o totem esculpido no pilar.

A porta se abriu. Os cães entraram, pulando e acomodando-se cada um sobre uma poltrona.

— Bem diferente do que eu esperava — comentou ele.

— Se não fosse, seria um tédio. — Ela atravessou a sala e abriu uma caixa grande com detalhes entalhados, tirando de lá lenha cortada.

— Deixe que eu pego para você.

— Já peguei. — Ela se inclinou, arrumou a lenha e se virou para ele, mantendo a lareira às suas costas. — Quer comer alguma coisa?

— Não. Não, obrigado.

— Beber?

— Não estou a fim.

Ela foi até uma das luminárias e acendeu a luz.

— Sexo, então.

— Eu...

— Por que não vai lá pra cima? Segunda porta, à direita. Só vou pôr água e comida pros cachorros.

Ela saiu, deixando-o ali, enquanto os cães o encaravam com seus olhos cristalinos. Ele pôde jurar que exibiam sorrisinhos maliciosos.

Quando ela voltou, encontrou-o parado exatamente no mesmo lugar.

— Não encontrou as escadas? Que detetive você, hein.

— Olhe, Meg... Só vim até aqui para... — Ele passou a mão pelos cabelos, dando-se conta de que não tinha ideia do porquê. Ele saíra da cidade sentindo aquele buraco negro expandir-se à sua frente, mas, em algum momento, enquanto brincava com os cães, fechara-se novamente.

— Não quer transar?

— Uma pergunta complexa...

— Bom, enquanto pensa na resposta, vou subir e tirar a roupa. — Ela sacudiu os cabelos, que pendiam sobre seus ombros e suas costas. — Fico muito bonita nua, para sua informação.

— Imagino que sim.

— Você é bem magro, mas não me importo com isso. — Ela foi em direção às escadas e inclinou a cabeça. Sorrindo, chamou-o com o dedo: — Venha, gracinha.

— Simples assim?

— E por que não seria? Não existe lei contra isso ainda. O sexo é simples, Nate. O resto é que é complicado. Vamos curtir a simplicidade do momento.

Ele a seguiu, parando próximo à primeira porta. As paredes eram de um tom quente de vermelho, exceto a que era espelhada. De frente para os espelhos havia uma estante com televisão, aparelho de DVD e de som estéreo.

Entre a parede espelhada e a estante, viu o que supôs serem equipamentos de academia de última geração: um *transport*, de frente para a televisão, um aparelho multiestação de musculação e um suporte de halteres, tudo encarando o espelho.

Imaginou que o frigobar continha garrafas de água, talvez até alguns isotônicos.

Aquele ambiente lhe revelou que o corpo que estava prestes a ver nu fazia exercícios pesados.

Ela deixara a porta do quarto aberta e estava agachada, acendendo outra lareira com a ajuda de um graveto. Havia uma imensa cama tipo tradicional, cheia de curvas em madeira escura. Mais arte e mais luminárias realçavam os tons de verde e marfim.

— Vi os seus equipamentos.

Ela abriu um sorriso lento por cima do ombro.

— Ainda não.

— Ha! Estou falando da sua academia pessoal, no outro cômodo.

— Você malha, delegado?

— Malhava. — Antes do ocorrido com Jack. — Ultimamente, nem tanto.

— Gosto de suar e de sentir a descarga de endorfina.

— Eu também gostava.

— Bom, vai ter que voltar a se exercitar.

— Sim. É uma casa e tanto, a sua.

— Levou quatro anos para ficar pronta. Preciso de espaço, senão fico agoniada. Luz acesa ou apagada? — Quando não obteve resposta, ela se levantou e olhou para ele por cima do ombro outra vez. — Relaxe, delegado. Não vou machucá-lo, a não ser que me peça.

Ela foi até a mesa de cabeceira e abriu uma gaveta.

— Segurança em primeiro lugar — anunciou, jogando para ele um pacote de camisinha. — Você está pensando demais — anunciou ao vê-lo imóvel, um pouco desnorteado. E o achou um charme com aquele cabelo castanho bagunçado e aqueles olhos de herói torturado. — Acho que podemos resolver isso. Pode ser que precise de um clima... Não seria má ideia. — Acendeu uma vela e caminhou pelo quarto, acendendo outras. — Um pouco de música. — Ela abriu um armário e ligou um aparelho de tocar CD que estava lá dentro, diminuindo o volume. Desta vez, era Alanis Morissette, com sua voz estranhamente agradável, cantando sobre o medo de ser feliz. — Talvez eu devesse tê-lo embebedado um pouco antes, mas, agora, já era.

— Você é uma figura — murmurou Nate

— Pode apostar essa sua bundinha que sim. — Ela tirou a malha pela cabeça e a jogou sobre uma cadeira. — Roupas íntimas térmicas tiram um pouco do erotismo do *striptease*, mas a recompensa deve valer a pena. Ele já estava bastante excitado. — Pretende arrancar essas roupas ou quer que eu cuide disso?

— Estou nervoso. Estou me sentindo um idiota com você falando desse jeito.

Ah, sim, ela pensou de novo. Uma gracinha, como a sinceridade masculina sempre era.

— Só está nervoso, porque não para de pensar. — Ela deixou a calça deslizar pelas pernas até cair no chão. Sentou-se na cama e tirou as meias. — Se não fosse o dever lhe chamando na Véspera de Ano-Novo, teríamos terminado na cama.

— Quando voltei, você tinha ido embora.

— Porque comecei a pensar. Viu só? Pensar é fatal. — Ela puxou o edredom e os lençóis.

Ele pôs a camisa sobre a malha dela. Quando tirou o celular do bolso, abaixou-o e deu de ombros.

— Estou em serviço.

— Então, vamos torcer para que todos se comportem bem. — Ela tirou a camisa térmica. Cada um dos músculos do corpo dele se tensionou.

Ela era como porcelana: a delicada pele branca esculpida em curvas. Só que ali não havia nada de frágil. Pelo contrário, era tudo drama e confiança, uma fotografia em preto e branco com o brilho dourado da luz.

E ele viu, pego de surpresa pelo desejo, quando ela se virou para apagar a luz e deixar apenas as velas e o fogo queimando no ambiente, as pequenas asas vermelhas tatuadas no cóccix de Meg.

— Metade dos meus pensamentos acabou de evaporar.

Ela riu.

— Vamos cuidar da outra metade, então. Tire a calça, Burke.

— Sim, senhora.

Ele desafivelou o cinto e sentiu os dedos adormecerem quando ela tirou o resto da roupa térmica. Sua boca ficou seca como o deserto.

— Você estava certa... Fica mesmo muito bonita nua.

— Eu gostaria de lhe dizer o mesmo, se você decidir tirar a roupa logo. — Ela deslizou para a cama e se esticou. — Venha, gracinha. Venha me pegar. — Ela traçou o seio com um dedo enquanto ele se despia. — Hum, nada mal, em se tratando dos membros superiores. Belo tônus muscular para quem não se exercita com frequência. E... — Ela sorriu, apoiada nos cotovelos enquanto ele tirava a calça. — Ora, ora, você realmente parou de pensar. Bote a farda nesse soldado e vamos pra guerra!

Assim ele o fez, mas, ao se sentar na cama, apenas acariciou o ombro dela com os dedos.

— Espere um minutinho enquanto planejo minha estratégia de batalha antes. Jamais vi pele como a sua. É tão pura.

— Não se deve julgar um livro pela capa. — Equilibrando-se, ela estendeu a mão na direção dele, segurando uma mecha de cabelo e puxando-o para perto. — Deixe-me sentir essa boca. Não foi o suficiente naquele dia.

Uma onda invadiu Nate por inteiro — toda a necessidade, o desespero, o desejo desvairado se fundiram em uma luxúria cega. O gosto dela explodiu dentro dele; aquele calor, determinado e ávido, incendiou sua corrente sanguínea. Sua boca, sedenta, saciou-se na dela, até que anseios havia muito esquecido vieram à tona outra vez.

Ele queria mais daquela boca, daquele pescoço, daqueles seios. Os suspiros e gemidos dela pareciam açoitar sua necessidade nua, fazendo-o cobiçá-la ainda mais.

Pôs uma mão entre as coxas dela, enlouquecido por sentir a umidade e o calor, e a fez atingir o ápice com tamanha rapidez e violência que ambos estremeceram.

Era como escalar uma montanha verde, serena, apenas para vê-la se tornar um vulcão. Era assim dentro dele, ela percebeu. A surpresa perigosa sob a calmaria da mágoa. Ela o desejara, aquele olhar triste, aquele silêncio, mas não poderia saber o que ele lhe ofereceria quando a máscara caísse.

Arqueou-se, atordoada, conforme ele alastrava um incêndio por todo o seu corpo. E, quando soltou um gemido alto, foi por um prazer indomável. Ela rolou pela cama com ele, enterrando as unhas nele, mordendo-o; suas mãos, possessivas e ansiosas, acariciando-lhe a pele com avidez.

Cada respiração ofegante ardia em seus pulmões.

Ele queria devorar, arrebatar, dominar. Invadiu-a e teria enterrado o rosto em seus cabelos, mas ela segurou-lhe o rosto. E o observou com aqueles olhos, selvagens e azuis, enquanto ele entrava e saía dela, enquanto se perdia dentro dela. Observou-o até que ele se esvaziasse dentro dela.

Ele havia se derramado até que sua pele fosse um invólucro preenchido apenas por ar. Mal se lembrava de como era sentir aquele fardo desgastante, que pesava sua mente e inchava seu corpo de tal forma que sair da cama pela manhã se tornava um exercício de força de vontade e autocontrole.

Estava cego, surdo e completo. Se fosse capaz de flutuar o restante do caminho até o esquecimento assim, do jeito que estava, não teria soltado um pio de reclamação.

— Nada de dormir enquanto ainda estiver aí.

— Oi? O quê?

— Empuxo reverso, gracinha.

Não estava cego, afinal. Podia ver luz, sombras, formas. Nada disso fazia sentido, mas conseguia enxergar. Era óbvio que podia ouvir, porque a voz — a voz dela — estava lá, pairando sobre o leve zumbido em sua cabeça.

E também era capaz de senti-la, dócil sob ele — aquele corpo cheio de curvas, firme e macio, úmido com o suor deles dois, cheirando a sabonete e a sexo e a mulher.

— É melhor me dar um empurrão — disse ele, após um instante. — Pode ser que eu esteja paralisado.

— Do meu ponto de vista, não está, não. — E, colocando as mãos nos ombros dele, fez força para empurrá-lo. Em seguida, soltou uma respiração longa e ofegante, inspirando e expirando, e disse: — *Meu Deus!*

— Acho que vi Deus, uma mera silhueta, por um segundo. Ele estava sorrindo.

— Era eu.

— Ah...

Ela não conseguia reunir energias para se espreguiçar, então apenas bocejou.

— Alguém esteve *muito* reprimido. Hum... sorte a minha.

Os circuitos do cérebro dele estavam começando a dar sinal novamente. Quase conseguia ouvi-los restabelecendo contato.

— Fazia um tempo para mim.

Curiosa, ela se apoiou de lado. Viu as cicatrizes com as quais seus dedos haviam brincado. Marcas de ferimentos, ela sabia, na lateral do corpo dele, na coxa.

— Defina "um tempo". Um mês? — questionou. Ele manteve os olhos fechados, mas seus lábios se curvaram. — Dois meses? Nossa... mais? Três?

— Próximo de um ano, eu diria.

— Cacete! Foi por isso que vi estrelas.

— Eu te machuquei?

— Deixe de ser babaca.

— Talvez não, mas pode ter certeza de que abusei de você.

Deliberadamente, ela traçou com o dedo a cicatriz que serpenteava a lateral do corpo dele. Ele não se mexeu, mas, ao perceber que ficou tenso, ela decidiu ir com calma por enquanto.

— Eu diria que abusamos um do outro tão bem, com tanta intensidade, que qualquer um em um raio de cento e cinquenta quilômetros está deitado de barriga para cima, fumando um cigarro.

— Foi tudo bem para você?

— Você tem memória curta, Burke? — Agora, ela se espreguiçou e lhe acertou uma rápida cotovelada de leve, no final do movimento. — De quem foi a ideia?

Por um momento, ele ficou em silêncio.

— Fui casado por cinco anos. Fui fiel. Os últimos dois anos da relação foram conturbados. Na verdade, o último ano foi uma bela merda. O sexo virou um problema, um campo de batalha. Uma arma. Era qualquer coisa, menos prazer. Então, estou enferrujado e não tenho tanta certeza do que as mulheres procuram nessa área.

Ele não foi tão delicado, refletiu ela.

— Não sou "mulheres". Eu sou eu. Sinto muito se a sua ex o dominava pelo pau, mas, como posso atestar, o membro aí ainda está em bom estado de funcionamento, e talvez esteja na hora de superar isso.

— Já passou da hora — disse ele, ajeitando o braço sob Meg. E percebeu que o corpo dela enrijeceu um pouco, hesitando antes de relaxar novamente e deixá-lo ajeitar sua cabeça sobre o ombro dele. — Não quero que este seja o fim... de nós dois.

— Veremos o que vamos achar disso tudo da próxima vez.

— Queria poder ficar, mas tenho que voltar. Desculpe.

— Não pedi para você ficar.

Ele virou a cabeça para olhar para o rosto dela. As maçãs do rosto ainda estavam avermelhadas; os olhos, ainda sonolentos. Só que era um policial bom demais para não reparar na cautela acompanhada de serenidade.

— Eu gostaria que tivesse pedido, mas, como teria que dizer não, seria um desperdício querer isso. Mas quero voltar.

— Não hoje à noite. Se a tempestade desabar e você conseguir sair, o que seria impossível, ficaria preso aqui, talvez por dias. Não quero isso.

— Já que vai ser tão ruim assim, venha para a cidade comigo.

— Não, aí é que não quero *mesmo*. — Relaxada outra vez, ela passeou com os dedos pelo peito dele, seguindo pelo queixo, indo até os cabelos. — Ficarei bem aqui. Tenho muitos suprimentos, bastante lenha, meus cachorros. Gosto de uma boa tempestade, da solidão que ela traz.

— E quando passar?

Ela mexeu o ombro e rolou para o lado. Ficou de pé e foi, nua, até o guarda-roupa. O fogo brincava em sua pele branca e nas indiscretas asas vermelhas enquanto ela tirava de lá um roupão de flanela espesso.

— Talvez você me ligue e me traga uma pizza se eu estiver por aqui. — Ela vestiu o roupão e sorriu ao amarrá-lo. — Será uma boa viagem.

Capítulo sete

⌘ ⌘ ⌘

Os PRIMEIROS flocos caíam enquanto Nate dirigia de volta para a cidade. Grandes e delicados, não pareciam nada ameaçadores. Lembravam a neve de sua infância, que caía do céu à noite, continuando pela manhã; a empolgação tomando conta ao olhar pela janela do quarto.

Não tem aula!

A lembrança o fez sorrir; a memória daqueles dias em que a neve era motivo de animação, não de preocupação e risco. Talvez valesse a pena trazer de volta um pouco daquele fascínio infantil para dentro de si.

Olhar ao redor, ver aquele oceano de brancura e contemplar as possibilidades. Estava aprendendo a praticar *snowshoe*; quem sabe não aprenderia a esquiar? Esqui *cross-country* parecia interessante. Além disso, havia perdido peso demais nos últimos meses. Aquele tipo de exercício, fora as refeições que o obrigavam a fazer regularmente, o ajudariam a voltar à forma.

Talvez até comprasse um *snowmobile* para correr pela neve — por que não? Um pouco de diversão, pelo amor de Deus! E passearia por aquelas paisagens sem ser dentro de um carro.

Ele parou para observar um pequeno grupo de cervos abrindo caminho por entre as árvores à esquerda. A pelugem, felpuda e escura, contrastava com a neve, que lhes alcançava os joelhos. Se é que cervos tinham joelhos.

Era um mundo completamente novo para o garoto da cidade grande, percebeu ele, cujas aventuras rurais consistiram, até agora, em uns poucos acampamentos no oeste de Maryland nas férias de verão.

Nate estacionou na frente da delegacia e se lembrou de ligar o núcleo de aquecimento do motor ao poste. Viu Otto e Pete prendendo uma corda cheia de nós ao longo da calçada, mais ou menos na altura da cintura. Recolocando as luvas grossas, andou até eles.

— O que vocês estão fazendo?

— Colocando uma corda de guia — explicou Otto, e a amarrou ao redor de um poste de luz.

— Para quê?

— Um homem pode se perder a menos de meio metro de casa durante uma nevasca.

— O tempo não parece tão ruim assim. — Nate olhou ao redor e não viu o olhar que Otto e Pete trocaram. — Qual é a previsão?

— A neve pode chegar a um metro e vinte de altura.

Nate se virou bruscamente.

— Está de sacanagem?

— E ainda tem o vento, então, com a ventania, pode chegar ao dobro ou ao triplo disso. — Havia um evidente tom de satisfação na voz de Otto enquanto prendia a corda. — Não é igual à neve dos estados lá de baixo, não.

Ele pensou em Baltimore e em como a cidade quase parava por causa de quinze centímetros de neve.

— Quero que tirem esses veículos estacionados da rua e que façam uma vistoria nos equipamentos de remoção de neve.

— As pessoas costumam deixar os carros onde estão — avisou Pete. — E os desenterram depois.

Nate considerou seguir aqueles costumes, mas balançou a cabeça. Ele estava sendo pago para estabelecer a ordem, então, pelo amor de Deus, era isso o que faria.

— Tire-os da rua. Se, em uma hora, algum carro ainda estiver aqui, será rebocado. Alasca ou estados lá de baixo, um metro e vinte de neve ainda é um metro e vinte de neve. Até que a situação se normalize, vamos ficar de plantão vinte e quatro horas por dia. Ninguém sai da delegacia sem um radiotransmissor. Quais medidas são tomadas quanto aos turistas?

Otto coçou o queixo.

— Nenhuma.

— Peach vai ter que olhar a lista de turistas que estão na cidade e entrar em contato com todos. Vamos oferecer abrigo para quem precisar.

Desta vez, ele percebeu o olhar trocado entre os subdelegados. Peter abriu um sorriso gentil.

— Ninguém vai precisar.

— Talvez não, mas, ao menos, vão ter a opção. — Pensou em Meg, a quase dez quilômetros dali, praticamente isolada. Ela não daria o braço a torcer, ele já a conhecia o suficiente para saber disso. — Quantos metros tem isso aí?

— Muitos. As pessoas costumam estender as próprias cordas.

— Vamos nos certificar disso — disse e entrou para dar trabalho a Peach.

Levou uma hora para organizar o procedimento, sem contar os dez minutos em que teve que lidar com Carrie Hawbaker, que entrou na delegacia com uma câmera digital. Diferentemente do marido, ela parecia ácida e direta, tendo apenas acenado para ele continuar o que fazia enquanto ela tirava fotos espontâneas.

Ele deixou que tirasse as fotos e conversou com Peach a respeito dos planos de emergência em andamento. Não teve tempo de se preocupar ou sequer pensar sobre o fiasco que fora a entrevista com Max.

— Entrou em contato com todos fora da cidade? — perguntou a Peach.

— Ainda faltam doze.

— Há alguém a caminho?

— Por enquanto, não. — Ela riscou um nome da lista. — As pessoas moram longe da cidade porque gostam, Nate.

Ele concordou com a cabeça.

— Entre em contato assim mesmo. Depois, quero que vá para casa e me avise quando chegar.

As bochechas rechonchudas da mulher subiram em um sorriso.

— Você é uma mãezona!

— Segurança pública é a minha vida.

— E está mais alegre que o normal. — Ela tirou o lápis do coque no cabelo e o sacudiu na direção dele. — Isso é muito bom!

— Parece que a tempestade despertou esse meu lado.

Ele olhou na direção da porta, boquiaberto por vê-la abrindo de novo. Será que ninguém em Lunatilândia ficava em casa durante uma nevasca?

Hopp ajeitou o cabelo.

— Já está nevando bastante — anunciou ela. — Fiquei sabendo que você está tirando os carros da rua, delegado.

— O limpa-neve vai passar já, já pelas ruas principais para fazer a primeira limpeza.

— Vai ter que fazer isso muitas vezes.

— Imagino que sim.

Ela assentiu.

— Tem um minuto?

— Daqui a pouco — respondeu, gesticulando na direção de sua sala. — Você deveria estar em casa, prefeita. Se houver mesmo um metro e vinte de neve, vai chegar à altura das suas axilas.

— Sou baixinha, mas sou durona. E, se não sair um pouquinho que seja durante a nevasca, fico claustrofóbica. Estamos em janeiro, Ignatious. A tempestade já era esperada.

— De qualquer modo, está fazendo quinze graus negativos, está escuro feito as vísceras de um cachorro morto e já há quase trinta centímetros de neve acumulada. Sem contar as rajadas de vento a sessenta e cinco quilômetros por hora.

— Está se mantendo bem-informado.

— A rádio de Lunatilândia — disse, apontando para o rádio portátil no balcão. — Comprometeram-se a manter a transmissão vinte e quatro horas por dia enquanto a tempestade não passar.

— Eles sempre fazem isso. Falando sobre mídia...

— Dei a entrevista. Carrie tirou algumas fotos.

— E você continua irritado. — Ela inclinou a cabeça na direção dele. — Pela primeira vez, a cidade tem um departamento de polícia oficial e ainda traz um delegado forasteiro. É notícia, Ignatious.

— Concordamos nesse ponto.

— Você ficou enrolando Max.

— Não fiquei enrolando. Só não dei muitos detalhes.

— Enfim, passei dos limites. Gostaria de me desculpar por isso.

— Desculpas aceitas. — Quando ela estendeu a mão para cumprimentá-lo, ele a surpreendeu com um aperto amigável. — Vá para casa, Hopp.

— Digo-lhe o mesmo.

— Não posso. Primeiro, tenho que realizar um sonho de criança: vou passear de limpa-neve.

Cada vez que puxava o ar, tinha a sensação de inalar lascas de gelo. Aquelas mesmas lascas conseguiam invadir seus óculos de proteção, entrando em seus olhos. Cada parte de seu corpo estava protegida por duas, três camadas de roupa. Ainda assim, estava insuportavelmente frio.

Nada parecia real: o vento exorbitante, o ronco ensurdecedor do motor do limpa-neve, a muralha branca que os faróis mal penetravam. De vez em quando, era possível ver uma lâmpada cintilando contra uma janela, mas a maior parte do mundo se resumira àqueles quinze centímetros de luz oscilando na frente da lâmina amarelo-ovo.

Não tentou puxar conversa — Bing não gostaria mesmo de conversar com ele, imaginou. E qualquer assunto seria irrelevante naquele barulho.

Ele teve que admitir que Bing manuseava a máquina com a precisão e a delicadeza de um cirurgião. Não era apenas tirar a neve do caminho, como Nate imaginara. Havia rotas e locais específicos para despejo, escavações de calçadas, desvios de acesso a garagens — tudo executado por entre a cegueira branca e a uma velocidade que fazia com que Nate engolisse várias exclamações de protesto.

Ele não tinha dúvidas de que Bing adoraria ouvi-lo gritar feito uma garotinha, então apertou os dentes para prevenir quaisquer sons que pudessem ser mal interpretados.

Após despejar outro monte de neve, Bing pegou a garrafa marrom que enfiara sob o assento, tirou a tampa e tomou um longo gole. O cheiro que chegou até Nate era tão forte que o fez lacrimejar.

Como estavam parados, contemplando o grande monte de neve, decidira arriscar um comentário:

— Ouvi dizer que o álcool diminui a temperatura corporal — berrou.

— Doutrinação de merda. — Para provar, Bing tomou outro gole da garrafa.

Levando em conta que estavam sozinhos, no escuro e no meio de uma tempestade — e que Bing tinha cerca de trinta quilos a mais que ele, e Nate tinha certeza de que ele não hesitaria em enterrá-lo sob aquele monte de neve, até que seu corpo, congelado e sem vida, fosse encontrado no degelo da primavera —, decidiu não entrar na discussão. Nem mencionar a lei que proibia o transporte de bebidas alcoólicas abertas em um veículo, nem os perigos de beber enquanto se opera um maquinário pesado.

Bing se virou na direção dele. Não dava para ver nada além dos olhos do homem, semicerrados entre a touca e o cachecol.

— Veja com os próprios olhos — disse e enfiou a garrafa na mão de Nate.

Não parecia o momento certo para trazer à tona que não era muito de beber. Seja mais político e sociável e tome um gole, determinou. Ao fazê-lo, sua cabeça explodiu e a ligação entre a garganta e o estômago virou cinzas.

— Minha Nossa Senhora, misericórdia!

Sufocado, desta vez inalou cacos em chamas em vez de lascas de gelo ao puxar o ar. Uma risada invadiu o zumbido em seus ouvidos — a não ser que aquele som fosse o uivo de um lobo enorme e maníaco.

— Mas que porra é essa? — questionou, ainda arfando enquanto lágrimas escorriam e congelavam por seu rosto. — Ácido de bateria? Plutônio? Fogo líquido dos infernos?

Bing pegou a garrafa, tomou um gole e a fechou.

— Uísque caseiro.

— Ah, que ótimo.

— Um homem que não aguenta um bom uísque não é um homem de verdade.

— Se é assim, prefiro ser mulher.

— Você tem o meu apoio, Mary. Já fizemos tudo o que dava para fazer por enquanto.

— Graças ao Menino Jesus!

Uma discreta ruga ao redor dos olhos de Bing revelou o que pareceu ser um sorriso. Ele deu a ré e seguiu na direção oposta.

— Apostei vinte paus que você faz as malas antes do fim do mês.

Nate se manteve imóvel, a garganta queimando, os olhos ardendo e os pés gelados como *icebergs*, apesar dos dois pares de meias e botas térmicas.

— Quem é o responsável pelo bolão?

— Jim Magrelo, que trabalha no bar da Hospedaria.

Nate apenas assentiu.

Não tinha ideia de onde vinha a noção de direção de Bing, mas concluiu que o homem seria capaz de guiar uma sonda espacial. Ele dirigia a máquina em alta velocidade mesmo na baixa visibilidade e a estacionou perfeitamente no meio-fio em frente à Hospedaria.

Os joelhos e tornozelos de Nate reclamaram quando saltou do limpa-neve com um pulo. A neve na calçada chegava até seus joelhos, congelados, e o vento a soprava violentamente em seu rosto enquanto buscava a corda para se guiar até a porta da frente.

O calor lá dentro era quase doloroso. Uma música de Clint Black tocava no *jukebox*, substituindo o zumbido em seus ouvidos. Havia uma dúzia de pessoas sentadas nas banquetas do bar ou às mesas, bebendo, comendo e conversando como se a ira de Deus não esbravejasse do outro lado da porta.

Lunáticos, pensou. Todos eles.

Queria café — pelando — e carne vermelha. Ele a comeria crua com muita satisfação, se possível.

Acenou com a cabeça para as pessoas que o cumprimentavam. Enquanto lutava com zíperes e botões, Charlene correu em sua direção.

— Coitadinho! Deve estar congelando. Deixa eu te ajudar com esse casaco.

— Estou bem. Eu...

— Os seus dedos devem estar duros!

Era esquisito demais, surreal demais, que a mãe da mulher com quem fora para a cama naquela tarde estivesse tirando seu casaco coberto de neve.

— Eu me viro, Charlene. Mas um café cairia muito bem, e ficaria grato.

— Eu mesma vou trazer logo, logo. — Ela deu leves tapinhas na bochecha gelada dele. — Vá se sentar.

Porém, quando conseguiu se livrar de toda aquela roupa, exceto a camisa e a calça, foi até o bar. Pegou a carteira e fez um sinal para o homem conhecido como Jim Magrelo.

— Aqui tem cem dólares — disse, e sua voz soou alta o bastante para ser ouvida por quem estava perto. — Coloque no bolão. Aposto que vou ficar.

Ele guardou a carteira no bolso de trás e se sentou ao lado de John.

— Professor.

— Delegado.

Nate inclinou a cabeça para ler o título do livro atual.

— *A Rua das Ilusões Perdidas*. Bom livro. Obrigado, Charlene.

— Não há de quê. — Ela lhe serviu o café. — Temos um ensopado maravilhoso hoje à noite. Vai aquecê-lo bem. A não ser que prefira que eu providencie isso mais tarde...

— O ensopado parece ótimo. Há quartos vagos caso essas pessoas precisem pernoitar aqui?

— Sempre temos vagas na Hospedaria. Vou servir o seu ensopado.

Nate girou na banqueta, bebericando o café enquanto avaliava o salão. No *jukebox* tocava uma música antiga de Springsteen, na qual o *Boss* cantava sobre seus dias de glória, com a voz abafada pelo som de bolas de sinuca sendo encaçapadas. Ele reconheceu todos aqueles rostos — eram clientes frequentes, pessoas que via quase todo dia. Daquele ângulo, não dava para ver quem jogava sinuca, mas reconheceu as vozes: os irmãos Mackie.

— Será que alguém vai tentar voltar para casa bêbado? — perguntou a John.

— Talvez os Mackie, mas Charlene os convenceria a ficar. A maioria deve ir embora daqui a uma hora. Os mais inflexíveis vão ficar até de manhã.

— Em qual grupo você se encaixa?

— Isso vai depender de você — respondeu John, levantando a caneca de cerveja.

— Como assim?

— Se aceitar a oferta de Charlene, vou voltar para o quarto sozinho. Do contrário, vou subir para o quarto dela.

— Estou aqui só pelo ensopado.

— Então, vou passar a noite no quarto dela.

— John... Isso não o incomoda?

John contemplou a cerveja.

— Eu estar incomodado não faria a menor diferença. Ela é assim. Os românticos gostam de dizer que não escolhemos a quem amar. Discordo. As pessoas escolhem, sim. E essa é a minha escolha.

Charlene trouxe o ensopado, uma cesta com pedaços de pão fresco e uma fatia generosa de torta de maçã.

— Um homem que sai para trabalhar nesse frio precisa comer. Faça jus a isso agora, Nate.

— Vou fazer. Teve notícias de Meg?

Charlene piscou como se estivesse traduzindo aquele nome de um idioma estrangeiro.

— Não, por quê?

— Imaginei que vocês tivessem entrado em contato uma com a outra. — Começou a refeição pelo pão enquanto o ensopado esfriava um pouco. — Já que ela está lá fora, sozinha, nesse tempo...

— Ninguém se vira sozinho tão bem quanto Meg. Ela não precisa de ninguém, seja uma mãe ou um homem.

Ela se afastou, deixando a porta da cozinha bater atrás de si.

— Toquei na ferida — comentou Nate.

— Um assunto bastante sensível. E a ferida vai aumentar se ela achar que você está mais interessado na filha do que nela.

— Lamento ser a causa disso tudo, mas estou, sim. — Ele provou o ensopado, cheio de batatas, cenouras, feijões, cebolas e uma carne de caça de gosto forte que, certamente, não era bovina.

A comida quente lhe desceu até a barriga, fazendo-o esquecer o frio.

— Que carne é essa?

— Isso é alce.

Nate encheu mais uma colher, examinando-a.

— Certo — disse e levou a colher à boca.

Nevou a noite toda, e ele dormiu feito uma pedra durante a tempestade. Quando acordou, a vista da janela parecia uma televisão cheia de chuviscos. Era possível ouvir o uivo do vento e senti-lo pressionando a vidraça.

A luz não funcionava, então acendeu velas — e elas o fizeram se lembrar de Meg.

Vestiu-se e verificou o celular — provavelmente também estava sem sinal. Além disso, um homem não deve ligar para uma mulher às seis e meia da manhã só porque transou com ela. Não havia necessidade de se preocupar. Ela vivera ali a vida toda. Estava refugiada em casa com seus dois cães e bastante lenha.

Preocupou-se mesmo assim enquanto descia as escadas com a ajuda de uma lanterna.

Aquela era a primeira vez que via o lugar vazio. As mesas estavam arrumadas, o bar estava limpo. Não havia cheiro de café coado, de *bacon* frito. Nenhuma algazarra matinal, nenhuma conversa. Nenhum menino sentado à mesa, olhando para ele com um sorriso breve no rosto.

Não havia nada além de trevas, o uivo do vento e... roncos. Ele seguiu o som e apontou a lanterna para os irmãos Mackie. Estavam deitados em sentidos opostos na mesa de sinuca, roncando sob camadas e mais camadas de cobertores.

Com dificuldade, Nate foi até a cozinha e, após uma busca, encontrou um bolinho. Colocou o casaco, guardando o bolinho no bolso, e abriu a porta.

O vento quase o derrubou — a força, o choque, a neve lancinante que lhe entrou nos olhos, na boca e no nariz enquanto lutava para sair porta afora.

A lanterna era quase inútil, ainda assim, conseguiu iluminar a corda por um feixe. Em seguida, guardou a lanterna no bolso, agarrou a corda com as duas mãos e começou a se puxar para a frente.

A neve na calçada estava em suas coxas. Ele imaginou que alguém poderia se afogar ali, sem emitir um som sequer, antes mesmo de congelar até a morte.

Conseguiu, com muito esforço, chegar até a rua, onde — graças ao limpa-neve e ao uísque caseiro de Bing — a neve não passava da altura dos tornozelos, a não ser que se pisasse em um pequeno monte acumulado.

Ele teria que atravessar a rua quase sem enxergar, e sem a corda para guiá-lo, para chegar à delegacia. Fechou os olhos e imaginou a rua e onde os prédios estariam localizados. Então, abaixando os ombros contra o vento, soltou a corda, pegou a lanterna e começou a atravessar.

Podia muito bem estar no meio do nada em vez de numa cidade, com calçadas e ruas pavimentadas, com pessoas dormindo protegidas por tijolos e cimento. A ventania parecia bater em seus ouvidos, tentando empurrá-lo de volta enquanto ele forçava, violentamente, a passagem pela tempestade.

Pessoas morriam atravessando a rua o tempo todo, lembrou a si mesmo. A vida era cheia de riscos cruéis, e de surpresas mais cruéis ainda. Dois caras poderiam sair de um restaurante, e um deles poderia acabar morto em um beco.

Um idiota poderia sair durante uma nevasca, tentar atravessar a rua e acabar perdido, andando sem rumo por horas a fio, até morrer de hipotermia a menos de um metro de um abrigo.

Ele soltou palavrões ao vento quando suas botas esbarraram em algo sólido. Supondo ser o meio-fio, Nate esticou os braços para a frente, como um cego, e encontrou a corda.

— Mais uma grande conquista — murmurou, arrastando-se para a calçada, que estava completamente soterrada. Continuou a se arrastar até encontrar a corda transversal e mudou de direção, abrindo caminho até a porta externa da delegacia.

Perguntando-se para que se importara em trancá-la, tateou o bolso em busca das chaves e usou a lanterna para enxergar a fechadura. Na entrada, sacudiu-se, mas não tirou o casaco — como suspeitara, o local estava frígido. Tão frio, reparou, que o vidro das janelas congelara por dentro.

Alguém mais precavido que ele abastecera o fogão com lenha. Ele o acendeu e estendeu as mãos, ainda com luvas, sobre o fogo. Quando conseguiu recuperar o fôlego, fechou a porta do forno.

Pegou velas e uma luminária de pilha. Assim, considerou que estava em serviço.

Ele encontrou o rádio de pilha e sintonizou na estação local. Como prometido, a rádio estava no ar, e alguém com um senso de humor perverso colocara uma música dos Beach Boys para tocar.

Sentado à mesa, manteve uma orelha na KLUN e outra no radiotransmissor de Peach. Lamentando a falta de café, comeu o bolinho.

Às oito e meia, ainda estava sozinho. Um horário razoável, pensou, e foi até o radioamador. Tivera uma aula básica com Peach sobre como operá-lo e decidiu fazer sua primeira tentativa.

— Departamento de Polícia de Lunatilândia para Lunática Linhas Aéreas. Responda, LLA. Meg, está aí? Atenda ao sinal, ou seja lá como chama isso. — Ele ouviu estática, chiados e um pouco de microfonia. — DPL para LLA. Vamos, Galloway.

— LLA na escuta. Você tem licença para operar esse rádio, Burke? Câmbio.

Ele sabia que aquilo era ridículo, mas foi tomado pelo alívio ao ouvir a voz dela. E pelo prazer também.

— Sou delegado de polícia. Tenho um distintivo.

— Diga "câmbio".

— Certo, câmbio. Não... Está tudo bem por aí? Câmbio.

— Afirmativo. Está tudo bem e aconchegante. Estou embaixo das cobertas só escutando o *taku*. E você? Câmbio.

— Atravessei a rua e sobrevivi. O que é *taku*? Uma banda de *rock*? Câmbio.

— É uma ventania muito forte e desgraçada, Burke. Essa aí sacudindo as suas janelas agora mesmo. Que diabos está fazendo na delegacia? Câmbio.

— Estou em serviço. — Ele olhou ao redor da sala e percebeu que conseguia ver a própria respiração. — Está sem energia?

Ela aguardou um instante.

— Vou dizer "câmbio" por você. Neste tempo, é óbvio que sim. Mas o gerador está ligado. Estamos bem, delegado. Não tem com o que se preocupar. Câmbio.

— Dê sinal de vida de vez em quando, e não vou me preocupar. Ei, sabe o que comi ontem? Câmbio.

— Além de mim? Câmbio.

— Ha! — Nossa, como isso era bom, pensou. Não importava se estava frio como as geleiras do inferno. — Sim, além de você. Comi ensopado de alce e bebi uísque caseiro. Câmbio.

Ela deu uma risada longa e alta.

— Vamos transformá-lo em um nativo, Burke! Tenho que colocar comida para os cachorros e mais lenha na lareira. Até mais. Câmbio, desligo.

— Câmbio, desligo — murmurou ele.

O ambiente já estava quente o bastante para tirar o casaco. Mesmo assim, manteve a touca e o colete térmico. Enquanto passava pelos arquivos, procurando algo para se manter ocupado, Peach abriu a porta.

— Fiquei imaginando se alguém seria louco o suficiente para aparecer aqui hoje — disse ela.

— Só eu. Como foi que conseguiu chegar?

— Ah, o Bing me deu uma carona no limpa-neve. — Ela bateu com uma das mãos na lã azul-bebê da malha para tirar os flocos de neve.

— Um limpa-neve servindo de táxi... Deixe-me te ajudar. — Ele se apressou para pegar a sacola grande que ela carregava. — Não precisava ter vindo.

— Trabalho é trabalho.

— Sim, mas... Café? Isso é café? — Ele tirou uma garrafa térmica da sacola.

— Não tinha certeza se você já teria ligado o gerador.

— Não apenas não liguei como sequer sei onde fica. E, como mecânica não é meu forte, acho que também não saberia o que fazer se o encontrasse. Isso *é* café. Vamos nos casar e ter muitos, muitos filhos!

Ela soltou uma risada de menina e lhe deu um tapinha.

— Cuidado com essas propostas que faz por aí. Só porque já fui casada três vezes não quer dizer que não tentaria uma quarta. Tome um pouco de café e coma um pãozinho de canela.

— Talvez devêssemos ter um relacionamento carnal. — Ele pôs a sacola sobre o balcão e, logo, começou a servir café em uma caneca. O aroma o atingiu em cheio, como um belo soco. — Para sempre.

— Se sorrir assim mais vezes, vou acabar aceitando a oferta. Ora, ora, veja só o que o *taku* trouxe — acrescentou quando Peter entrou aos tropeços.

— Cacete! Está uma loucura lá fora. Falei com Otto, ele está a caminho.

— Bing também o trouxe no limpa-neve?
— Não, vim com o meu pai, de trenó.
— Trenó... — Era mesmo outro mundo, Nate pensou. Mas Peach tinha razão: trabalho era trabalho. — Certo. Peter, vamos ligar o gerador. Peach, entre em contato com o corpo de bombeiros. Vamos reunir uma equipe para limpar as calçadas assim que estiver claro o bastante, para que as pessoas possam circular em caso de necessidade. A prioridade é ao redor da clínica e da delegacia. Quando Otto chegar, avise que os irmãos Mackie estão apagados na mesa de sinuca da Hospedaria. Temos que garantir que cheguem em casa inteiros. — Colocou o casaco enquanto repassava sua lista mental. — Vamos tentar descobrir a que horas a energia vai voltar. As pessoas vão querer saber. E o sinal de telefone também. Quando eu voltar, vamos trabalhar em um comunicado para divulgar na rádio o que sabemos. Quero que todos saibam que estamos de prontidão caso precisem de ajuda.

Isso também gerou um sentimento bom, Nate descobriu.
— Peter?
— Vou logo atrás de você, delegado.

Diário • *18 de fevereiro de 1988*

Quase perdemos Han em uma fissura hoje. Foi tudo muito rápido. Estávamos escalando, cheios de adrenalina, a poucas horas do cume. Com frio, fome e raiva, mas motivados. Só um alpinista entende como essa combinação é deliciosa. Darth estava na frente — foi a única forma de evitar que tivesse outro ataque de pelanca —, depois seguia Han, e eu sigo atrás.

Mas me esqueci de escrever sobre ontem. Agora os dias estão começando a se fundir. É como se uma porta fria e branca se abrisse para outra porta fria e branca.

Perdi-me no ritmo da minha própria cabeça latejante, no feitiço da escalada, na expansão da brancura. Rastejando e resmungando, abrimos caminho montanha acima, avançando bem, almejando o céu.

Ouvi Darth gritar "pedra!" e a bala de canhão disfarçada de rocha que removera da trilha se soltou da longa subida e tirou um fino da cabeça de Han. Foi tempo suficiente para eu pensar que não queria morrer daquele jeito, esmagado pelo punho de Deus, expulso da montanha como que por um soco. Também não fui atingido por poucos centímetros, assim como Han. Em um piscar de olhos, a pedra passou voando e se estatelou lá embaixo, levando consigo uma chuva rápida de outros pedregulhos pontiagudos.

Xingamos Darth — mas agora xingamos uns aos outros por todo e qualquer motivo. Geralmente, é só resultado daquele bom humor de companheirismo. Ajuda a aumentar a adrenalina, conforme chegamos cada vez mais alto e o ar fica tão escasso que até respirar se torna um exercício doloroso e frustrante.

Percebi que Han estava exausto, mas seguimos em frente. Seguimos em frente motivados pela obsessão e pelos incansáveis insultos de Darth.

Por trás dos óculos de proteção, aqueles olhos transmitiam loucura. Loucura e ódio. Penso na montanha como uma vagabunda enquanto cravo em sua barriga o *piolet* e meus dedos congelados. Ainda assim, amo essa vagabunda. Acho que, para Darth, ela é um demônio que ele está determinado a derrotar.

Fomos dormir aquela noite amarrados e presos a pitões, com as trevas do mundo sob nós e as trevas do céu sobre nós.

Fiquei observando a aurora, um brilho líquido cor de jade derramando-se pelo espelho negro.

Hoje, novamente, Darth foi na frente. Ser o primeiro parece ser uma obsessão sua, e discutir seria perda de tempo. Em todo caso, estava preocupado o suficiente com Han para perceber a importância de ir atrás, com o mais fraco de nós no meio.

Então, graças à necessidade de liderança de Darth e à minha posição na retaguarda, a vida de um de nós foi salva.

Havíamos guardado a corda. Eu já disse que estava frio demais para usarmos a corda, não disse? Estávamos avançando bem novamente, escalando durante o brilho luminoso do dia curto, e até nossos palavrões eram levados pelo rugido do vento.

Então, vi Han tropeçar e começar a escorregar. Era como se o chão tivesse desaparecido sob seus pés.

Um momento de descuido, uma placa de neve escorregadia formada pelo vento, e lá estava ele, tropeçando na minha direção. Não sei, juro, se fui eu que o peguei ou se ele criou asas e voou. Só sei que segurei as mãos dele e cravei o *piolet* no gelo, rezando para que aguentasse o peso, rezando para que a vagabunda não nos expelisse para o vazio. Fiquei uma eternidade de bruços, segurando as mãos dele enquanto ele balançava no precipício. Gritamos, nós dois, e eu tentava me prender ao gelo com os dedos do pé, mas continuamos escorregando, deslizando. Uns segundos a mais e eu teria que soltá-lo ou os dois cairíamos lá embaixo.

Foi quando o *piolet* de Darth se fincou na superfície ao meu lado — a dois centímetros do meu ombro —, e meu coração começou a pular feito uma britadeira. Ele o usou para se arrastar e alcançar o braço de Han. Parte do peso foi aliviada dos meus músculos e consegui me fincar na montanha, rastejando pelo gelo. Darth e eu nos arrastamos, puxando Han para cima, com o sangue fervendo nos ouvidos e o coração em disparada no peito.

Afastamo-nos do precipício e ficamos deitados na neve, tremendo sob o sol frio e amarelo. Trememos durante o que pareceram horas a fio, a um metro da morte e do desastre.

Não conseguimos rir a respeito. Mesmo depois, nenhum de nós tem energia para fazer piada com aquele breve pesadelo. Estamos abalados demais para escalar, e o tornozelo de Han está ferrado. Ele jamais vai chegar ao topo, todos sabemos disso.

Não temos escolha a não ser cavar uma plataforma para acampar e compartilhar os nossos suprimentos já escassos, enquanto Han se entope de analgésicos. Ele está fraco, mas não tão fraco para não sentir medo quando o vento espanca as finas paredes da nossa barraca com seus punhos mortais.

Deveríamos voltar.

Deveríamos voltar. Mas, quando joguei a ideia no ar, Darth perdeu o controle, repreendendo Han e gritando comigo com a voz tão estridente quanto a de uma mulher. Ele parece meio louco — talvez completamente louco —, andando a passos pesados no escuro, com gelo grudado à barba por fazer e às sobrancelhas e um brilho amargo no olhar. O acidente de Han nos custou um dia, e ele não vai permitir que lhe custe o pico da montanha.

Ele tem certa razão, não posso negar. Estamos a uma distância vantajosa do nosso objetivo. Pode ser que Han se recupere após uma noite de descanso.

Vamos escalar amanhã e, se Han não conseguir, vamos deixá-lo aqui, fazer o que viemos fazer e buscá-lo na volta.

É claro que é loucura. Mesmo com os remédios, Han está muito assustado e sua aparência está péssima. Mas estou focado... Não dá mais para voltar atrás.

O uivo do vento soa como centenas de cães raivosos. Isso já é o suficiente para enlouquecer qualquer homem.

Capítulo oito

⌘ ⌘ ⌘

DURANTE TRINTA horas, a neve caiu e o vento uivou. O mundo era uma fera branca e cruel, que liberava sua fúria dia e noite, as presas à mostra, as garras para fora, para morder e esfolar qualquer um que fosse corajoso ou tolo o suficiente para sair e enfrentá-la.

Geradores zuniam e roncavam, e toda a comunicação se resumia a radiotransmissores. Viajar era impossível com aquela fera assombrando o caminho pelo interior e pelo sudeste do Alasca. Havia carros e caminhonetes soterrados, e os aviões estavam todos no chão. Até mesmo os cães de trenó esperavam pelo fim da nevasca.

A cidadezinha de Lunatilândia estava isolada, uma ilha congelada em meio a um mar branco e cego.

Ocupado demais para se preocupar, estupefato demais para praguejar, Nate lidou com algumas emergências: uma criança que tinha caído e quebrado uma mesa e precisava ir à clínica levar uns pontos, um homem que tivera um infarto enquanto tentava desatolar sua caminhonete, um incêndio em uma chaminé, uma briga de família.

Acabou colocando Mike Beberrão — que não era Mike Grandão, o cozinheiro — em uma cela destrancada para que dormisse até a bebedeira passar, e Manny Ozenburger em uma cela trancada para repensar a ideia de passar com a caminhonete por cima do *snowmobile* do vizinho.

Nate manteve equipes constantes abrindo caminho pela neve nas ruas principais e, com dificuldade, foi até a Loja da Esquina.

Encontrou Harry e Deb sentados à mesa, jogando cartas, em frente à prateleira de enlatados, enquanto Cecil cochilava em sua cestinha.

— Uma ventania dos infernos — começou Harry.

— Não, é o próprio inferno.

Nate tirou o capuz do casaco e parou para acariciar Cecil. Ele quase não conseguia respirar e estava meio surpreso por ainda estar vivo.

— Preciso de suprimentos. Vou me abrigar na delegacia até a tempestade passar.

Os olhos de Deb brilharam.

— Ah, é? Aconteceu algo na Hospedaria?

— Não — respondeu, tirando as luvas. Nate começou a procurar o básico para se manter vivo. — Alguém precisa ficar lá para operar o radioamador. Além disso, estamos com alguns hóspedes na delegacia.

— Ouvi dizer que o Mike Beberrão caiu bêbado. Bati!

— Bateu? Que droga, Harry.

— Caiu mesmo — concordou Nate, colocando pães, frios e salgadinhos no balcão. — E deu um *show* cantando Bob Seger por aí. A equipe de remoção de neve o viu e o arrastou até a delegacia quando ele caiu de cara na neve no meio da rua. — Nate pegou um engradado de Coca-Cola. — Se não o tivessem visto e levado até lá, talvez o encontrássemos só em abril, tão morto quanto Elvis.

— Vou fazer fiado para você, delegado. — Harry pegou o livro e anotou a compra. — E não acredito que Elvis tenha morrido. Isso aí é o suficiente?

— Vai ter que ser. Levar isso até lá vai ser uma aventura e tanto.

— Por que não se senta um pouco e toma um café? — Deb já se levantava. — Vou preparar um sanduíche para você.

Nate a encarou. As pessoas não costumavam tratar policiais assim.

— Obrigado, mas preciso voltar. Se precisarem de qualquer coisa... sei lá, acendam um sinalizador.

Ele colocou as luvas novamente, ajeitou o capuz e pegou a sacola de compras.

Lá fora estava tão aconchegante quanto cinco minutos antes. Sentiu aquelas presas e garras cortando-o conforme usava a corda e o instinto para se arrastar de volta até a delegacia.

Deixara todas as luzes acesas para o prédio guiá-lo como um farol.

Ouviu o ronco abafado do motor do limpa-neve de Bing e implorou a Deus que a máquina não fosse em direção a ele e o atropelasse por acidente — nem de propósito. A fera, como considerava a tempestade, estava fazendo o possível para zombar dos esforços da equipe que trabalhava na nevasca, mas já era possível perceber alguma diferença.

Em vez de nadar pela neve, caminhava por ela.

Ouviu tiros. Três estampidos rápidos. Pausou, esforçando-se para decifrar a direção do som, mas balançou a cabeça e continuou em frente. Torceu com todas as forças para que ninguém estivesse caído na neve depois de levar um tiro, porque não haveria nada que pudesse fazer.

Estava a cerca de três metros da delegacia, concentrado na névoa iluminada e motivado pela ideia do calor, quando o limpa-neve de Bing surgiu por entre o paredão branco.

Seu coração parou — ele até ouviu o som do batimento derradeiro e sentiu o sibilar do sangue sendo drenado. O limpa-neve parecia enorme, uma montanha mecânica aproximando-se como uma avalanche.

O veículo parou a cerca de trinta centímetros das pontas das botas de Nate.

Bing pôs a cabeça para fora; sua barba coberta de neve e gelo dava-lhe um aspecto de Papai Noel enlouquecido.

— Dando uma volta?

— Pois é, não resisti. Ouviu aqueles tiros?

— Ouvi, e daí?

— Nada. Você precisa de um intervalo. O aquecedor está ligado e vamos fazer sanduíches.

— Por que prendeu o Manny? O Tim Bower está sempre dirigindo aquele *snowmobile* de merda por aí feito um adolescente descontrolado. Uma puta perturbação do sossego.

Como estava congelando, Nate decidiu não mencionar a parte do dano ao patrimônio privado e da direção imprudente.

— Tim Bower *estava* no *snowmobile* de merda quando Manny passou por cima dele.

— E saltou rapidinho, não saltou?

Apesar de tudo, Nate percebeu que estava sorrindo.

— Mergulhou de cabeça em um banco de neve. Jim Magrelo viu. Disse que parecia um mortal duplo.

Bing pareceu soltar um grunhido, colocou a cabeça para dentro do limpa-neve e deu ré.

Na delegacia, Nate preparou sanduíches e levou um para o ranzinza do Manny, dando uma olhada em Mike Beberrão.

Ele decidiu levar o seu para a mesa do radioamador. Gostava de ouvir a voz de Meg e de sentir aquela conexão estranha e sensual. Fazia muito tempo desde a última vez que tivera alguém para ouvi-lo contar sobre seu dia, desde a última vez que tivera vontade de conversar com alguém. Aquele diálogo apimentava um pouco a refeição simples e deixava a solidão um pouco mais confortável.

— O Tim já bateu com aquele *snowmobile* tantas vezes que já perdi a conta — comentou ela a respeito da última vez que Tim aprontara. — Manny fez um favor para todo mundo. Câmbio.

— Talvez. Acho que consigo convencer Tim a não prestar queixa caso Manny pague pelo prejuízo. Planeja vir à cidade quando a tempestade passar? Câmbio.

— Não costumo fazer planos. Câmbio.

— A noite de filmes está chegando. Pensei em comer um pouco da sua pipoca. Câmbio.

— Pode ser... Vou ter alguns compromissos na agenda assim que tiver autorização para voar. Mas gosto de filmes. Câmbio.

Ele bebeu um gole da Coca e imaginou Meg sentada perto do rádio, os cães aos seus pés e o brilho do fogo da lareira atrás dela.

— Por que não fazemos disso um encontro? Câmbio.

— Não marco encontros. Câmbio.

— Nunca? Câmbio.

— As coisas acontecem quando têm que acontecer. Já que nós dois curtimos o sexo, coisas provavelmente vão acontecer. — Como não disse "câmbio", supôs que ela estivesse pensando a respeito. Ele, com certeza, estava. — Quer saber, Burke? Da próxima vez que as coisas acontecerem, pode me contar sua longa história triste. Câmbio.

Ele estava imaginando a tatuagem vermelha no cóccix dela.

— E por que acha que tenho uma? Câmbio.

— Gracinha, você é o homem mais triste que já conheci na vida. Você me conta a história e vemos o que acontece depois. Câmbio.

— Se... droga.

— Que barulho é esse? Câmbio.

— Parece que Mike Beberrão acordou e está vomitando na cela. Manny está revoltado, com razão — acrescentou enquanto sons de vômito e indignação saíam das celas. — Tenho que ir. Câmbio.

— Caramba, a vida de um policial é cheia de perigos. Câmbio, desligo.

Naquelas circunstâncias, Nate optou por permitir que ambos os prisioneiros fossem de carona para casa no limpa-neve. Encarando o tempo desagradável, saiu para colocar mais gasolina no gerador.

Após refletir um pouco, tirou uma das camas dobráveis das celas e a colocou ao lado do rádio. Pensando melhor, vasculhou a gaveta de Peach e pegou um dos livros de romance que ela guardava ali.

Aconchegou-se com o livro — mantendo a mente alerta para guardá-lo de volta, com aquela capa erótica, sem que ninguém percebesse —, uma Coca e os sons da tempestade.

O livro era melhor do que imaginara e o levou até os campos verdes e exuberantes da Irlanda na época de castelos e fortalezas. Havia ali uma considerável dose de magia e fantasia, então acompanhou, com certo interesse, as aventuras da feiticeira Moira e do príncipe Liam.

Pausou na primeira cena de amor ao imaginar a maternal Peach lendo sobre sexo — quando não estava atendendo ligações ou distribuindo pãezinhos de canela. Ainda assim, o enredo o prendeu.

E acabou adormecendo com o livro aberto sobre o peito e as luzes acesas.

A feiticeira tinha o rosto de Meg. Seus cabelos, pretos como carvão, esvoaçavam como asas ao vento. Estava de pé em uma colina branca sob a luz brilhante do sol, que reluzia por entre o fino vestido vermelho que usava.

Ela levantou os braços e tirou o vestido de seus ombros, para que deslizasse por seu corpo. Nua, andou até ele. Seus olhos eram daquele azul gélido, e ela abriu os braços, envolvendo-o.

Ele sentiu os lábios dela nos dele, quentes. Famintos. Ele estava sob ela, cercado por ela. Quando ela se levantou, a ventania selvagem se apressou por seus cabelos. Quando se abaixou outra vez, seu calor o fez arder por inteiro.

— O que o deixa tão triste?

De repente, a dor dilacerou o prazer — abrupta, escaldante. Ele gemeu, e seu corpo se enrijeceu. O insulto incandescente de balas em sua carne.

Mas ela sorriu, apenas sorriu.

— Você está vivo, não está? — Levantou a mão, banhada no sangue dele.

— Se sangra é porque está vivo.

— Levei um tiro. Meu Deus, fui atingido!

— E está vivo — disse ela conforme o sangue pingava de sua mão para o rosto dele.

Ele estava no beco e sentia cheiro de sangue e pólvora. Cheiro de lixo e morte. O ar úmido da chuva. Frio, frio demais para abril. Frio e úmido e escuro. Tudo não passava de um borrão; os gritos, os tiros, a dor da bala lacerando sua perna.

Ficara para trás, e Jack seguira na frente.

Não deveriam estar lá. Por que raios estavam lá?

Mais tiros, clarões na escuridão. Baques. Era o aço que lhe invadia a carne? Aquela dor obscena na perna que o atordoava e o derrubou novamente. Então, tivera que rastejar, rastejar pelo concreto até alcançar seu parceiro, seu amigo, caído no chão, à beira da morte.

Porém, desta vez, Jack virou a cabeça, e seus olhos estavam tão vermelhos quanto o sangue que lhe jorrava do peito.

— Foi você quem me matou, seu desgraçado filho da puta. Se alguém aqui deveria ter morrido, esse alguém era você. Tente viver com isso.

Ele acordou suando frio, os ecos da voz do parceiro ainda em sua mente. Nate se levantou e ficou sentado na beirada da cama, com a cabeça entre as mãos.

Por enquanto, pensou, não conseguia viver com aquilo.

Obrigou-se a ficar de pé e carregar a cama de volta para a cela. Pensou nos comprimidos que guardava na gaveta da mesa, mas passou direto por sua sala e foi colocar o resto da gasolina no gerador.

Só percebeu que havia parado de nevar quando estava voltando para dentro.

O ar estava completamente parado, completamente quieto. O luar se insinuava de maneira discreta, salpicando o mar de neve, dando a tudo um tom pálido de azul. Sua respiração formava pequenas nuvens enquanto estava parado ali, como um inseto, pensou ele, preso em cristal em vez de âmbar.

A tempestade passara, e ele ainda estava vivo.

Tente viver com isso. Ora, ele tentaria. Continuaria tentando viver com aquilo.

Já na delegacia, fez café e ligou o rádio. Uma voz sonolenta — que se identificou como Mitch Dauber, a voz de Lunatilândia — passou as notícias locais, comunicados e previsão do tempo.

As pessoas começaram a sair. Eram como ursos saindo de suas cavernas. Com suas pás, removiam a neve e limpavam as ruas. Reuniam-se para conversar, comiam, caminhavam e dormiam.

Elas viviam.

O LUNÁTICO

Caderno policial
Quarta-feira, 12 de janeiro

9h12 Incêndio na chaminé da residência de Bert Myers. O bombeiro voluntário Manny Ozenburger e o delegado Burke atenderam à ocorrência. O incêndio foi causado pelo acúmulo de creosoto. Myers sofreu uma queimadura de primeiro grau na mão ao tentar retirar lenha em chamas da lareira. Ozenburger classificou sua atitude como "burrice".

12h15 Jay Finkle, de cinco anos de idade, sofreu ferimentos ao cair do triciclo dentro do quarto, em sua residência. O delegado Burke prestou assistência a Paul Finkle, pai de Jay, levando o garoto machucado até a clínica. Jay ganhou quatro pontos e um pirulito de uva. O triciclo, da marca Hot Wheels, não sofreu danos, e Jay afirma que dirigirá com mais cuidado no futuro.

14h00 Timothy Bower prestou queixa contra Manny Ozenburger. Testemunhas confirmam que Ozenburger passou com a caminhonete por cima do *snowmobile* de Bower, que dirigia o veículo. Apesar de uma pesquisa informal que indica que 52% dos entrevistados acreditam que Bower fez por merecer, Ozenburger foi preso. As acusações estão pendentes. Membros do Corpo de Bombeiros Voluntários de Lunatilândia estão organizando o evento "Manny Livre", que contará com um bufê à vontade.

14h55 Kate D. Igleberry denunciou ter sido agredida pelo companheiro, David Bunch, em sua residência, na Avenida do Rancor. Bunch, por sua vez, alega ter sido agredido por Igleberry. O delegado Burke e o subdelegado Otto Gruber atenderam à ocorrência. Ambas as partes apresentaram evidências de hematomas no rosto e no corpo, e, no caso de Bunch, uma mordida na nádega esquerda. Ninguém prestou queixa.

15h40 James e William Mackie foram acusados de direção imprudente e excesso de velocidade ao dirigir seus *snowmobiles*. William Mackie afirma que *"snowmobiles* não são carros, porra". Por serem veículos de lazer, acredita que devem estar isentos dos limites de velocidade e planeja levar o assunto à próxima reunião na prefeitura.

17h25 As equipes de remoção de neve encontraram um homem caminhando sem rumo no acostamento ao sul do Bosque do Rancor. Ele entoava a canção "A Nation Once Again". Identificado mais tarde como Michael Sullivan, foi levado até o Departamento de Polícia de Lunatilândia e entregue ao delegado Ignatious Burke.

Sozinho na delegacia, Nate deu uma lida rápida no restante da seção, que prosseguia com denúncias de bebedeiras e arruaças, o desaparecimento e reaparecimento de um cachorro, a ligação de um morador de fora da cidade com um sério caso de claustrofobia, dizendo que havia lobos jogando pôquer em sua varanda.

Divulgavam-se nomes em cada um dos relatórios, não importava o constrangimento que isso pudesse trazer aos envolvidos. Ele imaginou o que aconteceria se o *The Baltimore Sun*, por exemplo, fosse tão detalhado e impiedoso, listando as chamadas, os nomes e as ações da força policial de Baltimore.

Isto ele tinha que admitir: achava tudo aquilo uma diversão sem fim.

Max e Carrie devem ter fechado o jornal e corrido até a gráfica no momento em que a tempestade acabou, pensou. As fotos da tempestade, e das consequências dela, estavam ótimas também. E a matéria principal, assinada por Max, era quase poética.

Não se importou tanto com o artigo sobre ele como achou que se importaria. Na verdade, até ia guardar uma cópia junto com suas duas primeiras edições d'*O Lunático*.

Assim que pudesse fazer uma visita a Meg, levaria uma cópia a ela.

Uma semana depois do fim da nevasca, as estradas já se encontravam suficientemente limpas. Dar um pulo na casa dela para levar um jornal não poderia ser considerado um encontro.

Dar uma ligada para ela antes só para saber se estava em casa, e não voando por aí, também não poderia ser considerado um plano.

Ele estava apenas sendo prático.

Sabendo que sua equipe chegaria a qualquer momento, Nate guardou o jornal na gaveta de sua mesa e foi colocar lenha no fogão.

Hopp abriu a porta externa e entrou.

— Temos problemas — disse ela.

— Maiores do que um metro e quarenta de neve?

Ela tirou o capuz. Seu rosto estava branco feito papel.

— Três garotos desaparecidos.

— Conte-me os detalhes. — Ele se afastou. — Quem, quando e onde foram vistos pela última vez.

— Steven Wise, filho de Joe e Lara, o primo Scott, de Talkeetna, e um colega de faculdade deles. Joe e Lara achavam que Steve e Scott estavam passando o recesso de inverno em Príncipe Guilherme. Os pais de Scott também pensavam. Lara e a mãe de Scott se encontraram na rádio ontem à noite para se distrair e conversar e perceberam que algumas coisas que os filhos disseram não batiam. Ficaram desconfiadas, e Lara chegou a ligar para a faculdade para falar com Steven. Só que ele não voltou para lá. Nem Scott.

— Onde fica a faculdade, Hopp?

— Ancoragem — respondeu, passando a mão pelo rosto.

— Então, eles precisam avisar o Departamento de Polícia de Ancoragem.

— Não, não. Lara conseguiu falar com a namorada de Steven. Aqueles moleques idiotas estão tentando escalar a encosta meridional de No Name no inverno!

— O que é No Name?

— É uma maldita montanha, Ignatious. — O medo lhe saltava dos olhos. — Uma montanha alta pra cacete! Estão desaparecidos há seis dias. Lara está pirando.

Nate foi até sua sala e abriu um mapa.

— Mostre a montanha para mim.

— Aqui. — Ela apontou com o dedo. — É a queridinha dos moradores, e muitos alpinistas forasteiros a escalam por lazer ou para treinar para Denali. Mas fazer uma escalada em janeiro é de uma imbecilidade sem tamanho, ainda mais em se tratando de três garotos inexperientes. Precisamos chamar a equipe de busca e resgate. Precisamos fazer uma busca aérea assim que o dia clarear.

— Isso nos dá três horas. Vou entrar em contato com eles. Pegue um dos radiotransmissores e mande Otto, Peter e Peach virem para cá. Depois, vou querer saber quem são todos os pilotos da região, além de Meg. — Ele deu uma olhada nos números que Peach listara cuidadosamente. — Quais são as chances de ainda estarem vivos?

Com um rádio em mãos, Hopp disse seriamente:
— Seria necessário um milagre.

Cinco minutos depois de ser informada, Meg já estava pronta e se equipava para sair. Teve vontade de ignorar a chamada por rádio da delegacia, mas imaginou que poderiam ter novidades sobre os alpinistas desaparecidos.

— LLA na escuta. Câmbio.

— Vou com você. Encontre-me no caminho, na margem do rio. Câmbio.

Ela sentiu uma pontada de raiva enquanto guardava equipamentos médicos e remédios na bolsa.

— Não preciso de um copiloto, Burke. E não tenho tempo para fazer um passeio turístico com você. Entrarei em contato assim que encontrá-los. Câmbio.

— Eu *vou* com você. Aqueles garotos merecem mais um par de olhos procurando por eles, e os meus são muito bons. Quando você chegar, já estarei pronto. Câmbio, desligo.

— Merda. Odeio heróis.

Ela arrastou a mochila e saiu com os cães. Pegou o resto dos equipamentos e, com a ajuda de uma lanterna e *snowshoes*, foi com dificuldade até o lago.

Fizera duas viagens desde que obtivera autorização para voar e agradeceu a Deus não precisar mais levar uma hora para desenterrar o avião soterrado na neve. Sequer pensou nos garotos — vivos ou mortos — na montanha, apenas fez o que tinha que fazer.

Tirou as capas das asas da aeronave e as guardou. Dava trabalho, mas era certamente bem menos trabalhoso do que raspar o gelo das asas quando ficam desprotegidas. Após esvaziar os coletores de água sob os tanques das asas, subiu para verificar a olho nu o nível de combustível e o completou.

Seguindo cada etapa, verificou os flapes, a cauda e toda e qualquer parte do avião que se movia para garantir que tudo estava em segurança.

Pessoas já morreram por causa de um parafuso solto.

Focada apenas nos procedimentos de segurança, girou as hélices para remover o acúmulo de óleo.

Entrou no avião, guardou a mochila com os equipamentos e afivelou o cinto.

Deu a partida, ligando o motor. A hélice começou a girar, lentamente no início, e o motor pegou, soltando fumaça pelo exaustor. Enquanto o motor aquecia, verificou os instrumentos de voo.

Ali, era ela quem estava no controle — tanto quanto considerava possível.

Ainda era madrugada quando soltou os freios.

Ela configurou os flapes e o compensador para a decolagem e deu uma sacudidela no manche enquanto olhava pela janela para se certificar de que os *ailerons* se moviam e se os profundores respondiam aos comandos. Satisfeita, ajeitou-se no banco.

Beijou os dedos, tocou no ímã com a foto de Buddy Holly no painel de controle e empurrou o acelerador para a frente.

Ainda não tinha decidido se iria para Lunatilândia ou não. Conforme circulava no lago, ganhando velocidade para a decolagem, deixou a decisão para depois.

Talvez fosse, talvez não.

Apontou o nariz da aeronave para cima, ganhando altitude ao mesmo tempo que o sol nascia a leste. Então, dando de ombros, direcionou o avião para Lunatilândia.

Ele estava onde dissera que estaria: na margem do lago congelado, com uma montanha de neve às costas. Carregava uma mochila pendurada no ombro. Ela torceu para que alguém tivesse informado ao *cheechako* quais equipamentos levar em caso de emergência. Viu Hopp com ele e sentiu um nó no estômago ao reconhecer Joe e Lara ao seu lado.

Viu-se forçada a pensar no que aconteceria mais tarde. A pensar nos corpos que já transportara. E naqueles que talvez transportasse hoje.

Aterrissou na superfície congelada e, com os motores ligados, esperou Nate atravessá-la.

O vento da hélice sacudiu o agasalho dele e bagunçou seus cabelos. Em seguida, embarcou, guardou a mochila e pôs o cinto.

— Espero que saiba no que está se metendo — disse ela.

— Não faço a menor ideia.

— Talvez seja melhor assim. — Ela beijou novamente os dedos, tocando a foto de Buddy com eles. Sem olhar os rostos assustados lá fora, à direita, preparou-se para a decolagem.

Usando o rádio de comunicação da aeronave, entrou em contato com a torre de controle em Talkeetna e informou os dados de voo. Logo estavam nas alturas, acima das árvores, dando uma guinada a leste, a nordeste do sol pálido que nascia.

— Se não fosse pelo seu par de olhos, você seria peso morto, Burke. Se Jacob não tivesse ido para Nome visitar o filho, eu não teria concordado em trazer você.

— Tudo bem por mim. Quem é Jacob?

— Jacob Itu. O melhor piloto de aviões de pequeno porte que conheço. Foi ele quem me ensinou.

— O homem com quem você dividiu a pipoca na reunião na prefeitura?

— Ele mesmo. — Eles entraram em um bolsão de ar, e Meg viu que Nate apertava os punhos a cada solavanco. — Se ficar enjoado, vou ficar chateada.

— Não. É só que eu odeio voar de avião.

— Mas por quê?

— Gravidade.

Ela sorriu enquanto a aeronave seguia aos trancos.

— Se a turbulência o incomoda, hoje vai ser um péssimo dia para você. Ainda dá tempo de voltar.

— Diga isso para os três garotos que estamos procurando.

O sorriso sumiu. Ela observou as montanhas, erguendo-se, ferozes, enquanto o chão se tornava um borrão com a velocidade e as nuvens abaixo deles.

— Foi por isso que virou policial? Salvar vidas é a sua missão?

— Não. — Ele não disse nada enquanto entravam em outra área de turbulência. — Por que uma pilota teria uma foto de Buddy Holly na cabine?

— Para se lembrar de que, às vezes, dá merda.

Como o sol ascendia, ela tirou um par de óculos escuros do bolso e o colocou. Lá embaixo, viu as trilhas deixadas na neve por trenós puxados por cães, as espirais de fumaça saindo de chaminés, troncos de árvores cortados, um pedaço de terra. Ela usava aqueles pontos de referência tanto quanto os instrumentos de voo.

— Há binóculos naquele compartimento — disse a ele.

E fez um pequeno ajuste no ritmo da hélice, movendo lentamente o acelerador para a frente.

— Trouxe os meus. — Ele abriu o casaco e pegou os binóculos, pendurados ao redor do pescoço. — Onde devo procurar?

— Se tentaram escalar a encosta meridional, devem ter sido deixados em Sun Glacier.

— Deixados? Por quem?

— É um mistério, não é? — Ela tensionou a mandíbula. — Algum jeca ganancioso demais para perder a oportunidade. Muita gente tem avião aqui, e muita gente sabe pilotar. O que não quer dizer que sejam pilotos de verdade... Seja lá quem for, não avisou sobre eles quando a tempestade chegou e, com certeza, não voltou para buscá-los.

— Que loucura.

— A loucura é o de menos, o problema é a burrice. E é nessa categoria que a situação se encaixa. O ar vai ficar mais agitado quando atingirmos as montanhas.

— Não diga "atingirmos" e "montanhas" na mesma frase.

Ele olhou para baixo: um mar de árvores; um oceano de neve; uma placa de gelo, que era o lago; um conjunto de cerca de seis cabanas, que apareciam e desapareciam por entre as nuvens. Aquilo tudo deveria parecer monótono e desolado, mas era lindo. O céu já tomava para si um profundo tom de azul, com a elegância cruel das montanhas erguendo-se até ele.

Pensou nos três garotos presos naquela barbaridade por seis dias.

O avião se inclinou bruscamente para a direita, e ele teve que se concentrar e buscar em si determinação suficiente para manter os olhos abertos. As montanhas — azuis, brancas e monstruosas — engoliam toda a vista. Ela mergulhou a aeronave em uma fenda e tudo o que se via em ambos os lados era rocha, gelo e morte.

Por cima do ronco dos motores, ouviu o que lhe pareceu um trovão. E viu um *tsunami* de neve surgir violentamente na encosta da montanha.

— Mas que...

— Avalanche. — Sua voz era de uma tranquilidade absoluta quando o avião começou a sacudir. — É melhor você se segurar.

Jatos brancos jorravam por cima de mais jatos brancos; um vulcão de neve em erupção, investindo contra o ar com o rugido de milhares de trens descarrilados enquanto o avião ia de um lado para o outro, para cima e para baixo.

Ele teve a impressão de ouvir Meg falar um palavrão e um som que mais parecia um míssil antiaéreo atingindo o avião. A tempestade que a montanha vomitava cuspia destroços no para-brisa da aeronave. Mas não era medo que percorria seu corpo — era assombro.

O metal tinia e rangia conforme as balas de gelo e pedra atingiam a lataria. O vento os arrastava, puxava e arremessava, até que parecia impossível eles não colidirem contra o paredão do penhasco ou serem esmagados pelos estilhaços que voavam da avalanche.

Em seguida, estavam navegando por entre os paredões de gelo, acima de um estreito vale congelado, e alcançaram o azul do céu.

— Chupa! — Ela soltou um grito, jogando a cabeça para trás e caindo na gargalhada. — *Isso* foi uma aventura.

— Demais — concordou Nate, girando no assento para tentar apreciar o resto do espetáculo. — Nunca vi nada igual.

— Montanhas são temperamentais. Nunca se sabe quando vão se manifestar. — Ela olhou para ele. — Até que você sabe manter o controle sob ataque, delegado.

— Você também. — Ele se ajeitou no assento. E imaginou se seus batimentos cardíacos acelerados haviam quebrado alguma costela. — Então... você vem sempre aqui?

— Sempre que posso. Pode começar a usar os seus binóculos. Temos uma área muito grande para cobrir e não somos os únicos a fazê-lo. Fique com os olhos bem abertos. — Ela ajeitou o *headset*. — Vou manter contato com a torre de controle.

— Para onde devo olhar com meus olhos bem abertos?

— Para lá. — Ela apontou com o queixo. — A uma hora.

Comparado a Denali, o lugar quase lhe pareceu inofensivo, e sua beleza, de certa forma, medíocre em relação à magnitude da montanha. Havia cumes menores entre os que eram conhecidos como No Name e Denali, mas também havia os maiores, que se estendiam e se erguiam aos céus como uma muralha pontiaguda e cheia de camadas.

— Qual é a altura dessa montanha?

— Um pouco mais de trezentos e sessenta metros. É uma boa escalada, desafiadora, em abril ou maio. Mais complicada no inverno, apesar de não ser impossível. A não ser que seja um grupo de universitários fazendo graça... aí, é praticamente suicídio. Se descobrirmos quem transportou três menores de idade e os largou aqui em janeiro, esse alguém vai ter que pagar muito caro.

Ele conhecia aquele tom de voz, monótono e sem emoção.

— Você acha que estão mortos.

— Ah, com certeza.

— Mas veio para cá mesmo assim.

— Não seria a primeira vez. Já participei de buscas por corpos... e os encontrei. — Ela pensou nos suprimentos e equipamentos que trouxera: rações de sobrevivência, *kits* de primeiros socorros, cobertores térmicos. E rezou para que precisasse usá-los. — Procure destroços, barracas, equipamentos... corpos. Há muitas fissuras. Vou me aproximar o máximo que conseguir.

Ele queria que estivessem vivos. Já estava farto da morte e do desperdício. Não viera procurar cadáveres, e sim garotos. Assustados, perdidos, possivelmente feridos, mas, ainda assim, garotos, que levaria de volta para seus pais aterrorizados.

Examinou a paisagem através dos binóculos. Conseguia ver os declives vertiginosos, as beiradas estreitas, os paredões íngremes de gelo. Não fazia sentido questionar o que levava alguém a arriscar um membro ou a própria vida, encarar condições climáticas terríveis, passar fome e sofrer para chegar até o topo. As pessoas faziam loucuras maiores por esporte.

Reparou na violência do vento, na proximidade desconfortável entre o pequeno avião e os paredões implacáveis, e afastou o medo.

Ele procurou até seus olhos arderem e afastou os binóculos para piscar, limpando-os.

— Nada ainda.

— É uma montanha enorme.

Meg circulou, e Nate buscou enquanto ela passava as coordenadas para a torre de controle. Ele avistou outro avião, que parecia um passarinho amarelo, indo em direção ao oeste, e um helicóptero robusto. A montanha fazia com que tudo encolhesse. Já não lhe parecia pequena — não comparado a tudo o que vira ali.

Formas menores moldavam sua forma geral. Eram superfícies ondulosas congeladas, campos de neve, punhos de rocha preta que socavam o ar dependurados em penhascos e que, de alguma forma, eram banhados por delicados rios de mais gelo, como uma cobertura cintilante.

Viu penumbras, que supôs jamais terem sido tocadas pelo sol, e abismos, que desabavam para o nada. Um feixe de luz refletiu em um deles e chegou até Nate, como sol refletido no cristal.

— Tem algo lá embaixo — avisou ele. — Metal ou vidro. Refletiu a luz naquela fenda.

— Vou circular a área.

Ele abaixou os binóculos e esfregou os olhos, arrependido de não ter trazido os próprios óculos escuros. O brilho branco era perverso.

Ela fez o avião ganhar altitude e se inclinar para o lado. Enquanto circulava, Nate avistou um ponto colorido na neve.

— Espera! Ali. O que é aquilo, a quatro horas? Meu Deus, Meg, quatro horas!

— Caralho! Um deles está vivo.

Ele enxergava agora o azul-claro, o movimento, a silhueta vagamente humana sacudindo os braços freneticamente para chamar atenção. Ela baixou as asas, da direita para a esquerda, repetindo o movimento mais uma vez enquanto sinalizava de volta.

— Aqui é Bravo-November-Zulu-November-Alpha-Tango. Encontrei um — disse Meg pelo *headset* — vivo, pouco acima de Sun Glacier. Vou buscá-lo.

— Você vai pousar? — perguntou Burke quando ela repetiu a chamada e retransmitiu as coordenadas. — Ali?

— Melhor ainda — respondeu ela. — Você vai desembarcar ali. Não posso sair do avião. Os ventos laterais são um risco e não há lugar nem tempo para aterrissarmos.

Ele olhou para baixo e viu a silhueta tropeçar, cair e rolar, deslizando até parar, quase invisível na massa branca.

— Seria bom me ensinar como fazer isso, e rápido.

— Eu desço, você sai, escala, pega o garoto e o traz para cá. Depois, vamos todos para casa tomar uma boa cerveja.

— Aulinha curta.

— Não temos tempo para mais nada. Tente fazê-lo andar. Se não conseguir, arraste-o. Leve óculos de proteção, vai precisar. Não é nenhum absurdo. É como se você fosse atravessar uma poça e subir em algumas pedras.

— Só que a centenas de metros acima do nível do mar. Nada de mais.

Ela lhe mostrou os dentes em um sorriso enquanto travava pequenas batalhas para estabilizar o avião.

— É assim que se fala.

O vento os arrebatou, e ela lutou contra ele, levantando novamente o nariz da aeronave, nivelando as asas. Posicionou-se na direção desejada, empurrou o manche e diminuiu a velocidade.

Nate decidiu não prender a respiração, já que o mero ato de inspirar e expirar talvez não lhe fosse uma opção em breve. Porém, ela deslizou com o avião na direção da geleira, entre o vazio e o paredão.

— Vai logo! — ordenou ela, mas ele já estava tirando o cinto de segurança. — Deve estar vinte graus negativos aí fora, então seja rápido. A não ser que eu tenha que decolar novamente, não dê nenhum tipo de assistência médica a ele até que estejam dentro do avião. Apenas busque-o, arraste-o e traga-o para cá.

— Entendido.

— Mais uma coisa — gritou quando ele abriu a porta e o vento invadiu a cabine. — Se eu realmente precisar decolar, não entre em pânico. Vou voltar para te buscar.

Ele saltou para a montanha. Aquele não era o momento de questionar, de pensar demais. O frio lhe rasgava a pele como facas, e o ar era tão rarefeito, tão afiado, que lhe cortava a garganta. Havia morros erguendo-se de outros morros, mares congelados, quilômetros de escuridão, oceanos de alvura.

Com dificuldade, seguiu pela geleira a passos largos e pesados — em vez de correr, como pretendia fazer.

Quando esbarrou em uma rocha, seguiu seus instintos e foi subindo, barulhento como uma cabra, até seus joelhos quase afundarem na neve ao fim da curta escalada.

Ele ouvia os motores, o vento e sua própria respiração ofegante.

Desceu ao lado do garoto e, apesar das instruções de Meg, tentou sentir o pulso dele. O rosto do menino estava acinzentado, com placas ásperas, que pareciam pele morta, nas bochechas e no queixo.

Mas seus olhos, trêmulos, abriram.

— Consegui — disse ele, com fraqueza. — Consegui.

— Sim. Vamos dar o fora daqui.

— Eles estão na caverna. Não conseguiram... não conseguiram descer. Scott está doente. Brad... acho que a perna dele tá quebrada. Vim buscar ajuda. Vim...

— E conseguiu. Assim que entrarmos no avião, você mostra onde eles estão. Consegue andar?

— Não sei. Vou tentar.

Nate ajudou o garoto a ficar de pé, aliviando seu peso.

— Vamos lá, Steven. Um pé depois do outro. Você já chegou até aqui.

— Não estou sentindo os meus pés.

— Tente levantar as pernas, uma de cada vez. Os pés vão acompanhar. Você tem que descer. — Ele já conseguia sentir o frio invadindo suas luvas e se arrependeu de não ter pensado em vestir mais um par. — Não sou tão bom assim para carregá-lo. Segure-se em mim e me ajude a descer. Temos que descer para poder ajudar os seus amigos.

— Tive que abandonar os dois pra buscar ajuda. Tive que deixá-los com o homem morto.

— Não tem problema. Vamos voltar para buscá-los. Agora, vamos descer. Preparado?

— Sim, eu consigo.

Nate foi na frente. Se o garoto caísse, desmaiasse, escorregasse, ele o seguraria. Falava com ele em alto e bom som enquanto desciam cuidadosamente. Assim, o manteria estável e consciente, exigindo respostas para deixá-lo alerta.

— Faz quanto tempo que se separou dos seus amigos?

— Não sei. Dois dias... três? Hartborne não voltou. Ou... Acho que o vi, mas depois não vi mais.

— Tudo bem. Estamos quase lá. Você vai mostrar onde estão os seus amigos daqui a pouco.

— Na caverna de gelo com o homem morto.

— Quem é o homem morto? — Nate desceu da geleira. — Quem é o homem morto?

— Não sei. — A voz de Steven parecia estar em devaneio enquanto caía nos braços de Nate. — Encontramos na caverna... o homem de gelo. Ele fica olhando, só olhando. Tem um *piolet* encravado no peito. Sinistro.

— Imagino. — Nate arrastava e carregava Steven na direção do avião instável.

— Ele sabe onde estão os outros — disse Nate, subindo na aeronave para puxar Steven para dentro. — Pode mostrar para nós.

— Coloque-o no banco traseiro, sob os cobertores. O *kit* de primeiros socorros está na mala. Tem café quente na garrafa térmica. Não o deixe beber muito.

— Ainda estou vivo? — O garoto tremia, o corpo se contraindo de frio.

— Sim, está.

Nate o pôs deitado no chão entre os assentos e o cobriu com os cobertores enquanto Meg decolava.

Ele ouviu o rugir do vento e dos motores e imaginou se seriam estraçalhados daquela vez.

— Precisa dizer onde estão os seus amigos.

— Posso mostrar pra vocês. — Batendo os dentes, tentou pegar a caneca de café que Nate servia.

— Aqui, deixe comigo. Toma um gole.

Enquanto bebericava o café, as lágrimas começaram a escorrer pelo seu rosto.

— Achei que eu não fosse conseguir. Achei que eles fossem morrer lá em cima porque eu não conseguiria chegar vivo no avião.

— Mas chegou.

— O avião não estava lá. Ele não estava lá.

— Mas nós, sim. Nós estávamos lá. — Fazendo o possível para se segurar durante os solavancos do avião, Nate levou, outra vez, a caneca aos lábios do garoto cuidadosamente.

— Quase chegamos ao topo, mas Scott ficou doente e Brad caiu. Ele machucou a perna. Chegamos a uma caverna... Encontramos a caverna e entramos antes de a tempestade começar. Ficamos lá. Tem um homem morto.

— Você disse.

— Não estou inventando.

Nate assentiu.

— Você vai mostrar para a gente.

Capítulo nove

⌘ ⌘ ⌘

Nate odiava hospitais. Era um dos gatilhos que o arremessava de volta às trevas. Passou tempo demais em um quando foi ferido. Tempo suficiente para que a dor, o luto e a culpa se fundissem no vácuo da depressão.

Não fora capaz de escapar daquilo. Desejara o vazio do sono, mas o sono trazia sonhos, e sonhos eram piores que o nada.

Passivamente, ansiara pela morte. Apenas retirar-se em silêncio. Não havia considerado tirar a própria vida. Teria exigido esforço demais, atitude demais.

Ninguém o culpou pela morte de Jack. Ele quis que o culpassem, mas, em vez disso, vieram com flores e compaixão — até admiração. E aquilo lhe pesou como chumbo.

As sessões de terapia, as intervenções e os antidepressivos foram praticamente inúteis. Ele fingiu que estava tudo bem apenas para se livrar dos médicos e dos amigos preocupados.

Durante meses, fingiu.

Agora, mais uma vez em um hospital, sentia os dedos grudentos e suaves do desespero se apossando dele. Seria tão, mas tão mais fácil ceder, apenas desistir e se deixar ser arrastado para as trevas.

— Delegado Burke? — Nate encarou o café que segurava. Café puro. Não o queria, sequer lembrava como fora parar em suas mãos. Estava cansado demais para tomar café. Cansado demais para se levantar e jogá-lo fora. — Delegado Burke?

Ele levantou o olhar e focou em um rosto — mulher, cinquenta e poucos anos, olhos castanhos atrás de óculos pequenos de armação preta. Não se lembrava bem quem ela era.

— Sim, perdão.

— Steven gostaria de vê-lo. Está acordado e lúcido.

Lentamente, tudo voltou à tona, como pensamentos surgindo da lama. Os três garotos, a montanha.

— Como ele está?

— É jovem e saudável. Estava desidratado e talvez perca alguns dedos dos pés. Pode ser até que não perca nenhum. Teve sorte. Os outros dois estão a caminho. Espero que tenham a mesma sorte.

— Então, foram resgatados? Da montanha?

— Foi o que me disseram. Pode ir falar com Steven por alguns minutos.

Enquanto seguia a mulher, os sons e os cheiros do pronto-socorro o invadiam. As vozes, os zunidos, o choro irritante de uma criança.

Ele entrou em uma sala e viu o garoto na maca. Suas bochechas estavam ruborizadas sob as placas de pele morta. Os cabelos dele, louros, estavam bagunçados, e seus olhos, cheios de preocupação.

— Você me resgatou.

— Nate Burke. Novo delegado de polícia de Lunatilândia. — Steven estendeu a mão, e Nate a apertou cuidadosamente por causa do cateter. — Os seus amigos estão a caminho.

— Fiquei sabendo, mas não me falam se eles estão bem.

— Vamos descobrir assim que chegarem. Eles não estariam a caminho se você não tivesse nos contado onde estavam, Steven. Quase compensa a burrice de ter decidido escalar aquela montanha.

— Pareceu uma boa ideia na hora. — Ele tentou esboçar um sorriso fraco.

— Deu tudo errado. E acho que aconteceu alguma coisa com o Hartborne. Demos a ele apenas metade do pagamento para garantir que ele voltaria para buscar a gente.

— Já estamos verificando isso. Por que não me diz o nome completo dele ou qualquer outra informação sobre ele?

— Bom, quem o conhecia era o Brad. Na verdade, Brad conhecia um cara que o conhecia.

— Certo. Vamos conversar com Brad.

— Meus pais vão me matar.

Ah, os vinte anos, pensou Nate, e estar tão preocupado com a ira dos pais quanto com a experiência de quase-morte...

— Pode ter certeza. Fale mais sobre o homem morto na caverna, Steven.

— Eu não inventei nada isso.

— Não estou dizendo que inventou.

— Todos nós vimos. Mas não podíamos sair da caverna... não com a perna de Brad daquele jeito. Decidimos que eu desceria, encontraria o Hartborne e buscaria ajuda. Eles tiveram que ficar lá com ele... com o Homem de Gelo. Ele estava lá, sentado, olhando. O *piolet* no peito. Tirei umas fotos. — Steven arregalou os olhos enquanto tentava se sentar, ereto. — Tirei algumas fotos — repetiu. — A câmera. Ela... Acho que tá no bolso do meu colete térmico. Acho que ainda tá lá. Você vai poder ver.

— Espere um instante. — Nate se aproximou da pilha de roupas, vasculhou com as mãos e encontrou o colete. Dentro do bolso fechado com zíper estava uma pequena câmera digital, pouco maior que um cartão de crédito. — Não sei mexer nisso.

— Posso te ensinar. Você tem que ligar e, depois... Viu? O visor aqui? Dá para procurar as fotos na memória. As últimas que tirei são do cara morto. Tirei umas três porque queria que... Aqui!

Nate analisou aquele rosto com *zoom* no pequeno visor. Os cabelos poderiam ser pretos ou castanhos, mas estavam cobertos de gelo e pareciam grisalhos. O comprimento chegava quase à altura dos ombros, e uma touca escura estava afundada em sua cabeça. O rosto era fino e branco, e as sobrancelhas estavam congeladas. Nate vira a morte muitas vezes e era capaz de reconhecê-la naqueles olhos — arregalados e azuis.

Ele voltou para a foto anterior.

O corpo era de um homem entre vinte e quarenta anos de idade, esse era seu palpite. Estava sentado com as costas apoiadas na parede da caverna de gelo, as pernas esticadas. Usava um casaco preto e amarelo e calças para neve, botas de alpinismo, luvas grossas.

Um *piolet* pequeno, ao que parecia, estava enterrado em seu peito.

— Você tocou no corpo?

— Não. Bom, eu meio que o cutuquei... Totalmente congelado.

— Tudo bem, Steven. Vou precisar ficar com a sua câmera, mas vou devolvê-la depois.

— Claro, não tem problema. Talvez ele esteja lá há anos, sabe? Décadas, sei lá. Ficamos bem assustados, confesso, mas meio que distraiu a gente da merda que estava acontecendo. Acha que já sabem algo sobre Brad e Scott?

— Vou descobrir. Trarei o médico aqui e precisarei conversar de novo com você.

— Estou à disposição, cara. É sério. Obrigado por salvar a minha vida.

— Cuide melhor dela de agora em diante.

Ele saiu e guardou a câmera no bolso. Teria que entrar em contato com a Polícia Estadual, pensou. Homicídio nas montanhas estava fora de sua jurisdição. O que não significava que não poderia fazer umas cópias das fotos para guardar em seus arquivos pessoais.

Quem era ele? Como chegou lá? Há quanto tempo estava lá? Por que estava morto? As perguntas borbulhavam em sua mente enquanto atravessava a emergência, chegando ao posto de enfermagem bem no momento em que a equipe de resgate trazia os outros dois garotos.

Decidiu sair do caminho e, ao avistar Meg andando atrás do grupo, foi até ela.

— Hoje é o dia de sorte deles — disse ela.

Nate deu uma olhada rápida no rosto de um dos garotos e sacudiu a cabeça.

— Isso é discutível.

— Qualquer dia em que a montanha não te mata é o seu dia de sorte. — E trazê-los para casa com vida, quando tudo o que esperava eram cadáveres, a deixou animada. — É provável que percam alguns dedos, e o garoto com a perna quebrada vai passar por muita dor e fisioterapia, mas não estão mortos. Já está escuro. Não vejo por que deveríamos voltar tão tarde assim. Não vamos voar hoje. Vou reservar um quarto para nós no Viajante. As diárias são razoáveis e a comida é boa. Está pronto?

— Tenho que fazer algumas coisas. Encontro você mais tarde.

— Se demorar mais de vinte minutos, vai me encontrar no bar. Quero álcool, comida e sexo. — Ela lhe lançou um sorriso sugestivo. — Mais ou menos nessa ordem.

— Faz sentido. Estarei lá.

Ela fechou o zíper do casaco.

— Ah, sabe aquele reflexo que você viu? Destroços de avião. É provável que sejam do cara que levou os garotos até lá. A montanha ceifou um, afinal.

$\mathcal{E}$LE LEVOU quase noventa minutos — não vinte — para chegar e encontrou Meg, como prometido, no bar.

O ambiente era de madeira, esfumaçado e decorado com cabeças de animais. Ela matava o tempo à mesa com uma cerveja, um copo de uísque e uma porção do que pareciam *nachos*. Seus pés estavam apoiados na cadeira vaga, mas os baixou assim que Nate se aproximou.

— Aí está você. Ei, Stu! A mesma coisa para o meu amigo aqui.

— Só a cerveja — corrigiu Nate. — Estão bons? — perguntou enquanto pegava um *nacho*.

— Dão para o gasto. Quando estivermos altinhos, vamos pedir carne vermelha. Ficou lá para dar uma olhada nos garotos?

— Sim, e por outros motivos também. — Ele tirou a touca e passou a mão pelos cabelos. — A equipe de resgate não entrou na caverna?

— Os meninos se arrastaram para fora assim que ouviram o avião. — Ela pôs queijo, carne e molho em um *nacho*. — A prioridade era levá-los aonde pudessem ter assistência médica. Mais cedo ou mais tarde, alguém vai voltar para buscar o que deixaram para trás.

— E o cara morto.

Ela arqueou as sobrancelhas.

— Você caiu nessa?

— Caí. Além disso, o garoto tirou fotos.

Ela apertou os lábios e pegou outro *nacho* bem servido.

— Está de sacanagem?

— Cerveja! — chamaram do bar.

— Espere — disse ela a Nate. — Eu vou buscar.

— Vai querer outra rodada, Meg? — perguntou Stu.

— Vou esperar ele beber umas primeiro. — Ela pegou a garrafa marrom e a levou para a mesa. — Ele tirou fotos?

Nate assentiu e tomou um gole de cerveja.

— Com a câmera digital que estava no bolso dele. Convenci um cara do hospital a imprimir para mim. — Ele tamborilou com os dedos no envelope pardo, que jogara sobre a mesa. — Tive que entregar a câmera para os estaduais. Talvez me mantenham informado, talvez não. — Deu de ombros.

— E você quer que o mantenham informado?

— Não sei. — Ele deu de ombros novamente, tamborilando os dedos outra vez. — Não sei.

Ah, ele queria que o mantivessem informado, ela pensou. Conseguia vê-lo claramente criando um tipo de lista mental. Um tipo de lista policial. Se aquilo era todo o necessário para deixar aqueles tristes olhos cinzentos atentos, ela torcia para que os estaduais o deixassem brincar.

— Ele não deve estar lá há muito tempo.

Ela levou o copo à boca.

— Por que diz isso?

— Alguém já o teria encontrado.

Ela balançou a cabeça e bebericou o uísque.

— Não necessariamente. Essas cavernas podem ser soterradas por uma tempestade ou sumir sob uma avalanche... ou passar despercebidas por alpinistas. E aí, outra avalanche, olha só: lá está a caverna. Então, depende de *onde* ele estava na caverna, o quão longe da entrada. Pode ser que esteja lá há uma temporada ou há cinquenta anos.

— Vão chamar a equipe forense, de qualquer forma, e vão poder descobrir há quanto tempo está lá. Espero que o identifiquem.

— Já está trabalhando para solucionar o caso. — Impressionada, Meg apontou para o envelope. — Quero ver. Talvez a gente seja uma versão de Nick e Nora Charles.

— A realidade não é como nos filmes, e não é nada bonita, Meg.

— Nem limpar as tripas de um alce. — Ela comeu outro *nacho* e puxou o envelope para abri-lo. — Se ele for daqui, talvez alguém o reconheça. Se bem que sempre há muitos forasteiros em No Name. O tipo de casaco que ele está usando deve...

Nate a viu perder a cor e o brilho no olhar — e odiou a si mesmo. Mas, quando tentou pegar as fotos de volta, ela puxou a mão e empurrou o braço dele com a outra.

— Você não precisa ver isso. Vamos guardar essas fotos.

Ela precisava ver. O ar parecia estar preso em seus pulmões, e seu estômago parecia ter desabado até seus pés, mas precisava ver. Decidida, tirou o resto das fotos do envelope e as alinhou sobre a mesa. Em seguida, pegou o copo com uísque e o bebeu de uma só vez.

— Eu sei quem ele é.

— Você o reconhece? — Sem pensar duas vezes, Nate arrastou sua cadeira para mais perto dela, para olharem as fotos juntos. — Tem certeza?

— Ah, sim, tenho certeza. É o meu pai.

Ela se afastou da mesa. Seu rosto estava muito pálido, mas ela não tremia.

— Pode pagar pelas bebidas, delegado? Aquele jantar vai ter que esperar.

Ele se apressou, guardando as fotos no envelope, procurando dinheiro para jogar na mesa, mas ela já atravessara o saguão e estava no topo das escadas quando ele a alcançou.

— Meg.

— Me dê um tempo.

— Você precisa conversar comigo.

— Suba em uma hora. Quarto 232. Vá embora, Ignatious.

Ela continuou subindo os degraus, sem se permitir pensar, sem se permitir sentir. Ainda não, não até que estivesse protegida por uma porta trancada. Acreditava que algumas coisas não deveriam ser compartilhadas.

Ele não a seguiu. Parte da mente dela registrou isso e lhe deu pontos pelo comedimento e, talvez, pela sensatez. Ela entrou no quarto, onde já deixara casacos extras, trancou a porta e passou a corrente.

Em seguida, foi direto ao banheiro e vomitou horrores.

Quando terminou, sentou-se no chão gelado com a testa apoiada nos joelhos. Não chorou. Queria chorar, queria poder chorar em algum momento. Mas, agora, não. Agora, sentia-se crua e abalada e — graças a Deus — enfurecida.

Alguém tinha matado seu pai e o deixara sozinho. Por anos. Pelos anos em que ela vivera sem ele, quando acreditara que ele a abandonara sem pensar duas vezes. Quando acreditara que não era boa ou importante o suficiente. Inteligente o suficiente, bonita o suficiente. Qualquer coisa que não fosse o suficiente parecia uma justificativa sempre que a falta dele abria um buraco em sua barriga.

Mas ele não a abandonara. Tinha ido para a montanha, o que lhe era tão natural quanto respirar. E morrera lá. A montanha não o matara — isso ela poderia aceitar como sina, como destino. Um homem o matara, e isso ela não aceitaria. Nem perdoaria. Nem deixaria impune.

Ela se pôs de pé, tirou a roupa e, com a água ainda fria, entrou no chuveiro. Deixou que escorresse sobre seu corpo e limpasse toda a confusão em sua cabeça. Depois, vestiu-se de novo e foi se deitar na cama, no escuro, pensando na última vez que vira o pai.

Ele entrou em seu quarto, onde ela fingia estudar para uma prova de História. Quando fingia estudar, não era obrigada a cumprir seus afazeres em casa. Já estava cansada dessas obrigações.

Ela lembrava, ainda hoje, o salto que seu coração deu quando percebeu que era o pai, e não a mãe, que fora vê-la. Ele *nunca* enchia o saco com tarefas nem estudos.

Achava o pai o homem mais lindo do mundo, com seus cabelos compridos escuros e seu sorriso breve e largo. Ele a ensinara tudo o que ela considerava de mais importante: coisas sobre as estrelas e alpinismo, sobrevivência na selva... como acender uma fogueira, como pescar — e como limpar e cozinhar o peixe.

Ele a levava para andar de avião com Jacob, que a estava ensinando a pilotar. Aquele era o segredo deles.

Ele olhou para o livro aberto na cama, onde ela estava deitada, de bruços.

— Que chatice.

— *Odeio* História. Tenho uma prova amanhã.

— Que saco. Mas vai se sair bem, como sempre. — Ele se sentou na cama e fez cócegas nas costelas dela, rapidamente. — Ei, menina, vou ter que passar um tempo fora.

— Por quê?

Ele levantou a mão e esfregou o polegar no indicador.

— Como assim, precisamos de dinheiro agora?

— A sua mãe diz que sim. É ela quem sabe dessas coisas.
— Ouvi vocês dois brigando de manhã.
— Não foi nada sério. Gostamos de brigar. Vou arranjar um ou dois empregos, fazer uma grana. Todo mundo vai ficar feliz. Duas semanas, Meg. Talvez três.
— Não tenho *nada* pra fazer quando você não tá aqui.
— Vai achar o que fazer.

E ela foi capaz de perceber, mesmo sendo apenas uma garota de treze anos, que, na cabeça dele, ele já tinha ido embora. A carícia que lhe fez na cabeça parecia ausente, como se fosse apenas um tio.

— Vamos pescar no gelo assim que eu voltar.
— Está bem — disse, emburrada, pronta para desprezá-lo antes que ele a desprezasse.
— Até logo, docinho.

Ela teve que se esforçar para não pular da cama, correr atrás dele, agarrá--lo antes que fosse embora.

Depois daquela tarde, por centenas de vezes, desejara ter cedido e ter dado a eles dois aquele último contato.

Desejou agora, enquanto passeava por aquela última memória na escuridão.

Meg ficou onde estava até que ouviu as batidas na porta. Resignada, levantou-se, acendeu a luz, passou a mão nos cabelos, que ainda não estavam secos.

Quando abriu a porta, viu Nate com uma bandeja na mão e outra no chão, do lado de fora.

— Precisamos comer.

Ele odiava quando as pessoas lhe empurravam comida ou qualquer cura ou conforto quando estava afundado na depressão, mas a verdade era que funcionava.

— Tudo bem. — Ela gesticulou na direção da cama, a única superfície grande o bastante no quarto para servir como mesa de jantar. Em seguida, agachou e pegou a segunda bandeja.

— Se quiser ficar sozinha depois, posso pedir outro quarto.

— Não precisa. — Ela se sentou na cama com as pernas cruzadas e, ignorando a salada na bandeja, começou a cortar a carne.

— Essa aí é a minha. Disseram que você prefere bife malpassado. Eu, não.

— Não perde uma, hein? Só que você trouxe café em vez de uísque.

— Se quiser uma garrafa, trago para você.

Ela suspirou e cortou a carne.

— Aposto que sim. Como foi que terminei jantando carne em Ancoragem com um cara legal?

— Não sou exatamente um cara legal. Dei uma hora para você se acalmar. Trouxe comida para se recuperar enquanto me conta sobre o seu pai. Desculpe, Meg, é um choque. Depois que conversarmos, você vai ter que falar com o detetive responsável pelo caso.

Ela cortou outro pedaço do bife e o espetou no garfo junto com uma batata frita empapada de óleo.

— Me diga uma coisa... Você era um bom policial lá, de onde veio?

— É praticamente a única coisa em que já fui bom na vida.

— Lidava com assassinatos?

— Sim.

— Vou conversar com quem quer que seja o responsável pelo caso, mas quero que você investigue isso para mim.

— Não posso fazer muita coisa.

— Sempre tem o que fazer. Eu te pago.

Ele comeu, pensativo.

— Um choque — repetiu. — E é por isso que não vou lhe estapear por me insultar assim.

— Não conheço muitas pessoas que acham dinheiro um insulto. Mas tudo bem. Quero alguém que eu conheça caçando o filho da puta que matou o meu pai.

— Você mal me conhece.

— Sei que você é bom de cama. — Ela abriu um pequeno sorriso. — Certo, dá para ser um babaca e um garanhão ao mesmo tempo. Só que também sei que você funciona bem sob pressão e é dedicado ou burro o bastante para saltar de um avião em uma geleira para salvar um moleque que você nem conhece direito. E pensa tão à frente que se lembra de perguntar no restaurante em qual ponto eu prefiro a carne. Os meus cachorros gostam de você. Me ajuda, delegado.

Ele esticou a mão e tocou os cabelos dela; um leve toque sobre os fios úmidos e escuros.

— Quando foi a última vez que o viu?

— Fevereiro de 1988. Dia seis.

— Sabe aonde ele estava indo?

— Ele disse que ia arranjar trabalho. Aqui em Ancoragem, imaginei, ou em Fairbanks. A minha mãe e ele estavam brigando por causa de dinheiro e muitas outras coisas. Era típico deles. Ele disse que ficaria fora mais ou menos umas duas semanas. E nunca voltou.

— A sua mãe registrou o desaparecimento dele?

— Não — respondeu, mas franziu a testa. — Pelo menos, acho que não. Imaginamos que... todos imaginaram que ele tinha dado no pé. Eles estavam brigando — continuou — acho que mais que o de costume. Ele estava agitado, até eu conseguia perceber. Ele não era um exemplo de pessoa, Nate. Não era do tipo responsável, mas sempre foi bom para mim e nunca nos faltou nada. Só que não era o suficiente para Charlene, então eles discutiam. — Ela parou e continuou comendo, só porque o prato estava na sua frente. — Ele bebia, fumava maconha, apostava quando dava vontade, trabalhava quando dava vontade, se mandava quando dava vontade. Eu amava ele, talvez por tudo aquilo. Tinha trinta e três anos quando saiu de casa naquele dia... Agora, madura e olhando para trás, percebo que ter trinta e três anos o assustava. Ser pai de uma menina quase crescida, preso à mesma mulher ano após ano. Talvez ele tivesse chegado a um impasse, sabe? Talvez tivesse decidido fazer aquela escalada no inverno como uma última idiotice da juventude. Ou talvez não fosse voltar mesmo. Mas a questão é que alguém tomou essa decisão por ele.

— Ele tinha inimigos?

— Provavelmente, mas acho que ninguém que quisesse machucá-lo. Ele irritava as pessoas, mas nada sério.

— E o seu padrasto?

Ela remexeu a salada algumas vezes com o garfo.

— O que tem ele?

— Quanto tempo depois do desaparecimento do seu pai Charlene se casou? Como ela lidou com o divórcio?

— Primeiramente, ela não precisou de um divórcio: meus pais não eram casados. Ele não acreditava nas obrigações legais do casamento, essas coisas. Ela se casou com o Velho Hidel mais ou menos um ano depois, um pouco menos. Se está pensando que Karl Hidel escalou o Pico No Name e enfiou um *piolet* no peito do meu pai, pode esquecer. Ele tinha sessenta e oito anos e estava uns vinte quilos acima do peso quando Charlene o fisgou. — Pensando melhor, pegou a tigela de salada e começou a comer. — Fumava feito uma chaminé. Nem conseguia subir as escadas direito, que dirá uma montanha.

— Quem poderia ter escalado com o seu pai?

— Nossa, Nate, qualquer um. Qualquer um que quisesse sentir a adrenalina. Sabe os garotos que resgatamos hoje? Espera só, daqui a pouco vão falar sobre tudo o que aconteceu naquela montanha como se fosse o evento mais empolgante das vidas deles. Alpinistas são mais pirados do que pilotos de aviões de pequeno porte. — Quando ele não disse nada, ela soltou um suspiro curto e comeu mais um pouco de salada. — Ele era um bom alpinista, tinha uma reputação e tanto. Talvez tenha aceitado um trabalho para guiar um grupo em uma escalada. Ou se encontrou com uns amigos tão imbecis quanto ele e decidiu ir peidar na cara da morte.

— Ele chegou a usar algo mais forte do que maconha?

— Talvez. Provavelmente. Charlene deve saber. — Ela esfregou os olhos. — Merda... Vou ter que contar pra ela.

— Meg, um dos dois estava envolvido com alguém fora do relacionamento quando estavam juntos?

— Se essa é uma forma delicada de perguntar se eles chifravam um ao outro, não sei. Pergunte a ela.

Ele a estava perdendo. Aquela raiva e falta de paciência impossibilitariam o interrogatório em poucos minutos.

— Você disse que ele apostava. Era viciado?

— Não. Não sei. Não que eu saiba. Ele torrava qualquer grana que recebesse. Ou acumulava dívidas porque não ganhava quase nenhuma das apostas. Mas nada sério. Pelo menos, não na cidade. Nunca soube se ele estava envolvido com alguma coisa ilegal, a não ser drogas recreativas. E muita gente ficaria feliz em me contar, se estivesse. Não porque não gostavam dele, porque gostavam. Mas é que as pessoas gostam de espalhar esse tipo de coisa.

— Certo. — Ele acariciou a coxa dela com a mão. — Vou fazer algumas perguntas e ser amigável com quem ficar responsável pelo caso, para que me mantenham informado.

— Bom. Vamos sair daqui. — Ela saiu da cama, deixando o resto da comida na bandeja. Estapeou as pernas ritmadamente com as mãos. — Conheço esse lugar. A música é boa. Podemos tomar uns drinques e voltar para transar até fazer os lustres balançarem.

Em vez de comentar a respeito daquela mudança de humor, ele apenas olhou para as luminárias velhas e encardidas dependuradas no teto.

— Isso aí não me parece tão firme assim.

Ela riu.

— Vamos viver perigosamente.

Capítulo dez

⌘ ⌘ ⌘

Quando ele acordou, o sonho ainda se dissipava, deixando apenas um gosto meio salgado e meio amargo em sua garganta. Como se tivesse engolido lágrimas. Dava para ouvir a respiração de Meg a seu lado, suave e estável. Uma parte dele, que lutava contra o desespero, queria se refugiar nela. Queria o conforto e o esquecimento trazidos pelo sexo.

Ela o acolheria e ficaria excitada com ele.

Em vez disso, virou para o outro lado. E soube, *soube* que isso era resignação, que escolher abraçar a tristeza era derrotar a si mesmo. Mas saiu da cama, sozinho, no escuro, e pegou suas roupas. Vestiu-se e a deixou dormindo.

No sonho, ele escalava a montanha. Lutava contra gelo e rocha enquanto subia centenas de metros acima do mundo. No céu, sem ar, cada tentativa de respirar era pura agonia. Ele tinha que subir — estava decidido a escalar cada centímetro, cada metro, com as próprias mãos, enquanto lá embaixo não havia nada além de um mar branco sinuoso. Se caísse, morreria afogado nele, sem emitir um som sequer.

Então, escalou até que seus dedos sangrassem e deixassem manchas vermelhas na rocha revestida pelo gelo.

Exausto e eufórico, arrastou-se por cima de uma borda. E viu a entrada da caverna. Uma luz pulsava de lá, acendendo nele a esperança enquanto rastejava para dentro.

Ela se abriu, erguendo-se como um mítico palácio de gelo. Enormes estalactites desciam do teto, pontiagudas, e formavam pilares e arcos brancos e de tons pálidos de azul, onde o gelo cintilava como milhares de diamantes. As paredes, lisas e polidas, reluziam como espelhos, refletindo sua imagem centenas de vezes.

Ele conseguiu ficar de pé, girando para observar tamanho esplendor, atordoado com a resplandecência, a magnitude, o reluzir.

Poderia viver ali, sozinho. Sua própria fortaleza da solidão. Encontraria paz ali, na quietude, na beleza e na solidão.

Foi quando percebeu que não estava sozinho.

O cadáver estava apoiado contra a parede reluzente, fundido a ela devido aos anos de frio implacável. O cabo do *piolet*, projetado para fora do peito, e o sangue congelado, com um brilho vermelho, vermelho, vermelho sobre o casaco preto.

E sentiu o coração saltar quando compreendeu que não fora até lá pela paz, e sim pelo dever.

Como desceria com o cadáver? Como aguentaria todo o peso durante aquela jornada longa e cruel de volta para o mundo? Ele não conhecia o caminho. Não tinha nem as habilidades nem as ferramentas ou a força necessárias.

Enquanto se aproximava do cadáver, as paredes e colunas da caverna lançavam reflexos em sua direção. Havia centenas dele mesmo, centenas do cadáver. A morte se juntava a ele onde quer que olhasse.

O gelo começou a rachar. As paredes começaram a tremer. Um estrondo ensurdecedor retumbou quando Nate se jogou de joelhos aos pés do corpo. O rosto morto de Galloway se levantou em sua direção; os dentes à mostra em uma carranca sangrenta.

E era o rosto de Jack — e a voz de Jack que soava enquanto as colunas de gelo ruíam e o chão da caverna se abria.

— Não há saída para nenhum de nós. Estamos todos mortos aqui.

Ele acordara quando a caverna o engoliu.

*M*EG NÃO se surpreendeu ao ver que Nate não estava mais lá. Já passavam das oito quando acordou, então imaginou que ficara entediado ou com fome enquanto esperava que acordasse.

Era grata a ele pelo companheirismo e pela conduta sem rodeios que envolvia toda aquela compaixão. Ele deixou que ela lidasse com o choque e o luto — e qualquer outra coisa que sentisse — do seu jeito. Considerava tal característica valiosa em um amigo ou um amante.

Tinha certeza de que eles dois eram ambos.

Ela teria que lidar com tudo — consigo própria, com a mãe, com todos na cidade. Com a polícia.

Não via motivos para ficar aflita agora. Haveria muito com o que se afligir quando voltasse para Lunatilândia.

Decidiu que encontraria Nate ou ele a encontraria quando tivessem que voltar. Agora, só queria café.

O refeitório estava preparado para o café da manhã e havia muitos hóspedes. Alojamentos baratos e comida boa atraíam muitos pilotos e guias que usavam Ancoragem como ponto de partida. Ela reconheceu alguns daqueles rostos.

Foi quando viu Nate.

Ele estava sentado, sozinho, em um dos reservados de canto, nos fundos. Por aquele ser um lugar cobiçado, percebeu que estava ali já fazia um tempo. Estava com uma caneca de café e um jornal, mas não estava bebendo nem lendo. Estava distante, em algum lugar de seus pensamentos. Pensamentos sombrios e melancólicos.

Observando-o do outro lado do salão, teve certeza de que jamais vira alguém tão solitário.

Não importava qual fosse sua história longa e triste, ela pensou, sem dúvida devia ser impactante.

Começou a ir até ele quando alguém chamou seu nome. Ao acenar em resposta, viu Nate sair do transe. Ela o viu voltar à realidade e, intencionalmente, pegar a caneca e se recompor antes de levantar os olhos. E sorrir para ela.

Um sorriso fácil, um olhar misterioso.

— Você dormiu bem.

— Bem o suficiente. — Ela deslizou no banco em frente a ele. — Já comeu?

— Ainda não. Sabia que as pessoas costumavam vir de Montana para trabalhar nas fábricas de enlatados daqui?

Ela olhou para o jornal na mesa e viu a notícia que ele lia.

— Sabia, sim. Pagam bem.

— Sim, mas não é tão simples quanto enfrentar a hora do *rush* todo dia. Achava que as pessoas moravam em Montana porque queriam criar cavalos ou gado. Ou, talvez, começar um campo paramilitar. Tudo bem... generalização de mal gosto, mas mesmo assim.

— Você é mesmo um garoto da Costa Leste. Oi, Wanda!

— Meg! — A garçonete animada, que parecia ter cerca de vinte anos, serviu outra caneca de café e pegou o bloco de anotações. — O que vai querer?

— Dois ovos fritos com a gema mole, *bacon* canadense, batatinhas e torrada integral. Jocko?

— Terminei com ele.

— Eu falei que ele era um babaca. O que vai querer, Burke?

— Ah... — Sem fome, decidiu que talvez a presença e o cheiro da comida pudessem ajudar a abrir seu apetite. — Omelete de queijo e presunto e torrada integral.

— Anotado. Estou saindo com um cara chamado Byron — contou a Meg. — Ele escreve poemas.

— Já é um avanço. — Meg se virou para Nate assim que Wanda se retirou. — Os pais de Wanda eram trabalhadores sazonais quando ela era criança. Ela passava o verão aqui quando eles trabalhavam nas fábricas de enlatados. Gostou daqui e se mudou de vez no ano passado. Costuma sair com babacas, mas, fora isso, ela se sai bem. No que você estava pensando antes de eu chegar?

— Na verdade, em nada. Estava apenas passando o tempo enquanto lia o jornal.

— Não estava, não. Mas, como me fez um favor ontem à noite, não vou insistir.

Ele não negou; ela não pressionou. E também não esticou a mão e acariciou o rosto dele, apesar de ter sentido vontade. Quando estava de mau humor, não gostava que a confortassem. Então, ofereceu a ele a mesma cortesia que esperaria para ela.

— Temos mais alguma coisa para fazer aqui antes de voltar? Se formos demorar, vou ter que pedir para alguém ir dar uma olhada nos meus cachorros.

— Liguei para a Polícia Estadual. Um tal de sargento Coben será o responsável pelo caso. Pelo menos, por enquanto. É provável que ele queira falar com você e com a sua mãe em algum momento. Não haverá muito progresso até que reúnam uma equipe para tirá-lo de lá. Liguei para o hospital. Os três garotos estão em boas condições.

— Você esteve ocupado. Me diga, delegado, você toma conta de todo mundo?

— Não. Só cuido dos detalhes.

Ela já ouvira baboseiras maiores na vida — mas, é claro, vivia em Lunatilândia.

— Ela te sacaneou? A sua ex-mulher?

Ele se ajeitou na cadeira.

— Provavelmente.

— Quer desabafar? Falar mal dela no café da manhã?

— Não muito.

Ela esperou Wanda pôr os pratos na mesa e servir mais café. Meg cortou os ovos, deixando a gema escorrer pelo prato.

— Então... Eu dormia com um cara na faculdade — começou ela. — Muito gato. Meio tapado, mas tinha um vigor absurdo na cama. Ele começou a me manipular, dizendo que eu deveria usar mais maquiagem, me vestir melhor, discutir menos com as pessoas, blá-blá-blá. Não — disse, sacudindo o garfo — que eu já não fosse linda, sensual e inteligente, ah, não. Mas se eu melhorasse um pouquinho, ele exigia mais um pouquinho.

— Você não é linda.

Ela riu, e seus olhos dançaram, então deu uma mordida na torrada.

— Cala a boca. Essa é a minha história.

— Você é mais do que linda. Ter beleza é uma questão de sorte no DNA. Você é... intensa — decidiu ele. — Atraente. Esse tipo de coisa vem de dentro, então é mais do que ser linda. Se quer saber minha opinião.

— Uau... — Ela se recostou na cadeira, tão surpresa que esqueceu o café da manhã. — Se eu fosse qualquer outra pessoa, teria ficado sem palavras. Aliás, perdi o fio da meada. De que diabos eu estava falando?

Desta vez, quando ele sorriu, o sorriso transbordou e aqueceu seus olhos opacos.

— Babaca da faculdade com quem você dormia.

— Isso, isso. — Ela começou a comer as batatas. — Foi mais de um, mas enfim. Eu tinha vinte anos, e as ofensas passivo-agressivas desse cara estavam começando a me tirar do sério, especialmente depois que descobri que ele estava transando com uma vagabunda burra, riquinha e cheia de implantes de silicone.

Ela ficou em silêncio, concentrada na refeição.

— Então, o que você fez?

— O que eu fiz? — Ela bebericou o café. — Quando fomos para a cama de novo, fodi com vontade e depois coloquei remédio pra dormir na bebida dele.

— Você o drogou?

— Sim, e daí?

— Nada. Nada.

— Paguei uns caras para o carregarem até um dos auditórios. E o vesti com *lingerie* bem sexy: sutiã, cinta-liga, meia-calça preta. Um desafio e tanto. Passei maquiagem nele e fiz *babyliss* nos cabelos. E tirei umas fotos para colocar na internet. Ele ainda estava dormindo quando a primeira turma começou a chegar às oito. — Ela comeu um pouco dos ovos. — Foi um puta espetáculo! Principalmente, quando ele acordou, se deu conta e começou a gritar feito uma garotinha.

Divertindo-se tanto com a determinação quanto com a criatividade daquela vingança, Nate levantou sua caneca de café em um brinde a ela.

— Pode ter certeza de que não vou fazer comentários sobre as suas roupas.

— Moral da história: acredito em retaliação. Para coisas pequenas, para coisas grandes... e para tudo o que fica no meio. Deixar as pessoas te ferrarem é sinal de preguiça e falta de criatividade.

— Você não o amava.

— Óbvio que não. Se o amasse, não o teria apenas humilhado. Também o teria feito sentir uma dor física bem intensa.

Ele brincou com o resto do omelete.

— Quero perguntar uma coisa... Somos exclusivos?

— Eu me considero muito exclusiva, em todos os aspectos.

— Isso que estamos tendo juntos... — disse ele, paciente. — É um compromisso exclusivo?

— É isso que você está procurando?

— Eu não estava procurando nada. Aí, você apareceu.

— Ah... — Ela soltou um longo suspiro. — Boa resposta. Parece que você tem uma reserva enorme de boas respostas. Não vejo problemas em me limitar a estremecer o lustre só com você, enquanto nós dois estivermos curtindo as coisas.

— Justo.

— Ela te traiu, Burke?

— Traiu. Traiu, sim.

Meg balançou a cabeça e continuou comendo.

— Eu não traio. Tudo bem, às vezes, trapaceio jogando cartas, mas é só por diversão. E, às vezes, minto quando é conveniente. Ou quando a mentira é mais divertida que a verdade. Também posso ser maldosa quando me dá vontade, ou seja, quase sempre. — Ela pausou, estendendo a mão para tocar na dele, criando uma conexão entre os dois. — Mas não maltrato um homem quando ele está mal, a não ser que eu o tenha deixado mal, para começo de conversa. E não o deixo mal, a não ser que ele mereça. Também não deixo de cumprir promessas quando dou a minha palavra. Então, te dou a minha palavra: não vou te trair.

— A não ser jogando cartas.

— Bom, isso sim. Já vai clarear. Temos que ir.

Ela não sabia como encararia Charlene. Qualquer que fosse sua abordagem, o resultado seria o mesmo: histeria, acusações, ira e lágrimas. Tudo era sempre complicado com Charlene.

Nate pareceu ler a mente de Meg, porque a parou do lado de fora da porta da Hospedaria.

— Talvez eu devesse contar a ela. Já tive que dar esse tipo de notícia a outras famílias.

— Já teve que contar a alguém que o companheiro desta pessoa esteve morto dentro de uma caverna por quinze anos?

— Os meios não mudam muito o choque.

A voz dele era suave, um contraste evidente ao tom estridente da dela. Isso a acalmou. Mais do que isso, percebeu. Teve vontade de se apoiar nele.

— Por mais que preferisse passar esse fardo para você, é melhor que eu lide com isso. Fique à vontade para catar os cacos quando eu terminar.

Eles entraram. Algumas pessoas faziam hora tomando café ou almoçando mais cedo. Meg abria o casaco quando fez um sinal para Rose.

— Charlene?

— No escritório. Soubemos que Steven e os amigos vão ficar bem. As estradas ainda estão muito ruins, mas Bocó apareceu para levar Joe e Lara de avião hoje de manhã. Quer café?

Nate observou Meg enquanto ela entrava em uma sala.

— Claro.

Ela atravessou o saguão, passou para trás do balcão e entrou no escritório sem bater.

Charlene estava à mesa, no telefone, e acenou impacientemente com o dedo para Meg.

— Olha só, Billy, se vai me foder desse jeito, espero que, pelo menos, me leve para jantar primeiro.

Meg virou de costas. Se a mãe estava barganhando o preço de mercadorias, tinha que aguardar. O escritório não parecia nada eficiente. Era a cara de Charlene — feminino, previsível e infantil. Havia muito rosa-claro nos tecidos e nos vários espanadores de pó, além dos quadros de flores com molduras douradas e das almofadas de seda amontoadas no sofá pequeno de veludo.

O cômodo cheirava a rosas, graças ao aromatizador que Charlene borrifava sempre que entrava ali. A mesa era uma réplica de um antigo móvel ornado, que comprara de um catálogo e pela qual pagara caro demais. Tinha as pernas curvas e muitos detalhes entalhados.

Todo o material de escritório era rosa, incluindo o papel timbrado e os *Post-its*. Seu nome — *Charlene* — vinha no topo de cada papel em uma fonte elaborada e quase ilegível.

Havia uma luminária ao lado do sofá — dourada com miçangas cor-de-rosa —, que Meg achava que combinaria mais com um bordel.

Ela se questionou, como fazia com frequência, como poderia ter nascido de alguém com gostos, mente e jeito tão opostos aos seus. Mas, de qualquer forma, talvez sua própria vida fosse nada mais que uma revolta infinita contra o útero que a parira.

Meg se virou quando ouviu Charlene murmurar suas despedidas.

— Estava tentando me passar a perna. — Com uma rápida risada, Charlene se serviu de outro copo de água da jarra sobre a mesa.

Não parecia eficiente, pensou Meg, mas as aparências enganam. Quando se tratava de negócios, Charlene era capaz de calcular seus lucros e prejuízos até o último centavo, a qualquer momento.

— Ouvi dizer por aí que você é uma heroína. — Charlene observava a filha enquanto bebericava a água. — Você e o delegado sensual. Ficaram em Ancoragem para comemorar?

— A luz do dia já tinha ido embora.

— Claro... Apenas um conselho: um homem como Nate tem bagagem, e muita. Você está acostumada a viajar com rapidez e sem peso algum. Não é uma boa combinação.

— Vou me lembrar disso. Preciso falar com você.

— Tenho ligações para fazer e um monte de papelada com que lidar. Você sabe que fico ocupada a esta hora do dia.

— É sobre o meu pai.

Charlene baixou o copo. Seu rosto ficou imóvel e muito pálido, até que a cor irrompeu em suas bochechas — rosa chiclete, para combinar com o ambiente.

— Soube algo dele? Encontrou-o em Ancoragem? Aquele filho da puta! É melhor que ele não pense que pode voltar e ajeitar as coisas. Não vai conseguir tirar nada de mim e, se tiver um pouco de bom senso, você vai concordar comigo. — Ela empurrou a cadeira para trás, afastando-se da mesa. Sua cor ia de rosa para vermelho ardente. — Ninguém, *ninguém* me abandona e acha que pode voltar depois. Nunca! Pat Galloway que se foda!

— Ele morreu.

— Provavelmente te contou alguma historinha triste. Ele sempre foi bom em... Como assim, morreu? — Parecendo mais irritada do que surpresa, jogou os cabelos cacheados para trás. — Isso é ridículo! Quem te contou essa mentira absurda?

— Ele está morto. E parece que já faz muito tempo. Talvez tenha morrido poucos dias depois de ir embora.

— Por que você diria uma coisa dessas? Por que diria uma coisa dessas *para mim*? — O rubor da raiva desaparecera, deixando seu rosto pálido. Pálido e abatido e, de repente, velho. — Não é possível que você me odeie tanto assim.

— Eu não te odeio. Você sempre esteve errada a respeito disso. Posso ser instável com você na maior parte do tempo, mas não te odeio. Aqueles garotos encontraram uma caverna de gelo. Foi lá que se abrigaram por um tempo enquanto estiveram na montanha. Ele estava lá. Ele esteve lá esse tempo todo.

— Que maluquice! Quero que saia daqui. — A voz dela soou aguda e rouca. — Suma daqui agora!

— Eles tiraram fotos — continuou Meg, mesmo quando Charlene pegou um peso de papel e o tacou contra a parede. — Eu vi. Eu reconheci meu pai.

— Isso *não* aconteceu! — Ela girou, pegou um enfeite de uma prateleira e o atirou longe. — Você está inventando tudo isso para se vingar de mim.

— Por que eu faria isso? — Meg ignorou as pequenas estátuas e os enfeites de vidro sendo atirados contra as paredes, contra o chão. Ignorou até quando um estilhaço lhe cortou a bochecha. Aquele era o método de Charlene para se acalmar.

Quebrar, destruir. Depois, fazer alguém limpar. E comprar tudo de novo. Meg continuou:

— Por ser uma péssima mãe? Por ser uma vagabunda? Por dormir com o mesmo cara que eu para provar que não era velha demais para roubá-lo de mim? Ou, quem sabe, por me dizer a vida inteira que sou uma decepção como filha? Qual dessas ofensas estou inventando?

— Eu te criei sozinha! Me sacrifiquei para que você pudesse ter o que quisesse.

— Que pena que não me pagou aulas de violino, porque eu poderia estar tocando agora mesmo. Quer saber, Charlene? Isso não se trata nem de você nem de mim, mas dele. Ele está morto.

— Não acredito em você.

— Alguém matou ele. Alguém assassinou ele. Alguém enfiou um *piolet* no peito dele e o abandonou na montanha.

— Não... Não, não, não, não. — Seu rosto parecia congelado agora, tão imóvel e frio quanto o céu atrás dela. E escorregou até o chão e se sentou entre os cacos de porcelana e vidro. — Ah, meu Deus, não. Pat. Pat...

— Levante-se, pelo amor de Deus. Você está se cortando. — Ainda irritada, Meg deu a volta na mesa a passos pesados e agarrou Charlene pelos braços, puxando-a para cima.

— Meg. Megan... — A respiração de Charlene estava pesada. Seus enormes olhos azuis, cheios de lágrimas. — Ele está morto?

— Sim.

As lágrimas transbordaram e escorreram pelo seu rosto. Lamentando-se, jogou a cabeça no ombro de Meg e se agarrou a ela.

Meg lutou contra o primeiro instinto, de afastá-la. Deixou a mãe chorar — abraçá-la e chorar. E percebeu que aquele era o primeiro abraço sincero que compartilhavam em muitos anos.

Quando as coisas se acalmaram, ela acompanhou Charlene até o quarto. Era como despir uma boneca, pensou, enquanto tirava as roupas da mãe. Cuidou dos cortes pequenos e vestiu nela uma camisola, passando-a pela cabeça de Charlene.

— Ele não me abandonou.

— Não. — Meg foi até o banheiro e deu uma olhada no armário de remédios da mãe. Ela sempre tinha muitos comprimidos. Encontrou Xanax e encheu um copo com água.

— Eu o odiei por ter me abandonado.

— Eu sei.

— E você me odiou por isso.

— Talvez. Toma.

— Morto?

— Sim.

— Por quê?

— Não sei. — Ela deixou o copo de lado depois que Charlene engoliu o comprimido. — Deita.

— Eu o amava.

— Talvez sim.

— Eu o amava... — repetiu Charlene enquanto Meg puxava as cobertas por cima dela. — Eu o odiei por ter me deixado sozinha. Não suporto ficar sozinha.

— Dorme um pouco.

— Você vai ficar aqui?

— Não. — Meg fechou as cortinas e falou, envolta pelas sombras: — Eu não odeio ficar sozinha. E preciso de um tempo para mim. Não vai querer que eu esteja aqui quando acordar, de qualquer forma.

Mas ficou até Charlene pegar no sono.

Ela passou por Sarrie Parker quando descia as escadas.

— Deixe ela dormir. O escritório está uma bagunça.

— Eu ouvi... — Sarrie arqueou as sobrancelhas. — Você deve ter dito algo para tirá-la assim do sério.

— Apenas tente limpar tudo antes de ela voltar para lá.

Continuou andando e pegou o casaco quando chegou ao restaurante.

— Preciso ir — disse a Nate.

Ele se afastou do bar e a alcançou na porta.

— Para onde?

— Para casa. Preciso ir para casa. — Ela acolheu o frio, a bofetada leve do vento.

— Como ela está?

— Ela tomou um calmante. Quando o efeito passar, ela vai descontar em você. Desculpa. — Ela pôs as luvas e apertou os olhos com as mãos. — Meu Deus. Foi exatamente o que eu esperava: histeria, raiva, "por que você me odeia?". O de sempre.

— Há um corte no seu rosto.

— É só um arranhão, estilhaços de um *poodle* de porcelana. Ela tem mania de jogar as coisas. — Ela respirava cuidadosamente enquanto caminhavam juntos até o rio e assistia ao fantasma de sua respiração flutuar e desaparecer. — Mas, quando a ficha caiu, quando ela percebeu que eu não estava de sacanagem, ela desmoronou. Aquilo eu não esperava ver. Não esperava ver o que vi no rosto dela. Ela o amava. Jamais considerei essa possibilidade. Nunca achei que ela o amasse.

— Não me parece um bom momento para nenhuma de vocês ficar sozinha.

— Ela não vai ficar sozinha. Mas eu preciso. Me dá uns dias, Burke. Você vai estar muito ocupado por aqui. Uns dias até eu digerir as coisas. Vá me visitar. Vou cozinhar para você, levá-lo para a cama.

— Os telefones voltaram a funcionar. Pode me ligar se precisar de algo.

— Posso, mas não vou. Não tente me salvar, delegado. — Ela colocou os óculos escuros. — Apenas cuide dos detalhes.

Ela se virou, puxou a cabeça dele para perto e satisfez a ambos com um beijo ardente e cheio de desejo. Afastou-se e acariciou o rosto dele com a mão enluvada.

— São só uns dias — repetiu e foi até o avião.

Ela não olhou para trás, mas sabia que ele continuara na margem do rio, sabia que ele a observara voar para longe. Afastou todos os pensamentos, todos, e se permitiu flutuar por cima das copas das árvores, no limiar do céu.

Foi quando viu a fumaça saindo de sua própria chaminé e seus cães correndo feito flechas aveludadas em direção ao lago que sentiu um nó fechando-lhe a garganta.

Mas, ao ver aquela figura sair de sua casa, seguindo os cães vagarosamente, seus olhos lacrimejaram.

Suas mãos começaram a tremer, então teve que manter o controle e estabilizá-las para aterrissar. Ele a aguardava, o homem que fora um pai para ela quando o seu fora embora.

Ela desembarcou, lutando para manter a voz inalterada.

— Achei que fosse ficar fora mais um ou dois dias.

— Algo me disse para voltar agora. — Ele avaliou o rosto dela. — Aconteceu alguma coisa.

— Sim. — Ela assentiu e agachou para cumprimentar os cães, felizes. — Aconteceu.

— Vamos entrar e conversar.

Lá dentro, no calor, depois que ele preparou um chá para ela e colocou água para os cães, enquanto ouvia sem fazer um comentário sequer, ela desabou em lágrimas.

Capítulo onze

⌘ ⌘ ⌘

Diário • *18 de fevereiro de 1988*

*E*u estava acima das nuvens. Para mim, esse é o clímax de qualquer escalada. Toda a exaustão, a dor e o sofrimento absurdo causados pelo frio são arrancados de você quando se chega ao cume. Você renasce. Nessa pureza, não há o medo da morte ou da vida. Não existe raiva, mágoa, passado ou futuro. Só existe o momento.

Você conseguiu. Você sobreviveu.

Dançamos na neve virgem, a quase quatro mil metros de altura, com o sol brilhando nos nossos olhos e o vento tocando a melodia da nossa loucura. Os nossos gritos chegavam ao céu e voltavam, ecoando, e a nossa tolice subiu até atingir o oceano de nuvens.

Quando Darth disse que devíamos pular, quase dei o salto. Foda-se. Somos deuses aqui.

Ele não estava brincando. Fiquei em choque — não exatamente por medo — ao perceber que ele falava sério. Vamos pular. Vamos voar! Parece que o meu amigo andou tomando dexanfetamina demais. Ficou muito acelerado durante a reta final.

Ele chegou a agarrar o meu braço, me desafiando. Tive que me afastar — e puxá-lo — da beirada do precipício. Ele me xingou por causa disso, mas estava rindo. Nós dois ríamos. Loucamente.

Darth disse umas coisas um pouco estranhas, mas era o momento, preciso concordar. Estava divagando e reclamando, com aquela gargalhada escandalosa, sobre o quanto sou sortudo. Que conquistei a mulher mais gostosa de Lunatilândia e que fico o dia todo coçando o saco enquanto ela coloca comida na mesa. Que eu posso sair por aí, livre como um passarinho, e que não apenas como uma vagabunda e me dou bem, como estou no topo do mundo apenas porque escolhi estar aqui.

Agora mesmo que não pulo.

As coisas vão mudar — foi o que ele me disse. As coisas vão dar uma guinada. Ele vai arranjar uma mulher desejada por todos os homens, vai se dar bem. Vai ter uma vida boa.

Deixei que ele falasse e remoesse tudo aquilo. Era um momento bom demais para ser mesquinho.

Fui da euforia insensata à paz — total e completa. Não somos deuses aqui, somos apenas homens que lutaram para escalar mais um pico. Sei que milhares das coisas que fiz podem ser insignificantes. Mas não isso. Isso é um marco.

Não conquistamos a montanha: nos juntamos a ela.

Acho que, por ter feito isso, talvez eu seja um homem melhor. Um companheiro melhor, um pai melhor. Sei que algumas das palavras de Darth são verdadeiras. Não fiz por merecer tudo o que tenho, não como fiz por este momento. Sinto que o desejo de ser melhor me invade enquanto estou de pé, com o vento me golpeando, acima de um mundo cheio de dor e beleza, oculto, agora, pela cortina de nuvens que me tenta a mergulhar através dela para voltar logo para toda aquela dor e beleza.

É estranho estar aqui, onde quis desesperadamente estar, e ansiar pelo que deixei para trás.

$\mathcal{N}$ATE ESTUDOU as fotos da caverna de gelo. Não havia nada de novo para ver, já que as analisara sempre que conseguia algum tempo de sobra nos últimos três dias. Cada detalhe estava gravado em seu cérebro.

Recebera algumas poucas informações da Polícia Estadual. Se o clima permitisse, enviariam uma equipe forense e uma equipe de resgate nas próximas quarenta e oito horas. Ele sabia que haviam interrogado os três garotos minuciosamente, mas ficou sabendo a maior parte das perguntas e respostas através de rumores, não de canais oficiais.

Queria montar um quadro do caso, mas o caso não era dele.

Não permitiriam que investigasse a caverna e observasse a necropsia quando o corpo fosse tirado de lá. Quaisquer dados que recebesse seriam filtrados pela equipe de investigação.

Talvez, quando o corpo fosse identificado como Patrick Galloway, ele tivesse um pouco mais de abertura. Mesmo assim, não ficaria a par de tantos detalhes.

Ficou surpreso ao perceber como queria participar daquilo. Fazia mais de um ano desde que um caso o empolgara. Queria trabalhar nele. Poderia ser, em parte, porque Meg estava envolvida, mas o que lhe chamara atenção mesmo foram as fotografias. O homem que viu nelas.

Congelado no momento havia dezesseis anos. Preservado — juntamente com todos os detalhes de sua morte. Os mortos têm todas as respostas quando se sabe onde procurar.

Será que ele lutou? Foi pego de surpresa? Conhecia o assassino? Ou assassinos?

Por que estava morto?

Guardou o arquivo que começara a montar na gaveta ao ouvir batidas na porta de sua sala.

Peach pôs a cabeça para dentro.

— Deb pegou uns moleques furtando na loja. Peter está livre. Quer que ele vá prendê-los?

— Pode ser. Avise aos pais e traga-os aqui também. O que eles furtaram?

— Tentaram levar umas revistas em quadrinhos, umas barras de chocolate e um engradado de cerveja. Não deviam ter feito isso... Deb tem a visão de um gavião. Jacob Itu acabou de chegar. Gostaria de um minuto para conversar com você, se puder.

— Claro, mande-o entrar.

Nate se levantou e foi até a cafeteira. Mais uma hora de luz do sol, calculou, apesar de o dia estar nublado e úmido. Ele olhou pela janela, procurou o Pico No Name e o analisou enquanto bebericava o café.

Virou-se quando ouviu Jacob entrar. O homem era a imagem perfeita do indígena do Alasca, com ossos bem marcados no rosto e olhos escuros e intensos. Seus cabelos eram grisalhos, presos em uma única trança. As botas eram robustas; as roupas, gastas pelo trabalho, consistiam em um longo colete marrom sobre camisa e calça de flanela e lã.

Nate supôs que ele estava na casa dos quase sessenta anos. Sua aparência era saudável e esbelta, parecia forte.

— Sr. Itu. — Nate gesticulou na direção da cadeira. — Em que posso ajudá-lo?

— Patrick Galloway era meu amigo.

Nate concordou com a cabeça.

— Quer café?

— Não, obrigado.

— O corpo dele ainda não foi recuperado, examinado, nem identificado. — Nate se sentou atrás da mesa. Ele tivera a mesma conversa com todos que foram à delegacia ou esbarraram com ele na rua e na Hospedaria nos últimos dias. — A Polícia Estadual é responsável pela investigação. Vão entrar em contato com os parentes próximos oficialmente assim que confirmarem a identidade dele.

— Meg não confundiria o pai.

— Não, eu concordo.

— Você não pode deixar a justiça nas mãos dos outros.

Ele também acreditava nisso antigamente. E foi essa crença que os levou, ele e seu parceiro, a entrar naquele beco em Baltimore.

— Não sou o responsável pelo caso. Não é nem minha jurisdição nem meu município.

— Ele era um de nós, assim como a filha dele é. Você se pôs à frente das pessoas daqui quando chegou e prometeu cumprir as suas obrigações.

— Prometi e vou cumprir. Não deixei o caso de lado, mas não estou no topo da cadeia hierárquica dessa vez.

Jacob se aproximou — seu único movimento desde que entrara na sala.

— Quando trabalhava nos estados lá de baixo, a sua área era a de homicídios.

— É verdade, só que não estou mais lá. Você se encontrou com Meg?

— Sim. Ela é forte e vai usar o luto a favor dela. Não vai deixar que a domine

Como eu?, pensou Nate. Mas aquele homem, com aqueles olhos intensos e toda a raiva impiedosamente controlada, não era capaz de ver o que havia dentro dele.

— Conte-me mais sobre Galloway. Com quem ele poderia ter ido escalar?

— Ele certamente os conhecia.

— Então, foi mais de um?

— Seriam necessárias pelo menos três pessoas para escalar No Name no inverno. Ele era inconsequente, impulsivo, mas não tentaria fazer isso com menos gente. E não iria com estranhos, pelo menos não só com estranhos. — Jacob sorriu levemente. — Mas fazia amigos com facilidade.

— E inimigos?

— Um homem que possui aquilo que os outros cobiçam arruma inimigos.

— E o que ele tinha?

— Uma bela mulher. Uma filha esperta. Um desprendimento e uma falta de ambição que permitiam que fizesse o que bem entendia a qualquer momento.

Cobiçar a mulher alheia era uma motivação comum em assassinatos entre amigos.

— Charlene estava envolvida com mais alguém?

— Acho que não.

— E ele?

— Talvez tenha aproveitado a companhia de uma mulher ou outra às vezes, quando estava longe de casa, como muitos homens fazem. Mas, se tinha alguém aqui na cidade, não me contou.

— Ele não precisaria te contar, você saberia.

— Sim.

— E os outros também. Um lugar como este pode ter segredos, mas um segredo assim não é do tipo que se guarda por muito tempo. — Nate pensou por um instante. — Drogas?

— Ele plantava maconha, mas não vendia.

Nate arqueou as sobrancelhas.

— Só erva? — Percebendo a hesitação de Jacob, completou: — Ninguém vai levá-lo em cana agora.

— Principalmente, mas não era do seu feitio recusar o que lhe oferecessem.

— Ele tinha contato com algum traficante? Digamos, em Ancoragem?

— Acho que não. Mal tinha dinheiro para gastar nesse tipo de prazer. Charlene tomava conta das economias, e com pulso firme. Ele gostava de escalar, pescar e fazer trilha. Gostava de voar, mas não tinha interesse algum em aprender a pilotar. Trabalhava só quando precisava de dinheiro. Tinha aversão a restrições, leis, regras. Muitos dos que vêm para cá também têm. Ele não entenderia você.

O importante, pela perspectiva de Nate, era entender Patrick Galloway.

Fez mais algumas perguntas e arquivou suas novas anotações depois que Jacob foi embora.

Então, chegara o momento de lidar com assuntos mais mundanos, como dois ladrões adolescentes.

Somando isso a um par de esquis desaparecido e um pequeno acidente de carro, Nate manteve-se ocupado até o fim do turno.

Ele folgou à noite, deixando Otto e Pete de prontidão. A não ser que houvesse um assassinato em massa, estaria de folga até a manhã seguinte.

Dera alguns dias a Meg. E esperava que estivesse pronta para vê-lo.

A culpa fora dele mesmo, admitiu, por ter ido à Hospedaria buscar uma muda de roupas — caso passasse a noite com Meg.

Charlene o encurralou enquanto ele ainda estava no quarto.

— Preciso falar com você. — Ela desviou depressa dele na porta e foi se sentar na cama. Estava toda de preto: uma malha apertada, calça ainda mais apertada e os sapatos de salto agulha nos quais adorava se rebolar por aí.

— Claro. Por que não descemos para tomar um café?

— É pessoal. Poderia fechar a porta?

— Certo. — Mas ficou próximo à porta, só por garantia.

— Preciso que faça uma coisa. Preciso que vá a Ancoragem e diga para liberarem o corpo de Pat para mim.

— Charlene, eles ainda não resgataram o corpo.

— Eu *sei*. Sou eu que tenho ligado todos os dias para aqueles desgraçados burocráticos e insensíveis, não é mesmo? Eles vão deixá-lo lá.

Quando seus olhos se encheram de lágrimas, o estômago de Nate se contorceu.

— Charlene. — Ele olhou ao redor, desesperado por um lenço, uma toalha, uma camiseta velha, e acabou indo até o banheiro. Voltou com um rolo de papel higiênico e o enfiou nas mãos dela. — Colocar uma equipe lá em cima para fazer um resgate é um trabalho muito complicado. — Não quis acrescentar que uns dias, para mais ou para menos, não fariam a menor diferença. — Há muitas tempestades e ventos fortes lá no cume. Mas falei com o sargento Coben hoje. Se o tempo melhorar, pretendem enviar uma equipe amanhã de manhã.

— Disseram que não sou parente próxima porque não éramos casados no papel. — Ela arrancou vários pedaços do papel e enterrou o rosto na pilha.

— Ah... — Ele prendeu o ar, inflando as bochechas, e depois o soltou de uma vez. — Meg...

— Ela não é legítima. — Com a voz entrecortada, Charlene balançou o bolo de papel encharcado. — Por que o entregariam a ela? Vão enviá-lo aos pais dele, na Costa Leste. Mas isso não é *justo*! Não é *certo*! Pat os abandonou, não foi? Ele não me abandonou, não de propósito. Mas eles me odeiam e nunca o deixarão comigo.

Nate já vira pessoas brigando por mortos, e não era nada bonito.

— Já conversou com eles?

— Não, não conversei com eles — respondeu, ríspida, e seus olhos secaram, ficando cheios de frieza. — Eles sequer me reconhecem! Ah, já falaram com a Meg algumas vezes e deram pra ela um dinheiro quando fez vinte e um anos. Muito pouco, considerando que são *podres* de ricos. Não se importaram com Pat quando ele estava vivo, mas aposto que vão querê-lo agora que está morto. Eu o quero de volta. Eu o quero de volta.

— Tudo bem. Por que não damos um passo de cada vez? — Ele não via outra escolha, então se sentou ao lado dela e colocou um braço em seus ombros para que ela pudesse chorar no dele. — Vou manter contato com Coben. Mas o corpo não vai ser liberado em breve. Pode ser que demore. E, a meu ver, por ser filha dele, Meg tem tanto direito quanto os avós.

— Ela não vai lutar por ele. Não se importa com esse tipo de coisa.

— Vou conversar com ela.

— Por que alguém mataria Pat? Ele nunca machucou ninguém. Além de mim. — Ela soltou uma risada por entre soluços, daquelas que soam tristes e melancólicas. — E nunca teve a intenção. Ele nunca tinha a intenção de deixar as pessoas tristes ou irritadas.

— Ele irritou muita gente?

— Eu, basicamente. Ele me deixava louca. — Ela suspirou. — Eu o amava loucamente.

— Se eu lhe pedisse para pensar, para se lembrar das semanas próximas ao desaparecimento dele, você conseguiria? Até os menores detalhes?

— Acho que posso tentar. Faz tanto tempo... Nem parece real mais.

— Quero que você tente, tire uns dias para relembrar o passado. Anote as coisas assim que vierem à mente. Coisas que ele disse, fez, as pessoas com quem esteve, qualquer coisa que parecesse fora do comum. Vamos conversar sobre tudo.

— Ele esteve lá este tempo todo — sussurrou ela. — Sozinho, no frio. Quantas vezes será que olhei para aquela montanha ao longo dos anos? Agora, sempre que olhar, verei Pat. Era mais fácil quando o odiava, sabe?

— Sim, acho que sei.

Ela fungou e arrumou a postura.

— Quero que tragam o corpo dele para cá. Quero enterrá-lo aqui. É o que ele iria querer.

— Vamos fazer o possível para que isso aconteça. — Como as lágrimas a acalmaram, e ela não dava em cima dele no momento, poderia ser uma boa hora para conseguir algumas informações. — Charlene, fale um pouco sobre Jacob Itu.

Ela secou as lágrimas dos cílios.

— O que tem ele?

— Qual é a história dele? Como conheceu Pat? Ter uma ideia geral é de grande ajuda.

— Para você descobrir o que aconteceu com Pat?

— Exatamente. Ele e Jacob eram amigos?

— Sim. — Ela fungou outra vez, com um pouco mais de delicadeza. — Jacob é... misterioso. *Eu*, pelo menos, nunca o entendi.

Julgando pelo olhar emburrado, significava que ela nunca conseguira levá-lo para a cama. Interessante, concluiu Nate.

— Ele me parece recluso.

— Acho que sim. — Ela deu de ombros. — Ele e Pat se davam muito bem. Acho que ele meio que, não sei, se *divertia* muito com Pat. Mas gostavam daquela baboseira toda de caçar, pescar, fazer trilha. Pat era bom nessas coisas ao ar livre. Ele e Jacob passavam dias no meio do mato enquanto eu ficava aqui, cuidando de um bebê e trabalhando e...

— Então, era isso o que os unia, essa conexão — interrompeu Nate.

— Bom, e os dois odiavam o governo, mas todo mundo odeia o governo por aqui. Ele e Pat gostavam de viver de subsistência juntos, só que havia Meg.

— O que tem Meg?

— Bom...

Ela se virou na direção dele, e Nate reconheceu aquele gesto como o "modo fofoca". Ficou onde estava, sentado de maneira íntima com ela na cama, relutante em mudar a dinâmica até que conseguisse o que queria.

— Jacob foi casado.

— Ah, é?

— Séculos atrás. Há uma eternidade, quando tinha uns dezoito ou dezenove anos, e morava em um vilarejo no meio do mato, em Nome. — Seu rosto parecia animado agora enquanto jogava os cabelos para trás e se posicionava para compartilhar a informação com ele. — Tudo o que sei foi Pat que me contou, e ouvi uma coisinha aqui e ali. Jacob quase não conversa comigo.

Ela começou a ficar emburrada novamente, a se fechar.

— Então, ele foi casado — incentivou Nate.

— Com uma jovenzinha da mesma tribo. Cresceram juntos e tudo, uma dessas histórias de alma gêmea. Ela morreu dando à luz, ela e o bebê, uma menina. Entrou em trabalho de parto antes da hora, alguns meses antes, e teve complicações. Enfim, não lembro exatamente o que houve, mas não conseguiram chegar a um hospital a tempo. Muito triste — disse, depois de um breve silêncio, e seus olhos, seu rosto e sua voz se suavizaram com genuína compaixão. — De verdade.

— É mesmo.

— Pat disse que foi por isso que Jacob virou piloto, porque, se tivesse um avião na época, ou se tivessem conseguido arranjar um a tempo, talvez... Então, se mudou para cá. Disse que não conseguia continuar morando lá porque aquela vida tinha chegado ao fim. Ou algo assim. Então, quando chegou e viu Meg, Jacob disse que os santos deles bateram. E olha que nem estava chapado — disse, revirando os olhos. — Jacob não ficava chapado. Ele diz essas coisas mesmo. Disse a Pat que Meg era sua filha de alma, e Pat achou legal. Para mim, era estranho, mas Pat não tinha problemas com aquilo. Ele entendia que aquilo fazia deles irmãos.

— Ele e Pat chegaram a discutir alguma vez? Por exemplo, por causa de Meg?

— Não que eu saiba. Claro, Jacob não discute. Ele congela você com aqueles longos... Como é que se diz? Impenetráveis — decidiu. — Com aqueles olhos impenetráveis. Acho que ele se aproximou de Meg quando Pat foi embora. Só que Pat não foi embora. — Seus olhos se encheram de lágrimas outra vez. — Ele morreu.

— Sinto muito. Agradeço pelas informações. Sempre ajudam a formar uma ideia.

— Converse com Meg. — Charlene ficou de pé. — Fale com ela para convencer aquele povo de Boston de que aqui é o lugar de Pat. Faça com que ela *enxergue*. Ela não vai me escutar. Nunca escutou, nunca vai escutar. Conto com você, Nate.

— Vou fazer o possível.

Ela pareceu ficar satisfeita com a resposta e deixou Nate sentado na beira da cama, imaginando-se sendo esmagado por duas mulheres difíceis.

Ele não ligou para ela. Meg poderia cancelar os planos ou, simplesmente, não atender ao telefone. Se aparecesse na casa dela, na pior das hipóteses, poderia mandá-lo embora outra vez, mas, assim, ao menos veria com os próprios olhos se ela estava bem.

Ele dirigiu pela estrada, que mais parecia um túnel, com paredões de neve em ambos os lados. O céu já não estava tão nublado, conforme dissera a previsão do tempo, então havia um leve vislumbre da lua e das estrelas. Chuviscava nas montanhas, que ocupavam sua vista, fazendo trechos do rio reluzirem.

Ouviu a música antes de fazer a curva para a casa dela. A melodia preenchia as trevas e nelas flutuava, envolvendo-as por completo. Assim como as luzes faziam a noite recuar. Estavam acesas, todas elas, então a casa, o terreno e as árvores no entorno ardiam, como fogo. E, através de tudo isso, a música fluía e flutuava.

Supôs que fosse alguma ópera, apesar de o gênero não ser muito seu forte. Soava desoladora, do tipo que causa um aperto no coração ao mesmo tempo que, de alguma forma, eleva a alma.

Ela limpara a neve, quase um metro de distância até a casa. Ele pôde apenas imaginar o tempo e o esforço que aquilo exigira. Não havia neve na varanda e uma caixa de lenha ao lado da porta estava cheia.

Quando começou a bater na porta, percebeu que não seria possível ser ouvido por cima da música. Girou a maçaneta e viu que a porta estava destrancada, abriu-a devagar.

Os cães, que dormiam mesmo com a música alta, saltaram do tapete. Após uns rápidos latidos de advertência, sacudiram os rabos. Para alívio de Nate, pareciam se lembrar dele e foram, animados, cumprimentá-lo.

— Bom, que ótimo. Onde está a mãe de vocês?

Gritou o nome de Meg algumas vezes e, em seguida, foi andando pelo térreo. Havia lareiras vivazes acesas na sala e na cozinha — e algo em fogo baixo no fogão que cheirava a jantar.

Foi dar uma olhada — talvez uma provada — quando percebeu uma movimentação do lado de fora da janela.

Aproximou-se. Dava para vê-la claramente agora, banhada pelas luzes. Ela estava agasalhada da cabeça aos pés, caminhando a passos pesados pela neve, com um tipo robusto e arredondado de *snowshoe* conhecido como "pata de urso". Ele a observava quando ela parou e olhou para o céu. De pé, olhando para cima, banhada pela música. Em seguida, abriu os braços e caiu de costas.

Com um salto, Nate chegou à porta. Escancarando-a, saiu em disparada, pulou os degraus e correu, derrapando pelo caminho escorregadio que ela abrira.

Ela se levantou assim que o ouviu gritar seu nome.

— O quê? Oi, de onde você surgiu?

— O que houve? Está machucada?

— Não. Só queria me deitar um pouco na neve. O céu está ficando limpo. Bom, já que está aqui, me dê uma mão.

Assim que ele estendeu a mão, os cães voaram pela porta e pularam nos dois.
— Deixou a porta aberta — Meg conseguiu dizer, enquanto um dos *huskies* rolava na neve com ela.
— Desculpa. Nem pensei em fechá-la quando achei que você estava tendo uma convulsão. — Ele a puxou, pondo-a de pé. — O que está fazendo aqui fora?
— Eu estava no galpão, trabalhando em um *snowmobile* velho que peguei uns meses atrás. De vez em quando, dou uma mexida nele.
— Você sabe consertar *snowmobiles*?
— Tenho talentos infinitos e variados.
— Aposto que sim. — Só de olhar para ela, Nate esqueceu todos os pequenos problemas do dia. — Eu estava pensando em comprar um *snowmobile*.
— Sério? Ora, então quando eu colocar esse para funcionar, vou lhe fazer uma proposta. Vamos entrar. Estou a fim de beber alguma coisa. — Ela o olhou de rabo de olho enquanto caminhavam até a casa. — Então... Você só estava passando?
— Não.
— Veio ver como eu estava?
— Sim. E na esperança de comer de graça.
— É só isso o que quer?
— Não.
— Que bom. Porque estou pronta para o sexo também. — Ela pegou uma vassoura apoiada ao lado da porta. — Dê uma varrida nos meus pés, por favor. Quando ele terminou, ela tirou os *snowshoes*. — Tire o casaco, fique aqui um pouco — convidou, tirando seus próprios agasalhos.
— Ei, seu cabelo.
Ela passou a mão na cabeça enquanto pendurava o casaco e a touca.
— O que tem meu cabelo?
— Está bem mais curto.
Os cabelos de Meg, agora, passavam um pouco da altura do queixo, lisos e volumosos — e ficaram um pouco bagunçados depois que ela passou a mão.
— Quis mudar, então mudei. — Ela atravessou a cozinha e pegou uma garrafa da despensa. Enquanto pegava as taças, olhou para trás e o viu sorrindo para ela. — O que foi?

— Gostei. Deixa você, sei lá, mais jovem e fofa.

Ela inclinou a cabeça.

— Jovem e fofa no sentido de você querer que eu use um vestido *pinafore*, sapatos de boneca e te chame de papai?

— Não sei o que é *pinafore*, mas pode vestir um, se quiser. Mas prefiro pular a parte do "papai".

— Como quiser. — Ela deu de ombros e serviu vinho tinto nas duas taças. — É bom te ver, Burke.

Ele foi até ela, pegou as taças e as colocou no balcão. Usando as mãos para afastar aqueles cabelos volumosos, inclinou-se para a frente, devagar, de olhos abertos, e a beijou. Suave e calmo até que o calor faiscasse em chamas. E ele a pegou analisando-o durante o beijo, viu o azul perfeito daqueles olhos brilhar uma vez.

Quando a afastou lentamente, pegou as taças de novo e entregou uma a ela.

— É bom beijá-la também.

Ela esfregou os lábios um no outro e ficou surpresa ao perceber que o calor que sentira neles não fora por causa da fricção.

— Não dá para discordar disso.

— Estava preocupado com você. Sei que não quer ouvir isso, que te incomoda. Mas é a verdade. Não precisamos conversar se ainda não se sentir preparada.

Ela deu um gole e, depois, mais outro. Ele era muito paciente, concluiu. E a persistência era prima da paciência.

— É melhor lidar logo com isso. Sabe fazer salada?

— Ah... É só abrir uma daquelas embalagens de salada de mercado e jogar tudo em uma tigela, não é?

— Você não é muito de cozinha, é?

— Não.

— Mesmo assim, neste momento do nosso relacionamento, em que você está louco por mim, vai aprender a picar legumes sem reclamar. Já descascou uma cenoura? — perguntou ela enquanto ia até a geladeira.

— Sim. Já, sim.

— É um começo. — Ela colocou legumes sobre o balcão e lhe entregou uma cenoura e um descascador. — Descasque.

Enquanto ele se ocupava com a cenoura, ela começou a lavar a alface.

— Em algumas culturas, as mulheres cortam os cabelos em sinal de luto. Não foi por isso que cortei os meus. Ele já se foi há muito tempo, e me adaptei à situação, do meu jeito. Mas, agora, é diferente.

— Homicídio muda tudo.

— Mais do que a morte em si — concordou. — A morte é natural. É uma merda, porque ninguém quer morrer, mas é um ciclo do qual ninguém consegue escapar. — Ela secou a alface; aqueles dedos longos, com unhas curtas e práticas, trabalhando com rapidez. — Eu poderia ter aceitado a morte dele. O que não vou aceitar é seu assassinato. Então, vou pressionar a Polícia Estadual e você até que eu fique satisfeita. Pode ser que isso esfrie o desejo que sente por mim, mas é isso aí.

— Não acho que isso vá acontecer. Faz muito tempo que não desejo uma mulher, então não tenho escolha.

— Por que não?

Ele passou a cenoura para ela inspecionar.

— Por que não o quê?

— Por que não deseja uma mulher há tanto tempo?

— Eu... hum...

— Problemas de desempenho?

Ele piscou e soltou uma risada sufocada.

— Caramba. Essa é uma boa pergunta. Mas é uma conversa muito estranha para se ter enquanto fazemos salada.

— Voltemos a assassinatos, então — retrucou ela.

— Quem os levou lá para cima? — indagou ele.

— O quê?

— Eles devem ter precisado de um piloto, não é? Quem os levou até o acampamento-base ou seja lá como se chama?

— Ah. — Ela pausou e batucou com a faca na tábua de corte. — Você *é mesmo* um policial, não é? Não sei quem pode ter sido, e talvez seja complicado descobrirmos depois de tanto tempo. Mas acho que Jacob e eu podemos descobrir.

— Quem os buscou pegou, no mínimo, um homem a menos do que deixou lá. Mas não avisou as autoridades. Por quê?

— E essas são as coisas que precisamos descobrir. Ótimo. Um norte.
— Os investigadores responsáveis vão te fazer essas perguntas, seguindo essa direção. Pode ser que você precise de um tempo para lidar com as questões mais pessoais.
— Está falando da batalha pela custódia e do funeral que Charlene está planejando. — Ela começou a cortar tiras graciosas de uma cabeça de repolho roxo. — Já levei um sermão, por isso que parei de atender ao telefone ontem. Acho idiotice brigar por causa de um cadáver. Ainda mais, sem sequer saber se a família dele vai se opor ao enterro aqui.
— Você os conhece?
Ela pegou uma panela e começou a enchê-la de água para colocar o macarrão.
— Sim. A mãe dele entrou em contato comigo algumas vezes e me ofereceu passagens para ir conhecer o resto da família. Eu estava bastante curiosa. Tinha dezoito anos. Charlene ficou muito puta, o que só me deixou com mais vontade ainda de ir.
Depois de a panela ir para a boca do fogão, ela deu uma mexida no molho e voltou para terminar de preparar a salada.
— São decentes. Esnobes, cultos... Não são do tipo com quem eu conviveria ou que gostaria que convivesse muito tempo comigo. Mas me trataram bem. Me deram dinheiro, o que os fez ganhar uns pontos.
Pegando a garrafa, encheu novamente a taça, levantando-a e erguendo as sobrancelhas para Nate.
— Não, estou bem.
— Foi dinheiro o bastante para eu dar o sinal para comprar o meu avião e essa casa, então devo isso a eles. — Ela pausou e bebericou o vinho, contemplativa. — Não acho que vão brigar com Charlene e insistir em levá-lo de volta para a Costa Leste. Ela quer acreditar que sim, porque gosta de odiá-los. Assim como eles gostam de desprezá-la. É a forma que têm de colocar o meu pai em um pedestal.
Ela pegou os pratos e os passou para Nate colocá-los sobre a mesa.
— Ficar quieto é uma técnica de interrogatório?
— Pode ser. Também é conhecido como "ouvir".

— Só conheço uma pessoa que é tão boa ouvinte quanto você; bem, uma outra pessoa com quem estou disposta a passar bons momentos: Jacob. É uma qualidade importante. Meu pai me dava ouvidos às vezes, mas era perceptível quando começava a viajar se a conversa fosse longa demais para o gosto dele. Ele ficava lá, sentado, mas não prestava atenção. Jacob sempre me ouviu. Enfim — disse, após um suspiro longo. — Patrick Galloway. Era um desgraçado insensível. Eu amava meu pai, e ele nunca foi desatencioso comigo. Mas foi com a família dele, que, seja lá quais forem os seus defeitos, não merecia que o filho sumisse pelo mundo, sem sequer se despedir, pouco antes de completar dezoito anos. E também foi insensível com Charlene, deixando que ela ficasse responsável por ganhar quase todo o dinheiro e por cuidar das coisas mais difíceis. Acho que ela o amava, o que foi, ou talvez ainda seja, a cruz que tem que carregar. Não sei se ele a amava. — Ela pegou um pote de vidro do armário e colocou um pouco de *rotini* na água fervente, falando enquanto ajustava o fogo e mexia. — E não acho que teria aguentado muito mais tempo conosco se alguém não o tivesse matado antes que surgisse a chance de ele ir embora de fato. Só que, agora, não tenho como saber, e ele sequer teve a chance de fazer essa escolha. É isso o que importa. O que importa é que alguém tirou a vida dele. E esse é o meu foco. Não o lugar onde vai ser enterrado.

— Sensata.

— Não sou uma mulher sensata, Burke. Sou egoísta. Logo você vai acabar percebendo isso. — Ela pegou um pote de plástico da geladeira, sacudiu-o e salpicou o conteúdo sobre a salada. — Tem uma baguete naquela gaveta. Está fresca, é de hoje de manhã.

Ele abriu a gaveta e viu o pão.

— Não sabia que você tinha ido à cidade.

— Não fui. Tirei uma folga para ficar aqui no meu esconderijo. — Depois de desembrulhar o pão, cortou algumas fatias grossas. — Fazer pães é uma das coisas que faço quando me isolo, o que evita que o isolamento evolua para uma fossa.

— Você faz pães. — Ele sentiu o cheiro da baguete. — Nunca tinha conhecido alguém que faz pães. Ou pilota aviões. Ou conserta motores de *snowmobiles*.

— Como eu disse: sou uma mulher de talentos infinitos e variados. Vou mostrar outros depois do jantar. Na cama. Sirva mais vinho, por favor. Está quase pronto.

TALVEZ FOSSE o clima, talvez fosse a mulher, mas ele não era capaz de se lembrar de um jantar tão relaxante.

Ela dissera que não era sensata, mas ele via um claro bom senso na maneira como vivia e tomava conta da casa. Em como ela lidava com o choque e o luto, e até com a raiva.

Jacob disse que ela era forte. Nate começava a acreditar que era a pessoa mais forte que conhecera na vida.

E a que mais se sentia confortável na própria pele.

Ela perguntou sobre o dia dele. Demorou um pouco para que ele pegasse o ritmo da conversa. Estivera tão acostumado a deixar o trabalho de fora do casamento.

Mas ela queria ouvir a respeito, comentar, fofocar, rir.

Mesmo assim, sob a tranquilidade que sentia com ela, havia um arrepio de excitação e ansiedade, aquele formigamento sexual que aquecia seu sangue sempre que estava com ela.

Ele queria afundar as mãos em seus cabelos, pôr os dentes na nuca que aquele novo cabelo mais curto revelava. Era capaz de pensar naquilo, imaginar aquilo, sentir um frio na barriga, mesmo quando o peso do dia parecia recair sobre seus ombros.

Em certo momento, ela se esticou e pôs os pés sobre as pernas dele enquanto se recostava para beber mais vinho. E a boca de Nate ficou seca, e a mente, transtornada.

— Eu furtava coisas de lojas. — Ela jogou um pedaço de pão para os cães, e ele pensou em como sua própria mãe entraria em pânico assistindo àquilo.

E em como gostou de ver os animais competirem pelo pão, como dois jogadores de beisebol correndo atrás da bola.

— Você... roubava?

— Furtar de lojas não é a mesma coisa que roubar.

— Pegar coisas sem pagar por elas...

— Está bem, está bem. — Ela revirou os olhos. — Era mais como um rito de passagem, pelo menos, para mim. E eu era ágil demais para ser pega, diferente daqueles garotos que você pegou hoje. Nunca furtei nada de que precisasse. Era mais para saber se conseguia sair ilesa. Eu guardava no meu quarto e saía com aquilo à noite para me exibir. Devolvia tudo uns dias depois, o que era quase tão perigoso e emocionante quanto furtar. Acho que eu teria sido uma boa criminosa se vivesse em outro lugar, porque entendia que o que eu furtava não era tão importante quanto o ato de furtar.

— Você não continua...

— Não, mas, agora que você perguntou, talvez fosse divertido ver se ainda tenho a manha. E, se for pega, resolvo tudo com o delegado. — Ela pôs os pés no chão e se inclinou para acariciar a coxa dele, enquanto ele a analisava com a seriedade daquele olhar cinzento. — Não fique assim, tão preocupado. Todos na cidade sabem que sou maluca e não guardariam mágoas. — Ela se levantou. — Vamos tirar a mesa. Por que não põe os cachorros para fora? Eles gostam de correr a essa hora do dia.

Assim que a cozinha foi arrumada — de acordo com as instruções dela — e os cães estavam no chão com enormes ossos crus, ela caminhou para a sala de estar para escolher outro CD.

— Não acho que Puccini combine com a próxima parte da nossa noite.

— Era isso? Essa ópera aí?

— Bom, imagino que isso revele a sua opinião sobre esse tipo de música.

— É que não sei nada a respeito do gênero. Gostei da melodia assim que cheguei e ouvi, do lado de fora. Vigorosa, estranha e comovente.

— Parece que ainda há esperança para você. Hum... Eu poderia colocar um Barry White, mas seria previsível demais. O que acha de Billie Holiday?

— Ah, cantora de *blues* morta?

Ela se virou para ele.

— Certo. *O que* é que você conhece de música?

— Conheço algumas coisas... O que toca no rádio. — O olhar entretido dela o fez colocar as mãos nos bolsos. — Gosto de Norah Jones.

— Então, que seja Norah Jones. — Ela procurou uma música e pôs o aparelho para tocar.

— E Black Crowes — continuou ele, em sua própria defesa. — E, na verdade, as músicas novas da Jewel são boas. Springsteen ainda é o *Boss*. E também tem o...

— Não precisa se esforçar tanto. — Ela riu e pegou a mão dele. — Jones está bom para mim. — Começou a levá-lo em direção às escadas. — Se você fizer direitinho, vou ouvir a minha própria música.

— Mas sem pressão alguma.

— Aposto que consegue lidar com isso. — Lá em cima, no topo das escadas, ela se virou para ele, guiando-o pela porta. — Lide comigo, delegado. Tenho desejado isso.

— Penso em você o tempo todo. Em momentos bem inoportunos.

Ela envolveu a cintura dele com os braços. Precisava dele, o desejava. Era tão estranho, tão novo para ela precisar e desejar alguém tão específico.

— Como o quê?

— Como imaginar você nua quando estou repassando o cronograma semanal com Peach. Atrapalha um pouco.

— Gostei de saber que me imagina nua, principalmente em momentos inoportunos. — Ela passou os dentes sobre a mandíbula dele. — Por que não me deixa nua agora?

— Também gosto de você vestida, só para deixar claro — completou enquanto tirava a malha dela.

Ele gostava da sensação de ter o corpo dela sob as mãos e de ter que passar camada por camada até chegar àquela pele. E como era quente, como era macia. E, apesar do pelo e da lã e do algodão, apesar de toda aquela praticidade, havia sua fragrância secreta e sensual sob aquilo tudo.

Ela o tocou, suave e sedenta, despindo-o daquelas camadas da mesma forma que ele fizera com ela. E acendeu algo dentro dele — algo além de paixão. Algo que estivera adormecido por muito tempo.

Ele poderia se perder nela sem se sentir perdido. Deixar-se levar sem ter medo de não achar o caminho de volta. Quando sua boca dominava a dela e sentia o gosto da entrega e da urgência, ele tinha tudo de que precisava.

Foram em direção à cama, ele abaixando-se até ela. Ouviu-a suspirar e imaginou se era possível que estivesse tão aliviada ou carente quanto ele. Ela o puxou contra seu corpo, arqueou-se e se ofereceu enquanto a boca de Nate passeava por seu pescoço, quando os dentes dele mordiscavam o caminho até sua nuca. Ele sentiu o coração dela saltar de leve contra o seu e a firme carícia acolhedora das mãos dela pelas suas costas.

Ela queria que ele tomasse dela aquilo de que precisasse. Raridade para ela, uma mulher que preferia satisfazer seus próprios desejos antes — e depois também. Mas queria doar-se, amenizar a sombra da mágoa que assombrava aqueles olhos. E sabia, de alguma maneira, que poderia se doar, e ele jamais a deixaria passando vontade.

Havia algo além da busca por prazer no calor dos lábios dele, na cobiça de suas mãos. Se alguma parte dela se preocupava com isso, fora deixada de lado. Ela sabia que sempre haveria o depois para se preocupar e se arrepender.

Então, levantou o corpo, aproximando-se dele, e tocou seu rosto com as mãos, com os lábios, e deixou que o carinho se fundisse ao tesão.

Ele se moveu por cima dela, causando pequenos tremores, acendendo pequenos incêndios, e, por fim, agarrou as mãos dela para evitar que o excitasse demais, cedo demais.

Queria saboreá-la — aqueles ombros, seios, aquela figura esbelta. Conforme seus lábios perambulavam pelo corpo dela, ela estremecia, a respiração emendando em um gemido enquanto entrelaçava os dedos nos dele.

Ele passou a língua nela, em seu interior e a levou à loucura.

Ela gozou sem demora, seu corpo sendo envolto em calor e suor enquanto o prazer a inundava. Seu organismo gritava em liberdade e se remexia em uma desesperada busca por mais e mais.

E ele, escandalosamente, ofereceu-lhe mais, até que ela lhe cravasse as unhas e os dentes, até que o corpo dela ficasse relaxado e atordoado graças à droga que injetara em sua corrente sanguínea.

— Meg... — Ele pressionou a boca contra a barriga dela, indo para baixo do coração e subindo logo depois.

Quando as mãos dela, livres, agarraram sua cintura, ele levantou a dela.

Ele estava dentro dela, finalmente. Ligados. Acoplados. Encostando a testa na dela, lutou para ter fôlego e esperou que sua mente se esvaziasse, para que pudesse sentir cada segundo, cada movimento, cada arrepio.

Ela o agarrou, o abraçou contra si enquanto seus corpos se fundiam e suas mentes embaçavam. Ele disse o nome dela outra vez, um segundo antes do alívio.

SOMBRA

*Siga uma sombra, e ela fugirá;
Fuja, e ela o seguirá.*
Ben Jonson

*E eventos vindouros projetam suas
sombras adiante.*
Thomas Campbell

Capítulo doze

✣ ✣ ✣

ELA NÃO se importava em ficar deitada no escuro. Na verdade, até gostava, ainda mais com o corpo relaxado após o sexo.

Ouviu os cães entrando no quarto, aconchegando-se como de costume no chão, aos pés da cama.

O antigo relógio do escritório, no fim do corredor, bateu as nove horas.

Cedo demais para dormir, pensou ela. E sossegado demais para fazer qualquer coisa.

Então, era o momento perfeito para satisfazer a curiosidade sobre o homem ao seu lado.

— Por que ela te traiu?
— O quê?
— A sua mulher. Por que te traiu?

Sentiu Nate mudar de posição, afastando-se um pouco dela. Um psiquiatra teria algumas teorias sobre isso, supôs.

— Acho que eu não estava dando o que ela queria.
— Você é bom de cama. Bom é apelido. Espere um instante. — Ela saiu da cama e, como estava determinada a fuçar até conseguir alguma informação, pegou um roupão. — Já volto — disse e desceu para buscar o vinho e duas taças limpas.

Quando voltou, ele já estava de pé. Havia colocado as calças e punha lenha na lareira do quarto.

— Talvez eu deva...
— Se *ir embora* forem as próximas palavras, esqueça. Ainda não terminamos aqui. — Ela se sentou na cama e encheu as taças. — É hora daquela longa história triste, Burke. Seria bom começar por ela, já que parece ser a origem de tudo.

— Não sei se ela é.

— Vocês eram casados — adiantou-se Meg. — Ela foi infiel.

— Isso basicamente resume tudo.

Mas ela apenas inclinou a cabeça e lhe ofereceu uma taça. Ele hesitou, mas foi até ela. Aceitando o vinho, sentou-se na cama com ela.

— Eu não a fazia feliz, é só isso. Não é fácil ser casada com um policial.

— Por que não?

— Porque... — Vou ter que fazer uma lista, ele pensou. — É uma profissão que exige muito de você, o tempo todo. Os horários são péssimos. Os planos sempre precisam ser cancelados. Você chega tarde em casa, e a sua cabeça continua no caso. Quando trabalha com homicídios, você leva a morte consigo a todo lugar, mesmo sem querer.

— Faz sentido. — Ela tomou um gole do vinho. — Mas me diga uma coisa: você já era policial quando se casaram?

— Sim, mas...

— Não, não. Eu faço as perguntas aqui. Se conheciam havia quanto tempo antes de darem o grande passo?

— Não sei. Um ano. — Ele bebericou o vinho lentamente enquanto observava a lareira. — Quase dois, acho.

— Ela era retardada? Burra?

— Não. Nossa, Meg!

— Estou apenas ressaltando que ela teria que ser burra ou retardada para se envolver com um policial por mais de um ano e não ter ideia de como as coisas funcionam.

— É, talvez. O que não significa que você deve ser obrigado a gostar das regras ou a estar disposto a viver com elas.

— Claro, as pessoas podem mudar de ideia a qualquer momento. Isso não é proibido. Estou apenas dizendo que ela se casou com você conhecendo o pacote completo. Então, usar isso como desculpa para traí-lo ou culpá-lo quando as coisas deram errado não cola.

— Ela se casou com o filho da puta com quem estava me traindo, então essa parte faz sentido.

— Tudo bem... Ela se apaixonou por outra pessoa. Essas merdas acontecem. Mas a responsabilidade é dela. Jogar a culpa pelas ações dela em você é safadeza e golpe baixo.

Ele olhou para ela.

— Como você sabe que ela fez isso?

— Porque estou olhando para você, gracinha. Estou errada?

Nate tomou um gole do vinho.

— Não.

— E você deixou.

— Eu a amava.

Aqueles olhos maravilhosos foram tomados por compaixão quando ela tocou seu rosto e passou a mão em seus cabelos bagunçados.

— Tadinho de você. Então, ela partiu o seu coração e chutou seu saco. O que houve, afinal?

— Eu sabia que havia algo errado, mas ignorei. Isso foi culpa minha. Achei que ia conseguir melhorar as coisas. Deveria ter me esforçado mais.

— Deveria, poderia, ia...

Ele soltou uma risada sem humor.

— Você é dura na queda.

Aproximando-se, ela beijou a bochecha dele.

— E? Não deu atenção suficiente às rachaduras quando devia, na sua opinião. E então?

— As rachaduras aumentaram. Achei que eu poderia tirar umas férias e que poderíamos viajar, nos redescobrir. Enfim. Ela não estava interessada. Eu queria ter filhos. Havíamos conversado sobre isso antes do casamento, mas ela tinha mudado de ideia. Discutimos algumas vezes por causa disso. Discutimos por muitas coisas. Não foi tudo culpa dela, Meg.

— Nunca é.

— Um dia, cheguei em casa. Um dia ruim. Estava com um caso de tiroteio por condutor de veículo. Uma mulher e os dois filhos. Ela estava me esperando. Disse que queria o divórcio, que estava de saco cheio de esperar eu decidir voltar para casa. Estava de saco cheio de ter as suas necessidades e os seus desejos dependentes dos meus, essas coisas. Eu explodi, ela explodiu e acabou revelando que estava apaixonada por outro, que, por coincidência, era o nosso advogado. Já saía com ele havia meses. Ela soltou tudo. Disse que eu a abandonei emocionalmente, que nunca considerei suas necessidades e seus desejos, que esperava que ela mudasse os planos dela com um estalar de dedos. Que queria que eu fosse embora, já que não me importava com ela. E já tinha basicamente feito as minhas malas.

— E o que você fez?

— Fui embora. Eu tinha acabado de chegar em casa depois de lidar com a frivolidade do homicídio de uma mulher de vinte e seis anos e dos filhos dela, de dez e oito anos de idade. E, depois de Rachel e eu gritarmos um com o outro por uma hora, eu já não tinha mais nada. Coloquei as coisas no carro e dirigi sem rumo, até que fui parar na casa do meu parceiro. Dormi no sofá dele por uns dias.

Na cabeça de Meg, a mulher — Rachel — é que devia ter dormido no sofá de alguém depois de levar um belo pé na bunda porta afora. Mas não comentou nada.

— O que aconteceu enquanto isso?

— Ela me mandou a papelada. Fui conversar com ela, só que já estava decidida e deixou isso bem claro. Não queria continuar casada comigo. Dividiríamos os bens e iríamos cada um para o seu canto. Eu era casado com o trabalho, de qualquer forma, então ela era dispensável. Pelo menos, foi o que ela disse. Fim da história.

— Acho que não. Um cara como você pode ter o coração partido e ficar abalado por um tempo. Depois, acaba ficando com raiva. Por que não ficou com raiva?

— Quem disse que não fiquei? — Ele se levantou, pôs a taça de lado e caminhou até a lareira. Em seguida, foi até a janela. — Olha... Foi um ano ruim. Um ano longo e ruim. Ou dois anos. A minha mãe ficou sabendo do divórcio no meio do caminho e foi muito divertido. Veio com tudo para cima de mim.

— Mas por quê?

— Ela gostava de Rachel. E nunca quis que eu fosse policial, para começo de conversa. Meu pai morreu em serviço quando eu tinha dezessete anos, e ela nunca superou. Tinha se saído muito bem como esposa de policial, mas não conseguiu ser viúva de um. E nunca me perdoou por querer seguir os passos dele. De alguma forma, imaginou que Rachel e aquele casamento me transformariam em outro homem. Mas isso não aconteceu e, na cabeça dela, fui eu que estraguei tudo. Aquilo me irritou por um tempo, então mergulhei de cabeça no trabalho e segui em frente.

— E então?

Ele ficou de costas para a janela e voltou para se sentar na cama.

— Rachel se casou. Não sei por que, mas isso me atingiu em cheio, e acho que foi perceptível. O meu parceiro, Jack, disse para sairmos para beber um pouco. Ele era um cara de família. Iria para casa, para a mulher e os filhos, mas, como eu estava deprimido e ele era o meu parceiro, foi comigo tomar umas duas cervejas e me deixar desabafar. Era para ele ter ido para casa, em vez de sair de um bar de madrugada comigo. Era para estar na cama com a esposa. Mas não estava. Foi quando saímos e vimos, menos de um quarteirão à frente... Uma venda de droga que deu errado. O cara começou a atirar e fomos atrás dele. Entramos no beco e fui atingido.

Levou um tiro, ela pensou.

— As cicatrizes na sua perna e na lateral direita do seu corpo.

— Caí por causa do tiro na perna, mas disse para Jack que estava tudo bem. Pelo celular, liguei para pedir reforço. Enquanto estava tentando me levantar, ele atirou em Jack. No peito, na barriga. Meu Deus... Eu não conseguia ir até ele. Não conseguia, e o atirador estava voltando. Doido, drogado. Era loucura ele voltar em vez de fugir. Atirou de novo em mim, mas só pegou de raspão. Parecia uma flecha em chamas sob a costela. E esvaziei meu cartucho nele. Não lembro exatamente, mas foi o que me contaram depois. Lembro de rastejar em direção a Jack, de vê-lo morrer. Lembro de como ele me olhou, de como agarrou a minha mão e falou o meu nome, como se não estivesse entendendo o que estava acontecendo. E lembro de como falou o nome da esposa, quando entendeu tudo. Lembro disso toda noite.

— E se culpa.

— Não era para ele estar lá.

— Não é assim que vejo as coisas. — Ela queria pegá-lo no colo e acalmá--lo, como se faz com uma criança. Para ele, um erro; para ela, compaixão. Em seguida, sentou-se ao lado dele e apenas pôs uma das mãos sobre sua coxa. — Cada decisão que tomamos nos leva a algum lugar. Você também não teria estado lá se a sua mulher estivesse em casa, esperando por você. Então, poderia facilmente culpar a ela e ao cara com quem estava saindo. Ou, simplesmente, poderia culpar o cara que atirou nele porque você sabe, no fundo, você sabe, que a culpa é só dele.

— Sei de tudo isso. Já ouvi tudo isso. Mas não muda a forma como me sinto às três da manhã nem às três da tarde. Ou qualquer que seja a hora que isso vem para me derrubar.

Era melhor falar logo, contar logo tudo para ela. Danem-se as consequências.

— Fui parar no fundo do poço, Meg. Um poço enorme, escuro e horrível. Estou tentando escalá-lo e, às vezes, quase consigo, chego até a borda. Só que, às vezes, alguma coisa me pega por baixo e me puxa de volta.

— Você faz terapia?

— O departamento providenciou sessões para mim.

— Toma remédios?

Ele se afastou novamente.

— Não gosto.

— Uma vida melhor através da química — disse ela, mas ele sequer sorriu.

— Aqueles comprimidos me deixam irritadiço ou ansioso ou fora de mim. Não posso trabalhar dopado e, se não conseguisse trabalhar, nada mais faria sentido. Mas também não podia continuar em Baltimore. Não conseguia enfrentar as coisas ali todos os dias. Outro cadáver, outro caso. E sempre tentando fechar aqueles em que Jack e eu trabalhamos juntos. Ver outra pessoa na mesa dele... Saber que ele deixou a esposa e os filhos, que o amavam, e que eu não teria deixado ninguém para trás se tivesse sido eu no lugar dele.

— Então, você veio para cá.

— Para me enterrar. Mas aconteceram coisas... Eu vi as montanhas, as luzes. As luzes da aurora boreal.

Ele olhou para ela e percebeu, graças a um sorriso discreto, que ela entendia. Não era preciso dizer mais nada. Então, sentiu-se capaz de continuar:

— E vi você. E reagi quase da mesma forma. Algo dentro de mim quis voltar à vida. Não sei como vai ser nem se sou bom para você. Não sou uma boa aposta.

— Gosto do risco. Vamos apenas ver como as coisas vão acontecendo.
— Tenho que ir.
— Eu não disse que ainda não terminamos aqui? Vou dizer o que devemos fazer: vamos lá para fora relaxar um pouco na *jacuzzi* e, depois, voltamos para cá e rolamos nus na cama outra vez.
— Lá fora? Quer dizer do lado de fora? Vamos entrar em uma banheira do lado de fora da casa, onde a temperatura é de doze graus negativos?
— Não fica frio dentro da *jacuzzi*. Vamos lá, Burke, seja durão. Se estimule. — E afogue um pouco dessa tristeza, pensou ela.
— Podemos ficar aqui dentro, na cama, e nos estimular.
Porém ela rolou para longe.
— Você vai gostar — prometeu, puxando-o junto para fora da cama.
Meg estava certa: ele gostou mesmo. A loucura daquele frio congelante, a imersão dolorosa na água quente, a sensação absurdamente excitante de ficar nu com ela sob o céu repleto de estrelas e sob a dança daquelas luzes mágicas.
O vapor fumegava na superfície da água, e os cães, mais uma vez, corriam para lá e para cá feito loucos. O único ponto negativo no qual ele conseguia pensar era ter que sair da banheira e correr até a casa enfrentando o ar gélido — sem contar a possibilidade de um ataque cardíaco.
— Você faz muito isso aqui?
— Umas duas vezes por semana. Faz o sangue correr nas veias.
— Tenho certeza que sim.
Afundando o corpo um pouco mais, inclinou a cabeça para cima. E a aurora boreal lhe encheu a vista.
— Nossa... Será que dá para enjoar disso? Ou sequer se acostumar?
Ela o copiou, desfrutando do frio que lhe tocava o rosto e do calor que lhe envolvia o corpo.
— Você passa a se sentir dono dela. É como se a aurora pertencesse a mim e eu a compartilhasse com uns poucos sortudos. Costumo sair à noite só para admirá-la. Não há mais ninguém, tudo está quieto. Então, sim, ela pertence a mim.
As luzes tremeluziam em tons de lavanda, e havia redemoinhos de azul escuro com toques de vermelho. A música que ela escolhera daquela vez

era entoada por uma apaixonada Michelle Branch, que cantava sobre a luz que brilha na escuridão.

Emocionado, ele procurou a mão dela em meio ao calor da água e entrelaçou seus dedos nos dela.

— Acho que essa é a definição de perfeição — murmurou.

— Parece que sim.

Ele se deixou mergulhar nas luzes e na música, no calor e na música.

— Você vai ficar estranha comigo se eu me apaixonar por você?

Ela ficou em silêncio por um instante.

— Não sei. Talvez.

— Talvez... Esta é uma revelação e tanto para mim, saber que ainda resta o suficiente dentro de mim para dar passos nessa direção.

— Eu diria que você ainda tem bastante aí dentro. Por outro lado, não sei se *eu* tenho o suficiente para sequer começar a ir nessa direção.

Ele então olhou para ela, e sorriu.

— Acho que vamos descobrir.

— Talvez você deva focar apenas no momento, aproveitá-lo pelo que ele é. Vivê-lo.

— É isso o que você faz? Vive o momento?

Os tons de vermelho ficavam cada vez mais fortes, subjugando os tons delicados de lavanda.

— Claro.

— Não caio nessa. Você não pode administrar seu próprio negócio sem pensar no futuro, sem se preparar.

O movimento dos ombros dela rasgou a água.

— Negócios são negócios. Vida pessoal é outra coisa.

— Uhum... Só que não para gente como você e eu. Trabalho é vida. Isso é parte do nosso problema, ou uma das nossas qualidades. Depende da perspectiva.

Ela observava o rosto dele agora, franzindo a testa.

— Ora, essa é uma boa filosofia de *jacuzzi*.

Os dois olharam para longe, na direção dos latidos ferozes que vinham da floresta.

— Eles são sempre assim?

— Não. Deve ser uma raposa ou um alce. — Mas Meg manteve as sobrancelhas arqueadas até os latidos cessarem. — Não é temporada de urso ainda. E Rock e Bull conseguem encarar quase tudo. Já vou chamá-los de volta.

Ele trouxera pedaços de carne fresca. Os cães o conheciam, então não havia com o que se preocupar. Mas era sempre bom estar preparado. Estava ali, estudando a casa, protegido pelas árvores, exatamente por acreditar que era bom estar preparado.

Não tinha certeza do que pensar sobre o policial e a filha de seu velho amigo se engraçando na *jacuzzi*. Talvez fosse até bom. Um caso amoroso manteria os dois ocupados.

De qualquer forma, não levava aquele policial muito a sério. Era só um palhaço que prendia bêbados e separava brigas. Nada com o que se preocupar.

Porém, ele havia parado de se importar se achariam o corpo. Havia parado de pensar nisso e deixado o trabalho sujo para lá anos atrás. Aquilo acontecera com outra pessoa. Jamais acontecera.

Jamais seria um problema.

Mas, agora, era.

Ele cuidaria daquilo.

Estava mais velho, mais calmo. Era mais cuidadoso agora.

Havia pontas soltas das quais precisava cuidar. Se uma delas acabasse sendo Meg Galloway, seria uma pena. Mas tinha que se proteger.

Imaginou que seria bom começar a agir logo.

Apoiou o rifle no ombro enquanto os cães devoravam o resto da carne.

Ele havia preparado tudo. Na escuridão do escritório, de pé, não viu nada nem pensou em nada do que perdera. Eles precisariam conversar, é óbvio. Era o certo, o justo. Ele era um homem justo.

Ainda assim, era perigoso estar ali àquela hora da noite. Se fosse visto, precisaria de um motivo, de uma desculpa. Negação plausível, pensou, com um meio sorriso.

Fazia tanto tempo desde a última vez que fizera algo perigoso. Tanto tempo desde que fora o homem que escalava montanhas e aproveitava a vida. Sentir aquele gostinho despertou a velha empolgação.

Por isso, já fora chamado de Darth — por sua brutalidade e atração pelas coisas obscuras. Coisas que o incentivaram a ter atitudes imprudentes e espantosas. Coisas que o encorajaram a matar um amigo.

No entanto, aquele fora outro homem, lembrou a si mesmo. Ele se reinventara. O que fazia agora não era por prazer ou curiosidade, e sim, para proteger o homem inocente que se tornara.

Ele tinha o direito de fazer aquilo.

Então, quando seu velho amigo entrou pela porta dos fundos, ele aguardava em silêncio. Quieto como o gelo.

Max Hawbaker deu um salto ao ver o homem sentado atrás da mesa.

— Como foi que entrou aqui?

— Você sabe que deixa os fundos abertos quase o tempo todo. — Ele se levantou, seus movimentos estavam relaxados e tranquilos. — Eu não poderia ficar do lado de fora esperando. Alguém poderia me ver.

— Certo, certo. — Max tirou o casaco e o jogou de lado. — É meio estranho nos encontrarmos aqui, na redação, no meio da noite. Você poderia ter ido à minha casa.

— Carrie ouviria. Você nunca contou nada a ela. Você prometeu.

— Não, nunca contei. — Max passou a mão pelo rosto. — Mãe de Deus, você disse que ele tinha caído. Disse que ele enlouqueceu e cortou a corda, que tinha caído em uma fenda.

— Eu sei que o eu disse. Não podia te contar a verdade. Já estava ruim o suficiente, não acha? Você estava ferido e delirando quando voltei para te buscar. Eu salvei a sua vida, Max. Eu desci com você.

— Mas...

— Eu salvei a sua vida.

— Sim. Tudo bem, sim.

— Vou explicar tudo. Pega aquela garrafa que você guarda na gaveta. Precisamos de uma bebida.

— Todos esses anos... Todos esses anos, e ele esteve lá em cima. Daquele jeito. — Ele precisava *mesmo* de uma bebida. Pegou duas canecas de café e tirou a garrafa de Paddy's da gaveta. — O que devo pensar? O que devo fazer?

— Ele tentou me matar. Ainda não consigo acreditar. — Negação plausível, pensou novamente.

— Pat? Pat tentou...

— Luke. Lembra? Skywalker, o cavaleiro Jedi? Quanto mais drogas usava, mais pirado ficava. Tudo deixou de ser um jogo. Quando ele chegou ao topo, quis pular e quase puxou nós dois.

— Meu Deus... Meu Deus!

— Ele disse que era brincadeira depois, mas eu sabia que não era. Estávamos voltando, descendo de rapel pela encosta, quando ele puxou a faca e, Deus do céu, começou a balançá-la na direção da minha corda e rir. Eu tinha acabado de alcançar a borda quando ele a cortou. Fugi.

— Não acredito. — Max engoliu o uísque e se serviu de mais. — Não acredito em nada disso.

— Eu também não acreditava no que estava acontecendo. Ele perdeu a cabeça. As drogas, a altitude... porra, sei lá. Consegui chegar à caverna de gelo. Estava em pânico, estava furioso. Ele foi atrás de mim.

— Por que você não me contou nada disso antes?

— Achei que não acreditaria em mim. Escolhi a saída mais fácil. Você teria feito o mesmo.

— Não sei. — Max passou a mão pelos cabelos ralos.

— Você *escolheu* a saída mais fácil. Quando achou que ele havia caído, concordou em ficar de boca fechada. Concordou em não contar nada a ninguém. Patrick Galloway se mandou e ninguém sabe para onde foi. Fim de papo.

— Não sei por que fiz isso.

— Três mil dólares em boa hora para investir no seu jornal, não lembra? Max corou e olhou para a caneca.

— Talvez tenha sido um erro aceitar. Talvez. Só queria deixar aquilo tudo para trás. Estava tentando começar uma vida aqui. Eu não o conhecia, não tão bem assim, e ele tinha morrido. Não dava para mudar o que tinha acontecido, então não parecia ter importância. E você disse... disse que haveria uma investigação se contássemos a todos que estivemos na montanha e que ele tinha morrido lá.

— E haveria. Eles descobririam sobre as drogas, Max. Você sabe disso. E você não poderia se dar ao luxo de outra apreensão de drogas. Não aguentaria a polícia investigando se você, ou qualquer um de nós, era o responsável pela morte dele. Não importa como ele morreu, essa é a verdade, não é?

— Sim, mas agora...

— Eu tive que me defender. Ele veio para cima de mim com uma faca. Ele me atacou. Disse que a montanha precisava de um sacrifício. Tentei fugir, mas não consegui. Peguei o *piolet* e... — Ele agarrou a caneca com as duas mãos e fingiu tomar um gole. — Ai, meu Deus...

— Foi legítima defesa. Vou corroborar sua história.

— Como? Você não estava lá.

Max bebeu o uísque em um só gole enquanto uma gota de suor escorria-lhe pela têmpora.

— Eles vão descobrir que escalamos. Tem uma investigação acontecendo. A polícia está envolvida agora, e não dá para evitar. Vão nos rastrear. Talvez encontrem até o piloto que nos levou.

— Acho que não.

— Tem cara de assassinato, e eles vão investigar. Vão investigar o suficiente para nos identificarem. As pessoas nos viram com ele em Ancoragem. Pode ser que se lembrem. É melhor nos apresentarmos agora e contar a história toda, explicar o que aconteceu, antes que acusem um de nós, ou nós dois, de assassinato. Temos reputações, posições e empregos. Meu Deus, e ainda tenho que pensar na Carrie e nas crianças. Preciso contar a ela, explicar tudo antes de irmos à polícia.

— O que acha que vai acontecer com as nossas reputações e posições quando isso vier a público?

— Vamos poder enfrentar melhor se formos à polícia e contarmos tudo.

— É isso o que quer fazer?

— É isso o que *temos* que fazer. Isso não sai da minha cabeça desde que o encontraram. Estava planejando tudo. Precisamos ir à polícia antes que a polícia venha a nós.

— Talvez você tenha razão. Talvez. — Ele pôs a caneca na mesa e se levantou, como se fosse andar de um lado para o outro atrás da cadeira de Max. Tirou uma luva do bolso e a vestiu na mão direita. — Preciso de mais tempo... para pensar. Para pôr as coisas em ordem caso...

— Vamos resolver isso outro dia. — Max esticou o braço para pegar a garrafa novamente. — Tirar um tempo para pensarmos. Primeiro, vamos falar com o delegado Burke para conseguirmos o apoio dele.

— Acha que funcionaria? — Sua voz estava suave agora, com certo tom de divertimento.

— Acho. Acho, sim.

— Isso aqui funciona melhor para mim.

Por trás, ele agarrou a mão de Max e a prendeu com a dele sobre a coronha de uma arma. Agarrando o pescoço do jornalista com a mão esquerda, encostou o cano à têmpora dele. O velho amigo, em choque, reagiu, tentando respirar. E ele puxou o gatilho.

A explosão que se deu no cômodo pequeno foi enorme e fez sua mão tremer. Mas ele se certificou de pôr o dedo de Max, já sem vida, no gatilho. Digitais, pensou — sua mente ainda lúcida, mesmo com os calafrios percorrendo-lhe o corpo. Resíduo de pólvora. Ele se afastou, para que a cabeça de Max caísse sobre a mesa e a arma fosse ao chão, ao lado da cadeira.

Cuidadosamente, com a mão enluvada, ligou o computador e abriu o documento que digitara enquanto esperava o amigo vir ao seu encontro.

Não posso mais viver neste mundo. O fantasma dele voltou para me assombrar. Peço perdão pelo que fiz e a todos que magoei.
Perdoem-me.
Matei Patrick Galloway. E, agora, vou me juntar a ele no inferno.
Maxwell Hawbaker

Simples e direto. Ele aprovou o texto e deixou o computador ligado. A luz da tela e o clarão da luminária de mesa iluminavam o sangue e a massa cinzenta.

Guardou a luva suja em um saco plástico e o colocou no bolso do casaco antes de vesti-lo. Pôs luvas limpas, a touca, o cachecol e pegou a caneca — a única coisa na qual tocara sem luvas.

Foi ao banheiro e jogou o uísque que restava no ralo, enxaguando a pia para limpar os resíduos. Lavou a caneca e a levou para o escritório, colocando-a de volta no lugar.

Os olhos de Max o fitavam, e algo naquilo fizera o vômito lhe subir pela garganta. Mas ele engoliu e se forçou a ficar de pé, a analisar cada detalhe. Satisfeito por não ter deixado nada passar, saiu pela mesma porta que entrou.

Seguiu pelas ruas laterais, mantendo o cachecol sobre o rosto e a touca quase sobre os olhos para o caso de algum insone olhar pela janela.

Acima, o céu cintilava com as luzes da aurora boreal.

Ele apenas fizera o que tinha que fazer, disse a si mesmo. Agora, acabou.

Ao chegar em casa e se livrar do odor de pólvora e sangue, que parecia impregnado nele, tomou uma única dose de uísque e assistiu à luva usada queimar na lareira.

Não sobrara mais nada, então afastou tudo aquilo de seus pensamentos.

E dormiu o sono dos inocentes.

Capítulo treze

⌘ ⌘ ⌘

Carrie passou na Hospedaria, a caminho da redação do jornal, para buscar dois sanduíches de ovos e bacon. Ficou surpresa — e um pouco irritada — ao ver que Max não estava na cama quando acordara. Não que fosse a primeira vez que ele voltava à redação no meio da noite e acabava dormindo por lá. Ou saía no começo da manhã antes de ela ou as crianças acordarem.

Mas, quando isso acontecia, ele sempre deixava um bilhete fofo ou brincalhão no travesseiro.

Naquela manhã, não teve bilhete algum, e ninguém atendera ao telefone quando ela ligara para a redação.

Aquilo não era do feitio dele. De qualquer forma, ele não estava agindo como de costume nos últimos dias. Isso também já estava irritando-a.

Havia uma reportagem *grande* no forno com a descoberta do corpo de Patrick Galloway. Do *suposto* corpo de Pat Galloway, relembrou a si mesma. Precisavam decidir como trabalhariam com aquela notícia, quanto espaço dedicariam a ela — e se deveriam dar um pulo em Ancoragem quando finalmente recuperassem o corpo.

Ela já vasculhara suas fotos antigas e separara várias de Pat. Usariam uma foto dele na reportagem.

E também as fotos dos três garotos que o encontraram. Queria entrevistá-los, principalmente Steven Wise, que morava na cidade. Na verdade, queria que Max o fizesse, já que ele era melhor entrevistador que ela.

Max nem tocava nesse assunto. Aliás, fora grosso na única vez que ela o trouxera à tona.

Já estava na hora de ele ir à clínica fazer uns exames. Seu estômago costumava ficar sensível quando não comia ou dormia direito — o que, pensando bem, vinha acontecendo desde que soubera sobre o caso de Galloway.

Talvez fosse porque tinham a mesma idade, ela refletia enquanto estacionava no meio-fio em frente à redação d'*O Lunático*. E ele conhecia um pouco o homem. Estavam começando uma amizade nos poucos meses em que Max estivera em Lunatilândia, pouco antes de Pat... ir embora. Era melhor considerar que *havia ido embora* antes de terem todos os fatos.

Só que não conseguia entender por que Max descontaria essa sua crise de meia-idade nela, ou seja lá o que fosse.

A verdade é que ela conhecia Pat fazia mais tempo que Max e não havia pirado. Certamente lamentava por Charlene e Meg — elas também teriam que dar uma entrevista —, e pretendia lhes oferecer suas condolências pessoalmente assim que possível.

Só que aquilo era *notícia*. Do exato tipo que ela e Max deveriam estar investigando e escrevendo no jornal. Pelo amor de Deus, eles tinham a vantagem de serem daquela cidade, o que significava que suas reportagens poderiam ser escolhidas por grandes agências de notícias.

Bom, ela mesma marcaria aquela consulta médica para ele e ficaria em cima para fazê-lo comparecer. Eles tinham trabalho para cacete a fazer, sem contar a história de Galloway e os planos para cobrir o Iditarod. Deus do céu, já era quase fevereiro e o dia primeiro de março se aproximava. Precisavam começar logo se quisessem noticiar algo sobre a corrida antes do fim do prazo.

Ela precisava que seu homem estivesse em perfeita forma e faria questão de lembrar isso a ele aos gritos se fosse necessário.

Saltou do carro com a sacola para viagem cheirando a sanduíche e o papel já manchado pela gordura. E sacudiu a cabeça quando viu o fraco feixe de luz vindo dos fundos da redação. Max dormira novamente no escritório, apostou.

— Carrie.

— Oi, Jim. — Ela parou na calçada para conversar com o *barman*. — Chegou cedo hoje.

— Preciso comprar umas mercadorias. — Ele apontou para a Loja da Esquina com a cabeça. — O tempo deve ficar aberto, então pensei em sair para pescar. — Olhou para a janela da redação iluminada. — Parece que alguém madrugou.

— Sabe como Max é.

— Sente o cheiro da notícia — disse ele, tocando o próprio nariz. — Ei, Professor! Já está na hora da aula?

John parou, juntando-se aos dois.

— Quase. Quis vir caminhando enquanto ainda é possível. A rádio disse que vamos chegar a -1ºC hoje.

— A primavera está chegando — anunciou Carrie. — E este café da manhã está esfriando. É melhor eu entrar e arrancar Max daquela mesa.

— Conseguiu alguma coisa sobre a história do Galloway? — perguntou John.

Ela pegou as chaves.

— Se houver algo para conseguir, vamos publicar na próxima edição. Tenham um bom-dia!

Depois de entrar, ela acendeu as luzes.

— Max! Hora de acordar! — Ela prendeu a sacola entre os dentes para deixar as mãos livres. Tirou o casaco e o pendurou no gancho, guardando as luvas em um bolso e a touca no outro.

Por hábito, afofou os cabelos com os dedos.

— Max! — chamou outra vez, parando em sua mesa para ligar o computador. — Trouxe o café da manhã, mas nem sei por que sou tão boa com você quando anda tão rabugento quanto um urso com dor de barriga. — Colocando a sacola na mesa, pegou a cafeteira e a levou até o banheiro para encher com água. — Sanduíches de ovos e bacon. Acabei de esbarrar com o Jim Magrelo e o Professor aqui na rua. Bom, encontrei o Professor na Hospedaria primeiro, terminando o mingau antes de ir para a escola. Parecia animado desta vez. Fico me perguntando se ele está pensando que, agora que Charlene sabe que seu antigo amor está morto, vai oficializar as coisas com ele. É um iludido.

Ela começou a fazer o café e pegou pratos descartáveis e guardanapos para os sanduíches. Cantarolava baixinho "Tiny Dancer", a música de Elton John que tocara na sua rádio de clássicos favorita na vinda para a redação.

— Maxwell Hawbaker, não sei por que ainda te aguento! Se for ficar emburrado por muito mais tempo, vou ter que começar a caçar um homem mais jovem e alegre. Não me tente.

Com um prato de sanduíche em cada mão, começou a se encaminhar para o pequeno escritório de Max.

— Mas, antes de abandoná-lo pelo meu amante sensual e selvagem de vinte e cinco anos, vou arrastar essa sua bunda gorda até a clínica para...

Ela parou na porta, e suas mãos, sem forças, afrouxaram-se nos pulsos. Os sanduíches se estatelaram no chão, um após o outro. Por cima do alto zumbido em seus ouvidos, ela ouviu o grito.

$\mathcal{N}$ATE TOMAVA sua segunda xícara de café enquanto conversava sobre o castelo de LEGO que ele e Jesse construíam como projeto matinal. A primeira ele tomara na casa de Meg, onde a maior parte de seus pensamentos ainda se encontrava.

Hoje, ela iria de avião ao norte, para entregar suprimentos, e faria uma escala em Fairbanks, para comprar mercadorias para os moradores de Lunatilândia. Pagando a taxa de 5% sobre o preço total para Meg, as pessoas evitavam a viagem de ida e volta para uma das cidades — opção nem sempre viável no inverno —, e ela ficava responsável pelas compras, pelo transporte e pela entrega.

Era, como ela mesma dissera, uma parte pequena, porém estável, de seus negócios.

Ele também dera uma olhada no escritório dela naquela manhã. Era tão ousado e estiloso quanto o resto da casa, arrumado para ser confortável e eficiente.

Uma mesa robusta com gavetas e um computador preto imponente com monitor de tela plana. Cadeira de escritório de couro, ele lembrou, um antigo relógio de pêndulo e muitos quadros com molduras pretas de desenhos feitos a lápis espalhados pela parede.

Havia uma planta enorme, com folhas que pareciam línguas compridas e verdes, em um vaso vermelho brilhoso, além dos armários de arquivos brancos e de um móbile solar de cristal no formato de estrela, que ficava pendurado em uma corrente em frente à janela.

Ele achara tudo aquilo muito prático e feminino.

Não fizeram planos para mais tarde. Ela tinha repulsa à ideia de fazer planos, e ele achava isso muito bom. Precisava de um tempo para pensar a respeito da direção que estavam tomando ou que poderiam tomar.

Seu histórico com mulheres era ruim. Talvez tivesse a chance de mudar isso com ela. Ou talvez fosse apenas o momento, um tipo de intervalo. Muitas coisas despertavam dentro dele depois daquele sono longo e sombrio. Como saberia o que era real? Ou — sendo real — como poderia manter as coisas como estavam?

Se ele assim quisesse.

Agora, o melhor a se fazer era tomar o café da manhã e construir um castelo de plástico com uma criança que estava feliz por ter companhia.

— Deveria ter uma ponte — disse Jesse. — A ponte que sobe e desce.

— Ponte levadiça? — A atenção de Nate voltou ao presente. — Pode ser que consigamos fazer uma... Poderíamos usar uma linha de pesca.

O menino olhou para ele e abriu um sorriso largo.

— Legal!

— Aqui está, delegado.

Ele percebeu que Rose se contraiu ao deixar o prato sobre a mesa.

— Está tudo bem?

— As minhas costas estão meio duras. Tive a mesma coisa quando estava grávida deste aqui. — Ela fez um cafuné no filho.

— Talvez deva ir ao médico.

— Tenho exames de rotina marcados para hoje. Jesse, deixe o delegado Burke tomar o café da manhã enquanto ainda está quentinho.

— A gente precisa de linha de pesca pra fazer uma ponte.

Ela ficou mais um tempo com a mão sobre a cabeça dele.

— Vamos conseguir para você.

Ela viu quando Jim Magrelo chegou à porta aos tropeços.

— Jim?

— Delegado! Delegado! Você tem que vir comigo. Venha, rápido. No jornal. É o Max. Ai, meu Deus!

— O que houve? — perguntou Nate, mas, automaticamente, levantou a mão para interromper Jim. Dava para ver pela palidez fantasmagórica de seu rosto e pelos olhos arregalados e vidrados que a coisa era ruim. E, ao lado dele, o menininho assistia a tudo, boquiaberto. — Espere. — Levantou-se rapidamente e pegou o casaco. — Lá fora. — E agarrou o braço trêmulo do homem, arrastando-o porta afora. — O que houve?

— Está morto! Misericórdia. Max está morto! Um tiro! Metade da cabeça... metade da cabeça dele sumiu!

Nate segurou Jim quando as pernas dele vacilaram.

— Max Hawbaker? Você o encontrou?

— Sim. Não. Quer dizer, sim, é o Max. Carrie. Carrie o encontrou. Ouvimos quando ela começou a gritar. Ela entrou, e o Professor e eu ficamos do lado de fora, conversando um pouco. E ela começou a gritar como se estivessem tentando matá-la! Corremos e... e...

Nate continuou arrastando o homem pela rua.

— Você tocou em alguma coisa?

— O quê? Acho que não. Não. O Professor disse para vir te buscar, para vir à Hospedaria e buscar você. Foi o que eu fiz. — Ele engolia com rapidez e quase sem intervalos. — Acho que vou vomitar.

— Não vai, não. Vá até a delegacia e chame Otto. Conte a ele o que acabou de me contar e diga que preciso de uma câmera, sacos plásticos para a coleta de evidências, luvas descartáveis e fita para isolar a cena do crime. Só diga a ele que preciso das coisas para a cena do crime. Vai conseguir lembrar?

— Eu... sim. Farei isso. Farei isso agora!

— E fique lá. Fique na delegacia até eu ir falar com você. Não fale com mais ninguém. Vá.

Nate se dirigiu à redação do jornal, apertando o passo. Seu cérebro entrara no modo automático, e preservar a cena do crime era essencial. Naquele momento, pelo que sabia, havia dois civis lá, o que significava que já estava comprometida.

Ele abriu a porta e viu John de joelhos no chão em frente a Carrie, que soluçava, aos prantos. O professor ainda estava agasalhado, mas sem as luvas, e levava um copo de água aos lábios de Carrie. Quando avistou Nate, uma sombra de alívio lhe cobriu o rosto espantado.

— Graças a Deus. Max. Lá atrás.

— Fique aqui. E ela também.

Ele começou a caminhar em direção ao escritório dos fundos. Dava para sentir o odor. Sempre dava. Não, corrigiu, não era verdade. Não haveria cheiro de morte na caverna de gelo onde Galloway aguardava. A natureza o encobrira.

Entretanto, era capaz de sentir o cheiro da morte de Max Hawbaker antes mesmo de vê-la. Assim como era capaz de sentir o cheiro dos ovos fritos e do *bacon* dos dois sanduíches espatifados no chão na soleira.

Da porta, examinou o local, o posicionamento do corpo, a arma, a natureza do ferimento. Lia-se suicídio. Mas ele sabia que, geralmente, o primeiro palpite de uma cena do crime era mentira.

Entrou, mantendo-se próximo às paredes, observando o padrão do sangue espirrado na cadeira, no monitor, no teclado. E a poça que escorrera do ferimento da cabeça, empapando a mesa e pingando no chão, antes de a morte fazer o sangue parar de jorrar.

Queimaduras de pólvora, ele reparou. O cano da .22 provavelmente fora pressionado diretamente contra a têmpora. Não havia orifício de saída da bala. E, apesar do depoimento gaguejado de Jim, os estragos no rosto eram mínimos. A bala abrira um orifício consideravelmente limpo antes de entrar no cérebro e quicar alegremente feito uma bolinha de fliperama que marcava a pontuação recorde.

É bem provável que Max tenha morrido antes de a cabeça cair sobre a mesa.

Ao perceber a proteção de tela girando, colorida, no monitor, Nate pegou uma caneta do bolso e se aproximou para tocar cuidadosamente no *mouse*.

O documento surgiu na tela.

Encarou a tela de olhos semicerrados para lê-lo e assim os manteve enquanto abaixava o olhar para encarar o corpo do homem que afirmava ter matado Patrick Galloway.

Ele voltou à porta do escritório e, com um gesto, pediu que Otto aguardasse quando o viu se apressar em sua direção. Nate se aproximou de Carrie e, assim como John, agachou-se.

— Carrie.

— Max. Max. — Ela levantou o olhar, vermelho e horrorizado, para encontrar o dele. — Max morreu. Alguém...

— Eu sei. Lamento muito. — Ele envolveu as mãos dela com as suas. — Vou ajudá-lo agora. Preciso que você vá à delegacia e espere por mim.

— Mas Max... Não posso deixá-lo.

— Pode deixá-lo comigo. Vou cuidar dele. John vai ajudá-la a vestir o casaco. Em um minuto, ele e Otto a acompanharão. Estarei lá o mais rápido possível. Então, vá para lá e espere por mim.

Ela o encarava, sem reação; o choque ainda faiscando nos olhos.

— Esperar por você.

— Isso mesmo. — Ela faria como ele pediu. O choque e o horror a deixariam obediente. Por enquanto. — Otto?

Ele se levantou e foi em direção aos fundos outra vez.

— Meu Deus! — exclamou, sem fôlego.

— Preciso que você os leve à delegacia. Jim ainda está lá?

— Sim. — Ele engoliu em alto e bom som. — Caramba, delegado...

— Mantenha-os lá. Separados. Peça para Peach cuidar de Carrie por enquanto. Quero que você ligue para Peter e mande-o vir direto para cá.

— Mas eu já estou aqui. Peter pode ficar de olho neles na delegacia enquanto...

— Preciso de você para colher os depoimentos. Vai lidar melhor com isso do que Peter. Comece por Jim. Quero que o médico venha para cá também. Entre em contato com Ken e peça a ele para vir direto para cá. Quero que ele testemunhe tudo. Não quero que haja erros aqui e quero discrição até que a cena do crime esteja isolada, e os depoimentos, arquivados. Use um gravador. Anexe a data e a hora e faça anotações por segurança. Mantenha todos lá, mas separados, até que eu volte. Entendido?

— Sim. — Ele passou a mão na boca. — Por que raios Max se mataria? É isso, não é? Suicídio?

— Vamos trabalhar com a cena e as testemunhas, Otto. Um passo de cada vez.

Sozinho, pegou a câmera que Otto levara para registrar a cena do crime. Usou um rolo de filme inteiro, colocou um novo rolo e tirou mais fotos.

Em seguida, pegou um bloco e fez anotações detalhadas — o fato de a porta dos fundos estar destrancada, a marca e o calibre da arma, a ordem exata das palavras no bilhete no monitor. Fez um esboço rápido do local, ilustrando a posição do corpo, da arma, da luminária de mesa, da garrafa de uísque e da única caneca.

De luvas, Nate cheirava a garrafa e a caneca quando Peter entrou.

— Pegue a fita para isolar a área, Peter. Quero que a coloque nas portas da frente e dos fundos.

— Vim o mais rápido que pude... — O subdelegado se calou assim que chegou à entrada do escritório.

Quando a pele de Peter assumiu um tom esverdeado, Nate se dirigiu a ele, ríspido:

— Não vá vomitar aqui dentro. Se precisar, faça isso lá fora. E leve a fita com você.

Peter afastou o corpo, concentrou-se na parede e respirou pela boca.

— Otto disse que Max tinha se matado, mas não imaginei que...

— Isso ainda não foi confirmado. A única confirmação que temos aqui é que ele está morto. No momento, isto aqui é uma cena do crime, e a quero isolada. Ninguém, além do médico, está autorizado a entrar. Fui claro?

— Sim, senhor. — Peter procurou a fita amarela dentro da caixa levada por Otto e cambaleou para fora.

— A Polícia Estadual vai vir atrás de você, Max — murmurou ele. — Parece que você deu um presente para eles, com lacinho e tudo. Pode ser que tudo seja exatamente o que parece. Mas não sou um grande fã de lacinhos. — Ele saiu, com as mãos ainda enluvadas, e ligou para o sargento Coben, em Ancoragem. — Não vou deixar este corpo parado aqui até que você possa vir de Ancoragem — disse, após contar o essencial a Coben. — Você deve ter pesquisado sobre mim. Sabe que sou qualificado. Isolei e registrei a cena e chamei um médico, que está a caminho. Vou colher as evidências e levar o corpo até a clínica. Tudo estará ao seu dispor assim que chegar aqui. — Com um gesto, pediu que Ken, o médico, entrasse assim que apareceu na porta. — E espero a mesma cooperação quanto à investigação sobre Galloway. Esta é a minha cidade, sargento. Nós dois queremos solucionar o caso, mas teremos que trabalhar juntos. Ficarei à sua espera.

E desligou.

— Preciso que dê uma olhada no corpo. Poderia determinar a hora aproximada da morte?

— Então, é verdade... Max está morto. — Ken passou os dedos por baixo dos óculos, pressionando os olhos. — Nunca tive que fazer algo assim antes, mas posso te dar uma estimativa, sim.

— Ótimo. Coloque estas luvas. — Nate lhe entregou um par. — Não está nada agradável — acrescentou.

Ken adentrou o local, e visivelmente demorou um instante para se ambientar.

— Já lidei com ferimentos de bala, mas nada que fosse, nem de longe, comparável a isso, nem com alguém que eu conhecesse. Por que diabos Max faria isso consigo mesmo? O inverno pode ser duro para algumas pessoas, mas ele já estava acostumado. E tem mais: ele não sofria de depressão. Carrie me contaria, ou eu mesmo teria percebido. — Ele levantou o olhar rapidamente na direção de Nate.

— Nunca pensei em me matar. Dá muito trabalho. Caso eu mude de ideia, te aviso.

— Tem se sentido melhor ultimamente?

— Alguns dias, sim. Está preparado?

Ken enrijeceu os ombros.

— Sim, obrigado. — Deu um passo à frente. — Posso tocar nele? Mexer?

Nate havia tirado fotos e contornado o corpo com a fita de isolamento na falta de algo melhor. Então, assentiu.

Inclinando-se, Ken levantou uma das mãos de Max e beliscou a pele.

— Eu conseguiria trabalhar melhor se pudesse levá-lo à clínica, despi-lo e fazer um exame mais detalhado.

— Logo vai ter essa chance. Diga uma hora aproximada.

— Bom, relembrando meus dias de aluno e considerando a temperatura na sala e a rigidez cadavérica, eu diria que ele já está morto há algo entre oito e doze horas. É apenas uma estimativa, Nate.

— Então a morte teria ocorrido entre nove da noite e uma da manhã. Já é o suficiente. É possível que consigamos ser mais específicos depois do depoimento de Carrie. Vou mandar Peter trazer um saco para a remoção do corpo. Preciso que você o coloque em algum lugar seguro. E frio.

— Há uma área na clínica que usamos como necrotério provisório quando alguém morre.

— Vai servir. Não quero que fale sobre isso com ninguém. Mantenha-o coberto até que eu vá para lá.

Ele supervisionou o transporte do corpo e, depois, imprimiu o documento do computador antes de desligá-lo. Assim que trancou as portas, dirigiu-se à delegacia.

Hopp o alcançou.

— Tenho que saber o que diabos está acontecendo aqui, porra!

— Ainda estou trabalhando nisso. O que posso dizer é que Max Hawbaker foi encontrado morto na mesa dele, na redação do jornal. Aparentemente, levou um tiro na cabeça. Possivelmente, dado por ele mesmo.

— Meu Deus! *Cacete!* Possivelmente? — Ela trotava ao lado de Nate para acompanhá-lo, agarrando-se a sua manga quando ele se afastava demais. — O que quer dizer com *possivelmente*? Acha que ele foi assassinado?

— Eu não disse isso. Estou investigando, Hopp. A Polícia Estadual já foi notificada e chegará em poucas horas. Quando eu tiver respostas, vou informá-la. Deixe-me fazer o meu trabalho. — Ele escancarou a porta da delegacia e a fechou na cara dela.

Na varanda fechada, demorou-se tirando todo o agasalho e tentando desanuviar a mente. O sol já saíra e o céu estava limpo, como previsto pela meteorologia.

Eles iriam recuperar o corpo de Galloway hoje, pensou. E talvez buscassem também o corpo de seu assassino. Dois coelhos, uma cajadada.

Se pensavam em fazer isso, estavam enganados.

Abriu a porta interna e se deparou com John, sentado em uma das cadeiras na sala de espera, lendo o livro *A Longa Jornada*. John ficou de pé e guardou o exemplar no bolso de trás, sem marcar a página.

— Peach levou Carrie para a sua sala. Otto está com Jim em uma cela. Não preso — acrescentou, rapidamente. Então, suspirou. — Difícil pensar direito.

— Otto já colheu o seu depoimento?

— Sim. Não tive muito o que contar. Saí da Hospedaria e estava indo a pé até a escola. Vi Jim e Carrie e parei um instante para conversar com eles. Carrie levava o café da manhã em uma sacola de papel. A luz estava acesa no escritório de Max. Dava para ver o reflexo pela janela. Ela entrou, e Jim e eu ficamos lá fora por mais uns minutos, conversando. Ele estava indo comprar iscas. Ia pescar. Gosta de implicar comigo porque não pesco nem caço. — Começou a esfregar o lado esquerdo do rosto, como se estivesse sentindo dor. — A partir daí, só ouvimos os gritos da Carrie. Corremos para dentro e o vimos... Vimos Max. — Ele fechou os olhos e puxou o ar com força algumas vezes. — Desculpe. É que eu nunca tinha visto uma pessoa morta. Não até que estivessem... preparadas para serem vistas.

— Não precisa se apressar.

— Eu... hã... tirei a Carrie de lá. Não sabia direito o que fazer, então a arrastei de lá e disse a Jim que você estava na Hospedaria e pedi que ele fosse buscá-lo. Carrie estava histérica. Sentei ela, e tive que segurá-la no começo, porque ela queria voltar lá para dentro. Depois, peguei um pouco de água para ela e fiquei lá até você chegar. Foi isso.

— Algum de vocês entrou no local?

— Não. Bom, a Carrie estava lá dentro. Tinha entrado, não sei, talvez um ou dois passos. Ela estava segurando um prato descartável em cada mão. Os sanduíches caíram, e ela ficou lá, gritando, com um prato em cada mão.

— Quanto tempo vocês levaram para alcançá-la depois de ouvirem o grito?

— Uns trinta segundos, talvez. Nate, parecia que alguém a estava esfaqueando. Nós dois reagimos. Entramos lá muito rápido. Acho que levamos menos de trinta segundos.

— Certo. Pode ser que precisemos conversar de novo, e o policial estadual que está vindo também vai querer falar com você. Fique de prontidão. E eu gostaria que mantivesse sigilo. Sei que será muito difícil, mas eu gostaria que o fizesse.

— Vou para a escola. — Ele olhou para o relógio, distraído. — Já estou atrasado, mas talvez a aula mantenha minha mente ocupada. Vou ficar a maior parte do dia lá.

— Obrigada.

— Ele sempre me pareceu tão inofensivo — disse John, enquanto pegava o casaco. — Uma pessoa do bem, se entende o que estou tentando dizer. Sempre procurando uma história em um lugar como este. Fofocas da cidade, coisas do cotidiano, nascimentos. Mortes. Eu diria que ele era um homem realizado, cuidando do seu jornalzinho local, criando os filhos.

— Quem vê cara não vê coração.

— Sem dúvidas.

Nate foi até as celas para ver Jim, que corroborou a versão de John. Depois de liberá-lo, sentou-se no beliche ao lado de Otto.

— Peter foi para a clínica. Vou mantê-lo lá por enquanto. Está um pouco abalado, e acho que peguei pesado com ele. Quero que você comece uma investigação. Saia partindo da redação e converse com as pessoas que moram na vizinhança. Pergunte se alguém ouviu um tiro ontem à noite. Estamos trabalhando com o intervalo de nove da noite a uma da manhã por enquanto. Quero saber se alguém viu Max ou outra pessoa nas redondezas do jornal: quando, onde, quem. Se ouviram carros, vozes. Se escutaram ou viram qualquer coisa, vou querer saber.

— A Polícia Estadual está a caminho?

— Sim.

O rosto de Otto ficou marcado de rugas feito as de um buldogue.

— Não acho isso certo.

— Certo ou não, é assim que as coisas funcionam. Espere uma hora e chame Peter para trabalhar na investigação com você. Podemos confiar que Ken vai manter o corpo em segurança. Conversou com Carrie?

— Tentei, mas não tive muito sucesso.

— Não tem problema. Vou conversar com ela agora. — Nate se levantou. — Otto, Max conhecia Patrick Galloway?

— Não sei... — Ele franziu a testa. — Sim, tenho certeza que sim. É difícil lembrar algo que aconteceu há tantos anos. Mas, pelo que sei, Max veio para cá no verão antes de Pat desaparecer. Ser assassinado — corrigiu ele. — Max trabalhava em um jornal em Ancoragem e decidiu que queria o seu próprio jornaleco de cidade pequena. Pelo menos, é o que se sabe.

— Certo. Comece a investigação.

Conforme Nate se aproximava da porta de sua sala, teve a impressão de ouvir alguém cantando. Ninando, corrigiu, como se faz com um bebê. Ao abrir a porta, viu Carrie deitada em um cobertor, no chão, com a cabeça sobre o colo largo de Peach, que acariciava seus cabelos e a ninava.

Ela levantou o olhar quando Nate entrou.

— Fiz o melhor que pude — murmurou. — A coitada está arrasada. Está dormindo agora. Eu... encontrei Xanax na gaveta da sua mesa e dei meio comprimido a ela.

Ele teve que ignorar o calor do constrangimento.

— Tenho que conversar com ela.

— Odeio ter de acordá-la. Mas deve estar um pouco mais calma agora do que quando Otto tentou falar com ela. Quer que eu fique?

— Não, mas fique por perto.

Quando Nate se sentou no chão, Peach segurou seu pulso.

— Acho que não preciso pedir que seja gentil. Você sabe o que fazer e já é gentil. Mesmo assim... — interrompeu-se ela e acariciou o rosto de Carrie. — Carrie? Querida, você tem que acordar agora.

Carrie abriu os olhos, que estavam vagos e sem vida.

— O que foi?

— Nate precisa conversar com você, meu amor. Pode se sentar?

— Não entendo. — Ela esfregou os olhos, como uma criança. — Sonhei que... — Quando focou em Nate, seus olhos se arregalaram. — Não foi um sonho. Max. O meu Max. — Quando a voz dela falhou, Nate segurou sua mão.

— Sinto muito, Carrie. Sei que é difícil, e sinto muito. Quer água? Quer alguma coisa?

— Não, não. Nada. — Ela se sentou e enterrou o rosto nas mãos. — Nada.

Nate se levantou e ajudou Peach a fazer o mesmo.

— Se precisar de mim, estarei lá fora — disse ela e saiu, fechando a porta com cuidado atrás de si.

— Quer uma cadeira ou quer ficar onde já está?

— Parece que ainda estou sonhando. É como se a minha cabeça estivesse flutuando.

Ele decidiu que o chão serviria e se sentou novamente.

— Carrie, vou ter que fazer algumas perguntas. Olhe para mim: a que horas Max saiu de casa ontem à noite?

— Não sei. Nem sabia que ele tinha saído até hoje de manhã. Fiquei irritada. Ele sempre deixa um bilhete no travesseiro quando sai para trabalhar à noite ou de manhã cedo.

— Quando foi a última vez que o viu?

— Eu o vi... hoje de manhã... eu vi...

— Não. — Ele pegou novamente a mão dela e tentou desviar sua atenção daquela cena. — Antes. Ele jantou em casa?

— Sim. Comemos chili, o Max que fez. Ele gosta de se exibir com aquele chili. Jantamos todos juntos.

— E, depois, o que fizeram?

— Assistimos à televisão. Pelo menos, eu assisti. As crianças assistiriam um pouco. Depois, Stella foi falar com uma amiga no telefone, e Alex foi para o computador. Max estava inquieto. Disse que ia ler um livro, mas não conseguia. Perguntei o que estava acontecendo, mas ele ficou irritado comigo. — Uma única lágrima escorreu, traçando um caminho solitário por sua bochecha. — Ele disse que tinha coisas para resolver e que eu não o deixava em paz nem por cinco minutos. Ficamos zangados um com o outro. Mais tarde, quando as crianças foram dormir, ele me pediu desculpas. Tinha algo o incomodando... Mas eu ainda estava chateada e o desprezei. Quase não nos falamos antes de irmos para a cama.

— E a que horas foi isso?

— Umas dez e meia, acho. Não, não foi isso. Fui para a cama, e ele murmurou algo sobre ficar acordado assistindo à CNN, sei lá. Não prestei atenção porque estava zangada. Fui para a cama cedo porque estava irritada e não queria ficar com ele. Agora, ele se foi.

— Ele ainda estava em casa às dez e meia da noite. Não o ouviu saindo?

— Fui direto para o quarto e caí no sono. Quando levantei hoje de manhã, vi que ele nem tinha ido para a cama. Ele sempre arranca o lençol da parte de baixo do colchão. Fico louca com isso. Achei que ele poderia ter dormido no sofá, mas não estava lá. Levei as crianças para a casa de Ginny, era a vez dela de levá-los à escola. Ah, meu Deus... Meu Deus, os meus filhos!

— Não se preocupe. Vamos tomar conta deles. Vou levar todos vocês para casa assim que terminarmos aqui. Você foi à cidade.

— Decidi perdoá-lo. Não dá para ficar chateada com o Max. E eu ia marcar uma consulta médica de rotina para ele. Ele não tem se alimentado bem esses dias. Parei para comprar o café da manhã e dirigi até a redação. Vi

Jim e John. Em seguida, entrei e o encontrei. Eu o encontrei. Como alguém pôde machucar Max daquela maneira?

— Carrie, ele costumava deixar a porta dos fundos da redação destrancada?

— O tempo todo. Nunca se lembrava de trancá-la. Dizia que não tinha com o que se preocupar. Se alguém quisesse mesmo entrar lá, arrombaria a porta com um chute.

— Ele tinha alguma arma?

— Sim, algumas. Todo mundo tem.

— Uma pistola .22? Uma Browning .22?

— Sim, sim. Preciso ir buscar os meus filhos.

— Um minuto. Onde ele guardava essa arma?

— Essa? No porta-luvas da caminhonete dele. Ele gostava de usá-la para praticar tiro ao alvo, em geral. Às vezes, ele parava no caminho, indo do trabalho para casa, e atirava em algumas latas. Dizia que isso o ajudava a planejar reportagens.

— Ele chegou a comentar algo com você a respeito de Patrick Galloway?

— Claro que sim. Todos estão falando sobre Galloway por aí.

— Digo especificamente, sobre ele e Galloway.

— E por que ele faria isso? Eles só se conheceram pouco antes de Pat ir embora.

Nate estudou as possibilidades. Ela era uma parente próxima e tinha que ser informada. Que o fizesse logo, então.

— Havia um bilhete no computador dele.

Ela limpou as lágrimas com os nós dos dedos.

— Que tipo de bilhete?

Nate se pôs de pé novamente e abriu o arquivo que colocara sobre a mesa.

— Vou deixar você ler uma cópia dele. Não vai ser nada fácil, Carrie.

— Quero ver agora.

Nate lhe entregou o documento e aguardou. Viu o pouco de cor que voltara ao rosto da mulher desaparecer novamente. Mas seus olhos, em vez de ficarem entorpecidos com o choque, pareciam se incendiar.

— Isso está errado. Isso é loucura. É *mentira*! — Como se tentasse provar suas palavras, Carrie se levantou e rasgou o papel em pedacinhos. — Isso é uma mentira das grandes, e você deveria ter vergonha! Meu Max nunca machucou uma alma sequer em toda sua vida. Como se atreve? Como se atreve a dizer que ele matou uma pessoa e depois *se* matou?

— Estou apenas mostrando a você o que estava no computador dele.

— E eu estou dizendo a você que é mentira! Alguém matou o meu marido, e é melhor que faça o seu trabalho e descubra quem foi. A pessoa que machucou o meu Max foi quem criou essa mentira. E, se você acredita nela por um segundo sequer, que vá para o inferno!

Ela saiu correndo da sala. Segundos depois, Nate ouviu o choro desesperado.

Saiu da sala e viu Peach consolando-a com um abraço.

— Faça com que ela e os filhos sejam levados para casa — disse ele em voz baixa e voltou para sua sala.

Por um tempo, manteve-se ali, de pé, analisando os pedaços de papel espalhados no chão.

Capítulo quatorze

⌘ ⌘ ⌘

Hopp tinha um gabinete na prefeitura. Não era muito maior que um armário de produtos de limpeza e era decorado naquele mesmo estilo caótico; porém, como Nate queria uma reunião formal, marcou o compromisso lá.

A prefeita estava maquiada e usava um terninho preto, e ele percebeu que ela entendera o recado.

— Delegado Burke. — As palavras foram ditas com rapidez, e ela fez um gesto brusco com o braço, indicando uma cadeira a ele.

Dava para sentir o cheiro do café na caneca em cima da mesa, e o bule no pequeno balcão atrás dela estava quase cheio. Ela não falou para que ele se servisse.

— Devo me desculpar por ter sido tão rude hoje de manhã — começou ele —, mas não era uma hora boa.

— Vou lembrá-lo que trabalha para mim.

— Trabalho para os moradores desta cidade. E um deles está estirado em uma maca no nosso necrotério provisório. Isso significa que ele é a minha prioridade, prefeita. Não você.

Os lábios dela, pintados com um forte tom de vermelho, apertaram-se. Ele a ouviu puxar o ar, longa e ruidosamente, e soltá-lo, devagar.

— Seja como for, *eu* sou a prefeita da cidade, o que faz dos cidadãos daqui a minha maior preocupação também. Eu não estava atrás de fofoca, e ter sido tratada daquela forma me aborreceu.

— E, *seja como for*, eu tinha um trabalho a fazer. E parte dele era a total intenção de lhe oferecer um relatório assim que terminasse as preliminares. O que estou pronto para fazer agora.

— Não estou gostando da sua atitude grosseira.

— Posso dizer o mesmo a senhora.

Desta vez, a prefeita ficou boquiaberta; seus olhos, em chamas.

— É óbvio que a sua mãe não lhe ensinou a respeitar os mais velhos.

— Acho que não precisou. Enfim, ela não gosta de mim mesmo.

Ela tamborilou os dedos na mesa. As unhas, curtas, práticas e não pintadas, não combinavam em nada com a boca vermelha e o terninho executivo.

— Sabe o que está me irritando?

— Tenho certeza de que vai me contar.

— O fato de não estar mais irritada com você. Gosto de remoer uma boa raiva. Mas você tem razão quando diz que as pessoas da cidade são a sua prioridade. Eu respeito isso, porque sei que é a verdade. Max era um amigo meu, Ignatious. Um bom amigo. Estou muito chateada com isso.

— Eu sei. E lamento muito. E vou pedir desculpas de novo por não ter sido mais...

— Sensível, cortês, acessível?

— Pode escolher.

— Tudo bem, vamos seguir em frente. — Ela puxou um lenço e assoou o nariz com vigor. — Pegue um pouco de café e me passe os detalhes do caso.

— Obrigado, mas já bebi uns três litros de café hoje. Pelo que pude apurar, Max saiu de casa após as dez e meia da noite. Tinha discutido com a esposa. Nada sério, mas ela alega que ele estava estranho nos últimos dias. Ela diz que começou quando a notícia sobre o corpo de Patrick Galloway surgiu.

A testa de Hopp se enrugou, e as linhas de expressão em torno de sua boca se agravaram.

— Mas me pergunto o porquê. Não me lembro de eles terem sido tão próximos. Acho que se davam bem, mas Max tinha acabado de se mudar para cá quando Patrick desapareceu.

— Ainda não há nada que evidencie que Max tenha ido a outro lugar além do escritório, na redação do jornal. Em algum momento, antes da uma da manhã, se a estimativa do doutor estiver correta, ele ou outra pessoa, ou pessoas, deu-lhe um tiro na cabeça pela têmpora direita.

— Por que alguém... — Ela se interrompeu e gesticulou para Nate. — Desculpe. Continue até o final.

— Pelas evidências na cena do crime, o falecido estava sentado à mesa quando aconteceu. A porta dos fundos estava destrancada, o que me disseram ser bem comum. O computador estava ligado, juntamente com a luminária da mesa. Havia uma garrafa aberta de Paddy's na mesa e uma caneca com um dedo de uísque. Será levada para análise, mas não detectei a presença de nenhuma outra substância.

— Meu Deus... Eu o vi ontem de manhã.

— Ele parecia estranho?

— Não sei. Não posso afirmar que estava prestando atenção. — Ela pressionou as mãos cruzadas contra o pau do nariz, ficando parada por um instante, e, depois, abaixou-as. — Agora que você falou a respeito... Talvez ele estivesse mesmo distraído. Mas não consigo pensar em nenhum motivo que o levasse a fazer isso consigo mesmo. Carrie e ele tinham um bom casamento. Os filhos não davam mais problemas que qualquer criança da idade deles. Ele adorava trabalhar naquele jornal. Talvez estivesse doente? Talvez tenha descoberto que tinha câncer ou algo do tipo e não conseguiu suportar.

— Ele estava bem de saúde, de acordo com os últimos exames de rotina na clínica. Isso foi há seis meses. A arma encontrada na cena do crime era dele, estava devidamente registrada. De acordo com a esposa, era uma das que ele costumava deixar no porta-luvas da caminhonete para praticar tiro ao alvo. Não havia sinal de luta corporal.

— Coitado do Max... — Ela pegou outro lenço, mas, em vez de usá-lo, apenas o amassou na mão. — O que poderia levá-lo a tirar a própria vida, a fazer isso não só consigo, mas com a família?

— Havia um arquivo no computador dele, um bilhete. Alegando que ele matara Patrick Galloway.

— O quê? — O café que levara à boca quase derramou quando ela colocou a caneca de volta sobre a mesa. — Ignatious, isso é loucura! Max? Isso é loucura.

— Ele praticava alpinismo, não? Com mais frequência uns quinze, dezesseis anos atrás?

— Bom, sim. Mas metade das pessoas daqui pratica ou já praticou alpinismo. — Ela espalmou as mãos sobre a mesa. — Me recuso a acreditar que Max tenha matado alguém.

— Você já estava preparada para acreditar que ele se matou.

— Porque ele está *morto*. Porque tudo o que fiquei sabendo aponta para isso. Mas homicídio? Isso é um absurdo.

— Farão testes para verificar se a .22 recolhida como evidência foi usada. Digitais, resíduos de pólvora. Acredito que os testes vão corroborar o que parece ser, um suicídio, e que, provavelmente, a morte dele vai ser considerada oficialmente como tal, assim como o caso de homicídio de Galloway vai ser encerrado.

— Não dá para acreditar em uma coisa dessas.

— Também não estou convencido de nada disso.

— Ignatious. — Ela pôs a mão na têmpora. — Está me deixando confusa.

— Tudo muito bem encaixado, não é? Um bilhete no computador? Qualquer um pode pressionar algumas teclas. A culpa o levou à morte depois de tantos anos? Bom, ele conviveu muito bem com ela durante todo esse tempo. Carrie disse que, sempre que ia trabalhar à noite ou muito cedo de manhã, ele deixava um bilhete para ela sobre o travesseiro. Um homem que faz isso não deixaria um bilhete pessoal para ela quando decidisse se matar?

— Você está dizendo que...

— É muito fácil pegar uma arma de um porta-luvas, quando se sabe onde ela está. Não é tão difícil forjar um suicídio se você planejar bem e tiver sangue-frio.

— Você acha que... Meu Deus, você acha que o Max foi assassinado?

— Eu também não falei isso. Apenas disse que não estou convencido de que as coisas são o que parecem ser. Então, se a investigação considerar que foi suicídio e o caso de Galloway for encerrado antes que eu esteja convencido, vou continuar investigando. É você quem me paga, então tem o direito de saber caso eu passe tempo de serviço em uma busca infindável.

Ela o encarou, e ele a ouviu soltar um daqueles suspiros longos e altos.

— Em que posso ajudar?

NATE TEVE a impressão de que o sargento Roland Coben era um policial competente. Um homem com mais de vinte anos de carreira, responsável pela solução de muitos casos. Tinha cerca de um metro e oitenta de altura;

um pouco robusto na cintura, um pouco cansado ao redor dos olhos. Ele tinha cabelos crespos, que iam de tons de louro para branco, cortados ao estilo militar, botas engraxadas, brilhosas, e mascava um chiclete de cereja.

Trouxera consigo uma equipe de dois peritos, que se mantiveram ocupados inspecionando o escritório de Max, enquanto Coben analisava as fotos que Nate tirara.

— Quem esteve na cena do crime desde que o corpo foi encontrado?

— Eu, o médico da cidade e um dos meus subdelegados. Antes de deixá-los entrar, tirei as fotos, fiz um esboço da cena e coletei as evidências. Todos estavam de luvas. A cena está isolada, sargento.

Coben viu as manchas de gordura no tapete próximo à porta. Nate recolhera devidamente os sanduíches como evidências também.

— A esposa só veio até aqui?

— De acordo com ela e as duas testemunhas, sim. E ninguém, além de mim, tocou em nada, só no corpo.

O sargento grunhiu em concordância e analisou o bilhete na tela do computador.

— Levaremos o computador, juntamente com as evidências que você coletou. Vamos dar uma olhada no corpo.

Nate o guiou pela porta dos fundos.

— Você trabalhou em homicídios nos estados lá de baixo, não foi?

— Trabalhei.

Coben subiu com facilidade no quatro por quatro de Nate.

— Isso vai ser útil. Soube que você perdeu o seu parceiro.

— Pois é.

— E ainda levou dois tiros.

— E ainda estou vivo.

Responsável, o sargento colocou o cinto.

— Tirou muitas licenças médicas no seu último ano em Baltimore.

Nate o olhou com tranquilidade.

— Não estou de licença médica no momento.

— O seu superior disse que você é um bom policial e que talvez tenha perdido um pouco da ousadia e da confiança depois da morte do seu parceiro. E que entregou a eles o seu distintivo no último outono e interrompeu as sessões com o psiquiatra do departamento.

Nate estacionou em frente à clínica.

— Já perdeu um parceiro?

— Não. — Coben parou por um instante. — Mas já perdi alguns amigos em serviço. Estou apenas tentando conhecê-lo, delegado Burke. Um policial de cidade grande com a sua experiência pode não aceitar muito bem quando tiver que passar um caso dessa dimensão para as autoridades estaduais.

— Talvez. E um policial estadual pode não estar tão empenhado nesta cidade e no que acontece por aqui quanto o delegado de polícia local.

— Não faz muito tempo que você é delegado. — Ele saltou do carro. — Talvez nós dois tenhamos razão. O departamento tem lidado bem com a imprensa no caso do Homem de Gelo... Eles adoram dar apelidos às vítimas de crimes violentos assim.

— Sempre fazem isso.

— Bom, estão controlando a mídia agora, mas as coisas vão mudar quando o tirarem da caverna. É uma notícia e tanto, delegado Burke. Do tipo que a imprensa adora cobrir em escala nacional. Agora, você tem o corpo do homem que alegou ser o assassino: mais notícias. Quanto mais rápido encerrarmos o caso, melhor para todo mundo. E, quanto menos bagunça, melhor.

Nate se manteve no lado oposto do carro.

— Você está preocupado que eu vá à imprensa para chamar atenção para mim e para a cidade?

— Foi apenas um comentário, só isso. Houve muita cobertura da mídia em cima daquele tiroteio em Baltimore... grande parte focada em você.

Nate sentiu o calor subir pelo corpo, aquela sensação longa e vagarosa da raiva fervilhando no estômago, borbulhando na garganta.

— Então, você supôs que eu devo gostar de ver o meu nome nos jornais, o meu rosto na televisão, e que dois homens mortos poderiam ser a oportunidade perfeita.

— Você poderia ganhar uns pontos, a meu ver, se tiver a intenção de voltar para Baltimore.

— Então, que sorte a minha ter vindo para cá a tempo de vivenciar isso tudo.

— Não faz mal estar no lugar certo, na hora certa.

— Está tentando me provocar ou é babaca por natureza?

Os lábios de Coben se curvaram.

— Quem sabe os dois? De modo geral, só estou tentando entender melhor as coisas.

— Então, vamos esclarecer uma coisa: a investigação é sua. Esse é o procedimento. Mas esta é a minha cidade, e sou responsável pelas pessoas daqui. Isso é fato. E você confiando ou não em mim, gostando ou não de mim, querendo ou não me levar para jantar e assistir a um filme, eu vou fazer o meu trabalho.

— É melhor darmos uma olhada no corpo, então.

Coben entrou e, lutando para não perder a cabeça, Nate o seguiu.

Havia apenas uma pessoa na sala de espera. Bing pareceu envergonhado e, logo depois, irritado por ter sido visto sentado em uma das cadeiras de plástico.

— Bing — disse Nate, acenando com a cabeça, e o homem grunhiu, escondendo o rosto por trás de uma velha edição da revista *Alaska*.

— O doutor está com um paciente — disse Joanna, analisando Coben da cabeça aos pés. — Sal Cushaw cortou a mão em um arco de serra e está levando pontos. Também vai precisar tomar a antitetânica.

— Precisamos das chaves do necrotério — informou Nate, e os olhos da secretária voaram rapidamente dele para Coben.

— O doutor está com elas. Disse que ninguém além do senhor poderia entrar.

— Este é o sargento Coben, da Polícia Estadual. Poderia ir buscar as chaves?

— Sim, claro.

Ela passou apressada e Bing começou a resmungar.

— Não precisamos de *stormtroopers* em Lunatilândia. Fique na sua.

Nate apenas balançou a cabeça quando Coben olhou por cima do ombro.

— Deixe para lá — murmurou. — Está doente, Bing? — Nate se recostou contra o balcão. — Ou veio apenas passar o tempo?

— Isso é problema meu. Assim como um homem estourar os próprios miolos é problema dele. A polícia não deixa ninguém em paz.

— Isso é verdade. Somos uns cuzões com distintivos. Quando foi a última vez que falou com Max?

— Nunca tive muito o que falar com ele. Era um bostinha.

— Soube que ele reclamou com você para ir tirar a neve da entrada da garagem dele. Então, você foi lá, tirou a neve e jogou em seu carro.

O sorriso de Bing se alargou sob a barba volumosa.

— Talvez. Mas não acho que ele tenha estourado os miolos por causa disso.

— Você é um canalha cruel, Bing.

— É isso aí.

— Delegado? — Joanna voltou ao balcão e lhe entregou as chaves. — É a com a marca amarela. O doutor disse que vai para lá assim que terminar com Sal.

— Ei! Eu sou o próximo aqui! — Bing chacoalhou a revista. — Hawbaker já está morto.

Joanna apertou os lábios.

— Tenha respeito, Bing!

— O que eu tenho é hemorroida!

— Diga ao doutor que atenda a todos os pacientes primeiro — disse Nate. — Onde fica o necrotério?

— Ah, sim, perdão. Lá nos fundos, siga em frente. É a primeira porta à esquerda.

Eles foram em silêncio, e Nate usou a chave para abrir a porta. Adentraram uma sala com uma parede coberta por prateleiras de metal e duas mesas, também de metal. Nate acendeu as luzes e reparou que as mesas eram do mesmo tipo usado em autópsias e nas salas de tanatopraxia em funerárias.

— Disseram que usam o local como necrotério provisório. Não há funerária nem agente funerário aqui. Eles trazem alguém de fora, que prepara o corpo nesta sala, quando precisam.

Ele foi até a mesa onde Max estava deitado — e descoberto, para preservar quaisquer vestígios, conforme Nate ordenara. As mãos do defunto estavam em sacos de plástico.

— As unhas da mão direita estão roídas até o sabugo — indicou Nate. — Há um corte no lábio inferior dele. Parece ter mordido a si mesmo.

— Não há marcas de defesa evidentes. Queimaduras de pólvora em torno do ferimento... Podemos confirmar se ele era destro?

— Sim, já confirmamos.

As mãos estavam isoladas para preservar os resíduos para testagem. Havia fotografias do copo, da cena do crime e até da porta externa de todos os ângulos possíveis. Os depoimentos das testemunhas foram colhidos e anotados logo após o incidente, quando a memória delas ainda era recente, e o local estava trancado e isolado com a fita da polícia.

Burke preservara bem a cena, Coben pensou, e facilitara consideravelmente seu trabalho.

— Vamos examiná-lo para ver se encontramos algum vestígio. Verificou os bolsos dele?

— Carteira, sachê de antiácido aberto, moedas, cartela de fósforos, bloco de anotações, lápis. Na carteira, havia carteira de habilitação, cartões de crédito, cerca de trinta dólares em dinheiro e fotos da família. O celular, outra cartela de fósforos e um par de luvas de lã estavam nos bolsos do casaco que encontramos no escritório.

Nate pôs as mãos nos próprios bolsos enquanto continuava a analisar o corpo.

— Investiguei o veículo estacionado do lado de fora do local do crime. Está registrado nos nomes da vítima e da esposa. No porta-luvas, havia mapas, um manual da caminhonete, um pacote de munições de .22 aberto, um pacote de balas de menta, vários lápis e canetas e outro bloco de anotações. Havia muitas anotações à mão nesses blocos: lembretes, ideias para reportagens, observações, números de telefone. Os *kits* de emergência e primeiros socorros estavam nos fundos do carro. A caminhonete estava destrancada e com as chaves na ignição.

— As chaves estavam na ignição?

— Sim. Os depoimentos de alguns conhecidos revelam que ele tinha esse hábito e quase nunca se lembrava ou nem pensava em trancar o carro.

Todos os itens removidos estão em sacos plásticos, rotulados e listados. Estão trancados no armário lá na delegacia.

— Vamos levar os itens, e ele também. O médico-legista vai chegar às conclusões. Mas parece suicídio. Quero conversar com a esposa, as duas testemunhas e qualquer um que possa ter conhecimento do relacionamento dele com Patrick Galloway.

— Ele não deixou um bilhete para a esposa.

— Como assim?

— Não deixou nada pessoal. E nada detalhado no arquivo do computador, também.

Os olhos de Coben faiscaram de irritação.

— Escute, Burke, nós dois sabemos que os bilhetes de suicídio não têm nada a ver com aqueles que aparecem nos filmes. O médico-legista é quem vai decidir, mas, pelo que pude ver, foi suicídio. O documento o liga a Galloway. Vamos seguir essa linha na investigação e ver se conseguimos confirmar. Não vou chegar a conclusões precipitadas nem sobre este caso nem sobre o caso de Galloway, mas também não vou reclamar se ambos os casos chegarem a mim já encerrados.

— Para mim, as coisas não batem.

— Sério mesmo?

— Seria um problema se eu investigasse *discretamente* — acrescentou, enfático —, a partir de outra perspectiva?

— Quem vai perder tempo é você. Só não pise no meu calo.

— Ainda me lembro muito bem como se dança, Coben.

*B*ATER NA porta de Carrie não era nada fácil. Intrometer-se no luto dela lhe parecia insensível demais. Ele se lembrava — com clareza — de como Beth estava quando a viu pela primeira vez após a morte de Jack.

E como ele mesmo estivera impotente, preso a uma cama de hospital, dopado após a cirurgia, mergulhado em tristeza, culpa e raiva.

Não havia tristeza agora, relembrou a si mesmo. Um pouco de culpa pela forma como tivera que lidar com ela mais cedo. Mas nada de raiva. Agora, era apenas um policial.

— Ela vai estar ressentida comigo — Nate informou a Coben. — Se tirar proveito disso, pode ser que consiga mais informações dela.

Ele bateu na porta da frente do chalé de dois andares. Quando uma ruiva os atendeu, teve que repassar seus arquivos mentais.

— Ginny Mann — apresentou-se ela, ligeira. — Sou amiga da família. Vizinha. Carrie está lá em cima, descansando.

— Sargento Coben, senhora. — Ele lhe mostrou o distintivo. — Eu gostaria muito de falar com a Sra. Hawbaker.

— Vamos tentar ser breves. — Ela era artista, lembrou-se Nate. Pintava paisagens e fotografias de animais silvestres e vendia os quadros em galerias no Alasca e nos estados lá de baixo. Dava aulas de arte na escola, três vezes por semana.

— Arlene Woolcott e eu estamos com as crianças na cozinha. Estamos tentando mantê-las ocupadas. Vou ver se a Carrie está disposta.

— Ficaríamos gratos. — Coben deu um passo para dentro. — Vamos aguardar aqui. Bela casa — disse, quando Ginny subiu as escadas. — Aconchegante.

Um sofá confortável, reparou Nate, duas poltronas espaçosas, mantas coloridas. Um quadro de um campo florido, com as montanhas brancas ao fundo e o céu azul, que ele imaginava ser obra da ruiva. Retratos emoldurados dos filhos, dentre outras fotos de família, nas mesas, junto com a bagunça cotidiana de qualquer casa.

— Foram casados por cerca de quinze anos, acho. Ele trabalhava em um jornal em Ancoragem, mas se mudou para cá e começou o próprio jornal semanal aqui. Ela trabalhava com ele. Era, basicamente, uma empresa de duas pessoas com alguns... Como se diz? Correspondentes. Publicavam reportagens sobre os moradores, algumas fotos e escolhiam alguns artigos das grandes agências de notícias. A menina, filha mais velha, tem uns doze anos. Ela toca flautim. O caçula tem dez anos e é fanático por hóquei.

— Você tem bastante informação para quem está aqui há poucas semanas.

— Fiquei sabendo de mais coisas hoje de manhã. Era o primeiro casamento dela, o segundo dele. Ela está aqui há mais tempo que ele. Veio para cá em um daqueles programas para professores e largou tudo para trabalhar com ele assim que começou o jornal. Mas ainda atua como professora substituta quando é chamada.

— Por que ele se mudou para cá?

— Ainda estou tentando descobrir. — Nate parou de falar quando Ginny apareceu, descendo as escadas com o braço sobre os ombros de Carrie.

— Sra. Hawbaker. — O sargento se aproximou, sua voz soava comedida. — Sou o sargento Coben, da Polícia Estadual. Sinto muito pela sua perda.

— O que você quer? — O olhar dela, duro e enérgico, cravou-se no rosto de Nate. — Estamos de luto.

— Eu sei que o momento é difícil, mas preciso lhe fazer algumas perguntas. — Coben olhou para Ginny. — Gostaria que a sua amiga ficasse com você?

Carrie balançou a cabeça em negação.

— Ginny, poderia ficar com as crianças? Será que poderia mantê-las lá atrás, longe disso?

— Claro. Se precisar de mim, é só chamar.

Carrie foi até a sala de estar e se afundou em umas das poltronas.

— Perguntem o que tiverem que perguntar e vão embora. Não quero vocês aqui.

— Primeiramente, devo lhe informar que vamos levar o corpo do seu marido para fazer a necropsia em Ancoragem. Vamos liberá-lo para você o mais rápido possível.

— Ótimo. Então, vão descobrir que ele não se matou. Não importa o que ele diga — acrescentou ela, disparando um olhar rápido e amargo para Nate —, eu conheço o meu marido. Ele jamais faria isso comigo nem com os nossos filhos.

— Posso me sentar?

Ela deu de ombros.

Coben se sentou no sofá, mantendo o olhar nela e o corpo levemente inclinado em sua direção. Aquilo era bom, pensou Nate. Ele estava mantendo as coisas entre eles, estava sendo solidário. O sargento começou com as perguntas de praxe. Depois de responder as primeiras, ela se retraiu.

— Já contei tudo isso a *ele*. Por que está me perguntando de novo? As respostas não vão mudar. Por que você não sai daqui e vai descobrir quem fez isso com o meu Max?

— Conhece alguém que desejasse mal ao seu marido?

— Sim. — Carrie ergueu o rosto com uma espécie de satisfação sádica. — A pessoa que matou Patrick Galloway. Vou contar exatamente o que aconteceu. Max deve ter descoberto alguma coisa. Só porque era dono de um jornal de cidade pequena não quer dizer que não era um bom repórter. Ele descobriu alguma coisa, e alguém matou ele antes que ele pudesse decidir o que fazer.

— Ele chegou a discutir o assunto com você?

— Não, mas estava transtornado. Preocupado. Estava diferente. Mas isso não significa que tenha se matado, nem que tenha matado alguém. Ele era um bom homem. — As lágrimas começaram a escorrer pelo seu rosto. — Dormi ao lado dele por quase dezesseis anos. Trabalhei com ele todos os dias. Eu tive dois filhos com ele. Não acha que eu *saberia* se ele fosse capaz de algo assim?

Coben mudou a abordagem.

— Você tem certeza da hora em que ele saiu de casa na noite passada?

Ela suspirou, limpando as lágrimas.

— Eu sei que ele estava aqui às dez e meia da noite. E sei que ele já tinha saído de manhã. O que mais você quer?

— Você disse no seu depoimento que ele deixava a arma no porta-luvas da caminhonete. Quem mais poderia saber disso?

— Todo mundo.

— Ele deixava o porta-luvas trancado? Ou a caminhonete trancada?

— Max nem se lembrava de fechar a porta do banheiro na maior parte das vezes, que dirá trancar alguma coisa. Eu deixo as armas que temos em casa trancadas e fico com a chave, porque ele era muito distraído com esse tipo de coisa. Qualquer um poderia ter pegado aquela arma. Alguém a *pegou*.

— Sabe qual foi a última vez que ele a usou?

— Não. Não tenho certeza.

— Sra. Hawbaker, o seu marido tinha um diário?

— Não. Ele fazia anotações em qualquer papel que estivesse à mão quando vinha algo à sua mente. Quero que vocês vão embora, agora. Estou cansada e quero ficar com os meus filhos.

Lá fora, Coben parou ao lado do carro.

— Ainda tem algumas pontas soltas que eu gostaria de amarrar. Seria uma boa ideia dar uma olhada nos pertences e nos papéis dele, ver se tem algo sobre Galloway.

— Como uma motivação?

— Sim — concordou Coben. — Alguma coisa impediu que você amarrasse essas pontas?

— Não.

— Quero levar o corpo para Ancoragem e começar os exames. E quero estar presente quando recuperarem o corpo de Galloway.

— Ficarei grato se você me ligar quando isso acontecer. A filha dele vai querer vê-lo. E a mãe dela vai insistir em obter a custódia do corpo.

— Pois é, ela já me falou. Assim que o buscarem e o identificarem de fato, vamos deixar que a família brigue entre si. A filha pode ir fazer a identificação visual, mas já temos as digitais dele em uma ficha criminal. Foi preso por porte de drogas duas vezes, nada muito sério. Quando tivermos acesso ao corpo, saberemos se é Galloway.

— Vou levá-la até lá, vou amarrar suas pontas soltas e vou fazer o possível para mediar a questão com a família do falecido. Em troca, quero cópias de toda a papelada de ambos os casos. Isso inclui as anotações.

O sargento olhou para trás, para a bela casa coberta pela neve.

— Acha mesmo que alguém forjou esse suicídio para encobrir um crime que ocorreu dezesseis anos atrás?

— Eu quero as cópias.

— Está bem. — Coben abriu a porta do carona. — O seu superior disse que você tem uma boa intuição.

Nate se sentou atrás do volante.

— E?

— Boa intuição nem sempre quer dizer estar certo.

Capítulo quinze

⌘ ⌘ ⌘

Ele teria que trabalhar com o que tinha, o que incluía os dois subdelegados e uma despachante. Chamou todos para sua sala, cada um levando suas respectivas cadeiras extras.

Sobre sua mesa havia uma bandeja com biscoitos de pasta de amendoim e um bule de café fresco — cortesia de Peach. Então, ele pensou: por que não?

Pegou um biscoito e gesticulou com ele na direção dos subdelegados antes de dar uma mordida.

— Primeiro, os resultados da investigação que realizaram.

— Pierre Letreck acha que pode ter ouvido algo parecido com um tiro. — Otto pegou seu bloco e começou a passar as páginas cheias de anotações, decidido. — Ele disse que estava assistindo a um filme na TV a cabo. Alegou que era *O Paciente Inglês*, mas eu disse para parar com aquela baboseira porque sei que ele nunca assiste àquele tipo de coisa. Ele perguntou como eu saberia o que ele vê ou deixa de ver na privacidade da sua própria casa. Então, eu falei que...

— Apenas vá direto ao ponto, Otto.

Otto ficou carrancudo e levantou o olhar das páginas, deixando a leitura cuidadosa de lado.

— Eu só estava tentando ser detalhista. Depois de um extenso interrogatório, ele disse que estava assistindo a um filme pornô chamado *Louras Alienígenas*. Acha que ouviu o barulho em torno de meia-noite, quando estava no banheiro... esvaziando a bexiga — disfarçou ao ouvir Peach pigarrear em alto e bom som. — Ele ouviu o que imaginou ser um tiro e, curioso como é, olhou pela janela do banheiro. Não viu ninguém na hora, mas reparou na caminhonete do Max, quer dizer, do falecido, estacionada nos fundos do prédio do jornal. Em seguida, terminou o que havia começado e foi para a cama.

— Ele acha que foi em algum momento em torno de meia-noite?

— Delegado? — Peter levantou a mão. — Dei uma olhada na programação e o filme terminou exatamente à meia-noite e quinze. De acordo com o depoimento do Sr. Letreck, ele foi direto da sala para o banheiro e ouviu o tiro quase imediatamente.

— Ele notou algo mais? Outro automóvel?

— Não, senhor. Otto repassou o depoimento com ele duas vezes, mas ele manteve a mesma versão.

— Alguém mais ouviu algo? Viu algo?

— Jennifer Welch acha que sim. — Otto virou mais algumas páginas. — Ela e Larry, o marido, estavam dormindo, e ela acredita que pode ter sido acordada pelo barulho. Eles têm um bebê de oito meses, que tem o sono bem leve. Assim que acordou, o bebê começou a chorar, então não tem certeza se foi a criança ou o barulho que a acordou. Mas a hora é praticamente a mesma que a de Pierre. Ela disse que olhou o relógio quando levantou para buscar o bebê e que era mais ou menos meia-noite e vinte.

— Onde ficam essas duas casas em relação ao escritório nos fundos da redação? — Nate apontou para o quadro de giz, que comprara na Loja da Esquina e pendurara na parede. — Desenhe aqui para mim, Otto.

— Eu desenho. — Peach se pôs de pé. — Nenhum desses dois sabe desenhar nadinha.

— Obrigado, Peach. — Nate olhou para os subdelegados. — Só eles dois, dentre os que vocês interrogaram, ouviram alguma coisa?

— Só — confirmou Otto. — Falamos também com Hans Finkle, que disse que o cachorro dele começou a latir no meio da noite, mas ele apenas jogou uma bota no bicho e não prestou atenção à hora. O fato é que a maioria das pessoas não vai se importar com um tiro.

— Sabem de alguém com quem Max tenha discutido recentemente?

Ao receber respostas negativas, Nate olhou para o quadro de giz. Peach levara as instruções literalmente: em vez de desenhar um diagrama simples, estava ocupada esboçando prédios e árvores. Acrescentara até o contorno das montanhas ao fundo.

— Nate? — Otto se ajeitou na cadeira. — Não que eu esteja criticando, mas isso tudo me parece muito rebuliço oficial por causa de um suicídio, ainda mais agora que a Polícia Estadual esta com o corpo e vai ser responsável pelo encerramento do caso.

— Pode ser. — Ele abriu um arquivo. — O que for dito nesta sala não deve sair desta sala, até que eu lhes diga o contrário. Entendido? Isto aqui estava escrito no computador de Max. — Ele leu o bilhete e todos ficaram em silêncio, chocados. — Comentários?

— Isso não me parece certo — disse Peach, suavemente, ainda com o giz entre os dedos. — Sei que sou apenas uma secretária dedicada aqui, mas isso não me parece certo.

— Por quê?

— Não consigo imaginar Max machucando ninguém, nem mesmo em sonho. E, pelo que me lembro, ele admirava Pat como se fosse um herói.

— É mesmo? As pessoas com quem conversei disseram que eles mal se conheciam.

— Até certo ponto, é verdade. Não estou dizendo que eram melhores amigos, mas Pat tinha uma aura que atraía as pessoas. Era bonito e charmoso quando queria, ou seja, quase sempre. Ele tocava violão e andava de moto, escalava montanhas e se metia no meio do mato durante dias se desse vontade. A mulher mais sensual da cidade aquecia a cama dele. Tinha uma filhinha linda que o idolatrava. — Ela largou o giz e limpou as mãos para tirar o pó. — E não se importava com quase nada. Além disso, escrevia bem. Sei que Max queria que ele escrevesse para o jornal, sobre aventuras e tal. Sei disso porque a Carrie me contou. O relacionamento entre ela e Max estava ficando sério, e ela estava um pouco preocupada, porque o Pat era muito solto.

Quando Nate gesticulou para que continuasse, ela se aproximou e se serviu de café.

— Eu estava passando pelos momentos finais do ciclo ruim com o meu terceiro marido. Então, Carrie era toda ouvidos para mim, e eu, para ela. Conversávamos muito naquela época. Ela tinha medo de que Pat pudesse convencê-lo a fazer alguma loucura. De acordo com ela, Max disse que Pat era a personificação do Alasca: viver ao ar livre e de acordo com sua vontade, rejeitando o sistema que tenta nos acorrentar.

— Às vezes, admiração se transforma em inveja. Às vezes, a inveja mata.

— Talvez. — Distraída, Peach pegou um biscoito e o mordiscou. — Mas ainda não consigo imaginá-lo fazendo algo assim. Eu sei que você disse para isso não sair daqui, mas Carrie vai precisar dos amigos agora. Quero ver como ela está.

— Tudo bem, mas não comente o que discutimos aqui. — Ele se levantou e foi até o quadro.

Ela desenhara a via que passa atrás da redação do jornal — até colocara a placa da rua com "Travessa do Alce" escrito. A casa de Letreck era, em sua maior parte, uma garagem, Nate se lembrou. Pierre administrava um pequeno negócio de consertos de eletrodomésticos ali, e sua casa era apenas um espaço secundário da oficina. Ficava quase em frente aos fundos da redação do jornal, dois lotes de terreno a leste.

A casa dos Welch, no estilo bangalô, ficava bem em frente à porta dos fundos da redação. O apartamento de dois andares de Hans Finkle ficava em cima da garagem de Letreck.

Ela desenhara outras casas e lojas e escrevera seus devidos nomes no rascunho cuidadoso.

— Bom trabalho, Peach. O que vamos fazer agora é montar um quadro do caso. — Ele pegou o arquivo e se dirigiu até o quadro de cortiça móvel que pegara emprestado da prefeitura. — Faremos cópias de tudo o que obtivermos relacionado a Galloway ou Hawbaker. E as fixaremos neste quadro. A Polícia Estadual já trabalhou na papelada, mas Otto, eu e você vamos examinar tudo de novo, caso tenham deixado passar algo. Peach, vou precisar ir à casa dos Hawbaker para investigar os pertences de Max. Carrie não vai ser nada receptiva; ao menos, não por enquanto. Seria bom se você tentasse amenizar as coisas para o meu lado.

— Certo. Parece que você não acredita no que está escrito naquele bilhete. E se não acredita...

— É melhor não acreditarmos em nada até que todos os detalhes se encaixem — interrompeu ele. — Peter, quero que você entre em contato com o jornal de Ancoragem onde Max trabalhava. Quero que descubra o que ele fazia lá, para quem e com quem trabalhava e por que pediu demissão. Depois, faça um relatório no computador. Duas cópias. Quero uma na minha mesa ainda hoje, antes de você ir embora.

— Sim, senhor.

— E vocês três terão um dever de casa. Vocês estavam aqui quando Pat Galloway desapareceu; eu, não. Então, quero que passem um tempo relembrando as semanas que se passaram antes e depois do ocorrido. Escrevam tudo o que vier à mente, mesmo que pareça irrelevante: o que ouviram, o que viram, o que pensaram. Peter, eu sei que você era criança, mas as pessoas nem sempre prestam atenção nas crianças e acabam fazendo e dizendo coisas sem pensar. — Ele terminou de prender as fotografias: Galloway de um lado, Hawbaker do outro. — Quero uma informação importantíssima: onde estava Hawbaker quando Galloway deixou a cidade?

— Não é tão fácil determinar isso depois de tanto tempo — disse Otto.

— Sem contar que Galloway pode ter sido morto uma semana depois de ir embora. Ou um mês. Ou seis malditos meses.

— Um passo de cada vez.

— Por mais difícil que seja aceitar isso, já que eu bebi cerveja e pesquei no gelo com o homem, se Max cometeu o homicídio e deu um tiro na própria cabeça, o que estamos tentando provar? — pressionou Otto.

— Isso é suposição, Otto, não um fato. Os fatos que temos são dois homens mortos com uma diferença de tempo de dezesseis anos. Vamos trabalhar a partir daí.

Nate sequer deu uma passada em seu quarto enquanto dirigia para fora da cidade. Na Hospedaria haveria muitas perguntas que ele não ia querer nem poder responder. Era melhor ficar longe de todos até que tivesse uma linha de investigação oficial.

De qualquer forma, queria o espaço aberto, a escuridão fria e o brilho gélido das estrelas. As trevas estavam começando a combinar com ele, pensou. Não lembrava mais como era começar ou terminar um dia de trabalho com a luz do sol.

Ele não queria o sol. Ele queria Meg.

Teria que ser o responsável por contar a ela, por fazer com que seu mundo desabasse uma segunda vez. E se, depois, ela tentasse afastá-lo, ele teria que resistir e ficar.

Conseguiu, sem muito esforço, ficar longe de todos por meses. Não tinha certeza se a tranquilidade daquela solidão fora devido à sua incapacidade de ouvir as pessoas tentando derrubar os muros que construíra ou se, simplesmente, ninguém se importara o bastante para tentar.

De uma forma ou de outra, ele sabia como era difícil voltar. Como todas aquelas emoções e sensações ardiam e contorciam-se enquanto lutavam para voltar à vida. E ele sabia que se importava o bastante para fazer o que quer que fosse para poupá-la daquilo.

Havia mais — e ele foi capaz de admitir aquilo conforme dirigia, sozinho, acompanhado apenas pelo ronco do aquecedor, que quebrava o silêncio. Ele precisava do conhecimento dela, das memórias que tinha do pai para preencher as lacunas do quebra-cabeça cujas peças tentava encaixar.

Porque ele precisava do emprego, e da agitação frustrante e exaustiva do trabalho policial, que lhe causava tantas dores de cabeça. Aqueles músculos estavam funcionando de novo. Dolorosamente. Ele queria a dor. Precisava da dor. Sem aquilo, tinha medo, muito medo, de cair silenciosamente no torpor outra vez.

As luzes da casa estavam acesas, mas o avião não estava lá. Ele reconheceu a caminhonete estacionada ali. Era de Jacob. Uma pontada de preocupação lhe desceu pela espinha quando saltou do carro.

A porta da casa se abriu. Ele viu Jacob sob o feixe de luz um segundo antes de os cães voarem para fora. Por cima dos cumprimentos barulhentos, gritou:

— Meg?

— Foi fazer um trabalho. Vai acampar hoje à noite na floresta com o grupo que a contratou.

— Isso é comum? — perguntou Nate quando chegou à varanda.

— Sim. Vim dar uma olhada nos cachorros e verificar o núcleo de aquecimento do motor do carro dela. Isso também é comum.

— Então, ela ligou para você?

— Falou por rádio. Tem ensopado, se estiver com fome.

— Não é má ideia.

Jacob voltou à cozinha e deixou que Nate fechasse a porta. O rádio estava sintonizado na KLUN. O DJ anunciava músicas de Buffy Sainte-Marie quando Nate jogou o casaco no braço de uma poltrona.

— Você teve um longo dia — comentou Jacob, enquanto servia o ensopado.

— Já ficou sabendo, então.

— Notícia ruim chega rápido. Uma última atitude egoísta, tirar a própria vida de maneira tão brutal, deixando que a esposa encontrasse só a carcaça. O ensopado está quente e o pão está bom.

— Obrigado. — Nate se sentou. — Max era um homem egoísta?

— Todos somos. E ficamos mais egoístas ainda quando entramos em desespero.

— Desespero é algo pessoal, e não é, necessariamente, a mesma coisa que egoísmo. Então, você se lembra de quando Max veio para cá e começou o jornal?

— Ele era jovem e cheio de vontades. Persistente — acrescentou Jacob, servindo café aos dois.

— Veio para cá sozinho.

— Muitos fazem o mesmo.

— Mas fez amigos.

— Alguns fazem o mesmo — disse Jacob, com um sorriso. — Eu não era amigo dele, mas também não éramos inimigos. Carrie o conquistou. Fez de Max o seu objetivo e correu atrás. Ele não era boa-pinta nem rico nem inteligente, mas ela viu algo nele e o quis para si. As mulheres costumam ver coisas que não estão aparentes.

— E amigos homens?

Jacob ergueu as sobrancelhas enquanto bebericava vagarosamente o café.

— Ele parecia confortável com muitos caras.

— Ouvi dizer que ele praticava alpinismo. Você já o levou de avião para alguma montanha?

— Sim. Em algumas escaladas durante o verão em Denali e Deborah, se não me falha a memória, assim que ele veio para cá. Ele era um alpinista razoável. E uma ou duas vezes levei ele e mais uns outros para o meio do mato para alguma caçada, apesar de ele mesmo não caçar. Ele escrevia em um caderninho e tirava fotos. Fizemos outros voos para outras histórias e fotografias. Levei Carrie e ele de avião para Ancoragem nas duas vezes que ela entrou em trabalho de parto. Por quê?

— Curiosidade. Ele chegou a escalar com Galloway?

— Nunca levei os dois juntos. — Os olhos de Jacob pareciam mais intensos agora. — Mas por que isso importa?

— Só curiosidade. E, já que sou curioso, você diria que Patrick Galloway era um homem egoísta?

— Sim.

— Sim? Só isso? — disse Nate após um instante. — Nenhuma justificativa?

Jacob continuou bebendo o café.

— Você não pediu justificativas.

— Como ele era como marido, como pai?

— Era um marido ruim, e estou sendo gentil. — Jacob terminou o café e foi até a pia lavar a xícara. — Mas há quem diga que a esposa dele era uma pessoa difícil.

— O que você acha?

— Acho que eram duas pessoas com uma ligação forte, mas que puxavam e torciam o laço que as unia em buscas individuais por desejos opostos.

— Meg seria esse laço?

Cuidadoso, Jacob estendeu um pano de prato no balcão e pôs a xícara sobre ele para secar.

— Um filho sempre é. Eles não estavam à altura dela.

— E isso significa...?

— Ela era mais inteligente, mais forte, mais resiliente e mais generosa que os dois.

— Mais sua?

Jacob se virou, e seus olhos eram impossíveis de ler.

— Meg não pertence a ninguém, além de si mesma. Vou embora agora.

— Meg sabe o que aconteceu com Max?

— Ela não disse nada a respeito. Eu também não.

— Ela disse quando deve voltar?

— Vai levar o grupo de volta depois de amanhã, se o clima permitir.

— Você se importa se eu ficar aqui hoje?
— Meg se importaria?
— Acho que não.
— Então, por que eu me importaria?

Os cães lhe fizeram companhia, e ele aproveitou para usar os aparelhos de musculação de Meg. Era bom, mais do que ele imaginara, fazer exercícios outra vez.

Não pretendia bisbilhotar as coisas dela, mas, quando se viu sozinho, Nate começou a vagar pela casa, olhando armários, vasculhando gavetas.

Ele sabia o que procurava — fotos, cartas, recordações que pertencessem ao pai dela. Disse a si mesmo que, se Meg estivesse lá, mostraria tudo a ele.

Encontrou os álbuns de fotografia na prateleira mais alta do closet do quarto dela, acima de um armário, no qual havia uma mistura de flanela e seda, que o fascinara. Ao lado do álbum, havia uma caixa de sapatos cheia de fotos que ela ainda precisava organizar.

Ele levou tudo para a cama extra, sentou-se e abriu o álbum de capa vermelha primeiro.

Logo reconheceu Patrick Galloway nas fotos protegidas pelo fino plástico transparente. Um Galloway mais jovem do que o que vira nas fotos digitais. Cabelos longos, barba, usando calça boca de sino, camiseta e uma bandana — a típica vestimenta do fim dos anos 1960 e início dos anos 1970.

Nate analisou uma imagem onde Galloway aparecia apoiado em uma motocicleta Burly, com o oceano como plano de fundo e uma palmeira à direita. Ele fazia o símbolo de paz e amor com os dedos.

Antes do Alasca, pensou Nate. Califórnia, talvez.

Havia outras fotos só dele. Em uma delas, seu rosto, iluminado por uma fogueira, parecia sonhador enquanto ele tocava violão. Havia outras dele com uma Charlene ainda muito jovem. Seus longos cabelos louros exibiam cachos rebeldes e seus olhos pareciam gargalhar por trás de óculos escuros com lentes azuis.

Ela era linda, ele reparou. Absurdamente linda, com um corpo cheio de curvas, pele lisa e macia, e uma boca volumosa e sensual. E, pelo que estimara, ainda tinha menos de dezoito anos.

Havia muitas outras fotografias: viagens, acampamentos. Algumas exibiam um deles ou os dois com outros jovens. Umas poucas fotos foram tiradas em uma cidade que lhe pareceu Seattle. Algumas, onde Galloway aparecia novamente sem barba, foram tiradas dentro de um apartamento ou de uma casa pequena.

Foi quando esbarrou com uma imagem de Galloway, mais uma vez com a barba, apoiado em uma placa na estrada:

BEM-VINDO AO ALASCA

Nate podia rastrear cada passo deles com aquelas fotos. Aquela era a época que passaram no sudeste do estado, trabalhando nas fábricas de enlatados, imaginou.

E viu Meg pela primeira vez, por assim dizer, em uma foto de Charlene, grávida, com a barriga enorme.

Ela vestia uma bata minúscula sem mangas e calça jeans de cintura baixa sob a enorme barriga nua. Suas mãos, em concha, estavam posicionadas de forma protetora sobre o grande volume. Havia um olhar doce demais naquele rosto — um rosto dolorosamente juvenil, pensou Nate, que emanava esperança e alegria.

Em algumas fotos, Patrick aparecia pintando um quarto — o quarto de bebê. Em outras, estava construindo o que parecia ser um berço.

Depois, para o espanto de Nate, havia uma sequência de três páginas de fotos detalhando o trabalho de parto.

Tendo trabalhado no departamento de homicídios, considerava que vira praticamente tudo o que havia para ver. Mas a visão, tão detalhada, proporcionada por aquelas imagens, fizera com que o ensopado se revirasse em sua barriga.

Passou rapidamente por elas.

Ver a bebê Meg acalmou seu estômago e o fez sorrir. Perdeu algum tempo olhando aquela sequência — talvez não fosse perda de tempo, pensou, pois estava estudando a maneira carinhosa e feliz com que os pais seguravam a filha no colo. E a forma como se abraçavam.

Dava para perceber a mudança das estações, a passagem dos anos, conforme ia para o próximo álbum. Viu o rosto jovem e belo de Charlene se tornar mais duro, mais magro, e seus olhos perderem um pouco da luz.

A quantidade de fotos tiradas por ano começou a diminuir, resumindo-se a registros de férias, aniversários, ocasiões especiais. Meg, muito pequena, sorrindo, cheia de alegria enquanto abraçava um filhotinho de cachorro com um laço vermelho no pescoço. Ela e o pai sentados aos pés de uma árvore de Natal desgrenhada, ou Meg à margem de um rio, segurando um peixe quase tão grande quanto ela.

Havia uma de Patrick e Jacob, com os braços nos ombros um do outro. A imagem estava embaçada e mal enquadrada, o que fez Nate imaginar se era Meg quem estava por trás da câmera.

Ele virou a caixa de sapatos sobre a cama e começou a vasculhar por entre as fotografias espalhadas. Encontrou várias fotos em grupo, todas obviamente tiradas no mesmo dia.

Era verão, pensou, porque havia verde em vez do branco da neve. Será que ficava tão verde assim aqui?, perguntou a si mesmo. O clima tão agradável e limpo? As montanhas apareciam, distantes, seus picos com um brilho alvo sob o sol, as encostas, prateadas e azuis, com pequenos pontos verdes.

Parecia um churrasco ao ar livre no quintal de alguém, supôs. Ou um piquenique na cidade. Dava para ver mesas de piquenique, bancos, cadeiras dobráveis, duas churrasqueiras. E travessas de comida, barris de cerveja.

Ele reconheceu Galloway. A barba sumira novamente, e os cabelos estavam mais curtos, apesar de ainda quase lhe alcançarem os ombros. Tinha boa aparência e parecia estar em forma. Meg herdara os olhos dele, pensou Nate, suas bochechas, sua boca.

Identificou Charlene, vestida com uma blusa apertada, que marcava seus seios, e *short* curto, que exibia suas pernas. Mesmo pela foto, dava para perceber que estava com o rosto cuidadosamente maquiado. A jovem ingênua, que ria por trás de lentes coloridas, se fora. Agora, era uma bela mulher, astuta e experiente.

Mas feliz? Ela aparecia rindo ou sorrindo em todas as fotos, mas posando. Em uma delas, estava sentada, provocante, no colo de um homem mais velho, que parecia estar tão surpreso como admirado por estar sendo abraçado por ela.

Viu Hopp sentada ao lado de um homem grandalhão com cabelos grisalhos. Eles estavam de mãos dadas, bebendo cerveja.

Identificou Ed Woolcott, o vice-prefeito e banqueiro, mais esbelto que atualmente e com bigode e barba curta, fazendo careta para a câmera com o homem de cabelos grisalhos, que Nate supôs ser o falecido marido de Hopp.

Um por um, foi identificando aqueles que conhecia. Bing já parecia robusto e rabugento, só que uns sete quilos mais magro. Rose — aquela, certamente, era a linda Rose — era jovem e inocente, assim como a flor cujo nome recebera, e segurava a mão do pequeno e belo Peter.

Max, com mais cabelo e menos barriga, estava sentado ao lado de Galloway, e ambos estavam prestes a morder uma fatia enorme de melancia.

Deb, Harry e — nossa! — Peach, com uns vinte quilos a menos, abraçados, sorrindo para a câmera enquanto posavam com os corpos levemente de lado.

Nate repassou as fotos, concentrando-se em Galloway. Ele aparecia em quase todas, fosse comendo, bebendo, falando, rindo, tocando violão ou deitado na grama com as crianças.

Selecionou as fotos em que apareciam os homens. Ele não reconhecia alguns; outros, já eram velhos demais na época para fazer aquela escalada árdua no inverno. E alguns eram jovens demais.

Mas se perguntava, ao analisar cada um dos rostos, se poderia ter sido um deles. Será que um daqueles homens, que celebraram aquele dia bonito e ensolarado e comeram e riram ao lado de Patrick Galloway e Max Hawbaker, matou os dois?

Havia mais fotos aleatórias de uma pessoa só, grupos, férias. Novamente, encontrou um registro de Natal e, mais uma vez, uma foto ou outra de Max e Galloway. Jacob estava com eles — ou Ed ou Bing ou Harry ou o Sr. Hopp.

Ed Woolcott, ainda de barba e bigode, uma garrafa gelada de champanhe; Harry, com uma camisa havaiana; Max, usando vários cordões de miçangas. Nate passou mais de uma hora analisando as fotos antes de guardá-las exatamente onde as encontrara.

Teria que encontrar uma forma de confessar a Meg que invadira a privacidade dela. Ou encontrar um jeito de fazê-la mostrar as fotos a ele sem que ela soubesse que ele já as vira.

Decidiria o que fazer depois.

Agora era hora de deixar os cães, inquietos, correr lá fora. Como estava tão inquieto quanto eles, pareceu-lhe um bom momento para praticar *snowshoe*.

Saiu com os cães. Em vez de correrem, caminharam a seu lado quando ele foi buscar os *snowshoes* no carro.

Peter lhe ensinara o básico e provara ser um professor paciente. Nate ainda caía de cara — ou de bunda — de vez em quando e, às vezes, os *snowshoes* afundavam, mas ele estava progredindo.

Prendeu-os nos pés e deu uns passos para testá-los.

— Ainda me sinto um idiota — confidenciou aos cães. — Então, vamos manter esta aula prática só entre nós.

Como se o desafiassem, os cães correram em direção à floresta. Seria uma caminhada e tanto, Nate percebeu, guardando uma lanterna no bolso. Mas exercícios ajudavam a superar a depressão. E, se tivesse sorte, ficaria cansado o suficiente para cair em um sono pesado e escapar de qualquer sonho que quisesse assombrá-lo.

Aproveitou a luz da casa e das estrelas para chegar à borda da floresta. Andava devagar e sem nenhuma graciosidade. Mas conseguiu e ficou satisfeito por estar só um pouco ofegante.

— Voltando à forma. Aos poucos. Mas ainda estou falando sozinho. O que não quer dizer nada.

Olhou para cima, para que pudesse avistar a aurora boreal e admirá-la, espalhando sua mágica. Lá estava ele, Ignatious Burke, de Baltimore, praticando *snowshoe* no Alasca sob as luzes da aurora boreal.

E basicamente aproveitando o momento.

Conseguia ouvir a baderna dos cães, que soltavam um ou outro latido ocasional.

— Estou bem atrás de vocês, garotos. — Ele pegou a lanterna. — Cedo demais para ursos — lembrou a si mesmo —, a não ser, claro, que haja um urso com insônia na região.

Para se tranquilizar, apalpou-se e sentiu o formato de sua arma de serviço sob o casaco.

Voltou a andar, tentando estabelecer um ritmo confortável em vez da caminhada constrangedora e cheia de tropeços sempre que se distraía. Os cães voltaram correndo, saltitaram ao seu redor, e ele teve certeza de que estavam sorrindo.

— Continuem assim e nada de petiscos para vocês. Voltem aos seus negócios de cachorro. Preciso pensar um pouco.

Com as luzes da casa visíveis atrás das árvores à esquerda, seguiu as pegadas dos cães. Sentia o cheiro das árvores — da tsuga, que aprendera a identificar — e da neve.

Alguns quilômetros a oeste, ou a norte, não havia árvores, pelo que lhe disseram. Apenas mares e mares de gelo e neve que se estendiam ao infinito. Lugares que não eram cortados por estradas.

Mas ali, em meio à fragrância da floresta, ele não conseguia imaginar isso. Mal podia conceber a ideia de que Meg, que tinha um vestido vermelho sensual no guarda-roupa e fazia pães quando entrava em reclusão, estava por aí, em algum lugar naquele mar de neve.

Fico pensando se ela tinha visto a aurora boreal, como ele. E se pensara nele.

Com a cabeça baixa e o feixe de luz da lanterna iluminando o caminho à frente, forçou seus passos a tomarem um ritmo estável e deixou a mente voltar às fotos daquele dia ensolarado.

Quanto tempo depois daquele piquenique de verão Patrick Galloway morreu no gelo? Seis meses? Sete?

Aquelas fotos com luzes natalinas foram tiradas em seu último Natal?

Algum daqueles homens, sorrindo e fazendo caretas para a câmera, vestia uma máscara já naquela época?

Ou teria sido o impulso, a loucura, a ira do momento que empunharam o *piolet*?

Mas não fora nada daquilo que deixara o homem na caverna por tantos anos, preservado pelo gelo.

Aquilo exigira planejamento. Aquilo exigira coragem.

Assim como forjar um suicídio exigia planejamento e coragem.

Ou tudo não passava de baboseira, admitiu, e o bilhete deixado no computador era a mais pura verdade.

Um homem era capaz de esconder coisas da esposa, dos amigos. Um homem era capaz de esconder coisas de si mesmo. Ao menos até que aquele desespero, aquela culpa, aquele medo se agarrasse em torno do próprio pescoço e o sufocasse.

Ele não estava investigando esse caso pela mesma razão que estava ali, no escuro, no frio, aos tropeços com raquetes de tênis enormes presas aos pés? Era porque precisava voltar a ser normal. Precisava reencontrar o homem que fora antes de seu mundo desabar sobre ele. Precisava sair de seu próprio casulo de gelo e voltar a viver.

Tudo indicava suicídio. Mas seus instintos não aceitavam. Mas como confiaria neles depois de deixá-los inertes por tanto tempo?

Ele não trabalhava em um homicídio havia quase um ano; não fizera muito mais do que ficar atrás de uma mesa nos últimos meses que passara no Departamento de Polícia de Baltimore. E, agora, queria transformar suicídio em homicídio por quê? Porque o fazia se sentir útil?

Dava para sentir o peso aumentando sobre seus ombros enquanto se lembrava de como forçara suas opiniões em Coben, como dera ordens apesar das dúvidas nos olhares de seus subdelegados. Ele invadira a privacidade de Meg sem um bom motivo.

Mal tinha a capacidade de cuidar de uma delegacia pequena que lidava, na maioria das vezes, com infrações de trânsito e brigas de rua, e de repente era o grande policial fodão que iria encerrar um caso de homicídio que ocorrera dezesseis anos antes, indo contra um suicídio quase perfeito?

Sim, claro. Rastrearia esse assassino sem nome e sem rosto, arrancaria dele uma confissão e o entregaria para Coben envolto em um belo laço cor-de-rosa.

— Quanta bobagem! Você nem consegue se passar por policial direito agora, o que o faz pensar que...

Ele parou, olhando sem entender para a neve que cintilava sob o feixe da luz da lanterna. E para as pegadas que marcavam a superfície.

— Engraçado... Acho que devo ter andado em círculos.

Não que ele se importasse. Poderia vaguear sem destino a noite toda, assim como vagueava sem destino durante o dia.

— Não. — Fechou os olhos e suou frio por causa do esforço físico que tinha que fazer para sair daquele vazio. — Não vou voltar para lá. Isso sim é bobagem! Não vou voltar para o fundo do poço.

Ele tomaria os antidepressivos, se fosse necessário. Faria ioga. Musculação. Fosse como fosse, não cairia de novo. Jamais conseguiria se levantar se caísse de novo desta vez.

Então, apenas respirou, abriu os olhos e viu o vapor de sua respiração embranquecer e sumir.

— Ainda estou de pé — murmurou e olhou outra vez para a neve.

Pegadas de *snowshoe*. Curioso — e aproveitando-se da curiosidade para não ser sugado pelas trevas —, deu um passo para trás e comparou suas pegadas com as que via à frente. Pareciam as mesmas, mas não era fácil distingui-las só com a luz da lanterna — sem contar que não era de fazer trilhas ao ar livre.

Mas tinha bastante certeza de que não tinha caminhado na floresta, dado a volta e, de alguma forma, voltado a andar em sua própria trilha — vindo pela direção oposta.

— Talvez sejam de Meg — murmurou. — Talvez tenha andado por aqui em algum momento, como estou fazendo agora.

Os cães voltaram correndo, saltaram por cima da trilha de pegadas e seguiram até a casa. Para satisfazer a curiosidade, Nate mudou de direção, o que quase o fez cair de bunda, e seguiu as pegadas.

Mas elas não se embrenhavam na floresta. Sentiu um soco no estômago conforme seguia o caminho onde as pegadas paravam, onde alguém, claramente, havia parado e olhado, por entre as árvores, para os fundos da casa e a *jacuzzi* em que ele e Meg haviam relaxado na noite anterior.

E os cães haviam feito um estardalhaço ali, lembrou ele.

Seguiu as pegadas, retrocedendo agora. Viu outras marcas na neve. Alce, talvez, ou de cervo? Como saberia? Mas decidiu ali mesmo que faria questão de saber.

Viu depressões na neve e imaginou que os cães haviam deitado e rolado ali. E, novamente, a trilha que seguia indicava que alguém havia parado a poucos metros do local, como se observasse os animais.

Enquanto seguia em torno da trilha, pôde perceber aonde ela o levaria: à estrada, a vários metros da casa de Meg.

Já estava bastante cansado quando chegou ao fim das pegadas. Mas sabia o que estava vendo. Alguém tinha andado ou dirigido naquela estrada. Entrado na floresta, mantendo-se camuflado, longe da vista da casa, e caminhado por ali — propositalmente, ele pensou, na direção da casa de Meg.

Dificilmente seria um vizinho fazendo uma visita ou alguém procurando ajuda por causa de uma pane ou um acidente. Aquilo era vigilância.

A que horas tinham saído da *jacuzzi* na noite anterior? Às dez, pensou. Com certeza, não foi mais tarde que isso.

Ficou parado na beira da estrada, com os cães farejando o solo coberto de neve atrás dele.

Quanto tempo, imaginou, demoraria para voltar à estrada? Ele levara mais de vinte minutos, mas supôs que levaria a metade do tempo se tivesse prática. Mais dez, no máximo, para chegar à casa de Max e pegar a arma do porta-luvas. Mais cinco para ir à cidade.

Bastante tempo, pensou ele, para entrar pela porta destrancada e digitar um bilhete no computador.

Bastante tempo para cometer homicídio.

Capítulo dezesseis

⌘ ⌘ ⌘

Nate não se surpreendeu ao descobrir que Bing Karlovski tinha passagem pela polícia. Não foi um choque encontrar acusações de ameaça e agressão — lesão corporal simples, lesão corporal grave, resistência à prisão, embriaguez e perturbação do sossego — na ficha dele.

Verificar antecedentes criminais, tendo ou não um caso *oficialmente*, era um procedimento básico. Patrick Galloway poderia ter morrido quando Nate ainda aprendia a dirigir seu primeiro carro usado, mas Max Hawbaker morrera quando já trabalhava em Lunatilândia.

Então, investigou Bing. Investigou Patrick Galloway e imprimiu sua ficha, que continha pequenos delitos envolvendo porte de drogas, vadiagem e invasão de propriedade privada.

Trabalhou com afinco naquela lista e descobriu que Harry Miner tinha passagens por perturbação do sossego e dano ao patrimônio privado. Ed Woolcott tinha um registro sigiloso de ato infracional cometido quando menor de idade e uma acusação de embriaguez ao volante. Max tinha várias passagens por invasão de propriedade privada, de perturbação do sossego e duas por porte de drogas.

John Malmont tinha duas passagens por embriaguez e perturbação do sossego. Jacob Itu não tinha antecedentes criminais. O pai dos irmãos Mackie tinha um bocado de passagens por embriaguez e perturbação do sossego, lesões corporais simples e graves e danos ao patrimônio privado.

Não poupou nem mesmo seus próprios subdelegados e viu que Otto tinha saído da linha algumas vezes na juventude e estava fichado por perturbação do sossego, ameaça e agressão — todas as acusações foram retiradas. Peter, como suspeitara, estava limpo como neve recém-caída.

Ele fez listas, anotações e acrescentou tudo ao arquivo.

Seguia todas as regras da investigação, tanto quanto possível. O problema era que, em sua perspectiva, não havia lido o manual sobre o delegado de polícia de uma cidade pequena tentando se posicionar na hierarquia investigativa por trás de um policial estadual.

Considerava sábio — pelo menos diplomático — deixar Coben informado de todas suas pesquisas. Não que isso importasse muito, concluiu ao desligar o telefone, já que nenhuma de suas suspeitas seria confirmada. Ainda.

Ancoragem era urbana, ou seja, tinha todo aquele lixo de burocracia e reforços de uma cidade grande. Resultados da necropsia? Nada ainda. Resultados da perícia? Nada ainda.

O fato de o delegado de Lunatilândia ter a intuição forte de que Max Hawbaker fora assassinado não tinha muito peso.

Poderia escolher o caminho mais fácil e se deixar ser levado — mas Nate percebeu que fazia muito tempo que vinha escolhendo o caminho mais fácil. Ou poderia usar sua condição inferior para se destacar naquele caso.

Sentado atrás da mesa, com a neve, suave e constante, caindo do lado de fora da janela, ele não conseguia enxergar uma forma de se destacar.

Tinha pouquíssimos recursos e autonomia, uma equipe inexperiente e evidências que apontavam o dedo magrelo para um óbvio suicídio.

Isso não significava que não poderia fazer nada, lembrou a si mesmo quando se levantou para andar de um lado para o outro. Para estudar o quadro do caso. Para encarar, com firmeza, os olhos cristalinos de Patrick Galloway.

— Você sabe quem te matou — murmurou. — Então, vamos descobrir o que você pode me contar.

Investigações paralelas, decidiu. Era assim que iria prosseguir: como se ele e Coben estivessem comandando investigações separadas que seguiam as mesmas diretrizes.

Em vez de pôr a cabeça porta afora, voltou e usou o interfone.

— Peach, ligue para a Hospedaria e diga a Charlene que quero falar com ela.

— Quer que ela venha aqui?

— Exato, quero que ela venha aqui.

— Bom, está na hora do café da manhã, e Charlene deu licença a Rose. Ken acha que o bebê deve nascer um pouco antes do esperado.

— Diga que quero que ela venha assim que possível e que não devemos demorar muito aqui.

— Claro, Nate. Mas talvez fosse mais fácil se você fosse até lá e...

— Peach, quero-a aqui, antes da hora do almoço. Entendeu?

— Tudo bem, tudo bem. Não precisa ser ríspido.

— E me avise assim que Peter chegar da patrulha. Preciso conversar com ele também.

— Está falante demais hoje.

Ela desligou antes que ele pudesse retrucar.

Queria ter tirado fotos melhores das pegadas de *snowshoe*. Chegou a ir à cidade para buscar a câmera, mas, quando voltou à casa de Meg, havia nevado mais e a neve fresca havia coberto as pegadas. Não sabia exatamente que raios um bando de pegadas de *snowshoe* significava, e hesitou em acrescentar as imagens ao quadro.

Mas, até onde sabia, aquele quadro era *dele*.

Andava aos tropeços no escuro, assim como fizera na noite anterior na floresta. Mas, se insistisse, acabaria, enfim, chegando a algum lugar. Pegou algumas tachinhas e fixou as fotos no quadro.

— Delegado Burke. — Peach parecia imitar o comportamento dele, a julgar pelo tom formal com que falou pelo interfone. — O juiz Royce está aqui e gostaria de vê-lo, caso não esteja ocupado.

— Claro. — Ele pegou a manta xadrez que comprara para usar como cortina improvisada para o quadro. — Mande-o entrar — disse, jogando o tecido em estampa quadriculada vermelho e preto sobre o objeto.

O juiz Royce praticamente não tinha cabelos, mas penteava uma franja fina sobre a vasta careca branca. Usava óculos de fundo de garrafa apoiados em um nariz tão afilado e curvo quanto um gancho. Era, como diriam os mais educados, corpulento, com peitoral largo e barriga grande. Aos setenta e nove anos, a voz ressoava com a mesma potência e impacto de suas décadas no magistrado.

Sua espessa calça de veludo cotelê em uma cor de estrume fazia barulho enquanto se encaminhava à sala de Nate. Vestia um colete do mesmo conjunto, também de veludo, sobre uma camisa de tom castanho. Na orelha direita exibia uma destoante argola dourada.

— Juiz. Café?

— Não vou recusar. — Ele se acomodou em uma cadeira e soltou um suspiro profundo. — Você está com um problema e tanto nas mãos.

— Parece que está nas mãos das autoridades estaduais.

— Não me venha com essa. Dois sachês de açúcar no café. Sem leite. Carrie Hawbaker foi me ver ontem à noite.

— Ela está passando por um momento difícil.

— Considerando-se que o marido acabou com uma bala no cérebro, sim, é um momento difícil. Ela está irritada com você.

Nate lhe entregou o café.

— Não fui eu quem meteu a bala no cérebro dele.

— Não, não acho que tenha sido você. Mas uma mulher no estado de Carrie não hesitaria em descontar no mensageiro. Ela quer que eu use a minha influência para tirar você do cargo e, quem sabe, expulsá-lo da cidade.

Nate se sentou e contemplou o próprio café.

— Você tem tanta influência assim?

— Talvez. Se eu insistisse... Moro aqui há vinte e seis anos. Posso dizer que estive entre os primeiros lunáticos de Lunatilândia. — Assoprou uma vez a superfície fumegante da bebida e deu um gole. — Nunca na vida tomei uma xícara de café decente em uma delegacia.

— Eu também não. Veio me pedir para que eu me demita?

— Sou rabugento. É assim que ficamos quando chegamos aos oitenta anos, então estou praticando. Mas não sou burro. Você não é culpado pela morte de Max, o pobre coitado. Nem pelo bilhete deixado no computador alegando que ele matou Pat Galloway. — Por trás das lentes grossas, aqueles olhos pareciam muito alertas enquanto ele assentia com a cabeça para Nate. — Pois é, ela me contou a respeito e está tentando convencer a si mesma de que você inventou tudo para que possa encerrar o caso com perfeição. Ela vai superar. É uma mulher sensata.

— E por que está me contando isso?

— Pode ser que ela demore um pouco para se lembrar a ser sensata. Enquanto isso, talvez tente complicar as coisas para você. Vai ajudar com o processo de luto dela. Vou fumar este charuto. — Tirou um do bolso da camisa. — Pode me multar depois que eu terminar, caso tenha a intenção.

Nate abriu uma gaveta da mesa e esvaziou o conteúdo de uma pequena lata de tachinhas. Levantando-se, entregou-a para o juiz usá-la como cinzeiro.

— Conheceu Galloway?

— Claro. — O juiz deu uma baforada no charuto e encheu o ar com o sutil odor. — Até que eu gostava dele. As pessoas gostavam. Nem todo mundo, pelo que parece. — Ele olhou para a manta pendurada. — Aquele é o seu quadro de homicídios?

Quando Nate não respondeu, o juiz baforou e tragou, baforou e tragou.

— Julguei casos de pena de morte há séculos. Presidi esses julgamentos quando ainda vestia a toga. A não ser que você ache que eu escalei o Pico No Name quando já tinha mais de sessenta anos e matei um homem com metade da minha idade, pode me riscar da lista de suspeitos.

Nate se recostou.

— Você teve duas passagens por lesão corporal simples.

Royce apertou os lábios.

— Parece que alguém anda fazendo o dever de casa. Um homem que tenha vivido tanto quanto eu e morado aqui há tanto tempo sem entrar em uma enrascada ou outra não é lá muito interessante.

— Pode até ser. É possível que um homem que tenha vivido tanto quanto você lidasse bem com uma escalada, se assim decidisse. E um *piolet* contra um homem desarmado compensa qualquer diferença de idade. Em teoria.

Royce abriu um largo sorriso em torno do charuto.

— Tem razão. Gosto de caçar e acampei uma ou duas vezes com Pat, mas não sou alpinista. Nunca escalei. Pode confirmar se perguntar por aí.

Uma vez seria suficiente, pensou Nate, mas não falou nada.

— E quem escalava? Quem escalava com ele?

— Max, pelo que lembro, assim que veio para cá. É provável que Ed também e Hopp. Ambos participaram de escaladas simples de verão, eu diria. Harry e Deb, os dois gostam de alpinismo. Bing escalou algumas vezes. Jacob e Pat escalavam, faziam trilha e acampavam muito juntos. E também trabalhavam em equipe como guias contratados. Cacete, mais da metade das pessoas de Lunatilândia tenta escalar essas montanhas! Ele era um grande alpinista, pelo que sei. Guiar escaladas era parte do sustento dele.

— Escalar no inverno... Quem daqui teria a capacidade de escalar aquela montanha no inverno?

— Não é necessário ter capacidade quando se tem vontade de superar desafios. — Ele baforou e tragou mais um pouco. — Vai me mostrar o quadro?

Como não encontrara motivos para não mostrar, Nate se levantou e removeu a manta. O juiz continuou sentado onde estava por um instante, apertando os lábios. Em seguida, com esforço, levantou-se da cadeira e se aproximou.

— A morte rouba a juventude, na maioria das vezes. Não se espera que a preserve. Pat tinha potencial. Desperdiçou a maior parte, mas ainda tinha o suficiente para fazer alguma coisa da vida. Tinha aquela mulher linda e ambiciosa e uma filhinha esperta e charmosa. Era inteligente, e talentoso também. O problema é que gostava de fingir ser rebelde, então acabou jogando quase tudo fora. Um homem teria que se aproximar bastante para conseguir cravar um *piolet* no peito de outro dessa forma, não acha?

— É o que me parece.

— Pat não era brigão. Paz, amor e *rock 'n' roll*... Você é jovem demais para conhecer aquela época, mas Pat foi do tipo que abraçou aquela merda toda: "faça amor, não faça guerra", flores nos cabelos e uma piteira para baseado no bolso. — O juiz fungou. — Mesmo assim, não consigo imaginá-lo citando Dylan ou qualquer outro para alguém que o estivesse atacando com um *piolet*.

— A não ser que ele conhecesse a pessoa e confiasse nela, ou não tivesse levado a sério. São muitas possibilidades.

— E Max é uma delas. — O juiz sacudiu a cabeça quando passou a olhar as fotos de Max Hawbaker. — Eu não imaginaria isso. Na minha idade, nada te surpreende, mas eu não pensaria em Max. Fisicamente, Pat o esmagaria feito uma mosca. E você pensou nisso — disse o juiz, após um instante.

— É mais difícil esmagar uma mosca portando uma arma letal.

— Fato. Max era um alpinista decente, mas me pergunto se era bom o suficiente para descer aquela montanha, em fevereiro, sem a ajuda de alguém com a habilidade de Pat. Me pergunto como conseguiu isso e como viveu, estabelecendo-se aqui, casando-se com Carrie, criando os filhos, sabendo que Pat estava lá e que era o responsável pela morte dele.

— Dá para argumentar que ele não conseguiu viver com isso.

— É bem conveniente, não é? O corpo de Pat é encontrado apenas por acidente e, poucos dias depois, Max confessa e se mata. Não explica nada, não faz sentido. Simplesmente, diz que foi ele, pede perdão e *bang*.

— Conveniente — concordou Nate.

— Mas você não engoliu essa.

— Vou guardar a minha opinião para o momento certo.

Quando o juiz foi embora, Nate fez novas anotações. Teria de falar com mais pessoas agora, incluindo a prefeita, o vice-prefeito e alguns dos cidadãos importantes da cidade.

Ele escreveu a palavra "piloto" em seu bloco e a circulou.

Galloway fora, supostamente, conseguir trabalho em Ancoragem no inverno. Ele conseguiu?

Se Galloway falara sério com Charlene e pretendia, realmente, voltar algumas semanas depois, isso afunilaria a época do assassinato para fevereiro.

Apenas uma possibilidade, mas, trabalhando com aquela teoria, seria possível — com muito tempo e esforço — verificar se Max estivera fora de Lunatilândia naquela mesma época.

Se sim, com que propósito?

Se sim, estava sozinho? Quanto tempo será que ficou fora? Voltara sozinho ou acompanhado?

Ele teria que entrar nas memórias de Carrie cuidadosamente para descobrir as respostas. Ela não se mostraria receptiva naquele momento. Talvez conversasse com Coben, mas, se o médico-legista confirmasse o suicídio, Coben continuaria na investigação?

Ouviu uma batida na porta e, quando se levantou para cobrir o quadro, Peter entrou.

— Queria me ver?

— Sim. Feche a porta. Tenho umas perguntas.

— Sim, senhor, delegado.

— Você saberia dizer por que alguém estaria andando de *snowshoe* na floresta perto da casa de Meg no escuro?

— Como assim?

— São apenas suposições, mas não acho que a maioria das pessoas praticaria *snowshoe* na floresta, à noite, por esporte.

— Bom, acho que seria possível, se a pessoa fosse visitar alguém ou não conseguisse dormir. Não estou entendendo.

Ele apontou para o quadro.

— Encontrei estas pegadas ontem à noite, quando soltei os cachorros e fui dar uma praticada. Consegui segui-las da estrada, a menos de cinquenta metros da casa de Meg, até o início da floresta, nos fundos da casa dela.

— Tem certeza de que não eram suas?

— Sim, tenho certeza.

— Como sabe que alguém andou por ali à noite? Alguém, qualquer um, poderia ter ido dar uma caminhada a qualquer hora do dia. Vai ver queria caçar ou passear na margem do lago.

Fazia sentido, admitiu Nate.

— Meg e eu estávamos por lá na noite em que Max morreu. Na *jacuzzi*.

Peter desviou o olhar educadamente para a parede e pigarreou.

— Bom...

— Enquanto estávamos lá fora, os cachorros ficaram agitados e saíram em disparada na direção da floresta. Começaram a latir como se tivessem farejado algo, tanto que Meg quase os chamou de volta, mas logo se acalmaram. Antes que diga que eles podem ter espantado um esquilo ou um alce, encontrei um local onde pareciam ter rolado na neve e as pegadas, as pegadas de *snowshoe*, indicavam que alguém tinha ficado parado ali. Não sou a porra do Daniel Boone, Peter, mas consigo ligar os pontos. — Ele bateu com o dedo nas fotografias. — Alguém entrou naquela floresta e ficou longe o suficiente da casa de Meg para não ser visto. Em seguida, andou em uma linha consideravelmente reta, como alguém que conhece o lugar e tem um objetivo, em direção aos fundos da casa dela. O comportamento dos cães indica que o reconheceram e o consideraram amigável. O indivíduo, então, parou na beira da floresta, protegido pelas árvores.

— Se eu... hum... estivesse andando por aí e visse você e a Meg... na *jacuzzi* dela, é provável que eu, digamos, hesitasse em aparecer. Provavelmente, daria meia-volta e iria embora, torcendo para não ser visto. Seria constrangedor.

— A meu ver, seria menos constrangedor, de maneira geral, não ir bisbilhotar os arredores da casa dela no escuro.

— Seria. — Analisando as fotos, Peter mordeu o lábio inferior. — Pode ter sido alguém colocando ou verificando armadilhas. A propriedade pertence, de fato, a Meg, nos arredores da casa dela, mas talvez fosse caça ilegal. Ela não gostaria nada disso por causa dos cachorros. Aposto que estava tocando música.

— Estava.

— Então, alguém pode ter ido na direção da casa só para dar uma olhada, especialmente se estivesse verificando armadilhas.

— Certo. — O argumento era razoável. — O que acha de ir com Otto até lá para procurar armadilhas? Se encontrar, gostaria de saber quem as colocou. Não quero que os cães se machuquem.

— Vamos imediatamente. — Ele olhou novamente para o quadro. Era inexperiente, não lerdo. — Acha que alguém poderia estar espionando a Meg? Alguém que esteja envolvido nisso tudo?

— Acho que vale a pena descobrir.

— Rock e Bull jamais deixariam que alguém a machucasse. Mesmo que considerassem o... indivíduo amigável, atacariam qualquer um que fizesse qualquer gesto ameaçador para ela.

— Bom saber. Mantenha-me informado sobre as armadilhas, de qualquer forma, assim que for possível.

— Ah, delegado? Acho que você deveria saber que Carrie Hawbaker está fazendo muitas ligações, falando com muita gente. Ela diz que você está tentando manchar o caráter de Max para ganhar destaque. A maioria sabe que ela está chateada e um pouco fora de controle agora, mas, bom, uma parte, que não gostou muito da ideia de trazer um forasteiro para cá, está tramando contra você.

— Vou lidar com isso. Obrigado por falar.

Havia preocupação nos olhos escuros e uma ponta de raiva na expressão de Peter.

— Se as pessoas soubessem que você está se esforçando tanto para descobrir toda a verdade, ficariam quietas.

— Vamos apenas fazer o nosso trabalho por enquanto, Peter. Policiais nunca estão entre os mais populares.

Ele também não era muito popular com Charlene, Nate percebeu, quando ela invadiu sua sala uma hora depois.

— Estou cheia de coisas para fazer na Hospedaria — começou ela. — Rose não está em condições de servir as mesas nem de fazer qualquer outra coisa. E eu não gosto de ser chamada aqui como se fosse uma criminosa. Estou de luto, cacete, e você deveria mostrar um pouco de respeito.

— Respeito isso e muito, Charlene. Se for ajudar em alguma coisa, não precisa limpar nem arrumar o meu quarto até que as coisas voltem à rotina. Posso fazer isso sozinho.

— Isso não vai fazer muita diferença, quando praticamente todos da cidade aparecem por lá para fofocar sobre o meu Pat e a coitada da Carrie. Acha que só porque Max perdeu a cabeça e deu um tiro em si mesmo o luto dela é maior que o meu?

— Não acho que seja uma competição.

Ela jogou a cabeça para trás, empinando o queixo. Nate imaginou que bateria com o pé em seguida, mas ela apenas cruzou os braços.

— Se ficar falando comigo desse jeito, não vou ter nada para contar. Não pense que vou tolerar esse seu comportamento só porque está transando com a Meg.

— Você vai sentar e calar a boca.

Ela ficou boquiaberta, e suas bochechas pareciam pegar fogo.

— Quem caralhos você pensa que é?

— Sou o delegado de polícia e, se você não deixar de ser um pé no saco e começar a colaborar, vou ter que te colocar em uma cela até que colabore.

Seus lábios, pintados com batom coral, abriram-se e fecharam-se como os de um peixinho.

— Você não pode fazer isso.

Provavelmente, não, pensou Nate, mas já estava cansado das manhas dela.

— Quer ficar com essa cara fechada, fazendo-se de ofendida? Conheço esse jogo, que é um porre para quem tem que aturar ele. Ou quer fazer algo a respeito? Quer me ajudar a descobrir quem matou o homem que você diz que amava?

— Eu amava, *sim*! Aquele canalha egoísta e burro!

Ela se jogou em uma cadeira e desabou em lágrimas.

Por cinco segundos, Nate debateu consigo mesmo como lidaria com ela. Ele saiu e pegou a caixa de lenços na mesa de Peach, ignorando os olhos arregalados da despachante. Voltou para a sala e jogou a caixa no colo de Charlene.

— Vá em frente, tenha um ataque. Depois, seque as lágrimas, recomponha-se e responda a algumas perguntas.

— Não sei por que está sendo cruel comigo. Se tratou Carrie assim, não me surpreendem as coisas terríveis que ela tem dito sobre você. Queria que você nunca tivesse vindo para Lunatilândia.

— Você não vai ser a única a pensar assim, quando eu encontrar o homem que matou Patrick Galloway.

Ela levantou o olhar lacrimejante.

— Você nem é o responsável pelo caso.

— Sou responsável por esta delegacia. Sou responsável por esta cidade. — A raiva que se agitava dentro dele era boa; uma sensação de justiça. Combustível de policial, reconheceu. Sentira falta daquilo. — E, neste momento, sou responsável por você. Pat Galloway saiu da cidade sozinho?

— Você não passa de um valentão. Você...

— Responda à droga da pergunta.

— Sim! Fez uma mala, entrou na caminhonete e foi embora! E eu nunca mais o vi. Criei a nossa filha sozinha e ela nunca foi grata a...

— Ele tinha planos de se encontrar com alguém?

— Não sei. Ele não disse. Ia procurar trabalho. Estávamos ficando sem grana, e eu estava *cansada* de viver no vermelho. A família dele tinha dinheiro, mas ele nem considerava...

— Charlene, quanto tempo ele planejava ficar fora cidade?

Ela suspirou e começou a rasgar o lenço úmido. Estava aliviando o estresse, pensou ele.

— Duas semanas, talvez um mês.

— Ele nunca ligou, nunca entrou em contato.

— Não, e isso também me deixou com raiva. Era para ele ter ligado depois de uma ou duas semanas, para contar o que estava acontecendo.

— Você tentou entrar em contato com ele?

— *Como?* — indagou ela, mas as lágrimas já haviam secado. — Fiquei atazanando o Jacob. Pat sempre falava mais com ele do que comigo, mas ele dizia não saber onde ele estava. Pode ser que estivesse dando cobertura a ele, pelo que sei.

— Jacob continuava voando com frequência na época?

— E o que isso tem a ver?

— Fazendo pequenas viagens regulares, como Meg faz hoje em dia. — A resposta dela foi um mero dar de ombros, então Nate continuou sondando. — Ele ou qualquer outra pessoa que lhe venha à mente ficou, digamos, uma semana ou dez dias fora da cidade em fevereiro daquele ano?

— Porra, e como é que eu vou saber? Não fico tomando conta da vida das pessoas, e isso faz dezesseis anos... neste mês... — acrescentou ela, e ele pôde ver que ela acabara de perceber que aquele era um tipo de aniversário.

— Há dezesseis anos, Pat Galloway desapareceu. Aposto que, se fizesse um esforço, conseguiria se lembrar de vários detalhes daquelas semanas.

— Eu estava me virando para pagar o aluguel, como era de costume. Precisei pedir para Karl fazer hora extra na Hospedaria. Eu estava bem mais preocupada comigo mesma do que com os outros. — Ela se recostou na cadeira e fechou os olhos. — Não sei. Jacob saiu da cidade, mais ou menos na mesma época. Lembro disso porque ele foi ver o Pat no dia em que ele tinha ido embora e disse que o teria levado de avião até Ancoragem se soubesse que ele ia. Ele ia levar Max e mais umas outras pessoas para lá, eu acho. Harry... Harry ia pegar uma carona no voo para Ancoragem para procurar um novo fornecedor ou algo do tipo. Talvez tenha sido um ano depois ou antes... Não tenho certeza, mas acho que foi na mesma época.

— Ótimo. — Ele fez anotações em um bloco amarelo pautado. — Mais alguma coisa?

— Foi um inverno lento. Difícil e pouco movimentado. Por isso eu queria que o Pat arranjasse trabalho. A cidade estava morta, não conseguíamos atrair turistas. A Hospedaria estava quase às moscas, e Karl me deu mais horas de trabalho, só para me ajudar. Era um homem bom, e cuidava de mim. Algumas pessoas foram caçar e outras se recolheram para esperar a primavera. Max estava tentando abrir o jornal e procurava anunciantes. Infernizava todo mundo atrás de notícias. Ninguém o levava a sério na época.

— Ele ficou na cidade aquele mês todo?

— Não sei. Pergunte à Carrie. Na época, ela corria atrás dele feito um cão de caça correndo atrás de uma lebre. Por que se importa com isso?

— Porque sou responsável por esta delegacia, por esta cidade, por você.

— Você nem conheceu o Pat. Talvez as pessoas estejam certas. Só quer ganhar destaque e chamar a atenção da imprensa antes de voltar para o seu lugar.

— Agora, o meu lugar é aqui.

Ele atendeu a algumas ocorrências, incluindo outro incêndio em uma chaminé residencial e uma denúncia de que os irmãos Mackie estariam bloqueando a estrada com um jipe Cherokee capotado.

— Não fizemos de propósito. — Jim Mackie estava de pé sob a espessa neve que caía, coçando o queixo e fazendo careta para o jipe, tombado de lado como se fosse um velho tirando uma soneca. — Pagamos barato por ele e estávamos levando para casa. Vou remontar o motor, pintar e revender.

— Isso se não decidirmos ficar com ele — acrescentou o irmão — e transformá-lo em um limpa-neve para concorrer com o Bing.

Nate ficou parado na neve, num frio miserável, e avaliou os estragos.

— Vocês não têm um engate de *trailer* ou de reboque e nenhum outro equipamento de reboque padrão. Simplesmente acharam que iam conseguir arrastar essa lata velha por trinta quilômetros, com algumas correntes enferrujadas presas a uma caminhonete por um... o que é isso, arame?

— Estava funcionando! — Bill enrugou a testa. — Até passarmos por aquele buraco e o jipe virar feito um cachorro se fingindo de morto, estava funcionando muito bem.

— Estávamos pensando em como desvirá-lo. Ninguém precisava perder a cabeça por causa disso.

Ele ouviu um uivo que, certamente, era de um lobo, misterioso e primitivo na escuridão aterrorizante. O som o lembrou de que estava em uma estrada rural coberta de neve, na fronteira do interior do Alasca, com dois imbecis.

— Vocês estão bloqueando o trânsito e impedindo que o limpa-neve municipal limpe o caminho para as pessoas que têm o bom senso de dirigir com responsabilidade. Se isso tivesse acontecido a uns oito quilômetros, no sentido oposto, teriam obstruído a passagem do caminhão de bombeiros, que foi atender a uma ocorrência. Bing vai desvirar essa coisa e rebocá-la até a casa de vocês. Terão que pagar a taxa que ele cobra e...

— Filho da puta!

— E uma multa por rebocarem um veículo sem equipamento nem sinalização adequados.

Bill parecia tão magoado que Nate não se surpreenderia se visse lágrimas escorrendo de seus olhos.

— Cacete, mas como vamos lucrar com isso se você fica nos multando e nos obrigando a pagar a taxa de reboque do mão de vaca do Bing?

— Isso é um enigma mesmo.

— Merda! — Jim chutou o pneu careca do jipe. — Na hora, pareceu uma boa ideia. — Então ele sorriu. — Vamos arrumá-lo direitinho. Talvez você queira para a delegacia. E colocar uma pá de neve presa a ele, para ter alguma utilidade.

— Leve o veículo até a prefeita. Vamos tirar essa bagunça da estrada.

Foram necessários Bing, seu ajudante Pargo, os irmãos Mackie e Nate para fazer o serviço. Quando terminaram e Bing já rebocava o jipe, Nate tentou desfazer os nós de suas costas.

— Quanto pagaram por ele?

— Dois mil. — Os olhos de Bill pareceram brilhar. — Em dinheiro.

Ele calculou por cima quanto seria gasto para deixar o jipe em bom estado e quanto Bing arrancaria deles pelo reboque.

— Vou apenas dar uma advertência. Na próxima vez que tentarem ser empreendedores, arranjem um engate de reboque.

— Certo, delegado! — Os irmãos lhe deram tapinhas nas costas e quase o fizeram cair de cara na neve. — É uma merda ter a polícia por aqui, mas até que você não é de todo mau.

— Obrigado.

Ele dirigiu uma curta distância até a cidade e parou no meio-fio quando viu David ajudando Rose a sair da caminhonete em frente à clínica.

— Está tudo bem? — gritou, do carro.

— O bebê vai nascer! — gritou David de volta.

Nate saltou do carro e segurou o outro braço de Rose. Ela continuou respirando estável e lentamente, mas sorriu para ele com aqueles olhos de chocolate derretido.

— Tudo bem. Está tudo certo. — Ela se apoiou no marido enquanto Nate abria a porta. — Não quis ir ao hospital em Ancoragem. Quero que o doutor Ken faça o parto. Está tudo bem.

— A minha mãe está com Jesse — informou David. Ele estava um pouco pálido, Nate achou. E ele mesmo se sentia um pouco pálido também.

— Querem que eu fique e faça alguma coisa? — Por favor, digam que não. — Que eu ligue para alguém?

— A minha mãe está vindo — disse Rose, enquanto David a ajudava a tirar o casaco. — O doutor disse que eu poderia entrar em trabalho de parto a qualquer momento desde o último exame. Ele estava certo, né?! Contrações com intervalo de quatro minutos — avisou a Joanna, que saiu correndo. — Estáveis e fortes agora. Minha bolsa estourou há vinte minutos.

E aquilo, decidiu Nate, era tudo o que um homem — mesmo um com distintivo — precisava ouvir.

— Vou deixá-los em paz. — Pegou o casaco de Rose das mãos de David e o pendurou. — Ligue caso... enfim. Peter saiu a trabalho, mas posso chamá-lo, se quiser.

— Obrigado.

Eles desapareceram na clínica para fazer coisas nas quais ele nem queria pensar. Mas pegou o celular, que tocou em sua mão.

— Burke.

— Delegado? É o Peter aqui. Não encontramos armadilhas, nem mesmo sinal delas. Se quiser, podemos estender a busca, analisar um perímetro maior.

— Não, já é o suficiente. Voltem para cá. A sua irmã está prestes a transformá-lo em tio de novo.

— Rose? Agora? Ela está bem? Ela...

— Ela me pareceu bem. Está aqui na clínica agora. David veio com ela. A mãe dele ficou com Jesse e a sua está vindo para cá.

— Eu também.

Nate guardou o celular no bolso. Talvez devesse ficar esperando mais um pouco, pelo menos até que mais um parente chegasse. A sala de espera da clínica era um lugar tão bom como qualquer outro para se sentar e pensar sobre as pegadas na neve.

E sobre o que contaria a Meg quando ela voltasse para Lunatilândia.

Capítulo dezessete

⌘ ⌘ ⌘

Era uma menina e, com todos os dedos e uma farta cabeleira de fios pretos, pesava pouco mais de três quilos e meio. Seu nome era Willow Louise, e ela era linda. As informações vieram de Peter, que entrou correndo na delegacia quatro horas depois de ter entrado correndo na clínica.

Conhecendo a tradição, Nate passara na Loja da Esquina para comprar charutos. Lá, encontrou um fichário robusto de cinco argolas. Era verde militar, e não preto, como teria preferido, mas o comprou e pôs na conta do Departamento de Polícia de Lunatilândia.

Organizaria suas anotações, cópias de relatórios e fotos. Seria seu registro de homicídios.

Entregou os charutos com certa cerimônia a Peter, Otto e à animada Peach. O gesto acabou quebrando o gelo que ela estava lhe dando desde de manhã.

Depois de uns tapinhas nas costas e de um pouco de fumaça fedida, deu folga a Peter pelo resto do dia.

Nate se acomodou novamente em sua sala e passou um tempo com o furador de papel e a copiadora. Organizou seu registro de homicídios. Juntamente com o quadro, aquilo deu a ele algo concreto. Era o trabalho policial.

Era o trabalho dele.

Pretendia passar o resto do turno atormentando Ancoragem com ligações, mas Peach entrou na sala. Ela fechou a porta, sentou-se e cruzou as mãos sobre as pernas.

— Algum problema?

— Você acha que aquelas pegadas perto da casa da Meg são preocupantes?

— Bom...

— Otto me contou, já que você não quis.

— Eu, hã...

— Se me contasse o que está acontecendo, eu não teria ficado irritada.

— Sim, senhora.

Ao ouvir isso, seus lábios tremeram.

— E não pense que não conheço você, Ignatious. Você usa esse tom cordial sempre que quer mudar de assunto ou fazer alguém *achar* que está de acordo, quando não está.

— Fui descoberto. Achei que valia a pena dar uma olhada, só isso.

— E você não fala nada a respeito para a sua despachante porque acha que ela talvez não seja esperta o bastante para saber que você está passando uma boa parte do seu tempo livre grudado em Meg Galloway?

— Não. — Ele a observou enquanto tamborilava com os dedos no canto do livro de registro de homicídios, primeiro o canto direito, depois o esquerdo. — Mas talvez eu não quisesse discutir o tal grude com a mulher que me traz pãezinhos de canela. Porque ela poderia entender tudo errado.

— E Peter e Otto não?

— Eles são homens. Homens costumam ter uma única ideia sobre... grude, então isso não se aplica. Desculpe ter sido grosso com você de manhã e desculpe não ter mantido a minha estimada e respeitável despachante a par das coisas.

— Você tem jogo de cintura — disse ela, após um momento. — Está preocupado com Meg?

— Estou querendo entender qual motivo alguém teria para ter ido lá. Só isso.

— Ela seria a primeira a lhe dizer que pode cuidar de si mesma, como sempre o fez. Mas, na minha opinião, não faz mal que uma mulher tenha um bom homem cuidando dela. As pessoas daqui não fazem mal umas às outras. Ah, uma briguinha aqui, uma fofoquinha ali, que seja. Mas é um lugar onde nos sentimos seguros. Sabemos que, se surgirem problemas, haverá sempre alguém para ajudar. — Ela tirou o lápis do coque nos cabelos e o passou pelos dedos. — Agora, aconteceu isso, e nós nos perguntamos se a sensação de segurança era só ilusão. As pessoas ficam agitadas... ficam assustadas, amedrontadas.

— E muitas delas têm armas e são bem territorialistas.

— E um pouco doidas — adicionou ela, concordando com a cabeça. — Seria bom você tomar cuidado.

— Em quem Max confiava para deixar chegar assim tão perto, Peach? Perto o bastante para colocar uma bala na cabeça dele.

Ela brincou com o lápis por mais um instante, depois o devolveu, firme, ao coque.

— Você não vai deixar que seja classificado como suicídio.

— Não vou deixar que seja algo que não é de verdade.

Ela suspirou, duas vezes.

— Não consigo pensar em ninguém em quem ele não confiasse. Comigo também é assim, e, praticamente, com todo mundo aqui em Lunatilândia. Somos uma comunidade. Podemos discutir, discordar e brigar de vez em quando, mas continuamos sendo uma comunidade. Somos praticamente uma família.

— Vamos colocar desta forma: com quem Max poderia ter ido escalar na época em que Galloway desapareceu e em quem continuaria confiando até hoje?

— Deus do céu... — Mantendo os olhos fixos nos dele, ela apertou o punho contra o peito. — Está me assustando. Assim é como se estivesse me fazendo pensar em qual dos meus vizinhos, dos meus amigos, poderia ser um assassino a sangue-frio.

— Não sei se foi a sangue-frio.

Você certamente é, ela pensou. Quando se trata dessas coisas, é, sim.

— Bing, Jacob, Harry ou Deb. Meu Deus! Ah, Hopp ou Ed... Apesar de que Hopp nunca foi muito fã de alpinismo. O Mackie Pai... Mike Beberrão, se estivesse sóbrio o suficiente. Até mesmo o Professor já escalou umas duas vezes... pequenas escaladas de verão, pelo que sei.

— John sempre teve uma queda por Charlene.

— Caramba, Nate!

— Estou apenas tentando entender, Peach.

— Acho que sim. Pelo menos é o que me lembro. Não que ela tenha dado bola para ele... Bom, não que tenha dado bola para qualquer homem quando estava com Pat. Se casou com Karl Hidel uns seis meses após Pat ter ido embora. Todos sabiam, incluindo o Velho Hidel, que ela se casou com ele por dinheiro e por causa da Hospedaria, mas ela era boa para ele.

— Certo.

O olhar dela vagou para o quadro dele e se desviou novamente.

— Com que cara vou olhar para essas pessoas daqui para a frente?

— É o lado ruim de ser policial.

Ela pareceu um pouco deslumbrada e um pouco desgostosa por ter sido classificada como policial.

— Parece que sim. — Ficou de pé, vestida com sua malha vermelha com coraçõezinhos cor-de-rosa na bainha. — Quero que fique sabendo, antes que eu lhe diga uma última coisa, que gosto da Meg. Mas também tenho bastante afeição e respeito por você, e espero que ela não parta o seu coração.

— Anotado.

Ele esperou até que ela saísse para então girar na cadeira e olhar a neve pela janela. Algumas semanas antes, achava que não tinha lhe sobrado coração suficiente para ser partido. Agora, não sabia se estava satisfeito ou irritado ao perceber que sobrara.

Recuperação?, perguntou a si mesmo. Ou burrice? Talvez fossem a mesma coisa.

Ele girou de volta e fez as ligações.

Ela não voltou naquela noite. Nate ficou na casa dela com os cães. Na sala de musculação, transpirou parte da frustração e da raiva crescente. Pela manhã, quando a neve ficou fina, dirigiu para Lunatilândia e para o trabalho.

Ela não entrara em contato com ele de propósito. Falta de consideração, Meg admitiu enquanto se acomodava no táxi que pegara no Aeroporto de Ancoragem. Era provável que ficasse um pouco preocupado. Ele tinha os genes-de-preocupação-com-as-mulheres, pelo que julgara. Ficaria magoado e irritado — e isso também era proposital da parte dela.

O homem a assustava.

Vira um olhar diferente naqueles olhos enquanto a observavam embarcar no avião. Pior ainda, era a sensação que aquele olhar causava dentro dela.

Não estava atrás daquela profundidade e daquele sentimento, daquele *contato*. Por que diabos as pessoas não conseguiam apenas aproveitar a simplicidade de um bom sexo sem estragar tudo com... seja lá o que fosse? Lealdade era uma coisa, e ela a daria e receberia — desde que o sangue continuasse fervendo. Não era como a mãe, pronta para cair na cama com qualquer um que aparecesse. Mas também não era mulher de querer ficar sob o mesmo teto com o mesmo homem a longo prazo.

Ele era daquele jeito, e ela sabia. Ela soube o que estava por trás daqueles olhos tristes e cheios de mágoa desde a primeira vez que os viu. Não tinha nada que ter dormido com um homem que queria ou esperava mais que sexo.

Sua vida já estava complicada o suficiente sem ter que se sentir obrigada a se adaptar a outra pessoa! A um homem, pelo amor de Deus.

Fora esperta ao aceitar trabalhos extras e amava a sensação de ter dinheiro de sobra. E fora mais esperta ainda ao ficar longe dele e de Lunatilândia por mais alguns dias, para se recompor.

Deus sabe que ela precisava estar calma para o que estava prestes a fazer.

Não tinha falado com Nate, mas entrara em contato com Coben.

Resgataram o corpo e o levaram para Ancoragem.

Agora, ela estava a caminho do necrotério para identificar o pai.

Sozinha. Outra atitude proposital. Vivera a vida e lidara com os próprios problemas sozinha desde que se entendia por gente.

Não tinha a menor intenção de mudar isso agora.

Se era mesmo seu pai no necrotério — e ela sentia, no fundo, que era —, então *ele* seria sua responsabilidade, seu luto e, estranhamente, sua libertação.

Isso ela não compartilharia, nem mesmo com Jacob, a única pessoa que amava de todo coração.

O que estava fazendo era mera formalidade, mais como uma cortesia. Coben se certificara, direto e educado, que ela soubesse disso. Patrick Galloway tinha uma ficha policial e suas digitais estavam arquivadas. Oficialmente, já havia sido identificado.

Mas ela era filha dele e tinha o direito de vê-lo para confirmar sua identidade, assinar a papelada, dar um depoimento. Lidar com tudo.

Quando chegou, pagou o táxi. E se preparou.

Coben estava lá, esperando.

— Srta. Galloway.

— Sargento. — Ela estendeu a mão, e ele a cumprimentou com uma mão gelada e seca.

— Sei que isso é difícil e quero agradecer por ter vindo.

— O que tenho que fazer?

— Há uns documentos que temos que liberar. Vamos otimizar e acelerar as coisas o máximo possível.

Ele lhe explicou tudo. Ela assinou o que precisava assinar, pegou um crachá de visitante e o prendeu na blusa.

Manteve a mente vazia conforme ele a guiava por um corredor branco e largo e fez o possível para ignorar os odores vagos e persistentes que se espalhavam pelo ar.

Ele a levou para uma sala pequena com duas cadeiras e uma televisão presa à parede. Havia uma janela coberta por persianas brancas e firmes do outro lado. Tomando coragem, ela entrou.

— Srta. Galloway. — Ele tocou o ombro dela de leve. — Por favor, olhe para o monitor.

— Monitor? — Confusa, virou-se e olhou para a tela cinza apagada. — A televisão? Vai mostrá-lo para mim em uma televisão? Caramba, não acha que isso é mais macabro do que simplesmente me deixar...

— É o procedimento. É melhor assim. Quando estiver pronta.

Sua boca estava seca, e Meg parecia sentir nela uma areia com um gosto podre. Teve medo de tentar engolir e tudo lhe subir pela garganta, saindo em um grande vômito antes mesmo de começar.

— Estou pronta.

Ele tirou do gancho um telefone fixado à parede e murmurou algo. Em seguida, pegou um controle remoto, mirou na direção da tela e clicou em um botão.

Ela o viu apenas dos ombros para cima. Seu primeiro pensamento, apavorado, foi que não haviam fechado os olhos dele. Não deveriam ter fechado os olhos dele? Em vez disso, estavam vidrados — o azul gélido do qual se lembrava, opaco. Os cabelos, o bigode e a barba por fazer estavam bem escuros, exatamente como recordava.

Não havia mais gelo para esbranquiçá-los nem para cintilar como vidro sobre o rosto dele. Ele ainda estava congelado?, perguntou a si mesma, entorpecida. E internamente? Quanto tempo demorava para o coração, o fígado e os rins de um homem de quase oitenta quilos, que passara tanto tempo congelado, descongelarem?

E isso importava?

Seu estômago se revirou e ela sentiu um formigamento nas pontas dos dedos das mãos e dos pés.

— Consegue identificar o falecido, srta. Galloway?

— Sim. — Um eco preencheu a sala. Ou a cabeça dela. Sua voz parecia ressoar eternamente, sendo reverberada de volta, baixinha e suave. — É Patrick Galloway. É o meu pai.

Coben desligou o monitor.

— Meus pêsames.

— Não terminei ainda. Ligue de novo.

— Srta. Galloway...

— Ligue de novo.

Após uma breve hesitação, Coben cedeu.

— Devo avisá-la, srta. Galloway, que a imprensa...

— Não estou preocupada com a imprensa. Vão estampar o nome dele em todo lugar, eu estando preocupada ou não. Aliás, talvez ele até gostasse disso.

Ela queria tocá-lo, havia se preparado para aquilo. Não saberia dizer por que queria aquele contato — sentir sua pele na dele. Mas poderia esperar, esperar até que fizessem o que tinham que fazer com aquela carcaça oca. Quando terminassem, ela o tocaria pela última vez; o toque que, infantilmente, negara a si mesma tantos anos antes.

— Está bem. Pode desligar.

— Gostaria de ficar um instante a sós? Gostaria de beber uma água?

— Não. Eu gostaria de ser informada. Quero informações. — Mas suas pernas a traíram e seus joelhos perderam a força, fazendo com que ela tivesse que se sentar em uma cadeira. — Quero saber o que vai acontecer agora e como pretendem encontrar a pessoa que o matou.

— Seria melhor discutirmos sobre isso em outro lugar. Se me acompanhar até... — Coben se interrompeu assim que Nate entrou na sala. — Delegado Burke.

— Sargento. Meg, poderia vir comigo? Jacob a aguarda no andar de cima.

— Jacob?

— Sim, ele me trouxe de avião. — Sem aguardar consentimento, Nate pegou no braço dela. Ele a pôs de pé, e, juntos, saíram da sala. — Vou levar a srta. Galloway até a delegacia, sargento.

Sua visão estava embaçada. Não eram lágrimas, mas o baque que levara, ela percebeu. Foi ver o pai morto através de uma tela, morto na televisão, como se a vida dele e o seu fim fossem apenas um episódio.

Um gancho para o próximo episódio, pensou, meio tonta. Um gancho e tanto.

Então deixou que ele a guiasse e não falou nada nem a ele nem a Jacob, nada até que saíssem dali.

— Preciso de ar. Preciso de um minuto. — Puxando o braço, andou meio quarteirão. Conseguia ouvir o barulho de trânsito, o trânsito agitado da cidade grande, e ver, pelo canto do olho, as manchas e os vultos coloridos que eram as pessoas que passavam por ela na calçada.

Sentia o frio nas bochechas e os discretos raios de sol do inverno que eram filtrados pelos céus nublados na pele exposta.

Pôs as luvas, pôs os óculos escuros e caminhou de volta.

— Coben entrou em contato com você? — perguntou a Nate.

— Isso mesmo. Já que você estava fora de alcance, há algumas coisas que precisa saber antes de falarmos com ele outra vez.

— Que coisas?

— Coisas que não quero discutir na droga da calçada. Vou buscar o carro.

— Carro? — indagou ela a Jacob quando Nate se afastou.

— Ele alugou um no aeroporto. Não queria que você pegasse um táxi, mas que tivesse um pouco de privacidade.

— Quanta consideração. Algo que não tenho. Não precisa dizer — continuou, quando Jacob permaneceu em silêncio. — Consigo ver nos seus olhos.

— Ele cuidou dos seus cachorros enquanto esteve fora.

— E eu pedi isso a ele por acaso? — Ela percebeu a irritação na própria voz e se irritou. — Merda, *merda*, Jacob. Não vou me sentir mal por viver a minha vida como sempre vivi.

— E eu pedi isso de você por acaso? — Ele sorriu de leve, e o tapinha que deu em seu braço quase derrubou o muro que ela construíra com tanto empenho contra as lágrimas.

— Eles o colocaram na tela de uma televisão. Não pude nem vê-lo, não de verdade.

Ela andou até o meio-fio quando Nate encostou com um Chevy Blazer. Entrando, ajeitou os ombros e perguntou:

— O que tenho que saber?

Ele lhe contou a respeito de Max da maneira imparcial e direta que teria usado para informar a qualquer cidadão sobre os detalhes de um caso. Continuou falando, continuou dirigindo com os olhos na estrada, mesmo quando ela virou a cabeça para encará-lo.

— Max morreu? Max matou o meu pai?

— Max morreu: isso é fato. O médico-legista confirmou o suicídio. O bilhete deixado em um arquivo do computador dele assumia a autoria do assassinato de Patrick Galloway.

— Não acredito. — Havia muita agitação dentro dela, muitos ataques ao muro que construíra. — Você está me dizendo que Max Hawbaker se tornou um homicida do nada, enfiou um *piolet* no peito do meu pai e, depois, desceu a montanha e voltou para Lunatilândia? Besteira! Historinha de *policial* para dar o caso como encerrado.

— Estou dizendo que Max Hawbaker está morto e o médico-legista confirmou o suicídio, determinando-o a partir das evidências físicas, e que havia um bilhete no computador, enfeitado com o sangue e os miolos de Max, que assumia a autoria. Se você tivesse se dado ao trabalho de entrar em contato com qualquer um nos últimos dias, teria sido informada e atualizada.

Sua voz estava impassível, assim como seus olhos, ela reparou. Não havia nada lá, não demonstrava nada. Ela não era a única ali cercada por muros.

— Você está sendo terrivelmente cuidadoso para não expressar a sua opinião, delegado Burke.

— O caso é de Coben.

Ele parou por ali e estacionou em uma vaga de visitante no estacionamento do Departamento de Polícia Estadual.

— *A* MORTE DE Hawbaker foi confirmada como suicídio — declarou Coben. Estavam todos reunidos em uma sala de conferências. As mãos do sargento repousavam sobre um arquivo na mesa. — A arma era dele e as digitais encontradas, as únicas digitais encontradas, também. Encontraram resíduo de pólvora na mão direita. Não havia sinal de arrombamento nem de luta corporal. Uma garrafa de uísque e uma caneca, que pertenciam ao local, estavam na mesa dele. Os resultados da necropsia comprovam que ele consumiu um pouco mais de cento e cinquenta mililitros de uísque antes da morte. As digitais dele, e somente elas, estavam no teclado do computador. A ferida, a posição do corpo, a posição da arma, tudo indica que ele fez aquilo a si mesmo.

Coben fez uma pausa.

— Hawbaker era conhecido do seu pai, srta. Galloway?

— Sim.

— E você está ciente de que ele escalou com o seu pai em algumas ocasiões?

— Sim.

— Soube de algum conflito entre eles?

— Não.

— Talvez também não esteja ciente de que Hawbaker foi demitido do jornal em que trabalhava em Ancoragem por causa de uso de drogas. A minha investigação indica que Patrick Galloway era conhecido por fazer uso recreativo de drogas. Além disso, não encontrei evidência alguma de que o seu pai procurou ou teve um trabalho remunerado em Ancoragem, ou em qualquer outro lugar, depois que saiu de Lunatilândia com esse suposto objetivo.

Ela olhou rapidamente para ele.

— Nem todo mundo tem um emprego formal.

— É verdade. Parece que Hawbaker, cujo paradeiro na primeira quinzena de fevereiro ainda não pôde ser determinado, encontrou Patrick Galloway e, juntos, decidiram escalar a encosta sul do Pico No Name. Supõe-se que, durante a escalada, talvez sob a influência de drogas e atormentado, Hawbaker tenha assassinado o companheiro e deixado o corpo na caverna de gelo.

— Poderíamos supor que porcos cor-de-rosa são capazes de voar — rebateu Meg. — O meu pai poderia ter quebrado Max ao meio sem fazer nenhum esforço.

— A superioridade física não seria páreo para um *piolet*, especialmente em um ataque surpresa. Nada na caverna indicava luta corporal. É claro que continuaremos a investigar e analisar todas as evidências, mas, às vezes, srta. Galloway, o óbvio parece óbvio porque é a verdade.

— E, às vezes, a merda boia. — Ela ficou de pé. — As pessoas sempre dizem que suicídio é covardia. Talvez estejam certas. Mas, para mim, parece ser preciso coragem e determinação para colocar o cano de uma arma contra a própria cabeça e apertar o gatilho. De qualquer forma, na minha opinião, Max não se encaixa no perfil. Porque tudo parece muito extremo, e ele não era assim. O que ele era, sargento Coben, era medíocre.

— Pessoas medíocres fazem o inimaginável todos os dias. Lamento pelo seu pai, srta. Galloway, e lhe dou a minha palavra de que vou continuar trabalhando no caso até que seja concluído. Mas, no momento, não tenho mais nada a te falar.

— Pode falar um instante, sargento? — Nate se virou para Jacob e Meg.
— Encontro com vocês lá fora. — Ele mesmo fechou a porta assim que os dois saíram. — O que mais você tem? O que não está contando a ela?

— Você tem alguma ligação pessoal com Megan Galloway?

— Não há nada determinado no momento. E isso é irrelevante. É uma troca, Coben. Posso lhe dizer que há meia dúzia de pessoas que ainda moram em Lunatilândia e que poderiam ter ido escalar com Galloway naquele inverno. Pessoas que Max considerava amigos e vizinhos e que poderiam ter estado naquele escritório com ele na noite em que morreu. A determinação do médico-legista foi baseada em fatos, mas ele não conhece a cidade, as pessoas. Ele não conhecia Max Hawbaker.

— E você também não. — Coben ergueu a mão. — Mas temos evidências de que havia três pessoas naquela montanha no momento em que Galloway provavelmente morreu. Evidências de que apenas duas delas estiveram naquela caverna. Evidências que acredito terem sido escritas pelo próprio Galloway.

Ele deslizou o arquivo na direção de Nate.

— Ele estava escrevendo um diário sobre a escalada. Havia três pessoas lá, Burke, e tenho a total certeza de que Hawbaker era uma delas. Só não tenho certeza se era o segundo homem na caverna. Tem uma cópia do diário no arquivo. Um especialista está verificando se é mesmo a letra de Galloway em comparação a uma outra amostra, mas, de olho, eu diria que é, sim. Se vai querer ou não compartilhar essa informação com a filha dele, a escolha é sua.

— Porque você não faria isso.

— Compartilhar isso com você já não é adequado. Assim como admitir que você tem bem mais experiência com homicídios do que eu e que lida melhor com as pessoas daquela cidade. Lunatilândia serviu como uma luva, Burke, porque eu diria que você tem, pelo menos, um lunático de carteirinha vivendo bem debaixo do seu nariz.

Com o arquivo sob o casaco, ele voltou para Lunatilândia de avião com Meg. Decidiria se contaria a ela depois de ler. Decidiria se contaria a alguém.

Já que não conseguia escapar do fato de estar voando, fez o possível para aproveitar a vista.

Neve. Mais neve. Água congelada. Beleza fria e secretamente perigosa. Não muito diferente da pilota ao seu lado.

— Coben é um babaca? — perguntou ela, de repente.

— Eu não diria isso.

— Isso porque vocês da polícia são unidos ou é uma opinião racional sua?

— Um pouco dos dois, talvez. Seguir as evidências não faz de ninguém um babaca.

— Faz, sim, caso um de vocês acredite que Max enfiou um *piolet* no peito do meu pai. Eu esperava mais de você.

— Viu só o que acontece quando temos expectativas?

Ela mergulhou com o avião à esquerda, e o estômago dele pareceu subir à garganta. Antes que pudesse reclamar, ela mergulhou à direita.

— Se quiser que eu vomite na sua cabine, continue fazendo isso.

— Um policial deveria ser mais resistente. — Ela direcionou o nariz da aeronave para baixo e desceu com tanta velocidade que ele não conseguiu ver nada além de um mundo branco vindo rapidamente a seu encontro — e seu próprio corpo mutilado, em destroços retorcidos e queimando.

Os palavrões terríveis que soltou com violência a fizeram gargalhar conforme a aeronave ganhava altitude outra vez.

— Você quer morrer? — gritou ele.

— Não, e você?

— No passado, mas já superei essa fase. Se fizer isso de novo, Galloway, assim que pousarmos, vou te encher de porrada!

— Você não faria isso. Homens como você não batem em mulheres.
— Ah, paga pra ver!
Ela ficou tentada — estava descontrolada o bastante para sentir a tentação.
— Você chegou a enfiar a porrada na traidora da Rachel?
Ele a encarou. Havia algo selvagem nela, em seus olhos, algo nítido naquele rosto.
— Eu nunca considerei a possibilidade, mas estou sempre expandindo os meus horizontes.
— Você está puto comigo. Está cabisbaixo e magoado porque não entrei em contato com você pelo rádio a cada hora para mandar beijinhos.
— Só pilote este avião. O meu carro está na sua casa. Foi lá que Jacob me buscou.
— Eu não precisava de você lá. Eu não precisava de você para segurar a minha mão.
— Não acho que eu tenha te oferecido a minha mão. — Ele esperou que ela retrucasse. — Rose e David tiveram uma menina. Três quilos e meio. O nome dela é Willow.
— Ah, é? — Parte do mau humor desapareceu de seu rosto. — Uma menina? Está tudo bem?
— Está tudo muito bem. Peach diz que ela é linda, mas, quando fui lá, parecia mais um peixinho irritado e de cabelo preto.
— Por que está falando comigo nesse tom amigável quando está com tanta raiva que mal me olha nos olhos?
— Prefiro me manter como a Suíça, neutro, até que você aterrisse este maldito avião.
— Pois bem.
Assim que aterrissou, ela pegou suas coisas e pulou para fora da aeronave. Pendurando o que pôde nos ombros, curvou-se para cumprimentar seus cães animados.
— Aí estão vocês, os meus garotos. Sentiram saudades? — Ela disparou um olhar para Nate. — Vai me bater agora?
— Os seus cachorros voariam na minha jugular.
— Sensato. Você é um homem sensato.
— Nem sempre — respondeu em voz baixa enquanto a seguia até a casa.

Entrando, ela jogou a bagagem de lado e foi logo na direção da lareira para pôr lenha e acender o fogo. Ainda precisava arrumar o avião. Drenar o óleo e estacioná-lo no galpão para mantê-lo aquecido. E cobrir as asas.

Mas não se sentia prática nem eficiente. Nem se sentia muito sã.

— Obrigada por ter cuidado de Rock e Bull enquanto estive fora.

— De nada. — Ele virou de costas, mantendo o arquivo cuidadosamente escondido sob o casaco. — Esteve muito ocupada?

— Estava fazendo um pé-de-meia. — Ela acendeu a lareira. — Quando um trabalho vem fácil, eu pego. Agora, tenho uma bela quantia para depositar.

— Que bom.

Ela se jogou em uma poltrona e apoiou uma perna sobre o braço do móvel. Toda insolente.

— Estou de volta agora. É bom te ver, gracinha. Se tiver tempo, podemos subir para fazer um sexo de boas-vindas. — Sorriu e começou a desabotoar a blusa. — Aposto que posso colocá-lo no clima.

— Que imitação barata de Charlene, Meg.

O sorriso desapareceu de seu rosto.

— Tudo bem se não quiser transar, mas não precisa me ofender.

— Mas parece que você está precisando me magoar, me irritar. O que houve?

— O problema é seu. — Ela se levantou e começou a empurrá-lo, mas ele a segurou pelo braço e a puxou de volta.

— Não — disse ele, ignorando os rosnados de alerta dos cães. — Parece que o problema é seu. Quero saber o que está acontecendo.

— Eu *não sei*! — A angústia na voz dela fez com que os cães rosnassem com mais ferocidade. — Rock, Bull, relaxem. Relaxem — disse ela, mais calma. — Amigo.

Ela ajoelhou e pôs os braços ao redor dos animais, aconchegando-se.

— Que merda! Por que não grita ou se manda daqui ou me diz que sou uma vadia sem coração? Por que não me dá um tempo?

— Por que você não quis entrar em contato comigo? Por que está tentando causar uma briga desde que nos encontramos?

— Espere um pouco. — Ela ficou de pé e estalou os dedos para que os cães a seguissem até a cozinha. Procurou petiscos e jogou um para cada um. Depois, apoiou as costas no balcão e olhou para Nate.

Ele não estava mais tão abatido, ela pensou. Ganhara um pouco de peso no último mês. O tipo de peso que caía bem em um homem, que revelava que ganhara músculos. Os cabelos dele estavam bagunçados e sensuais, e já deveriam ter sido aparados. E aqueles olhos, calmos, dolorosamente tristes e irresistíveis, mantiveram-se na altura dos dela, pacientes.

— Não gosto de dar satisfação a ninguém. Não estou acostumada com isso. Eu construí essa casa, construí a minha carreira, construí a minha vida da maneira que são porque combinam comigo.

— Você está preocupada que eu comece a exigir satisfações de você? Que espere que você mude as coisas de lugar por minha causa?

— E não é isso o que vai fazer?

— Não sei. Acho que vejo uma diferença entre dar satisfação e mostrar que se importa. Fiquei preocupado com você. Por você. E os seus cachorros não foram os únicos que sentiram saudades. Quanto a mudar as coisas de lugar, ainda estou tentando organizar a minha vida. Um dia de cada vez.

— Me diga uma coisa. Não minta. Está se apaixonando por mim?

— Parece que sim.

— E como é se sentir assim?

— É como se algo estivesse ressurgindo dentro de mim. Está se preparando e tentando entrar no ritmo. É assustador — disse ele, aproximando-se dela. — E bom. Bom e assustador.

— Não sei se quero isso. Não sei se tenho isso.

— Eu também não. O que sei é que já estou cansado de me sentir cansado e vazio. E de fazer tudo automaticamente só para chegar ao fim do dia. Eu consigo sentir quando estou com você, Meg. Eu consigo sentir, e parte do que sinto dói. Mas estou aberto a isso. — Ele segurou o rosto dela com as mãos. — Talvez você devesse tentar por enquanto também. Apenas se abra.

Ela segurou os pulsos dele.

— Talvez.

Capítulo dezoito

⌘ ⌘ ⌘

Diário • *19 de fevereiro de 1988*

Ele enlouqueceu. Perdeu a porra da cabeça. Muita dexanfetamina e sabe-se lá Deus o que mais. Muita altitude. Não sei. Acho que o acalmei. Começou uma tempestade, então nos abrigamos em uma caverna de gelo. Que lugar! Parece um castelo mágico em miniatura, com colunas e arcos de gelo e estalactites. Queria que todos nós estivéssemos aqui. Seria bom ter ajuda para trazer o velho Darth de volta para o planeta Terra.

Ele cismou com uma ideia maluca de que eu tentei matá-lo. Tivemos uns problemas durante o rapel, e ele está gritando comigo, gritando com o nada, que eu tentei matá-lo. Veio para cima de mim feito um maníaco, e tive que usar força física. Mas isso o acalmou. Consegui acalmá-lo. Ele pediu desculpas e riu do que fez.

Vamos descansar um pouco aqui, nos recuperar. Estamos fazendo um jogo, falando a primeira coisa que vamos fazer assim que voltarmos para o mundo real. Ele quer carne; eu quero mulher. Depois, concordamos que queremos as duas coisas.

Ele ainda está agitado — dá para perceber. Mas, cacete, a montanha faz isso com a gente. Precisamos voltar para onde Han está e continuar descendo. Precisamos voltar para Lunatilândia.

O clima está melhorando, mas tem algo estranho no ar. Alguma coisa vai acontecer. Está na hora de darmos o fora daqui.

$\mathcal{E}$M SUA sala, na delegacia, com a porta fechada, Nate leu a última linha no diário de alpinismo de Patrick Galloway.

Levou mais dezesseis anos para você dar o fora daí, Pat, ele pensou. Porque, com toda certeza, alguma coisa aconteceu.

Três escalaram, pensou, e dois voltaram. E dois ficaram em silêncio por dezesseis anos.

Mas havia apenas dois naquela caverna: Galloway e o assassino. Agora Nate tinha a mais plena certeza de que aquele não era Max.

Por que o assassino deixara Max vivo por tanto tempo?

Se Han era Max, Max se machucara — não gravemente, mas o suficiente para dificultar a descida. Ele seria o menos experiente e o menos resistente dos três, se é que interpretara corretamente o diário de Galloway.

Mas o assassino o ajudara a descer e o deixara viver por mais dezesseis anos.

E Max guardara o segredo.

Por quê?

Ambição, chantagem, lealdade? Medo?

O piloto, concluiu Nate. Precisava encontrar o piloto e a história que ele tinha para contar.

Ele trancou a cópia do diário na gaveta da mesa onde estava o registro de homicídios e guardou a chave no bolso.

Quando saiu, encontrou com Otto, que voltava da patrulha.

— Ed Woolcott disse que alguém arrombou a cabana de pesca dele e levou duas varas, uma broca de perfuração de gelo elétrica, uma garrafa de uísque *single malt*. E ainda vandalizou o local com tinta. — Com o rosto avermelhado de frio, Otto foi diretamente até a cafeteira. — É provável que tenham sido uns moleques. Eu disse que ele é o único da região que tranca a barraca e que isso incita os garotos a invadirem.

— Qual o valor total do que foi roubado?

— *Ele* diz que é algo em torno de oitocentos. Uma broca da marca StrikeMaster custa uns quatrocentos dólares. — Seu rosto foi tomado por asco e escárnio. — Esse é o Ed. Dá para comprar uma boa broca manual por uns quarenta, mas ele tem que ter a mais cara de todas.

— Temos a descrição dos bens?

— Sim, sim. Qualquer moleque que seja burro o bastante para exibir uma vara que tenha uma placa de latão com o nome de Ed merece ser pego. Uísque? É provável que já tenham virado tudo e passado mal. Devem ter aberto um buraco no gelo em algum lugar com a broca e pescado enquanto bebiam. Imagino que vão largar as coisas por aí ou tentar devolver sem ser notados.

— Ainda é invasão de domicílio e roubo, então vamos seguir os procedimentos.

— Pode apostar que ele tem seguro, e mais alto do que o valor que pagou quando comprou. Sabia que ele conversou com um advogado para processar o Hawley por empurrar o carro dele para fora da estrada no começo do ano? Um advogado, pelo amor de Deus!

— Vou falar com ele.

— Boa sorte. — Otto se sentou à mesa com o café e fez uma careta na frente do computador. — Tenho que fazer o relatório disso.

— Vou sair. Estou investigando um caso. — Nate fez uma pausa. — Você tem escalado com frequência ultimamente?

— Para que eu ia querer escalar uma merda de uma montanha? Consigo vê-las muito bem daqui.

— Mas você escalava.

— Eu também dançava tango com mulheres fáceis.

— É mesmo? — Impressionado, Nate se sentou na quina da mesa de Otto. — Você é cheio de surpresas, Otto. Essas mulheres usavam vestidos apertados e saltos-agulha?

O bom humor brigava com o mau humor.

— Ah, usavam, sim.

— Com aquela fenda sensual na lateral do vestido subindo pela perna, que abre feito um pedacinho do céu quando elas andam?

A carranca de Otto perdeu a guerra para um sorriso.

— Aqueles foram bons tempos.

— Aposto que sim. Nunca aprendi a dançar tango, nem a escalar. Talvez eu deva aprender.

— Aprenda só o tango, delegado. Tem mais garantias de sair vivo.

— Algumas pessoas falam sobre o alpinismo como se fosse uma religião. Por que você desistiu?

— Cansei de flertar com membros congelados e ossos quebrados. — O olhar dele escureceu quando olhou para o café. — A última vez que escalei foi para fazer um resgate. Era um grupo de seis pessoas, mas uma avalanche os levou. Encontramos dois. Dois corpos. Você nunca viu um homem que foi arrastado por uma avalanche.

— Não, nunca vi.

— Um abençoado. Mês que vem, vai fazer nove anos. Nunca mais escalei. Nem vou.

— Chegou a escalar com Galloway?

— Pouquíssimas vezes. Ele era um bom alpinista. Bom demais para um babaca.

— Não gostava dele?

Otto começou a digitar com apenas um dedo de cada mão.

— Se eu não gostasse de todo babaca que já conheci, não sobraria quase ninguém. O cara ficou preso nos anos 1960. Paz, amor, drogas. Uma saída fácil, se quer saber minha opinião.

Nos anos 1960, pensou Nate, Otto estava suando em uma selva no Vietnã. Aquele tipo de conflito — entre soldado e *hippie* — poderia explodir em situações menos estressantes que uma escalada no inverno.

— Esse pessoal vive tagarelando sobre uma vida natural e salvar as malditas baleias — continuou Otto enquanto apunhalava as teclas —, mas só o que fazem é sugar o governo sobre o qual tanto reclamam. Não tem como respeitar isso.

— Imagino que vocês não tivessem muito em comum, considerando que você era do exército.

— Não saíamos para beber juntos. — Ele parou de digitar e olhou para Nate. — O que você está querendo com isso?

— Estou apenas tentando conhecer melhor o homem. — Ao se levantar, perguntou, casualmente: — Quando você escalava, quem contratava como piloto?

— Jacob, na maior parte das vezes. Era o que estava mais perto.

— Achei que Jacob também escalasse. Chegou a escalar com ele?

— Claro. Às vezes chamávamos Hank Fielding, lá de Talkeetna, para nos levar, ou o Dois Dedos, de Ancoragem... Loukes Durão, se ele estivesse sóbrio... — Ele deu de ombros. — Há muitos pilotos dispostos a levar um grupo por dinheiro. Se estiver pensando mesmo em escalar, peça para a Meg levá-lo e contrate um guia profissional, não um jeca qualquer.

— Entendido, mas acho que vou acabar me contentando com a vista da minha sala.

— Mais inteligente.

Interrogar o próprio subdelegado não tinha sido nada agradável, mas ele registraria alguns pontos da conversa nas suas anotações. Não conseguia imaginar Otto perdendo o controle e atacando um homem com um *piolet*. Mas também não conseguia imaginá-lo dançando tango com uma mulher de vestido apertado.

As pessoas mudavam muito em dezesseis anos.

Foi à Hospedaria e encontrou Charlene e Cissy servindo o jantar para os clientes que comiam mais cedo. Jim Magrelo estava trabalhando no bar. E o Professor estava em sua banqueta, bebendo uísque e lendo Trollope.

— Tem um bolão do Iditarod rolando — informou Jim. — Quer participar?

Nate se sentou no bar.

— Quem é o seu preferido?

— Acho que é esse jovem, Triplehorn. Um aleúte.

— Ele é lindo! — comentou Cissy ao se aproximar com a bandeja de louças sujas.

— Isso não importa, Cissy.

— Para mim, importa. Uma cerveja e uma dose dupla de vodca com gelo — pediu ela.

— Faça uma aposta por consideração no canadense, Tony Keeton.

— Temos consideração pelos canadenses? — perguntou Nate enquanto Jim servia a vodca.

— Não. Pelos cães. Foi Walt Notti quem os criou.

— Então, vinte dólares no canadense.

— Cerveja?

— Café. Obrigado, Jim. — Enquanto Jim e Cissy lidavam com os drinques e continuavam discutindo a respeito de seus *mushers* favoritos, Nate se virou para o homem ao seu lado: — Como está, John?

— Não tenho dormido muito bem. Ainda. — John marcou a página onde estava e pôs o livro sobre o balcão. — Não consigo tirar aquela imagem da minha cabeça.

— É difícil. Você conhecia Max muito bem. Escreveu alguns artigos para o jornal dele.

— Resenhas mensais de livros, algumas colunas de opinião. Não pagava bem, mas eu gostava. Não sei se a Carrie vai manter o jornal funcionando. Espero que sim.

— Fiquei sabendo que Galloway escrevia para O Lunático, bem no começo.

— Ele era um bom escritor. Teria sido melhor ainda se tivesse focado nisso.

— Acho que ter foco é importante para qualquer coisa.

— Ele tinha muito talento natural, em várias áreas. — John olhou para trás, em direção a Charlene. — Mas nunca foi determinado. Desperdiçou o que tinha.

— Incluindo a mulher?

— Eu não sou imparcial neste assunto. Na minha opinião, ele não se esforçou muito no relacionamento nem em nada. Tinha capítulos escritos de vários romances, dezenas de composições pela metade e infinitos trabalhos de carpintaria não finalizados. O homem era bom no trabalho manual, tinha uma mente criativa, mas faltava disciplina e ambição.

Nate analisou as possibilidades. Três homens unidos pelo local, pela vocação — o dom da escrita — e pelo alpinismo. E dois deles estavam apaixonados pela mesma mulher.

— Talvez ele tomasse jeito, se tivesse tido a chance.

John sinalizou para Jim encher seu copo novamente.

— Talvez.

— Já leu as coisas dele?

— Sim. Sentávamos para tomar uma ou duas cervejas, ou usar drogas recreativas — acrescentou John, com um meio sorriso. — E conversávamos sobre filosofia, política, escrita e a condição humana. Jovens intelectuais — ele levantou o copo em um brinde — que não fariam nada, de fato.

— Você escalava com ele?

— Ah, as aventuras. Jovens intelectuais não vêm ao Alasca sem ser atrás de aventuras. Aproveitei bem aquela época, mas não a traria de volta nem mesmo por um Pulitzer. — Sorrindo da forma que um homem sorri ao se lembrar de glórias passadas, tomou um gole do uísque.

— Eram amigos?

— Sim. Éramos amigos nesse nível intelectual, pelo menos. Eu desejava a mulher dele, isso não era segredo. Acho que ele se divertia com isso e se sentia superior a mim. Eu era o culto. Ele tinha jogado no lixo a possibilidade de um curso superior, mas veja só o que conquistara. — John olhou para a bebida, ruminando um pensamento. — Imagino que ele ainda acharia divertido se visse que eu ainda desejo a mulher dele.

Nate pensou a respeito daquilo por um instante e bebericou o café.

— Vocês dois escalavam a sós ou em grupo?

— Hum... — John piscou, como se estivesse acordando de um sonho. Lembranças, pensou Nate, eram apenas um tipo diferente de sonho. Ou de pesadelo. — Em grupo. Existe parceria na loucura. A escalada da qual me lembro com mais clareza foi no verão, em Denali. Grupos e indivíduos lutando para subir naquele monstro feito formigas subindo em um bolo gigante. O acampamento-base era como se fosse uma cidadezinha em si e uma festa maluca.

— Você e Pat?

— Uhum, com Jacob, Otto, Deb e Harry, Ed, Bing, Max, os Hopp, e o Sam Beaver, que morreu dois anos atrás de embolia pulmonar. Ah, calma... Mackie Pai estava lá, pelo que me lembro. Ele e Bing saíram no braço por algum motivo. E Hopp, o falecido, separou a briga. Hawley estava lá, mas caiu bêbado e abriu a cabeça. Não deixamos que escalasse. E Missy Jacobson, uma fotógrafa *freelancer* com quem tive um caso breve, mas intenso, antes de ela voltar para Portland e se casar com um encanador. — Ele sorriu com essa lembrança. — Ah, sim, Missy, com aqueles olhos castanhos enormes e aquelas mãos bobas. Nós, de Lunatilândia, saímos em grupo como se estivéssemos de férias. Tínhamos até uma bandeirinha para colocar no cume e tirar fotos para o jornal. Mas nenhum de nós chegou ao topo.

— Nenhum de vocês?

— Não, não daquela vez. Pat conseguiu depois, pelo que me lembro, mas, naquela escalada, estávamos com azar. Ainda assim, na noite que passamos no acampamento-base, estávamos cheios de esperança e de boa vontade. Cantamos, transamos, dançamos sob a luz maravilhosa do sol sem fim. Acho que nunca estivemos tão vivos quanto naquela noite.

— O que houve?

— Harry ficou doente. Não sabia que estava doente, mas acordou de manhã com febre. Gripe. Ele disse que estava bem, então ninguém quis discutir. Só que não aguentou nem cinco horas. Deb e Hopp desceram com ele. Sam caiu e quebrou o braço. Missy também estava ficando doente. Um outro grupo que descia a levou de volta à base. O tempo mudou, e aqueles de nós que sobramos armamos barracas e nos amontoamos, rezando para que a tempestade passasse. Só que não passou, piorou. Ed ficou doente. Depois, eu fiquei doente. Uma coisa após a outra, até que decidimos desistir e voltar. Um triste fim para o nosso feriado de cidade pequena.

— Quem os levou de volta para a cidade?

— Perdão?

— Vocês tinham um piloto.

— Ah! Lembro-me de ter sido enfiado dentro daquele avião, com todo mundo doente ou irritado ou emburrado. Não lembro quem era o piloto. Algum amigo do Jacob, acho. Eu estava muito doente, disso me lembro claramente. Escrevi a respeito em algum momento. Tentei dar um toque de humor a um artigo em *O Lunático*. — Ele virou o uísque de uma vez. — Sempre me arrependi de não ter hasteado aquela bandeira.

Nate deixou o assunto morrer e caminhou até Charlene.

— Pode tirar um intervalo?

— Claro. Quando a Rose voltar da licença.

— Cinco minutos. Ainda não está tão cheio aqui.

Ela enfiou o bloquinho de pedidos no bolso.

— Cinco. Se não oferecermos um bom serviço aqui, as pessoas vão começar a ir ao Restaurante Italiano. Não posso perder os meus fregueses fiéis.

Ela foi abrindo caminho pelo salão do restaurante até chegar ao saguão vazio. O som de seus saltos fez Nate pensar no tango, e ele imaginou que tipo de vaidade era aquele que se sobressaía à necessidade de conforto de uma mulher quando ficaria saltitando com aquilo nos pés por horas a fio.

— Para sua informação, Patrick Galloway estava mesmo indo procurar trabalho em Ancoragem.

— Nós já falamos sobre isso.

— Me diga. Se ele estava indo para lá e sentiu uma vontade repentina de escalar, quem era mais provável que contratasse para levá-lo de avião até Sun Glacier?

— E como é que eu vou saber? Não era para ele ter ido escalar. Era para ter ido procurar emprego.

— Você viveu com ele por quase quatorze anos, Charlene. Você o conhecia.

— Se não foi Jacob, e ele estava em Ancoragem, teria sido o Dois Dedos ou o Durão, provavelmente. A não ser que ele tenha tido o impulso quando nenhum deles estivesse por perto, aí teria contratado qualquer um que estivesse disponível. Ou, melhor, teria feito alguma troca para conseguir o voo. Ele não tinha dinheiro. Só dei cem dólares das minhas economias. Ele teria torrado tudo se eu desse mais.

— Sabe onde consigo encontrar esses pilotos?

— Pergunte a Jacob ou Meg. São eles que trabalham com essas coisas, não eu. Você deveria ter me contado que o tiraram de lá, Nate. Deveria ter me contado e me levado para vê-lo.

— Não havia motivo algum para fazê-la passar por isso. Não — disse antes que ela pudesse se opor. — Não havia.

Ele a pôs sentada em uma cadeira e se sentou ao lado.

— Escuta. Vê-lo daquele jeito não vai te ajudar. Nem ele.

— Meg o viu.

— E ficou arrasada. Eu estava lá, eu sei. Quer fazer algo por si mesma e por ele? Quer superar tudo isso? Tira um tempo para ir ver a sua filha. Seja a mãe dela, Charlene. Dê a ela algum conforto.

— Ela não quer ser confortada por mim. Ela não quer nada de mim.

— Talvez, não. Mas oferecer esse conforto pode te ajudar. — Ele se levantou. — Vou me encontrar com ela agora. Quer que eu diga algo a ela?

— Pode dizer que vou precisar de uma ajuda aqui por alguns dias, a não ser que ela tenha algo mais importante para fazer.

— Está bem.

*E*STAVA COMPLETAMENTE escuro quando ele voltou à casa de Meg. Percebeu que ela parecia mais calma, mais controlada e mais descansada. As almofadas e a manta no sofá revelavam que ela acabou, em algum momento, tirando um cochilo na frente da lareira.

Ele pensou na melhor forma de lidar com as coisas e lhe entregou um buquê de crisântemos e margaridas, que comprara na Loja da Esquina. As flores não estavam tão frescas, mas ainda eram flores.

— Para que isso?

— Percebi que estávamos fazendo as coisas de trás para a frente, do ponto de vista tradicional. Já levei você para a cama, ou você me levou, então essa pressão não existe mais. Agora, estou te cortejando.

— Ah, é? — Ela cheirou as flores. Talvez fosse clichê, mas esse era seu ponto fraco, além dos homens que as ofereciam. — Então, qual seria o próximo passo? Uma cantada em um bar?

— Eu estava pensando mais em um encontro, um jantar. Mas você pode me jogar uma cantada em um bar. Também funciona para mim. Enquanto isso, eu gostaria que você fizesse as malas e fosse passar a noite comigo na Hospedaria.

— Ah, então ainda podemos transar durante esse período de cortejo?

— Você poderia ficar em outro quatro, mas eu preferiria transar. Também pode levar as flores. E os cães.

— E por que eu deixaria o conforto do meu próprio lar para ir fazer sexo com você em um quarto de hotel? — Ela girou o buquê, observando-o por entre as flores. — Ah, pelo toque de suspense do nosso relacionamento ao contrário. É tão idiota que me atrai, Burke, mas eu preferiria ficar aqui tranquilamente, fingindo que estamos em um quarto de motel barato. Podemos até ver se está passando algum filme pornô em um canal pago.

— Parece ótimo, mas eu gostaria que você viesse comigo. Tinha alguém bisbilhotando por aqui na floresta outra noite.

— Do que você está falando?

Ele contou a ela sobre as pegadas.

— Porra, por que não me contou sobre isso na luz do dia para que eu pudesse ver por mim mesma? — Ela jogou as flores na mesa e foi pegar um casaco.

— Espere aí. Já nevou uns quinze centímetros. Não vai dar para ver nada. E Otto e Peter já vasculharam os arredores, de qualquer forma. Eu não contei antes porque você já estava passando por muita coisa. Assim, você pôde tirar uma soneca e ficar em paz por um tempo. Pegue as coisas que precisa, Meg.

— Não vou ser arrancada da minha casa porque alguém esteve passeando na floresta. Mesmo que eu caia na sua paranoia e concluir que ele ou ela estava me espionando ou seguindo algum plano maldoso, não vou ser arrancada daqui. Eu posso...

— "Cuidar de mim mesma". Sim, eu sei.

— Acha que não? — Ela deu as costas para Nate e foi para a cozinha.

Quando ele a seguiu, ela já tirava um rifle do armário de produtos de limpeza.

— Meg...

— Cale a boca! — Ela verificou o tambor da arma e, para desespero de Nate, ele viu que estava totalmente carregado.

— Sabe quantos acidentes acontecem porque as pessoas deixam armas carregadas dentro de casa?

— Não atiro em nada por acidente. Venha comigo.

Ela abriu a porta.

Estava escuro e frio, e ele estava com uma mulher irritada portando um rifle carregado.

— Por que a gente não entra e...

— Aquele galho, a duas horas, dois metros de altura, doze metros de distância.

— Meg...

Ela apoiou o rifle no ombro, mirou e atirou. O barulho causou um estrondo na cabeça dele. O galho explodiu, um pedaço de quinze centímetros.

— Tudo bem, você consegue atirar com um rifle. Medalha de ouro para você. Vamos entrar.

Ela atirou outra vez, e o pequeno pedaço de galho pulou na neve como uma lebre.

O vapor da respiração de Meg se espalhou quando ela atirou novamente e dizimou o que restava.

Em seguida, catou as cápsulas das balas e voltou para casa, carregando o rifle.

— Uma bela pontaria — comentou Nate. — E, apesar de eu não ter a intenção de permitir que as coisas cheguem a esse ponto, devo destacar que explodir um galho de árvore não chega nem perto de meter uma bala em carne e osso.

— Não sou uma das patricinhas dos estados lá de baixo que você conhece. Já atirei em alce, búfalo, caribu, urso...

— Já atirou em um ser humano? Não é a mesma coisa, Meg. Acredite em mim: não é. Não estou dizendo que você não é inteligente ou capaz ou forte. Mas estou pedindo que fique comigo hoje à noite. Senão, vou ficar aqui. Mas você poderia dar uma mãozinha à sua mãe na Hospedaria, agora que Rose está de licença. Ela está sobrecarregada e nervosa por causa do seu pai.

— Charlene e eu...

— Não consigo me reaproximar da minha, sabe. Da minha mãe. Ela nem fala comigo direito, e a minha irmã se afastou de nós dois porque quer ter uma vida boa e normal. Não posso culpá-la.

— Não sabia que você tinha uma irmã.

— Dois anos mais velha. Mora em Kentucky agora. Não a vejo faz... cinco anos, acho. Os Burke não são muito chegados a reuniões de família.

— Ela não foi te ver quando você levou um tiro?

— Ela ligou. Não tivemos muito o que dizer um ao outro. Quando Jack foi morto e eu levei um tiro, a minha mãe foi me ver no hospital. Imaginei, na medida do possível, que talvez, apenas talvez, alguma coisa pudesse surgir daquele horror. Achei que fôssemos nos reaproximar. Mas ela perguntou se eu ia parar depois daquilo. Se eu deixaria a polícia antes de ela ter que visitar o meu túmulo em vez de um leito de hospital. Eu disse que não, que era tudo o que me restava. Ela foi embora sem dar outra palavra. Acho que não trocamos mais de uma dúzia de palavras desde então. O emprego me custou o meu melhor amigo, a minha esposa e a minha mãe.

— Não custou, não. — Ela não conseguiu evitar o ímpeto de segurar a mão dele, levando-a até seu rosto para se acariciar com ela. — Você sabe que não.

— Depende de como se enxerga, é só isso. Mas não desisti. Estou aqui porque, mesmo no fundo do poço, essa foi a única coisa que me fez seguir em frente. Talvez tenha sido o que me impediu de afundar de vez, não sei. O que sei é que você tem chance de fazer as pazes com a sua mãe de alguma forma. Não deixe essa chance escapar.

— Ela podia ter me pedido ajuda.

— Ela pediu. Eu só fui o mensageiro.

Suspirando, ela se virou e deu um chutinho mal-humorado no armário sob a pia.

— Vou dar uma ajuda um dia desses, mas não espere um "e viveram feliz para sempre" nessa história, Nate.

— Para sempre é tempo demais para se preocupar.

Ele a deixou na Hospedaria e voltou para a delegacia.

Passou um tempo anotando partes das conversas que teve com Otto e com John. Depois, começou a puxar as fichas dos pilotos cujos nomes Otto dissera.

A ficha de Loukes Durão não apresentava nada além de algumas infrações de trânsito. Ele morava em Fairbanks agora e trabalhava para uma agência de viagens chamada Alaska Wild. No site, a empresa prometia mostrar aos clientes o verdadeiro Alasca e ajudá-los a caçar, pescar peixes enormes e tirar fotografias das paisagens abandonadas; tudo incluído em pacotes de vários preços. Também havia tarifas para grupos disponíveis.

Fielding se mudou para a Austrália em 1993 e morreu de causas naturais quatro anos depois.

Thomas Kijinski, também conhecido como Dois Dedos, era um caso diferente. Nate encontrou diversas passagens por posse de substâncias de uso controlado para tráfico, embriaguez e perturbação do sossego, apropriação indébita. Ele foi expulso do Canadá e teve sua licença de piloto suspensa duas vezes.

Em 8 de março de 1988, o corpo dele foi encontrado com várias facadas em uma lata de lixo em uma doca em Ancoragem. A carteira e o relógio haviam sumido. Conclusão: latrocínio. O culpado, ou culpados, jamais fora encontrado.

Olhando por outra perspectiva, pensou Nate enquanto imprimia os dados, poderia ser uma testemunha fora do caminho, e não uma vítima de assalto. O piloto leva três e vai buscar dois. Duas semanas depois, é esfaqueado, e o cadáver, encontrado no lixo.

Isso fazia um homem parar para pensar.

Com a tranquilidade da delegacia, Nate descobriu o quadro do caso. Fez mais café e pegou uma lata de presunto processado da dispensa para preparar uma tentativa de sanduíche.

Depois, sentou-se à mesa, analisando o quadro, lendo as anotações, lendo as últimas palavras de Patrick Galloway em seu diário.

E passou as longas horas da noite pensando.

Capítulo dezenove

✥ ✥ ✥

Ele não contou a ela sobre o diário. Quando uma mulher chegava ao fim do dia cansada e irritada, não parecia nada sábio dar mais um motivo para tirá-la do sério.

Meg ganhara uns pontos com ele por pôr a mão na massa e ajudar na Hospedaria — e um bônus por sair da cama na manhã seguinte e atender aos fregueses no café da manhã. Principalmente porque a tensão entre ela e Charlene era tão intensa que poderia cair na frigideira e ser frita junto com o *bacon*.

Ainda assim, quando ele se sentou a uma mesa, ela se aproximou com a cafeteira em mãos.

— Olá! Sou Meg e vou servi-lo hoje. Como espero ganhar uma bela gorjeta, vou esperar você terminar de comer para tacar esta cafeteira na cabeça de Charlene.

— Fico grato. Quando Rose vai voltar?

— Em uma ou duas semanas, e aí Charlene vai deixar que ela escolha a própria escala até que se sinta pronta para voltar ao horário integral.

— Tem que admitir que isso é gentil da parte dela.

— Ah, ela é muito gentil com Rose. — Meg lançou um olhar rápido e amargo na direção de Charlene. — Ela a ama. É a mim que ela não suporta. O que vai querer, bonitão?

— Se eu disser que é provável que vocês duas estejam atrás das mesmas coisas, só que de formas diferentes, você vai tacar a cafeteira na minha cabeça?

— Talvez.

— Então, vou querer mingau de aveia.

— Você come mingau? — Ela enrugou aquele nariz sensualmente torto.

— Sem que ninguém o esteja ameaçando com uma faca no pescoço?

— Dá sustância.

— É, durante semanas.

Dando de ombros, ela saiu para anotar mais pedidos e completar as canecas de café.

Ele gostava de observá-la indo de um lado para o outro. Veloz, mas sem pressa; sensual, mas sem vulgaridade. Ela usava uma camisa de flanela comum aberta por cima de uma blusa térmica branca. Um pingente prateado se agitava levemente no cordão por entre os seios dela.

Ela tacara um pouco de maquiagem — ele sabia porque a vira se maquiar, e *tacar* era a expressão correta. Rápida, eficiente, distraída, pinceladas rápidas de cor nas bochechas, uma coisa para sombrear os olhos e passadas descuidadas de rímel naqueles cílios longos e escuros.

E, quando um homem reparava no jeito como uma mulher passava rímel, Nate refletiu, era porque estava de quatro por ela.

Charlene saiu com um pedido; Meg voltou com o bloquinho. Elas não se cumprimentaram — a única coisa que entregou que perceberam uma a presença da outra foi a repentina queda de temperatura.

Ele pegou o café e abriu o bloco de anotações para usar como defesa quando Charlene começou a ir em sua direção. Até mesmo um homem que estava de quatro tinha senso de autopreservação suficiente para não ficar no meio de duas mulheres em guerra.

— Quer mais café? Ela anotou o seu pedido? Não sei por que não pode ser mais simpática com os clientes.

— Não, obrigada. Sim, anotou. E foi simpática.

— Só com você. Talvez porque está transando com ela.

— Charlene. — Ele ouviu os risinhos abafados da cabine onde Hans e Dexter costumavam ficar. — Meu Deus.

— Bom, não é segredo, é?

— Não mais — sussurrou ele.

— Ela passou a noite no seu quarto, não passou?

Ele pôs a caneca na mesa.

— Se for um problema para você, posso levar as minhas coisas para a casa dela.

— E por que isso seria um problema para mim? — Apesar de ele ter recusado mais café, ela lhe serviu automaticamente. — Por que qualquer coisa seria um problema para mim?

Para seu horror, os olhos dela se encheram de lágrimas. Antes que pudesse pensar em como lidar com aquilo — ou com ela —, Charlene saiu do salão, apressada, o café sacudindo dentro da cafeteira.

— Mulheres — disse Bing, que estava na cabine de trás. — São só problema.

Nate se virou. Bing estava devorando um prato de ovos, salsichas e batatas rústicas. Havia um sorriso sorrateiro em seu rosto, mas, se Nate não estava enganado, um pequeno brilho de solidariedade no olhar.

— Já foi casado, Bing?

— Uma vez. Não durou.

— Nem imagino por quê.

— Estou pensando em me casar de novo. Talvez eu arranje uma daquelas noivas russas que se encomendam pela internet, como o Johnny Trivani está fazendo.

— Ele vai fazer isso mesmo?

— Com certeza. Está entre duas, pelo que eu soube. Pensei em ver como as coisas vão se sair para ele e, depois, dar uma olhada.

— Uhum... — Como os dois estavam aparentemente tendo uma conversa, Nate decidiu dar uma sondada. — Costuma escalar, Bing?

— Cheguei a escalar um pouco. Não sou muito chegado. Quando tenho tempo livre, prefiro ir caçar. Está em busca de lazer?

— Talvez. Os dias estão ficando mais longos.

— Você é muito urbano e magrelo. Fique na cidade, delegado. Esse é o meu conselho. Faça umas aulas de tricô ou uma merda dessas.

— Sempre quis aprender macramê. — Ao perceber o olhar confuso de Bing, Nate sorriu. — Como é que você não tem um avião, Bing? Um cara como você, que gosta de independência, conhece tudo sobre motores. Tem tudo a ver.

— Dá trabalho demais. Só trabalho com o que fica no chão. Além disso, você tem que ser meio pirado para ser piloto.

— Fiquei sabendo. Alguém me falou sobre um piloto com nome engraçado um dia desses... Seis Dedos ou algo do tipo.

— É o Dois Dedos. Perdeu três dedos do pé por congelamento ou sei lá. Aquele, sim, era pirado. Já está morto.

— Ah, é? Acidente?

— Não. Se meteu numa briga. Ou não... — Bing franziu a testa. — Esfaqueado. Crime urbano. É o que acontece quando se vive com tanta gente em volta.

— Pois é. Você chegou a voar com ele?

— Uma vez. O desgraçado era maluco! Levou a gente num grupo para o meio do mato para caçar caribu. Eu não sabia que ele estava mais alto que a porra da lua até quase nos matar. Dei um soco na cara dele por causa daquilo — contou Bing, satisfeito. — Desgraçado maluco.

Nate estava prestes a responder quando Meg saiu da cozinha — e a porta da frente se abriu.

— Delegado Nate! — Jesse entrou, apressado, um pouco à frente de David. — Você está aqui!

— Você também. — Nate deu um peteleco no nariz do menino. — David, como estão Rose e a bebê?

— Bem. Muito bem. Estamos dando uma folga para ela. Vamos tomar um café da manhã de homens aqui.

— A gente pode sentar com você? — perguntou Jesse. — Porque somos todos homens.

— Com certeza.

— E são os homens mais bonitos de Lunatilândia. — Meg pôs o mingau, um prato de torrada integral e uma tigela de frutas sortidas na frente de Nate. — Já está dirigindo, Jesse?

Ele riu e deslizou no banco ao lado de Nate.

— Não. — Ele se sacudiu. — Posso pilotar o seu avião?

— Quando os seus pés alcançarem os pedais. Café, David?

— Obrigado. Tem certeza de que não tem problema? — perguntou ele a Nate.

— Claro. Senti falta do meu companheiro de café da manhã aqui. Como é ser o irmão mais velho?

— Sei lá. Ela chora. E alto! E aí dorme. Muito. Mas segurou o meu dedo. Ela chupa o peito da mamãe para beber leite.

— É mesmo? — Isso foi tudo o que Nate foi capaz de dizer.

— Que tal se eu trouxer leite para você, em um copo? — Meg serviu café a David.

— Rose soube que você está segurando as pontas para ela. — David colocou açúcar no café. — Me pediu para te agradecer. Todos somos gratos.

— Não há de quê. — Meg viu quando Charlene voltou para o salão. — Vou trazer o leite enquanto vocês decidem o que vão comer neste café da manhã de macho.

Nate deixou a caminhonete para Meg usar e foi caminhando até a delegacia. O sol estava fraco, mas havia luminosidade. As montanhas estavam encobertas por nuvens do tipo que, agora ele sabia, carregava neve. Mas o vento cortante e o frio que trazia consigo estavam agradáveis. A caminhada aqueceu seus músculos e clareou sua mente.

Ele passou por rostos conhecidos, trocou cumprimentos daquela maneira distraída que as pessoas que se veem quase todos os dias costumam fazer.

E pensou, um pouco surpreso, que estava construindo um lar para si. Não apenas uma escapatória, um refúgio ou quebra-galho, mas um lar.

Não lembrava a última vez que pensara em ir embora ou, simplesmente, fugir para outra cidade e outro emprego. Fazia dias desde que se forçara a sair da cama de manhã ou que ficara sozinho, no escuro, por horas a fio, com medo de encarar o sono e os pesadelos que ele trazia consigo.

Aquele peso ainda poderia voltar. Poderia voltar a pesar em sua mente, seus ombros, suas entranhas, mas já não era tão pesado nem tão frequente.

Ele olhou para as montanhas outra vez e soube que devia uma a Patrick Galloway. Devia a ele o suficiente por ter aberto uma fenda na escuridão para que não pudesse nem quisesse desistir de fazer justiça por seu nome.

Parou de andar quando Hopp desacelerou seu quatro por quatro ao lado dele. Ela baixou o vidro da janela.

— Estou indo visitar Rose e a bebê.

— Diga que desejo felicidades.

— Você deveria ir fazer uma visita. Enquanto isso, outras coisinhas... A Polícia Federal vai provocar uma avalanche controlada depois de amanhã, então a estrada para Ancoragem vai ser interditada.

— Como é que é?

— Eles provocam uma avalanche de tempos em tempos para limpar a montanha. Há uma marcada para depois de amanhã, às dez da manhã. Peach acabou de receber a informação e me contou quando dei uma passada lá. Você vai ter que fazer um comunicado.

— Vou cuidar disso.

— E tem um maldito alce rondando o quintal da escola. Quando duas crianças decidiram correr atrás dele, ele passou por cima de uns carros estacionados e voltou correndo atrás das crianças. Os alunos estão todos dentro da escola agora, mas o alce está *puto*. Do que você está rindo? — indagou ela. — Já viu um alce puto?

— Não, senhora, mas acho que estou prestes a ver.

— Se não conseguir espantá-lo da cidade, vai ter que matá-lo. — Ela assentiu quando ele parou de sorrir. — Alguém pode acabar se machucando.

— Vou cuidar disso.

Ele apertou o passo. Mas até parece que iria atirar em um alce idiota, ainda mais no terreno de uma escola. Vai ver aquela atitude o rotulava como forasteiro, mas e daí?

Entrou na delegacia e viu a equipe — e Ed Woolcott. O rosto de Otto estava vermelho de raiva e o nariz dele estava muito perto do de Ed.

Avalanches, um alce puto, um subdelegado puto, um banqueiro puto. Uma manhã e tanto.

— Já estava na hora! — começou Ed. — Preciso dar uma palavrinha com você, delegado. Na sua sala.

— Você terá que esperar. Peach, informe à KLUN sobre a avalanche programada. Quero que anunciem o dia todo, de meia em meia hora. E imprima uns panfletos para espalharmos pela cidade. Peter, quero que você pegue o carro e vá informar pessoalmente a qualquer um que resida ao sul de Wolverine Cut sobre a avalanche e que vão ficar isolados até que as estradas sejam liberadas.

— Sim, senhor.

— Delegado Burke.

— Só um minuto — disse ele a Ed. — Otto, tem um alce irritado no terreno da escola. Já houve alguns danos a veículos na área. — Ele foi em direção ao armário de armas enquanto falava. — Preciso que você venha comigo para ver se conseguimos espantá-lo.

Destrancou o armário e escolheu uma espingarda, rezando para que não tivesse que usá-la.

— Estou esperando faz dez minutos — reclamou Ed. — Os seus subdelegados são capazes de lidar com um problema simples como um animal silvestre.

— Pode aguardar aqui ou eu vou ao banco assim que a situação estiver sob controle.

— Como vice-prefeito...

— Você está sendo um belo pé no saco — concluiu Nate. — Otto, vamos precisar do seu carro. Deixei o meu na Hospedaria. Vamos.

— Ele parecia uma truta fora da água, sem ar — disse Otto assim que saíram. — Vai tentar ferrar você por isso, Nate, isso é certo. Ed não aceita que dificultem as coisas para ele.

— Ele está em desvantagem. A prefeita me disse para dar um jeito no alce, então vou dar um jeito no alce. — Ele entrou no carro de Otto. — Não vamos atirar nele.

— E por que trouxe a espingarda?

— Meu plano é intimidá-lo.

As escolas da cidade eram formadas por um pequeno trio de prédios conectados de poucos andares, com um belo bosque de um lado e um pequeno terreno quadrado do outro. Ele sabia que as crianças menores iam para o terreno duas vezes por dia para uma espécie de recreio — se o tempo permitisse.

Como a maioria dos alunos nascera ali, o tempo tinha que ficar realmente preocupante para cancelarem o recreio.

Os estudantes do ensino médio gostavam de ficar no bosque, talvez para fumar ou passar um tempo, antes e depois das aulas.

Havia um mastro e, àquela hora do dia, as bandeiras dos Estados Unidos e do Alasca deveriam estar hasteadas e tremulando. Em vez disso, estavam abaixo de meia haste e movendo-se pouco no vento desinteressado.

— As crianças deviam estar içando as bandeiras quando viram o alce — murmurou Nate. — E decidiram correr atrás dele.

— Fazer isso só o irritaria.

Nate olhou para os dois carros amassados no estacionamento pequeno.

— Parece que sim.

Ele avistou o alce na beira do bosque, esfregando as galhadas em um tronco. Viu uma fina trilha de sangue. Como ninguém reportara feridos, supôs que fosse do próprio alce.

— Não parece estar causando problemas agora.

— Parece que se feriu enquanto atacava os carros, então não vai estar de bom humor. Se ele decidir ficar por aqui, será um problema. Principalmente se algum moleque bobo escapulir da professora e decidir correr atrás dele de novo ou correr para casa para pegar uma arma e atirar nele.

— Ah, merda. Aproxime-se o máximo que puder, e talvez ele vá embora.

— É mais provável que ataque.

— Não vou atirar em um alce que está se coçando em um tronco de árvore, Otto.

— Alguém vai, se ele continuar perto da cidade. Carne de alce é uma bela refeição.

— Nem eu nem ninguém vai atirar nele dentro das fronteiras desta cidade, porra!

Ele viu o alce se virar, conforme se aproximavam, e percebeu, para sua tristeza, um olhar mais feroz do que acuado naqueles olhos escuros.

— Que droga. Porra, caralho, puta merda... Toque a buzina.

Alces não eram lentos. De onde ele tirou que eram? Ele galopou na direção deles — aparentemente, mais desafiado pelo som da buzina e do motor do que intimidado. Ainda soltando palavrões, Nate se pendurou na janela, mirou a arma para o céu e atirou para o alto. O alce continuou aproximando-se e, acrescentando seus próprios palavrões à situação, Otto desviou de um impacto.

Nate engatilhou e atirou para o alto outra vez.

— Atire no filho da puta! — exigiu Otto enquanto girava o volante, enlouquecido, quase jogando Nate para fora da janela.

— Não vou atirar! — Engatilhando a espingarda novamente, Nate atirou no solo coberto de neve, a menos de meio metro do animal.

Desta vez, foi o alce quem desviou e, com um trote desengonçado, saiu em disparada em direção ao bosque.

Nate atirou outras duas vezes para afastá-lo ainda mais.

Depois, jogou-se de volta no banco e respirou com força. Atrás deles, ressoaram a agitação, as risadas e os gritos de animação das crianças, que saíam pelas portas das escolas.

— Você é louco! — Otto tirou a touca e passou a mão nos cabelos com corte militar. — Só pode ser! Sei que matou um homem em Baltimore e o mandou para o inferno. E não consegue meter uma bala em um alce?

Nate respirou fundo mais uma vez e afastou da mente a lembrança daquele beco.

— O alce estava desarmado. Vamos, Otto. Preciso lidar com o vice-prefeito. Você pode voltar e fazer os relatórios.

O VICE-PREFEITO NÃO se dignou a esperar. Na verdade, Peach disse a Nate, ele saíra furioso após um discurso inflamado sobre o erro que fora contratar um forasteiro preguiçoso e prepotente.

Sem se importar, Nate deu a espingarda para Otto, pegou um radiotransmissor e foi a pé até o banco.

Em algum lugar na imensidão do mundo, devia existir um lugar mais frio que Lunatilândia, no Alasca, em fevereiro. E pediu a Deus que jamais precisasse dar um pulo lá.

As nuvens se dissiparam, o que significava que qualquer calorzinho evaporara e fora embora. Mas o sol brilhava, então, com sorte, talvez a temperatura subisse para uns seis graus abaixo de zero até o meio-dia. E o sol, Nate viu, estava circundado por um arco-íris, uma auréola colorida com tons de vermelho, azul e dourado. O que Peter dissera chamar-se parélio.

As pessoas haviam saído de casa, aproveitando a manhã de sol, para resolver seus afazeres. Alguns o cumprimentavam de longe, gritando seu nome, outros apenas acenavam.

Ele viu Johnny Trivani, o noivo esperançoso, conversando na calçada com Bess Mackie, e Deb, do lado de fora da loja, lavando as vitrines como se fosse um dia agradável de primavera.

Acenou para Mitch Dauber, que estava sentado perto da janela da rádio KLUN tocando discos e observando a vida em Lunatilândia. Imaginou que Mitch teria algo filosófico a dizer sobre o alce até o fim do dia.

Fevereiro. Nate se deu conta enquanto estava na fronteira de Lunatilândia e Denali. De alguma forma, o mês de fevereiro passara tão depressa que já era quase março. Estava aproximando-se do limite de sessenta dias, sua própria meta de retorno. Mesmo assim, ainda estava lá.

Não apenas estava lá, pensou. Estava acostumando-se ao lugar.

Perdido em pensamentos, atravessou a rua e entrou no banco.

Havia dois clientes no balcão e outro buscando correspondências no correio. Pela maneira como eles e os atendentes o encararam, imaginou que Ed ainda estava de mau humor quando voltou para lá.

Em meio ao silêncio que tomou conta do ambiente, assentiu com a cabeça e passou pela meia-porta que separava o saguão do banco e os escritórios.

O banco não contava com um *drive-thru* nem com caixas eletrônicos do lado de fora, mas tinha um bom carpete, alguns quadros de artistas locais na parede e passava um ar de eficiência geral.

Ele foi até a porta que exibia o nome de Ed Woolcott em uma placa lustrosa de metal e bateu.

O próprio Ed abriu a porta e fungou.

— Você vai ter que aguardar. Estou no telefone.

— Tudo bem. — Quando teve a porta fechada na cara, Nate apenas pôs as mãos nos bolsos e foi observar os quadros.

Viu a pintura de um totem em uma floresta nevada que levava a assinatura de Ernest Notti. Um parente de Peter?, imaginou. Ele ainda tinha muito o que aprender sobre seus lunáticos.

Olhou em volta. Não havia vidro de proteção entre os caixas e os clientes, mas havia câmeras de segurança. Ele já dera uma olhada no lugar antes de abrir sua conta ali.

Agora que a conversa recomeçara, conseguia ouvir partes dela. Noite de filmes, venda de bolos para ajudar a banda da escola, o clima, o Iditarod. Conversa fiada de cidade pequena, completamente diferente do que teria ouvido se estivesse em uma das filiais de seu banco em Baltimore.

Ed o manteve esperando por dez minutos — uma pequena mostra de poder — e estava sério, com certo rubor nas maçãs do rosto, quando abriu a porta.

— Quero que você esteja ciente de que fiz uma queixa formal à prefeita.

— Certo.

— Não gosto da sua atitude, delegado Burke.

— Anotado, Sr. Woolcott. Se era só isso que tinha para me falar, preciso voltar à delegacia.

— O que eu quero saber é o que você tem feito com relação ao roubo à minha propriedade.

— Otto é o responsável pelo caso.

— A minha propriedade foi vandalizada e danificada. Roubaram ferramentas caras de pesca. Acredito que eu tenha direito à atenção do delegado de polícia.

— E você a tem. Um relatório foi devidamente preenchido, e o oficial responsável está cuidando do caso. O roubo não está sendo negligenciado nem por mim nem pela minha equipe. Temos a descrição detalhada dos bens roubados e, se o ladrão for burro o suficiente para usá-los, falar sobre eles ou tentar vendê-los na minha jurisdição, vamos prendê-lo e recuperar as suas coisas.

Os olhos de Ed não passavam de pequenas fendas naquele rosto de couro cru.

— Talvez se eu fosse mulher, você ficaria mais interessado.

— Veja bem, eu acho que você não faria o meu tipo. Sr. Woolcott — continuou Nate —, você está chateado e irritado. E tem o direito de se sentir assim. Você foi desrespeitado. E o fato de terem sido, provavelmente, apenas jovens fazendo besteira não diminui a transgressão. Vamos fazer o possível para recuperar as suas coisas. Se ajudar, peço desculpas por ter sido ríspido com você mais cedo. Eu estava preocupado com as crianças, que poderiam se machucar, e elas foram a minha prioridade. Você tem dois filhos naquela escola. Suponho que a segurança deles venha antes de uma atualização sobre seus bens roubados.

O rubor diminuíra, e uma longa bufada denunciara a Nate que a crise passara.

— Seja como for, você foi grosso.

— Fui. E desatento. Para ser sincero, estou com muita coisa na cabeça ultimamente. O assassinato de Patrick Galloway, o suposto suicídio de Max. — Ele sacudiu a cabeça, como se tentasse se livrar de algumas informações. — Quando aceitei este emprego, esperava lidar com... bom, na pior das hipóteses, com o tipo de roubo que você sofreu.

— Trágico. — Ed agora estava sentado e foi gentil o suficiente para indicar que Nate se sentasse também. — Foi muito trágico e chocante. Max era um bom amigo.

Ele esfregou a mão na nuca.

— Achei que o conhecia e não tinha ideia, não vi nenhum sinal de que ele estava pensando em suicídio. Deixar a mulher e os filhos daquele jeito... — Ele ergueu as mãos, um tipo de desculpa silenciosa. — Acho que estou mais irritado com isso do que quero admitir. Está me corroendo por dentro. Também lhe devo desculpas.

— Não é necessário.

— Deixei que esse roubo me tirasse do sério. Mecanismo de defesa. É mais fácil me aborrecer com isso do que pensar em Max. Estou tentando ajudar a Carrie com os detalhes do funeral e com as finanças. A morte traz muita burocracia. É difícil. É difícil de lidar.

— Não tem nada mais difícil do que enterrar um amigo. Você o conhecia havia muito tempo.

— Muito tempo. Bons tempos. Os nossos filhos cresceram juntos. E tudo depois de descobrirem o que aconteceu com o Pat...

— Você também o conheceu.

Ele abriu um sorriso pequeno.

— Antes de me casar com a Arlene. Ou, como ela diria, antes de me domar. Eu não era o bom cidadão e o homem de família que sou hoje. Pat era... um aventureiro. Foram bons tempos, também. De um jeito diferente. — Ele olhou ao redor do escritório como se aquele lugar pertencesse a outra pessoa e não conseguisse se lembrar de como fora parar ali. — Não parece possível. Nada disso parece possível.

— Todos ficaram muito chocados ao saber o que aconteceu com Galloway.

— Eu achava que ele tinha se mandado, todos achávamos. E isso não me surpreendeu, não mesmo. Ele era inquieto, inconsequente. Era o que o tornava cativante.

— Você escalou com ele.

— Meu Deus! — Ed se recostou. — Eu amava escalar. A emoção e o sofrimento. Ainda amo, mas quase nunca tenho tempo ou sequer tiro um tempo para isso. Tenho ensinado ao meu filho.

— Soube que Galloway era bom.

— Muito bom. Apesar de ser inconsequente também. Era inconsequência demais para mim, mesmo quando eu tinha meus trinta anos.

— Tem alguma ideia de quem poderia ter escalado com ele naquele mês de fevereiro?

— Nenhuma. E acredite: tenho pensado a respeito desde que soubemos da notícia. Suspeito que ele tenha levado alguém ou um grupo em uma escalada de inverno. Era o tipo de coisa que ele podia ter feito por impulso, para ganhar uma grana, ou pela adrenalina. E uma dessas pessoas o matou, só Deus sabe por quê. — Ele balançou a cabeça. — Mas não é a Polícia Estadual que está responsável pela investigação?

— Sim. Estou apenas curioso... extraoficialmente.

— Duvido que descubram quem fez isso e o motivo. Dezesseis anos. Nossa, como as coisas mudam — murmurou ele. — Você mal as percebe mudando. Sabe, eu administrava o banco sozinho no começo. Também morava aqui. Guardava todo o dinheiro naquele cofre bem ali.

Gesticulou na direção de um cofre oculto no chão.

— Eu não sabia disso.

— Eu tinha vinte e sete anos quando vim para cá. Iria deixar a minha marca nestas terras ermas, civilizá-la como bem quisesse. — Agora, ele sorria. — Acho que fiz exatamente isso. Sabe, os Hopp e o juiz Royce foram os meus primeiros clientes. Tiveram que confiar muito para colocar o dinheiro deles nas minhas mãos. Jamais me esqueci disso. Mas tínhamos uma visão, e construímos esta cidade graças a ela.

— É uma boa cidade.

— É sim, e tenho orgulho de ter participado da fundação dela. O Velho Hidel estava aqui, com a Hospedaria original. Ele também pôs dinheiro no meu banco, depois de um tempo. Outras pessoas o seguiram. A Peach com o terceiro marido... Não, foi o segundo. Eles viveram de subsistência por um tempo, e vinham para cá comprar suprimentos e encontrar os amigos de vez em quando. Ela veio morar aqui de vez depois que ele morreu. Otto, Bing, Deb e Harry. É necessária muita resiliência e visão para construir uma vida aqui.

— Com certeza.

— Bom... — Ele inspirou. — Pat era um visionário, do jeito dele, e era uma figura. Não sei se era resiliente. Mas era um desgraçado divertido. Espero que tudo seja devidamente resolvido. Acha que vamos saber algum dia, com certeza, o que aconteceu lá em cima?

— As chances não são favoráveis. Mas acho que Coben vai dedicar tempo e esforço ao caso. Vai procurar pelo piloto e qualquer um que possa ter visto Galloway nos dias anteriores à escalada. Pode ser que queiram conversar com você sobre quem ele costumava usar como piloto nas escaladas.

— Era Jacob, na maior parte das vezes. Mas, com certeza, se Jacob o tivesse levado daquela vez, teria denunciado quando Pat não voltou. — Ele levantou os ombros. — Então, é óbvio que foi outra pessoa. Tenho que pensar... — Ele pegou uma caneta prateada e tamborilou com ela, distraído, no *mouse pad*. — Quando escalávamos com Jacob, pelo que lembro, ele chamava... Qual era mesmo o nome dele? O veterano da Guerra do Vietnã... Lakes... Loukes. Isso! E tinha também um maluco conhecido como Dois Dedos. Acha que eu deveria ligar para o tal Coben e contar essas coisas a ele?

— Não faria mal. Tenho que voltar. — Nate se levantou e estendeu a mão. — Espero que estejamos bem agora, Sr. Woolcott.

— Ed. E estamos, sim. Maldita broca... Paguei caro por ela, então a dor de cabeça é em dobro. Tem seguro, assim como as varas, mas é uma questão de princípios.

— Eu entendo. Olha, vou passar na sua cabana de pesca, para dar uma olhada por lá.

O rosto de Ed foi tomado por satisfação.

— Fico muito grato. Coloquei uma nova fechadura. Vou dar as chaves para você.

TENDO LIDADO com o alce e o vice-prefeito apoplético, Nate decidiu ir visitar Rose. Fez os barulhinhos que esperava serem apropriados à bebê, que mais parecia uma tartaruga de cabeça preta embrulhada em uma manta cor-de-rosa.

Ligou para a delegacia e avisou a Peach que iria dar uma passada no lago para verificar novamente a cabana de Ed. Em um impulso, ele parou no canil da Hospedaria, soltou Rock e Bull e os levou com ele para aproveitarem uma hora de liberdade.

Foi um bom passeio de carro. Nate ligou o rádio em uma estação de *rock* alternativo, em contraste à rádio de música *country* que estava sintonizada no carro de Otto. E dirigiu até o lago ao ritmo oscilante de Blink-182.

A cabana de Ed ficava isolada no meio de um mar de neve. Era, pelo que Nate estimou, quase do tamanho de duas casas grandes juntas, e a fachada exibia tábuas de cedro, imaginou — um pouco mais elegante do que ele esperava. As laterais estavam acinzentadas pelo vento e o telhado era triangular.

E ficava bem afastada do amontoado dos outros barracões.

Parecia a casa-grande do senhor de engenho cercada por um vilarejo de trabalhadores rurais, pensou, divertindo-se.

Os cães corriam pelo gelo feito duas crianças de férias enquanto Nate escorregava e deslizava na direção da propriedade.

A calmaria era impressionante — lembrava uma igreja — e o vento suave soprava um tipo de quietude musical por entre as árvores cobertas de neve. O parélio brilhava no azul gélido do céu e o lago congelado cintilava.

A sensação de silêncio e isolamento era tão forte que ele se assustou e pôs a mão na arma quando ouviu o longo chamado ecoando no céu.

Uma águia circulava, o deslumbrante marrom-dourado contrastando com as nuvens no céu. Os cães esbarravam um no outro, brincalhões, e então mergulharam em um banco de neve na margem do lago.

Era possível ver o avião de Meg dali, percebeu. As luzes vermelhas da aeronave visíveis bem na longa curva da água congelada. E alguns outros pequenos relances de civilização, se olhasse com mais atenção — o fio de fumaça de uma chaminé, o vislumbre de uma casa por entre as árvores densas, o vapor de sua própria respiração dispersando-se.

Ele deixou escapar uma risada rápida. Talvez devesse dar uma chance a essa tal de pesca no gelo. Devia haver algo especial nessa vontade primitiva de jogar um anzol em um buraco no gelo e ficar sentado em meio à quietude da superfície de água congelada.

Foi até a cabana e viu a pichação desengonçada — CUZÃO! — na porta em um tom amarelo chamativo.

Outro sinal de civilização, pensou Nate enquanto pegava as chaves.

Ed colocara dois cadeados novos, cada um preso a uma corrente grossa e brilhante.

Nate os abriu e entrou.

Os pichadores haviam feito arte lá dentro. Palavras obscenas se espalhavam pelas paredes. Compreendeu a raiva de Ed. Teria ficado tão puto quanto ele se encontrasse algo do tipo em um de seus santuários.

Viu a prateleira onde as varas ficavam e reparou na arrumação exagerada sob a desordem causada pelos vândalos.

O resto do material de pesca, o fogareiro Coleman e as cadeiras permaneceram intocados, mas um armário, que suspeitou ser onde estavam guardados o uísque — Glenfiddich, de acordo com o relatório de Otto — e alguns mantimentos, estava aberto e vazio.

Encontrou travas para prender nas botas e pensou em comprar um par para si. Achou também um *kit* de primeiros-socorros, luvas extras, um chapéu, um casaco velho e desgastado, *snowshoes* e dois cobertores térmicos.

Os *snowshoes* estavam pendurados na parede, por cima de um escandaloso BABACA em amarelo. Não dava para saber se haviam sido usados recentemente.

Havia gás para o fogareiro, um escamador de peixe e duas facas assustadoras. Várias revistas, um rádio portátil. Pilhas extras.

Nada, ele supôs, que não se esperasse encontrar em uma cabana de pesca no Alasca.

Ao sair, perambulou pelos arredores. Olhou na direção do avião de Meg e para aiém dele, onde começava a floresta.

Ele tentou imaginar Ed Woolcott — pomposo, mas durão — embrenhando-se na floresta com *snowshoes*.

Capítulo vinte

⌘ ⌘ ⌘

O ALCE FOI O assunto mais comentado durante a maior parte da semana. Dependendo da pessoa, Nate era provocado ou parabenizado por sua técnica de dispersão de alce.

Ele considerou aquele animal um tipo de bênção. Afastou a morte e o homicídio da mente das pessoas; pelo menos, por um tempo.

Considerara voltar a tentar conversar com Carrie e pensara em algumas estratégias para passar por cima da possibilidade de ela lhe dar com a porta na cara e se recusar a vê-lo. A informação de que o corpo fora liberado e cremado — e que Meg iria levar Carrie a Ancoragem para buscar as cinzas — o fizera tomar uma decisão.

— Vou ter que ir com você — disse a Meg.

— Escute, delegado, já vai ser bem difícil encarar a ida e a volta sem você lá, esfregando a situação na cara dela.

— Não pretendo esfregar nada na cara de ninguém. Vou vê-la agora. Encontramos você no rio.

— Nate — ela terminou de pôr as botas —, talvez você ache que tenha que representar o Departamento de Polícia de Lunatilândia nessa situação, seja lá o que se passe nessa sua cabeça de policial, mas mande Otto ou Peter. Querendo ou não, você é a última pessoa que Carrie vai desejar ver hoje.

— Encontramos você no rio. — Ele estava a meio caminho da porta do quarto que os dois compartilhavam temporariamente quando se deu conta. Virou-se e sorriu. — Rock e Bull... Sou lento, mas acabei de perceber. Deve ter sido todo aquele papo de alce. Rocky e Bullwinkle.

— Você é lento mesmo. Ou não teve uma infância decente.

— Não... Achei que fossem nomes de machões, tipo boxeadores, sei lá. The Rock, Raging Bull, algo assim.

Os lábios dela se curvaram nas extremidades. Como ele era capaz de encantá-la mesmo quando estava irritada com ele?

— The Rock é lutador de *wrestling*.

— Passei perto. Vejo você em uma hora.

Ele já informara sua equipe — que teve a mesma reação pessimista de Meg — que iria para Ancoragem naquela manhã. Então, pegou o carro e foi direto para a casa de Carrie.

A porta se abriu antes mesmo que ele estivesse no meio do caminho. Ela apareceu vestindo malha e calça, ambas pretas, e bloqueando a entrada.

— Pode dar meia-volta e voltar para o carro. Não tenho nada para lhe falar e não tenho que deixá-lo entrar na minha casa.

— Só preciso de cinco minutos, Carrie. Não quero, de jeito nenhum, ter que ficar berrando aqui, do lado de fora, o que tenho para te falar. Também acho que você não gostaria muito disso. Seria mais fácil para nós dois se me recebesse por cinco minutos, ainda mais considerando que vou estar no mesmo avião que você daqui a uma hora.

— Não quero que vá comigo.

— Eu sei que não. Se ainda se sentir assim depois de ouvir o que tenho a dizer, mandarei Peter no meu lugar.

Ele pôde perceber a batalha interna no rosto dela. Em seguida, ela se virou e entrou, deixando a porta aberta para ele e para o frio cortante.

— Os seus filhos estão aqui?

— Não, estão na escola. É melhor continuarem a rotina e com os amigos. Precisam de normalidade. Como você pode aparecer aqui desse jeito? — Ela se virou. — Como pode aparecer aqui para me atormentar no dia em que vou trazer as cinzas do meu marido para casa? Você não tem coração, não tem compaixão?

— Estou aqui em caráter oficial e o que vou lhe dizer é sigiloso.

— Oficial — repetiu ela, com nada além de desprezo. — O que você quer? O meu marido está morto. Está morto e não pode se defender das coisas terríveis que você diz sobre ele. Você não vai falar essas coisas aqui nesta casa. Esta é a casa do Max, e você não vai repetir aquelas mentiras horrorosas sobre ele aqui.

— Você o amava. Você o amava o suficiente para me dar a sua palavra de que nada do que eu disser vai sair daqui? Que não vai contar para ninguém? Ninguém, Carrie.

— Você ousa perguntar se eu...

— Apenas diga sim ou não. Preciso da sua palavra.

— Não tenho o menor interesse em repetir as suas mentiras. Diga o que tiver para dizer e saia daqui. Prometo que vou até esquecer que esteve aqui.

Isso teria que servir.

— Acredito que Max estava na montanha com Pat Galloway no momento da morte de Galloway.

— Vá para o inferno.

— Também acredito que havia uma terceira pessoa com eles.

A boca dela se abriu, trêmula.

— Como assim uma terceira pessoa?

— Três pessoas escalaram a montanha, apenas duas voltaram. Acredito que a terceira pessoa seja responsável pelo assassinato de Galloway. E acredito que tenha matado Max ou o induzido a cometer suicídio.

Enquanto ela o encarava, sua mão buscou apoio, tateando o encosto de uma poltrona.

— Não estou entendendo.

— Não posso dar todos os detalhes, mas preciso da sua cooperação... Preciso da sua ajuda — corrigiu ele — para provar a minha teoria. Havia um terceiro homem, Carrie. Quem era ele?

— Não sei. Meu Deus, eu não sei. Eu... eu disse que alguém tinha matado o Max. Eu disse que ele não se mataria. Eu disse ao sargento Coben. Fico repetindo e repetindo.

— Eu sei. E acredito em você.

— Você acredita em mim... — As lágrimas lhe encheram os olhos e escorreram pelo rosto. — Você acredita em mim.

— Acredito. Mas o fato é que o médico-legista confirmou o suicídio. Coben pode ter lá suas dúvidas e seus instintos, até algumas provas circunstanciais, mas ele não tem como ter o mesmo empenho que nós. Ele não tem as possibilidades nem o tempo para insistir nisso como eu. Vamos ter que voltar muitos anos no passado. Você vai ter que tentar se lembrar de detalhes, sensações, conversas. Não é fácil. E você vai precisar manter isso em segredo. Estou pedindo que se arrisque.

Ela esfregou o rosto molhado.

— Não entendo.

— Se estivermos certos e alguém realmente matou Max por causa do que aconteceu naquela montanha, pode ser que esse alguém esteja te vigiando. Ele pode estar se perguntando o que você sabe, do que se lembra, o que Max lhe contou.

— Acha que posso estar em perigo?

— Acho que gostaria que você tivesse bastante cuidado. Não quero que discuta este assunto com ninguém, nem mesmo com os seus filhos. Nem com a sua melhor amiga, ou o seu pastor. Ninguém. Quero que me deixe fazer uma busca pelos pertences de Max, na papelada pessoal dele. Tudo: aqui e na redação do jornal. E não quero que ninguém fique sabendo. Quero que pare e tente se lembrar daquele mês de fevereiro. O que você fez, o que Max fez, com quem ele passou um tempo, como ele se comportou. Anote tudo.

Ela fixou o olhar nele, e pareceu que a esperança estava travando uma batalha com o luto.

— Você vai encontrar quem fez isso com ele? Com a gente?

— Vou fazer o que for possível.

Ela secou as bochechas.

— Eu disse coisas terríveis sobre você para... para todo mundo que estivesse disposto a ouvir.

— É provável que algumas dessas coisas fossem verdade.

— Não eram, não. — Ela apertou os olhos com os dedos. — Estou tão confusa. Estou doente... doente do coração e da cabeça. Me obriguei a contratar a Meg para me levar e trazer de volta porque eu precisava provar que não acreditava... provar que não estava envergonhada. Mas parte de mim estava. — Ela deixou as mãos caírem nas laterais do corpo e seus olhos estavam destruídos. — Se ele estava lá, devia saber...

— Vamos entender tudo isso. Algumas das respostas podem ser difíceis, Carrie, mas é melhor do que termos apenas perguntas.

— Espero que esteja certo. — Ela se pôs de pé. — Preciso me recompor um pouco. — Começou a se retirar, mas parou e se virou para ele: — Aquele problema com o alce do lado de fora da escola? Max teria amado o evento. Adoraria escrever sobre isso: "alce encrenqueiro é expulso da escola de Lunatilândia", ou coisa assim. Esse tipo de história o atiçava. Um homem desses, um homem que encontrava satisfação em algo tão bobo, não poderia ter feito o que fizeram com Pat Galloway.

— *Eu* quis me casar com ele assim que o conheci. Gostei do jeito como ele tagarelava sobre fundar um jornal na cidade, sobre como era importante registrar tanto os pequenos acontecimentos como os grandes.

Carrie olhou para fora da janela em seu assento ao lado de Meg, e Nate percebeu que olhava para as montanhas.

— Vim para cá para ensinar e fiquei porque o lugar me conquistou. Eu não era tão boa como professora, na verdade, mas quis ficar. E gostei das possibilidades: muito mais homens do que mulheres. Eu estava procurando um namorado. — Ela olhou de soslaio para Meg.

— E quem não está?

Carrie riu um pouco, mas a risada soou rouca.

— Eu queria me casar e ter filhos. Assim que vi Max, percebi que ele era o homem perfeito para isso. Era inteligente, mas nem tanto, bonitinho, mas não a ponto de eu ter que me preocupar com outras mulheres indo atrás dele. Um pouco selvagem... Na verdade, ele queria ser selvagem, mas era do tipo que dava para domar com um pouco de tempo e esforço.

Ela se interrompeu e sua respiração entrecortada revelou a luta óbvia que travava contra as lágrimas.

— As mulheres fazem listas dessas coisas? Sabe, como se faz com uma casa que você vai comprar... "Precisa de reparos. Construção sólida, mas precisa de novo acabamento." Esse tipo de coisa? — perguntou Nate.

Por entre o choro, Carrie deixou escapar uma risadinha, pressionando a mão contra os lábios.

— Fazemos. Pelo menos, eu fiz quando estava me aproximando dos trinta anos. Não me apaixonei por ele à primeira vista, quer dizer, não foi nada avassalador. Mas fui para a cama com ele, e essa parte foi boa. Mais um item ticado na coluna de prós.

Houve outro rápido momento de silêncio. Em seguida, Nate pigarreou.

— Ah, e essas marcações são classificadas por cor ou por tamanho?

— Não se preocupe, Burke. Essa coluna está muito bem marcada sobre você — interferiu Meg. Ela lançou um olhar cheio de compreensão e agradecimento para ele. Ele estava tentando deixar a situação mais fácil e leve para a viúva. O máximo possível. Ela olhou para Carrie. — Vocês sempre formaram um belo casal. Como uma equipe.

— Éramos uma boa equipe. Posso até não ter sentido aquela paixão avassaladora, mas vou contar para vocês quando me apaixonei por ele daquele jeito sério, que não tinha mais como voltar atrás. Foi quando ele segurou a nossa filha nos braços pela primeira vez. A expressão no rosto dele quando a pegou no colo, o jeito como me olhou naquele momento. Aquela surpresa e aquela fascinação, a emoção e o medo, tudo estampado no rosto dele. Então, não senti aquela explosão, mas o que senti foi caloroso, inabalável e real. Ele não matou o seu pai, Meg. — Ela olhou pela janela novamente. — O homem que segurou aquele bebê daquele jeito... ele não era capaz de matar ninguém. Sei que tem as suas razões para pensar diferente, e quero que saiba o quanto valorizo e aprecio a sua... gentileza em me levar hoje.

— Nós duas perdemos alguém que amávamos. Não estaríamos provando nada se saíssemos no tapa por causa disso.

As mulheres, pensou Nate, eram mais fortes e mais resistentes do que qualquer homem que já conhecera. Inclusive ele mesmo.

Ele procurou por Coben assim que aterrissaram e, apesar de parecer insensível, deixou que Meg e Carrie lidassem com a burocracia e a liberação das cinzas de Max.

— Thomas Kijinski, também conhecido como Dois Dedos. Ele parece ser a nossa melhor aposta. Tem um piloto, Loukes, que mora em Fairbanks agora... E mais uns dois que trabalhavam com Galloway de vez em quando. — Ele pôs a lista que fez sobre a mesa de Coben. — Mas Kijinski me chama a atenção. Acabou morto duas semanas depois de Galloway.

— Esfaqueamento, o crime foi investigado e considerado latrocínio. — Coben inspirou fundo. — Kijinski se meteu com gente que não prestava.

Apostava alto no jogo e era suspeito de tráfico de drogas. Na época em que morreu, tinha uma dívida de cerca de dez mil dólares. O investigador supôs que ele acabou pagando uma das dívidas com a vida, mas não conseguiu provar.

— E você acredita nesse tipo de coincidência?

— Não acredito em nada. O fato é que Kijinski levava uma vida péssima e acabou tendo um fim péssimo. Se foi ele o piloto que levou Galloway na última escalada, não vai nos contar nada.

— Então, você não deve ter problema algum em me dar uma cópia do arquivo sobre ele.

Coben puxou o ar com força outra vez.

— A imprensa está no meu pé por causa desse caso, Burke.

— É, já passei por isso. Já tive que dar umas declarações oficiais a repórteres.

— Já viu uma coisa dessas?

O sargento tirou o exemplar de um tabloide de uma gaveta e o jogou na mesa. A manchete gritava:

HOMEM DE GELO RESGATADO
DE TÚMULO CONGELADO

Acompanhava uma foto vívida e colorida de Galloway, do jeito como estava na caverna, com uma fonte em negrito.

— Essas merdas já era de esperar — começou Nate.

— Só pode ter sido alguém da equipe de resgate para tirar esta foto! Um deles lucrou, ganhou uma graninha vendendo isso para os tabloides. O meu superior está em cima de mim. Não preciso que você faça o mesmo.

— Havia um terceiro homem na montanha.

— Sim, de acordo com o diário de Galloway. Claro que não podemos provar que ele morreu logo depois de escrever ali pela última vez. Em dezesseis anos, temos um intervalo muito grande para a hora da morte. Pode ter sido naquela época ou um mês depois. Seis meses depois.

— Você sabe que não foi isso.

— O que eu sei — Coben levantou uma das mãos — e o que eu posso provar. — Levantou a outra mão. — O médico-legista concluiu que foi suicídio, e o meu superior gostou. É uma grande pena que o Hawbaker não tenha dado nome aos bois em suas próprias anotações.

— Dê-me o arquivo, e eu vou conseguir os nomes. Você está farejando a mesma coisa que eu, Coben. Se quiser virar as costas e encerrar o caso, vai depender de você. Mas tenho que comparecer a um funeral, e há uma mulher com dois filhos que merece saber a verdade para que possa aprender a conviver com a perda. Posso tirar uns dias e vir buscar informações aqui, em Ancoragem, ou você pode me dar o arquivo e me deixar voltar para Lunatilândia.

— Se eu quisesse virar as costas para o caso, não teria lhe dado o diário de Galloway. — A frustração era tão forte que o rodeava em ondas quase visíveis. — Tenho que dar satisfações ao alto escalão, e eles querem o caso encerrado. A teoria principal é que Hawbaker matou Galloway e o terceiro homem foi o que se machucou, de acordo com o diário. E, se você pensar, isso se encaixa. Por que o assassino de Galloway pouparia um homem ferido, uma possível testemunha? Hawbaker matou os dois. Depois, sentiu medo de ser descoberto, do remorso, e se mata.

— Está muito bem encaixado.

Coben apertou os lábios.

— Algumas pessoas gostam das coisas encaixadas. Vou lhe entregar o arquivo, Burke, mas mantenha a sua investigação pessoal discreta. O maior nível de discrição possível. Se a imprensa, o meu superior ou qualquer um desconfiar que você está fuçando o caso e que eu estou te ajudando, vai cair tudo sobre mim.

— Combinado.

MEG ESTAVA tão arrebatada pelo luto de Carrie que não se importou em passar outra noite servindo mesas. Se tivesse escolha, preferiria pôr os cães no avião e voar para o meio do mato. Onde quer que fosse. Qualquer lugar onde pudesse passar uns dias completamente sozinha, longe dos problemas e das necessidades dos outros.

Aquele, pensou enquanto entrava na cozinha quente demais da Hospedaria, era o gene Galloway — fugir, ligar o foda-se, ignorar. A vida era muito curta para se estressar.

Mas também havia bastante de outra coisa dentro de si — caramba, esperava não ser o gene Charlene — que a fazia querer ficar para ver o que aconteceria.

Prendeu os pedidos na plataforma giratória para Mike Grandão: dois bolos de carne, um prato vegetariano e um escondidinho de salmão.

Pegou os pedidos prontos de sua última viagem à cozinha e os equilibrou com tamanha facilidade que chegou a se contrair de desgosto. Nada contra garçons e garçonetes, pensou enquanto levava a bandeja com pratos para servir, mas não queria ser boa naquilo. Não era sua praia, nem mesmo como plano B.

Meu Deus, como queria o ar livre, o silêncio. Os cachorros. A música. O sexo.

Estava quase explodindo.

Trabalhou por mais duas horas em meio ao retinir de louças, às reclamações, às fofocas, às piadas de mau gosto. Podia sentir a pressão aumentando dentro de si, a necessidade e o desespero para sair dali, fugir. Quando o salão se esvaziou, ela parou Charlene na porta da cozinha.

— Já fiz tudo o que tinha que fazer hoje. Vou embora.

— Preciso que você...

— Vai ter que precisar de outra pessoa. Não deve ser difícil encontrar alguém. — Foi em direção às escadas. Ela queria tomar um banho. E, por tudo que havia de mais sagrado, faria as malas e iria para casa.

Dessa vez, foi Charlene quem a parou.

— Isso aqui vai lotar de novo em uma hora. As pessoas vêm beber e...

— Por mais estranho que pareça, não me importo. — Quase fechou a porta na cara de Charlene, mas a mãe já havia entrado no quarto e fechava a porta atrás de si com força.

— Você nunca se importou. Não me *importo* que você não se importa, mas você me deve isso!

Esqueça o banho, ela apenas faria as malas.

— Me manda a conta depois.

— Preciso de ajuda, Megan. Por que você nunca pode me ajudar sem reclamar tanto?

— Herdei isso de você. Não tenho culpa. — Ela abriu uma gaveta com violência e tirou o que havia lá dentro, jogando tudo sobre a cama.

— Eu construí alguma coisa aqui. E você se beneficiou disso!

— Estou pouco me fodendo para o seu dinheiro.

— Não estou falando de dinheiro. — Charlene pegou as roupas da cama e as atirou para o alto. — Estou falando deste lugar, da importância dele. Você nunca quis saber. Mal podia esperar para ficar longe daqui e de mim, mas a Hospedaria tem sua importância. Já até apareceu em jornais, em revistas, em guias de turismo. Há pessoas trabalhando aqui que dependem do salário no fim do mês para colocar comida na mesa e agasalhar os filhos. Há fregueses que voltam toda porra de dia porque este lugar importa para eles.

— Exatamente — concordou Megan. — Isso aqui não tem nada a ver comigo.

— Ele também sempre dizia isso! — Enraivecida, Charlene chutou uma calça jeans que estava no chão. — Você se parece com ele, você fala como ele.

— Também não é culpa minha.

— Nada nunca era culpa dele. Azar no pôquer: nossa, acho que não teremos dinheiro esta semana. Preciso de um pouco de espaço, Charley, você sabe como funciona. Volto em dois dias. Alguma coisa acontece: pare de me encher o saco. Alguém tinha que pagar as contas, não é? — indagou Charlene. — Alguém tinha que comprar remédios quando você ficava doente ou arranjar dinheiro para lhe comprar sapatos. Ele poderia me dar todas as flores silvestres que colhesse no verão ou compor músicas e poemas lindos para mim, mas nada disso colocava comida na mesa.

— Eu coloco comida na minha mesa. Eu compro os meus próprios sapatos. — Porém, ela se acalmou um pouco. — Não estou dizendo que você não trabalhava. E também aprontou bastante coisa, mas a vida é sua. Você conseguiu o que queria.

— Eu queria ele. Merda! Eu queria ele.

— Eu também, mas isso nós duas perdemos. Não há nada que possamos fazer. — Buscaria suas coisas depois, pensou Meg. Agora, só precisava sair dali. Foi até a porta, mas hesitou. — Liguei para Boston e falei com a mãe dele. Ela... ela não vai impedir que você reivindique o corpo, que o enterre aqui.

— Você ligou para ela?

— Sim, já resolvi. — Ela abriu a porta.

— Meg! Megan, por favor. Espere um instante. — Charlene se sentou na beira da cama; as roupas ainda no chão ao redor dela. — Obrigada. Droga. Ah, droga.

— Foi só um telefonema.

— Mas foi importante. — Charlene juntou as mãos no colo e ficou olhando para elas. — Muito importante para mim. Fiquei com tanta raiva por você ter ido a Ancoragem para... para vê-lo. Por me excluir.

Meg fechou a porta e apoiou as costas nela.

— Não foi isso o que fiz.

— Não fui uma boa mãe. Até quis ser, no começo. Tentei ser. Mas sempre havia tanto o que fazer. Eu não sabia que dava tanto trabalho.

— Você era muito jovem.

— Jovem demais, eu diria. Ele queria mais. — Em seguida, ela ergueu o olhar e deu de ombros. — Ele te amava infinitamente e queria mais filhos. Eu não deixei que isso acontecesse. Não queria passar por tudo de novo... ficar gorda e cansada, sentir toda aquela *dor*. E, depois, ter todo aquele trabalho. E o dinheiro, que nunca tínhamos quando precisávamos ou simplesmente queríamos alguma coisa. Ele me pressionou em relação a isso e eu o pressionei de volta com outras coisas, até que parecia que passávamos quase o tempo todo pressionando um ao outro. E eu tinha ciúmes porque ele idolatrava você e eu era sempre deixada de fora, sempre a que dizia não.

— Acho que alguém tinha que dizer.

— Não sei se teríamos dado certo. Se ele tivesse voltado, não sei se teríamos continuado juntos. Começamos a querer coisas muito diferentes. Mas sei que, se tivéssemos nos separado, sei que ele teria levado você. — Como se tentasse manter as mãos ocupadas, alisou a colcha da cama dos dois lados do seu corpo. — Ele teria levado você — repetiu ela. — E eu teria deixado. Você tem o direito de saber disso. Ele a amou mais do que eu fui capaz de amar.

Foi difícil, mais difícil do que qualquer outra coisa da qual conseguia se lembrar, andar até aquela cama e se sentar.

— Mas me amava o suficiente para juntar dinheiro e comprar sapatos para mim?

— Talvez não, mas o suficiente para levá-la para acampar para observar as estrelas. O suficiente para sentar ao redor da fogueira e te contar uma história.

— Gosto de pensar que teria dado certo entre vocês se ele tivesse voltado.

Charlene a encarou e piscou.

— É mesmo?

— É. Gosto de pensar que encontrariam uma forma de dar certo. Já estavam juntos fazia um bom tempo. Mais tempo do que a maioria dos casais. Quero te perguntar uma coisa.

— Parece que este é o momento.

— Você sentiu uma explosão quando o conheceu? Quando se apaixonou por ele?

— Ah, nossa, sim! Fiquei com tanto calor que quase me queimei. E nunca parei de me sentir assim. Eu achava que tudo havia morrido, que estava morto e enterrado, quando ficava com muita raiva ou muito cansada. Mas então ele olhava para mim, e tudo voltava. Nunca mais senti aquilo por outra pessoa. Procuro, mas não consigo.

— Talvez deva procurar outra coisa agora. Dia desses, uma pessoa me falou sobre os benefícios de uma boa chama estável. — Ela levantou e catou as roupas espalhadas. — Não posso voltar lá para baixo e trabalhar hoje à noite.

— Está bem.

— Amanhã, vou cobrir o café da manhã, mas você tem que achar outra pessoa para substituir a Rose. Tenho que voltar para a minha casa, para a minha vida.

Charlene assentiu com a cabeça e se pôs de pé.

— Vai levar o policial gostosão junto?

— Depende dele.

Ela fez as malas e arrumou o quarto. Meg considerou deixar um bilhete para Nate, mas achou que seria grosseria demais, errado demais, até mesmo para ela.

Não viera com seu carro, lembrou; não que ela não pudesse pegar o dele "emprestado" — ou o de qualquer outra pessoa — e contar depois.

No fim, colocou a mochila de lona no ombro e a carregou até a delegacia, após dar um pulo no Restaurante Italiano.

Ele disse que trabalharia até mais tarde, cobriria alguém. Enfim. Como o carro estava trancado, ela considerou suas opções brevemente. Poderia pegar seu molho de chaves muito útil; era provável que uma delas funcionasse. Mas ele não ficaria muito feliz se tivesse deixado o alarme ligado.

O que, sendo o garoto de cidade grande que era, certamente fizera.

Ela, então, levou a mochila e a pizza grande para a delegacia.

O lugar estava terrivelmente silencioso, esse foi seu primeiro pensamento. Como é que aquele homem conseguia trabalhar sem música? Ela colocou a mochila de lado e, antes de chamá-lo, ele apareceu na porta.

— Sinto cheiro de comida... e de mulher. Instiga os meus instintos de homem das cavernas.

— Pizza de *pepperoni*. Imaginei que você fosse fazer bom uso de algo picante, incluindo eu, a esta hora.

— Resposta afirmativa para os dois. Para que trouxe a mochila?

Ela não viu que ele percebera.

— Vou fugir. Quer ir comigo?

— Brigou com Charlene?

— Sim, mas não é por isso. Até que fizemos as pazes, na verdade. Só tenho que me mandar daqui, Burke. Muita gente por tempo demais. O lugar me deixa irritada. Pensei que uma pizza e, depois, sexo na minha casa fossem apaziguar a minha necessidade de voar no pescoço de alguém e evitar que você me prendesse.

— Parece um bom plano.

— Eu ia embora direto, mas não fui. Quero ganhar uns pontos por fazer as coisas desse jeito.

— Tabela de pontuação atualizada. Por que não leva essa mochila de volta? Vou ver se arranjo alguma coisa para a gente beber.

— Já resolvi isso. — Com uma das mãos, tirou uma garrafa de vinho branco de dentro da mochila. — Alforriado do bar da Hospedaria. Vamos ter que beber tudo para não deixar provas.

Ela lhe entregou a garrafa quando passou por ele e entrou na sala, colocando a pizza sobre a mesa.

Ele fechara todos os arquivos, tanto no computador quanto as cópias físicas, e cobrira o quadro do caso com a manta assim que ouvira a porta externa se abrir.

— Guardanapos? — perguntou ela.

Não era educado de sua parte, mas ele não podia deixá-la sozinha na sala.

— Embaixo do balcão de Peach. — Ele pegou seu canivete suíço e abriu o saca-rolhas. — Nunca usei isso. Dá muito trabalho, mas veja só. — Ele sacou a rolha do vinho quando ela voltou. — Sucesso.

Ela jogou os guardanapos na mesa e pegou duas canecas do lado da cafeteira.

— O que é isto? — indagou, cutucando a ponta da manta com um dedo.

— Não. — Percebendo a surpresa no olhar dela, ele balançou a cabeça. — Não faça isso. Vamos comer.

Eles se sentaram e compartilharam a pizza e o vinho.

— Por que está trabalhando até tarde, e sozinho? Estava fazendo hora até eu terminar o expediente no meu segundo emprego?

— Em parte, sim. Mas, me diga, por que brigou com Charlene?

— Está mudando de assunto.

— Sim, estou.

— Por ela ser exigente, eu ser ingrata, e por aí vai. Depois, começamos a falar sobre o meu pai e... outras coisas. Algumas até fizeram sentido para mim. Pelo menos, o bastante para eu conseguir admitir que ele não era o cara mais fácil de se lidar e que ela, daquele jeito estranho e irritante dela, provavelmente fez o melhor que pôde. E que nós duas o amávamos mais do que somos capazes de amar uma à outra.

Ela se serviu de mais vinho e pegou uma segunda fatia de pizza deliberadamente, apesar de seu estômago ter se embrulhado.

— O que está debaixo daquela manta tem a ver com o meu pai, não tem? Já vi muitos filmes e seriados policiais, Burke, para saber que as pessoas fixam fotos e relatórios e sei lá mais o quê em quadros quando estão investigando alguma coisa.

— Não estou investigando nada, oficialmente. Sim, tem a ver com o seu pai, e eu quero que você deixe a manta onde está.

— Eu já te falei antes que não sou frágil.

— E eu estou te dizendo agora que há coisas que eu não compartilho. Nunca.

Ela ficou em silêncio, analisando a fatia de pizza.

— Foi esse tipo de afirmação que levou a sua mulher a se deitar com outro homem?

— Não — respondeu ele, no mesmo tom. — Ela não se importava nem um pouco com o meu trabalho.

Ela fechou os olhos por um instante e se forçou a abri-los e encontrar os dele.

— Isso foi golpe baixo. Sou ótima em golpes baixos. — Ela jogou a fatia na caixa. — Não estou gostando muito de mim hoje. É por isso que tenho que sair, ir embora, voltar a ser quem sou, a ser a pessoa de quem gosto.

— Mas foi você quem veio aqui me trazer pizza e vinho.

— Você me fisgou de alguma forma. Não sei no que vai dar, mas você me fisgou.

— Eu amo você, Megan.

— Ah, meu Deus, não diga isso *agora*! — Levantou-se de repente e, andando de um lado para o outro, começou a puxar os cabelos. — Não quando estou neste humor de merda! Você *gosta* de ser maltratado pelas mulheres, Ignatious? Está se coçando para ter o seu coração esmagado por outra pessoa?

— Senti aquela explosão dentro de mim — prosseguiu ele, calmo. — Acho que era necessária uma explosão e tanto para eu sentir alguma coisa, já que passei o último ano ocupado, afundando num buraco. Mas ultimamente, na maioria das vezes, ela se mantém como uma chama tranquila. É mais fácil viver com a chama do que com a explosão. Mas, de vez em quando, ela se descontrola de novo. Se agita dentro de mim como uma bola de fogo.

Ela parou, sentando-se outra vez porque seu estômago, contorcido, estava ocupado dando piruetas.

— Que Deus ajude você.

— É, também pensei isso. Mas eu realmente a amo, e é diferente do que era com Rachel. Eu tinha tudo planejado na época, um plano bom e sensato, estável e normal, cheio de etapas.

— E você não procura sensatez e normalidade comigo.

— Seria perda de tempo.

— Não me venha com essa. Você tem "lar, doce lar" tatuado na bunda.

— Não tenho, não. Quem tem uma tatuagem na bunda é você, o que eu acho bastante erótico, aliás. Talvez, quando concluir que está apaixonada por mim, podemos pensar no que vem depois, mas, por enquanto...

— Quando eu concluir?

— Sim, quando. Sou paciente, Meg, e persistente do meu jeito. Estou voltando a ser quem realmente sou. Fiquei muito tempo desmotivado, mas estou me recuperando. E você vai apenas ter que lidar com isso.

— Interessante. Um pouco mais assustador do que eu esperava, mas interessante.

— E é por amar e confiar em você que vou te mostrar isso.

Ele abriu o arquivo que estava sobre a mesa, pegou as cópias das páginas do diário de Patrick Galloway e as entregou a ela.

E percebeu o exato momento em que ela reconheceu a caligrafia, quando seu corpo ficou rígido e petrificado, quando puxou o ar rapidamente e quase sem emitir som. O olhar dela encontrou o dele uma vez, depressa, e depois se fixou nas páginas que segurava nas mãos.

Ela não disse nada enquanto lia. Não chorou nem se enfureceu nem tremeu, como outra mulher poderia ter feito. Em vez disso, pegou novamente o vinho, bebericou devagar e leu as páginas do começo ao fim.

— De onde veio isso?

— São cópias das páginas de um caderno que estava dentro do casaco dele. Coben as entregou para mim.

— Há quanto tempo?

— Uns dias.

Ela sentiu uma pequena queimação no meio da barriga.

— E você não me contou. Não mostrou nada para mim.

— Não.

— Por quê?

— Eu tinha que avaliar as coisas, e você precisava se recompor.

— Esse é o seu verdadeiro eu, delegado? Tomar decisões unilaterais?

— Faz parte das minhas responsabilidades profissionais, e dos meus sentimentos pessoais. Você não pode comentar nada a respeito disso com ninguém até que eu diga o contrário.

— Você as mostrou para mim agora porque, na sua opinião profissional, você me avaliou e eu estou recomposta?

— Algo assim.

Ela fechou os olhos.

— Você cuida de tudo, não é? Profissional e pessoalmente. Tudo se resume a isso para você, cuidar. — Ele não disse nada, então ela fechou os olhos. — Não faz sentido eu ficar falando um monte de merda quando você só fez o que achou que era certo. Provavelmente, era mesmo a coisa certa. — Sabendo que não desceria fácil agora, pôs o vinho de lado. — O que o Coben acha?

— A pergunta deveria ser sobre o que os superiores dele acham. A teoria deles é que Max matou Galloway e, depois, matou um terceiro homem. Quando o corpo do seu pai foi encontrado, o medo de ser descoberto e o remorso o levaram ao suicídio.

— É assim que vão oficializar, encerrar, seja lá qual for o termo policial correto.

— Acho que sim.

— Pobre Carrie. — Ela se inclinou para a frente e colocou as páginas de volta sobre a mesa. — Pobre Max. Não foi ele que matou Patrick Galloway.

— Não — disse Nate, fechando o arquivo novamente. — Não foi.

Capítulo vinte e um

⌘ ⌘ ⌘

As pessoas se aglomeravam na prefeitura para o funeral de Max Hawbaker. Era o único lugar com capacidade para todo aquele público. Aquela concentração toda de gente chamou a atenção de Nate — estavam vestidos com roupas sociais, casuais, *smokings* do Alasca ou botas de isolamento térmico. Eles vieram porque Max fora um deles, e sua mulher e seus filhos ainda eram. Vieram, pensou Nate, independentemente de pensarem que fora um herói de cidade pequena ou um assassino.

E muitos realmente acreditavam na última possibilidade. Nate pôde ver em seus olhos ou ouvir trechos de conversas. Mas deixou para lá.

Max foi louvado com carinho e bom humor. E o nome de Patrick Galloway foi cuidadosamente omitido de quaisquer declarações públicas.

E então acabou. Alguns voltaram ao trabalho, e outros foram à casa de Carrie para participar do que ele sempre considerara um repeteco pós-funeral.

Nate voltou ao trabalho.

Charlene colocou Meg contra a parede enquanto ela desembarcava as mercadorias do avião. Agarrou o braço dela e a afastou de Jacob.

— Preciso vê-lo.
— Quem?
— Você sabe quem. Quero que me leve à funerária em Ancoragem que ficará com o corpo dele até a primavera. É um direito meu.

Meg avaliou o rosto de Charlene.

— Bom, não posso. Está muito tarde para voarmos até Ancoragem hoje e estou com uns trabalhos agendados. O Iditarod já está começando. As pessoas querem fazer passeios aéreos sobre a pista, tirar fotos.

— Eu tenho o direito de...

— O que foi que desencadeou tudo isso?

— Só porque não éramos casados não quer dizer que eu não era esposa dele. Esposa de verdade, assim como Carrie era a mulher do Max.

— Ah, merda. — Meg andou em pequenos círculos. — Sabe, achei que foi muito elegante da sua parte ir ao funeral e olhar nos olhos da Carrie, oferecendo as suas condolências a ela. Mas aqui está você preparando um escândalo porque ela foi o centro das atenções.

— Não é nada disso. — Ou só uma parte, admitiu Charlene. — Quero vê-lo e vou vê-lo. Se não me levar, vou ligar pro Bocó, em Talkeetna, e pagar a ele para me levar.

— Você está remoendo isso desde o funeral do Max, não é? Remoendo e alimentando isso desde então. E para quê, Charlene?

— Você o viu.

— Um ponto para mim.

— Como vou saber se ele morreu mesmo? Como vou saber se é ele se não o ver com os meus próprios olhos? Assim como Carrie pôde ver Max.

— Não posso te levar.

— Faria eu ir com um estranho?

Meg olhou para o rio às suas costas. Havia transbordado um pouco. Rachaduras e buracos no gelo oscilante fizeram a água subir e congelar em uma camada fina. Perigoso, porque o gelo novo parecia exatamente igual ao resto, mas poderia quebrar sob seus pés e levá-lo para o fundo do rio.

Aquilo que se considerava seguro poderia matá-lo.

Havia placas de alerta escritas à mão. Aquilo só podia ser coisa de Nate, ela sabia. Ele era o tipo de homem que entendia bem as superfícies falsas e instáveis e os perigos do que parecia seguro e normal.

— Você se contentaria com uma fotografia dele?

— Como assim?

Ela se virou novamente.

— Se eu trouxesse uma foto dele, seria o suficiente?

— Se você pode ir até lá tirar uma foto, por que...

— Não é necessário. Nate tem fotos. Posso pegar uma e trazer para você.

— Agora?

— Não, agora não. — Ela tirou a touca e passou os dedos pelos cabelos. — Ele não ia gostar nada disso... É evidência ou sei lá o quê. Mas posso ir pegar hoje à noite. Você vai poder olhar a foto e se satisfazer. Depois, vou levá-la de volta.

Do LADO de fora da delegacia, Meg procurou em seu molho e encontrou uma chave marcada com DP. Deixou Nate dormindo e torceu para que ele continuasse assim até ela voltar. Não queria ter que explicar esse pequeno ato de loucura a ele.

Entrou e pegou sua lanterna de bolso. Parte dela queria bisbilhotar o lugar e aproveitar a sensação de estar onde não devia. Mas, acima de tudo, queria acabar logo com aquela missãozinha e voltar para a cama.

Foi direto para a sala de Nate. Lá, arriscou acender as luzes, pressionando o interruptor antes de se aproximar do quadro de cortiça coberto.

Removeu a manta com cuidado. O tecido deslizou por suas mãos dormentes e caiu no chão quando ela, hesitante, deu um passo para trás.

Ela já vira a morte antes e sabia que não era nada bonita. Mas aquelas fotos sanguinárias e explícitas de Max Hawbaker a deixaram ofegante.

Era melhor não pensar sobre aquilo, ainda não. Melhor seria pegar logo a foto do pai — a morte dele parecia ter sido muito *mais limpa* — e levá-la para Charlene.

Guardou a foto dentro do casaco, apagou as luzes e saiu por onde entrara.

Charlene estava no quarto e abriu a porta usando um roupão florido. Havia cheiro de uísque, cigarro e perfume no ar.

— É melhor que esteja sozinha — disse Meg.

— Estou. Mandei ele embora. Onde está? Conseguiu pegar?

— Você vai olhar e, depois, vou levar de volta. E não quero mais saber desse assunto.

— Me deixa ver! Me deixa ver ele!

Meg pegou a foto.

— Não, não toque nela. Se amassá-la ou fizer qualquer coisa, Nate vai perceber. — Ela virou a imagem para Charlene.

— Ah... Ah. — Charlene tropeçou para trás, quase como Meg fizera quando viu as fotos no quadro de cortiça. — Meu Deus. Não! — Ergueu a mão para Meg não guardar a foto. — Preciso... — Aproximou-se novamente e, vendo o olhar de advertência de Meg, cruzou as mãos atrás das costas. — Ele... ele está idêntico. Como pode? Ele está idêntico. Todos esses anos e ele está igualzinho.

— Ele não teve a chance de mudar.

— Você acha que foi rápido? Será que foi rápido?

— Acho.

— Ele estava usando esse casaco quando saiu. Estava usando isso na última vez que o vi. — Ela se virou e pôs as mãos nos cotovelos. — Vá embora agora. — Encolheu os ombros e pressionou as mãos à boca. — Meg — começou, virando-se.

Mas Meg já tinha ido embora.

Sozinha, Charlene foi ao banheiro, acendeu o interruptor e estudou seu rosto sob a luz intensa.

Ele estava idêntico, pensou de novo. Tão jovem.

E ela, não. Jamais seria jovem outra vez.

Era março, mas os dias mais longos não o faziam pensar na primavera, que se aproximava, só em como os dias rastejavam em direção ao prazo oficial.

Agora, Nate acordava quando já havia luz do dia e, geralmente, no lado esquerdo da cama de Meg. Ao andar pela rua, via mais os rostos das pessoas e menos os capuzes que os ocultavam.

Os ovinhos de plástico dependurados nas árvores cobertas de neve e os coelhinhos de plástico espalhados pelos carpetes brancos sobre os jardins também não o faziam pensar na primavera.

Mas a primeira vez que testemunhou o gelo rachar fez.

Ele observou, atordoado e maravilhado, as pequenas fendas alastrando-se pela superfície congelada do rio como se fossem zíperes enlouquecidos. Desta vez, a água que subia por elas não congelava, como na cheia anterior.

Ficou tão estupefato que demorou vinte minutos até que parasse de observar o rio e voltasse para a delegacia.

— Há rachaduras no rio — contou a Otto.

— É? Está meio cedo para isso, mas até que está mais quente do que de costume.

Quem sabe, pensou Nate, se também vivesse em Lunatilândia há, sei lá, um século, acharia alguns dias acima de cinco graus num dia úmido, perto dos dez graus, "mais quente do que de costume".

— Quero que placas sejam colocadas. Não quero que um monte de crianças jogando hóquei caia na água.

— As crianças não são burras a ponto de...

— Quero placas de sinalização, como fizemos na época da cheia, mas em maior quantidade. Veja se a Loja da Esquina ainda tem tabuletas. Quero que Peach ou Peter escreva os avisos. Hum, "Proibido patinar. Gelo fino."

— O gelo não está tão fino que...

— Otto, apenas vá comprar meia dúzia de placas.

Otto resmungou, mas foi. E Nate percebeu que os lábios de Peach estavam apertados como se tentasse disfarçar um sorriso.

— O que foi?

— Nada. Nadinha. Acho que é uma ótima ideia. Mostra que nos preocupamos com nossos cidadãos e com a ordem. Mas acho que poderíamos escrever só "Rachaduras. Mantenha distância."

— Escreva o que achar melhor. Apenas escreva. — Começou a andar pela delegacia em direção aos fundos para encontrar algo que pudesse usar como estacas. — Só não deixe Otto escrever.

Quando se satisfez com o andamento das placas, escreveu no computador e imprimiu panfletos, saindo para distribuí-los.

Prendeu os avisos no correio, no banco, na escola e por todo o caminho até a Hospedaria.

Foi quando Bing se aproximou e leu o panfleto por cima do ombro dele — e, em uma bufada, riu.

Sem dizer nada, Nate leu suas próprias palavras:

RACHADURAS NO GELO.
POR DECISÃO DO DEPARTAMENTO
DE POLÍCIA DE LUNATILÂNDIA,
ESTÁ PROIBIDO PATINAR, CAMINHAR OU
REALIZAR QUAISQUER ATIVIDADES NO RIO.

— Cometi algum erro de ortografia, Bing?

— Não. Estou só me perguntando quem você acha que é tão burro a ponto de ir patinar no rio durante o degelo.

— O mesmo tipo de pessoa que pula de um telhado depois de ler quadrinhos do Super-Homem para ver se consegue voar. Quanto tempo o degelo leva?

— Depende, não é? O inverno começou cedo. Agora, o mesmo está acontecendo com a primavera. Vamos ter que esperar para ver. O rio descongela todo ano. O lago também. Nenhuma novidade.

— Se uma criança for brincar por ali e cair no gelo, podemos ter que participar de outro funeral.

Pensativo, Bing apertou os lábios enquanto Nate se retirava.

Ele ainda tinha panfletos na mão quando viu uma movimentação por trás da vitrine d'*O Lunático*.

Atravessou a rua e percebeu que o lugar estava trancado. Então, bateu à porta.

Carrie o observou através do vidro por um instante. Em seguida, abriu a porta para ele.

— Carrie. Eu gostaria de colar um aviso desses na sua vitrine.

Pegando um panfleto, ela o leu e foi até a mesa pegar fita adesiva.

— Pode deixar que coloco para você.

— Grato. — Ele olhou em volta. — Está sozinha aqui?

— Sim.

Ele a interrogara duas vezes depois do funeral e, em ambas as ocasiões, suas repostas e pensamentos pareciam dispersos e vagos. Tentara lhe dar um tempo, mas o tempo estava passando.

— Conseguiu se lembrar de mais detalhes sobre aquele mês de fevereiro?

— Tentei pensar a respeito e fazer anotações em casa, como você pediu. — Ela colou o papel com fita, virado para o vidro. — Não consegui fazer isso em casa. Não consegui fazer nos meus pais também, quando levei as crianças para passar duas semanas com eles. Não sei por quê. Simplesmente, não consegui organizar os pensamentos nem pôr as palavras no papel. Então, vim para cá. Pensei que talvez...

— Tudo bem.

— Não tinha certeza se eu conseguiria vir para cá. Sei que Hopp e umas outras mulheres vieram para... fazer a limpeza depois... assim que tiveram autorização para entrar, mas eu não tinha certeza se conseguiria voltar.

— É difícil. — Ele voltara ao beco um dia, forçara-se a voltar. E tudo o que sentira foi a dormência do desespero.

— Tive que voltar. Não tivemos uma edição do jornal desde... Já faz muito tempo. Max trabalhou tanto, e isso aqui significava muito para ele. — Ela se virou, respirando cuidadosamente enquanto olhava ao redor. — O lugar não se parece com nada, na verdade. Nem se parece com uma redação de jornal de verdade. Max e eu fomos para Ancoragem, Fairbanks, até mesmo Juneau, para conhecermos jornais de verdade, redações de verdade. Os olhos dele brilhavam. Não tem muito a ver com isso aqui, mas ele tinha muito orgulho do que conquistara.

— Não concordo com você. Acho que se parece muito com uma redação de verdade.

Ela teve dificuldade de sorrir e balançou a cabeça brevemente.

— Vou mantê-lo funcionando. Decidi isso hoje, pouco antes de você chegar. Pensei que devia deixar para lá, que não conseguiria fazer isso sem ele. Mas, quando voltei hoje, percebi que deveria continuar. Vou trabalhar em uma nova edição e ver se o Professor tem um tempo para me ajudar. Pode ser que conheça uns jovens que queiram trabalhar e ganhar experiência no jornalismo.

— Que bom, Carrie. Fico feliz em ouvir isso.

— Vou fazer as anotações para você, Nate. Prometo. Vou pensar no passado e tentar lembrar. Sei que você queria dar uma olhada na papelada dele. Ainda não entrei lá... — Ela não precisou olhar para o escritório dos fundos para Nate entender que se tratava da sala onde Max fora encontrado. — Mas você pode entrar, se quiser.

A Polícia Estadual esteve naquela sala, pensou Nate. Ele ainda queria vasculhar o local, mas não agora. Não quando qualquer um que passasse por ali seria capaz de vê-lo lá dentro e imaginar seus motivos.

— Volto outro dia para isso. Ele tinha um escritório em casa?

— Um pequeno. Não mexi nas coisas dele ainda. Fico deixando para depois.

— Tem alguém na sua casa agora?

— Não. As crianças estão na escola.

— Tudo bem se eu for lá agora e der uma olhada? Se eu precisar levar alguma coisa comigo, deixarei um recibo com você.

— Vá em frente. — Ela foi até a bolsa, pegou um chaveiro e retirou uma chave. — Esta é da porta dos fundos. Pode ficar com ela enquanto precisar.

Não quis estacionar em frente à casa dos Hawbaker. Há pessoas de mais que comentariam sobre algo aparentemente insignificante.

Em vez disso, estacionou próximo a uma curva do rio. Não percebeu rachadura alguma no gelo e imaginou se haveria se precipitado em relação aos locais. Caminhou de volta por um pequeno bosque. Estava mais frio ali, pensou, mais frio sob as árvores, por onde o sol não conseguia passar. Havia trilhas de *snowmobile*, de esquis. Avistou outras trilhas, pegadas que não eram de gente, e rezou para que não esbarrasse com o alce que afugentara outro dia.

Não sabia o bastante sobre alces para ter certeza de que não guardavam rancor.

A neve estava mais profunda do que previra e, por isso, amaldiçoou-se por não ter colocado seus *snowshoes*. Então, fez o melhor que pôde para seguir as trilhas.

Teve o vislumbre do que poderia ser uma raposa e, quando parou para recuperar o fôlego, avistou um bando de cervos peludos. Andavam com dificuldade pela neve, a menos de cinco metros à sua frente. Nate só pôde supor que estava a favor do vento, já que eles sequer se viraram para olhá-lo. Então, ficou ali, parado, observando-os até que saíssem de vista.

Caminhou em direção à porta dos fundos da casa de Carrie, passando pelo que lhe pareceu uma estufa ou um galpão de jardinagem e ao redor de uma construção sobre palafitas que devia ser um armazém. Alguém limpara os degraus da entrada dos fundos e havia uma pilha de lenha coberta por uma lona próxima à porta.

Ele usou a chave e entrou em um cômodo que era tanto um pequeno hall de entrada como uma lavanderia. Como suas botas estavam molhadas e cheias de neve, ele as tirou e deixou ali, junto com o casaco.

A cozinha estava limpa, quase brilhava. Pode ser que as mulheres — ou algumas delas — fizessem aquilo para lidar com o luto: tiravam o desinfetante e o esfregão do armário. E a flanela, pensou enquanto andava pela casa, o aspirador de pó. Não havia uma poeirinha sequer. Nem mesmo a desordem do simples ato de viver.

Talvez aquela fosse a questão. Ela ainda não estava pronta para voltar a viver.

Ele subiu as escadas. Identificou o quarto das crianças ao ver os pôsteres nas paredes e a bagunça no chão. Por enquanto, passara direto pelo quarto do casal, onde a cama estava cuidadosamente bem-feita e uma colcha de retalhos estava pendurada no encosto de uma poltrona.

Será que ela dormia ali agora, relutante e incapaz de se deitar na cama que havia compartilhado com o marido?

Ao lado do quarto, ficava o escritório de Max. Ali, sim, via-se a desordem, a poeira e os destroços da vida normal. A cadeira do computador tinha fita adesiva sobre uma das costuras — o conserto do homem comum. A mesa estava arranhada e surrada — era, claramente, de segunda ou terceira mão. No entanto, o computador sobre ela parecia novo ou muito bem cuidado.

Havia um calendário de mesa, daqueles cubos temáticos que mostram uma imagem e uma citação para cada dia. O tema deste era pesca e tinha o desenho de um homem segurando um peixinho minúsculo e dizendo que era maior quando ele o pescou.

A data era 19 de janeiro. Max não voltara para casa para arrancar a folha e revelar a piada do dia seguinte.

Não havia nada escrito, nenhuma pista conveniente como "encontrar [nome do assassino] à meia-noite".

Nate se abaixou para vasculhar a lata de lixo sob a mesa. Encontrou várias folhas do calendário, e algumas continham anotações.

ARTE IDITAROD: PDV CACHORRO?

TORNEIRA BANHEIRO VAZANDO. CARRIE NERVOSA. CONSERTAR!

E a folha do dia anterior à sua morte, a que continha rabiscos de uma palavra: PAT.

Nate a pegou e pôs sobre a mesa.

Encontrou vários envelopes que revelavam que Max estivera ali, pagando contas poucos dias antes de morrer, e alguns papéis de bala.

Vasculhou as gavetas e encontrou um talão de cheques — US$ 250,06 no canhoto após o pagamento das contas, dois dias antes do crime. Três cadernetas de poupança, uma para cada filho, e uma conjunta para ele e a esposa. Ele e Carrie tinham um pé-de-meia de US$ 6.010.

Havia envelopes com selos postais de retorno. Elásticos, clipes de papel, uma caixa de grampos. Nada fora do comum.

Na última gaveta, Nate encontrou quatro capítulos de um manuscrito. Estava escrito na primeira página:

FÚRIA GÉLIDA

Um romance
de Maxwell T. Hawbaker

Ele o pôs sobre a mesa e foi fazer uma busca na estante que se estendia ao longo de uma parede. E acrescentou à pilha uma caixa de disquetes e um álbum de recortes com artigos de jornal.

Em seguida, sentou-se para testar suas próprias habilidades com o computador.

Não era necessário senha para usá-lo, o que revelou a ele que Max não pensara que tinha algo a esconder. Através de uma rápida verificação nos arquivos, encontrou uma planilha em que Max, cuidadosamente, listava datas de vencimento de contas e de parcelas da hipoteca. Pai de família, refletiu Nate, responsável com os gastos.

Não encontrou altas quantias nas finanças, nada fora do normal. Se Max chantageava o assassino, não registrara nada na planilha de gastos mensais.

Descobriu mais páginas do romance e de dois outros. Uma busca nos disquetes mostrou que Max fora meticuloso e fizera cópias de segurança dos escritos. Havia alguns *sites* nos favoritos — em sua maior parte, sobre pesca.

Viu alguns *e-mails* salvos: amigos de pescaria, respostas de algumas pessoas sobre cães de trenó — a continuação, supôs Nate, de uma reportagem sobre o Iditarod.

Ele passou uma hora analisando cada detalhe, mas nada lhe saltou aos olhos berrando *pista!*

Juntando o que separara, levou tudo para o pequeno hall de entrada, no andar de baixo, e confiscou uma caixa de papelão vazia para guardar o material.

Voltou para a cozinha, cujo calendário tinha o tema de pássaros. Ninguém pensara ou se importara em virar a folha para o mês de fevereiro; muito menos, para março.

Mais da metade dos quadradinhos com os dias da semana continham anotações. Reunião de pais e professores, treino de hóquei, prazo final de resenha de livro, consulta no dentista. A rotina de uma família normal. A consulta no dentista era de Max, reparou Nate, e estava marcada para dois dias após sua morte.

Ele levantou a folha e deu uma olhada no mês de fevereiro, em março. Muitas anotações também, incluindo FUI PESCAR, em grandes letras maiúsculas, na segunda semana de março.

Nate largou as folhas. Rotina, normal, comum.

Mas havia aquela única folha de calendário, que encontrara na lata de lixo, no andar de cima, com o nome PAT escrito.

Quatro pares de *snowshoes* estavam pendurados no hall de entrada.

Observando-os, ele pôs as próprias botas e o casaco, pegou a caixa e saiu.

Estava de volta ao bosque, com neve no meio das canelas, quando o tiro ecoou pela quietude. Por instinto, largou a caixa e buscou a própria arma sob o casaco. Enquanto isso, um estrondo forte ressoou por entre as árvores. Um único cervo, robusto e com galhadas pesadas, saltou em seu campo de visão e continuou a saltar, em galope.

Com o coração disparado, Nate começou a se mover na direção de onde viera o cervo. Andara menos de vinte metros quando viu uma silhueta surgir das árvores — e a enorme arma que carregava.

Ambos ficaram parados por uns segundos na quietude que reverberava; cada um com sua arma em punho. Em seguida, a silhueta levantou a mão esquerda e tirou o capuz.

— Ele sentiu o seu cheiro — disse Jacob. — Se assustou e correu enquanto eu apertava o gatilho. Então, errei.

— Errou — repetiu Nate.

— Pensei em levar alguma carne de caça para Rose. David não tem conseguido sair para caçar ultimamente. — Ele baixou o olhar, vagaroso e proposital, para a pistola de Nate. — Você caça, delegado Burke?

— Não, mas, quando ouço um tiro, não saio desarmado à procura do atirador.

Jacob deixou claro que estava travando o gatilho.

— Você encontrou o atirador, e ele vai para casa sem a carne.

— Desculpe.

— Hoje, foi o dia da caça, não do caçador. Sabe sair daqui?

— Consigo encontrar o caminho.

— Então, está bem. — Jacob assentiu com a cabeça, virou-se e, com seus movimentos leves e graciosos, caminhou com os *snowshoes*, misturando-se novamente às árvores.

Nate manteve a arma à mostra enquanto Jacob retornava e ao pegar a caixa que largara. Não a pôs de volta no coldre até entrar no carro.

Dirigiu até a casa de Meg para esconder a caixa nos fundos de um armário. Aquilo era algo que ele deveria investigar em seu próprio tempo. Trocou a calça, que estava molhada até a altura dos joelhos e, em seguida, foi até a margem do lago com os cães para verificar os sinais de degelo antes de voltar para a cidade.

— Colocamos as placas — informou Otto.

— Percebi.

— Já temos duas queixas pedindo para não metermos o nariz onde não somos chamados.

— Preciso ir falar com alguém?

— Não.

— Você recebeu duas ligações, delegado, de repórteres. — Peach tamborilou com o dedo no bloco de notas cor-de-rosa sobre o balcão. — É sobre Pat Galloway e Max. Uma reportagem de acompanhamento das investigações, pelo que disseram.

— Vão ter que me encontrar primeiro. Peter ainda está patrulhando?

— Mandamos que fosse almoçar. Está na hora dele. — Otto coçou o queixo. — Pedimos um sanduíche do Italiano para você.

— Está ótimo, obrigado. É possível que um homem saia para caçar a uma distância de três, cinco quilômetros de sua própria casa, quando há hectares de território para caça onde ele mora?

— Depende, não é?

— De quê?

— Do que ele quer caçar, por exemplo.

— É. Acho que depende mesmo.

As rachaduras no rio aumentavam em comprimento e largura conforme as temperaturas se mantinham acima de zero grau. Das margens, Nate teve o primeiro vislumbre do gélido tremeluzir azul-escuro por entre o brilho branco. Fascinado, ele o observou se espalhar e ouviu um som parecido com tiros de artilharia. Ou o impacto do punho de Deus.

Placas de gelo se ergueram, alagaram e foram rodeadas pelo azul, flutuando em sossego como uma nova ilha.

— Um rompimento é quase uma experiência espiritual — comentou Hopp ao parar do lado dele.

— O meu primeiro foi com Fada Newburry. E foi mais traumático do que espiritual.

Hopp ficou em silêncio enquanto o gelo rachava e se rompia.

— Fada?

— É. Ela tinha uns olhos grandes e amendoados, então todos a chamavam de Fada. Deu um pé na minha bunda para ficar com um cara cujo pai tinha um barco. Foi a primeira onda no meu mar de corações partidos.

— A mim, parece superficial. Você ficou melhor sem ela.

— Não foi o que pensei aos doze anos de idade. E não imaginei que isso aí fosse acontecer tão rápido.

— Quando a natureza decide se acomodar, nada é capaz de impedi-la. E pode ter certeza de que ainda vamos levar umas bofetadas de inverno antes do degelo terminar. Mas esse tipo de rompimento é motivo de celebração por aqui. Vamos fazer uma festinha informal na Hospedaria hoje à noite. Seria bom se aparecesse por lá.

— Tudo bem.

— Você tem passado mais tempo na casa de Meg do que na Hospedaria, dormindo, por assim dizer. — Ela sorriu quando ele mal a olhou. — Já estão falando por aí.

— Onde eu escolho dormir é um problema, oficialmente?

— Claro que não. — Ela cobriu um cigarro com as mãos, usando um isqueiro Zippo grande e prateado para acendê-lo. — E, pessoalmente, eu diria que Meg Galloway não é uma Fada Newburry. Também estão dizendo por aí que as luzes na casa dela ficam acesas até tarde.

— Talvez soframos de insônia. — Ela era a prefeita, Nate lembrou a si mesmo. E o diário de Galloway não fazia menção a uma mulher na montanha. — Estou usando parte do meu tempo livre no caso de Galloway.

— Entendi. — Ela olhou para o rio enquanto o azul e o branco travavam uma batalha. — A maioria das pessoas sai para pescar, lê um livro intrigante ou assiste à televisão no tempo livre.

— Policiais não são como a maioria.

— Faça o que quiser, Ignatious. Sei que Charlene está planejando trazer Pat de volta, assim que puder, e enterrá-lo. Ela quer um funeral com tudo o que tem direito. O solo já vai estar seco para providenciarmos o enterro para junho, a não ser que tenhamos outra queda de temperatura.

Ela tragou a fumaça e a expirou outra vez, com um suspiro.

— Parte de mim deseja que tudo isso acabe. Os mortos estão enterrados, e os vivos têm que viver. É difícil para Carrie, eu sei, mas você insistir nisso não vai trazer o marido dela de volta.

— Eu não acredito que ele tenha matado Galloway. E não acredito que tenha se matado.

O rosto dela se manteve imóvel; seus olhos, no rio agitado.

— Não é o que quero ouvir. Que Deus tenha piedade de Carrie, mas isso não é o que quero ouvir.

— Ninguém quer ficar sabendo que um dos vizinhos já matou duas pessoas.

Ela estremeceu violentamente uma vez e tragou mais uma vez. Inalou com força, soltando a fumaça em baforadas.

— Eu conheço as pessoas que moram ao meu lado e a cinco quilômetros de distância. Conheço seus rostos, seus nomes, seus hábitos. Não conheço nenhum assassino, Ignatious.

— Você conhecia Max.

— Meu Deus...

— Você escalou com Galloway.

Ela apertou os olhos, encarando-o.

— Isto é um interrogatório?

— Não, apenas um comentário.

Ela respirava, inspirando e expirando, enquanto o gelo partia.

— Sim, escalei. Meu marido e eu escalamos. Eu também gostava do desafio, da adrenalina, na minha juventude. Bo e eu acabamos nos contentando com uma caminhada, ou uma noite acampados durante o tempo bom nos últimos anos de vida dele. Nos últimos anos de vida de Bo — disse ela.

— Em quem ele confiava mais quando estava em uma montanha? Em quem Galloway mais confiava nas escaladas?

— Nele mesmo. Essa é a primeira regra do alpinismo: é melhor confiar só em si.

— O seu marido era prefeito na época.

— Antigamente, era mais um título honorário do que oficial.

— Mesmo assim, ele conhecia as pessoas daqui. Prestava atenção nas coisas. Aposto que você também.

— E daí?

— Se você se esforçar e pensar em fevereiro de 1988, talvez se lembre de quem, além de Galloway, não estava em Lunatilândia. Alguém que tenha passado uma semana ou mais fora.

Ela jogou o cigarro no chão, que chiou ao se apagar na neve. Depois, chutou um pouco de neve sobre ele para tirá-lo de vista.

— Está dando crédito de mais para a minha memória, Ignatious. Vou pensar a respeito.

— Ótimo. Caso se lembre de algo, venha falar comigo. Só comigo, Hopp.

— A primavera está chegando — disse Hopp. — E a primavera pode ser uma filha da puta.

Ela se afastou, deixando-o a sós na margem do rio. Ele ficou no vento frio, contemplando aquele fluxo que voltava à vida.

Capítulo vinte e dois

⌘ ⌘ ⌘

NÃO ERA apenas a superfície de gelo do rio que se rompia e abria durante o degelo. As ruas, congeladas durante o longo inverno, rachavam-se em fendas do tamanho de cânions, com buracos largos o bastante para engolir uma caminhonete.

Nate não ficou surpreso quando soube que Bing tinha a licitação para a manutenção e o reparo de estradas. O que o surpreendeu é que ninguém pareceu se importar nem um pouco com o fato de a manutenção e o reparo serem tão lentos quanto uma lesma aleijada.

Ele tinha mais com o que se preocupar.

As pessoas, ele descobriu, também sofriam rachaduras. Algumas das que se agarravam à sanidade durante a escuridão do inverno cruel pareciam pensar que a iminência da primavera era um bom momento para se soltar.

As celas pareciam ter portas giratórias para bêbados, arruaceiros, imbecis e causadores de brigas familiares.

O barulho de buzinas e assovios o atraíram para a janela do quarto logo após o amanhecer. Nevara pouco à noite, apenas uma camada fina de pó que cobria as ruas e calçadas e as fazia reluzir sob o sol nascente.

As luzes nas barricadas do buraco de mais de meio metro de profundidade, que ele apelidara de "cratera lunática", piscavam, vermelhas e amarelas. Ao redor delas, viu um homem dançando o que parecia ser o *jig* irlandês. O ato em si já teria sido surpreendente àquela hora da manhã, mas o fato de homem estar completamente nu acrescentava certo toque de insolência.

Uma multidão já se reunia. Alguns batiam palmas — talvez marcando o ritmo, especulou Nate. Outros gritavam — incentivos ou zombarias no mesmo nível.

Suspirando, Nate secou seu rosto meio barbeado com a toalha, pegou a camisa e os sapatos e foi lá para baixo.

O restaurante estava deserto, e alguns pratos do café da manhã pela metade eram a prova da atração que um homem nu dançando em uma rua de Lunatilândia exercia.

Nate pegou uma jaqueta do cabideiro e saiu.

Havia assovios e pés batendo contra o chão — e a temperatura do amanhecer, que Nate julgara não ter chegado a zero grau ainda. Às cotoveladas, abriu caminho por entre a multidão. Agora, conseguia reconhecer o dançarino: Tobias Simpsky, vendedor em meio período da Loja da Esquina, copeiro em meio período da Hospedaria e DJ na rádio de Lunatilândia.

Ele mudara o *jig* para um tipo de dança de guerra indígena de filme de faroeste.

— Delegado. — Rose, segurando a mão de Jesse e com o bebê, enrolado em uma manta, na altura dos seios, sorriu, serena. — Lindo dia.

— Pois é. Hoje tem algum evento em particular? Um ritual pagão sobre o qual não me informaram?

— Não. É só quarta-feira.

— Certo. — Ele passou pelos curiosos. — Ei, Toby! Esqueceu o chapéu hoje?

Ainda dançando, Toby jogou seus longos cabelos castanhos para trás e abriu os braços.

— Roupas são apenas um símbolo da negação do homem quanto à natureza, da sua aceitação a restrições e da perda da inocência. Hoje, me mesclo à natureza! Hoje, abraço a minha inocência. Sou *homem*!

— Nem tanto — gritou alguém, causando uma onda de risadas na multidão.

— Por que não saímos daqui e vamos conversar sobre isso? — Nate agarrou o braço do homem e amarrou a jaqueta sobre a cintura dele.

— O homem é uma criança, e uma criança vem ao mundo nua.

— Sei. O *show* acabou — anunciou Nate, tentando ajeitar a jaqueta enquanto guiava Toby pela rua. O homem estava arrepiado em cada milímetro da pele exposta. — Nada mais para ver aqui — murmurou.

— Só bebo água — contou Toby. — Só como o que consigo com as minhas próprias mãos.

— Entendi. Nada de café nem rosquinhas para você.

— Se não dançarmos, a escuridão retornará e, com ela, o frio do inverno. A neve. — Ele olhava ao redor feito louco. — Ela está em todo lugar. Está em todo lugar.

— Eu sei.

Nate entrou com ele na delegacia e o levou para uma cela. Percebendo que Ken era o mais próximo de um psiquiatra que havia ali, entrou em contato com ele para solicitar uma consulta fora da clínica.

Na cela ao lado, Mike Beberrão roncava, recuperando-se de uma bebedeira que o fizera invadir a casa de um vizinho, em vez de ir para a sua, na noite anterior.

Incluindo a de Mike Beberrão, teve que atender a seis ocorrências entre onze da manhã e duas da tarde. Os pneus da caminhonete de Hawley propositalmente furados, um rádio portátil em volume máximo deixado na porta de Sarrie Parker, janelas quebradas na escola, mais pichações em tinta amarela no novo *snowmobile* de Tim Bower e no Ford Bronco de Charlene.

Aparentemente, os moradores se agitavam só de pensar na primavera.

Ele pensava em café, no café da manhã que perdera e no que levava um homem a dançar pelado no meio de uma rua cheia de neve quando Bing entrou batendo a porta. Ele era grande feito um tanque de guerra e parecia estar a ponto de cometer um assassinato.

— Encontrei isso nas minhas coisas. — Ele jogou duas varas de pescar no balcão e, depois, mostrou a broca, que mais parecia uma espada encaracolada, antes de tacá-la no balcão também. — Não sou ladrão, e é bom você encontrar quem pôs isso nas minhas coisas para me incriminar.

— Isso pertence a Ed Woolcott?

— Ele gravou o nome nas malditas varas, não foi? É bem a cara daquele mosquitinho gravar o nome dele nessas varas de pescar caras demais. Estou lhe avisando desde já que não vou admitir que ele diga que eu as roubei. Vou enchê-lo de porrada se disser isso.

— Onde as encontrou?

As mãos de Bing se fecharam em punhos.

— Se tentar insinuar que fui eu que roubei, vou lhe meter a porrada também!

— Eu não disse que você roubou nada, só perguntei onde encontrou essas coisas.

— Na minha cabana de pesca no gelo. Saí noite passada. Eu vou rebocá-la e deixá-la guardada durante a primavera. Foi quando as encontrei. Fiquei pensando no que fazer e decidi pelo que estou fazendo agora. — Ele apontou o dedo para Nate. — Agora, é a sua vez de fazer o que tem que fazer.

— Quando foi a última vez que entrou na cabana, antes da noite passada?

— Estive ocupado, não estive? Talvez umas duas semanas atrás. Se já estivessem lá, eu teria visto logo, e foi isso o que aconteceu. Não uso esse material.

— Por que não vai para a minha sala e se senta, Bing?

Ele preparou os punhos de amaciar carne outra vez e mostrou os dentes.

— Para quê?

— Você vai dar um depoimento oficial. Detalhes como, por exemplo, se você notou mais alguma coisa revirada, acrescentada ou subtraída de lá, se a sua cabana estava trancada, quem poderia querer colocar a sua bunda na reta.

Bing ficou carrancudo.

— Você vai precisar do meu testemunho?

— Exatamente.

Bing inclinou o queixo barbudo para a frente.

— Tudo bem, então. Mas vai ter que ser rápido. Tenho trabalho a fazer, não é?

— Vamos ser rápidos. E conserte aquela cratera na Rua Lunática antes que ela engula uma família de cinco pessoas.

Como Bing era um homem de poucas palavras, o depoimento levou menos de dez minutos.

— Você e Ed têm algum histórico que eu deva conhecer?

— Coloco o meu dinheiro no banco dele e tiro quando preciso.

— Vocês socializam?

A resposta de Bing foi uma risada roncada.

— Não sou convidado para jantares na casa dele, e também não iria, se fosse.

— E por que não? A esposa dele cozinha mal?

— Aqueles dois gostam de se exibir, como se fossem melhores que nós. Ele é um babaca, só que mais da metade da população mundial também é. — Deu de ombros. Parecia uma montanha alongando-se. — Não tenho nada contra ele, em particular.

— Consegue pensar em alguém que possa ter algo contra você? O suficiente para querer lhe causar problemas?

— Não me meto com ninguém e espero que não se metam comigo. Se alguém tiver algum problema com isso, vou...

— Enchê-lo de porrada — completou Nate. — Vou tomar as devidas providências para que os bens de Ed retornem a ele. Obrigado por ter trazido tudo para cá.

Bing continuou sentado por um momento, batendo com os dedos grossos nas coxas enormes.

— Não suporto roubo.

— Eu também não.

— Não entendo por que você fica tão desesperado para prender um homem que bebeu algumas doses ou socou alguém que o irritou, mas com roubos é diferente.

Nate entendeu que ele falou sua própria verdade. Havia agressão na ficha de Bing, mas nada de roubo.

— E?

— Alguém roubou a minha faca *buck* e as minhas luvas extras de dentro do meu reboque.

Nate pegou outro formulário.

— Descreva os objetos.

— É uma porra de uma faca *buck*. — Ele chiou por entre os dentes enquanto Nate esperava. — Tem uma lâmina de doze centímetros, cabo de madeira com trava. Faca de caça.

— E as luvas? — Nate pediu enquanto anotava a descrição.

— Luvas de trabalho, pelo amor de Deus! Couro de vaca, forro de lã. Pretas.

— Quando percebeu que sumiram?

— Semana passada.

— E por que só agora decidiu dar queixa?

Por um instante, Bing ficou quieto. Em seguida, mexeu aqueles ombros enormes novamente.

— Talvez você não seja tão babaca assim.

— Obrigado pela parte que me toca. Preciso secar minhas lágrimas de emoção. Você tranca o seu reboque?

— Não. Ninguém é burro o bastante para mexer nas minhas coisas.

— Sempre tem uma primeira vez — disse Nate.

Sozinho, enquanto esperava pela chegada do médico da cidade para fazer algum tipo de avaliação psicológica de Toby, Nate analisou os relatórios que estavam em sua mesa. Uma pilha considerável de relatórios, pensou. Não se comparava à quantidade com a qual estava acostumado em Baltimore, mas que era uma pilha, era. Pequenos furtos e casos de vandalismo, em sua maioria.

Foi o suficiente, percebeu ele, para mantê-lo ocupado nas duas últimas semanas. Tão ocupado que mal tivera tempo para sua investigação extraoficial.

Talvez não fosse coincidência. Talvez não fosse apenas o universo lembrando a ele que não era mais do departamento de homicídios.

Talvez alguém estivesse nervoso.

Ele ligou para Ed e pediu que fosse à delegacia. Viu o rosto do homem se iluminar assim que avistou as varas e a broca.

— Suponho que sejam suas.

— Com certeza, são! Já tinha desistido, tinha certeza de que já estavam em alguma casa de penhores em Ancoragem. Bom trabalho, delegado Burke! Prendeu alguém?

— Ninguém foi preso. Bing as encontrou em meio às coisas dele na cabana de pesca dele ontem à noite. Ele as trouxe para cá hoje de manhã.

— Mas...

— Consegue pensar em algum motivo pelo qual Bing invadiria a sua cabana, cometeria vandalismo, roubaria os seus bens e os entregaria para mim hoje?

— Não. — Ed passou uma mão em cada vara. — Não, acho que não. Mas o fato é que estavam na posse dele.

— O único fato é que ele encontrou as suas coisas e as devolveu. Quer dar prosseguimento?

Ed soltou um suspiro e ficou parado por um tempo; seu rosto revelando uma batalha interna.

— Bom... Para ser sincero, não vejo por que Bing pegaria essas coisas e, muito menos, por que as devolveria se realmente tivesse feito isso. Já foram recuperadas, é o que importa. Mas isso não soluciona o vandalismo nem o roubo de uma garrafa com quase um litro de uísque.

— O caso vai ficar em aberto.

— Bom. Ótimo, então. — Ele gesticulou com a cabeça em direção à janela, para o horizonte, onde enormes placas de gelo flutuavam no azul-escuro das águas do rio. — Você sobreviveu ao seu primeiro inverno.

— Parece que sim.

— Algumas pessoas acham que você não vai se submeter a um segundo inverno aqui. Eu mesmo estive me perguntando se planeja voltar para os estados lá de baixo quando acabar seu contrato.

— Acho que vai depender se o conselho municipal vai ou não querer renová-lo.

— Não tenho ouvido reclamações. Bom, nada de grande importância, na verdade. — Pegou as varas e a broca. — Vou guardar isso.

— Preciso que você assine aqui. — Nate passou um formulário por cima da mesa. — Vamos manter o caráter oficial.

— Ah, claro. — Ele rabiscou sua assinatura nas linhas indicadas. — Obrigado, delegado. Estou feliz de ter os meus bens de volta.

Nate percebeu que ele olhara rapidamente para a manta sobre o quadro, como fizera duas vezes antes. Mas não fez perguntas nem comentários a respeito.

Levantou-se para fechar a porta. Em seguida, andou até o quadro e o descobriu. Em uma lista de nomes, fez uma linha com o lápis conectando Bing a Ed. E acrescentou um ponto de interrogação.

As nuvens voltaram a cobrir o céu à tarde e, através delas, Nate avistou o feixe vermelho do avião de Meg. Ele tinha acabado de voltar da investigação de uma denúncia feita por telefone que dizia haver um cadáver perto do riacho no Bosque do Rancor. No fim das contas era apenas um velho par de botas preso na neve que os observadores de pássaros, que passavam férias em um chalé alugado, viram através de seus binóculos.

Turistas, pensou Nate, enquanto jogava as botas — provavelmente, abandonadas por outros turistas — na mala do carro.

Depois, ouviu o familiar trovão do pequeno avião e observou Meg surgir por entre as nuvens.

Quando chegou à estreita pista flutuante no rio, ela já havia pousado. Os flutuadores no avião eram outro sinal da primavera, pensou. Ele se aproximou, sentindo a pista deslizar sob seus pés, enquanto ela e Jacob descarregavam os suprimentos.

— Ei, gracinha. — Ela largou uma caixa na pista, que estremeceu. — Vi você no Bosque do Rancor. O meu coração disparou, não foi, Jacob?

Ele soltou uma risada discreta e carregou uma grande caixa até a caminhonete.

— Comprei um presente para você.

— Mesmo? Passa para cá.

Ela procurou algo dentro de outra caixa, vasculhou por entre o conteúdo e pegou uma caixa de camisinhas.

— Imaginei que você poderia ficar envergonhado de ter que comprar as suas na Loja da Esquina.

— E eu, certamente, não ficaria envergonhado com você sacudindo isso em uma pista pública. — Ele puxou a caixa da mão dela, guardando-a no bolso da jaqueta.

— Comprei três caixas, mas vou guardar as outras duas em um lugar seguro. — Ela piscou um olho e se abaixou para pegar uma caixa de papelão. Mas ele a pegou primeiro.

— Deixe que eu carrego.

— Tenha cuidado. É um conjunto de chá antigo. A avó da Joanna quer dar de presente a ela no aniversário de trinta anos. — Ela puxou outra caixa do avião e andou ao lado dele. — O que estava fazendo passeando por aí, delegado? Procurando mulheres fáceis?

— Encontrei uma, não foi?

Ela riu e deu uma pequena cotovelada nele.

— Vamos ver se consegue me deixar mais fácil ainda mais tarde.

— É a noite de filmes.

— A noite de filmes é no sábado.

— Não, eles mudaram a data, não lembra? Conflito de horários com o baile de primavera do ensino médio.

— Ah, é. Trouxe alguns vestidos que as meninas encomendaram para o baile. Qual vai ser o filme?

— Vão ser dois: *Um Corpo que Cai* e *Janela Indiscreta*.

— Vou levar a pipoca.

Ela pôs a caixa na carroceria da caminhonete e o observou fazer o mesmo.

— Você parece cansado, delegado.

— Parece que muitas pessoas aqui sofrem de febre primaveril. Estão me mantendo ocupado. Tanto que não estou podendo dedicar tanta atenção ou tempo a certas áreas.

— Você não está falando apenas do meu corpo nu. — Ela olhou para o avião, de onde Jacob descarregava a última caixa. — O meu pai morreu há dezesseis anos. O tempo é relativo.

— Quero solucionar o que aconteceu por você. Por ele. E por mim também.

Ela enrolou uma mecha dos cabelos dele ao redor do dedo. Ele a deixara dar uma aparada. Um sinal, pensou ela, de que era um homem corajoso. Ou apenas perdidamente apaixonado.

— Quer saber, vamos tirar uma folga disso tudo. Vamos assistir aos filmes, comer pipoca, nos divertir um pouco.

— Tenho mais perguntas do que respostas. E vou ter que fazer algumas delas a você. Pode ser que não goste do que vou perguntar.

— Então, vamos tirar mesmo uma folga hoje à noite. Temos que entregar essas coisas. Nos vemos mais tarde.

Ela entrou na cabine da caminhonete e acenou rapidamente para Nate, enquanto Jacob dava partida. Mas ficou olhando para ele pelo retrovisor até virarem a esquina.

— Ele parece preocupado — comentou Jacob.

— Ele é do tipo que sempre está preocupado. Por que acho isso tão atraente?

— Ele quer protegê-la. Ninguém jamais fez isso. — Jacob abriu um pequeno sorriso quando ela se virou para encará-lo. — Eu te ensinei, te ouvi, cuidei de você. Mas nunca a protegi.

— Não preciso de proteção. Nem quero.

— Não, mas saber que ele faria isso a atrai.

— Talvez, talvez. — Ela teria que pensar um pouco sobre aquilo. — Mas os desejos dele e os meus vão acabar batendo de frente mais cedo ou mais tarde. E aí?

— Isso vai depender de quem continuar de pé.

Com uma meia risada, ela esticou as pernas.

— Ele não tem chance.

Ela esperava ter tempo para chegar em casa, tomar um banho, arrumar-se e se preparar para uma noite de maratona sexual. Era uma forma de manter as coisas interessantes, básicas e, ela admitiu, imprudentes. Mas acreditava que não faria mal a ele ser um pouco imprudente por um tempo.

Ele pensava demais — e aquilo era contagioso.

Mas ela não tinha tempo; não depois de entregar toda a carga e receber os pagamentos. Ela teve que se contentar com fazer a pipoca na cozinha da Hospedaria enquanto Mike Grandão lhe fazia uma serenata, cantando as músicas com as quais se apresentava.

Não era uma provação ouvir a cantoria de Mike Grandão enquanto ele trabalhava. Ficou sabendo das fofocas, que Rose contava quando entrava e saía da cozinha, e babou vendo as fotos da pequena Willow e da filhinha de Mike Grandão.

Para ela, era quase como estar em casa, no calor da cozinha, conversando e ouvindo música. E ainda havia o bônus de poder surrupiar um pedaço do bolo de purê de maçã feito por Mike Grandão.

— Um encontro no cinema, hein... — disse Mike Grandão no intervalo entre uma música e outra. — Muito romântico.

Meg comeu o bolo com as mãos mesmo, de pé, ao lado do fogão.

— Até pode ser, a não ser que ele monopolize a pipoca.

— Há estrelinhas nos seus olhos. Estrelinhas e coraçõezinhos.

— Uh-uh — conseguiu dizer com a boca cheia.

— Tem, sim. E nos dele também. — Ele fez barulhinhos de beijos. Um som estranho, pensou Meg, caindo na gargalhada, vindo de um enorme homem negro e careca. — Aconteceu isso comigo na primeira vez que vi a minha Julia. Ainda acontece.

— E aqui está você, fazendo um delicioso bolo de purê de maçã para os locais.

— Gosto de fazer bolos. — Ele pôs peixe frito, batata-vermelha e tiras de vagem em um prato. — Mas, pela Julia e minha princesinha Annie, faço qualquer coisa. Aqui é um bom lugar para morar, um bom lugar para trabalhar. Mas, com amor, qualquer lugar é.

Começou a cantar "All You Need Is Love", dos Beatles, enquanto Meg terminava de comer o bolo e Rose chegava com mais pedidos.

Era um bom lugar para morar, Meg refletiu enquanto enchia um saco de papel com a pipoca e o sacudia para espalhar melhor a manteiga e o sal. Ela só teria que descobrir o que fazer quanto ao amor.

Cercada por um friozinho úmido que prometia chuva, caminhou até a prefeitura.

Nate estava atrasado, o que a surpreendeu. Ele entrou apressado assim que as luzes se apagaram.

— Desculpe. Tive uma ocorrência. Porco-espinho. Conto depois.

Ele tentou entrar no clima do filme, do ambiente, do momento. Mas seus pensamentos pareciam dar voltas. De manhã, conectara Ed e Bing no quadro de homicídios. Ligados pelo roubo de equipamentos de pesca. Algo que tinha todas as características de uma pegadinha ou de uma aventura adolescente. Havia dezenas de outras conexões ligando pessoas umas às outras.

Estavam todas ao redor dele, sentadas no escuro, assistindo a Jimmy Stewart interpretando um policial depois de um colapso mental.

Já passara por isso, refletiu Nate. Stewart também acabaria no fundo do poço. Sofreria e suaria enquanto se tornava obsessivo.

E conseguiria ficar com a garota, perder a garota, ficar com a garota, perder a garota. Um carrossel de dor e prazer.

A garota era o ponto principal.

Será que Meg era também? Como filha única de Patrick Galloway, ela não era o legado vivo dele? Se não era o ponto principal, era outra ligação?

— Vai ficar circulando no ar por muito tempo antes de aterrissar?

— O quê?

— Parece que está esperando autorização para pousar. — Meg inclinou a cabeça e ele percebeu que as luzes estavam acesas para o intervalo entre os filmes.

— Desculpe. Viajei.

— Eu que o diga. Você nem chegou perto de comer sua parte da pipoca. — Ela enrolou o saco, deixando-o na cadeira. — Vamos sair um pouco antes do próximo começar.

Tiveram que se contentar com ficar perto da porta aberta, como a maioria dos espectadores. As nuvens que se acumularam haviam se convertido em chuva em algum momento durante a transformação de Kim Novak. A chuva que Meg pressentira jorrava do céu, estapeando o solo.

— Vai alagar — disse Meg, franzindo a testa na direção da fumaça dos cigarros dos corajosos e encharcados que estavam do lado de fora, fumando e protegendo os cigarros com as mãos. — E vai ter gelo nas ruas quando a temperatura cair um pouco mais.

— Se quiser ir para casa agora, levo você. Vou precisar voltar e ficar de olho nisso.

— Não. Vou ficar para ver o outro filme, ver no que dá. É bem possível que volte a nevar.

— Vou dar uma olhada em umas coisas. Encontro você lá dentro.

— Uma vez policial, sempre policial. Sempre alerta. — Ela viu o rosto dele mudar e revirou os olhos. — Não estou reclamando, Burke. Caramba! Não vou resmungar e fazer biquinho se acabar vendo o filme sem companhia. E posso ir para casa sozinha, se for preciso. Posso até lidar com o resto do entretenimento que planejamos para esta noite caso você não esteja presente para me servir. Tenho pilhas novas. Se pensar nela quando olhar para mim, vou ficar puta.

Ele começou a dizer que não foi nada disso, mas ela já estava afastando-se. E teria sido mentira, de qualquer forma. Resposta condicionada, pensou, e tentou tirar tal peso dos ombros.

Ainda sentindo o peso, foi até Peter, Hopp, Bing e o Professor e os afastou da multidão.

Passou o intervalo — e um pouco do começo do filme — coordenando e confirmando os procedimentos em caso de enchente.

Quando se juntou novamente a Meg, Grace Kelly tentava convencer Jimmy Stewart a prestar mais atenção a ela do que às pessoas no apartamento que ele conseguia observar de sua "janela indiscreta".

Ele pegou a mão de Meg, entrelaçando os dedos nos dela.

— Reflexo — murmurou no ouvido dela. — Desculpe.

— É, mas é meio babaca. — No entanto, Meg virou a cabeça e passou os lábios sobre os dele. — Assista ao filme desta vez.

Ele assistiu ou, ao menos, tentou. No entanto, no momento em que Raymond Burr surpreendeu Grace Kelly xeretando seu apartamento, a porta se abriu atrás deles.

A luz entrou junto com Otto, o que levou a maior parte dos espectadores a vaiar e gritar para que ele fechasse a maldita porta. Ele entrou, veloz e molhado, ignorando os xingamentos assim que avistou Nate.

Nate já se levantara e caminhava na direção dele.

— Você tem que ir lá fora, delegado.

Pela segunda vez naquele dia, Nate saiu vestindo apenas a camisa. Agora, deparou-se com o granizo chiando no asfalto e com o frio cortante na pele.

Logo viu o corpo e, afastando os cabelos do rosto, andou pelo chão molhado até o meio-fio.

Inicialmente, pensou ser Rock ou Bull, e seu coração subiu à garganta. Mas o cão que estava deitado em uma poça de sangue sob a chuva fria era mais velho do que os cães de Meg, com mais pelos brancos.

A faca usada para cortar a garganta do animal continuava enterrada em seu peito.

Ouviu alguém gritar atrás dele.

— Mande-os entrar — ordenou a Otto. — Controle a situação.

— Conheço este cachorro, Nate. É o cachorro velho do Joe e da Lara, Yukon. Inofensivo! Quase não tinha mais dentes.

— Mande as pessoas voltarem para dentro. Você ou Peter, tragam-me algo para cobri-lo.

Peter apareceu, apressado, segundos após Otto entrar.

— Jacob me deu a capa de chuva dele. Meu Deus, delegado, é Yukon! É o cachorro de Steven, Yukon. Isso não é certo... não é.

— Consegue reconhecer a faca? Olhe o cabo, Peter.

— Não sei. Tem muito sangue e... Não sei.

Mas Nate soube. Sua intuição lhe disse que seria uma faca *buck*. Que seria a faca *buck* de Bing que desaparecera.

— Vamos levar este cão até a clínica. Ajude-me a colocá-lo na carroceria. Mas, primeiro, vá à delegacia e pegue a câmera para podermos registrar a cena do crime.

— Ele está morto.

— Exatamente, está morto. Vamos examiná-lo na clínica depois de registrarmos a cena. Assim que o pusermos na caminhonete, quero que volte lá para dentro e diga para Joe e Lara que o cachorro deles está comigo e onde estamos. Vá buscar a câmera agora.

Ele olhou para cima e percebeu um movimento pela visão periférica. Quando ergueu a cabeça, viu Meg na calçada, segurando sua jaqueta.

— Você esqueceu.

— Não quero que fique aqui fora.

— Já vi o que fizeram com o coitado do cachorro. O velho Yukon, coitado. Isso vai partir o coração da Lara.

— Volte para dentro.

— Vou para casa. Vou para casa ficar com os meus cachorros.

Ele agarrou o braço dela.

— Você vai voltar lá para dentro. Assim que eu liberar a área, você vai para a Hospedaria.

— Não vivemos em um estado policial, Burke. Posso ir aonde eu quiser.

— Você vai fazer o que eu mandar, porra. Vou saber exatamente onde está e, com certeza, não vai ser sozinha, a oito quilômetros da cidade. Tem gelo nas estradas, condições perigosas, enxurradas e alguém que é cruel o bastante para cortar a garganta deste animal de orelha a orelha. Então, volte lá para dentro até que eu diga o contrário, merda.

— Não vou deixar os meus cães do lado de...

— Vou buscar os seus cães. Entre, Meg. Entre ou vou arrastá-la para dentro de uma cela.

Ele esperou por cinco segundos tensos com nada além do barulho do granizo atingindo o chão. Ela se virou e voltou para dentro.

Nate aguardou onde estava, na chuva, ao lado de um cachorro morto, até Peter voltar correndo.

Pegou a câmera, tirou várias fotos instantâneas e as guardou no bolso da jaqueta.

— Ajude-me a levar este cachorro até o carro, Peter. Depois, entre e siga as minhas ordens. Quero que diga para Otto acompanhar Meg até a Hospedaria e se certificar de que ela fique lá até que eu diga o contrário. Está claro?

Peter assentiu com a cabeça. Seu pomo de adão estava inquieto, mas, ainda assim, assentiu.

— Ah, Ken está lá dentro, delegado. Eu estava sentado atrás dele durante o filme. Quer que ele venha para cá?

— Sim, sim, mande-o sair. Ele pode ir de carona comigo.

Ele afastou os cabelos úmidos dos olhos enquanto uma névoa fina se enrolava em torno de seus tornozelos.

— Conto com você para manter a ordem, Peter. Quero que disperse a multidão lá de dentro e mande todos embora. Aconselhe-os a ir para casa e diga que estamos cuidando de tudo.

— Eles vão querer saber o que... o que aconteceu.

— Não sabemos ainda o que aconteceu, sabemos? — Ele olhou novamente para o cão. — Acalme a todos. Você é bom em conversar com as pessoas. Vá lá para dentro e fale com o seu povo. E, Peter, preste atenção a quem está lá dentro. Quero que você e Otto façam uma lista de todos que estão presentes.

E, pensou Nate, vou saber quem não está.

Puseram o cão no carro. Enquanto Peter corria de volta para a prefeitura, Nate se agachou perto do pneu traseiro direito. Ao lado, logo abaixo do eixo, havia um par de luvas ensanguentadas.

Ele abriu a porta e pegou um saco plástico para coleta de evidências. Pegou as luvas pelos punhos e as guardou, selando o plástico.

Seriam de Bing, pensou ele. Assim como a faca.

A faca e as luvas cujo roubo Bing denunciara poucas horas antes.

Capítulo vinte e três

⌘ ⌘ ⌘

— *D*EVE TER sido rápido. — Ken estava de pé, ao lado do cão. E esfregou as mãos no rosto.

— O ferimento na garganta foi fatal — apontou Nate.

— Sim. Foi, sim. Meu Deus, que tipo de filho da puta doente faz isso com um cachorro? Você disse, ah... você disse que o ferimento no tórax não apresentava muito sangue. Ele já estava morto quando o responsável por isso enfiou a faca no peito dele. Quando se corta a garganta deste jeito, a jugular é decepada. E é fim de jogo.

— Sangrento. Deve ter jorrado sangue.

— Sim. Meu Deus...

— A chuva tirou a maior parte do sangue, não tudo. E ele ainda estava um pouco quente quando o encontramos. Estava morto fazia, talvez, no máximo, uma hora?

— Nate. — Sacudindo a cabeça, Ken tirou os óculos e limpou as lentes com a barra da camisa. — Isso já está fora do meu alcance. A sua hipótese seria tão boa quanto ou até melhor que a minha. Mas, sim, seria cerca de uma hora.

— O intervalo tinha acabado havia mais ou menos uma hora. Ele não estava lá quando saímos entre um filme e outro. E havia sangue demais para ter sido morto em outro lugar e deixado ali. Você conhece este cachorro?

— Claro. É o velho Yukon. — Seus olhos lacrimejaram, e ele os esfregou. — Claro.

— Ele causava problemas a alguém? Sabe se atacou alguém? Mordeu alguém?

— Yukon? Nem conseguia mastigar a própria comida direito. Ele era amigável. Inofensivo. Talvez seja por isso que estou com dificuldade de me conter. — Ken se virou um instante, lutando para se controlar. — Max...

Ora, o que aconteceu com Max foi terrível. Um ser humano, pelo amor de Deus. Mas este cachorro... este cachorro era *velho* e amável. E indefeso.

— Sente-se um pouco se precisar. — Mas Nate continuou onde estava, observando o cão. Observando o pelo manchado de sangue e ainda encharcado pela chuva.

— Desculpe, Nate. Você esperaria que um médico lidasse melhor com a situação. — Ele puxou o ar com força e o expulsou dos pulmões. — O que quer que eu faça?

— Joe e Lara vão chegar em breve. Quero que os impeça de entrar até que eu termine.

— O que vai fazer?

— O meu trabalho. Apenas não deixe que entrem até eu terminar.

Ele pegou a câmera e tirou mais fotos. Não era legista, mas já estivera na presença de muitos cadáveres e testemunhara necropsias o suficiente para perceber que o golpe da faca fora executado de cima da cabeça do cão, um pouco por atrás. Um corte da esquerda para a direita. O assassino montou no animal, levantou sua cabeça e passou a faca.

O sangue jorra, mancha as luvas — talvez as mangas, pode até respingar um pouco para trás. O cachorro cai, então ele enfia-lhe a faca. Abandona as luvas, vai embora.

Poucos minutos, sob a cobertura da chuva, com umas duzentas pessoas — talvez um pouco mais — do lado de dentro do prédio, concentradas em Jimmy Stewart.

Arriscado, ele pensou enquanto tentava coletar impressões digitais do cabo da faca, mas planejado. Frio.

Não havia nada na faca além de sangue. Ele a guardou em um saco plástico e, depois, em outro, junto com as fotografias. E saiu para conversar com a família Wise.

A chuva se tornara finos flocos de neve molhada quando Nate foi atrás de Bing. Ele o encontrou em sua enorme garagem, ao lado de sua casa construída com troncos. O rádio estava sintonizado na previsão do tempo enquanto ele, sob o capô, mexia no motor da caminhonete.

Havia mais dois veículos lá dentro e o que parecia ser um pequeno motor apoiado sobre blocos. Uma das gavetas de uma imensa caixa de ferramentas vermelha enferrujada estava aberta. Acima de um comprido balcão havia mais ferramentas penduradas em um painel, com um calendário ao lado exibindo uma loura de seios fartos praticamente nua.

Uma máquina de costura robusta — máquina de costura? — ficava sobre uma mesa de madeira em um canto ao fundo. Acima dela, havia a cabeça de um alce.

O lugar fedia a cerveja misturada com cigarro e graxa.

Bing apertou os olhos na direção de Nate, um olho fechado em meio à fumaça que subia do cigarro preso aos lábios.

— Se chover mais amanhã, o rio vai encher e chegar à Rua Lunática. Vou precisar dos sacos de areia que estão na carroceria da caminhonete.

Sacos de areia, refletiu Nate, dando uma olhada na máquina de costura. Não conseguia imaginar Bing costurando sacos de areia, mas supôs que havia maravilhas ainda maiores mundo afora.

— Saiu cedo do filme.

— Já tinha visto o bastante. Vai ser uma manhã atarefada. O que quer?

Nate deu um passo à frente e mostrou a faca ensacada.

— É sua?

Bing tirou o cigarro da boca enquanto se virava para olhar. Seria necessário mais do que um pouco de fumaça na frente dos olhos para não reparar no sangue no cabo e na lâmina.

— Parece que sim. — Jogou o cigarro no chão e o estraçalhou com o pé no concreto manchado de óleo. — É, é a minha faca. Também parece que foi usada. Onde a encontrou?

— No cachorro de Joe e Lara, Yukon.

Bing deu um passo para trás. Nate percebeu o rápido passo de hesitação de um homem que fora surpreendido.

— De que raios está falando?

— Alguém usou esta faca para cortar a garganta do cachorro e, depois, a enfiou no peito dele para que eu não tivesse dificuldade de encontrá-la. A que horas saiu da prefeitura, Bing?

— Alguém matou aquele cão? Alguém matou aquele cão? — A compreensão substituiu o espanto em seus olhos. — Está dizendo que eu matei aquele cão? — Seu punho apertou com força a chave inglesa que ainda segurava. — É isso que está dizendo?

— Se tentar me atingir com isso aí, vou apagar você. Vai querer evitar a humilhação, porque, pode acreditar, sou capaz disso. Largue isso. Agora. — A ira fez o rosto de Bing estremecer, espalhando-se visivelmente por todo o seu corpo. — Você tem um temperamento muito ruim, não é, Bing? — disse Nate, calmamente. — Do tipo que já lhe causou umas passagens pela polícia por agressão e umas noites aqui e ali atrás das grades. Do tipo que está tentando você a rachar o meu crânio feito um ovo com essa chave inglesa. Vá em frente. Tente.

Bing jogou a ferramenta para o outro lado da garagem, onde atingiu e lascou a parede de concreto. Ele respirava feito um motor a vapor, e seu rosto estava vermelho como um tijolo.

— Vai se foder! É claro que dei uns socos e bati umas cabeças por aí, mas não mato cachorros! E, se disser o contrário, não vou precisar de uma chave inglesa para abrir o seu crânio.

— Só perguntei a que horas saiu da prefeitura.

— Saí para fumar no intervalo. Você me viu. Foi quando falou sobre nos prepararmos para uma possível enchente. Voltei para cá. Coloquei esses sacos de areia de merda na caminhonete. — Ele apontou para a carroceria com o polegar, onde havia, pelo menos, cem sacos de areia empilhados. — Pensei em dar uma ajustada no motor enquanto isso. Estou aqui desde aquela hora. Se alguém foi à casa de Joe e matou o cachorro dele, não fui eu. Eu gostava dele.

Nate mostrou as luvas no plástico.

— São suas?

Encarando as luvas, Bing passou as costas da mão na boca. O tom de vermelho desaparecia de suas bochechas enquanto ficava pálido e começava a transpirar.

— Que diabos está acontecendo aqui?

— Isso foi um sim?

— Sim, são minhas. Não vou negar. Eu te disse que alguém havia roubado as minhas luvas e a minha faca *buck*. Fiz uma denúncia.

— Mas só hoje de manhã. Um cínico poderia se perguntar se você não estaria criando um álibi.

— Por que diabos eu mataria um cachorro? Uma merda de um cachorro velho e burro? — Bing esfregou o rosto e pegou outro cigarro de um maço guardado no bolso da camisa. Suas mãos estavam visivelmente trêmulas.

— Você não tem cães, não é, Bing?

— E isso quer dizer que odeio cães? Caramba! Eu tinha um cachorro. Ele morreu vai fazer dois anos em junho. Teve câncer. — Bing pigarreou e tragou o cigarro com vontade. — O câncer o matou.

— Quando alguém mata um cachorro, temos que nos perguntar se essa pessoa tinha problemas com o cachorro em si ou com os donos dele.

— Eu não tinha problema algum com aquele cachorro. E nem com Joe nem com Lara nem com aquele filho universitário deles. Pergunte para eles. Pergunte para eles se tínhamos algum problema. Mas, que alguém tem algum problema comigo, ah, pode ter certeza que sim.

— Tem ideia do porquê?

Ele deu de ombros, brusco.

— A única coisa que sei é que não matei aquele cachorro.

— Fique de prontidão, Bing. Se planeja sair da cidade por qualquer motivo, quero que me informe.

— Não vou ficar parado enquanto apontam o dedo para mim.

— Fique de prontidão — repetiu Nate e saiu por onde entrara.

Meg deixava uma cerveja esquentar e seu humor esfriar enquanto esperava. Ela não gostava de esperar, e Nate teria que escutá-la assim que voltasse. Ele lhe dera ordens como se fosse um general comandando uma jovem recruta imbecil.

Ela não gostava de ser mandada, e ele teria que escutá-la falar sobre isso também.

Faria as orelhas dele de pinico quando voltasse.

Onde foi que ele se meteu?

Ela estava preocupadíssima com seus cães — não importa o quanto seu lado racional insistisse que estavam bem, que Nate manteria a palavra e os buscaria para ela. Ela deveria poder buscá-los em vez de ficar em uma prisão domiciliar fajuta.

Não queria ficar ali, preocupada, impotente, bebericando a cerveja e jogando pôquer com Otto, Jim Magrelo e o Professor para passar o tempo.

Já ganhara vinte e dois dólares e uns trocados e nem se importava.

Onde foi que ele se meteu?

E quem ele pensava que era para lhe dizer o que fazer e ameaçar prendê-la? Ele teria feito isso mesmo, pensou, enquanto pegava o oito de copas para formar um perfeito *full house*.

Ele não era o doce Nate de olhos tristes quando estava ao lado daquele cão na chuva. Ao lado do pobre Yukon, morto. Ele era outra coisa, outra pessoa. Alguém que ela imaginou que tivesse sido na época de Baltimore, antes que as circunstâncias lhe cortassem as pernas. E o coração.

Ela não se importava com isso também. Não se importaria com nada daquilo.

— Cubro seus dois dólares — disse para Jim. — E aumento mais dois. — E colocou o dinheiro dentro do jarro.

Sua mãe dera um intervalo de uma hora para Jim e estava trabalhando no bar. Não que houvesse muito o que fazer, pensou Meg enquanto o Professor desistia da jogada e Otto acrescentava dois dólares à aposta dela. Além da mesa deles, havia um reservado com quatro pessoas — forasteiros. Alpinistas esperando pelo clima perfeito. Os dois velhacos, Hans e Dex, estavam em outro reservado, bebendo cerveja e jogando damas para passar o tempo em uma noite chuvosa.

E esperando, ela sabia, por qualquer fofoca que entrasse pela porta.

O lugar ficaria mais movimentado se o rio enchesse. As pessoas entrariam para passar uns minutos aquecidas e secas e beberiam café antes de voltar a trabalhar com os sacos de areia. Quando terminassem, viria mais gente ainda — aglomerando-se, molhadas e cansadas e esfomeadas, mas despreparadas para ir para casa sozinhas, despreparadas para quebrar a camaradagem de quem resiste às forças da natureza.

Iriam querer café e álcool e qualquer refeição quente que lhes pusessem na frente. Charlene providenciaria tudo para eles; ela trabalharia até o último freguês ir embora. Meg já vira isso acontecer antes.

Ela colocara mais dois dólares na aposta quando Jim desistiu.

— Dois pares — anunciou Otto. — De rei e de cinco.

— Os seus reis vão ter que se curvar às minhas donzelas. — Ela pôs um par de rainhas na mesa. — Considerando que estão acompanhadas de três oitos.

— Puta merda! — Otto assistiu à pequena pilha de cédulas e moedas ir embora enquanto Meg a puxava para si. Em seguida, ergueu o queixo e afastou a cadeira da mesa assim que Nate veio do saguão. — Delegado?

Meg se virou. Ela estava sentada de frente para a porta principal, esperando para pular no minuto em que ele a abrisse. Em vez disso, ela pensou com amargura, ele entrara de fininho pelos fundos.

— Um café seria bom, Charlene.

— Está gostoso e quente. — Ela encheu uma caneca grande. — Posso preparar um prato para você. Também seria gostoso e quente.

— Onde estão os meus cachorros? — exigiu Meg.

— No saguão. Otto, acabei encontrando com Hopp e algumas outras pessoas lá fora. O consenso é de que parece que o rio não vai transbordar, mas ainda temos que ficar de olho. Está caindo uma neve muito fina agora. Os meteorologistas dizem que a massa de ar frio vai para o oeste, então é provável que o tempo fique limpo por aqui.

Ele bebeu metade do café e estendeu a caneca para Charlene servir mais.

— Na Margem do Lago encheu. Peter e eu colocamos placas de perigo lá e na borda leste do Bosque do Rancor.

— Esses dois lugares já dão problema se muita gente parar para mijar daquele lado da estrada — disse Otto. — Se a massa for para o oeste, não vamos ter problemas por aqui.

— Vamos ficar de olho — repetiu Nate, virando-se na direção das escadas.

— Só um minutinho! *Delegado!* — Meg se pôs na entrada; um cão de cada lado. — Tenho umas coisas para lhe falar.

— Preciso de um banho. Pode falar enquanto eu estiver no chuveiro ou pode esperar.

Os lábios dela se contraíram, deixando os dentes à mostra, quando ele começou a subir as escadas com o café.

— Esperar porra nenhuma! — Ela foi atrás dele, e os cães a seguiram. — Quem você pensa que é?

— Acho que sou o delegado de polícia.

— Não estou nem aí se você é o delegado do universo, não vai se safar de ter sido grosso comigo, me dado ordens e me ameaçado.

— Mas me safei. Só que eu não teria que ter feito nada disso se você tivesse feito exatamente o que mandei.

— O que você *mandou*? — Ela se enfurnou no quarto assim que ele entrou. — Você não *manda* em mim. Não é meu chefe nem meu pai. Só porque dormi com você não quer dizer que tem o direito de me dizer o que fazer.

Ele tirou a jaqueta ensopada e apontou para o distintivo preso na camisa.

— Não, mas isso, sim. — Indo na direção do banheiro, tirou a camisa.

Ele ainda parecia outra pessoa, ela pensou. A outra pessoa que vivera por trás daqueles olhos tristes, só esperando para abrir caminho à força e reaparecer. Aquela pessoa era rígida e fria. Perigosa.

Ouviu quando o chuveiro foi ligado. Os cães continuaram de pé, com as cabeças inclinadas para o lado, enquanto olhavam para ela.

— Deitados — murmurou ela.

Ela foi até o banheiro. Nate estava sentado na tampa da privada tentando tirar as botas molhadas.

— Você pôs o Otto na minha cola como um cão de guarda e me deixou esperando por quase três horas. Três horas, e ainda não sei o que está acontecendo!

Ele olhou para ela, sem expressão alguma no rosto e com os olhos petrificados.

— Tive trabalho e coisas mais importantes a fazer do que mantê-la informada. Quer saber das notícias? — Colocou as botas de lado e se levantou para tirar a calça. — Ligue o rádio.

— Não fale comigo como se eu fosse uma mulherzinha irritante e reclamona!

Ele entrou no box e fechou a cortina.

— Então pare de agir como uma!

Meu Deus, como ele precisava do calor. Nate apoiou as mãos nos azulejos, baixou a cabeça e deixou que a água quente jorrasse sobre si. Em uma ou duas horas, estimou, ela talvez alcançasse seus ossos cansados e congelados. Com um frasco ou dois de aspirina, partes de seu corpo talvez parassem de doer. Em três ou quatro dias, o sono talvez vencesse a fadiga que se arrastar pela água congelante de uma enchente, montar barricadas e assistir a um homem e uma mulher adultos chorando por seu cachorro assassinado causaram nele.

Uma parte dele queria tranquilidade, queria afundar na serenidade da escuridão onde nada daquilo realmente importava. E a outra parte tinha medo de que ele fosse encontrar o caminho de volta para as trevas rápido demais.

Quando ouviu o barulho da cortina do chuveiro se abrindo, ficou como estava: braços cruzados, cabeça baixa, olhos fechados.

— Não vai querer brigar comigo agora, Meg. Você vai perder.

— Vou só lhe dizer uma coisa, Burke. Não gosto de ser desprezada como se fosse um aborrecimento insignificante. Não gosto de ser ignorada nem de receber ordens. Não sei se gostei de ver você daquele jeito do lado de fora da prefeitura. Não consegui reconhecer nada no seu rosto, nos seus olhos. Isso me irrita e — ela abraçou-o e pressionou seu corpo nu contra o dele, fazendo seus músculos se enrijecerem — me excita.

— Não. — Ele segurou as mãos dela entre as dele, afastando-as antes de se virar para manter a distância dela. — Não faça isso.

Ela olhou para baixo, intencionalmente. Sorriu ao erguer o olhar outra vez, intencionalmente.

— Parece que temos uma contradição aqui.

— Não quero machucá-la. E, do jeito que me sinto agora, eu te machucaria.

— Você não me assusta. Você me provocou, me deixou com vontade de brigar. De repente, fiquei com vontade de fazer outra coisa. Dê essa outra coisa para mim. — Ela levantou a mão e a deslizou pelo peitoral dele. — Vamos terminar essa briga depois.

— Não estou me sentindo muito amigável agora.

— Nem eu. Nate, às vezes, só precisamos de outra coisa. Apenas ir para outro lugar e esquecer de tudo por um tempo. Queimar um pouco da raiva e da mágoa e do medo. Me queime — sussurrou ela. Então agarrou os quadris dele e os apertou.

Teria sido melhor para ela se ele a tivesse empurrado. Ele tinha certeza disso. Mas ele a puxou para perto para sentir o calor daquele corpo molhado junto ao dele e encontrar e devastar aquela boca.

Ela se agarrou a ele, envolvendo-o com os braços de forma que seus dedos afundassem naqueles ombros. Unhas furando a carne. O calor emanava dela e alcançava os ossos dele, fazendo-lhe arder por dentro, espantando o cansaço e a frieza da raiva.

As mãos dela acariciavam seu corpo novamente, pele molhada contra pele molhada, e ela jogou a cabeça para trás, convidando-o a se satisfazer em seu pescoço, seus ombros, qualquer lugar onde ele fosse capaz de encontrar aquela carne macia e quente.

O som que ela emitiu, o som que fervilhou contra os lábios dele, era de puro triunfo erótico.

— Aqui... — Ela pegou o sabonete da saboneteira. — Vamos lavar você. Gosto da sensação das minhas mãos acariciando as costas de um homem. Principalmente quando está molhada e escorregadia.

A voz dela soava com a de uma sereia. Ele deixou que passasse o sabonete nele, deixou que usasse as mãos nele, deixou que pensasse que o estava guiando. Quando ele a empurrou de volta contra a parede do chuveiro, o olhar preguiçoso nos olhos dela se estimulou com a surpresa.

Quando ela começou a sorrir, ele possuiu a boca dela com a sua.

Estava certa, ela pensou vagamente. Ele era outra pessoa, alguém que tomava o controle sem piedade. Alguém que não dava escolha, alguém que a fazia se render.

Enquanto ainda dominava a boca de Meg, ele arrancou o sabonete de sua mão e o deslizou pelos seus seios com carícias longas e provocantes que deixaram os mamilos dela doloridos. Ela exalou um suspiro estremecido.

O frio na barriga revelou que estava pronta. Que queria. Que precisava. Roçando os lábios contra a lateral do pescoço dele, ela sussurrou:

— É bom com você. É bom. Entre em mim, agora. Venha para dentro de mim.

— Você vai gritar antes disso.

Ela riu e o mordeu — com pouca delicadeza.

— Não vou, não.

— Vai. — Ele levantou os braços dela acima da cabeça e prendeu seus pulsos com uma só mão. — Vai, sim.

Deslizou o sabonete por entre as pernas dela, esfregando, massageando, observando aquele corpo tremer rumo ao orgasmo.

— Nate.

— Eu avisei.

Algo que poderia ser pânico acendeu dentro dela, e o pânico, rapidamente, entrelaçou-se com o prazer afiado quando ele mergulhou os dedos dentro dela. Ela se contorceu, buscando a liberdade, buscando mais. Buscando por ele. Mas ele a guiou além do ponto em que ela podia se segurar, além do ponto em que ela achava que poderia aguentar. Sua respiração entrou em descontrole, apelos quase enlouquecidos enquanto a água jorrava, quente, sobre seu corpo trêmulo, enquanto o vapor lhe borrava a visão.

Quando a explosão ocorreu dentro dela, destruindo o limite entre sanidade e loucura, ele abafou o grito dela com a boca.

— Diga o meu nome. — Ele tinha que ouvir, tinha que saber que ela sabia quem a possuía. — Diga o meu nome — ordenou quando a levantou pelos quadris e se enterrou dentro dela.

— Nate.

— De novo. Diga de novo. — Sua respiração ressoava, primitiva, na garganta.

— Nate. — Ela fechou a mão em um punho em torno dos cabelos dele, enfiando as unhas em seu ombro. Olhou para o rosto dele, olhou em seus olhos. E o viu, viu a si mesma. — Nate.

Ele a invadiu, a invadiu, a invadiu até que estivesse vazio, até que ela estivesse morosa como a água, com a cabeça apoiada em seu ombro.

Ele teve que apoiar uma mão na parede molhada para recuperar o fôlego, para se recuperar. Tateou em busca do registro para desligar o chuveiro.

— Preciso sentar — disse ela, com dificuldade. — Preciso mesmo sentar.

— Espere um instante. — Por não ter certeza se ela conseguiria sentar, ele a levantou, apoiando-o a no ombro enquanto saíam do chuveiro.

Pegou duas toalhas, apesar de achar que a água evaporaria de seus corpos em questão de minutos por causa do calor que os dois geraram.

Os cães se puseram aos pés deles ao voltarem para o quarto.

— É melhor dizer aos seus amigos que está bem.

— O quê?

— Os cães, Meg. Acalme-os antes que concluam que eu a deixei inconsciente.

— Rock, Bull, relaxem. — Ela praticamente escorregou dos braços dele quando foi colocada na cama. — A minha cabeça está zumbindo.

— Tente se secar. — Ele jogou uma das toalhas sobre a barriga dela. — Vou trazer uma camisa ou algo do tipo para você.

Ela não se importou em se secar. Apenas ficou ali, desfrutando do relaxamento e da sensação que tomava conta de seu corpo.

— Você parecia cansado quando chegou. Cansado e cruel, com uma fina camada de gelo. Do mesmo jeito que estava quando o vi do lado de fora da prefeitura. Já tinha visto isso algumas poucas vezes, só de relance. Aquela cara de policial.

Ele não disse nada, apenas vestiu uma calça jeans velha e jogou uma camisa de flanela para ela.

— Foi uma das coisas que mexeram comigo. Estranho.

— A estrada até a sua casa está perigosa. Vai ter que ficar aqui.

Ela aguardou um instante, deixando seus pensamentos se organizarem novamente.

— Você me desprezou. Mais cedo, quando estávamos na rua. — Ela ainda era capaz de ver Yukon, o corte na garganta, a faca cravada até o cabo no peito. — Você me desprezou e me deu ordens, um tipo de violência verbal. Não gostei nada daquilo.

Novamente, ele não disse nada, mas pegou a toalha para secar o cabelo.

— Não vai pedir desculpas.

— Não.

Ela se sentou para vestir a camisa emprestada.

— Eu conhecia aquele cachorro desde que era um filhotinho. — Apertou os lábios, controlando-se, porque sua voz quase falhou. — Eu tinha o direito de ficar chateada.

— Não estou dizendo que não tinha. — Ele foi até a janela. A neve mal passava de uma névoa agora. Talvez a previsão do tempo tivesse acertado.

— E também tinha o direito de me preocupar com os meus cães, Nate. Tinha o direito de ir vê-los.

— É aí que discordamos. — Ele se afastou da janela, mas deixou as cortinas abertas. — Se preocupar é natural, mas não havia motivos para isso.

— Não fizeram mal a eles, mas poderiam ter feito.

— Não. A pessoa que fez aquilo foi atrás de apenas um cão: um cão velho. Os seus são jovens e fortes e têm dentes bastante saudáveis. Sem contar que estão sempre juntos.

— Eu não vejo como...

— Pense um pouco em vez de só reagir. — A voz dele revelou impaciência quando ele jogou a toalha de lado. — Digamos que alguém quisesse machucá-los. Vamos supor que alguém, até se fosse um conhecido que eles deixassem se aproximar, tentasse ferir um deles. Vamos supor que esse alguém até tenha conseguido. O outro o atacaria com tamanha fúria que o rasgaria em pedaços. E qualquer um que os conheça tão bem a ponto de se aproximar sabe disso.

Ela aproximou os joelhos do peito, apoiou o rosto neles e começou a chorar. Sem levantar o olhar, ergueu uma das mãos para afastá-lo quando ouviu que ele tentava se aproximar.

— Não. Não. Me dê um tempo. Não consigo tirar a cena da minha cabeça. Foi mais fácil ficar com raiva de você e transformar essa raiva em sexo. *Odiei* ficar lá, sentada, sem saber de nada. E, ainda por cima, fiquei preocupada com você. Fiquei com medo de que algo acontecesse com você. E *isso* me irritou. — Ela ergueu a cabeça. Através do embaçado das lágrimas, enxergou o rosto dele e percebeu que ele se fechara outra vez. — Tenho uma coisa para falar.

— Pode falar.

— Eu... tenho que descobrir uma forma de falar sem soar ridícula. — Ela esfregou as mãos nas bochechas para secar as lágrimas. — Mesmo estando com raiva e assustada e mesmo querendo meter a minha bota na sua bunda por me deixar naquele estado, eu... admiro o que você faz. E o jeito como faz. Quem você se torna nessas horas. Eu admiro a força que você tem quando faz o que precisa fazer.

Ele se sentou. Não ao lado dela, não na cama, mas na cadeira, para manter uma distância entre os dois.

— Ninguém com quem eu me importasse, ninguém de fora do trabalho, jamais me disse algo assim.

— Então, eu diria que você se importava com as pessoas erradas. — Ela se levantou e foi até o banheiro para assoar o nariz. Quando voltou, ela ficou recostada contra o batente da porta, observando-o do outro lado do quarto. — Você saiu e me trouxe os meus cachorros. Apesar de tudo o que estava acontecendo, você saiu e os trouxe para mim. Poderia ter mandado outra pessoa ou deixado para lá. A estrada está alagada, eles que esperem. Mas não. Tenho amigos que fariam o mesmo por mim, assim como eu faria por eles, mas não consigo pensar em nenhum homem com quem já fiquei, com que já dormi, que fosse capaz de fazer isso.

A sombra de um sorriso tocou os lábios dele.

— Então, eu diria que você dormiu com os homens errados.

— Acho que sim. — Ela foi até a camisa que ele tirara quando entraram no quarto e a pegou. Com cuidado, tirou o distintivo dela e o levou até ele. — Ele fica muito bem em você, aliás. Sensual.

Ele agarrou a mão dela antes que ela pudesse voltar. Ainda segurando-a, ficou de pé.

— Sinto uma necessidade imensa de ter você. É maior do que já senti por qualquer outra pessoa e pode ser maior do que você gostaria que fosse.

— Acredito que vamos acabar descobrindo.

— Você não teria me admirado um ano atrás. Seis meses atrás. E precisa saber que ainda há dias em que até sair da cama parece ser esforço demais.

— E por que sai?

Ele abriu a outra mão e olhou para o distintivo, que segurava.

— Acho que também sinto uma necessidade imensa disso. Nada de heroico.

— Ah, você está muito enganado. — O coração dela estava perdido. Naquele instante, ele simplesmente deslizou e caiu aos pés dele. — Heroísmo é apenas fazer mais do que se quer ou mais do que se acha capaz. Às vezes, trata-se apenas de fazer as coisas desagradáveis, as coisas infelizes, que as outras pessoas não querem fazer. — Ela se aproximou e segurou o rosto dele com as mãos. — Não se trata só de pular de um avião em uma geleira a três mil metros de altura porque não tem mais ninguém disposto a fazer isso. É também sair da cama de manhã quando parece ser um esforço enorme.

A emoção invadiu os olhos de Nate, e ele apoiou a bochecha na cabeça dela.

— Estou tão apaixonado por você, Meg. — Em seguida, beijou os cabelos dela e se endireitou. — Preciso sair. Quero dar uma olhada no rio e patrulhar antes de ir dormir.

— Será que uma civil pode levar os cães dela nesse passeio?

— Pode. — Ele acariciou os cabelos úmidos dela. — Seque os cabelos antes.

— Vai me contar o que sabe sobre Yukon?

— Vou contar o que puder.

Capítulo vinte e quatro

⌘ ⌘ ⌘

Ele voltou à cena do crime sob a garoa do início da manhã. A dez passos da porta de entrada, pensou Nate. Deixado à vista de qualquer um que pudesse ter entrado ou saído da prefeitura. À vista de qualquer um que passasse de carro ou a pé.

Mais do que deixado, corrigiu-se: executado para todos verem.

Ele entrou e passou pelo auditório. Ordenou que tudo fosse deixado como estava. As cadeiras dobráveis e a grande tela de projeção continuavam ali. Relembrou como as coisas ocorreram na noite anterior.

Chegara um pouco atrasado, pouco antes de apagarem as luzes. Passara os olhos na multidão por hábito e porque procurava Meg.

Rose e David estavam na última fileira. Era a primeira vez que ela saía à noite desde que dera à luz. O casal estava de mãos dadas. Nate se lembrou de ver os dois durante o intervalo — Rose ao telefone, provavelmente falando com a mãe, que tomava conta das crianças.

Bing estava próximo aos fundos. Nate ignorara a frasqueira que ele segurava entre os joelhos. Deb e Harry, o Professor. Um pequeno grupo de alunos do ensino médio, a família Riggs inteira, que morava em um chalé de madeira depois do Bosque do Rancor.

Estimaria que metade da população local estivera presente, o que significava que metade não estivera. Alguns saíram no intervalo. E qualquer um dos que ficaram poderiam ter saído de fininho e voltado outra vez.

No escuro, enquanto todas as atenções se voltavam para a telona.

Quando ouviu a porta externa se abrir, voltou ao saguão e viu Hopp colocar o capuz para trás.

— Vi o seu carro estacionado lá fora. Nem sei o que pensar, Ignatious. Não consigo ligar as coisas. — Ela levantou as mãos, deixando-as cair novamente. — Vou visitar Lara. Nem sei o que vou dizer... É tudo uma loucura. Crueldade e loucura.

— Fico com crueldade.

— E loucura não? Alguém esfaqueia um cachorro inofensivo em frente à prefeitura e isso não é loucura?

— Vai depender do motivo.

Ela apertou os lábios ao ouvir isso.

— Não consigo entender qual seria o motivo. Algumas pessoas estão dizendo que é uma seita, adolescentes tentando coisas novas ou algo assim. Não acredito nisso nem por um segundo.

— Não foi um ritual.

— Outros acham que deve ser um doido, acampado fora da cidade. Talvez seja reconfortante acreditar que nenhum de nós seria capaz de algo tão terrível, mas não sei se me faz sentir melhor pensar que temos um maluco nos rondando, capaz de matar um cachorro daquele jeito. — Ela analisou o rosto de Nate. — Você não acredita nisso.

— Não, não acredito.

— Vai me contar o que acha?

— Acho que, quando alguém mata um cachorro conhecido no meio da cidade, em frente a um prédio onde metade da população local está, esse alguém tem os seus motivos.

— Que seriam...?

— Ainda estou pensando nisso.

Ele dirigiu à margem do rio antes de ir à delegacia. As águas estavam em um tom de cinza nada simpático, com aquelas placas e pedaços de gelo flutuando de forma indiferente na superfície.

O avião de Meg não estava lá — um sinal claro de que ele não conseguiria guardá-la a salvo dentro de uma caixinha. Bing e uma equipe de dois homens estavam remendando um trecho da estrada. A única reação de Bing quando Nate desacelerou ao passar por ele foi uma longa encarada.

Chegou à delegacia e encontrou Peach insistindo que Joe e Lara aceitassem o café. Peter estava ali, de pé, um homem adulto que lutava para não chorar.

Lara, com os olhos inchados e vermelhos, levantou-se assim que Nate entrou.

— Quero saber o que está fazendo a respeito do caso de Yukon. O que está fazendo para encontrar o desgraçado que matou o meu cachorro?

— Lara, por favor...

— Não me venha com "Lara, por favor" — disse ela, voltando-se para o marido. — Eu quero *saber*.

— Por que não vamos até a minha sala? Peach, segura as pontas se acontecer alguma coisa nos próximos minutos, a não ser que seja uma emergência.

— Está bem, delegado. Lara. — Ela pegou a mão de Lara. — Sinto muito.

Com esforço, Lara fez um breve aceno com a cabeça antes de erguer o queixo e ir até a sala de Nate.

— Quero respostas.

— Lara, eu gostaria que você se sentasse.

— Não quero...

— Eu gostaria que você se sentasse. — O tom da voz dele era calmo, mas a autoridade que passava a fez se sentar na cadeira com rapidez.

— A cidade votou a favor deste departamento de polícia. Votou para trazer você e pagar o imposto que paga o seu salário. Quero que você me diga o que está fazendo a respeito. Por que não está na rua agora procurando o filho da puta?

— Estou fazendo o possível. Lara — disse ele no mesmo tom de tranquilidade antes que ela pudesse falar novamente —, não pense por um minuto sequer que não vou tratar o caso com seriedade. Ou que qualquer um de nós não vai. Estou investigando e vou continuar a fazer isso até que eu seja capaz de lhe dar as respostas.

— Você tem a faca. A faca que... — Sua voz fraquejou e seu queixo tremeu, mas ela puxou o ar com força e ajeitou os ombros. — Você deve conseguir encontrar o dono da faca.

— Posso dizer a você que a faca foi dada como roubada ontem de manhã, juntamente com outros itens. Já conversei com o dono e vou interrogar as pessoas que estavam na prefeitura ontem à noite. Posso começar com você.

— Acha que um de nós matou Yukon?

— Não é isso que eu acho. Sente-se, Lara — disse ele quando ela se levantou com um pulo. — Vocês dois estavam na noite de filmes. Então, vamos repassar o que viram, o que ouviram.

Ela se sentou, devagar desta vez.

— Nós o deixamos do lado de fora. — As lágrimas lhe afogaram os olhos. — Estava muito velho, então não conseguia segurar a vontade de urinar, por isso o deixamos do lado de fora. Foi só por umas horas, mas ele estava com a casinha dele. Se o tivéssemos deixado em...

— Você não sabe se teria feito diferença. O responsável por isso poderia ter invadido a sua casa e o tirado de lá. Pelo que soube, vocês proporcionaram uns bons quatorze anos àquele cão. Não tem por que se culpar. A que horas vocês saíram de casa?

Lara baixou a cabeça e olhou para as mãos enquanto suas lágrimas pingavam nelas.

— Logo depois das seis — disse Joe e começou a acariciar o ombro da esposa.

— Foram direto para a prefeitura?

— Sim. Chegamos lá umas seis e meia, acho. Cedo, mas gostamos de sentar na frente. Colocamos as nossas jaquetas nas cadeiras. Na terceira... quarta fileira, do lado esquerdo. E ficamos socializando um pouco.

Nate os guiou pelo interrogatório. Perguntou com quem haviam conversado, perto de quem haviam se sentado.

— Alguém já reclamou sobre o seu cachorro?

— Não — suspirou Joe. — Bom, talvez umas poucas vezes, quando era filhote. Ele latia até quando o vento sacudia as folhas. E fugiu uma vez e comeu as botas de Tim Tripp, que estavam nos degraus da entrada dos fundos da casa dele. Mas isso faz anos. E Tim achou graça porque as benditas botas eram quase do tamanho de Yukon. Ele se acalmou depois que cresceu um pouco. Ficou mais tranquilo.

— E quanto a vocês? Tiveram algum problema com alguém recentemente? Alguma discussão?

— Discuti com Jim Magrelo sobre o Iditarod. As coisas ficaram meio acaloradas. Mas esse tipo de coisa acontece. As pessoas ficam agitadas por causa do Iditarod, cada um tem o seu favorito.

— Tive que chamar Ginny Mann na escola porque o filho dela matou aula duas vezes. — Lara pegou um lenço de papel. — Ela não ficou feliz nem com a situação nem comigo.

— Quantos anos tem o filho dela?

— Oito. — Ela começou a piscar rapidamente. — Meu Deus, Joshua não seria capaz de fazer uma coisa dessas com Yukon, Nate. Ele é um bom menino, só não gosta muito da escola. Mas não teria matado o meu cachorro porque ficou com raiva de mim. E Ginny e Don são boas pessoas. Não fariam...

— Certo. Se pensarem em mais alguma coisa, me avisem.

— Quero... quero me desculpar pelo jeito como falei com você antes.

— Não se preocupe com isso, Lara.

— Não, não foi certo. Não foi certo e não... Você salvou a vida do meu filho.

— Também não é para tanto.

— Você ajudou a salvá-lo, e isso é a mesma coisa para mim. Eu não devia ter entrado aqui daquela forma. Joe tentou me acalmar, mas não conseguiu. Eu amava aquele bendito cachorro.

$\mathcal{D}$EPOIS QUE o casal se foi, Nate descobriu o quadro de homicídios. Enquanto fixava as fotos que tirara na noite anterior, Peter entrou.

— Tudo bem, delegado?

— Sim.

— Acho que eu deveria ter sido capaz de lidar com a Sra. Wise, só que misturei as coisas. Eu... bom, eu e Steven costumávamos sair juntos e... Eu cresci com aquele cachorro. O meu pai tem cães de trenó, e eles são ótimos. Mas não é a mesma coisa que um animal de estimação. Mesmo depois que Steven foi para a faculdade, eu continuei indo visitar Yukon de vez em quando. Acho que foi por isso que tudo foi tão difícil ontem à noite.

— Você poderia ter me contado.

— Eu... eu estava confuso. Hum... Delegado? Esse quadro vai ser para qualquer caso agora? Quero dizer, devemos colocar cópias de anotações e itens relacionados a outros casos?

— Não.

— Mas... você prendeu uma foto de Yukon nele.

— Exatamente.

— Você acha que o que aconteceu com Yukon tem relação com os outros casos? Me sinto um pouco burro, mas não entendo.

— Pensar que estão relacionados pode ser burrice.

Peter se aproximou.

— Por que acha que poderiam estar?

— No momento, não há motivo claro para alguém ter matado aquele cachorro. — Nate deu a volta na mesa, destrancou uma gaveta e pegou os plásticos de evidências com a faca e as luvas. — Pertencem a Bing. Ele veio denunciar o roubo delas ontem de manhã.

— Bing? — Os olhos de Peter se arregalaram. — *Bing?*

— Ele tem um gênio e tanto. E tem uma ficha com passagens por agressão, em sua maioria. Comportamento violento.

— Sim, mas... Meu Deus.

— Temos algumas possibilidades para investigar isso. Bing pode ter discutido com Joe em algum momento. Ou Joe e Lara podem ter feito algo que o irritou. Ele fica com aquilo na cabeça e decide dar uma lição neles. Então, resolve matar o cachorro e diz que a faca e as luvas foram roubadas. Sai depois do intervalo de ontem à noite sabendo que os Wise ainda estão lá dentro. Mata o animal, deixa a faca e as luvas para trás achando que tem um álibi porque denunciou o roubo delas. Em seguida, vai para casa trabalhar na garagem.

— Se ele estava com raiva de um deles, por que simplesmente não deu um soco no Sr. Wise?

— Boa pergunta. Outra possibilidade é que alguém esteja tentando colocar Bing em maus lençóis. Ele tira muita gente do sério, então não seria impossível.

Ele se recostou na mesa e manteve o olhar fixo no quadro.

— A pessoa rouba a faca e as luvas. Depois, as usa para matar o cachorro e as deixa à vista, para que sejam encontradas. Ou...

Ele foi até o balcão e começou a fazer café.

— Podemos nos perguntar como o assassinato de Galloway, a morte de Max e o assassinato do cachorro estão conectados.

— Então, é isso que não consigo enxergar.

— O criminoso deixou uma grande pista. Enigmática ou óbvia, depende do ponto de vista. A garganta do cão foi cortada, foi o que o matou. Mas o assassino não largou a faca depois. Ele se demorou mais um pouco. Teve que girar o cão de barriga para cima para enterrar a faca no peito dele. Por quê?

— Porque ele é doente e cruel e...

— Deixe isso de lado e olhe para o quadro, Peter. Olhe para Galloway. Olhe para o cachorro.

Ele teve dificuldade de fazer isso, Nate percebeu. Dificuldade de olhar as fotos abomináveis de perto. Depois, soltou o ar discretamente, como se o estivesse prendendo.

— Ferimento no peito. Ambos têm um tipo de lâmina cravada no peito.

— Pode ser coincidência, ou pode ser alguém tentando nos passar uma mensagem. Agora, a próxima etapa: qual era a conexão de Galloway, Max e os Wise?

— Bom, não sei. Steven e os pais se mudaram para cá quando eu tinha uns doze anos, acho. Foi depois do sumiço de Galloway. Mas eles conheciam o Sr. Hawbaker. O Sr. Wise publicava um anúncio da sua assistência técnica de computadores n'*O Lunático* quase toda semana. E a Sra. Wise e a Sra. Hawbaker fizeram alguns cursos juntas... o de ginástica na escola e o de costura, que Peach também fez.

— Outra coisa os conecta. Pelo que sabemos, eles não conheciam Patrick Galloway, mas, por dezesseis anos, todos acharam que Galloway tinha ido embora. Agora, não acham mais. Por quê?

— Bom, porque o encontraram quando... Steven. Foi Steven que o encontrou.

— Você se safa de ser condenado por homicídio por dezesseis anos, até que um universitário imbecil e seus amigos idiotas ferram com tudo. — Nate ouviu quando o café caiu na cafeteira de vidro. — Uma merda, não é? Se não tivessem escalado naquele momento, naquele lugar, as coisas tinham chance de continuar como estavam. Outra avalanche, natural ou causada pela Polícia Estadual para limpar a montanha, e aquela caverna poderia ter sido soterrada de novo. Por anos. Talvez para sempre, se tivesse sorte.

Ele descansou, apoiando o quadril na mesa, enquanto o café era preparado.

— Agora, você é obrigado a matar de novo. Matar Max ou induzi-lo a se matar. Você também vai se safar disso. Acredita nisso. Tem que acreditar, só que, agora, Lunatilândia tem policiais. Não apenas os estaduais, mas policiais da cidade, bem no seu encalço. O que faz com isso?

— Não... não consigo acompanhar.

— Você os distrai. Vandalismo, pequenos furtos. Coisinhas que os mantenham ocupados caso estejam pensando em algo mais importante. Você dá o troco naquele universitário imbecil e fornece outras coisas para os policiais se preocuparem quase que ao mesmo tempo. Dois coelhos com uma cajadada só. Mas não consegue resistir a uma certa sofisticação, uma provocação. Então, imita o seu primeiro assassinato e crava a faca no peito do animal.

Levantou-se e serviu café para ele e para Peter.

— Você teria de ser arrogante e prepotente para cacete a ponto de usar a própria faca e as suas próprias luvas. É uma grande possibilidade quando se traça o perfil de Bing Karlovski. Ou é tão esperto e prepotente que planta esses itens para que as evidências apontem para o outro lado. Se for o caso, por que Bing? Qual seria a conexão dele?

— Eu juro que não sei. Estou tentando entender tudo isso. Talvez não haja nenhuma conexão. Bing é genioso, ele irrita as pessoas. Ou, apenas surgiu uma oportunidade fácil de roubar a faca dele.

— Nada disso se trata de oportunidade. Não desta vez. Precisamos descobrir *exatamente* onde Bing estava em fevereiro de 1988.

— Como?

Nate bebericou o café.

— Primeiro, vou perguntar a ele. Enquanto isso, quero os depoimentos de todos que estavam presentes na noite de filmes e também de todos que não estavam. Isso vai levar tempo. Diga para Peach fazer uma lista que divide o município e as imediações em três partes. Cada um de nós vai ficar responsável por uma delas.

— Vou falar agora mesmo com ela.

— Peter? — Nate o interrompeu quando ele se aproximou da porta. — Não era a sua vez de cobrir o expediente na noite passada?

— Sim, mas Otto disse que não estava com vontade de assistir aos filmes, então nós trocamos. Não tem problema, tem?

— Não. — Ele bebericou o café novamente. — Não tem problema. Vá em frente e mande Peach começar a fazer a lista.

Nate foi até o quadro e desenhou linhas conectando Joe e Lara Wise a Max e a Bing.

— Nate? — Peach pôs a cabeça para dentro da sala. — Ainda precisa que eu segure as pontas por aqui?

— Não. O que temos?

— Uma denúncia de tiro e avistamento de urso. As mesmas pessoas que denunciaram o cadáver, que era um par de botas... Encaminhei as ocorrências para Otto, já que ele estava de patrulha. O tiro era, na verdade, o motor da caminhonete de Dex Trilby, que é mais velha que eu.

— E o que era o urso? Um esquilo em um tronco?

— Não, era um urso mesmo. Aqueles forasteiros idiotas colocaram um monte de comedouros ao redor do chalé para atrair pássaros. Bom, ursos não resistem a alpiste fresco. Otto o espantou e os fez tirar os comedouros. Está um pouco irritado por já ter ido lá duas vezes hoje. Então, se houver outra ocorrência, eu pensei em passar para você ou para Peter.

— Faça isso.

— Bom, então, Carrie Hawbaker acabou de chegar e quer vê-lo. Quer que eu a informe sobre as novidades para publicar no caderno policial.

— Ótimo. Vá em frente. Acho que teremos *O Lunático* de volta.

— É o que parece. Ela diz que quer uma declaração oficial sobre o que aconteceu ontem à noite. Quer que eu cuide disso?

— Não. — Ele cobriu o quadro com a manta. — Mande-a entrar.

A aparência de Carrie estava melhor do que da última vez que a vira. Mais comedida e com as olheiras um pouco menos fundas.

— Obrigada por me receber.

— Como você está? — perguntou ele, fechando a porta.

— Vivendo, me virando. Ficar com os meus filhos ajuda, eles precisam de mim. E o jornal também. — Ela se sentou na cadeira que ele lhe ofereceu e colocou uma maleta de lona sobre o colo. — Não vim aqui só para pegar informações para o caderno policial. Mas, meu Deus, que horror o que aconteceu com Yukon.

— Pois é.

— Bom, sei que você queria que eu relembrasse a época em que Pat desapareceu. Queria que eu anotasse os detalhes. Consegui escrever alguma coisa. — Ela abriu a maleta e pegou alguns papéis. — Achei que me lembraria de tudo. Achei que tudo viria à tona com facilidade, mas não foi o que aconteceu.

Nate viu que as anotações haviam sido cuidadosamente digitadas com uma formatação formal.

— Parece que se lembrou de bastante coisa.

— Coloquei tudo no papel. Muitas coisas que talvez não tenham importância. Faz muito tempo e devo admitir que não prestei muita atenção ao desaparecimento de Pat. Eu dava aulas e pensava em como iria me virar durante outro inverno. Seria o meu segundo aqui. Tinha trinta e um anos e não tinha cumprido a minha meta de me casar antes dos trinta. — Ela abriu um pequeno sorriso. — Foi um dos motivos por que vim para o Alasca, para começo de conversa. A proporção homem-mulher estava a meu favor. Lembro que fiquei um pouco desesperada, senti pena de mim. E fiquei irritada porque Max não me pedia em casamento. É por isso que lembro que ele ficou duas semanas fora da cidade, você vai ler aqui. Acho que foi em fevereiro, mas não tenho tanta certeza. Os dias parecem se congelar em um só no inverno, especialmente quando se está sozinho.

— Aonde ele disse que iria?

— Disso eu lembro porque fiquei aborrecida. Ele disse que estava indo para Homer, em Ancoragem, para passar umas semanas no sudeste entrevistando pilotos de pequenas aeronaves e voar com alguns deles por aí. Era para o jornal e também como pesquisa para o livro que estava escrevendo.

— Ele viajava muito na época?

— Sim. Também escrevi sobre isso. Ele disse que ficaria umas quatro ou cinco semanas fora, só que aquilo não me agradou nada, ainda mais com as coisas tão incertas entre nós. Me lembro disso porque ele voltou antes do dia que disse que voltaria, mas nem foi me ver. Disseram para mim que ele tinha se enfurnado na redação do jornal, que estava praticamente vivendo lá. Fiquei com raiva demais para ir vê-lo.

— Quanto tempo demorou até que fosse vê-lo?

— Demorou um pouquinho. Eu estava com muita raiva. Até que fiquei com tanta raiva que *tive* que ir vê-lo. Sei que foi no fim de março ou no comecinho de abril. A sala de aula estava decorada para a Páscoa, que foi no primeiro domingo de abril daquele ano. Eu pesquisei. Lembro de ficar lá, sentada, rodeada pelos desenhos coloridos de ovos e coelhinhos, enquanto ficava remoendo a minha situação com Max.

Ela passou a mão pela pilha de papéis.

— Lembro perfeitamente dessa parte. Ele estava trancado no jornal. Tive que bater na porta. Ele estava com uma aparência péssima. Magro, com a barba por fazer, o cabelo todo despenteado. Ele fedia. Havia papéis espalhados por toda a mesa dele.

Ela suspirou um pouco.

— Não me lembro do clima, Nate, da cidade, mas me lembro exatamente como ele estava. Consigo me lembrar exatamente do escritório dele: canecas de café, louça espalhada, latas de lixo transbordando, lixo no chão. Cinzeiros cheios de cinzas. Ele fumava. Escrevi sobre isso — disse ela, passando a mão novamente sobre os papéis. — Ele estava trabalhando no livro, foi o que imaginei. E parecia completamente louco. Droga, se eu apenas soubesse por que achei aquilo tão atraente... Mas dei um esporro nele, disse que estava de saco cheio. Se ele pensava que podia me tratar daquele jeito, devia pensar duas vezes, coisas do tipo. Esbravejei e desabafei, mas ele não disse nada. Quando me acalmei, ele se ajoelhou na minha frente.

Ela parou por um instante e apertou os lábios.

— Bem ali, no meio daquela bagunça. Ele disse que queria uma segunda chance. Que precisava disso. E me pediu em casamento. Nos casamos em junho daquele ano. Eu queria ser uma noiva de junho e, como tinha perdido o prazo dos meus trinta anos, uns meses a mais não fariam diferença.

— Ele chegou a falar sobre o tempo que passou fora?

— Não. E eu não perguntei. Não me pareceu importante. Tudo o que ele disse foi que aprendeu o que era estar sozinho, sozinho de verdade, e que não queria ficar sozinho outra vez.

Nate pensou nas linhas que conectavam os nomes em sua lista.

— Ele chegou a ter algum desentendimento ou alguma amizade pontual com Bing?

— Bing? Não, não eram amigos. Max tentava ser diplomático, ainda mais porque sabia que Bing tinha me chamado para sair.

— Bing?

— É provável que "tinha me chamado para sair" seja eufemismo. Ele não estava interessado em sair para jantar ou dançar, se é que me entende.

— E você chegou a...

— Não! — Ela riu, interrompendo o próprio riso, surpresa consigo mesma. — Não rio de verdade desde... É horrível rir disso.

— Pensar em você e Bing juntos é realmente engraçado. Como ele lidou com o fora?

— Ah, acho que não foi grande coisa. — Ela gesticulou com a mão, afastando o pensamento. — Era apenas uma oportunidade, só isso. Uma fêmea nova em uma pequena alcateia. Homens como Bing tentariam me isolar do grupo e ver se conseguiriam sexo e algumas refeições caseiras. Nada contra ele, isso é natural em lugares como este. Ele não foi o único que deu em cima de mim. Saí com alguns homens no meu primeiro inverno aqui. Até fui jantar com o Professor umas duas vezes, mas foi sem graça, e ele era claramente apaixonado por Charlene.

— Isso foi antes de Galloway ir embora?

— Antes, durante, depois. Ele sempre teve uma queda por ela. Mas saímos para jantar algumas vezes, e ele foi um perfeito cavalheiro. Talvez um pouco cavalheiro demais para o meu gosto, para falar a verdade. Mas eu não estava à procura de alguém como Bing.

— Por que não?

— Ele é muito robusto e bronco e grosso. Saí com John porque fiquei atraída por ele física e intelectualmente. E com Ed uma vez, porque... bom, por que não? Até mesmo com Otto, depois que ele se divorciou. Uma mulher, mesmo não tão bonita e com mais de trinta anos, tem muitas opções em um lugar como este, se não for muito exigente. Eu escolhi Max.

Ela sorriu para o horizonte.

— E o escolheria novamente. — Então voltou para a realidade. — Queria poder contar mais. Relembrando tudo, acho que consigo perceber que Max estava com problemas. Mas sempre parecia estar com problemas quando trabalhava em um dos livros. Ele os deixava de lado por meses a fio, e tudo voltava ao normal. Mas, assim que pegava um e recomeçava, ele se fechava. Eu ficava mais feliz quando se esquecia deles.

— Alguém deu em cima de você depois de casada?

— Não. Lembro que Bing me disse, bem na frente de Max, que eu estava me vendendo por muito pouco ou algo assim.

— E?

— Nada. Max fez alguma piada e comprou uma bebida para Bing. Ele não era fã de confrontos, Nate. Fazia de tudo para evitar confusão, e acho que deve ter sido por isso que ele não se deu bem em um jornal de cidade grande. Viu o que ele fez quando você o ignorou aqui, logo depois de se mudar para cá: foi falar com Hopp. Era o jeito dele. Ele não viria confrontá-lo sozinho porque não tinha as armas para nenhum tipo de batalha. Nunca teve.

— Max era fã de cinema?

— Quase todo mundo em Lunatilândia é. É uma forma confiável de lazer comunitário. Ele adorava fazer resenhas do que assistíamos. Falando na noite de filmes, realmente vou querer uma declaração sobre o que aconteceu ontem.

— Peach pode lhe dar o relatório para o caderno policial.

— Vou falar com ela, mas acho que, tratando-se de algo tão grave, vou querer publicar mais do que apenas um artigo. Otto o encontrou — começou ela enquanto tirava um caderno da maleta.

— Sim. Nos dê uns dois dias para trabalhar nisso, Carrie, e vou ter algo mais coeso para lhe oferecer.

— Quer dizer que espera decretar uma prisão em breve?

Nate sorriu.

— Você vestiu de novo a camisa do jornalismo. O que quero dizer é que vou estar com as anotações, os depoimentos e o relatório do caso coordenados.

Ela se levantou.

— Ainda bem que os meus filhos não foram na noite passada. Quase insisti que fossem, que saíssem e fizessem algo normal. Mas preferiram chamar uns amigos para comer pizza. Amanhã, ligo para falar com você.

— Eu estava me perguntando... — disse ele enquanto a acompanhava até a porta. — Max era fã de *Star Wars*?

Ela o encarou.

— De onde tirou essa ideia?

— É apenas um ponto que estou tentando conectar.

— Não. Além de não ser fã, o que não fazia sentido para mim porque ele amava esse tipo de coisa. Grandes histórias épicas cheias de efeitos especiais... Mas ele também não assistia àqueles filmes. Tivemos uma maratona de *Star Wars* na noite de filmes há uns seis ou sete anos. Bom, seja lá quando foi o aniversário de vinte anos da trilogia original. As crianças estavam loucas para ir, mas ele não queria. Tive que ir sozinha com eles. E até tive que escrever as resenhas para o jornal, se não me falha a memória. Quando saíram os novos, acabei levando as crianças até Ancoragem para assistir na estreia. Ele ficou em casa. De onde foi que saiu essa ideia?

— Cabeça de policial. — Ele lhe deu um pequeno cutucão para apressá-la a se retirar. — Nada importante. Fale com Peach sobre o caderno policial.

NATE CRONOMETROU o tempo para chegar à Hospedaria quando Bing e sua equipe estivessem na hora do almoço. Entrou no momento em que Rose servia a ele uma cerveja. Os olhos dos dois se encontraram por cima do copo. Nate foi casualmente em sua direção, acenou com a cabeça para os dois homens sentados no banco oposto do reservado.

— Vocês se importariam em ir para outra mesa para Bing e eu termos uma conversa particular?

Eles não gostaram, mas pegaram suas canecas de café e foram para um reservado vazio.

— Já pedi o meu almoço — começou Bing. — E tenho o direito de comer sem você sentado do meu lado me fazendo perder o apetite.

— Vejo que a cafeteira está cheia. Obrigado, Rose — disse Nate quando Rose lhe trouxe o café de sempre.

— Vai pedir o almoço, delegado?

— Não, não agora. O rio não transbordou — continuou, virando-se para Bing. — Talvez aqueles sacos de areia não sejam necessários.

— Pode ser que sim, pode ser que não.

— Fevereiro de 1988. Onde você estava?

— Porra, como é que eu vou saber?

— Em 1988, o Los Angeles Dodgers ganhou o campeonato, o Redskins ganhou o Super Bowl. A Cher ganhou um Oscar.

— Baboseira de forasteiro.

— E, em fevereiro, Susan Butcher virou tricampeã no Iditarod. Uma conquista e tanto para uma garota de Boston. Terminou em onze dias e pouco menos de doze horas. Talvez isso refresque a sua memória.

— Faz lembrar que perdi duzentos paus naquela corrida. Maldita mulher!

— Então, onde você estava umas semanas antes de perder os seus duzentos paus?

— Um homem se lembra de perder dinheiro por causa de uma mulher, mas não se lembra necessariamente de todas as vezes que coçou a bunda ou deu uma mijada.

— Você chegou a fazer alguma viagem?

— Eu ia e vinha quantas vezes bem entendesse naquela época, e agora também.

— Talvez tenha ido a Ancoragem e visto Galloway por lá.

— Já fui a Ancoragem mais vezes do que você consegue contar. Trezentos e vinte quilômetros não são nada por aqui. Talvez eu o tenha visto lá uma ou duas vezes. Já encontrei muitas pessoas que conheço lá. Eu cuido da minha vida, e elas cuidam da vida delas.

— Se ficar se fazendo de durão, vai acabar pagando por isso.

Os olhos de Bing faiscaram.

— Você não vai querer ficar me ameaçando.

— Você não vai querer ficar me atrapalhando. — Nate se recostou com o café na mão. — Acha que era você quem devia estar usando este distintivo.

— Melhor que um *cheechako*, ainda mais um que causou a morte do próprio parceiro. Um que sairia com o rabo entre as pernas se não fosse da polícia.

Aquilo o atingiu em cheio, mas ele apenas bebeu o café e continuou encarando Bing.

— Vejo que andou fazendo o dever de casa. Mas o fato é que sou eu que estou usando o distintivo. Tenho poder suficiente para levá-lo agora mesmo, acusá-lo e prendê-lo pelo que fizeram com aquele cachorro.

— Eu não encostei um dedo naquele cachorro.

— Se eu fosse você, faria um esforço um pouquinho maior para me lembrar de onde estava quando Patrick Galloway saiu da cidade.

— Pra que ficar chutando cachorro morto, Burke? Faz você se sentir importante? Max matou Galloway, e todo mundo sabe disso.

— Então, não deve ser um problema para você confirmar o seu paradeiro.

Rose se aproximou com um pedaço de rocambole de carne, uma montanha de purê de batata e um pequeno mar de molho.

— Vai querer mais alguma coisa, Bing? — Ela pôs uma tigela de ervilhas e pequenas cebolas ao lado do prato.

Nate viu que ele travava uma batalha interna, viu quando cedeu. Sua voz soou estável, uma sombra de seu lado gentil, quando respondeu:

— Não, obrigado, Rose.

— Bom apetite. Delegado, me chame se quiser alguma coisa.

— Para mim, já chega de falar com você — disse Bing e espetou com o garfo um enorme pedaço do rocambole de carne.

— Que tal um papo furado de almoço, então? O que acha de *Star Wars*?

— Oi?

— Sabe, os filmes. Luke Skywalker, Darth Vader.

— Uma babaquice — resmungou ele e pegou um pouco de purê com molho. — *Star Wars*, pelo amor de Deus. Me deixe comer em paz.

— Ótima história, personagens marcantes... A mensagem por trás de tudo é sobre destino... e traição.

— Na verdade, o filme foi um grande sucesso de bilheteria e eles começaram a lançar uma porrada de produtos. — Bing sacudiu o garfo antes de enterrá-lo em outro pedaço de carne. — Um bando de marmanjos voando em naves espaciais, batendo uns nos outros com espadas de luz!

— Sabres. Sabres de luz. A questão é que as coisas exigiram tempo, sacrifícios, perdas, mas... — Ele deslizou para fora do reservado. — O bem venceu. Vejo você por aí.

Capítulo vinte e cinco

⌘ ⌘ ⌘

*H*AVIA ONZE veteranos no último horário da aula de Literatura Inglesa. Nove estavam acordados. John deixou que os dois dorminhocos tirassem sua soneca da tarde enquanto uma das alunas mais acordadas destruía as palavras do Bardo em sua leitura em voz alta da cena "vai-te, mancha maldita!", de Lady Macbeth.

Já tinha bastante coisa em sua cabeça e supervisionar o debate sobre *Macbeth* era apenas uma pequena parte de seus pensamentos.

Ele mediava discussões do tipo havia vinte e cinco anos, desde a primeira vez que pisou, nervoso, na frente de uma sala de aula cheia de estudantes.

Na época, era apenas alguns anos mais velho que seus alunos. E, talvez, mais ingênuo e entusiasmado que a maioria deles.

Queria escrever romances grandiosos, cheios de alegorias sobre a condição humana.

Não queria morrer de fome em um sótão, assim pensara.

Ele escreveu e, apesar de os romances jamais terem sido tão grandiosos e incríveis quanto esperara, chegou a publicar alguns. Se não desse aulas, talvez não tivesse morrido de fome naquele sótão, mas, certamente, não teria se alimentado bem.

Sentira as exigências — e, com a misericórdia de Deus, as alegrias — de ensinar coisas extraordinárias a jovens intelectuais que também queriam escrever romances grandiosos. Então, deu um salto no escuro, um salto corajoso e tolo, e fora para o Alasca. Contemplaria — simplesmente, viveria — a condição humana naquele lugar primitivo, naquele isolamento ao ar livre que o Alasca representava para ele. Escreveria livros sobre a bravura e a perseverança do homem, seus erros e seus triunfos.

Em seguida, fora para Lunatilândia.

Como poderia saber, um homem jovem, de menos de trinta anos, o verdadeiro significado da obsessão? Como poderia entender — aquele jovem, inteligente, sonhador e patético — que um lugar e uma mulher poderiam acorrentá-lo? Que poderiam mantê-lo em amarras por vontade própria, mesmo que desafiassem e negassem suas necessidades?

Apaixonou-se — ficou obcecado, já não sabia mais se havia diferença — no momento em que viu Charlene pela primeira vez. Sua beleza era como a de um salgueiro-dourado; sua voz, a melodia entoada por uma sereia. Sua sexualidade, insensata e radiante. Tudo nela o encantou e o envolveu.

Ela pertencia a outro homem, era mãe da filha de outro homem. Mas não fazia diferença. O amor que tinha por ela, se é que aquilo era amor, não era puro e romântico como o amor de um cavaleiro por uma donzela, mas sim a necessidade ofegante e libidinosa que um homem sente por uma mulher.

E não é que chegou a se convencer de que ela se livraria de Galloway? Ele não cuidava dela. Era egoísta. Mesmo que não estivesse cego de amor, John teria sido capaz de enxergar isso. De se ressentir com isso.

Então, ele ficou e esperou. Mudou o rumo de sua vida e esperou.

Depois de tudo o que fizera, de todos os planos e as esperanças, ainda aguardava.

Os alunos foram ficando cada vez mais jovens, e os anos foram ficando para trás. Ele não poderia jamais recuperar o que jogara fora, o que desperdiçara.

E, ainda assim, a única coisa que desejava não seria sua.

Ele olhou para o relógio e viu outro dia virar pó. Foi quando percebeu um movimento pelo canto do olho e viu Nate apoiado no batente da porta aberta da sua sala de aula.

— O trabalho sobre *Macbeth* é para a próxima sexta-feira — anunciou ele aos jovens, que reclamaram. — Kevin, vou saber se Marianne fizer o seu. Quem estiver no comitê do anuário, não se esqueça da reunião de amanhã, às três e meia. Arranjem transporte para voltar para casa, se necessário. Dispensados.

Começou a típica algazarra, com o falatório e a agitação com os quais já estava tão acostumado que nem percebia mais.

— O que o ensino médio tem — começou Nate — que é capaz de fazer as mãos de um homem adulto suarem?

— Só porque sobrevivemos a este inferno uma vez não quer dizer que não possamos ser jogados outra vez no ninho de cobras.

— Deve ser isso.

— Você deve ter se saído muito bem, aposto — disse John enquanto guardava alguns papéis em sua maleta surrada. — É bonito, tem atitude. Um aluno até decente, eu diria, se dava bem com as garotas. Atlético. Praticava qual esporte?

— Corrida. — Nate curvou os lábios. — Sempre gostei de correr. E você?

— O típico *nerd*. Aquele que aumentava a média da turma.

— Você era assim? Eu odiava você. — Com os polegares presos aos bolsos, Nate entrou na sala e observou as anotações no quadro-negro. — *Macbeth*, hein? Até que eu entendia Shakespeare quando outra pessoa lia. Quero dizer, em voz alta, para eu poder ouvir as palavras. Esse cara cometeu assassinato por causa de uma mulher, não foi?

— Não. Pela ambição de ansiar por uma mulher. Com as sementes plantadas por três outros personagens.

— Ele não se safou dessa.

— Pagou com a honra, com a perda da mulher amada para a loucura e com a vida.

— O que vai, volta.

John assentiu e ergueu uma sobrancelha.

— Veio aqui discutir Shakespeare, Nate?

— Não. Estamos investigando o incidente de ontem à noite. Preciso fazer algumas perguntas.

— Sobre Yukon? Eu estava na prefeitura quando aconteceu.

— A que horas chegou lá?

— Um pouco antes das sete. — Automaticamente, virou-se para olhar quando alguns alunos passaram pelo corredor correndo, às gargalhadas. — Na verdade, estou mediando um grupo de atividade extracurricular do segundo ao terceiro ano do ensino médio sobre a narração de Hitchcock. Algumas crianças participam e acabam ganhando créditos extras. Alguns alunos se inscreveram.

— Você saiu em algum período entre sete e dez horas?

— Saí no intervalo, fumei um cigarro, comprei o ponche que o comitê do ensino fundamental estava vendendo. Que, aliás, ficou bem mais tragável quando o batizei.

— Onde estava sentado?

— Próximo aos fundos, na direção oposta dos meus alunos. Não quis inibi-los, nem que me enchessem de perguntas. Eu estava fazendo algumas anotações sobre os filmes.

— No escuro?

— Sim, no escuro. Só uns pontos principais que quis trazer para uma discussão em sala. Gostaria de ajudá-lo nisso, mas não vejo como seria possível. — Ele andou na direção das persianas na única janela da sala de aula para fechá-las. — Depois que Otto voltou lá para dentro, depois que ficamos sabendo o que tinha acontecido, voltei para a Hospedaria. Fiquei muito chateado. Todos ficamos... Charlene, Jim Magrelo e Mike Grandão estavam trabalhando lá.

— Quem mais estava lá?

— Ah, Mitch Dauber e Cliff Treat... Mike Beberrão. Dois mochileiros. — Enquanto falava, arrumava a sala, pegando alguns lápis do chão, bolinhas de papel, uma presilha de cabelo. — Pedi uma bebida. Meg e Otto chegaram logo depois. Quando as coisas se acalmaram um pouco, jogamos pôquer. Ainda estávamos jogando quando você chegou.

Nate balançou a cabeça em concordância e guardou o bloco de anotações que carregava.

John jogou os papéis no lixo e guardou os outros itens em uma caixa de sapatos sobre a mesa.

— Não conheço ninguém que fosse capaz de fazer aquilo com um cachorro. Muito menos com Yukon.

— Você não é o único. — Nate olhou ao redor da sala. O lugar cheirava a giz, pensou. E àquela fragrância típica adolescente, uma mistura de cheiro de chiclete, *gloss* labial e gel para cabelo. — Costuma tirar folgas durante o ano letivo? Dar um descanso a si mesmo e fazer uma viagem?

— Sim, bastante. Eu diria que são intervalos de saúde mental. Por quê?

— Estava me perguntando se você tirou um desses intervalos de saúde mental em fevereiro de 1988.

Por trás dos óculos, o olhar de John esfriou.

— Seria difícil dizer.

— Tente.

— Será que eu deveria falar com um advogado, delegado Burke?

— A escolha é sua. Estou apenas tentando saber onde cada um estava, o que cada um estava fazendo quando Patrick Galloway foi morto.

— Não era a Polícia Estadual que deveria estar tentando saber isso? E, se não me engano, já não concluíram o caso?

— Gosto de chegar às minhas próprias conclusões. Você não diria que o fato de ter, digamos, uma queda por Charlene há anos é segredo.

— Não. — Após tirar os óculos, John começou a limpá-los vagarosamente, pensativo, com um lenço tirado do bolso de sua jaqueta. — Eu não diria que é segredo.

— E já tinha uma queda por ela quando ela estava com Galloway.

— Eu tinha sentimentos fortes por ela, sim. E isso não me trouxe nada de bom, já que ela se casou com outro menos de um ano depois de Galloway ir embora.

— Ser assassinado — corrigiu Nate.

— Sim. — Ele recolocou os óculos. — Assassinado.

— Você a pediu em casamento?

— Ela disse não. Disse não todas as vezes que fiz o pedido.

— Mas ela dormiu com você.

— Está entrando em um terreno muito pessoal agora.

— Ela dormiu com você — continuou Nate —, mas se casou com outro homem. Dormiu com você enquanto estava casada com outro. E não foi só com você.

— Isso é pessoal. Assim como qualquer coisa em uma cidade como essa pode ser. Não vou discutir isso com você.

— O amor é um tipo de ambição, não é? — Nate tamborilou o dedo sobre o exemplar de *Macbeth* ainda na mesa de John. — Homens matam por ele.

— Homens matam. E, na maioria das vezes, nem precisam de uma desculpa.

— Vou ter que concordar. Às vezes, se safam; mas é difícil. Eu ficaria grato se pensar um pouco e, quando se lembrar de onde esteve naquele mês de fevereiro, falasse comigo. — Ele começou a ir em direção à porta, mas se virou. — Ah, estava me perguntando, você chegou a ler um dos livros que Max Hawbaker começou a escrever?

— Não. — Apesar da voz calma, a raiva ainda deixava seus olhos opacos. — Ele os mantinha em segredo, assim como muitos aspirantes a escritor. Eu tinha a impressão de que ele mais falava sobre escrever livros do que de fato os escrevia.

— Acontece que ele realmente começou a escrever alguns. Todos parecem ser sobre a mesma coisa. O mesmo tema, acho que é assim que se fala.

— Isso também não é um traço incomum em escritores inexperientes. Até mesmo os mais experientes exploram um mesmo tema sob diversas perspectivas.

— O tema recorrente de suas obras parece ser sobre homens sobrevivendo à natureza e a si mesmos. Ou não sobrevivendo. Não importa como começa a história, são sempre três homens. O que ele avançou mais na escrita se tratava de homens escalando uma montanha no inverno.

Nate remexeu as moedas soltas que tinha no bolso quando John se manteve em silêncio.

— Ele completou apenas alguns capítulos, mas tinha anotações extras, como um rascunho ou cenas soltas, que pretendia encaixar no livro. Três homens escalam uma montanha. Apenas dois retornam. — Nate pausou por um instante. — Muitos romances são autobiográficos, não são?

— Alguns — disse John, imparcial. — Isso costuma ser uma técnica usada na escrita de um primeiro romance.

— Interessante, não? Seria mais interessante ainda descobrir quem era o terceiro homem. Bom, estarei por aí. Me avise se lembrar de onde você estava em fevereiro daquele ano.

John ficou de pé até que os passos de Nate parassem de ecoar no corredor. Em seguida, sentou-se em sua cadeira, devagar. E percebeu que suas mãos tremiam.

Nate chegou à prefeitura no meio de uma reunião informal. Foi proposital, então não se surpreendeu quando a conversa foi interrompida assim que foi visto na porta.

— Desculpe interromper. — Ele analisou os rostos dos membros do conselho municipal, rostos já conhecidos. Mais de um lhe pareceu envergonhado. — Posso aguardar até terminarem, se quiserem.

— Acho que já terminamos — disse Hopp.

— Discordo. — Ed plantou suas botas de grife no chão e cruzou os braços sobre o peito. — Acho que não resolvemos nada. E também acho que esta reunião deve continuar e, me desculpe, delegado, ser mantida privada até que as coisas estejam resolvidas.

— Ed — disse Deb, inclinando-se para a frente. — Já discutimos sobre isso seiscentas vezes. Vamos dar um tempo.

— Voto para continuarmos.

— Ah, vote para enfiar isso no seu rabo, Ed — retrucou Joe Wise, levantando-se.

— Joe — Hopp balançou o dedo na direção dele —, esta reunião é informal, mas isso não significa que é uma bagunça. Como Ignatious está aqui e o nome dele surgiu nesta reunião, vamos pedir a contribuição dele.

— Concordo. — Ken se levantou, arrastando outra cadeira para o círculo onde estavam reunidos. — Sente-se, Nate. Ouçam — disse antes que alguém pudesse se opor —, este é o nosso delegado de polícia. Ele deveria participar. O fato, Ignatious, é que estamos discutindo os acontecimentos recentes. E a forma como você tem lidado com eles.

— Certo. Imagino que alguns não estejam satisfeitos com os meus métodos.

— Bom, a questão é que... — Harry coçou a cabeça — Está rolando um falatório de que a cidade tem enfrentado mais problemas agora do que antes de contratá-lo. É o que parece. Não estou dizendo que a culpa é sua, mas é o que parece.

— Pode ter sido um erro. — Ed apertou a mandíbula. — E digo isso bem na sua cara. Pode ter sido um erro contratar você, aliás, contratar qualquer forasteiro.

— Os motivos por que escolhemos um forasteiro é válido — lembrou Walter Notti. — O delegado Burke está fazendo o trabalho para o qual foi contratado.

— Talvez, Walter, talvez. Mas — Ed ergueu as mãos — pode ser que os indivíduos desta cidade que não cumprem tanto assim as leis tenham levado isso como um desafio. Então, poderíamos dizer que estão mais ativos. As pessoas daqui não gostam de receber ordens.

— Fomos nós que votamos pela criação de uma força policial — lembrou Hopp.

— Sei disso, Hopp. Inclusive, fui um dos que votou a favor, bem aqui, nesta sala. Não estou dizendo que Nate seja culpado pelo que tem acontecido. Estou apenas dizendo que foi um erro. Um erro nosso.

— Tenho dado pontos nos Mackie com menos frequência do que antes de Nate chegar na cidade — acrescentou Ken. — E menos pacientes buscavam tratamento depois de brigas e de violência doméstica antigamente. Ano passado, Mike Beberrão foi levado à clínica duas vezes por congelamento de membros depois de ter sido encontrado desmaiado no acostamento. Este ano, mesmo que continue se embriagando, se recupera em segurança atrás das grades.

— Não acredito que possamos culpar o fato de termos uma força policial por você ter tido os seus equipamentos de pesca roubados, Ed, nem pela sua cabana ter sido pichada. — Deb abriu as mãos. — Não podemos culpar a lei por furarem os pneus de Hawley nem por quebrarem as janelas da escola nem por nada disso. Acho que devemos culpar os pais por não serem rígidos o suficiente com os filhos.

— Não foi um moleque que matou o meu cachorro. — Joe olhou, pesaroso, na direção de Nate. — Concordo com o que Deb disse e também com o que disseram Walter e Ken, mas não foi um moleque que matou Yukon.

— Não — disse Nate. — Não foi um moleque.

— Eu não acho que contratá-lo foi um erro, Nate — continuou Deb —, mas sim que todos temos as nossas responsabilidades para com a cidade e o direito de saber como você está lidando com as coisas, o que está fazendo para descobrir quem está por trás de tudo isso e quem fez aquilo com Yukon.

— Acho justo. Alguns dos incidentes mencionados podem perfeitamente ter sido causados por crianças. As janelas quebradas na escola com certeza foram e, como uma delas foi descuidada a ponto de deixar cair um canivete, as duas foram identificadas. Conversei com elas e os pais ontem. A escola será ressarcida, e as duas serão suspensas por três dias. Acredito que não vão se divertir nesse meio-tempo.

— Você não as fichou? — exigiu Ed.

— Elas têm nove e dez anos, Ed. Não achei que trancá-las em uma cela seria a solução. Muitos de nós — disse ele, lembrando-se do registro sigiloso de menor de idade de Ed — fazemos idiotices e nos metemos em encrencas com a lei quando mais jovens.

— Se elas fizeram isso, podem ter feito as outras coisas — sugeriu Deb.

— Não foram elas. Uma professora as colocou de castigo na escola, e elas quebraram algumas janelas. Com certeza, não foram andando até a cabana de Ed nem saíram de casa às escondidas, andando mais de três quilômetros para furar os pneus e pichar a caminhonete de Hawley. Querem a minha contribuição para esta reunião? O problema de vocês não começou quando me contrataram, e sim dezesseis anos atrás, quando alguém matou Patrick Galloway.

— Isso abalou todo mundo — disse Harry, assentindo com a cabeça para todos os presentes. — Mesmo quem não o conhecia. Mas não entendo o que isso teria a ver com o que estamos discutindo aqui.

— Eu acho que tem. E é assim que estou lidando com o caso.

— Não estou entendendo — disse Deb.

— A pessoa que matou Galloway ainda vive por aqui. A pessoa que matou Galloway — continuou Nate quando todos começaram a falar de uma vez — também matou Max Hawbaker.

— Max se matou — interrompeu Ed. — Max se matou porque foi *ele* quem matou Pat.

— Alguém quer que vocês acreditem nisso. Eu, não.

— Isso é loucura, Nate. — Harry afastou a possibilidade com as mãos. — Loucura.

— Mais loucura do que Max matar Pat? — Deb esfregou os dedos na garganta. — Mais loucura do que Max se matar? Não sei, não.

— Silêncio! — Hopp levantou as duas mãos e gritou por cima do falatório. — Fiquem quietos só um minuto, droga! Ignatious — ela puxou o ar —, você está dizendo que alguém que conhecemos já matou duas vezes?

— Três. — Seu olhar impiedoso analisava o ambiente. — Dois homens e um cachorro velho. O meu departamento está investigando, e vai continuar investigando, até que o indivíduo seja identificado e preso.

— A Polícia Estadual... — começou Joe.

— Independentemente das descobertas e da opinião das autoridades estaduais, o meu departamento vai continuar a investigação. Jurei proteger e servir a esta cidade e é o que vou fazer. Parte da investigação exige que cada um de vocês preste contas de onde estava ontem, entre nove e dez da noite.

— Nós? — bramiu Ed. — Você vai *nos* interrogar?

— Exato. Além disso, vou precisar saber o paradeiro e as atividades de todos durante o mês de fevereiro de 1988.

— Você... você... — interrompeu Ed com o tom de voz quase berrado e, em seguida, agarrando-se à beirada da cadeira, inclinou-se para a frente. — Você pretende nos questionar, como *suspeitos*? Isso é inaceitável. Inacreditável! Não vou deixar que submeta a mim ou à minha família e vizinhos a isso. Você está abusando da sua autoridade!

— Não acho que eu esteja. Mas vocês podem votar para suspender o meu contrato e pagar os meus direitos. Ainda assim, vou investigar. Ainda assim, vou encontrar o responsável. É o que eu faço. — Ele se levantou. — Eu encontro os responsáveis pelos crimes, para que vocês possam continuar com as suas reuniões, votações, discussões. Podem tirar o meu distintivo. Mas vou encontrar o culpado. Ele é a única pessoa que tem que se preocupar comigo.

Ele saiu, deixando para trás as vozes elevadas e os rostos ofendidos.

Hopp o abordou na calçada.

— Ignatious, um instante. Espere só um minuto — vociferou ela quando ele continuou andando. — Merda!

Ele parou enquanto pegava as chaves do bolso.

Com uma carranca, ela o encarou enquanto colocava o casaco.

— Você sabe mesmo animar uma reunião do conselho municipal.

— Fui demitido?

— Ainda não. Mas tenho a mais plena certeza de que não aumentou a sua popularidade lá dentro. — Ela puxou o zíper do casaco cor de uva *concord*, que ia até os quadris, para fechá-lo. — Talvez devesse ter tratado o assunto com mais delicadeza.

— Homicídio é uma das coisas que queima todos os meus circuitos de delicadeza. E também teve o fato de eu entrar no meio de uma reunião em que a minha capacidade profissional estava sendo questionada.

— Certo, certo. Talvez as coisas não tenham sido feitas da melhor forma.

— Se você ou qualquer um tem algum problema com a forma como faço o meu trabalho, devia ter falado diretamente comigo.

— Você está certo. — Ela beliscou a ponte do nariz. — Estamos todos chateados, estamos todos uma pilha de nervos. E você vem e joga essa bomba. Ninguém estava gostando de pensar que Max tinha feito mesmo o que parecia óbvio que tinha feito, mas era muito mais fácil pensar naquilo do que no que você está sugerindo.

— Não estou sugerindo nada. Estou afirmando. Vou descobrir o que precisar descobrir, não importa o quanto demore nem por cima de quem eu tenha que passar.

Ela tirou o maço de cigarros e o isqueiro do bolso do casaco.

— Isso está muito claro para mim.

— Onde você estava dezesseis anos atrás, Hopp?

— Eu? — Os olhos dela se arregalaram. — Pelo amor de Deus, Ignatious, você não acredita mesmo que eu escalei No Name com Pat e cravei um *piolet* nele! Ele tinha o dobro do meu tamanho.

— Mas não tinha o dobro do tamanho do seu marido. Você é uma mulher obstinada, Hopp. Fez muita coisa para que essa cidade preservasse a visão do seu marido. Pode fazer muito mais para proteger o nome dele.

— Que coisa mais suja que você está dizendo. Uma sujeira dizer algo assim sobre um homem que você sequer conheceu!

— Eu também não conheci Galloway. Mas você conheceu.

A ira tomou conta de suas feições quando ela deu um passo para trás. Dando meia-volta, marchou de volta para a prefeitura. E bateu a porta atrás de si, provocando um estrondo que lembrava o som de uma bala de canhão.

𝒩ATE SABIA que haveria rumores e boatos no ar, então decidiu se manter em público. Jantou na Hospedaria. Pelos olhares que lhe foram lançados, imaginou que as declarações que fizera na reunião marcavam presença no frígido disse-me-disse de Lunatilândia.

E tudo bem. Estava na hora de agitar as coisas por ali.

Charlene levou o prato do dia — salmão — ao reservado onde ele estava; em seguida, deslizou no banco na frente dele.

— Você conseguiu deixar todas as pessoas curiosas e preocupadas.

— É mesmo?

— E eu sou uma delas. — Ela pegou a caneca dele, bebericou o café e enrugou o nariz. — Não sei como tem gente que consegue beber isso sem adoçar um pouco.

Ele empurrou a caixinha com sachês de açúcar sobre a mesa.

— Se quiser, coloque açúcar.

— Vou colocar. — Ela abriu dois sachês de Sweet N' Low, pôs o açúcar e mexeu o café.

Charlene estava vestindo uma blusa cinza brilhosa, do tipo que gruda nas curvas de uma mulher, e seus cabelos estavam atrás das orelhas, exibindo os brincos de prata nelas pendurados. Depois de bater com a colher na borda da caneca, provou o café.

— Assim está melhor. — Depois, pôs as duas mãos ao redor da caneca e se inclinou, de maneira íntima, na direção de Nate. — Quando fiquei sabendo o que tinha acontecido com Pat, enlouqueci um pouco. Teria acreditado em você se me dissesse que quem cravou o *piolet* no peito dele foi Jim Magrelo, e olhe que ele só veio morar aqui uns cinco ou seis anos depois de Pat sumir. Mas já me acalmei um pouco.

— Isso é bom — disse Nate, continuando a comer.

— Talvez saber que vou poder trazê-lo para cá e enterrá-lo assim que a terra estiver em condições de cavar tenha ajudado. Eu gosto de você, Nate, mesmo que não esteja nem aí para mim. Gosto tanto que vou lhe dizer que não está fazendo bem para ninguém com isso tudo.

Nate passou manteiga em um pedaço de pão.

— E o que seria "isso tudo", Charlene?

— Você sabe o que quero dizer... essa conversa toda de haver um assassino à solta por aqui. Quando se criam rumores assim, as pessoas passam a acreditar neles. É ruim para os negócios. Os turistas não vão vir para cá se acharem que podem ser assassinados enquanto dormem.

— Cissy? — chamou ele, ainda encarando Charlene. — Pode me trazer outra caneca de café? Então, tudo se resume a isso, Charlene? A dinheiro? Seus lucros e prejuízos?

— Temos que ganhar a vida aqui. Temos que...

Ela parou de falar quando Cissy pôs outra caneca sobre a mesa e a encheu de café.

— Precisa de algo mais, Nate?

— Não, obrigado.

— Trabalhamos muito aqui no verão. Somos obrigados a isso, a não ser que queiramos passar o inverno todo às custas do Fundo Permanente de Ganhos. E o inverno é longo. Tenho que ser prática, Nate. Pat está morto. Max o matou. Não vou permitir que isso afete minha relação com Carrie. Até que eu queria, mas não vou permitir. Ela também perdeu o marido. Mas Max matou Pat. Sabe-se lá Deus por quê, mas matou.

Ela pegou o café novamente e bebericou enquanto encarava a escuridão através da janela.

— Pat o levou para aquela montanha, acredito que por impulso. Max estava à procura de uma história ou uma reportagem ou de uma merda qualquer. E Pat percebeu que poderia aproveitar a aventura e ganhar uns trocados. A montanha é capaz de enlouquecer as pessoas. Foi isso o que aconteceu.

Quando ele permaneceu calado, ela tocou a mão dele.

— Pensei naquela época, como você me pediu. E lembrei que Max não apareceu aqui por quase um mês inteiro naquele inverno. Talvez até mais. Na época, a Hospedaria era o único lugar num raio de quilômetros onde se conseguia uma refeição quente, e ele era meu freguês. Eu o esperava quase todas as noites. Mas ele não vinha.

Distraída, ela estendeu a mão e pegou um pequeno pedaço do pão de Nate.

— Às vezes, ele fazia pedidos por telefone — disse ela enquanto mordiscava o pão. — Não fazíamos entregas, e ainda não fazemos, mas Karl tinha o coração mole. Ele me disse que Max parecia doente e um pouco fora de si. Não dei muita atenção. Estava remoendo a minha situação com Pat e tentando pôr comida na mesa. Mas você me pediu para tentar me lembrar daquela época e foi o que fiz. E é disso que me lembro.

— Tudo bem.

— Você não está prestando atenção em mim.

— Ouvi tudo o que você disse. — Seus olhos encontraram os dela. — Quem mais não passou por aqui naquele fevereiro?

Ela soltou um suspiro impaciente.

— Não sei, Nate. Só pensei em Max porque ele morreu. E porque acabei me lembrando, de repente, que Carrie e eu casamos no verão daquele ano. Foi o que me ajudou a lembrar.

— Certo. Agora, pense nas pessoas que ainda estão vivas.

— Penso em você. — Ela riu e acenou com a mão. — Ah, não fique envergonhado. Uma mulher tem direito de pensar em um homem bonito.

— Não quando ele está apaixonado pela filha dela.

— Apaixonado? — Ela começou a tamborilar os dedos na mesa. — Parece que você está a fim de arranjar todo tipo de problema, não é? Invadindo o conselho municipal e fazendo todos torcerem o nariz para você, deixando Ed e Hopp putos e, agora, dizendo que está apaixonado por Meg. Ela não fica mais de um mês com um homem desde que descobriu o que se faz com um.

— Parece que sou o recorde.

— Ela vai arrancar um pedaço do seu coração com os dentes e cuspi-lo na sua cara.

— É o meu coração, é a minha cara. Por que isso a incomoda tanto, Charlene?

— Tenho necessidades maiores que as dela. Maiores e mais fortes. — Os brincos dela balançaram e brilharam quando inclinou a cabeça. — Meg não precisa de nada nem de ninguém. Nunca precisou. Ela deixou claro que não precisa de mim faz muito tempo. Logo vai deixar claro que não precisa de você.

— Pode até ser. Ou pode ser que eu a faça feliz. Talvez isso te incomode, a possibilidade de ela acabar feliz, e você não consegue chegar lá.

A mão dele deslizou pela mesa e agarrou o pulso dela antes que ela fosse capaz de jogar o café no rosto dele.

— Pense outra vez — disse ele, calmo. — Fazer cena vai ser bem mais vergonhoso para você do que para mim.

Ela saiu do reservado violentamente, em um salto, e foi a passos pesados até o outro lado do salão, subindo as escadas.

Pela segunda vez naquele dia, Nate ouviu a bala de canhão estourar ao baterem uma porta.

E, com o eco, ele terminou de jantar.

DIRIGIU ATÉ a casa de Meg na esperança de que seu sangue esfriasse e sua mente desanuviasse antes de chegar lá. A escuridão dos dias anteriores se fora, deixando estrelas reluzentes no céu negro. Uma fatia de lua passeava sobre as copas das árvores e a névoa tremeluzia, deslizando próxima ao chão. Galhos nus nas árvores, reparou Nate. A neve ainda estava espessa no solo, mas os galhos haviam se livrado dela.

Parte da estrada ainda estava alagada, então ele teve que desviar cuidadosamente da barricada, passando pelos trinta centímetros de água acumulada.

Escutou um lobo uivar, solitário e insistente. Talvez estivesse caçando, pensou, à busca de comida. Ou de uma parceira. Quando matava, matava com propósito. Não por ganância, não por diversão.

Quando acasalava, ele lera, acasalava com a mesma parceira para o resto da vida.

O som diminuía conforme ele se afastava, dirigindo noite adentro.

Dava para ver a fumaça subindo da chaminé de Meg e ouvir sua música pairando pelo ar. Era Lenny Kravitz desta vez, ele pensou. Cantando sobre as névoas do destino e as nuvens do sofrimento.

Estacionou atrás do carro dela e ficou ali, sentado. Ele queria aquilo, percebeu, queria aquilo talvez mais do que devesse. Queria ir para casa. Queria enfrentar o dia e ir para casa, para a música e para a luz, para uma mulher.

A mulher.

Lar, doce lar, como dissera Meg. Bem, ela o lera por inteiro. Então, se acabasse cuspindo um pedaço do coração dele em seu rosto, ele não poderia culpar ninguém além de si próprio.

Ela abriu a porta enquanto ele se aproximava, e os cães saíram às pressas para dançar ao seu redor.

— Oi. Fiquei pensando se você encontraria o caminho até a minha porta esta noite. — Ela pôs a cabeça de lado. — Você está meio acabado, delegado. O que tem feito?

— Tenho feito amigos, influenciado pessoas.

— Bom, entre, gracinha. Beba alguma coisa e me conte o que está acontecendo.

— Não é má ideia.

LUZ

É algo tão pequeno
Ter aproveitado o sol,
Ter vivido à luz da primavera,
Ter amado, ter pensado, ter concebido;
Ter conquistado verdadeiros amigos e derrotado
misteriosos inimigos...?
MATTHEW ARNOLD

Queimamos a luz do dia.
WILLIAM SHAKESPEARE

Capítulo vinte e seis

⌘ ⌘ ⌘

―― Delegado. — Peach lhe ofereceu um pãozinho de canela e uma xícara de café assim que ele apareceu na porta.

— Sabe, se continuar fazendo esses pãezinhos, não vou caber mais na minha cadeira.

— Você precisaria de mais do que uns poucos pãezinhos para engordar esse bumbum fofo. Além disse, é uma chantagem. Queria perguntar se posso tirar uma hora extra de almoço amanhã. Estou no comitê de planejamento da Festa da Primavera, no primeiro de maio. Vamos nos reunir para tentar terminar de coordenar o desfile.

— Desfile?

— O desfile da primavera, Nate. Está marcado no seu calendário e não faltam muitos dias.

Em maio, ele pensou. Brincara um pouco com os cães de Meg no quintal de manhã. Com a neve cobrindo suas botas.

— Será no dia primeiro de maio?

— Faça sol ou faça chuva, sempre fazemos o desfile. A banda da escola desfila. Os nativos vestem roupas típicas e tocam instrumentos típicos. Todos os times esportivos participam e os alunos de dança de Dolly Manner também. Os moradores daqui mais participam do que assistem ao desfile, mas turistas e forasteiros vêm de todos os lugares. — Ela remexeu o vaso com narcisos de plástico no balcão. — É um bom evento e, nos últimos dois anos, temos feito certa divulgação. Divulgamos ainda mais o deste ano, atraímos a atenção da mídia e tudo mais. Charlene anunciou no *site* da Hospedaria e montou pacotes de hospedagem. E Hopp conseguiu nos incluir nas páginas de eventos de algumas revistas.

— Não brinca. Bem empolgante.

— É *sim*. Dura o dia todo. Acendemos uma fogueira e tocamos mais música à noite. Se o tempo ficar muito ruim, vamos todos para a Hospedaria.

— Vocês acendem uma fogueira na hospedaria?

Ela deu um soquinho brincalhão no braço dele.

— Só tocamos.

— Pode demorar o tempo que precisar.

Grande desfile, pensou Nate. Reservas na Hospedaria, mais fregueses no salão, clientes da Loja da Esquina, divulgação do trabalho de artistas e artesãos locais. Mais dinheiro, mais negócios para o banco, para o posto de gasolina. Uma época de mais negócios.

Aquilo poderia ser consideravelmente reduzido se houvesse muito falatório sobre assassinato.

Olhou para Otto assim que ele entrou.

— Não era o seu dia de folga?

— Era.

Nate podia ver algo nos olhos dele, mas pegou leve.

— Veio pelos pãezinhos de canela?

— Não. — Otto segurava um envelope de papel pardo. — Escrevi sobre onde eu estive, o que fazia e assim por diante em fevereiro de 1988. E também sobre a noite em que Max morreu e a noite em que mataram Yukon. Achei que seria melhor fazer isso logo antes que você tivesse que me pedir.

— Por que não vem à minha sala?

— Não é necessário. Não tenho problema nenhum com isso. — Ele inchou as bochechas. — Um probleminha, talvez, mas menos do que se você tivesse me pedido. Não tenho um grande álibi para nenhuma das três situações, mas anotei tudo aqui.

Nate pôs o pãozinho no balcão para pegar o envelope.

— Fico muito grato, Otto.

— Bom, vou pescar.

Ele saiu, passando por Peter na porta.

— Droga... — murmurou Nate.

— Você está entre a cruz e a espada. — Peach lhe acariciou de leve o braço. — Tem que fazer o que precisa ser feito, mesmo que isso signifique magoar alguém ou criar atritos.

— Você não está errada.

— Hum... — Peter olhou de um para o outro. — Algum problema com Otto?

— Espero que não.

Peter começou a entender, mas Peach sacudiu rapidamente a cabeça.

— Bom, cheguei atrasado porque o meu tio foi falar comigo de manhã. Queria me contar que tem um cara rondando o norte da cidade, perto de Riacho Desperança. Há uma cabana antiga por lá e parece que ele foi morar nela. Ninguém se importaria muito, mas o meu tio acha que ele pode ter invadido o galpão onde ele trabalha e a minha tia diz que sumiu comida do armazém. — Ele pegou um pãozinho e deu uma mordida. — Ele, o meu tio, foi verificar hoje de manhã, antes de ir falar comigo, e disse que o cara apareceu com uma espingarda e o mandou sair da propriedade dele. Como ele estava levando a minha prima Mary à escola, não ficou para tentar conversar com o cara.

— Certo. Nós vamos tentar conversar com ele. — Nate deixou seu café, intocado, sobre o balcão junto com o envelope de Otto. Em seguida, foi até o armário de armas e pegou duas espingardas e munição. — Caso a conversa não funcione — disse para Peter.

O sol estava claro e forte. Parecia impossível que, apenas algumas semanas antes, ele teria feito aquele caminho em meio à escuridão. O rio, frio e azul, serpenteava ao longo da estrada, formando um contraste com o branco da neve, que ainda se acumulava nas margens. As montanhas se erguiam, tão límpidas quanto monumentos esculpidos em gelo, contra os céus.

Ele viu uma águia pousada sobre uma placa que marcava a quilometragem, como um guarda dourado protegendo a floresta às suas costas.

— Quanto tempo a tal cabana ficou vazia?

— Oficialmente, ninguém mora nela desde que me entendo por gente. Está caindo aos pedaços e fica muito perto do riacho, então alaga toda primavera. Andarilhos pernoitam lá de vez em quando e, ah, adolescentes vão para lá para... você sabe. A chaminé está bem conservada, então dá para acender a lareira. Mas a fumaça é terrível.

— O que quer dizer que você já foi para lá para... sabe.

Mesmo sorrindo, o rubor tomou conta das bochechas de Peter.

— Uma ou duas vezes, talvez. O que sei é que dois *cheechakos* a construíram há muito tempo. Foram viver de subsistência, garimpar ouro no riacho. Acharam que conseguiriam sobreviver daquele jeito e, depois de um ano, começariam a receber o FPG. Eles não faziam ideia... Um morreu congelado e o outro enlouqueceu de claustrofobia, preso na cabana. Talvez até tenha comido parte do amigo morto.

— Que lindo.

— É provável que seja baboseira. Mas é legal quando se leva uma garota para lá.

— É, muito romântico.

— Vire ali — Peter apontou. — O caminho é meio complicado.

Depois de quase três metros aos trancos e barrancos na trilha estreita e cheia de neve, Nate concluiu que Peter era o mestre da sutileza.

As árvores eram frondosas e tapavam a luz do sol, então era como dirigir em um túnel pavimentado por demônios de gelo sádicos.

Pôs a língua para trás para que não ficasse entre os dentes quando começassem a bater um no outro e agarrou o volante com força.

Ele não chamaria aquilo de descampado — o quadrado de madeira em ruínas se debruçava sobre outro quadrado de troncos de salgueiros mal cortados e de plantas perenes espichadas na margem nevada do minúsculo riacho. A cabana ficava ali, aconchegada nas sombras, uma janela tapada com tapume de madeira e outra com fita adesiva colada em formato de xis sobre o vidro. Uma varanda externa capenga se apoiava em alguns blocos de concreto empilhados.

Um Lexus quatro por quatro empoeirado, com placa do estado da Califórnia, estava estacionado na frente.

— Fale com Peach e peça para ela verificar a placa, Peter.

Enquanto Peter usava o radiotransmissor, Nate refletia consigo mesmo. Havia baforadas preguiçosas de fumaça saindo da chaminé torta. E algum tipo de mamífero estava pendurado sordidamente em uma estaca ao lado da porta.

Nate soltara a arma, mas a deixara no coldre enquanto saltava devagar do carro.

— Nem mais um passo! — A porta da cabana se abriu.

Apesar da baixa claridade, Nate conseguiu enxergar um homem e uma espingarda.

— Sou o delegado Burke, da Polícia de Lunatilândia. Vou pedir que abaixe a arma.

— Não estou nem aí para quem você diz que é ou para o que diz que quer. Conheço os seus truques, seus alienígenas desgraçados! Não vou voltar para lá!

Alienígenas, pensou Nate. Perfeito.

— As forças alienígenas neste setor foram derrotadas. Você está seguro agora, mas preciso que abaixe a arma.

— Isso é o que você diz. — Ele deu mais um passo para a frente. — Como vou saber que não é um deles?

Trinta e poucos anos, estimou Nate. Quase um metro e oitenta, setenta quilos. Cabelos castanhos. Olhos selvagens, cor indeterminada.

— Estou com a minha identificação, carimbada e certificada após vários testes. Abaixe a arma para eu me aproximar e mostrá-la para você.

— Identificação? — Agora, o homem parecia confuso e baixou a espingarda dois centímetros.

— Sou certificado pela Resistência Terráquea (Underground Force). — Nate tentou balançar a cabeça, sério. — Todo cuidado é pouco hoje em dia.

— O sangue deles é azul, sabia? Feri dois na última vez que me levaram.

— Dois? — Nate ergueu as sobrancelhas como se estivesse devidamente impressionado e observou a espingarda abaixar mais dois centímetros. — Vamos precisar interrogá-lo. Vamos levá-lo para a controladoria e gravar o seu depoimento.

— Não podemos deixar que vençam.

— Não vamos.

O cano da arma apontou na direção do chão e Nate deu um passo à frente.

Tudo aconteceu muito rápido. Sempre acontecia muito rápido. Ele ouviu Peter abrir a porta do carro e chamá-lo pelo nome. Estava analisando o rosto do homem, seus olhos, e viu quando foram invadidos. Pânico, ira, terror, tudo de uma vez.

Ele já estava falando palavrões, já ordenando que Peter se abaixasse. Abaixe!, enquanto ele tirava a arma do coldre.

O tiro de espingarda agitou o ar, fez os pássaros piarem nas árvores. Um segundo se passou enquanto Nate mergulhava sob o carro em busca de proteção.

Estava pronto para girar para o outro lado quando viu o sangue na neve.

— Ah, Deus... Ah, caramba... Peter.

Seu corpo ficou pesado como chumbo e, por um instante que não parecia ter fim, ele tremeu com o peso do próprio corpo. Era capaz de sentir o cheiro do beco — da chuva, do lixo apodrecido. Do sangue.

Sua respiração estava muito acelerada, a iminência do pânico deixava sua cabeça leve, o gosto amargo do desespero secava sua garganta. Carregou tudo isso consigo conforme rastejava na neve.

Peter estava caído atrás da porta aberta do carro; seus olhos arregalados e vidrados.

— Acho... acho que levei um tiro.

— Aguente firme. — Nate fechou a mão ao redor do braço de Peter, no local onde a jaqueta dele estava rasgada e encharcada de sangue. Dava para sentir o fluxo morno — e as marteladas de seu próprio coração no peito. Olhando de rabo de olho para a cabana, ele pegou uma bandana.

Se havia orações passando-lhe pela mente, ele não as reconheceu.

— Não está muito feio, está? — Peter umedeceu os lábios e inclinou a cabeça para olhar. E ficou branco feito papel. — Cara...

— Me ouça. Escute. — Nate amarrou a bandana, apertando-a com força sobre o ferimento, e deu tapinhas no rosto de Peter para ele não desmaiar. — Fique aqui. Vai ficar tudo bem.

Não vai sangrar até a morte comigo aqui. Não vai morrer nos meus braços. De novo, não. Por favor, Deus.

Ele tirou a arma de Peter do coldre e a pôs na mão dele.

— Consegue?

— Sou... sou destro. Ele atirou em mim.

— Use a mão esquerda. Se ele passar por mim, não hesite. Me ouça, Peter. Se ele sair, você atira. Mire no tronco dele. E atire até derrubá-lo.

— Delegado...

— Apenas atire.

Nate se arrastou de bruços outra vez até a traseira do carro, abriu a porta e deslizou para dentro. Arrastou-se para fora de novo, agora com as duas espingardas. Conseguia ouvir o homem delirando dentro da cabana. E o eventual tiro.

Podia ouvir os sons do beco se fundindo a ele. A chuva, os gritos, os passos corridos.

Rastejou de volta para Peter e deixou uma das espingardas no colo dele.

— Não desmaie. Me ouviu? Fique acordado.

— Sim, senhor.

Não havia quem chamar para reforço. Ali não era Baltimore e ele estava sozinho.

Agachado com a espingarda em uma das mãos e o revólver na outra, correu, atravessando o riacho gélido e adentrando as árvores. Um tronco foi atingido. Ele sentiu a pontada de uma farpa da madeira lhe atingir o rosto, sob o olho esquerdo.

Isso significava que a atenção do atirador estava toda nele agora, longe de Peter.

Sob a proteção das árvores, caminhou com dificuldade pela neve.

Seu parceiro levara um tiro. Seu parceiro fora derrubado.

A respiração estava ofegante enquanto tentava correr pela neve, que lhe alcançava a altura dos joelhos, rodeando a cabana.

Escorado por uma árvore, analisou a disposição do lugar. Não havia porta nos fundos, reparou, mas outra janela lateral. Conseguiu ver a sombra do atirador no vidro e soube que ele o esperava ali, observando cada movimento.

Nate engatilhou a espingarda com uma das mãos e atirou.

O vidro estourou e, com esse som, os gritos, os tiros devolvidos enchendo-lhe os ouvidos, usou suas próprias pegadas para correr de volta para a frente da cabana.

Gritos e tiros ressoavam atrás dele conforme abria caminho pelo gelo do riacho, desequilibrando-se na água frígida, e pulava na direção da frente da casa.

Rapidamente, correu para a varanda capenga e abriu a porta com um chute.

Apontava as duas armas para o homem e parte dele — a maior parte dele — queria descontar tudo naquele cara. Matá-lo, matá-lo a sangue-frio, como fizera com o desgraçado em Baltimore. O desgraçado assassino que matara seu parceiro e destruíra sua vida.

— Vermelho. — Na desordem da cabana, o homem olhou para ele com os lábios trêmulos em um sorriso. — O seu sangue é vermelho. — Largando a arma, jogou-se no chão imundo da cabana e chorou.

Seu nome era Robert Joseph Spinnaker, um consultor financeiro de Los Angeles e recente paciente psiquiátrico. Fizera diversas alegações de abduções alienígenas nos últimos dezoito meses, afirmara que sua esposa era um clone e atacara dois de seus clientes durante uma reunião.

Fora dado como desaparecido havia quase três meses.

Agora, dormia em paz em uma cela, tranquilizado pela cor do sangue no rosto de Nate e no braço de Peter.

Nate fizera pouco mais que apenas levá-lo preso antes de dirigir à toda velocidade para a clínica para andar de um lado para o outro na sala de espera.

Ele repassou todo o acontecido uma centena de vezes, e cada uma delas via a si mesmo fazendo algo diferente, apenas um pouquinho diferente, impedindo Peter de ser atingido.

Quando Ken saiu, Nate estava sentado com a cabeça apoiada nas mãos.

— Levar um tiro nunca é bom, mas poderia ter sido bem pior. Ele vai usar uma tipoia por um tempo. Teve sorte de ser um projétil pequeno. Está um pouco fraco, um pouco grogue. Vai ficar aqui por mais umas horas, mas está bem.

— Certo. — Os joelhos de Nate cederam e ele se sentou novamente. — Certo.

— Por que não entra para eu limpar esses cortes no seu rosto?

— São só uns arranhões.

— O ferimento sob o seu olho parece mais um talho. Por favor, não discuta com o médico.

— Posso vê-lo?

— Nita está com ele agora. Vai poder vê-lo assim que eu lhe atender. — Ken foi na frente e acenou para Nate subir em uma maca. — Sabe — disse ele enquanto limpava os cortes —, seria estupidez sua se culpar.

— Ele é inexperiente, é imaturo. E fui eu quem o levei para uma situação instável.

— Dizer isso não demonstra muito respeito por ele nem pelo trabalho que escolheu fazer.

Nate puxou o ar por entre os dentes quando sentiu uma pontada sob o olho.

— Ele é uma criança.

— Não é, não. É um homem. Um bom homem. E você pôr esse peso sobre os seus ombros diminui o que aconteceu a ele hoje e o que fez.

— Ele levantou, saiu do lugar seguro onde estava e chegou à porta logo depois de mim. Mal conseguia se manter de pé, mas foi me dar cobertura.

Nate encontrou o olhar de Ken enquanto o médico dava um ponto falso em seu rosto.

— Eu estava com o sangue dele nas mãos, mas, mesmo assim, ele entrou por aquela porta para me dar cobertura. Então, talvez eu é que não seja capaz de cuidar de mim mesmo.

— Você cuidou de si mesmo. Fiquei sabendo por Peter. Ele acha que você é um herói. Se quiser recompensá-lo pelo que aconteceu, não o desiluda. Pronto. — Ken deu um passo para trás. — Você vai sobreviver.

Hopp estava na sala de espera quando Nate saiu, junto com os pais de Peter e Rose. Todos, de pé, começaram a falar ao mesmo tempo.

— Ele está descansando, está bem — tranquilizou Ken. E Nate continuou andando.

— Ignatious. — Hopp correu atrás dele. — Eu gostaria de saber o que houve.

— Já estou voltando para a delegacia.

— Então, vou com você para me contar o que houve. Gostaria de saber diretamente da sua boca do que dos fofoqueiros que já devem estar espalhando rumores pela cidade.

Ele contou o ocorrido brevemente.

— Será que poderia andar mais devagar? As suas pernas são mais compridas que o meu corpo inteiro. Como machucou o rosto?

— Uma lasca de casca de árvore. Nada de mais.

— Que o atingiu porque ele estava atirando em você, pelo amor de Deus!

— Este corte no rosto é provavelmente a razão pela qual Spinnaker e eu ainda estamos vivos. Felizmente, o meu sangue é vermelho.

E o de Peter também, pensou. Ele sangrou bastante sangue vermelho hoje.

— A Polícia Estadual vem buscá-lo?

— Peach vai entrar em contato com eles.

— Bom... — Hopp respirou fundo. — Ele está à solta sendo louco faz três meses. Se esgueirando por aí sabe-se lá Deus há quanto tempo. Pode ter sido ele quem matou o coitadinho do Yukon. Pode ter sido ele quem fez aquilo.

Nate encontrou os óculos escuros no bolso e os colocou.

— Poderia ser, mas não foi.

— O homem é maluco e o que aconteceu foi loucura. Pode ter achado que Yukon era um alienígena disfarçado de cachorro. Faz sentido, Ignatious.

— Só se você acreditar que aquele cara entrou de fininho na cidade, procurou um cachorro velho, levou o cachorro para o lado de fora da prefeitura e cortou a garganta dele. Isso já tendo roubado a faca *buck*. Soa um pouco exagerado para mim, Hopp.

Ela agarrou o braço dele e ele parou.

— Talvez porque você queira acreditar no contrário. Talvez porque acreditar no contrário dá a você algo em que se agarrar. Mais do que separar algumas brigas ou evitar que Mike Beberrão congele aquela bunda dele. Será que já passou pela sua cabeça que está montando tudo isso, procurando um assassino entre nós, porque é assim que você quer que seja?

— Não quero que seja assim, é assim.

— Teimoso pra cacete... — Ela cerrou os dentes e virou para o lado até que conseguisse controlar a raiva. — As coisas não vão voltar para o devido lugar por aqui se você continuar remexendo nelas.

— As coisas não devem voltar para o devido lugar por aqui até que estejam resolvidas. Vou escrever o relatório sobre o caso de hoje.

Nate passou a noite na delegacia, a maior parte ouvindo os depoimentos sinceros de Spinnaker sobre suas experiências com alienígenas. Para mantê-lo calmo — ou melhor, calado —, Nate se sentou do lado de fora da cela e fez anotações.

E ficou quase emocionado ao ver a Polícia Estadual chegar na manhã seguinte para livrá-lo de seu prisioneiro.

E também ficou surpreso ao ver Coben na equipe.

— Talvez devesse considerar alugar um quarto aqui, sargento.

— Imaginei que fosse uma boa oportunidade para tratarmos de outros assuntos, se puder me dar um minuto na sua sala.

— Claro. Tenho a papelada sobre Spinnaker para lhe mostrar.

Nate entrou na sala e pegou os papéis.

— Agressão à mão armada contra dois policiais, e a coisa toda. A psiquiatria vai amenizar as coisas para ele, mas nada disso vai diminuir o tiro que o meu subdelegado levou.

— Como ele está?

— Bem. Ele é jovem, resistente. O tiro pegou mais no músculo do braço.

— Sobreviver é sempre bom.

— Pois é.

Coben foi até o quadro.

— Ainda está investigando isso?

— É o que parece.

— Fez algum progresso?

— Depende da sua perspectiva.

Apertando os lábios, Coben se balançou nos calcanhares.

— Cachorro morto? Vê um elo aqui?

— Um homem precisa de um passatempo.

— Veja, não estou totalmente satisfeito com a resolução do meu caso, mas me impuseram restrições. E muito disso depende da sua perspectiva. Podemos concordar que havia um terceiro homem não identificado naquela montanha quando Galloway foi morto. O que não quer dizer que esse homem tenha o matado ou sequer soubesse do ocorrido. O que também não quer dizer que ainda esteja vivo, porque faria mais sentido que o indivíduo que matou Galloway também tivesse se livrado do tal terceiro homem.

— Não se o terceiro homem fosse Hawbaker.

— Não achamos que seja, mas, *se* fosse — continuou Coben —, com certeza não significaria que o terceiro homem não identificado teria algo a ver com a morte de Hawbaker. Ou com a morte de um cachorro qualquer. Estou conseguindo manobrar um pouco o meu superior, de maneira extraoficial, para tentar identificar o terceiro homem, mas não estou chegando a lugar nenhum.

— O piloto que os levou até a geleira foi morto em circunstâncias não muito claras.

— Não há provas disso. Eu investiguei. Kijinski liquidou umas dívidas e acabou acumulando outras no período entre a morte de Galloway e a dele próprio. Isso é suspeito, vou concordar com você. Mas não há ninguém para confirmar que foi ele quem os levou lá.

— Porque todos, exceto um deles, estão mortos.

— Não há registros nem planos de voo. Nada. E ninguém que tenha conhecido Kijinski, ou que admita isso, se lembra de vê-lo marcando aquele voo. Ele pode perfeitamente ter sido o piloto e, se foi mesmo, é razoável supor que Hawbaker tenha se livrado dele também.

— Pode até ser razoável. Só que Max Hawbaker não matou três homens. E não saiu do túmulo para cortar a garganta daquele cachorro.

— Não importa qual seja a sua intuição. Preciso de algo palpável.

— Me dê tempo — disse Nate.

$\mathcal{D}$OIS DIAS depois, Meg invadiu a delegacia, acenou brevemente para Peach e foi direto para a sala de Nate.

Uma rápida olhada no quadro quase lhe atrasou o passo.

— Certo, gracinha, vim sequestrar você.

— Oi?

— Até mesmo policiais esforçados, dedicados e atenciosos tiram um dia de folga. Hoje é o seu dia.

— Peter está de licença. Estamos com um homem a menos.

— E você está aqui remoendo sobre isso e tudo mais. Você precisa desanuviar os seus pensamentos, Burke. Se acontecer alguma coisa, voltamos.

— De onde?

— Surpresa. Peach — chamou ela enquanto saía da sala —, o seu chefe vai tirar o resto do dia de folga. Como é que eles chamam em *Nova York Contra o Crime*? Um tempo para si.

— Faria bem a ele.

— Você pode cobrir, não pode, Otto?

— Meg... — começou Nate.

— Peach, quando foi a última vez que o delegado tirou um dia de folga?

— Faz três semanas, um pouco mais, pelo que lembro.

— Desanuviar os pensamentos, delegado. — Meg pegou a jaqueta dele do gancho. — Temos quase o dia todo pela frente.

Ele pegou um dos radiotransmissores.

— Uma hora.

Ela sorriu.

— Já é um começo.

Quando ele avistou o avião dela na pista, parou de andar.

— Você não disse que desanuviar os pensamentos envolvia voar.

— É o melhor método. Eu te garanto.

— Será que não poderíamos só dirigir e transar no banco de trás do carro? Acho esse um método muito bom.

— Confie em mim. — Ela segurou a mão dele com firmeza e, com a outra mão, acariciou o corte sob seu olho. — Está melhor?

— Agora que você mencionou, não deve ser uma boa ideia pegar um avião com um ferimento desses.

Ela segurou o rosto dele com as duas mãos, aproximou-se e lhe deu um beijo longo, lento e profundo.

— Venha comigo, Nate. Tem algo que quero te mostrar.

— Bom, já que é assim...

Ele embarcou no avião e pôs o cinto de segurança.

— Sabe, nunca decolei da água. Não quando a água estava... molhada. Ainda tem um pouco de gelo. Não seria bom batermos no gelo, não é?

— Um homem que enfrenta um paciente psiquiátrico armado não deveria ficar tão nervoso na hora de voar. — Ela beijou os próprios dedos, tocou os lábios de Buddy Holly e começou a deslizar sobre a água.

— É quase como esquiar na água, mas não exatamente — Nate conseguiu dizer, então segurou a respiração enquanto ela acelerava, e continuou segurando quando o avião decolou da água. — Achei que você fosse trabalhar hoje — disse quando chegou à conclusão de que era seguro voltar a respirar.

— Passei para Bocó. Ele vai entregar os suprimentos mais tarde. Estamos trazendo coisas para o desfile, incluindo um lote inteiro de remédios para insetos.

— Você e Bocó traficam remédios para insetos?

Ela olhou para ele de rabo de olho.

— Repelente de insetos, gracinha. Você sobreviveu ao seu primeiro inverno no Alasca. Agora, vamos ver como se sai no verão com mosquitos do tamanho de um Boeing B-52. Não vai querer sair nem um metro porta afora sem o seu repelente.

— Tudo bem quanto ao repelente, mas não vou tomar sorvete de esquimó. Jesse disse que é feito com chantili de foca.

— Óleo — disse ela, rindo. — Óleo de foca ou sebo de alce. E fica muito bom se misturar com frutas e açúcar.

— Vou ter que acreditar em você porque não vou comer sebo de alce. Nem sei que porra é essa.

Ela sorriu outra vez porque percebeu que os ombros dele estavam relaxados e que ele finalmente olhava para a paisagem lá embaixo.

— É bonito daqui, não é, com a neve, o rio e a cidade acompanhando a margem?

— Parece tranquilo e simples.

— Mas não é. Não é nada disso. O meio do mato também parece tranquilo daqui de cima, quieto e sereno. Uma beleza rústica. Mas não é sereno. A natureza pode matar você num piscar de olhos e de maneiras mais terríveis do que um cara armado. O que não a deixa menos bela. Eu não poderia viver em nenhum outro lugar; não poderia estar em nenhum outro lugar.

Ela sobrevoou rio e lago e ele conseguiu ver o progresso do degelo, o ritmo constante da primavera. Retalhos de verde se espalhavam conforme o sol derretia a neve. Uma cachoeira corria pela encosta de um desfiladeiro com o brilho do gelo reluzindo por entre a sombra densa.

Abaixo, um pequeno rebanho de alces avançava pelo campo. Acima, o céu se curvava como uma fita azul e indomada.

— Jacob estava aqui naquele mês de fevereiro. — Meg olhou de relance para ele. — Eu só queria resolver logo essa questão, tirar isso das nossas cabeças talvez. Ele foi me ver muitas vezes quando meu pai foi embora. Não sei se a pedido dele ou se por vontade própria. Pode ter havido um ou dois dias em que não nos vimos, mas nunca chegou a mais de uma semana sequer, não por tempo suficiente para que ele pudesse ter ido escalar com o meu pai. Eu queria que você tivesse certeza disso caso peça para ele ajudá-lo.

— Faz muito tempo.

— Faz mesmo, e eu era só uma criança. Mas me lembro disso. Assim que parei para pensar naquela época, lembrei. Eu o via mais vezes do que via Charlene nas primeiras semanas em que o meu pai foi embora. Ele me levava para pescar e caçar e, quando começava uma tempestade, eu ficava na casa dele por uns dias. Estou dizendo que pode confiar nele, só isso.

— Está bem.

— Agora, olhe a estibordo.

Ele olhou para a direita e percebeu que voavam na beirada do mundo, sobrevoando um canal de água azul que lhe pareceu estar desconfortavelmente perto. Antes que pudesse protestar, viu um enorme pedaço daquele mundo branco-azulado rachar e desabar dentro da água.

— Meu Deus!

— É uma geleira de maré. E o que você está vendo se chama desprendimento — disse ela enquanto outros enormes fragmentos de gelo se partiam e caíam. — Acho que é mais uma forma de nascimento do que de morte.

— É lindo. — Ele estava praticamente grudado no para-brisa agora. — É incrível. Nossa, alguns desses pedaços são do tamanho de uma casa! — Soltou uma risada quando outro fragmento se desprendeu e sequer percebeu os trancos do avião ao passar por uma zona de turbulência.

— As pessoas me pagam bem para sobrevoar esta área e presenciar isso. Aí passam a maior parte do tempo com os olhos grudados na tela de uma câmera. Parece desperdício para mim. Se quisessem ver um filme sobre isso, era só alugar.

Não era só o *show*, pensou Nate, aquele espetáculo. Era o ciclo — violento, inevitável, mítico de alguma forma. A vista — enormes fragmentos pontiagudos de gelo azul arremessando-se no ar. Os sons — rangidos, rugidos, estrondos. O jorro da água no impacto, o branco erguendo-se em uma ilha reluzente que fluía no entorno do fiorde oscilante.

— Tenho que ficar aqui.

Ela pilotava o avião em círculos para que ele pudesse assistir de outro ângulo.

— Aqui, no ar?

— Não. — Ele virou a cabeça e sorriu de uma tal forma que ela raramente via. Confortável, relaxado e feliz. — Aqui. Eu também não poderia estar em outro lugar. É bom saber disso.

— Tem uma outra coisa que pode ser bom saber: estou apaixonada por você.

Ela riu enquanto o avião estremecia no ar turbulento. Em seguida, acelerou e, feito uma bala, sobrevoou o canal enquanto o gelo se desprendia ao redor deles.

Capítulo vinte e sete

⌘ ⌘ ⌘

CHARLENE SEMPRE amara aquilo que se passava por primavera no Alasca. Amava os dias prolongando-se cada vez mais até que não houvesse nada mais além de luz.

Estava de pé no escritório, na janela e negligenciando seu trabalho na mesa, enquanto olhava para a rua. Movimentada. Pessoas andando, dirigindo, indo, vindo. Locais e turistas, moradores do interior na cidade para comprar suprimentos ou socializar. Quatorze de seus vinte quartos estavam reservados e, durante três dias na próxima semana, chegariam à lotação máxima. Depois disso, a luz forte, quase infinita, atrairia pessoas como abelhas no mel.

Ela trabalharia feito um cão na maior parte de abril, passando por maio, até os lagos e rios começarem a congelar novamente.

Ela *gostava* de trabalhar, de ver seu negócio lotado, do barulho e da bagunça que faziam. Do dinheiro que gastavam.

Construíra algo ali, não construíra? Encontrara aquilo que queria — ou, ao menos, a maior parte. Olhou para o rio. Agora havia barcos por lá navegando através das ilhas de gelo que derretiam.

Olhou para o horizonte, além do rio, além das montanhas. Branco e azul, com toques de verde começando a tomar conta dos sopés bem, bem devagar. A alvura nos picos, a eterna brancura daquele estranho mundo congelado.

Jamais escalara. Jamais escalaria.

As montanhas nunca a atraíram, mas outras coisas, sim. Pat, sim. Ouvira o chamado dentro de si, milhares de trombetas, quando ele invadira sua vida. Não tinha nem dezessete anos, lembrou ela, e ainda era virgem. Presa — não estivera presa nos campos planos de Iowa, apenas esperando que alguém a colhesse?

A típica garota do interior do Meio-Oeste, pensava agora, desesperada para fugir. Foi quando ele apareceu, levantando poeira com sua moto, tão perigoso e exótico e... *diferente*.

Ah, ele a chamara, lembrou Charlene, e ela respondera àquele chamado. Escapulindo de casa naquelas noites frescas de primavera para andar de moto com ele, para rolar nua na grama verde e macia com ele, tão livre e despreocupada como um filhotinho de cachorro. E tão perdidamente apaixonada. Aquele amor ardente e avassalador que talvez só fosse possível sentir aos dezessete anos.

Quando ele foi embora, ela foi com ele, deixando para trás casa, família, amigos, afastando-se em alta velocidade do mundo que conhecia enquanto entrava em outro — na garupa de uma Harley.

Ah, se pudesse ter dezessete anos outra vez, pensou ela, e aquela ousadia.

As coisas mudaram. Quando mudaram?, perguntou a si mesma. Quando descobriu que estava grávida? Ambos ficaram tão animados, tão animados com o bebê. Mas as coisas mudaram quando vieram para cá com aquela semente dentro dela. Quando ela dissera que queria ficar.

Claro, Charley, não tem problema. Podemos ficar por um tempo.

Um tempo se tornara um ano, depois dois, e então uma década. E Deus, *meu Deus*, fora ela quem mudara. Fora ela quem pressionara e perturbara aquele garoto inconsequente e maravilhoso, fora ela quem reclamara e cobrara que ele fosse um homem, que fosse aquilo de que fugia — responsável, estabelecido. Comum.

Ele ficara, mais por causa de Meg, ela sabia, mais pela filha que era o reflexo dele do que pela mulher que lhe dera aquela criança. Ele ficara, mas jamais se estabelecera.

Ela o culpara por isso. Culpara Meg. E como não poderia? Fazia parte da sua *essência*. Fora ela quem trabalhara, não fora? Fora ela quem garantira a comida na mesa e o teto sobre suas cabeças.

E sabia, quando ele ia embora para procurar trabalho, para dar um tempo, para escalar as malditas montanhas, que ia atrás de vagabundas.

Os homens a desejavam. Ela era capaz de fazer qualquer homem desejá-la. E o único que ela realmente desejava ia atrás de vagabundas.

E o que eram as montanhas dele senão outras vagabundas. Vagabundas frias e alvas que o haviam seduzido, afastando-o dela? Até que ficara preso em uma delas e a deixara sozinha.

Mas ela sobrevivera, não foi? Fizera mais do que sobreviver. Encontrara o que buscava ali. A maior parte do que buscava.

Agora, tinha dinheiro. Tinha um lugar. Tinha homens — jovens, corpos firmes contra o seu à noite.

Então, por que era tão infeliz?

Ela não gostava de pensar demais, de olhar para si e se preocupar com o que poderia encontrar lá dentro. Gostava de *viver*. De seguir em frente, de se mexer. Não era necessário pensar durante a dança.

Virou-se, um pouco irritada com as batidas na porta.

— Pode entrar.

Ela esticou o pescoço e a sensualidade em seu sorriso surgiu automaticamente assim que viu John.

— Ora, olá, bonitão. Acabaram as aulas? Já está tão tarde assim? — Ela ajeitou o cabelo enquanto olhava para a mesa. — E eu aqui, sonhando acordada, desperdiçando o dia. Vou ter que ir à cozinha ver o que Mike Grandão está preparando para o prato do dia.

— Preciso conversar com você, Charlene.

— Claro, meu bem. Sempre tenho tempo para você. Vou fazer um chá para nós nos aconchegarmos aqui.

— Não, não precisa.

— Querido, você está tão carrancudo e sério. — Ela foi até ele e passou os dedos em suas bochechas. — É claro que você sabe que amo quando fica sério... É tão sensual.

— Não — disse ele novamente, afastando as mãos dela.

— Aconteceu alguma coisa? — Seus dedos se agarraram aos dele como se estivessem amarrados. — Ai meu Deus, encontraram mais alguém, ou alguma coisa, morto por aqui? Acho que não vou aguentar. Acho que não *posso* aguentar.

— Não, não é nada disso. — Ele soltou as mãos dela e deu um passo atrás. — Queria te contar que vou sair da cidade no fim do semestre.

— Vai sair de férias? Vai viajar justo na melhor época de Lunatilândia?

— Não vou tirar férias. Vou embora.

— Do que está falando? Vai embora? Para sempre? Não fale besteiras, John. — O sorriso paquerador desapareceu e algo quente e pontiagudo pareceu esfaquear sua barriga. — E para você onde iria? O que faria?

— Existem muitos lugares que ainda não conheço, muitas coisas que ainda não fiz. Vou conhecê-los. Vou fazê-las.

Ela sentiu o coração pesar enquanto olhava para o rosto franco dele. Aqueles com quem se importa, sua mente sussurrou, a abandonam.

— John, a sua vida é aqui, o seu trabalho é aqui.

— Vou viver e trabalhar em outro lugar.

— Você não pode simplesmente... Por quê? Por que está fazendo isso?

— Eu devia ter feito isso anos atrás, mas sempre acabava deixando para depois. E fui levando a vida. Nate foi me ver na escola na semana passada. Algumas coisas que ele disse me fizeram pensar, me fizeram relembrar... muitos anos.

Ela quis apelar para sua raiva, do tipo que a fazia gritar, quebrar coisas. Do tipo que lavava a alma. Mas havia apenas uma preocupação desinteressada.

— O que Nate tem a ver com isso?

— Ele é a mudança. Ou a rocha no meio do riacho que causou a mudança. Você segue o fluxo, Charlene, como a água no riacho, e talvez não perceba o que passa por você tanto quanto deveria. — Ele tocou no cabelo dela e baixou a mão outra vez. — E aí, uma pedra cai no riacho e ele se agita. As coisas mudam, muito ou pouco. Mas nada volta a ser exatamente como era antes.

— Nunca sei o que quer dizer quando começa a falar assim. — Ela fez biquinho e se virou para chutar a mesa. Aquilo o fez sorrir. — Água e pedras e riachos. O que tudo isso tem a ver com você entrar aqui desse jeito e me dizer que vai sair da cidade? Que vai embora? Você ao menos se importa com os meus sentimentos?

— Digamos que me importo até demais para o meu próprio bem. Eu amei você desde o instante em que a vi pela primeira vez. E você sabia disso.

— Mas não ama mais.

— Amo. Amava na época e amo agora, e amei por todos estes anos. Eu amava você quando estava com outro homem. E, quando ele foi embora, pensei que finalmente ficaria comigo. E ficou. Na minha cama, pelo menos. Deixou que eu tivesse o seu corpo, mas se casou com outro. Mesmo sabendo que eu a amava, você se casou com outro.

— Eu tive que fazer o que era certo para mim. Tive que ser prática. — Ela jogou um objeto agora, um pequeno cisne de cristal, mas tal destruição não a satisfez. — Eu tinha o direito de cuidar do meu futuro.

— Eu teria sido bom para você e por você. Eu teria sido bom para Meg. Mas você fez uma escolha diferente. Escolheu isto. — Ele abriu os braços para indicar a Hospedaria. — Você fez por merecer. Trabalhou duro. Construiu isto aqui. E, quando Karl ainda estava vivo, você continuava me procurando. E eu permiti. Procurava a mim e a outros.

— Karl praticamente não queria sexo. Ele queria uma companheira, alguém que tomasse conta dele e deste lugar. Eu fiz a minha parte — respondeu ela, com paixão. — Tínhamos um acordo.

— Você cuidou dele e deste lugar. E, quando ele morreu, continuou cuidando. Perdi a conta de quantas vezes pedi você em casamento, Charlene, e de quantas vezes você recusou. De quantas vezes saiu com outras pessoas ou foi para a minha cama quando não havia mais ninguém. Cansei disso.

— Você vai se mandar só porque eu não quero casar?

— Você dormiu com aquele homem uma noite dessas. Um dos membros do grupo de caça. O alto de cabelos escuros.

Ela empinou o queixo.

— E daí?

— Qual era o nome dele?

Ela abriu a boca e percebeu que sua mente estava em branco. Não conseguia se lembrar nem de um rosto — que diria de um nome — e mal se lembrava das mãos bobas no escuro.

— Isso não importa — soltou ela. — Foi só sexo.

— Você não vai encontrar o que está buscando, não com um homem sem nome com menos da metade da sua idade. Mas, se tiver que continuar a sua busca, não vou impedi-la. Isso esteve bastante claro desde o começo de toda essa história. Mas eu posso deixar de ser sua segunda opção.

— Vai em frente, então. — Ela pegou uma pilha de papéis que estava sobre a mesa e jogou tudo pelo ar. — Não me importa.

— Eu sei. Se importasse, se importasse de verdade, eu não iria.

Ele saiu da sala e fechou a porta.

$\mathcal{E}$LE ESTAVA deslumbrado com a luz. Nate nunca se cansava dela — não importava quanto tempo o dia durasse, ele queria mais. Conseguia senti-la penetrando em sua carne e em seus ossos, energizando-o.

Não acordava por causa dos pesadelos havia dias.

Acordava envolto pela luminosidade, trabalhava e caminhava envolto por ela o dia todo. Pensava nela, comia nela, banhava-se nela.

E, toda noite quando observava o sol se pôr atrás das montanhas, sabia que nasceria outra vez em poucas horas.

Ainda havia noites em que saía da cama de Meg e ia passear com os cães lhe fazendo companhia para assistir à luz dominar o céu noturno.

Ainda sentia a ferida pulsando sob as cicatrizes de seu corpo. Mas achava que a dor agora era curativa. Rezava para que fosse. Um tipo de aceitação pelo que perdera e uma porta para o que poderia ter.

Pela primeira vez, desde que deixara Baltimore, ligou para a esposa de Jack, Beth.

— Eu só queria saber como você está. Você e as crianças.

— Estamos bem, estamos bem. Faz um ano desde... — Ele sabia. Um ano hoje. — Hoje está sendo um pouco difícil. Saímos de manhã, levamos flores para ele. Os primeiros são os mais difíceis: o primeiro feriado, o primeiro aniversário, o primeiro aniversário de casamento... Mas você se acostuma e vai ficando mais fácil. Eu achava... esperava que ligasse hoje. Estou feliz que tenha ligado.

— Eu não tinha certeza se você ia querer falar comigo.

— Sentimos saudades de você, Nate. Eu e as crianças. Me preocupo com você.

— Também estou bem. Melhor.

— Me conte como é morar aí. É muito frio e tranquilo?

— Na verdade, hoje está fazendo uns quinze graus. Já tranquilo... — Ele olhou para o quadro de homicídios. — É. É bem tranquilo, sim. Tivemos umas enchentes, não tão ruins quanto no Sudeste, mas o suficiente para nos manter ocupados. Aqui é lindo. — Virou-se para a janela. — Não dá nem para imaginar. Você tem que ver e, ainda assim, é difícil de imaginar.

— Você parece bem. Isso me deixa feliz.

— Achei que não fosse me adaptar a este lugar. — A lugar nenhum. — Eu queria, mas não me importava muito até vir para cá, até estar aqui. Foi aí que passei a querer. Mas não achei que conseguiria.

— E agora?

— Acho que vou me adaptar, sim. Beth, conheci uma pessoa.

— Ah, é? — Uma risada tomou conta da voz dela e ele fechou os olhos para apreciá-la. — Ela é maravilhosa?

— Espetacular de tantas formas. Acho que você ia gostar dela. Ela é diferente. Pilota voos curtos pela região.

— Uma pilota? Ela é daquelas pessoas que pilotam uns aviõezinhos minúsculos feito maníacos?

— Basicamente. E é linda. Bom, nem tanto, mas é, sim. É engraçada e durona... e deve ser meio louca, mas combina com ela. O nome dela é Meg. Megan Galloway. E estou apaixonado por ela.

— Ah, Nate! Estou tão feliz por você!

— Não chore — disse ele quando ouviu as lágrimas embargando a voz de Beth.

— Não, está tudo bem! Jack encontraria um milhão de maneiras de te provocar, mas, no fundo, ficaria feliz por você também.

— Bom, enfim. Eu só queria te contar. Queria conversar com você e dizer que, dia desses, você e as crianças poderiam vir me visitar. É um ótimo lugar para passar as férias de verão. Em junho, só anoitece depois da meia-noite e me disseram que é mais crepúsculo do que noite. E fica mais quente do que você imagina, pelo que me disseram. Eu gostaria que você visse com seus próprios olhos e conhecesse Meg. Gostaria de ver você e as crianças.

— Prometo que vamos ao casamento!

A gargalhada dele soou um pouco nervosa.

— Ainda não chegamos lá.

— Conheço você, Nate. Sei que vai chegar.

Quando desligou, estava sorrindo — a última coisa que esperaria. Descobriu o quadro, como uma espécie de símbolo de que agora a investigação não era mais secreta, e deixou a sala.

Ainda se abalava quando via Peter com o braço em uma tipoia. O jovem subdelegado estava sentado à sua mesa, digitando no computador com uma mão só.

Trabalho interno, detalhes burocráticos. Um policial — o que o rapaz era — poderia morrer de puro tédio.

Nate se aproximou.

— Quer sair daqui?

Peter ergueu o olhar, mantendo um dedo de sua mão saudável pousado sobre o teclado.

— Oi?

— Quer que eu tire as algemas que o prendem a essa mesa um pouco?

O rosto dele se iluminou.

— Sim, senhor!

— Vamos dar uma volta. — Ele pegou um radiotransmissor. — Peach, eu e o subdelegado Notti vamos patrulhar a pé.

— Hum... Otto já saiu — informou Peter.

— Ei, a criminalidade pode estar descontrolada lá fora, pelo que sabemos. Peach, você está no comando.

— Sim, senhor capitão! — disse ela com um risinho. — Tomem cuidado, meninos.

Nate pegou uma jaqueta leve do cabide.

— Quer a sua? — perguntou a Peter.

— Não. Só o pessoal dos estados lá de baixo precisa de uma jaqueta em um dia desses.

— Ah, é? Então, tudo bem. — Propositalmente, Nate pendurou a jaqueta de volta.

Lá fora, estava bastante fresco e nublado. Era provável que chovesse e, sem dúvida, pensou Nate, ele se arrependeria de ter deixado a jaqueta para trás antes do fim do dia.

Mas andou pela calçada, atravessando o vento úmido e brincalhão, que bagunçava seus cabelos.

— Como está o braço?

— Bem até. Acho que não preciso da tipoia, mas, só de pensar nos sermões da minha mãe e de Peach, não vale a pena.

— As mulheres ficam cheias de frescura quando um cara leva um tiro.

— Nem fala. E você tenta ficar na sua, sabe, mas elas ficam em cima de você.

— Não falei muito com você sobre o ocorrido. No começo, disse a mim mesmo que levá-lo para lá foi um erro.

— Eu assustei o cara quando saí do carro. Incitei a situação.

— Um esquilo derrubando uma noz no chão o assustaria, Peter. Eu falei que..., no começo, disse a mim mesmo que havia cometido um erro. O fato é que não cometi. Você é um bom policial e provou isso. Foi atingido, estava ferido e atordoado, mas me deu cobertura.

— Você tinha a situação sob controle. Não precisava de cobertura.

— Talvez tivesse. A questão é esta: quando você se põe junto a alguém em uma situação instável, tem que ser capaz de confiar nesse alguém sem nenhuma reserva.

Do jeito que ele e Jack confiavam um no outro, ele pensou. Então, passariam juntos pela porta e iriam até o beco, não importava o que lhes aguardasse na escuridão.

— Quero que saiba que confio em você.

— Eu... achei que tivesse me colocado para trabalhar no computador porque estava tentando me afastar.

— Coloquei você para trabalhar no computador porque foi ferido. Em serviço, Peter. Vou colocar uma menção honrosa na sua ficha a respeito das suas ações durante a ocorrência.

Peter parou e o encarou.

— Uma menção honrosa.

— Você merece. Ela será anunciada na próxima reunião do conselho municipal.

— Eu nem sei o que dizer.

— Pode ficar na sua, se quiser.

Eles atravessaram a rua, na esquina, para patrulhar o outro lado.

— Tenho mais uma coisa para lhe dizer, e é confidencial. É sobre a investigação que o nosso departamento está conduzindo. Dos homicídios. — Ele reparou na rápida olhada que Peter lhe deu. — Não importa a que conclusão à qual a Polícia Estadual chegou, este departamento vai tratar os casos como homicídios. Tenho vários depoimentos de indivíduos revelando seus paradeiros durante as épocas em questão. A maior parte deles, porém, não pode ser corroborada. Pelo menos, não de forma satisfatória. Isso inclui o de Otto.

— Ah, mas, delegado, Otto é...

— Um de nós. Eu sei. Mas não posso riscá-lo da lista porque ele é um de nós. Há muitas pessoas nesta cidade e nos arredores que tiveram oportunidades para cometer esses três crimes. A motivação é outra coisa. A motivação para os dois últimos crimes aponta para Galloway. Qual foi a motivação para que fosse assassinado? Crime passional, ganância, encobrir alguma coisa? Foi sob influência de drogas? Talvez uma combinação de tudo. Mas, fosse quem fosse, ele o conhecia.

Nate analisou as ruas, as calçadas. Às vezes, aquele que você conhecia era o que o aguardava, à espreita, no escuro.

— Ele o conhecia bem o suficiente a ponto de fazer uma escalada de inverno com o próprio assassino e com Max. Só os três. Ele conhecia o assassino bem o suficiente a ponto de se permitir interpretar um papel quando estavam na montanha, enfrentando condições extremas.

— Não estou entendendo.

— Ele tinha um diário. Estava com ele, e foi deixado com ele. Coben me deu uma cópia.

— Mas se ele tinha um diário, então...

— Ele não escreveu os nomes dos companheiros em nenhum momento. Estavam fazendo algum tipo de brincadeira. O tipo que me diz que, se não tivesse sido morto na época, teria morrido em outra escalada, a não ser que amadurecesse. Estavam fumando erva, tomando comprimidos para acelerar. Brincando de *Star Wars*. Galloway era Luke, Max era Han Solo e, por mais irônico que pareça, o assassino de Galloway interpretava o papel de Darth Vader. A montanha era o planeta de gelo onde estavam.

— Hoth. Eu gosto dos filmes — acrescentou Peter, curvando os ombros discretamente. — Colecionava os bonecos e coisas do tipo quando era criança.

— Eu também, mas eles não eram crianças. Eram homens adultos e, em algum momento, a brincadeira saiu do controle. Galloway escreveu que Han, que acredito que era Max, machucou o tornozelo. Eles o deixaram para trás em uma tenda com alguns mantimentos e seguiram em frente.

— Isso prova que Max não o matou.

— Depende do ponto de vista. Poderíamos especular que Max decidiu segui-los, encontrando-os na caverna, e acabou perdendo a cabeça. Também poderíamos especular que Max ocupava o papel de Vader e matou os dois parceiros. Essas não são as minhas teorias, mas não deixam de ser teorias. E o estado optou pela segunda.

— Que o Sr. Hawbaker matou os dois caras? *Depois*, desceu de lá sozinho? Não vejo as coisas acontecendo assim.

— Por quê não?

— Bom, sei que eu era só uma criança quando tudo aconteceu, mas o Sr. Hawbaker nunca teve uma reputação de corajoso e, sabe, independente. Ele teria que ser ambos para lidar com aquela descida.

— Concordo. Depois, Galloway escreveu que o personagem Darth estava apresentando sinais de, digamos, insanidade... estava com raiva, se arriscando desnecessariamente, fazendo acusações. Havia muitas drogas envolvidas e, pelo que li, uma derivação da tensão conhecida como mal da montanha, as sensações que alguns alpinistas sentem quando estão em altas altitudes.

Nate viu Deb sair da Loja da Esquina, levando Cecil para passear. O cão vestia uma malha verde-clara.

— Galloway estava preocupado... preocupado com o estado mental daquele homem — continuou ele enquanto casualmente trocava acenos com Deb. — Preocupado que todos conseguissem voltar de forma segura. A última vez que escreveu no diário foi na caverna de gelo. Ele nunca saiu dela, então tinha motivos para se preocupar. Mas, ainda assim, não se preocupou o bastante para tomar medidas para se proteger de fato. Não havia ferimentos causados por autodefesa no corpo. Seu próprio *piolet* ainda estava preso no cinto. Ele conhecia o seu assassino, assim como Max conhecia o seu. Assim como Yukon conhecia o homem que cortou a garganta dele. Nós também o conhecemos, Peter. — Ele acenou para o juiz Royce, que caminhava até a KLUN com um charuto preso entre os dentes. — Mas ainda não o reconhecemos.

— E o que vamos fazer?

— Vamos continuar investigando o que sabemos. Vamos continuar trabalhando em cada camada até que saibamos mais. Não vou contar ao Otto sobre o diário. Ainda não.

— Meu Deus!

— Isso é mais difícil para você, que conviveu com essas pessoas a vida inteira ou, pelo menos, grande parte dela.

Ele acenou com a cabeça para Harry, que estava na calçada, do lado de fora da Loja da Esquina, fumando e conversando com Jim Mackie. Do outro lado, Ed andava rapidamente em direção ao banco, mas parou para trocar umas palavras com a carteira, que estava do lado de fora varrendo os degraus.

Mike Grandão saiu da Hospedaria em uma corridinha, sem dúvida em direção ao Restaurante Italiano, para bater seu papo diário sobre o trabalho com Johnny Trivani. Sua filhinha caía na gargalhada, montada nos ombros do pai.

— São apenas pessoas. Mas uma delas, aqui na rua, dentro de um desses prédios ou casas, em um chalé fora da cidade, é um assassino. Se precisar, matará de novo.

Ele ia à casa de Meg toda noite. Nem sempre ela estava lá. A quantidade de trabalho aumentava conforme o clima esquentava. Mas eles tinham um acordo não verbal para ele ir para lá e ficar. Cuidaria dos cães e faria algumas das tarefas.

Estava deixando suas coisas lá, do jeito que ficavam, aos poucos. Outro acordo não verbal. Mantinha o quarto na Hospedaria, mas, a essa altura, servia mais como um depósito para suas roupas pesadas de inverno.

Ele também poderia tê-las levado para a casa de Meg, mas teria passado do limite. O limite oficial do "estamos morando juntos".

Ele viu a fumaça saindo da chaminé dela antes de fazer a curva e seu humor deu uma melhorada. Porém o avião não estava no lago e era a caminhonete de Jacob que estava estacionada na entrada.

Os cães saíram em disparada da floresta para cumprimentá-lo. Rock trazia um dos enormes ossos que os dois gostavam de roer. Para Nate, parecia fresco, e ele deixou os cães brincando de cabo de guerra, cheios de energia, com o osso quando entrou na casa.

Dava para sentir o cheiro de sangue antes de chegar à cozinha. Por instinto, pôs a mão na arma.

— Eu trouxe carne — disse Jacob, sem se virar.

Havia dois enormes pedaços de algo sangrento sobre o balcão. Nate relaxou a mão.

— Ela não tem muito tempo para caçar nesta época. Os ursos já acordaram. Eles têm uma carne boa para ensopado, rocambole de carne.

Rocambole de carne de urso, pensou Nate. Que mundo louco.

— Tenho certeza de que ela vai ficar agradecida.

— Compartilhamos aquilo que temos. — Jacob continuou embrulhando a carne de urso calmamente em um papel grosso e branco. — Ela contou para você que eu estive com ela na maioria dos dias depois que o pai dela foi roubado.

— Foi roubado? Jeito interessante de colocar as coisas.

— A vida foi roubada dele, não foi? — Jacob terminou de embrulhar a carne e, em seguida, pegou um marcador preto e escreveu a data nos pacotes. Era um gesto tão doméstico que Nate chegou a piscar. — Ela lhe contou, mas você não confia na memória nem no coração dela.

— Eu confio nela.

— Ela era só uma criança. — Jacob lavou as mãos na pia. — Poderia ter se enganado ou, por me amar, poderia estar me protegendo.

— Poderia.

Jacob secou as mãos e pegou os pacotes de carne. Quando se virou, Nate viu que usava um amuleto pendurado no pescoço. Uma pedra azul-escura sobre uma camisa jeans desbotada.

— Conversei com algumas pessoas. — Ele foi até a pequena despensa onde havia um *freezer*. — Pessoas que não estão muito dispostas a falar com a polícia. As pessoas que conheciam Pat e Dois Dedos. — Ele começou a guardar os pacotes no *freezer*. — Essas pessoas que falam comigo, mas não com a polícia, me disseram que, quando Pat esteve em Ancoragem, ele tinha dinheiro. Mais dinheiro do que costumava ter. — Ele fechou o *freezer* e voltou para a cozinha. — Vou tomar um uísque agora.

— Onde ele conseguiu o dinheiro?

— Trabalhou alguns dias na fábrica de enlatados e pegou o pagamento adiantado, pelo que me disseram. Ele usou o dinheiro para jogar pôquer. — Jacob serviu três dedos de uísque em um copo. Pegou um segundo copo e ficou com uma expressão interrogativa.

— Não, obrigado.

— Acredito que possa ser verdade, porque ele gostava de jogar e, apesar de perder quase sempre, considerava... uma forma de pagamento pelo lazer. Parece que, daquela vez, ele não perdeu. Jogou duas noites e a maior parte do dia seguinte. Quem falou comigo disse que ele ganhara uma boa grana. Uns dizem que foi dez mil; outros, vinte, ou até mais. Pode ser conversa de pescador. Mas o consenso é que ele jogou, ganhou e ficou com o dinheiro.

— E o que ele fez com esse dinheiro?

— Isso ninguém sabe ou finge não saber. Mas alguns dizem que, na última vez que o viram, estava bebendo com uns homens. Não era nada incomum, então ninguém consegue se lembrar de quem eles eram. E por que se lembrariam de uma coisa dessas tanto tempo depois?

— Tinha uma prostituta.

Os lábios de Jacob se curvaram, apenas um pouco.

— Sempre tem.

— Kate. Não fui capaz de localizá-la.

— Kate Prostituta. Ela morreu, acho que faz uns cinco anos. Infarto — acrescentou Jacob. — Era uma mulher muito robusta e fumava dois, talvez três, maços de Camels por dia. A morte dela não foi uma surpresa.

Outro beco sem saída, pensou Nate.

— Essas pessoas que falam com você, mas não com a polícia, disseram mais alguma coisa?

— Alguns dizem que Dois Dedos levou Pat e dois outros homens no avião dele ou, no máximo, três, para escalar. Alguns dizem que era para escalar Denali; outros, No Name; outros, Deborah. Os detalhes não são claros, mas se lembram do dinheiro, do piloto e dos dois ou três companheiros.

Jacob bebericou o uísque.

— Ou eu poderia estar mentindo e ser o cara que escalou com ele.

— Poderia — reconheceu Nate. — Seria corajoso da sua parte. Um homem que caça ursos tem colhões.

Jacob sorriu.

— Um homem que caça ursos come bem.

— Eu acredito em você. Mas poderia estar mentindo.

Desta vez, Jacob riu e tomou o resto do uísque em um só gole.

— Poderia. Mas, como estamos na cozinha de Meg e ela ama nós dois, podemos fingir que acreditamos um no outro. Ela está mais iluminada agora. Sempre teve muita luz, mas, agora, tem ainda mais, e afasta as sombras que existem dentro de você. Ela pode cuidar de si mesma, mas... — Ele levou o copo para a pia, lavou e o colocou para secar, virando-se em seguida: — Cuide bem dela, delegado Burke. Ou vou atrás de você.

— Anotado — respondeu Nate quando Jacob saiu.

Capítulo vinte e oito

⌘ ⌘ ⌘

Nate esperou o momento certo. Parecia ter tempo de sobra. Já que se tornara um hábito passar no restaurante da Hospedaria para ver Jesse todos os dias, encontrar uma brecha para conversar a sós com Charlene não seria problema.

Encontrou Rose sentada em um reservado, aproveitando o baixo movimento do meio da manhã para encher as bisnagas plásticas de condimentos.

— Não levante — disse ele quando ela começou a deslizar pelo banco. — Onde está o meu amigão hoje?

— Uns primos nossos vieram de Nome, então Jesse vai ter uns amiguinhos para brincar por uns dias. Ele está exibindo o tio, o subdelegado, para todos eles — disse ela, sorrindo. — Mas ele quer trazer todos para cá para conhecerem seu grande amigo, o delegado Nate.

— Mesmo? — Ele pôde sentir seu próprio sorriso alargando-se de orelha a orelha. — Diga para trazê-los para fazermos um passeio pela delegacia. — E ele entraria em contato com Meg para ver se ela conseguiria levar um pacote de distintivos de brinquedo quando fosse buscar suprimentos.

— Você não se importaria?

— Eu me divertiria muito, isso sim! — Ele se inclinou para dar uma olhada em Willow, no carrinho. — Ela é absurdamente linda.

Agora, dava para dizer isso com sinceridade. As bochechas da bebê haviam crescido e dava até para apertá-las. E seus olhos, tão escuros, pareciam se fixar nos dele como se ela soubesse de coisas que ele não sabia.

Ele esticou um dedo e Willow o envolveu com os seus e o sacudiu.

— Charlene está no escritório?

— Não, no depósito ao lado da cozinha, cuidando do estoque.

— Tem problema se eu for até lá?

— Vai precisar de um colete à prova de balas — avisou Rose enquanto colocava *ketchup* em uma bisnaga de um vermelho vivo. — Ela está de mau humor faz uns dias.

— Vou me arriscar.

— Nate... Peter nos contou sobre a menção honrosa. Ele está muito orgulhoso. Estamos todos muito orgulhosos. Obrigada.

— Eu não fiz nada, foi ele quem fez.

Como os olhos dela se encheram de lágrimas, ele logo saiu dali.

Mike Grandão estava no balcão preparando uma salada que parecia ser o suficiente para alimentar um exército de coelhos. A rádio local estava sintonizada, de onde soava o profundo e apaixonado violoncelo de Yo-Yo Ma.

— Camarão à fiorentina à moda de Mike é o prato do dia — avisou ele. — O acompanhamento é salada com muçarela de búfala para os que gostam de comer bem.

— Delícia.

— Vai entrar lá? — perguntou Mike quando viu Nate ir em direção ao depósito. — É melhor levar escudo e espada.

— Fiquei sabendo. — Mas Nate abriu a porta e, como Charlene era imprevisível, não a fechou por questões de segurança.

O cômodo era amplo e frio, com prateleiras de metal cheias de enlatados e comidas desidratadas. Duas geladeiras grandes guardavam alimentos perecíveis e um *freezer* ficava espremido entre elas.

No meio do depósito, estava Charlene, de pé, fazendo anotações rápidas numa prancheta.

— Agora, já sei para onde fugir caso uma guerra nuclear comece.

Ela lançou um olhar na direção dele que não exibia suas calorosas boas-vindas de costume.

— Estou ocupada.

— Percebi. Só queria fazer uma pergunta.

— Você só sabe fazer perguntas — murmurou ela, elevando, em seguida, a voz em um grito. — Eu gostaria de saber por que estamos com duas latas de feijão-roxo a menos.

Mike Grandão aumentou o volume do rádio em resposta.

— Charlene, me dê só uns minutos. Depois, vou deixá-la em paz.

— Está bem, está bem, *está bem*! — Ela jogou a prancheta em uma prateleira com tanta força que Nate ouviu a madeira rachando. — Só estou tentando administrar uma empresa por aqui. Por que alguém se importaria com isso?

— Sinto muito que algo a esteja incomodando e vou ser o mais breve possível. Sabe algo sobre Galloway ter ganho altas somas de dinheiro no pôquer no período entre a saída dele da cidade e a escalada na montanha?

Ela soltou um som de escárnio.

— Até parece. — Mas logo apertou os olhos. — O que quer dizer com *altas somas*?

— Alguns milhares, algo assim. Fiquei sabendo por uma fonte que ele pode ter apostado e ganho algumas noites seguidas.

— Se havia jogo, ele provavelmente jogou. Mas quase nunca ganhava e, quando ganhava, não passava de uns duzentos dólares, se tivesse sorte. Teve uma vez em Portland em que ganhou uns três mil. E gastamos tudo em um quarto de hotel chique, um jantar maravilhoso com carnes e umas garrafas de champanhe no quarto. Ele comprou uma roupa para eu usar na ocasião: um vestido e um par de sapatos. E um par de brinquinhos de safira. — Seus olhos brilharam, mas, abrupta, ela balançou a cabeça e os ombros e secou as próprias lágrimas. — Perda de tempo. Tive que vender os brincos em Príncipe Guilherme para pagar pelo conserto da moto e comprar comida. Foi para isso que serviram.

— Se ele tivesse ganho dinheiro, o que faria com ele?

— Gastado. Não… — Ela apoiou a testa em uma das estantes e pareceu tão cansada, tão perdida, tão triste, que ele se arriscou e acariciou seu ombro. — Não, não naquela época. Ele sabia que eu estava sofrendo por dinheiro. Se ele tivesse conseguido algum dinheiro, talvez tivesse jogado um pouco, mas teria guardado a maior parte para trazer para casa e calar a minha boca.

— Ele poderia ter colocado no banco? Em Ancoragem?

— Não tínhamos conta em Ancoragem. Ele teria guardado na mochila e trazido para casa para eu me virar. Pat não tinha respeito algum pelo dinheiro. Muitos que nascem em berço de ouro não têm. — Ela levantou a cabeça. — Você está dizendo que ele tinha dinheiro?

— Estou dizendo que existe essa possibilidade.

— Ele não mandou nada para casa naquela época. Não mandou um centavo.

— E se ele tivesse dinheiro e fosse escalar?

— Ele teria deixado guardado em uma gaveta se mantivesse um quarto reservado. Do contrário, teria levado com ele. A Polícia Estadual não falou nada sobre dinheiro.

— Ele não estava com dinheiro.

Nenhum dinheiro, pensou Nate, enquanto saía do depósito. Nenhuma carteira, nenhuma identidade, nenhum dinheiro. Nenhuma mochila. Apenas isqueiros e o diário, guardados no bolso fechado do casaco.

Na calçada, pegou seu bloco, anotou a palavra DINHEIRO e a circulou.

O ditado dizia para seguir a mulher, pensou, mas, como policial, sabia que, se houvesse dinheiro envolvido em um homicídio, você sempre, sempre tinha que seguir o dinheiro.

Perguntou-se como seria capaz de descobrir se alguém em Lunatilândia recebera uma inesperada herança dezesseis anos atrás.

É claro que Galloway ter guardado o dinheiro em um quarto de hotel também era uma possibilidade. E a arrumadeira, o dono ou o próximo hóspede acabou se dando muito bem.

Ou ele levara o dinheiro com ele na mochila. E o assassino não abrira antes de jogá-la em uma fenda conveniente.

Mas por que o assassino sequer pegaria a mochila se não tivesse uma razão para isso? Pelos mantimentos e pelo que pudesse encontrar ali. Ou, em pânico, apenas para se livrar dela, pensando que, se o corpo fosse encontrado, não seria identificável.

Mas, se havia mesmo dinheiro envolvido, Nate estava disposto a apostar que o assassino sabia que estava lá e tirara vantagem disso. Mas quem...?

— As pessoas podem começar a questionar se estão pagando impostos para o delegado de polícia ficar sonhando acordado na rua.

Balançando a cabeça, Nate voltou à realidade e olhou para Hopp.

— Você está em todo lugar?

— Sempre que possível. Estou indo tomar um café e pensar um pouco. E bolar um plano. — A irritação no rosto dela ficou tão visível quanto sua camisa verde quadriculada.

— O que houve?

— John Malmont acabou de pedir demissão. Disse que vai embora no fim do ano letivo.

— Vai embora da escola?

— Vai embora de Lunatilândia. Não podemos arcar com a perda dele.

Ela pegou seu isqueiro Zippo, mas ficou apenas abrindo e fechando a tampa. Boatos na cidade diziam que estava usando adesivos de nicotina.

— Ele é professor de nível superior e, ainda por cima, ajuda Carrie com *O Lunático*, dirige as peças da escola, é responsável pelo comitê do anuário, nos coloca no mapa graças aos artigos que publica em revistas. Tenho que parar e encontrar uma forma de fazê-lo ficar.

— Ele disse por que decidiu ir embora? Assim, de repente?

— Só disse que estava na hora de mudar. Em um instante, estamos conversando sobre o clube literário de verão, que ele coordena. No outro, ele está fazendo as malas. Filho da puta! — Ela deu de ombros. — Vou pedir um café *e* um pedaço de torta. Torta com sorvete. — Ela fechou a tampa do isqueiro com violência. — Isso vai botar os meus neurônios para trabalhar. Não vou deixar que ele vá embora sem uma boa briga.

Interessante, pensou Nate. Timing interessante.

*B*URKE TINHA que sair de cena. Aquilo já chegara ao limite, ficar remexendo e bisbilhotando assuntos que *não eram da conta dele*.

Bom, havia mais de uma forma de expulsar da cidade um *cheechako* pé no saco. Havia quem dissesse que Burke subira de nível agora que sobrevivera a seu primeiro inverno.

Mas ele sabia que alguns continuavam sendo *cheechakos* não importava a que sobrevivessem.

Galloway fora um deles. Quando a coisa ficou séria, mostrara-se medroso, chorão e sorrateiro — acima de tudo, sorrateiro.

O homem fora um babaca, simples assim. Por que alguém *sequer* se importaria com a morte dele?

Fizera o que tinha que ser feito, dissera a si mesmo enquanto carregava os pesados sacos plásticos pela floresta. Assim como estava fazendo o que tinha que ser feito agora.

Ele cuidaria de Burke. Outro babaca medroso, chorão e sorrateiro. Ai, minha mulher me deixou por outro homem. Coitado de mim. Ai, meu parceiro morreu por minha causa. Buá, buá. Tenho que fugir para um lugar onde ninguém me conheça para chafurdar na minha própria lama de autopiedade.

Mas aquilo não era suficiente. Teve que tentar ser o fodão. *Tomar* aquilo que não lhe pertencia. Que jamais lhe pertenceria.

É, cuidaria dele, e a vida voltaria ao normal.

Ele pendurou os sacos plásticos nas árvores mais próximas à casa enquanto os cães ganiam e balançavam os rabos.

— Desta vez, não, garotos — disse em voz alta e pendurou outro próximo à porta dos fundos, fora de vista da entrada. — Desta vez, não, amigos.

Ele os acariciou brevemente, mas eles estavam mais interessados em cheirar e lamber suas mãos.

Ele gostava dos cães. Gostava de Yukon. Mas aquele cachorro velho já estava quase cego, artrítico e praticamente surdo, para piorar. Matá-lo fora um ato de misericórdia, na realidade. E, ainda, passou uma mensagem.

Voltou para a floresta, parando na borda para olhar para trás. Havia algumas porções de terra, onde a neve se derretia sob o sol, que a chuva havia limpado. Umas poucas jovens mudas brotavam daquela terra.

Primavera, ele pensou. E, assim que o solo estivesse totalmente aquecido, trariam Pat Galloway de volta para casa pela última vez.

Ele planejava marcar presença no cemitério, com a cabeça respeitosamente baixa.

As cores do céu se suavizavam em direção ao crepúsculo quando Nate chegou em casa. Esperou no acostamento enquanto Meg caminhava, indo do lago até ele, passando por cima do verde pantanoso com porções de neve cada vez menores, reparou ele.

Ela carregava uma caixa de mercadorias e vestia uma camisa de um vermelho tão vivo que o fez pensar em um ostentoso pássaro tropical.

— Quer trocar?

Ela olhou para a caixa de pizza que ele segurava e a cheirou.

— Não. Eu trouxe comida *e* os seus distintivos de brinquedo. Mas gosto de homens que trazem o jantar. Tinha certeza de que eu chegaria a tempo ou planejava comer tudo sozinho?

— Ouvi o seu avião. Terminei o que estava fazendo e fui até o Restaurante Italiano comprar uma pizza. Imaginei que você teria que desembarcar a carga e daria tempo certinho.

— Quase. Estou morrendo de fome. — Ela levou as caixas em um carrinho até a casa e direto para a cozinha. — E acontece que umas das coisas que eu trouxe é conhecida como um *cabernet* excepcional. — Ela pegou a garrafa. — Topa?

— Claro, um minuto. — Ele pôs a pizza de lado, colocou as mãos nos ombros dela e a beijou. — Oi.

— Oi, gracinha. — Sorrindo, ela agarrou os cabelos dele e o puxou para um beijo mais feroz, mais longo. — Olá, garotos! — Ela se agachou para acariciar e brincar rapidamente com os cães. — Estavam com saudades, hein? Estavam?

— Todos estávamos. Ontem à noite, nos consolamos com um osso de urso e macarrão com queijo. Jacob providenciou o osso e a carne de urso que está no seu *freezer*.

— Hum, muito bom. — Ela pegou uma sacola plástica e a sacudiu para ouvir o retinir do conteúdo e a jogou para ele.

Dentro da sacola, havia broches de estrelas prateadas.

— Legal.

— Você disse que queria sete, mas comprei uma dúzia. Assim, vai poder ter umas extras quando quiser nomear mais crianças como delegados.

— Obrigado. Quanto lhe devo?

— Bota na conta. A gente acerta depois. Abre essa garrafa, delegado? — Ela deslizou a mão para dentro da caixa de pizza e pegou um pedaço. — Não almocei — continuou, com a boca cheia. — Precisei aterrissar, por causa de um probleminha com o motor, e perdi umas duas horas.

— Que tipo de probleminha no motor?

— Nada sério. Tudo certo agora, mas pizza e vinho, um banho quente e um homem que sabe me massagear nos lugares certos cairiam muito bem.

— Parece que podemos arranjar tudo isso.

— Você está com esse meio sorriso no rosto. O que houve?

— Coisas. Vai querer sentar para comer ou vai ficar de pé, engolindo a comida?

— Ficar de pé. — Ela deu outra mordida enorme. — Engolindo.

— Certo. Tenho que deixar este vinho respirar ou sei lá o quê?

— Não quando eu empurrar a pizza com ele. Passe para cá.

Ele serviu uma taça para ela e outra para ele. Em seguida, pegou uma fatia e se recostou contra o balcão para comer.

— Sabe o dia em que Peter levou um tiro?

— Difícil de esquecer. Ele seguia a mim e a Rose para cima e para baixo, feito um cachorrinho. Ele está bem, não está?

— Está. Mas, naquele dia, quando vi o sangue na neve, quando fui até ele e o sangue dele foi parar nas minhas mãos, parte da minha mente apagou. Não, eu diria que voltou no tempo. Foi até Jack. Eu voltei para aquele beco outra vez. Pude ver, ouvir, sentir o cheiro. E eu quis me afundar de alguma forma. Fugir.

— Não foi isso o que eu fiquei sabendo.

— Isso foi o que aconteceu dentro de mim. — Ele poria aquilo para fora primeiro, pensou Nate. Garantiria que ela o enxergasse como fora, como era, como queria ser. — Parecia que muito tempo havia se passado. Muito tempo agachado na neve com ele sangrando em mim. Mas não foi. E eu não afundei.

— Não, não afundou. Você atraiu os tiros dele para longe de Peter.

— O ponto não é esse.

— Gracinha. — Ela se aproximou, deu-lhe um leve beijo e voltou para se apoiar no balcão novamente. — Você é tão oficial.

470

— Eu controlei a situação. Fiz o meu trabalho e todos saíram vivos. Eu poderia tê-lo matado. Spinnaker.

Ele percebeu quando ela refletiu sobre isso, uma singela inclinação de cabeça.

— Eu poderia tê-lo matado e, por um instante, considerei a possibilidade. Ninguém me questionaria. Ele atirou no meu subdelegado, atirou em mim. Ele estava armado e era perigoso. Não foi como no beco, com Jack. Ali, o meu parceiro estava ferido, estava morrendo — corrigiu ele —, e eu estava ferido e aquele filho da puta não parava de atirar.

Ele olhava para o próprio vinho enquanto ela escutava, enquanto esperava. Ele pôs a taça no balcão.

— Não havia escolha, mas, dessa vez, havia. E eu considerei mandá-lo para o inferno. Você deveria saber disso. Acho que deveria saber que eu pensei em fazer isso.

— Esperaria que eu me importasse caso tivesse feito isso? Ele tentou matar o meu amigo, tentou matar você. Eu não me importaria, Nate. Acho que deveria saber que eu penso assim.

— Teria sido...

— Errado — completou ela. — Para você. Para o homem que você é, para o tipo de policial que você é. Então, estou feliz que não tenha feito isso. A sua noção de certo e errado é mais definida que a minha. As coisas são assim.

— Fez um ano da morte de Jack.

Os olhos dela se encheram de compaixão.

— Ah, caramba... Você está sempre levando socos na boca do estômago, não está?

— Não. Não, eu liguei para Beth, a mulher de Jack. Liguei para ela e foi bom. Ela estava bem. E, durante a conversa, percebi que não vou afundar outra vez. Não sei quando saí do poço exatamente e, às vezes, o chão parece um pouco fofo e instável sob os meus pés. Mas não vou voltar para o fundo do poço.

— Você nunca esteve no fundo do poço. — Ela se serviu de mais vinho.

— Conheço pessoas que já estiveram lá ou que provavelmente vão estar. É o tipo de gente que colide com o avião na encosta de uma montanha em um dia de céu azul ou se manda para o meio do mato para morrer. Conheço pessoas assim. Fazem parte do mundo que frequento longe daqui. Pilotos desgastados ou forasteiros que vêm parar aqui porque não aguentam mais o mundo. Mulheres destruídas pelo abuso ou pela negligência há tanto tempo que seriam capazes de se deitar e deixar o primeiro homem que virem pela frente as espancarem até a morte. Você era triste, Nate, e um pouco perdido, mas nunca foi um deles. Você tem muito aí dentro para ser um deles.

Ele não disse nada por um instante. Depois, aproximou-se e tocou as pontas dos cabelos dela.

— Você afastou as minhas sombras.

— O que disse?

O meio sorriso voltou aos lábios dele.

— Case comigo, Meg.

Por um momento, ela o encarou; aqueles olhos azuis cristalinos completamente ligados aos dele. Depois ela jogou a fatia de pizza já mordida dentro da caixa.

— Eu *sabia*! — Jogando as mãos para o alto, ela se virou e foi a passos pesados pela cozinha com tamanha violência que os cães começaram a saltar e farejar ao seu redor. — Eu *sabia*! Cozinhe para um cara, transe bem, abra o coração e diga a ele que o ama e *bum*! Quando for ver, ele já está falando em casamento. Eu não falei para você? Eu não falei? — Ela se virou para apontar um dedo acusador para ele. — Lar, doce lar tatuado na sua bunda!

— Parece que você acertou tudinho.

— Não abra esse sorrisinho para mim!

— Um minuto atrás era um meio sorriso. E você achou fofinho.

— Mudei de ideia. Para que você quer se casar?

— Eu amo você. Você me ama.

— E daí? *E daí?* — Ela ainda sacudia os braços e os cães, agora achando que era um tipo de brincadeira, começaram a dar pulinhos em cima dela.

— Por que você quer estragar tudo?

— Acho que sou louco. E você? Amarelou?

Ela puxou o ar com força pelo nariz e seus olhos arderam com frieza.

— Não fique de sacanagem com a minha cara!

— Você tem fobia de casamento? — Ele se apoiou novamente no balcão, pegou a taça e tomou um gole do vinho. — A pilotinha corajosa começa a tremer quando ouve a palavra que começa com "c". Interessante.

— Eu não estou tremendo, seu babaca.

— Case comigo, Meg. — O meio sorriso se alargou em um sorriso inteiro. — Viu só? Ficou pálida.

— Não fiquei. Não fiquei!

— Eu amo você.

— Seu canalha!

— Quero passar o resto da minha vida com você.

— Droga.

— Quero ter filhos com você.

— Ah! — Ela agarrou os cabelos, puxando-os enquanto um som indescritível saía de sua garganta. — Para com isso!

— Viu? — Ele pegou outra fatia de pizza. — Amarelou.

Ela fechou a mão direita em um punho.

— Não pense que não sou capaz de dominá-lo, Burke.

— Já dominou. Na primeira vez que te vi.

— Ah, cara. — Ela deixou o punho cair na lateral do corpo. — Você se acha uma graça, se acha esperto, mas, na verdade, é burro e simplista. Já passou por esse lance de casamento, se ferrou pra caralho e aqui está você, pedindo mais.

— Ela não era você. Eu não era eu.

— E o que isso significa, cacete?

— A primeira parte é fácil. Não existe ninguém como você. E eu não sou quem eu era quando estava com ela. Pessoas diferentes deixam, bem, as pessoas diferentes. Sou um homem melhor com você, Meg. Você me faz querer ser um homem melhor.

— Meu Deus, não diga essas coisas. — Ela conseguia sentir os olhos arderem. As lágrimas que vinham de seu coração eram quentes e fortes. — Você é o homem que sempre foi. Talvez tenha ficado frágil por um tempo, mas todo mundo fica quando é escorraçado e abandonado. Eu não sou uma pessoa melhor, Nate. Sou egoísta e do contra e... Eu ia dizer individualista, mas não vejo por que querer viver a minha vida do meu jeito faria de mim individualista. Sou má quando quero ser e não me importo com regras, a não ser que sejam as minhas. E estou aqui, ainda estou neste lugar, porque sou meio maluca.

— Eu sei. Não mude.

— Eu sabia que você seria um problema... No Ano-Novo, quando tive aquele impulso idiota de te trazer para ver a aurora boreal.

— Você estava com um vestido vermelho.

— Acha que eu sou o tipo de garota que se derrete toda só porque você lembra a cor do meu vestido?

— Você me ama.

— É. — Ela soltou um longo suspiro e esfregou as mãos nas bochechas molhadas. — É, amo mesmo. Que confusão...

— Case comigo, Meg.

— Você vai ficar repetindo isso, não vai?

— Até eu receber uma resposta.

— E se a resposta for não?

— Se for não, vou esperar, investir pouco a pouco em você e pedir de novo. Desistir não é coisa para mim, cansei disso.

— Você nunca desistiu. Estava apenas hibernando.

Ele sorriu outra vez.

— Olhe só para você, aí, parada. Eu poderia te olhar para sempre.

— Caramba, Nate. — O coração dela doeu, tanto que teve que esfregar a mão sobre o peito. E aquela dor, ela percebeu, tão doce lá no fundo, abafava o pânico. — Você me mata.

— Case comigo, Meg.

— Ó céus — suspirou ela. Em seguida, riu, porque aquela doçura tomou conta de todo o resto. — Que se dane, vou te dar uma chance. — Ela saltou para cima dele de tal maneira que, se ele não estivesse apoiado no balcão, teria caído de costas. Envolvendo a cintura dele com as pernas, esmagou os lábios dele com os seus. — Se der merda, a culpa é sua.

— Óbvio.

— Vou ser uma péssima esposa. — Ela encheu o rosto e o pescoço dele de beijos. — Vou te irritar e te enlouquecer quase sempre. Vou jogar sujo e ficar com raiva quando você vencer em uma briga, o que vai ser muito raro. — Ela afastou a cabeça e segurou o rosto dele com as duas mãos. — Mas não vou mentir para você. Não vou trair. E nunca vou te abandonar quando precisar de mim.

— Nós vamos dar certo. — Ele encostou o rosto no dela, sentindo seu cheiro. — Vamos fazer dar certo. Não comprei a aliança.

— Vai ter que resolver isso o mais rápido possível. E nada de economizar.

— Tudo bem.

Rindo, ela se jogou para trás, tão para trás, que ele teve que se equilibrar para não caírem.

— Isso é tão louco que só pode ser a coisa certa a se fazer. — Ela se reaproximou e pôs os braços ao redor do pescoço dele. — Acho que está na hora de subirmos e fazermos um sexo selvagem de noivado.

— Eu estava contando com isso. — Ele a levantou um pouco mais e saiu da cozinha, carregando-a. Quando ela enterrou os dentes em seu pescoço, ele soltou um suspiro trêmulo. — Precisa ser lá em cima? Que tal nas escadas? Ou aqui no chão mesmo? Depois, podíamos... Droga!

Latindo, os cães correram até a porta e, um segundo depois, ele viu a luz dos faróis refletindo na janela.

— Tranque todas as portas — murmurou Meg, sonhadora, ainda investindo no pescoço dele. — Apague todas as luzes. Vamos nos esconder. Vamos ficar nus e nos esconder.

— Tarde demais. Mas vamos lembrar onde paramos e, depois de nos livrarmos de quem quer que seja, mesmo que tenhamos que matá-lo, recomeçamos.

— Combinado. — Ela pulou no chão. — Quietos! — ordenou aos cães, que se sentaram, encarando a porta e balançando os rabos. Ela a abriu e reconheceu o homem que saía do carro. — Amigo — disse aos cães, levantando a mão em comprimento. — Oi, Steven!

— Oi, Meg. — Ele abaixou para acariciar os cães. — Olá, garotos, olá! Como estão? Ah, encontrei Peter e ele disse que o delegado Burke estava aqui. Queria falar com ele um instante, se não for um problema.

— Claro. Entre. Fora, garotos, vão passear.

— Oi, Steven. Como vai?

— Delegado. — Ele apertou a mão de Nate. — Bem melhor do que na última vez que nos vimos. Queria lhe agradecer de novo, pessoalmente e quando estivesse melhor, pelo que fez por mim. Por nós. A você também, Meg.

— Fiquei sabendo que você não perdeu nenhum dedo.

— Dez nas mãos, dez nos pés. Bom, nove e meio nos pés. Tive muita sorte. Todos tivemos. Desculpe incomodá-la em casa... quer dizer, fora de expediente.

— Não tem problema.

— Entre e sente-se — convidou Meg. — Quer vinho? Cerveja?

— Ele é menor de idade — disse Nate quando Steven estava prestes a aceitar. — E veio de carro.

— Policiais... — resmungou Meg. — Sempre estragando tudo.

— Pode ser uma Coca ou outra coisa que você tenha.

— Claro.

Steven sentou-se, tamborilando os dedos nos joelhos.

— Vim passar uns dias em casa, as férias de primavera. Eu queria ter vindo antes, mas tive muita coisa para resolver. Perdi muitas aulas quando estava no hospital, sabe.

— Está colocando a matéria em dia?

— Sim, passando muitas noites em claro, mas estou me virando. Eu quis voltar quando me contaram sobre o Yukon. — A voz dele vacilou e ele apertou os joelhos com os dedos.

— Sinto muito.

— Lembro o dia em que o adotamos. Eu era criança e ele era uma bolinha de pelo brincalhona. É difícil, ainda mais para a minha mãe. Era como o bebê dela, sei lá.

— Nem sei o que eu faria se alguém fizesse mal aos meus cachorros — disse Meg, voltando para a sala. Deu para Nate uma das taças de vinho que trazia, uma em cada mão, e, em seguida, pegou a lata de Coca-Cola que trazia debaixo do braço e a deu para Steven.

— Sei que está fazendo o possível. Me contaram que tinha um maluco nas redondezas e que, nossa, ele atirou em Peter! — Ele sacudiu a cabeça enquanto abria a lata. — E alguns acham que esse cara pode ter feito aquilo com Yukon. Mas...

— Você não acha que foi ele — completou Nate.

— Yukon era amigável, mas não sairia com um estranho. Eu não acho que ele teria ido com alguém que não conhecesse. Não sem resistir. Ele era velho e quase cego, mas não teria saído do quintal com alguém que não conhecesse. — Ele tomou um longo gole. — Enfim... Não foi por isso que vim. Eu só queria colocar isso para fora. Mas vim por causa disto.

Ele elevou os quadris enquanto buscava algo dentro do bolso da frente da calça jeans. De lá, tirou um pequeno brinco de prata com o formato da Cruz de Malta.

— Estava na caverna — disse ele.

Nate pegou o brinco.

— Você encontrou isto na caverna junto com Galloway?

— Na verdade, foi Scott quem o encontrou. Eu tinha me esquecido dele. Acho que todos esquecemos. Estava a mais ou menos meio metro do... — ele olhou para Meg — do corpo. Desculpe.

— Tudo bem.

— Ele lascou o brinco. Não sei por quê... Tédio, talvez. E o guardou na mochila. Quando saímos da montanha naquele estado, o hospital e aquela merda toda, ele acabou se esquecendo dele. Depois, encontrou em suas coisas e me deu porque eu viria para casa. Pensamos que seria do seu pai, Meg, então achamos que devia ficar com você. Só que achei que a polícia deveria vê-lo antes, então imaginei que seria bom mostrá-lo para o delegado Burke.

— Mostrou isso ao sargento Coben? — perguntou Nate.

— Não. Scott o entregou para mim pouco antes de eu vir para casa... E eu queria vir logo. Achei que não teria problema mostrar para você.

— Não tem problema. Obrigado por trazê-lo até aqui.

— Não sei se era dele — disse Meg assim que ficou a sós com Nate. — Talvez fosse. Ele usava um brinco. Tinha alguns. Não me lembro direito. Ele tinha uns bem pequenininhos, uma argola de ouro. Mas vai ver este era dele. Pode tê-lo comprado em Ancoragem depois que saiu de casa. Pode ser que fosse...

— Do assassino — concluiu Nate, analisando o brinco na palma da mão.

— Vai entregá-lo a Coben?

— Vou pensar a respeito por um tempo.

— Você pode guardá-lo? Podemos deixá-lo de lado esta noite? Não quero ficar triste.

Nate guardou o brinco no bolso da camisa, abotoando-o.

— Tudo bem agora?

— Sim. — Ela apoiou a cabeça no ombro dele e pôs uma das mãos sobre o bolso da camisa. — Pode mostrar a Charlene amanhã. Talvez ela saiba. Mas, por enquanto... — Ela pôs as mãos nos ombros dele, pendurando-se nele outra vez. — Onde estávamos?

— Acho que estávamos ali.

— E, agora, estamos aqui. Olhe só! Tem um belo sofá confortável atrás de você! Quanto tempo levaria para me deixar nua sobre ele?

— Vamos descobrir.

Ele se jogou de costas, girando-a no último segundo, fazendo-a cair aos risos, sob ele. As pernas dela ainda estavam presas ao seu redor enquanto ela tirava sua camisa de dentro da calça e passava as unhas por suas costas.

— Espero que me faça ver estrelas hoje, porque sou virgem de sexo de noivado.

— Pode deixar comigo. — Ele desabotoou a blusa dela, trilhando com os lábios o caminho até o botão da calça jeans. — Vou fazê-la ver constelações.

— Admiro um homem ambicioso.

Sentiu a língua dele deslizando, os dentes arranhando sua pele enquanto ele despia sua calça com a boca.

Ela se casaria com aquele homem. Quem diria? Ignatious Burke, com aqueles grandes olhos tristes e mãos fortes. Um homem cheio de paciência, necessidades e coragem. E honra.

Passou a mão nos cabelos dele. Não fizera nada na vida para merecê-lo. E, de alguma forma, aquilo deixava tudo ainda mais maravilhoso.

Foi quando os dentes dele mordiscaram a parte interna da sua coxa e ela tremeu, parando de pensar de vez.

Ele foi subindo e descendo pelo corpo dela, por cima dela, em torno dela, com a alma lavada por saber que aquela mulher agora lhe pertencia. Era dele para estimar e proteger, para apoiar e ser apoiado. O amor que sentia por ela era como o sol dentro de si, brilhando com vigor e vivacidade.

Encontrou os lábios dela outra vez e mergulhou neles com todo aquele calor e energia.

Em alguma parte de sua mente, ouviu os cães latindo, uma cacofonia desvairada que invadia o zunido sexual. No momento em que levantou a cabeça para identificar o som, Meg já o estava empurrando.

— Alguma coisa está atacando os meus cachorros!

Ela saiu correndo do cômodo enquanto ele ainda rolava para fora do sofá.

— Meg! Espera! Espera aí!

Ele ouviu alguma coisa — alguma coisa que não era um cão do lado de fora da casa — e correu atrás dela.

Capítulo vinte e nove

⌘ ⌘ ⌘

Com um rifle em mãos, Meg estava abrindo a porta dos fundos quando ele a alcançou. Ele saltou e fechou a porta na frente dela.

— Que diabos está fazendo?

— Protegendo os meus cachorros. Eles vão ser destroçados lá fora. Sai da minha frente, Burke! Eu sei o que estou fazendo.

Apressada demais para ser educada, deu uma coronhada na barriga dele e ficou tão furiosa quanto boquiaberta quando, em vez de se retrair, ele continuou onde estava e a empurrou para trás.

— Me dá a arma.

— Você tem a sua. Os cachorros são meus. — Um rugido pulsante e seco se elevou por cima dos latidos alvoroçados. — Essa coisa vai matar os meus cachorros!

— Não vai, não. — Ele não tinha ideia do que era *essa coisa*, mas, pelo som, era maior que qualquer cachorro. Acendeu as luzes externas e, em seguida, pegou a arma que deixara no balcão, tirando-a do coldre. — Fique aqui.

Mais tarde, se perguntaria por que achara que ela lhe daria ouvidos, por que daria ouvidos à razão. Por que ficaria segura. Mas, quando abriu a porta com a arma em punho, em posição de confronto, ela escapuliu, passando por baixo de seu braço, girando o corpo e o cano do rifle na direção dos sons da batalha brutal.

Por um instante, Nate foi dominado por um assombro, misturado com medo e intenso respeito. O urso era gigantesco, uma enorme carcaça negra contra a neve salpicada. Os dentes do animal brilhavam na luz, pontiagudos e mortais, conforme suas mandíbulas se abriam, e ele avançava, agressivo, na direção dos cães.

Eles o enfrentavam em curtas investidas, rápidos e rosnando. Ele viu o sangue respingado no chão, uma poça sendo absorvida pelo solo ainda úmido. Aquele cheiro cru e o forte odor do animal selvagem envolviam o ar.

— Rock, Bull! Aqui! Venham aqui, agora!

Tarde demais, foi tudo o que Nate conseguiu pensar. Tarde demais até mesmo para ouvirem ela. Eles já haviam escolhido entre lutar ou fugir e a sede de sangue já se instalara nos dois.

O urso apoiou as quatro patas no chão, suas costas se arquearam, e o som que ele emitiu não era nada como os rugidos que Hollywood atribuía a ursos. Era maior. Mais selvagem, mais apavorante. Mais real.

O animal balançou a pata, suas garras afiadas à mostra, e atingiu um dos cães, que caiu na neve, ganindo. Em seguida, ergueu-se, ficando nas patas traseiras. Mais alto que um homem, tão grande quanto a lua. Sangue em suas presas e olhos enlouquecidos pela batalha.

Quando o urso foi ao ataque, Nate atirou. E atirou outra vez quando o animal se pôs de quatro para correr na direção deles. Ouviu o estrondo do rifle de Meg, uma, duas vezes, explodindo por entre os tiros de sua própria arma. O urso gritou — assim lhe pareceu — enquanto o sangue jorrava e manchava seu pelo.

A menos de um metro deles, o animal caiu, chacoalhando o chão sob os pés de Nate.

Meg empurrou o rifle para Nate e saltou, correndo na direção do cão que mancava em sua direção.

— Você está bem, está tudo bem. Me deixe ver isso. Ele arranhou você, não foi? Seu cachorro *tapado*. Eu não chamei você?

Nate ficou parado onde estava por um instante para ter certeza de que o urso estava realmente morto. Rock farejava o grande cadáver, pondo o focinho no sangue.

Em seguida, Nate foi em direção a Meg, que estava ajoelhada e vestia apenas uma calcinha e uma blusa aberta.

— Entre, Meg.

— Não está tão ruim assim. — Meg consolava Bull. — Posso cuidar disso. Era uma armadilha. Atraíram o urso para a casa, está vendo? Carne fresca.

— Os olhos dela pareciam tão duros quanto pedras quando gesticulou para os pedaços de carne já meio comidos. — Penduraram carne, carne fresca perto da casa, provavelmente na margem da floresta. Atraíram o urso para cá. Desgraçado! Algum desgraçado fez isso!

— Entre, Meg. Você está com frio. — Ele a levantou e a sentiu tremendo. — Leve isso lá para dentro. Eu levo o cachorro.

Ela pegou as armas e assoviou, chamando Rock. Já dentro de casa, colocou as armas no balcão e correu, apressada, para pegar um cobertor e itens de primeiros socorros.

— Coloque-o deitado aqui — pediu ela quando Nate entrou com o cão nos braços. — Abaixe junto dele, faça com que fique quieto. Ele não vai gostar nada disso.

Ele fez o que ela pediu, segurou a cabeça do animal e não disse nada enquanto Meg limpava os ferimentos.

— Não são muito profundos, não. Deve ficar uma cicatriz. Ferimentos de batalha, não tem problema. Rock, sentado! — gritou ela quando o cão tentou passar por baixo do braço dela para cheirar o companheiro. — Vou dar duas injeções nele aqui. — Ela pegou uma seringa com uma agulha hipodérmica, bateu nela com a mão bem firme e fez jorrar um pequeno jato. — Segure-o com firmeza.

— Podemos levá-lo até o Ken.

— Não está tão ruim assim. Ele não faria nada diferente do que posso fazer aqui. Vou dar isso para dopá-lo e conseguir dar uns pontos nos cortes mais profundos. Depois, vamos dar um antibiótico, cobri-lo e deixar que durma para se recuperar.

Ela beliscou um bocado de pelo e deslizou a agulha sob a pele. Bull choramingou e olhou para Nate com olhos angustiados.

— Relaxe, garotão. Já vai se sentir melhor. — Ele acariciou o cão enquanto Meg começou a fazer as suturas. — Você tem isso tudo em casa?

— Nunca se sabe o que pode acontecer por aqui. Pode machucar a perna ou qualquer outra coisa enquanto corta lenha, ficar sem luz, as estradas podem estar interditadas... E aí, o que vai fazer?

Enquanto dava os pontos, sua testa estava franzida, e sua voz, calma e pragmática.

— Não dá para depender o tempo todo de um médico. Isso, bebê, estamos quase lá. Vamos cuidar de você e colocá-lo em um lugar quentinho. Tenho essa pomada também. Vai ajudar a fechar a ferida e evitar que ele a mordisque porque tem um gosto horrível. Vou colocar uma atadura nele. Amanhã, vamos até a clínica para Ken examiná-lo, mas não é nada grave.

Quando o cão adormeceu sob um cobertor com Rock ao lado dele, Meg pegou a garrafa de vinho e bebeu diretamente dela. Agora, suas mãos tremiam violentamente.

— Minha nossa.

Nate pegou a garrafa dela e a pôs cuidadosamente de lado. Em seguida, a agarrou pelos cotovelos e a levantou a uns centímetros do chão.

— Nunca mais faça aquilo novamente. *Nunca mais.*

— Ei!

— Olhe para mim. Me escuta.

Ela não tinha escolha, pois sua voz mais parecia um estrondo e seu rosto, implacável tamanha a fúria, tomou-lhe toda a visão.

— Nunca mais se arrisque daquele jeito.

— Eu tive que...

— Não teve, não. Eu estava aqui. Você não precisava sair correndo da casa, quase nua, para matar um urso-pardo!

— Não era um urso-pardo! — gritou ela de volta. — Era um urso-negro.

Ele a largou, deixando-a de pé novamente.

— Que merda, Meg!

— Sou capaz de cuidar de mim mesma e dos meus.

Ele se virou para ela. Seu rosto continha tanta ira que ela deu um passo para trás. Aquele não era o amante paciente, o policial sangue-frio. Aquele era um homem furioso, tão quente por dentro que era capaz de queimá-la viva.

— Você é minha agora, então se acostume.

— Não vou ficar por aí me fazendo de indefesa só porque...

— Indefesa o caralho! Quem quer que você se faça de indefesa? Existe uma grande diferença entre se fazer de indefesa e sair correndo da casa de calcinha sem sequer saber o que está acontecendo. Existe uma grande diferença, Meg, quando você tenta me afastar dando uma coronhada na minha barriga com um rifle.

— Eu não... Eu dei? — Por mais estranho que fosse, foi o temperamento explosivo dele que deixou o dela mais calmo, fazendo com que ela voltasse a raciocinar. — Me desculpe. Me desculpe! Isso foi um erro.

Ela pôs as mãos no rosto e respirou várias vezes até que o medo, a raiva e seus tremores diminuíssem.

— Devo ter cometido outros erros, mas eu apenas reagi. Eu... — Ela levantou a palma da mão em sinal de paz e pegou a taça de vinho novamente. Devagar, bebeu para acalmar sua garganta seca. — Os meus cães são os meus parceiros. Você entende que não se hesita quando um parceiro está em perigo. E eu sabia, sim, o que estava acontecendo. Só que não tinha tempo para explicar. E eu também não tive a oportunidade de dizer... foi bom e diferente saber que você estava lá fora ao meu lado. Mesmo que eu não tenha demonstrado, eu sabia que você estava lá, o que significou muito para mim.

Sua voz vacilou, então ela pressionou os dedos da mão livre contra os olhos até que recuperasse o controle.

— Não vou te culpar se quiser ficar com raiva. Mas, se ao menos pudesse terminar de gritar comigo depois que eu vestir alguma coisa... Estou com frio.

— Acho que já terminei. — Ele se aproximou e a puxou para seus braços, abraçando-a com toda a força que tinha.

— Veja só. Estou tremendo. — Ela se afundou nele. — E não estaria se você não estivesse aqui me abraçando.

— Venha se vestir. — Ele a manteve envolta em um braço até chegarem à sala de estar. Então, foi até a lareira colocar mais lenha. — Tenho essa necessidade de cuidar de você — disse, em voz baixa. — Mas não vou te sufocar por causa isso.

— Eu sei. E eu tenho essa necessidade de cuidar de mim mesma, mas vou tentar não te afastar por causa disso.

— Certo. Agora, fale sobre a armadilha.

— Ursos gostam de comer. É por isso que enterramos ou guardamos bem as sobras de comida quando acampamos, por isso que carregamos alimentos em recipientes selados e os penduramos longe do acampamento. É por isso que construímos um armazém sobre palafitas para suprimentos e sempre tiramos a escada da porta depois que saímos de lá.

Ela puxou a calça e passou a mão pelos cabelos.

— Se um urso sente cheiro de comida, vai até ela para se alimentar, e é capaz de subir uma escada. Você ficaria surpreso com os bichos que conseguem subir escadas. Eles vão até mesmo para a cidade, uma região povoada, para vasculhar latas de lixo, comedouros de pássaros, e assim por diante. Podem até tentar entrar em uma casa só para ver se tem algo mais interessante lá dentro. Geralmente, dá para espantá-los. Mas, às vezes, não dá. — Ela abotoou a camisa e se aproximou da lareira. — Tem carne lá no chão e aposto que vamos encontrar pedaços dos sacos plásticos onde ela estava. Alguém colocou lá para atrair um urso para perto da casa. E pode ter certeza de que esse tipo de isca vai funcionar nesta época do ano. Os ursos estão saindo da hibernação, estão famintos.

— Alguém pôs a isca esperando que você caísse na armadilha.

— Não, não eu. Você. — Meg sentiu o estômago revirar. — Pense só: colocaram a isca lá fora ainda hoje, antes de eu voltar. Se alguém tivesse tentado enquanto estivéssemos aqui, ouviríamos os cães latindo. Digamos que você estivesse sozinho aqui esta noite, como na noite passada. O que teria feito se ouvisse os cães latindo daquela forma?

— Eu teria saído para ver o que estava acontecendo. Armado.

— Com o seu revólver — disse ela, assentindo com a cabeça. — Talvez seja possível matar um urso com um revólver ou, pelo menos, espantá-lo, se tiver sorte de atirar o suficiente antes de ele arrancar a arma da sua mão e comê-la. Em geral, o máximo que vai fazer é irritá-lo. E um urso que estava ocupado fazendo um rango ou brigando com uma dupla de *huskies* bravos? Ele passaria pelos meus cachorros, Nate. Eles até teriam causado um estrago antes de ele os estraçalhar. E, se você tivesse ido lá fora, sozinho, com essa sua nove milímetros, talvez também tivesse sido estraçalhado. É o mais provável... Urso ferido, urso enraivecido. Ele teria atravessado a porta logo depois de você. E alguém estava contando com isso.

— Se for isso, eu devo estar deixando alguém bem nervoso.

— É isso o que a polícia faz, não é? — Ela passou a mão no joelho dele quando ele se sentou ao seu lado. — Seja lá quem for, esse alguém o queria morto ou muito, muito machucado. E não se importou em sacrificar os meus cachorros para conseguir.

— Ou você, se as coisas tivessem tomado outro rumo.

— Ou eu. Bom, ele me deixou com bastante raiva agora. — Ela deu tapinhas no joelho dele antes de se levantar para andar. — Matar o meu pai já me machucou. Mas ele já se foi há muito tempo e eu consegui superar isso. Ir atrás do cara e jogá-lo atrás das grades seria o suficiente. Mas ninguém machuca os meus cachorros.

Ela se virou e viu que aquele meio sorriso voltara.

— Ou o cara com quem vou me casar, ainda mais antes de ele comprar uma aliança caríssima para mim. Ainda está irritado comigo?

— Nem tanto. Vou guardar para sempre a imagem de você lá fora, de calcinha vermelha e blusa vermelha aberta, balançando no vento, enquanto empunhava um rifle. Mas, depois de um tempo, isso vai ser erótico em vez de aterrorizante.

— Eu realmente amo você. É muito louco. Certo. — Ela esfregou as mãos com força no rosto. — Não podemos deixar aquela carcaça lá fora. Vai atrair todos os tipos de visitantes interessados e os cães vão fazer a festa nela de manhã. Vou ligar para Jacob para pedir para ele me ajudar a tirá-la daqui e ver se consegue encontrar pistas de quem colocou as iscas.

Ela viu o rosto dele e se aproximou.

— Dá para ver o seu cérebro trabalhando. Jacob veio aqui hoje com carne de urso. Ele não faria isso, Nate. Posso dar vários motivos bem específicos do porquê não foi ele, além do fato de ele ser um bom homem, que me ama. Em primeiro lugar, ele nunca colocaria os meus cachorros em risco. Ele ama e respeita os dois. Segundo, ele sabia que eu voltaria para casa hoje. Falei com ele depois de vistoriar o motor. Terceiro, se ele quisesse você morto, apenas enfiaria uma faca no seu peito e o enterraria em algum lugar onde nunca pudesse ser encontrado. Prático e eficiente. Aquilo? Aquilo foi sorrateiro e covarde e não mostra sinais de desespero.

— Concordo com você. Ligue para ele.

Na manhã seguinte, em sua sala, Nate examinava sua mais nova evidência. Alguns restos de sacos plásticos, que pareciam ser do mesmo material usado nas sacolas da Loja da Esquina, e alguns restos de carne selados em um plástico de evidências.

E um brinco de prata.

Ele já o vira antes? Aquele brinco? Havia algo rondando sua memória, uma cutucada no cérebro tentando acordá-lo.

Um único brinco de prata. Era mais comum homens usarem brincos hoje em dia do que antigamente. A moda mudava e evoluía. Nem mesmo um engravatado seria motivo de riso por causa de um brinco nos dias de hoje.

Mas dezesseis anos atrás? Brincos em homens não eram tão populares nem comuns. Era coisa de *hippie*, de músico, de artista, de ciclista, de rebelde. E aquele não era um brinquinho discreto ou uma pequena argola casual, não com aquela cruz pendurada.

Era uma autoafirmação.

Não era de Galloway. Ele verificara as fotografias e Galloway morrera com uma argola na orelha. Pelo que pôde ver, usando uma lupa, a outra orelha não era furada.

Nate confirmaria com o médico-legista para ter certeza.

Mas sabia que olhava para algo que pertencia ao assassino.

A pecinha usada para prender o brinco — como se chamava mesmo? — estava faltando. Era capaz de vizualizar, em sua mente, aquela figura sem rosto pegando impulso com o *piolet* atrás da cabeça e o pequeno brinco caindo, sem ser notado. Então baixou o *piolet*, cravando-o onde ficou por anos.

Ele ficara lá, observando o rosto atônito de Galloway enquanto o amigo escorregava, lânguido, pela parede de gelo? Ele ficara lá, encarando, olhando? Surpreso consigo mesmo ou satisfeito? Empolgado ou horrorizado? Não importava, pensou Nate. O trabalho estava feito.

Leva a mochila, vê o que tinha nela? Não fazia sentido deixar os suprimentos *nem* o dinheiro para trás, se é que o dinheiro estava lá. Tinha que ser prático. Tinha que sobreviver.

Quanto tempo será que levou para perceber que perdera o brinco? Tarde demais para voltar e procurar; um detalhe insignificante demais com que se preocupar.

Mas eram sempre os detalhes que construíam um caso — e uma cela.
— Nate?
Ainda com o brinco em mãos, ele atendeu ao interfone.
— Pois não?
— Jacob veio falar com você — informou Peach.
— Mande-o entrar. — Ele não se levantou; em vez disso, recostou-se na cadeira quando Jacob entrou e fechou a porta. — Já esperava que viesse hoje de manhã.
— Quero contar algumas coisas que não contei ontem à noite na frente de Meg.

Jacob usava uma camisa de camurça desbotada e uma calça jeans velha. O fino cordão de contas ao redor do pescoço exibia uma pedra marrom polida. Os cabelos grisalhos estavam presos em um rabo de cavalo. Os lóbulos, expostos, não continham brincos.
— Sente-se — convidou Nate — e fale.
— Vou ficar de pé e falar. Ou me deixa trabalhar com você para acabarmos logo com isso ou eu mesmo vou fazer o que tiver que ser feito. Mas isso vai acabar. — Ele deu um passo à frente e, pela primeira vez desde que se conheceram, Nate viu raiva, nua e crua, no rosto de Jacob. — Ela é a *minha* filha. É minha há mais tempo do que foi de Pat. É a minha filha. Seja lá o que pense de mim, o que quer que seja, você precisa *saber* disso. Vou participar da busca por quem a pôs em risco ontem à noite, de uma forma ou de outra.

Nate foi para a frente na cadeira e se recostou novamente.
— Quer um distintivo?

Ele viu as mãos de Jacob se fecharem em punhos e se abrirem novamente, devagar, tão devagar quanto a ira que se ocultou sob aquela máscara enigmática.
— Não. Acho que eu não gostaria de um distintivo. Pesaria demais para mim.
— Certo, então vou... usá-lo extraoficialmente. Melhor assim?
— Melhor.
— As pessoas para quem fez aquelas perguntas, aquelas que lhe contaram sobre o dinheiro... É possível que os boatos tenham chegado a Lunatilândia?
— Mais do que possível. As pessoas falam... ainda mais gente branca.

— E, se os boatos chegaram aqui, não seria exagero concluir que, devido à sua conexão com Galloway e com Meg, você passaria as informações para mim.

Jacob deu de ombros.

— Por que não o apagaram antes que você trouxesse as informações até mim?

Agora, Jacob sorria.

— Tenho muitos anos de experiência e sou duro na queda. Você não tem e não é. O que fizeram ontem à noite foi desleixado e idiota. Por que simplesmente não atirar na sua cabeça quando você estiver sozinho na margem do lago? E amarrar pedras ao seu corpo para afundá-lo? Eu faria isso.

— Bom saber. Mas ele não usa essa abordagem direta. Não, nem mesmo com Galloway — disse Nate enquanto Jacob olhava para o quadro. — Foi um momento de loucura, de ganância, de oportunidade. Talvez tudo junto. Não foi planejado.

— Não. — Pensando melhor, Jacob assentiu. — Há formas mais fáceis de matar um homem do que escalar uma montanha.

— Um golpe do *piolet* — continuou Nate. — Um. Depois, ele ficou muito... delicado para arrancá-lo do peito de Galloway e para se livrar do corpo. Seria prático demais, forçado demais. A mesma coisa com Max: forjar um suicídio. Max era tão responsável quanto ele, é assim que pensa. O cachorro? Só um cachorro, uma cobertura, uma distração. E o tapa indireto em Steven Wise. Ele não vai me atacar cara a cara.

Ele empurrou o brinco sobre a mesa.

— Reconhece?

Jacob franziu a testa.

— Uma bugiganga, um símbolo. Não é indígena. Temos os nossos próprios símbolos.

— Acho que o assassino o perdeu há dezesseis anos. E se esqueceu dele faz muito tempo. Mas ele lembrará se o vir novamente. Eu já o vi... em algum lugar. — Nate pegou o brinco, deixando a cruz balançar. — Em algum lugar.

*E*le o carregou consigo. Não era procedimento oficial, mas Nate manteve o brinco no bolso enquanto resolvia ocorrências na cidade.

Não contou nada a ninguém a respeito do incidente na casa de Meg e pediu que ela e Jacob fizessem o mesmo. Um joguinho com um assassino, pensou.

Naquela primavera florescente, enquanto os dias se alongavam e o verde dominava o branco, ele cumpriu suas obrigações, conversou com as pessoas da cidade, ouviu seus problemas e suas queixas.

E observou os lóbulos de todos os homens com quem esteve em contato.

— Ele fecha — informou Meg uma noite.

— O quê?

— O furo na orelha. Ou em qualquer outro lugar que você tenha decidido furar. — Ela dançou com os dedos levemente sobre o pênis dele.

— Ah, por favor. — Ele não foi capaz de disfarçar o arrepio e isso a fez rir, maliciosa.

— Ouvi dizer que ajuda a... subir.

— Nem pense nisso. O que você quer dizer com "ele fecha"?

— O furo pode cicatrizar. Se o furo for recente e a pessoa não usar mais brincos, ele — Meg fez um som de sucção — fecha outra vez.

— Filho da puta! Tem certeza?

— Eu tinha quatro furos nesta orelha. — Ela puxou a orelha esquerda. — Fiquei com vontade e fiz o terceiro e o quarto furos nela.

— Você fez? Você furou a própria orelha?

— Claro. Por acaso sou fresca? — Ela rolou para cima dele e, como estava nua, a mente dele se afastou da conversa e voltou à realidade outra vez. — Usei quatro brincos por umas semanas, mas começou a me dar muito trabalho, então ignorei os furos extras. E eles fecharam. — Ela se esticou para acender a luz e, em seguida, inclinou a cabeça. — Viu?

— Você poderia ter me contado isso antes de eu analisar lóbulos por toda a cidade e anotar quem tem brincos.

Ela acariciou o lóbulo dele.

— Talvez você ficasse bonito de brinco.

— Não.

— Eu poderia furar a sua orelha.

— Não mesmo. Nem a orelha, nem nenhum outro lugar.

— Desmancha-prazeres.

— Sim, eu mesmo. Vou ter que repensar tudo agora, já que a minha listinha não tem mais valor.

Ela se levantou e montou nele, para dominá-lo.

— Pense mais tarde.

$\mathcal{E}$LE PASSOU na Hospedaria e viu Hopp e Ed fazendo uma reunião na hora do almoço — salada com muçarela de búfala. Parou no reservado onde estavam.

— Posso interromper um instante?

— Claro, sente aqui. — Hopp abriu espaço para ele. — Estamos discutindo o que chamam de questões fiduciárias. São uma dor de cabeça para mim e uma diversão para o Ed. Estamos tentando descobrir como esticar o orçamento para construir uma biblioteca. Usar parte do correio temporário para isso, ao menos por enquanto. O que acha?

— Me parece uma boa ideia.

— Concordamos nisso. — Ed deu batidinhas nos lábios com o guardanapo. — Mas precisamos de um orçamento mais flexível para isso. — Ele piscou para Hopp. — Eu sei que você não quer ouvir isso.

— Vamos envolver as pessoas, arrecadar doações para o material de construção e a mão de obra. Também podemos conseguir livros doados ou saímos por aí pedindo que doem. As pessoas se unem quando ficam empolgadas por causa de um projeto.

— Podem contar comigo — disse Nate — se e quando precisarem. Enquanto isso, também tenho uma pergunta do tipo fiduciária. Eu ia vê-lo no banco, Ed. Questão financeira de uns anos atrás, pode ser que atice a sua memória.

Nada de furo na orelha, reparou Nate enquanto Ed assentia com a cabeça.

— Quando se trata de questões bancárias, a minha memória vai longe. Pode mandar.

— Tem a ver com Galloway.

— Pat? — Ele baixou a voz, olhando ao redor do restaurante. — Talvez não devêssemos discutir isso aqui. Charlene.

— Não vou demorar muito. Tenho uma fonte que diz que Galloway conseguiu uma boa grana jogando pôquer quando esteve em Ancoragem.

— Pat adorava jogar pôquer — comentou Hopp.

— É mesmo. Joguei com ele mais de uma vez, só que eram apostas pequenas — acrescentou Ed. — Não consigo imaginá-lo ganhando muito.

— A minha fonte diz o contrário. Então, eu estava pensando... Ele mandou algum dinheiro para o banco, fez algum depósito na conta dele aqui na cidade, antes de ir escalar naquele mês?

— Não que eu me lembre. Nem mesmo um cheque de salário. Éramos um negócio pequeno na época, como eu já disse. — Apertou os olhos enquanto pensava. — Mas, na época em que Pat foi embora, já tínhamos construído um cofre de verdade e contávamos com dois operadores de caixa de meio período. Mas eu ainda estava envolvido em quase todas as transações. — Esfregando o queixo, recostou-se. — Pat não se importava com finanças. Não era ele quem ia fazer os depósitos ou saques no banco.

— E quando ele saía da cidade para arranjar trabalho? Costumava enviar dinheiro para cá?

— Às vezes, sim. Me lembro de Charlene ir ao banco uma, até duas vezes por semana, durante dois meses, para ver se ele tinha feito algum depósito depois que fora embora, na época. Se realmente existiu uma grande quantia de dinheiro, o que eu duvido, ele pode ter depositado lá ou guardado em uma caixa de sapato, o que é tão provável quanto pôr no banco.

— Concordo com a segunda opção — interveio Hopp. — Pat não se importava nem um pouco com dinheiro.

— Quem nasce em berço de ouro não costuma se importar. — Ed deu de ombros. — E aqui estamos nós — disse ele, piscando para Hopp —, tendo que dar um jeitinho se quisermos uma biblioteca municipal na cidade.

— Vou deixar vocês voltarem ao assunto — Nate se levantou. — Obrigado pelo tempo de vocês.

— Ele devia usar o tempo dele tratando dos problemas da cidade. — Ed balançou a cabeça enquanto erguia a caneca de café aos lábios.

— Acho que ele vê isso com um desses problemas.

— Precisamos da Festa da Primavera, Hopp, se quisermos mesmo uma biblioteca.

— Concordo. Por enquanto, ele está sendo discreto. Mas vai ter que investigar até que se convença de que foi Max quem matou Pat. O obstinado Ignatious... — disse ela. — É assim que tenho pensado nele nesses últimos dias. O rapaz não larga o osso. É uma qualidade e tanto para o nosso delegado de polícia.

JACOB ESTAVA certo: algumas pessoas simplesmente não falam com a polícia. Mesmo acompanhado dele, Nate não fora capaz de tirar mais proveito da viagem que fizera para Ancoragem.

Não que tenha sido perda de tempo.

Ele não fora ver Coben. Deveria, admitiu enquanto o avião de Jacob planava sobre o lago. Deveria ter levado o brinco, mas não levou.

Queria ter passado mais tempo lá. Um pouco mais de tempo para encaixar as peças.

Deixou os ombros relaxarem enquanto o avião deslizava sobre a água.

— Obrigado por ter ido comigo. Quer que eu estacione o avião? Vai entrar?

— Você sabe fazer isso?

— Agora é basicamente um barco com asas. Eu sei estacionar um barco em uma doca.

Jacob acenou com a cabeça na direção de Meg, que caminhava para o lago para encontrá-los.

— Você tem outros compromissos.

— É, tenho. Vejo você por aí, então.

Ele desembarcou na pista flutuante, torcendo para não perder o equilíbrio e passar vergonha caindo dentro do lago. Mas pisou com firmeza em uma extremidade do deque enquanto Meg pisava na outra.

— Aonde ele vai? — perguntou ela quando o avião de Jacob deslizou para longe.

— Disse que tinha outros compromissos. — Ele estendeu a mão para segurar a dela. — Voltou cedo.

— Não, foi você quem voltou tarde. São quase oito da noite.

Ele olhou para o céu, ainda tão claro quanto o meio-dia.

— Ainda não me acostumei com isso. Mulher, cadê a minha janta?

— Ha-ha-ha! Pode jogar uns hambúrgueres de alce na grelha.

— Hambúrguer de alce, um dos meus preferidos.

— Conseguiu algo mais em Ancoragem?

— Não. Pelo menos, não em relação à investigação. E como foi o seu dia?

— Na verdade, também dei uma passada em Ancoragem. E, já que estava lá, acabei entrando em uma loja de vestidos de noiva.

— Sério?

— Pare de sorrir. Continuo não querendo nada muito grande e espalhafatoso. Só uma festança bem aqui, em casa. Mas decidi que vou querer um vestido incrível. Um que faça você arregalar os olhos.

— E o encontrou?

— Quem tem que saber disso sou eu e você tem que descobrir. — Ela entrou na varanda na frente dele e lhe deu um beijo estalado. — Gosto do meu hambúrguer de alce bem-passado e do pão levemente torrado.

— Anotado. Mas, antes do jantar... Eu é que acabei fazendo umas compras de casamento hoje.

— Ah, é?

— Ah, é. — Ele tirou o pequeno estojo de alianças do bolso. — Adivinhe o que é.

— É meu! Me dá!

Ele abriu e teve o prazer de ver os olhos *dela* ficarem arregalados quando encararam a aliança de noivado com um diamante rodeado por pequenos brilhantes em um anel de platina.

— Caralho! — Ela pegou a joia da caixa, ergueu as mãos e pulou para fora da varanda. Dançou pelo quintal, fazendo sons que ele supôs serem de aprovação.

— Isso significa que você gostou?

— É brilhante! — Ela girou em círculos às gargalhadas, aproximando-se dele novamente. — Isto, delegado Burke, é uma aliança. Quanto foi que pagou por ela?

— Meu Deus, Meg.

Abobalhada, ela continuou rindo.

— Eu sei! Cafona. E não quero saber mesmo. É maravilhoso, Nate, absolutamente maravilhoso. É exagerado e extravagante, então é perfeito. Absolutamente perfeito.

Ela o ergueu e colocou o anel na palma da mão dele.

— Certo. Coloque no meu dedo. Vamos logo!

— Com licença, será que poderíamos ter um pouco de dignidade neste momento?

— Acho que já passamos dessa fase faz tempo. — Ela balançou os dedos. — Vamos logo! Me dá!

— Ainda bem que não rachei a cabeça tentando pensar em algo poético para dizer agora. — Ele pôs a aliança no dedo dela, onde a joia reluziu incessantemente. — Tome cuidado para não furar o olho com essa pedra.

— Quando é que desmaio?

— Perdão?

— Me apaixono cada vez mais por você. Quando será que finalmente vou perder os sentidos e desmaiar? — Ela segurou o rosto dele com as mãos daquele jeito que fazia seu coração enlouquecer em seu peito. — Não sei se sou perfeita para você, Nate, mas você, com certeza, é perfeito para mim.

Ele pegou a mão dela que exibia a aliança e a beijou.

— Se ou quando desmaiarmos, faremos isso juntos. Vamos fazer hambúrguer de alce!

Capítulo trinta

⌘ ⌘ ⌘

— O que é isto?

Meg olhou para o molho de chaves na mão de Nate e franziu a testa exageradamente.

— São chaves.

— Por que precisa de tantas chaves?

— Porque existem muitas fechaduras. Isso é um jogo de perguntas e respostas?

Ele sacudiu as chaves na palma da mão enquanto ela continuava a lhe direcionar um sorriso inocente e acalorado.

— Meg, na maioria das vezes você nem tranca as suas portas. Que chaves são estas?

— Bom... Às vezes, uma pessoa tem que entrar em um lugar e, opa, o lugar está trancado. Então, ela precisaria de uma chave.

— E esse lugar que, opa, está trancado não seria propriedade dessa pessoa. Correto?

— Tecnicamente. Mas, como dizia um poeta, um homem não é uma ilha e é necessária uma vila, blá-blá-blá e assim por diante. Somos um só no universo zen.

— Então, estas seriam chaves zen?

— Exatamente. Me devolva.

— Acho que não. — Ele fechou o punho ao redor delas. — Sabe, até mesmo no universo zen, eu odiaria ter que prender a minha esposa por invasão de domicílio.

— Ainda não sou sua esposa, colega. Você tem um mandado de busca para essas chaves?

— Estavam à vista. Não precisam de um mandado.

— Gestapo.

— Delinquente. — Ele segurou o queixo dela com a mão livre e a beijou. Abrindo a porta da caçamba da caminhonete, chamou os cães. — Vamos, garotos. Vamos passear.

Ela passara a se recusar a deixar os cães sozinhos em casa, que, agora, iam com ela, ficavam na casa de Jacob ou, em um dia em que o trabalho impossibilitasse, deixava-os no canil da Hospedaria.

Nate ajudou Bull, ainda em recuperação, a subir na caçamba.

— Bom voo — disse a Meg.

— Sim, sim. — Com as mãos nos bolsos, ela foi na direção do avião e, em seguida, virou, voltando-se para ele: — Posso conseguir outras chaves, sabe, tenho os meus contatos.

— Com certeza, tem — murmurou ele.

Como de costume, ele esperou até que ela decolasse. Gostava de observá-la deslizando da água para o ar e de ficar ali, parado, conforme a quietude era perturbada pelos motores do avião dela. Enquanto isso, permitia-se pensar apenas nela, neles, na vida que estavam construindo.

Após o derretimento da neve, ele descobrira que ela já estava cultivando dois canteiros de flores, um de cada lado da varanda externa. Ela falava sobre aquilégias e *trollius*, e também sobre a urina de lobo que borrifava ao redor para protegê-los dos alces.

Seus delfins, prometeu ela, alcançariam quase três metros de altura nos longos dias de verão.

Imagine só, ele pensou. Imagine Meg Galloway, pilota de aviões pequenos, matadora de ursos, obcecada por invasão de domicílio, cuidando de um jardim. Ela garantia que suas dálias eram tão grandes quanto calotas de pneus.

Ele queria vê-las. Queria se sentar na varanda com ela em uma das intermináveis noites de verão, com o sol reinando no céu e as flores dela espalhadas pela frente da casa.

Simples, ele pensou. A vida deles poderia ser construída com milhares de momentos simples. E, ainda assim, nunca seria comum.

O avião dela subiu e subiu, como um passarinho vermelho no vasto céu azul. E ele sorriu, sentindo o coração subir rapidamente quando ela mergulhou as asas, da direita para a esquerda, em saudação.

Quando a quietude retornou, ele entrou no carro com os cães. E pensou em outras coisas.

Talvez fosse burrice pôr tanta fé em um brinco, um pequeno pedaço de prata, e em uma alegação vazia de que Galloway possuía uma quantia de dinheiro não revelada.

Mas ele vira aquele brinco antes e se lembraria de onde. Mais cedo ou mais tarde, se lembraria. E dinheiro não era uma causa incomum para homicídios.

Ele deixou os pensamentos assentarem enquanto dirigia pela cidade. Galloway tinha dinheiro na mão e uma bela mulher. Motivações mais do que comprovadas para assassinatos. E, em um lugar como aquele, mulheres eram artigos raros.

O comitê do desfile já começara a pendurar as bandeirolas para a Festa da Primavera. Não era o habitual vermelho, branco e azul dos desfiles de cidades pequenas. Por que algo seria comum em Lunatilândia? Em vez disso, as faixas e os enfeites eram um arco-íris de tons de azul, amarelo e verde.

Ele viu uma águia pousada sobre um ornamento, como se aprovasse a decoração.

Ao longo da via principal, as pessoas enfeitavam suas casas e lojas para a primavera. Vasos e cestos de flores dependurados com amores-perfeitos e couves-frisadas — ambos, aprendera, não se importavam com um friozinho — já estavam expostos. Varandas e venezianas já exibiam novas camadas de tinta. Motos e lambretas substituíam *snowmobiles*.

As crianças começaram a ir de bicicleta para a escola e ele via mais botas Dr. Martens e Timberlands do que térmicas.

E, ainda assim, as montanhas, que reluziam de leve o brilho da primavera, que se erguiam através de um céu iluminado quatorze horas por dia, agarravam-se incansavelmente ao inverno.

Nate estacionou e levou os cães ao canil. Os dois olharam-no com tristeza, colocando os rabos entre as pernas enquanto entravam no local.

— Eu sei, eu sei. É uma droga. — Ele agachou, colocando os dedos por entre as grades para que os animais os lambessem. — Vou pegar o cara malvado para a mãe de vocês não se preocupar mais tanto. Aí, vocês vão poder brincar em casa.

Os cães ganiram quando ele se afastou, deixando-o cheio de culpa.

Ele passou pelo saguão e foi atrás de Charlene, no escritório.

— Contratei três universitários para trabalharem no verão. — Ela deu um tapinha apreciativo no computador. — Vou precisar deles com as reservas que temos.

— Isso é ótimo.

— Guias locais sempre ocupam uns quartos também. Este lugar vai estar fervilhando com universitários bonitos em junho! — Seus olhos brilharam quando disse isso, mas, para Nate, pareceu mais provocação do que ansiedade.

— Isso irá manter todos nós ocupados. Charlene... — Ele fechou a porta. — Vou fazer uma pergunta que você não vai gostar.

— E quando foi que isso o impediu de perguntar alguma coisa?

Não dá para ser delicado, decidiu ele.

— Quem foi a primeira pessoa com que você dormiu depois que Galloway foi embora?

— Eu não espalho essas coisas por aí, Nate. Se tivesse dormido comigo, saberia.

— Não é fofoca, Charlene, nem brincadeira. É importante para você saber quem matou Pat Galloway?

— Claro que é! Você sabe como é difícil planejar o funeral dele, sabendo que ele ainda está num necrotério e *sem* saber exatamente quando vou poder trazê-lo para casa? Dia sim, dia não, pergunto a Bing quando ele acha que a terra vai ficar macia o bastante para poderem cavar. Para cavarem a cova do meu Pat.

Ela pegou dois lenços de uma caixa sobre a mesa e assoou o nariz.

— Quando a minha mãe enterrou o meu pai — disse Nate —, ela andou pela casa feito um zumbi por um mês. Acho até que mais tempo. Ela fez tudo o que tinha que fazer, como você, só que se fechou. Não dava para alcançá-la. Ela fugiu para algum lugar dentro de si. Nunca mais consegui resgatá-la.

Charlene piscou para afastar as lágrimas e baixou os lenços.

— Isso é tão triste.

— Você não fez isso. Não se deixou ser transformada em um zumbi. Agora, estou pedindo a sua ajuda. Quem deu em cima de você, Charlene?

— E quem *não* deu? Eu era jovem e linda. Você devia ver como eu era naquela época.

Algo se agitou e, quando ele ia puxar a linha para saber mais, ela explodiu.

— E eu estava *sozinha*! Não sabia que ele estava morto. Se soubesse, não teria sido tão rápida em... Eu estava magoada e com raiva. E, quando os homens vieram para cima de mim feito abelhas no mel, por que eu não poderia ter escolhido uns? Escolhido muitos?

— Ninguém está culpando você.

— Dormi com John primeiro. — Ela deu de ombros e jogou o lenço na lata de lixo cor-de-rosa. — Eu sabia que ele tinha uma queda por mim e era tão amável... Atencioso — disse ela, nostálgica. — Então, fui até ele. Mas não foi só ele. Aquilo me dava prazer. Partia corações e destruía casamentos. E não me importava.

Ela se recompôs e, pela primeira vez, pareceu calma, quase pensativa.

— Ninguém matou Pat por minha causa. Se o fizeram, perderam tempo, porque eu jamais me importei com nenhum deles. Nunca dei nada a eles que não tenha pegado de volta. Ele não está morto por minha causa. Se estiver, juro que acho que não serei capaz de conviver com isso.

— Ele não está morto por sua causa. — Ele andou ao redor dela, ficando a suas costas, e colocou as mãos nos ombros dela, massageando-a com gentileza. — Não está.

Ela levantou uma das mãos e a pôs sobre a dele.

— Fiquei esperando ele voltar... para que visse que eu não estava me lamentando por ele e voltasse a me desejar. Juro por Deus, Nate, acho que estava esperando até você e Meg irem fazer aquele resgate na montanha. Eu o esperei até o dia em que vocês o encontraram.

— Ele teria voltado. — Ele apertou os ombros dela com mais firmeza quando percebeu que ela negava com a cabeça. — Nós passamos a conhecer a vítima quando trabalhamos com isso. Entramos no íntimo dela e a entendemos melhor, muitas vezes, até mais que as pessoas que a conheciam em vida. Ele teria voltado.

— Essa foi a coisa mais gentil que alguém já me disse — falou ela depois de um instante. — Ainda mais vindo de alguém que não está tentando me levar para a cama.

Ele deu um tapinha nos ombros dela e, depois, tirou o brinco do bolso.

— Reconhece isto?

— Hum... — Ela fungou novamente, secando as lágrimas. — Até que é bonito, mas, não sei, masculino. Não faz o meu tipo. Gosto de coisas mais espalhafatosas.

— Poderia ter sido de Pat?

— Pat? Não, ele não tinha nada assim. Nada de cruz. Não gostava de símbolos religiosos.

— Já viu este brinco antes?

— Acho que não. Nem lembraria se tivesse visto, acho. Não é muito marcante.

ELE DECIDIU começar a mostrar o objeto por aí, para provocar reações. Como Bing estava tomando o café da manhã na Hospedaria, Nate foi até sua mesa. Deixou o brinco balançando por entre os dedos.

— Perdeu isto?

Bing mal levantou o olhar antes de encarar Nate nos olhos.

— Na última vez que lhe disse que perdi algo, só tive dor de cabeça.

— Gosto de devolver as coisas aos seus respectivos donos.

— Não é meu.

— Sabe de quem é?

— Não perco muito tempo olhando a orelha dos outros. E não quero perder mais tempo olhando para a sua cara.

— Bom te ver também, Bing. — Ele guardou o brinco. Bing aparara alguns centímetros da barba, reparou Nate, supondo que devia ser seu estilo para a época mais quente. — Fevereiro de 1988. Não consigo encontrar absolutamente ninguém por aqui que possa me dizer com certeza que você passou o mês em Lunatilândia. Encontrei umas pessoas que acham que talvez não tenha passado.

— As pessoas deveriam tomar conta das próprias vidas, assim como eu.

— Max não estava aqui e fiquei sabendo que você tinha, digamos, uma queda por Carrie na época.

— Não mais do que por qualquer outra mulher.

— Parece que era um bom momento para investir nela. Você me passa a impressão de ser um homem que não desperdiça oportunidades.

— Ela não estava interessada, então por que eu ia perder tempo? Merda. Era mais fácil encontrar outra e pagar por hora. Talvez eu tenha ido para Ancoragem naquele inverno. Havia uma prostituta chamada Kate com quem eu fiz algumas transações. Galloway também. Mas aí o problema era dele.

— Kate Prostituta?

— É. Já está morta. Uma pena. — Ele balançou a cabeça para afastar o pensamento enquanto comia. — Morreu de infarto entre um cliente e outro. Bom, é o que dizem. — Ele se inclinou para a frente. — Eu não matei aquele cachorro.

— É o que você diz. E parece mais preocupado com isso do que com os dois homens mortos.

— Homens podem cuidar melhor de si mesmos que um cachorro velho e cego. Talvez eu tenha passado um tempo fora da cidade naquele inverno. Talvez eu tenha esbarrado com Galloway entrando pela porta giratória de Kate. Não significou porra nenhuma para mim.

— Você falou com ele?

— Eu tinha outras coisas em mente. Ele também: pôquer.

Nate ergueu as sobrancelhas como se estivesse um pouco surpreso, um pouco interessado.

— Ah, é? Está se lembrando de muitos detalhes de repente.

— Você está na minha cola o tempo todo, não está? Sempre me fazendo perder o apetite, então estive pensando a respeito.

— Você participou da partida de pôquer?

— Fui atrás de puta, não de jogo.

— Ele chegou a mencionar algo sobre o plano de escalar No Name?

— Ele estava arrancando a calça, pelo amor de Deus, e eu estava prestes a tirar a minha. Não conversamos. Ele disse que estava em uma maré de sorte e deu uma pausa para comer a Kate, mas já estava voltando. Kate disse algo sobre o lugar estar lotado de lunáticos e que isso era ótimo para ela. Os negócios iam bem. Então, fomos ao que interessava.

— Viu Galloway novamente, depois que terminou os seus negócios?

— Não me lembro. — Bing cravou a faca na comida. — Talvez ele tenha ido para o bar, talvez não. Fui visitar Ike Transky, um caçador que eu conhecia e que morava fora de Skwentna, e passei uns dias caçando e pecando com ele. Depois, voltei para cá.

— Transky poderia corroborar a sua versão?

Os olhos de Bing ficaram duros feito contas de ágata.

— Não preciso que ninguém corrobore o que eu falo! Já está morto, de qualquer forma. Morreu em 1996.

Conveniente, pensou Nate, enquanto saía do local. As duas pessoas que Bing apresentou como álibis em potencial estavam mortas. Ou ele deveria olhar o outro lado do prisma ou o prisma deveria ser girado para ser visto por outro ângulo.

Luvas roubadas, faca roubada — tudo deixado próximo a um cachorro morto. Propriedades de um homem que vira e falara com Galloway.

Não seria exagero imaginar Galloway voltando para o jogo ou parando para beber com amigos.

Adivinha quem acabei de encontrar indo comer a Kate Prostituta? Mundo pequeno, pensou Nate. Mundo pequeno e antigo. Se Bing estava falando a verdade, pode ser que o assassino estivesse preocupado com a possibilidade de Galloway ter mencionado quem mais de Lunatilândia estava jogando pôquer ou pagando para transar com prostitutas.

Nate decidira fazer umas paradas, balançando sua pequena e única evidência, a caminho da delegacia.

Mais tarde, mostrou o brinco para Otto.

O subdelegado deu de ombros.

— Não me diz nada.

Agora havia uma frieza entre eles, uma rígida formalidade da qual Nate se arrependia. Mas não tinha como ser evitada.

— Sempre achei que a Cruz de Malta era mais um símbolo militar do que religioso.

Otto sequer piscou.

— Os marinheiros com quem servi não usavam brincos.

— Está certo. — Assim como fizera em cada uma das paradas ao longo do dia, colocou o brinco novamente no bolso e o abotoou.

— Estão falando que você anda mostrando isso aí para todo mundo. As pessoas estão se perguntando por que o delegado de polícia está investindo tanto tempo em um brinco perdido.

— Serviço completo — disse Nate com facilidade.

— Delegado — chamou Peach do balcão —, temos uma ocorrência de um urso na garagem de Ginny Mann, perto de Rancor. O marido dela saiu para caçar com um grupo — acrescentou. — Ela está sozinha em casa com o bebê de dois anos.

— Diga que estamos indo. Otto?

Quando chegaram à estrada esburacada a dois quilômetros e meio a norte da cidade, Otto disparou um olhar rápido na direção de Nate.

— Espero que não esteja planejando me fazer dirigir feito um maníaco enquanto você se pendura na maldita janela e dá tiros de advertência por cima da cabeça de algum urso imbecil.

— Chegando lá, veremos. Que raios um urso poderia estar fazendo em uma garagem?

— Consertando um carburador é que não é.

Percebendo que Nate prendia o riso, Otto sorriu. Em seguida, ficou sério outra vez ao lembrar como as coisas estavam entre eles.

— Alguém deve ter se esquecido de fechar a porta, é o mais provável. Vai ver, tem uma lata cheia de ração de cachorro ou comida de passarinho lá dentro. Ou o urso simplesmente entrou para ver se encontrava algo interessante.

Quando estacionaram na frente do chalé de dois andares com garagem anexada, Nate viu que a porta da garagem estava realmente aberta. Ele não sabia se o urso era o responsável pela bagunça que via lá dentro ou se os Mann simplesmente acumulavam coisas ali como se fosse um lixão municipal.

Ginny abriu a porta da frente. Seus cabelos ruivos estavam presos em um coque no topo da cabeça e sua blusa larga, aberta, e suas mãos estavam cheias de tinta.

— Ele deu a volta. Ele está fazendo uma bagunça lá dentro faz uns vinte minutos. Achei que iria embora, mas fiquei com medo que tentasse passar pela porta e entrasse em casa.

— Fique aí dentro, Ginny — ordenou Nate.

— Chegou a ver o urso? — perguntou Otto.

— Dei uma olhada pela porta da frente enquanto ele vasculhava as coisas. — Atrás dela, havia o som de um latido enlouquecido e o choro de um bebê. — O cachorro estava aqui dentro e eu estava lá em cima, trabalhando no estúdio. Foi quando Roger começou a latir e acordou o bebê. Estou quase enlouquecendo com o barulho. Urso-pardo. Parecia ser jovem, mas era bem grande.

— Ursos são curiosos — comentou Otto enquanto eles verificavam seus respectivos rifles e iam na direção da lateral da garagem. — Se for um urso jovem, é provável que só estivesse bisbilhotando e vai fugir assim que vir a gente.

Nos fundos, Nate viu que os Mann tinham marcado um pedaço de terra com uma corda para demarcar um jardim. Aparentemente, o urso pisara bem no meio dele, indo ou vindo, e passara um tempo espancando uma caixa de plástico cheia de jornais e catálogos de compras.

Nate olhou ao redor e fez um gesto quando avistou um traseiro marrom por entre as árvores.

— Lá vai ele.

— É melhor darmos um susto nele, fazê-lo sair correndo. Isso vai desencorajá-lo a voltar. — Otto mirou o rifle para o alto e atirou duas vezes. Enquanto Nate observava, com certo divertimento, o urso moveu seu traseiro gordo rapidamente e correu.

Ele ficou assistindo ao desenrolar das coisas ao lado de um homem que estava em sua lista de suspeitos.

— Essa foi fácil.

— Costuma ser.

— Só que, às vezes, não é. Meg e eu tivemos que abater um na casa dela umas noites atrás.

— Foi o que atacou o cachorro dela? Fiquei sabendo que o urso cravou as garras nele.

— É. E teria nos atacado também se não o tivéssemos matado antes. Alguém pôs iscas no entorno da casa.

Otto apertou tanto os olhos, que mais pareciam pequenos riscos.

— De que diabos está falando?

— Estou falando que alguém andou pendurando carne fresca, sangrando, em sacos plásticos finos ao redor da casa de Meg.

A boca de Otto se contraiu. Depois, ele se virou e se afastou alguns passos. Nate continuou com a mão na coronha do rifle.

— Está perguntando se fui eu? — Otto voltou e quase encostou o nariz no nariz de Nate. — Quer saber se eu faria uma coisa tão covarde, tão maldosa assim? Se eu faria algo que poderia terminar com duas pessoas estraçalhadas? E uma delas sendo uma mulher? — Ele cutucou o peito de Nate com o dedo. Duas vezes. — Aturei você envolvendo o meu nome no caso de Galloway, até mesmo no de Max. Você teve a audácia de suspeitar de mim no caso de Yukon e eu engoli quieto. Mas não vou aturar isso de jeito nenhum! Eu era da Marinha. Sei como matar um homem se precisar. Sei como fazer isso rapidamente e conheço muitos lugares onde poderia desovar um corpo e ninguém neste planeta jamais o encontraria.

— Foi o que imaginei. É por isso que estou perguntando a você, Otto, por conhecer as pessoas daqui, quem seria capaz de jogar tão baixo?

Ele tremia. A ira ainda o dominava, Nate conseguia ver. Ele estava com o rifle na mão, mas, mesmo dominado pela raiva, mantinha-o apontado para o chão.

— Não sei. Mas ele não merece viver.

— O brinco que lhe mostrei pertence a ele.

O interesse venceu a batalha contra a raiva em seus olhos.

— Encontrou na propriedade de Meg?

— Não, na caverna de Galloway. Então, é nisto que temos que pensar: quais das pessoas em que Galloway confiava e de quem gostava seria capaz de aguentar uma escalada de inverno? Quem ganhou algo com a morte dele?

Quem usava isto? — acrescentou ele, dando tapinhas no bolso. — Quem se considerava fodão na época e poderia deixar a cidade por duas semanas sem que ninguém comentasse nada a respeito?

— Está me deixando voltar para o caso?

— Estou. Vamos avisar Ginny que a barra está limpa.

Não dava para saber quem estava mais surpresa quando Meg passou na Hospedaria para buscar os cães: ela mesma ou Charlene, que foi pega no flagrante alimentando os animais com restos de comida.

— Não vi motivo para desperdiçar. Estes cachorros odeiam ficar presos.

— É só até Bull se recuperar totalmente.

Lá ficaram elas, constrangidas, enquanto os cães comiam.

— Sabe o que o atacou? — perguntou Charlene depois de um instante.

— Urso.

— Nossa, meu Deus. Ele teve sorte de sair só com uns arranhões. — Charlene se agachou e mandou beijinhos estalados para Bull. — Coitadinho.

— Sempre esqueço que você gosta de cachorros. Você nunca teve um.

— Já tenho muita coisa para cuidar por aqui. — Ela olhou para cima e viu o anel de Meg reluzir na luz do sol. — Fiquei sabendo disso aí também. — Pegou a mão de Meg e a pôs próxima ao nariz quando se levantou. — Joanna, da clínica, ficou sabendo e contou a Rose, que me contou. Acho que eu deveria ter ficado sabendo por você. Ele tomou uma atitude mesmo, não é?

— Sorte a minha.

— Sim, sorte a sua. — Charlene soltou a mão de Meg. Começou a se afastar e parou. — Sorte a dele também.

Por um instante, Meg não disse nada.

— Estou esperando o tapa.

— Não tem tapa nenhum. Vocês formam um belo casal, ficam melhor juntos do que quando estão separados. Já que vai se casar com alguém, que seja com alguém que combine com você.

— Que tal alguém que me faça feliz?

— Foi o que eu quis dizer.

— Certo, certo — repetiu Meg.

— Hum... Talvez eu pudesse dar uma festa para vocês, uma festa de noivado.

Meg colocou as mãos nos bolsos da jaqueta jeans.

— Não vamos esperar muito tempo. Acho que não precisaremos de uma festa, já que o noivado só vai durar um mês.

— Bom, que seja.

— Charlene — disse Meg antes que ela fosse embora. — Talvez você pudesse ajudar com o casamento. — Ela percebeu as expressões de satisfação e surpresa tomarem conta do rosto de Charlene. — Não quero nada exagerado, só algo em casa, mas quero uma festa. Uma festa grande. Você é boa em planejar essas coisas.

— Eu poderia providenciar isso. Mesmo que não queira nada exagerado, vai precisar de boa comida e muita bebida. E tem que ficar bonito... flores e decorações. Podemos conversar a respeito.

— Está bem.

— Tenho... tenho que fazer uma coisa agora. Poderíamos conversar sobre isso amanhã.

— Amanhã está bom. Como os meus cachorros acabaram de comer, talvez eu pudesse deixá-los aqui um pouco mais e ir buscar umas mercadorias e tudo mais.

— Vejo você amanhã, então.

Charlene entrou rapidamente antes que mudasse de ideia. Foi direto até o quarto de John e bateu na porta.

— Está aberta.

Ele estava em sua pequena mesa abarrotada, mas se levantou assim que ela entrou.

— Charlene. Desculpe, estou corrigindo trabalhos. Preciso mesmo terminar.

— Não vá embora. — Ela apoiou as costas na porta. — Por favor, não vá embora.

— Não posso ficar, então tenho que ir. Já pedi demissão e estou ajudando Hopp a encontrar um substituto.

— Ninguém é capaz de substituir você, John, não importa o que ache... dos outros homens. Não fui boa para você. Eu sabia que me amava, mas não permiti me importar. Gostava de saber que havia alguém ali, sempre que eu precisasse, mas não deixei me importar.

— Eu sei. Eu sei muito bem de tudo isso, Charlene. E, finalmente, tomei coragem para lidar com essas coisas.

— Por favor, tenho que te falar algo. — Com os olhos em súplica, ela cruzou as mãos sobre o peito. — Estou assustada e tenho que pôr para fora antes que eu perca a coragem. Gostava quando os homens me desejavam, gostava de ver aquele olhar nos olhos deles. Gostava de levá-los para a cama, principalmente os mais novos, para que eu pudesse acreditar, no escuro, quando as mãos deles me tocavam no escuro, que ainda não tinha chegado aos quarenta anos.

Ela tocou o próprio rosto.

— Odeio envelhecer, John, ver novas rugas no espelho todos os dias. Enquanto eu for desejada, posso fingir que elas não estão aqui. Estou com medo e com raiva há muito tempo e, agora, estou cansada.

Ela deu um passo para a frente.

— Por favor, não vá embora, John. Por favor, não me deixe. Você é o único, desde Pat, com quem posso descansar, ficar em paz. Não sei se amo você, mas quero amar. Se ficar, vou tentar.

— Não sou Karl Hidel, Charlene. E não aguento mais. Não posso ficar aqui, lendo um livro, enquanto você vai para a cama com outro.

— Não vai ter mais ninguém. Não vai ter nenhum outro homem, eu prometo, se você ficar e me der uma chance. Não sei se o amo — disse ela outra vez —, mas sei que o meu coração parte só de pensar em ficar sem você.

— Esta é a primeira vez em mais de dezesseis anos que você entrou neste quarto e conversou comigo. Que realmente falou algo real para mim. Tempo demais para esperar.

— Demais? Me diga que não é demais.

Ele se aproximou e a abraçou, apoiando a bochecha no topo da cabeça dela.

— Eu não sei. Acho que nenhum de nós sabe. Então, acredito que vamos ter que esperar para ver.

Nate prendeu o distintivo em uma camisa cáqui com o símbolo do Departamento de Polícia de Lunatilândia na manga. Ele havia sido informado pela excelentíssima prefeita que a Festa da Primavera exigia uma apresentação mais formal.

Quando pôs a arma no coldre, Meg emitiu um longo *huuuum*.

— Policiais são tão sensuais. Por que não volta para a cama?

— Tenho que chegar cedo. Já devia estar lá. Incluindo os participantes, esperamos quase duas mil pessoas na cidade hoje. Hopp e Charlene fizeram uma boa divulgação.

— Quem não gosta de um desfile? Certo, já que está todo oficial, me dê dez minutos e eu o levo de avião até lá.

— Vou demorar mais tempo indo de avião, com você tendo que fazer todas as verificações de segurança, do que dirigindo. Além disso, você não é capaz de se arrumar em dez minutos.

— Sou, sim. Ainda mais se alguém descer e fizer o café.

Enquanto ele olhava para o relógio de pulso e suspirava, Meg corria para o banheiro.

Quando ele voltou com duas canecas de café, ela estava colocando uma blusa vermelha sobre uma camiseta branca de gola redonda.

— Estou impressionado.

— Sei administrar o tempo, gracinha. Assim, podemos conversar sobre o casamento no caminho. Consegui tirar a ideia de alugar uma pérgula e cobri-la de rosas cor-de-rosa da cabeça de Charlene.

— O que é pérgula?

— Sei lá, mas não vamos colocar isso na festa. Ela está chateadíssima porque diz que não só é romântico como também essencial para as fotos do casamento.

— É bom saber que vocês duas estão se dando bem.

— Não vai durar, mas deixa a vida um pouco mais fácil no momento. — Ela tomou um grande gole de café. — Dois minutos para eu dar um jeito no rosto — disse ela, apressando-se para voltar ao banheiro. "Ela e Mike Grandão estão planejando juntos um bolo de casamento gigantesco. Vou deixá-la no comando nessa parte… Gosto de bolo. Estamos nos desentendendo em relação às flores. Não vou ser soterrada em rosas cor-de-rosa, mas concordamos em alguns pontos, como contratar um fotógrafo profissional. Fotos instantâneas são ótimas, mas vai ser um evento monumental, então vamos contratar um profissional. Ah, e ela disse que você tem que comprar um terno novo."

— Já tenho um terno.

— Ela disse que você tem que comprar um novo e tem que ser cinza. Cinza-chumbo, não cinza-claro. Talvez ela tenha dito cinza-claro, não cinza-chumbo. Não sei... Vou jogá-lo na cova dos leões quanto a isso, Burke. Discuta com ela.

— Posso comprar um terno — murmurou ele. — Posso comprar um terno cinza. Será que vou poder escolher a minha cueca?

— Pergunte a Charlene. Pronto, acabei. Vamos. Ainda não está pronto? Você está atrasando o desfile.

Ela riu quando ele tentou agarrá-la e saiu correndo, deixando que ele fosse atrás dela pelas escadas.

Os dois haviam chegado à porta quando ele parou e percebeu o que estava esquecendo, quando aquela memória repentina veio à tona.

— Foto instantânea. *Merda.*

— O quê? — Meg ajeitou o cabelo enquanto ele corria escada acima. — Quer uma câmera? Homens... Nossa. E estão sempre tagarelando sobre as mulheres serem as atrasadas.

Ela subiu a escada lentamente e ficou encarando, pasma, enquanto ele tirava seus álbuns e caixas de fotos do armário para espalhá-los pela cama.

— O que está fazendo?

— Está aqui. Eu lembro, tenho certeza!

— O que está aí? O que está fazendo com as minhas fotos?

— Está aqui. Piquenique de verão? Não, não... Foto em um acampamento com fogueira? Ou... droga!

— Espere aí. Como sabe que tem foto de um acampamento aí ou de piqueniques de verão ou qualquer coisa dessas?

— Eu bisbilhotei. Me dê esporro depois.

— Ah, pode ter certeza disso!

— O brinco, Meg. Eu o vi quando estava olhando as fotos. Eu sei que vi. Ela o empurrou para pegar uma pilha de fotos.

— Quem estava usando? Quem você viu? — Ela analisava as fotos e as jogava para o alto como aviões de papel.

— Foto em grupo — murmurou ele, fazendo força para se lembrar. — Foto de uma festa. Feriado... Natal. — Ele agarrou o álbum que ela estava prestes a pegar e passou as páginas até o final. — Aqui. Na mosca!

— Véspera de Ano-Novo... Eles me deixaram ficar acordada até tarde. Eu mesma tirei esta foto. Fui eu.

Sua mão tremia conforme puxava o plástico e tirava a foto do álbum. Parte da árvore de Natal estava no canto da foto, as luzes coloridas e as bolas de enfeite desfocadas. Ela tirara a foto muito de perto, então só dava para ver rostos, quase que só os rostos, apesar de agora ela ter se lembrado de que o pai estava com o violão no colo.

Ele ria com Charlene em seus braços, rosto contra rosto. Max invadira a foto de trás do sofá, mas Meg lhe cortara o topo da cabeça.

Mas a pessoa sentada do outro lado de seu pai, com a cabeça ligeiramente virada enquanto sorria para alguém do outro lado da sala, estava clara.

Bem como a Cruz de Malta pendurada em sua orelha.

Capítulo trinta e um

⌘ ⌘ ⌘

— Não é prova, Meg, não totalmente.

— Não me venha com esse papo furado de policial, Burke. — Enquanto ele dirigia, ela estava com os braços cruzados, apertados na altura da cintura, como se estivesse com dor.

— Não é papo furado. É circunstancial. É bom, mas é circunstancial. — Sua mente trabalhava no passado, no futuro, cobrindo todo o caso. — O brinco foi manuseado por, pelo menos, duas pessoas antes de chegar a mim. Não houve perícia. É um estilo comum e é provável que existissem milhares deles por aí na época. Ele pode ter perdido, dado a alguém, pedido emprestado. O fato de ele ter usado o brinco em uma fotografia tirada há mais de dezesseis anos não prova que ele estava na montanha. Qualquer advogado de defesa retardado poderia fazer tudo cair por terra no tribunal.

— Ele matou o meu pai.

Ed é rancoroso. Hopp lhe contara isso depois da confusão com Hawley.

Todas aquelas conexões: Galloway a Max, Galloway a Bing, Galloway a Steven Wise.

Dava para acrescentar ainda mais: Woolcott a Max — o velho amigo preocupado ajudando a viúva com o funeral; Woolcott a Bing — envolvendo o homem que poderia saber, poderia se lembrar de uma conversa casual de dezesseis anos atrás.

Os pneus furados e a caminhonete pichada de Hawley — vingança pelos danos da batida disfarçada de vandalismo infantil.

Dinheiro. Ed Woolcott era o cara do dinheiro. Haveria um lugar melhor para ocultar uma quantia repentina do que seu próprio banco?

— Aquele desgraçado do Woolcott matou o meu pai!

— Exato. Eu sei. Você sabe. Ele sabe. Mas montar um caso é outra coisa.

— Você tem montado esse caso desde janeiro. Cada peça, cada etapa, cada camada, quando a Polícia Estadual basicamente o deu por encerrado. Eu tenho observado você.

— Me deixe concluir.

— O que acha que eu vou fazer? — Ela apertou os olhos quando o sol tocou seu rosto. Saíra de casa sem os óculos escuros, sem nada além de sua fervilhante necessidade de agir. — Ir até ele e apontar uma arma para a cabeça dele?

Por perceber naquela voz a escuridão da mágoa e as faíscas da ira, Nate pôs uma das mãos sobre a dela. E a apertou.

— Eu não duvidaria.

— Pois não vou. — Foi difícil virar a própria palma da mão para cima, recuperar aquela ligação quando seria mais fácil afastá-la e ficar sozinha com aquelas emoções tempestuosas. — Mas vou ver o rosto dele, Nate. Vou estar lá para ver o rosto dele quando você prendê-lo.

A rua principal estava cheia de pessoas alinhadas para garantir seus lugares na plateia. Havia cadeiras dobráveis e *coolers* no meio-fio e na calçada, muitas já ocupadas e em uso enquanto as pessoas, sentadas, tomavam bebidas em copos de plástico.

O ar já estava zunindo com o ruído, as vozes, os gritos e as risadas elevando-se por cima da barulhenta música transmitida pela KLUN.

Os food-trucks que vendiam raspadinhas, sorvetes e cachorros-quentes, dentre outras comidas típicas de desfiles, estavam estacionados nas esquinas e nas ruas secundárias. As bandeirolas coloridas esvoaçavam ao vento.

Duas mil pessoas, estimou Nate, e uma boa parte eram crianças. Em um dia normal em Lunatilândia, ele poderia ter ido ao banco e levado Ed discretamente à delegacia.

Não era um dia normal, nem de perto.

Ele estacionou na delegacia e levou Meg para dentro com ele.

— Otto e Peter? — perguntou para Peach.

— Junto da horda, onde *eu* deveria estar. — Seus olhos foram tomados pela irritação enquanto ajeitava uma saia esvoaçante da cor de narcisos em seus amplos quadris. — Achamos que você chegaria antes das...

— Mande-os vir para cá.

— Nate, temos mais de cem pessoas se organizando no terreno da escola. Precisamos...

— Mande-os vir para cá! — repetiu ele, ríspido. E continuou andando, segurando o braço de Meg, até entrar em sua sala. — Quero que fique aqui.

— Não. E não é apenas burro e errado da sua parte me pedir isso, também é desrespeitoso.

— Ele tem porte velado de arma.

— Eu também. Me dê uma arma.

— Meg, ele já matou três vezes. Vai fazer o possível para se proteger.

— Eu não sou uma coisa que você pode trancar num cofre para proteger.

— Eu não...

— Está, sim. É o seu primeiro instinto, mas tente superá-lo. Não vou pedir que não leve trabalho para casa ou reclamar quando isso interferir na minha vida. Não vou pedir que seja alguém que não é. Então, não peça isso de mim. Me dê uma arma. Prometo que não vou usá-la sem necessidade. Não quero que ele seja morto. Eu o quero vivo. Apodrecendo. Quero que ele esteja saudável para apodrecer por muito, muito tempo.

— Quero saber o que está acontecendo. — Com as mãos apoiadas em punhos na cintura, Peach ficou parada na porta. — Chamei os rapazes de volta e, agora, não temos mais ninguém lá no desfile para manter a ordem. Um bando de moleques do ensino médio já amarrou um sutiã pintado à mão em um mastro de bandeira, um daqueles cavalos de tração já deu um coice em um turista, que provavelmente vai nos processar, e aqueles meninos Mackie imbecis carregaram um barril de Budweiser para o desfile e já estão caindo bêbados! — A frustração a fazia atirar as palavras no ritmo de uma metralhadora. — Também roubaram um monte de balões e estão, neste exato momento, marchando para cima e para baixo com eles feito tolos! Há repórteres aqui, Nate, e a atenção da mídia está toda voltada para nós, e não queremos passar essa imagem ruim.

— Onde está Ed Woolcott?

— A esta hora, com Hopp, na escola. Eles vão ter que ir de carroça com aqueles malditos cavalos. O que está *acontecendo*?

— Ligue para o sargento Coben, em Ancoragem. Diga que vou deter sob custódia um suspeito no caso de homicídio de Patrick Galloway.

— Não quero assustá-lo — disse Nate a seus subdelegados. — Não quero violência nem pânico em meio à multidão que temos hoje. A segurança dos civis vem em primeiro lugar.

— Nós três somos capazes de detê-lo de maneira rápida e simples.

— Talvez — reconheceu Nate. — Mas não vou arriscar a vida dos civis com um "talvez", Otto. Ele não vai a lugar algum. A esta altura, não há motivo para tentar fugir, então vamos contê-lo. Já que temos que cuidar desse desfile, pelo menos um de nós vai manter contato visual com ele o tempo todo. — Ele se virou para o quadro de cortiça. — Estamos com a rota e o cronograma do desfile, que Peach anotou, bem aqui. Ele vem logo depois da banda da escola. É a sexta posição do programa. Vão sair da escola, desfilando pela área da cidade, descendo a Rua Lunática, indo para as ruas no entorno. Vão parar aqui, na Passagem dos Búfalos, e dar meia-volta, indo para a escola para encerrar o desfile. Nesse momento, já não vai estar tão lotado aqui e poderemos detê-lo discretamente, com risco mínimo para os civis.

— Um de nós pode voltar para a escola — sugeriu Peter — depois que eles chegarem aos limites da cidade e evacuar os civis.

— É exatamente o que quero que você faça. Vamos detê-lo discretamente, no fim da rota. Vamos trazê-lo para cá e avisar a Coben que o suspeito está sob custódia.

— Você vai simplesmente entregá-lo para aquele policial estadual? — questionou Otto. — "Tome aqui, colega", depois de ter feito todo o trabalho?

— Coben é o responsável pelo caso.

— Besteira! A Polícia Estadual desprezou o caso. Não quis lidar com a bagunça e escolheu o caminho mais fácil.

— Isso não é toda a verdade — disse Nate. — Mas, ainda assim, é como as coisas devem ser feitas. E é isso o que vamos fazer.

Ele não precisava de formalidades nem de menções honrosas. Não mais. Só precisava terminar o trabalho. Das trevas à luz, pensou. Da morte à justiça.

— As nossas prioridades são manter a segurança dos civis e deter o suspeito sob custódia. Depois, é com Coben.

— A escolha é sua. Parece que vou ter que me satisfazer com Ed cagando nas calças quando você algemá-lo. O desgraçado matou aquele cachorro velho! — Otto olhou rapidamente para Meg e corou um pouco. — E os outros. Pat e Max. Só que o cachorro foi mais recente, só isso.

— Tudo bem. — Meg lhe ofereceu um sorriso desalentado. — Desde que ele pague por tudo o que fez, tudo bem.

— Bom... — Otto pigarreou e encarou os mapas presos ao quadro com interesse. — Quando eles voltarem pelas estradas secundárias, vamos perder contato visual — destacou ele.

— Não, já cuidei disso. Dois voluntários civis. — Ele ergueu o olhar quando Jacob e Bing entraram na sala.

— Você disse que tinha um trabalho. — Bing coçou a barriga. — Quanto vai pagar?

Meg aguardou enquanto Nate entregava radiotransmissores aos homens e os mandava para a rua para tomarem suas posições iniciais.

— E onde eu fico nisso tudo?

— Comigo.

— Está bom. — Ela puxou a blusa para fora da calça para cobrir o .38 que ocultou na parte de trás do cós.

— Talvez perguntem por que você não está participando do *show* aéreo como programado.

— Problemas com o motor — disse ela quando saíram porta afora. — Lamento muito.

A multidão estava tomada pelas cores, pelo barulho e pela alegria, e o cheiro da carne na grelha e do açúcar tomavam conta do ar. As crianças corriam em volta de um mastro enfeitado com fitas e flores, que fora erguido para o evento, em frente à prefeitura. Ele viu as portas da Hospedaria abertas e Charlene, que trabalhava intensamente para aqueles que queriam almoçar algo com mais sustança do que as comidas vendidas na rua.

O trânsito estava interditado nas ruas secundárias. Um jovem casal, sentado em uma das barricadas, trocava beijos com certo entusiasmo enquanto, atrás deles, o grupo de amigos jogava altinho no meio da rua. Uma equipe de televisão de Ancoragem gravava um vídeo panorâmico de parte da multidão na esquina oposta.

Os turistas filmavam ou caminhavam por entre as mesas dobráveis e barraquinhas, onde se vendiam artesanatos e joias produzidos localmente. Havia bolsas de couro decoradas com miçangas, apanhadores de sonhos e máscaras indígenas adornadas pendurados em biombos. *Mukluks* simples e elaborados e cestas de palha trançadas à mão eram exibidos sobre as mesas dobráveis ou tábuas de compensado apoiadas sobre cavaletes.

Apesar do tempo agradável e ensolarado, toucas e cachecóis feitos de *qiviut*, a lã da camada mais interna de pelo do boi-almiscarado do Ártico, vendiam feito água.

O Restaurante Italiano vendia fatias de pizza para viagem. A Loja da Esquina oferecia descontos em câmeras descartáveis e repelentes. Um expositor giratório de cartões-postais tinha sido colocado do lado de fora, ao lado da entrada. Eram vendidos três por dois dólares.

— Uma cidadezinha empreendedora — comentou Meg enquanto passavam de carro.

— Com certeza.

— E, depois de hoje, também mais segura. Graças a você. Otto disse tudo. É graças a você, delegado.

— Ah, que isso, senhorita.

Ela acariciou a mão dele.

— Você age como Gary Cooper, mas tem um quê de Clint Eastwood, na época de *Perseguidor Implacável*, nesses seus olhos.

— Apenas não... Estou confiando em você.

— Pode confiar. — Uma calma gélida se sobrepunha à raiva agora. Se ocorresse uma enchente, se aquela raiva borbulhasse e rompesse a calma, ela a congelaria outra vez. — Preciso estar presente, mas... podemos dizer que esse urso quem tem que abater é você.

— Certo.

— Vai ser um belo dia para um desfile — disse ela depois de um longo suspiro. — Mas o ar está muito calmo. É como se estivesse esperando por algo. — Eles estacionaram na escola. — Bom... Acho que é isso.

As bandas marciais estavam com uniformes azuis-claros e seus botões polidos e instrumentos metálicos reluziam à luz do sol. Trompas competiam entre si conforme as diferentes seções praticavam e os adultos gritavam as instruções.

Tambores rufavam.

O time de hóquei já se aglomerava, tacos estalando enquanto cada jogador se colocava em posição. Eles liderariam o desfile com a faixa de campeões regionais escondendo as marcas de ferrugem na caminhonete de Bing. O som estava sendo testado e, pelos alto-falantes, ouvia-se "We Are The Champions", do Queen.

— Aí está você. — Hopp, apressada e vestindo um terninho rosa-choque, correu até ele. — Ignatious, pensei que íamos ter que fazer tudo sem você.

— Tive que lidar com algumas coisas por aí. A casa está cheia.

— E uma afiliada da NBC está aqui para documentar tudo. — Suas bochechas estavam quase tão rosadas quanto seu terninho, tamanha era a sua empolgação. — Meg, você não deveria estar se preparando para subir? — Ela apontou para cima.

— O motor não funciona, Hopp. Perdão.

— Ah… Ora, que bosta. Sabe se Doug Clooney já colocou o barco dele no rio? Estou procurando por Peach ou Deb. Era para elas estarem organizando as coisas, mas todo mundo fica correndo por aí feito barata tonta.

— Tenho certeza de que ele está no rio. E Deb está logo ali, preparando o time de hóquei.

— Ah, meu Deus do céu, já vamos começar. Ed! Pare de se arrumar por cinco segundos! Não sei por que deixei que me convencessem a ir atrás desses bichos. Não entendo por que não poderíamos ter arranjado um conversível. É mais digno.

— Mas não seria um grande espetáculo. — Ed abriu um sorriso largo ao se juntar a eles. Usava um conjunto azul-marinho de terno e colete com riscas de giz, bem ao estilo banqueiro, e uma ostentosa gravata estampada de caxemira. — Acho que deveríamos ter colocado o delegado de polícia atrás dos cavalos.

— Quem sabe da próxima vez? — disse Nate, calmamente.

— Ainda não o cumprimentei pelo noivado. — Seus olhos estavam atentos aos de Nate quando estendeu a mão.

Ele considerou agir naquele exato momento. Poderia prendê-lo e algemá-lo em menos de dez segundos.

E três alunos do ensino fundamental passaram correndo entre eles, sendo perseguidos por outro que empunhava uma arma de plástico. Uma jovem e bela acrobata da banda marcial, vestindo uma roupa brilhosa, apressou-se para recuperar um bastão perdido que caiu perto dos pés dele.

— Perdão! Perdão, delegado Burke! Escapuliu da minha mão.

— Não se preocupe. Obrigado, Ed. — Ele estendeu a mão para concluir o aperto interrompido e pensou novamente: quem sabe agora?

Jesse correu e abraçou os joelhos de Nate.

— Vou participar do desfile! — berrou o menino. — Vou usar este uniforme e marchar pela rua! Vai me ver, delegado Nate?

— Claro que vou.

— Olhe só que lindo que você está! — comentou Hopp, agachando-se para falar com Jesse, que, cheio de confiança, deu a mão para Nate.

Aqui, não, Nate disse a si mesmo. Agora, não. Ninguém vai se machucar hoje.

— Espero que vá ao casamento — disse a Ed.

— Eu não perderia por nada. Não se contentou com alguém da cidade, não é, Meg?

— Ele sobreviveu ao inverno. Isso já o torna membro da cidade.

— Acho que sim.

— Jesse, é melhor voltar para o seu grupo. — Hopp deu uma palmadinha no bumbum do garoto e ele saiu correndo.

— Vão lá me ver! — gritou o menino.

— Me ajude a subir nesta coisa, Ed. Está quase na nossa hora.

— Vamos dar uma volta por aí — disse Nate enquanto os dois entravam na carroça. — As coisas parecem estar sob controle aqui. Quero me certificar de que os Mackie estão se comportando.

— Roubando balões. — Hopp olhou para cima, derrotada. — Fiquei sabendo.

Nate pegou Meg pela mão e se afastou.

— Ele sabe? — perguntou ela.

— Estou preocupado. Tem muita gente ao redor, Meg. Muitas crianças.

— Eu sei. — Ela apertou a mão dele quando o claque-claque das botas da banca marcial começou na calçada. — Já vai acabar. Não leva muito tempo para ir de um lado ao outro da cidade e voltar.

Seria interminável, ele sabia. Com aquela multidão, os gritos, os cantos, a música ensurdecedora. Uma hora, disse a si mesmo. Em uma hora, no máximo, ele poderia detê-lo sem que ninguém saísse ferido. Não havia necessidade de correr para um beco daquela vez, não havia necessidade de se arriscar na escuridão.

Ele manteve o passo firme, porém sem pressa, ao avançar por entre a multidão e abrir caminho até o centro da cidade.

O trio de acrobatas da banda passou dançando, acenando e jogando seus bastões para o alto ao som de aplausos entusiasmados.

O major de bateria se empertigou e bateu os pratos, e então, a banda começou a tocar "We Will Rock You".

Nate avistou Peter no primeiro cruzamento e virou a cabeça para sus surrar ao pé do ouvido de Meg:

— Vamos continuar andando até o vendedor de balões. Vou comprar um balão para você. Eles vão passar por nós e continuaremos de olho neles por um tempo.

— Um vermelho.

— Naturalmente.

Limite da cidade, dar meia-volta, pensou ele. O time de hóquei já estava prestes a terminar e retornar à cidade para ver os amigos, misturar-se com a multidão. A banda seguiria até a escola para tirar os uniformes.

Fora do caminho. Quase todos estariam fora do caminho. E Peter estaria lá para afastar os retardatários.

Parou ao lado do palhaço de peruca laranja, que segurava um punhado de balões.

— Nossa, Harry! É você?

— A ideia foi de Deb.

— Bom, você está uma graça. — Nate se inclinou para ver a carroça e a multidão. — A minha garota quer um vermelho.

Enquanto pegava a carteira, mal ouvia a conversa de Harry e Meg sobre a escolha do formato do balão. Observava Peter caminhar pela calçada do outro lado e, enquanto a banda marchava, levando a música para longe, ouviu o som das patas dos cavalos.

As crianças gritavam e corriam cada vez que Hopp e Ed jogavam balas para o público. Nate deu o dinheiro a Harry e continuou se virando como se assistisse ao espetáculo.

Avistou Coben, com seus cabelos grisalhos alourados, sob o sol, junto à multidão. E logo percebeu que Ed também.

— Merda, merda! Por que ele não esperou?

O pânico tomou conta da expressão de Ed. Notando isso, Nate começou a abrir caminho violentamente por entre a multidão, que se aglomerava como uma muralha ao longo do meio-fio. Não conseguiu se aproximar, não a tempo. Ouviu os sons de alegria do público como se estivesse prestes a ser arrebatado por uma enorme onda. Eles aplaudiram quando Ed saltou da carroça, mesmo depois que tirou uma arma de sob o colete do terno.

Como se esperassem uma encenação, começaram a abrir caminho para ele, que saiu correndo para o lado oposto da rua. Em seguida, começaram os gritos e berros conforme ia empurrando as pessoas e pisoteando aquelas que derrubava no chão.

Nate ouviu tiros quando finalmente conseguiu chegar ao meio da rua.

— Para o chão! Todo mundo para o chão!

Rapidamente, atravessou a rua, pulando por cima de pedestres espantados. E viu Ed andando de costas na calçada vazia, atrás das barricadas, apontando a arma para a cabeça de uma mulher.

— Se afaste! — gritou Ed. — Jogue a sua arma no chão e se afaste. Vou matá-la. Você sabe que vou.

— Eu sei que vai. — Dava para ouvir os gritos atrás dele e a música ao longe, já que a banda continuou a marchar sem ter ideia do que acontecia. Havia carros e caminhonetes estacionados no meio-fio daquela rua e os prédios tinham portas laterais que certamente estariam trancadas.

Ele precisava que Ed mantivesse o foco nele, antes que o homem fosse capaz de fazer uso de seu cérebro histérico para ter a ideia de arrastar a refém para dentro de um prédio.

— Aonde você vai, Ed?

— Não se preocupe com isso. Se preocupe com ela. — Ele puxou a mulher com tamanha violência que a parte de trás do tênis dela se arrastou na calçada. — Vou meter uma bala no cérebro dela.

— Como fez com Max.

— Eu fiz o que tinha que ser feito. É assim que se sobrevive aqui.

— Talvez. — O rosto de Ed suava. Nate conseguia ver o brilho do suor sob o sol. — Mas, desta vez, você não vai escapar. Vou lhe derrubar exatamente onde está. Você sabe que *vou*.

— Se não jogar essa arma no chão, vai matá-la. — Ed arrastou a mulher, que chorava, por mais um metro. — Como matou o seu parceiro. O seu coração está ferido, Burke. Não consegue conviver com isso.

— Eu consigo. — Meg foi para o lado de Nate e mirou a arma para o meio dos olhos de Ed. — Você me conhece, seu desgraçado. Vou te matar feito um cavalo doente e não vou perder um segundo de sono por isso.

— Meg — avisou Nate —, se afaste.

— Posso matá-la e fazer o mesmo com um de vocês primeiro. Se for necessário.

— Provavelmente, ela — concordou Meg. — Mas ela não significa nada para mim. Vá em frente, atire. Vai estar morto antes de ela cair no chão.

— Se afaste, Meg. — Nate elevou a voz dessa vez, mas seus olhos jamais desviaram dos de Ed. — Faça o que estou pedindo e faça agora. — Em seguida, ouviu uma mistura caótica de vozes e passos embaralhados. Como uma onda, a multidão se aproximava, soube Nate, e a curiosidade, a fascinação e o terror se sobrepunham ao medo. — Largue a arma e a solte — ordenou Nate. — Faça isso agora enquanto tem chance. — Viu Coben dando a volta por trás. Foi quando teve certeza de que alguém iria morrer.

Tudo virou um inferno.

Ed girou e atirou. Em um piscar de olhos, Nate viu Coben rolar, buscando cobertura, e o esguicho de sangue causado pela bala que o atingiu no ombro. O revólver de Coben estava caído na calçada, onde escapara de sua mão.

Nate ouviu um segundo tiro atingir o prédio a seu lado e o som de milhares de pessoas gritando.

Aquilo quase não o abalou. Seu sangue estava congelado.

Ele empurrou Meg para trás, derrubando-a no chão. Ela o xingou quando ele seguiu em frente; arma em punho.

— Se alguém for morrer hoje — disse ele, com frieza —, vai ser você, Ed.

— O que está fazendo? — gritou Ed ao ver que Nate continuava andando em sua direção. — O que está fazendo, porra?

— O meu trabalho. A minha cidade. Largue a arma ou sou eu que vou abatê-lo feito um cavalo doente.

— Vai para o inferno! — Com um movimento agressivo, empurrou a mulher chorosa na direção de Nate e mergulhou atrás de um carro.

Nate deixou que a mulher deslizasse, sem forças, para a calçada. Em seguida, rolou para baixo de um carro e saiu do outro lado, na rua.

Agachado, olhou para ver como Meg estava e a viu confortando a mulher cuja vida ela afirmara não significar nada para ela.

— Vai! — berrou ela. — Pegue o desgraçado!

Em seguida, ela começou a se arrastar de barriga em direção a Coben.

Ed atirou. A bala estilhaçou um para-brisa.

— Isto termina aqui! Termina agora! — gritou Nate. — Jogue a arma no chão ou vou até aí tirá-la de você.

— Você não é *nada*! — Havia algo além de pânico, além de raiva na voz de Ed. — Você nem é daqui! — Havia lágrimas. Ele se expôs, atirando a esmo. Estilhaços de vidro voavam feito estrelas mortais; o metal zunia e retinia.

Nate se levantou, foi até o meio da rua com a arma em punho. Sentiu uma pontada no braço, como se tivesse levado uma ferroada de uma abelha enorme e irritada.

— Jogue a arma no chão, seu filho de uma puta!

Gritando, Ed girou e mirou nele.

E Nate atirou.

Ele viu Ed pôr a mão na cintura, o viu desabar. E continuou aproximando-se com a mesma passada firme até chegar à arma que Ed deixou cair quando foi abatido.

— Você está preso, babaca. Seu covarde. — Sua voz era tão calma quanto a primavera enquanto virava Ed de bruços, puxava os braços dele para trás e o algemava. Depois, abaixou-se e falou suavemente enquanto os olhos de

Ed brilhavam de dor. — Você atirou em um policial. — E olhou sem muito interesse para o fino rastro de sangue acima do próprio cotovelo. — Dois. A casa caiu.

— Precisamos chamar Ken? — A pergunta de Hopp tinha um tom casual, mas, quando Nate olhou para cima e viu que ela ia em sua direção, pisando em cacos de vidro com seus sapatos elegantes, percebeu que as mãos dela tremiam, assim como os ombros.

— Não seria má ideia. — Ele apontou com o queixo na direção das pessoas que pularam, passaram por baixo ou simplesmente tiraram as barricadas do lugar. — Você vai ter que manter as pessoas longe.

— Essa é a sua função, delegado. — Ela conseguiu sorrir, mas congelou o sorriso assim que encarou Ed. — Sabe, aquela equipe de televisão conseguiu filmar quase tudo. O câmera deve ser premiado. Vamos deixar uma coisa clara nas coletivas de imprensa sobre essa loucura: este homem é um forasteiro agora. Não é um de nós.

Deliberadamente, desviou o olhar de Ed e ofereceu a mão a Nate.

— Mas você é. Com certeza, é, Ignatious. E agradeço a Deus por isso!

Ele aceitou a mão dela e sentiu o leve tremor quando ela apertou a sua com força.

— Alguém se machucou lá atrás?

— Arranhões e hematomas. — As lágrimas tremeluziam em seus olhos. — Você cuidou bem de nós.

— Que bom. — Ele acenou com a cabeça quando viu Otto e Peter trabalhando para afastar a multidão.

Depois, olhou ao redor e encontrou Meg agachada perto de uma porta. Os olhos dela encontraram os dele. Havia sangue em suas mãos, mas parecia que ela fizera um curativo de guerra excelente no ombro ferido de Coben.

Distraída, ela esfregou a mão na bochecha, espalhando sangue. Em seguida, sorriu e lhe mandou um beijo.

$\mathcal{D}$ISSERAM QUE não haver fatalidades foi questão de sorte. Os ferimentos entre os civis, apesar de muitos, eram superficiais — ossos quebrados, concussões, cortes e hematomas causados por quedas e pânico.

Disseram que os danos a propriedades não foram extensos — janelas e para-brisas quebrados, além de um poste de luz. Jim Mackie, com certo orgulho, disse ao repórter afiliado da NBC que não consertaria os buracos de bala em sua caminhonete.

Disseram, de modo geral, que aquele foi o ponto alto do desfile da Festa da Primavera, no dia primeiro de maio, de Lunatilândia, no Alasca.

Disseram muitas coisas.

A cobertura da mídia acabou sendo mais profunda que os ferimentos. A captura violenta e bizarra de Edward Woolcott, suposto assassino de Patrick Galloway, o Homem de Gelo do Pico No Name, fez a alegria nacional por semanas.

Nate não assistiu à cobertura, escolhendo acompanhar as reportagens d'*O Lunático*.

O mês de maio passava e o interesse dos estados lá de baixo também.

— Dia longo — disse Meg, saindo de casa para se sentar ao lado dele na varanda.

— Gosto de dias longos.

Ela lhe entregou uma cerveja e os dois observaram o céu. Eram quase dez da noite e ainda estava tudo iluminado.

O jardim estava cultivado. As dálias, como era de esperar, eram mesmo espetaculares, e os delfins, de um profundo tom de azul, espichavam-se em hastes de um metro e meio.

Cresceriam ainda mais, pensou ela. Tinham o verão inteiro pela frente, todos aqueles longos dias banhados em luz.

No dia anterior, ela enterrou o pai. Finalmente. A cidade inteira comparecera por causa daquele homem. E a imprensa também, mas era a cidade que importava para Meg.

Charlene estivera calma, pensou — para os padrões Charlene, pelo menos. Sequer fizera cena para as câmeras; em vez disso, ficara — com a maior dignidade que Meg jamais presenciara — de mãos dadas com o Professor.

Talvez durassem, talvez não. A vida era cheia dos talvez.

Mas de uma coisa tinha certeza: no próximo sábado, ela estaria lá fora, sob a luz da noite de verão, com o lago e as montanhas à sua frente, e se casaria com o homem que amava.

— Me diga... — disse ela. — Me diga o que descobriu hoje quando foi conversar com Coben.

Ele sabia que ela perguntaria. Ele sabia que eles conversariam sobre o assunto. Não apenas por causa do pai dela, mas porque o que ele mesmo fizera, e quem ele era, importava para ela.

— Ed trocou de advogado. Trouxe um figurão dos estados lá de baixo. Está alegando que com o seu pai foi legítima defesa, que Galloway enlouqueceu e que ele temeu pela própria vida e entrou em pânico. Ele é banqueiro e tinha extratos bancários. Diz que ganhou os doze mil dólares que surgiram de repente na conta dele em março daquele ano, mas há testemunhas que discordam. Então, não vai colar. Ele diz que não teve nada a ver com o resto da história. Absolutamente nada a ver. O que também não vai colar.

Havia uma nuvem de mosquitos próximo à margem da floresta. Zumbiam feito uma motosserra e deixavam Nate grato pelo repelente com o qual se lambuzara antes de ir lá para fora.

Virou-se para beijar a bochecha dela.

— Tem certeza de que quer ouvir isto?

— Continue.

— A mulher dele perdeu as estribeiras, então foi o que revelou tudo suficiente para fazer cair por terra os álibis dele para as épocas das mortes de Max e Yukon. Isso sem contar a tinta *spray* amarela no galpão de ferramentas dele e a alegação de Harry revelando que Ed comprou carne fresca dele no dia em que tivemos nosso agradável encontro com o urso. Encaixe tudo e o quebra-cabeça está montado.

— Além disso, teve o fato de ele ter apontado uma arma para a cabeça de uma turista, atirado em um policial estadual *e* no nosso delegado de polícia. — Ela deu um beijinho no bíceps dele. E acrescentou: — Tudo gravado pelo câmera da NBC. — Espreguiçou-se, contorcendo-se em um movimento longo e sinuoso. — Entretenimento de qualidade. O nosso corajoso herói bonitão atirando na perna do canalha por baixo dele, mesmo já estando ferido...

— Foi superficial.

— Virando o canalha de barriga para o chão como Cooper em *Matar ou Morrer*. Não sou nenhuma Grace Kelly, mas fico excitada só de lembrar.

— Meu Deus, senhorita! — Ele estapeou um mosquito do tamanho de um pardal que venceu a barreira do repelente. — Não foi nada.

— E eu mesma estava bem gostosa, mesmo quando você me tacou na maldita calçada.

— Está bem mais gostosa agora. Os advogados vão tentar encontrar brechas: imputabilidade diminuída, insanidade temporária, mas...

— Não vai colar — concluiu Meg.

— Coben vai enquadrá-lo. Ou o promotor. Cravaram os dentes no caso agora.

— Se Coben tivesse te escutado, você teria enquadrado Ed sem aquele *show* todo.

— Talvez.

— Você poderia ter matado ele.

Nate tomou um pequeno gole de cerveja e ouviu o grito de uma águia.

— Você o queria vivo. Eu vivo para te fazer feliz.

— E faz mesmo.

— Você também não o teria matado.

Meg esticou as pernas, olhando para suas botas de jardinagem gastas. Talvez devesse comprar um novo par.

— Não tenha tanta certeza, Nate.

— Ele não é o único que sabe blefar. Você o estava provocando, Meg. Colocando a mão na ferida para que ele desviasse a arma dela e tentasse atirar em um de nós.

— Viu os olhos da mulher?

— Não, eu estava olhando nos dele.

— Eu vi. Já vi aquele tipo de medo antes... Um coelho com a pata presa em uma armadilha. — Ela fez uma pausa para acariciar os cães, que chegaram correndo. — Se me disser que, não importa quantos advogados caros dos estados lá de baixo forem contratados, ele vai ficar na cadeia por muito, muito tempo, vou acreditar em você.

— Ele vai ficar na cadeia por muito, muito tempo.

— Está bem, então. Caso encerrado. Gostaria de dar uma volta no lago?

Ele trouxe a mão dela até os lábios.

— Acredito que sim.

— E gostaria de, depois, deitar na margem do lago e fazer amor até ficarmos fracos demais para andar?

— Acredito que sim.

— Os mosquitos vão comer a gente vivo.

— Algumas coisas valem a pena. — Ele valia, pensou ela. Meg se levantou e estendeu a mão para ele. — Sabe, daqui a pouco, quando fizermos sexo, tudo vai estar dentro da lei. Isso deixa as coisas menos excitantes para você?

— Nem um pouco. — Ele olhou para o céu outra vez. — Gosto dos dias longos. Mas não me importo mais com as noites longas. Porque tenho a luz. — Ele colocou o braço ao redor do ombro dela e a puxou para mais perto. — Tenho a luz bem aqui comigo.

Observou o sol, tão relutante em se pôr, cintilar nas profundas águas frias. E as montanhas, tão indomadas e tão brancas, espelhavam seu eterno inverno no azul do verão.

Este livro foi composto na tipografia Minion Pro, em corpo 11/16, e impresso em papel off-white no Sistema Cameron da Divisão Gráfica da Distribuidora Record.